二月河
长篇历史小说
典藏版

康熙大帝

④ 乱起萧墙

二月河 / 著

长江出版传媒

长江文艺出版社

图书在版编目（CIP）数据

康熙大帝. 4, 乱起萧墙 / 二月河著. -- 武汉 ： 长
江文艺出版社，2024. 12. --（二月河长篇历史小说 ：
典藏版）. -- ISBN 978-7-5702-3686-2

Ⅰ. I247.5

中国国家版本馆 CIP 数据核字第 2024SX9049 号

康熙大帝. 4，乱起萧墙

KANGXI DADI. 4, LUANQIXIAOQIANG

责任编辑：黄雪菁　王乃竹　杨　阳　　　责任校对：程华清
封面设计：璞茜设计　　　　　　　　　　责任印制：邱　莉　胡丽平

出版：长江出版传媒 ｜ 长江文艺出版社
地址：武汉市雄楚大街 268 号　　　　邮编：430070
发行：长江文艺出版社
http://www.cjlap.com
印刷：湖北新华印务有限公司

开本：710 毫米×1000 毫米　　1/16　　印张：102.75
版次：2024 年 12 月第 1 版　　　2024 年 12 月第 1 次印刷
字数：1577 千字

定价：198.00 元（全四册）

目　　录

第一回　皇阿哥怜贫护盐贩
　　　桐城令断案打奸商

康熙四十四年的盛夏炎热难当。过了六月六，一连响晴了十几日，把个安徽省晒得天似蒸笼，地如煎饼锅。上午过了巳时，别说出门，就是歇在大树阴下，赤条条歪在大门洞里，也热得浑身流油儿。桐城县城西门外一带小溪旁，垂杨柳下，架着一个芦席棚。这里临近官道，又挨着县城。溪北棚后一色沙土地上，种着好大一片西瓜。过往行人，贩伏挑夫，还有城里出来避暑的闲汉都打了赤膊，吃瓜歇凉儿，摆龙门阵。有的躺在光石板上，头枕草帽，辫子盘了，四脚拉叉的鼾声如雷，睡得浑身是汗。

"还是冬天好！"一个肥得像猪似的中年人，一手摇扇，一手拿着西瓜咬，说道，"冬天冷，老子穿厚点，再不然生火钻被窝！这他娘的天气儿，躲没处躲，藏没处藏，恨不能把皮扒下来寻点凉快！"旁边一个瘦得一根根肋骨突起的黑汉子，头发长长的，足有两个月没剃，额头上乱蓬蓬的，咻溜咻溜啃着瓜皮，笑道："王四爷，这话叫我听着，和放屁不差什么！像我贾贵，一生一世也不盼冬天！这天气多好，无论贵贱穷富都打赤膊，谁看得出你富我穷？要不，就你白我黑，你胖我瘦了？要是冬天，下个大雪，住到四下漏风的破茅庵子里，烂絮袍子盖了头盖不住脚，你才晓得什么叫没处躲没处藏呢！"旁边一个老汉笑道："是嘛！富人穷人本就不是一个理儿！"

王四爷吐了口中瓜子，把厚厚的瓜皮扔掉，干笑一声道："我算什么'富人'？不过仰着祖上的福，老爷子中了举，落个虚名罢咧！——说高粱花子不识字，笨，鬼都不信，泥腿光棍，精细着呢！要说富，还是江浙那些个大盐狗，走一趟内地，四五千两银子的进项，一年少说五六万，那银子——"他瞪大了眼，张着瓜汁淋漓的手，"海着啦！"说到贩私盐，坐在石条上一直闷声不响的一个年轻小伙子不安地动了动，摸了摸放在地上的一个粗布口袋，拉低了草帽盖了脸，靠在树上装着打盹儿。挨着他坐的也是个二十岁上下的年轻人，穿着粗布对扣儿坎肩，青布裤子挽得老高。人却长得十分清秀，两道浓眉点漆似的，分得很开，隐隐透着英气。因见身边小伙子摸口袋装睡，便侧身猛地拍了一下小伙子肩头，叫道："喂！醒醒！"

"什么事？"小伙子吓了一跳，摘掉帽子才见是自己身边吃瓜的客人，眼中带着疑惧问道，"是你叫我么？"

"我姓尹，叫尹祥，你呢？"穿坎肩的年轻人一笑道，"这么热的天，你坐了半晌，怎么不买块瓜吃？"小伙子大概早已渴极了，怔着看了看尹祥，舔了舔干燥的嘴唇，稍一停，又摇摇头说道："我叫张五哥，多谢尹大哥，我这就得赶路，不吃了。"尹祥一笑，拿起自己买的瓜递过一块，说道："你也不用躲闪，没钱也不是什么丢人事，你看看这天儿，能走路么？吃我的吧！看看人家那边，吃瓜消暑，说话开心，我们闷坐着，多没意思呀！"

张五哥不好意思地接过瓜，轻轻地咬了一口，感激地望了一眼这个好心的年轻人，说道："听你一口京腔，这势派也像个斯文人，来桐城跑买卖么？"尹祥大笑道："你瞧你哪一点像个斯文人？我倒是个斯武人呢！"张五哥笑道："你穿的虽不景气，却瞒不过我眼去，不是富贵人家，哪来这檀香木扇，手指头又细又白，一看就是个没做过粗活计的人！"

"哦？哦……"尹祥看了看手中的扇子，这是一把泥金雕花檀香木扇，下头带着汉白玉坠儿，扇面上是董香光的真迹草书——这就名贵得很了——果然和自己这一身穿着，难以相配，尹祥不禁一笑，说道，"你倒细心！我家确实不算穷，不过要像方才那位王四爷那样，有二百垧地，也是没有的。和盐商就更不能比了。"张五哥一晒道："盐商算什么？你从这桐城向北走，二百里外有个刘八女，你打听打听他有多少家私，就晓得什么叫富了！王四爷说富人遇到天热不好过，刘八女这会子屋里怕就摆着几十盆子冰块，几个丫头打着扇子呢！人比人，气死人呐！"

王四爷那边正吹嘘盐商："……那身份气势，见了道台也不过打个千儿请安道乏，府县里头那就更不在话下，作个揖儿就大摇大摆对面坐了……"说得唾沫四溅，因听见这边张五哥的话，用扇子拍着大腿说道："什么刘八女刘九女！你见过盐号里那些爷们么？咱们桐城，钱大老爷在任时，整日陪着茂源老盐铺的魏老九吃酒，狗颠尾巴似的，我都是亲眼见的！这不，戴名世写了一本什么黄子书，叫什么《南山集》，里头骂了当今万岁，连累了桐城方苞方老爷。方老爷被抄了家，一绳子索到北京。钱大老爷因境内出了忤逆案，被摘了印。新任的施世纶施大令，今个下车，头一道令，先请魏老九和阖城盐商到五福楼吃酒！听说北京来了两个阿哥千岁爷，把府里、道里和省里的大盐卤子也都请来吃酒说话！啧啧……那是什么光景？"

他仗着是桐城人，又是殷实人家，官面儿上蹚得开，说话十分气粗，尹祥不禁听得噗嗤一笑。

原来这"尹祥"就是两个"千岁爷"里的一个。他本名爱新觉罗·胤祥，是当今天子康熙膝下第十三子，新封贝子，奉旨陪着四阿哥胤禛来安徽视察黄河汛防的。天潢贵胄，正正经经一个金枝玉叶！听见说施世纶也请盐商，正要发话，却见远处几个衙役走来。后头一个四十多岁的中年人穿着实地纱月白长袍，却坐着一乘二人抬凉轿，径直向瓜棚过来。

"魏九爷！"王四爷忙披起褂子，一脸谀笑站起身来，炫耀地看了一眼瓜棚里的众人，说道，"大热的天，您怎么也来了？要吃瓜，打发几个小厮来我这地里尽管搬就是了……方才我们都还在夸您老人家财雄一方，为人厚道呢！"

胤祥此刻才知"魏九爷"原来就是"魏老九"。他屏住气，跷起二郎腿，仔细打量这个盐商，只见魏老九"嗯"了一声，并不和王四爷搭讪，阴沉着脸用目光搜索半日，踱到胤祥跟前，指着张五哥道："这是私盐贩子，你们把他拿下！"几个衙役答应一声，扑向正在发呆的张五哥，架着胳膊，兜屁股又踢了一脚。那张五哥身上有功夫，居然丝毫不动！一个衙役将那口袋一踢，沉甸甸的，便提了起来，龇牙咧嘴笑道："还是九爷眼里有水！倒真他娘的是个贩私盐的！"说罢将张五哥往后一搡，"走！你愣什么？屎壳郎钻到夜壶里，假充黑老包过阴么？"一个衙役过来，把布袋向张五哥脖子上一架，笑道："大热天儿，叫爷们替你背私盐？我瞧着你像是练过把式的，还是你自个辛苦辛苦吧！"说罢推着张五哥便走，周围的人早看呆了。

"慢！"胤祥突然一摆手，将扇子掖进腰里站起身来，指着布袋说道，"这盐有一半是我的，你们不能都拿走！"

"哟嗬！"衙役们不禁相视一笑，"还挺仗义的啊！那你也随着走一遭！"

人们夹七夹八，这个说："这小子顶多有五成！"那个说："五成也抬举了他。我瞧着呀，是个二百五！"说着一阵哄笑，押着胤祥和五哥顶着烈日进了城。

县衙门就在西关大街城隍庙隔壁。衙门口墙上的堂鼓已有好长时间没人敲了，落了老厚的一层灰。前任钱县令因是摘印去职，所以官靴盒子空空地挂在一边。胤祥跟着衙役们进了二门，见衙门院里大槐树下已经有了两个人，和张五哥一样都是身边放着一个口袋，看样子和张五哥是一道儿的，三人点头会意。那两个人便问："五哥，这是谁？怎么也来了？"张五哥看了看胤祥，便埋怨道："干你什么事？何苦来，搅到里头受罪。"

"周瑜打黄盖，打的愿打，挨的愿挨么！"胤祥一笑，打量着空荡荡的大堂，漫不经心地答道，"我就喜爱凑份子，图个热闹！"正说话间，侧门一响，一个五十多岁的中年人，干瘦干瘦的，身着五蟒四爪袍子，缀了鸂鶒补子，一顶簇新的素金顶大帽子后垂着长长的发辫，一步一步地踱出来向堂上走去。跟班衙役忙高叫一声："施老爷升堂了！"

堂鼓咚咚咚响了三声，八个衙役手执水火棍"噢——"地答应一声走了进去，雁字形排开。一切又归寂然，只听树上知了没完没了地叫得烦人。刑房师爷因见施世纶升了堂，便向魏老九小声说了句："我上去看看。九爷，这个施老爷风骨很硬，你小心着点。"因离得很近，胤祥见师爷至案边拱手一揖，凑到施世纶身边小声说了句什么。施世纶眼睛近视得很厉害，一手拿着个镜片，一手拿着一张纸，贴着脸看了半晌，方点点头说了句什么。师爷依旧退下来，到魏老九跟前道："老爷请你呢！"

"我这就上去。"魏老九扫了胤祥、张五哥等人一眼，干咳一声便跟着师爷上了堂。站在案桌前向施世纶躬身一揖，说道："老公祖，晚眷生魏仁拜见了！"施世纶"唔"了一声，脸上露出一丝笑容，拿起桌上镜片照了一下，问道："你是陕西人？哪一府的？听口音不像陕西人呀！"

胤祥在旁看着，不由暗自冷笑。久闻施世纶是清官，看来也未必。他原是府尹，如今贬职为县令，下边谀称"老公祖"，他居然泰然受之。侧耳听时，魏老九赔笑答道："我是内黄人。"

"内黄人，"施世纶侧着头想了想，说道，"我在内黄没有亲戚啊！这'晚眷生'三个字……是从何而来呀？"

胤祥这才晓得施世纶皮里阳秋，耍弄魏老九开心，不禁咧嘴一笑。旁边衙役低喝一声："你老实点！"再看堂上魏老九，已羞得脸像红布一样，揩着汗嘀嘀咕咕，也不知道说了些什么话。

"这也罢了。"施世纶冷笑一声，说道，"我为一方父母，你不过是个盐商，就算你是贩官盐的，怎么见了我，你只轻飘飘地打个躬儿，这又是什么规矩，什么道理？"

县老爷一下子拉长了脸，堂上堂下衙役、犯人，俱都愕然失色。怎么这个老爷不问被告，只把个原告魏老九揉搓个没完？

"唉？"

施世纶威严地一仰身子，摇着芭蕉扇又哼了一声。他那清癯的脸上挂了霜似的，语气中带着不可抗拒的压力，压得众人都透不过气来。

"回老公祖——"

"我不要你叫老公祖，拍这虚马屁！"施世纶赫然震怒，"你好好回话！"

"回老父台……"魏老九干咽了一口唾沫，说道，"历来规矩就是这个样儿的！我在延庆府——"

"这里是桐城县，不是延庆府！"施世纶阴森森的声音使人们都打了个寒战，"他们受了你的贿，自然待你如座上客。我买盐吃菜，素食恬淡。你是什么东西，敢和我抗礼？——来啊！"

衙役们早已看得瞠目结舌，好半日才回过神来，参差不齐地答应一声："在！"

"拖下去！"施世纶脸上毫无表情，淡淡说道，"抽二十鞭子！"

"喳！"

衙役们要笑又不敢笑，答应着起身，至魏老九跟前。魏老九盘踞桐城已久，炙手可热，瞪了众人一眼。衙役们竟各自都扎着架子，没敢下手。

"怎么？"施世纶大怒，瞪着眼喝道，"为什么不拿下？"魏老九格格一笑，摆手说道："老父台，别生气么！您不是昨儿才接任么？也得等我们消停一下，道里府里县里都有前例，一个子儿也少不了您的！何苦这么不给面子？"刚刚落了话音，只听"啪"的一声惊堂木响，施世纶拍案而起："你这刁棍，放肆！"接着一根火签儿"啪"地掼了下来，"拖出去，抽四十鞭子！"

衙役们不再犹豫了，一拥而上，架起魏老九一溜小跑出了大堂，按在大槐树下，扒了裤子，在白得发面馒头似的屁股上，雨点般的鞭子抽得噼噼啪啪风响。一道道鞭痕立刻渗出殷红的血来。魏老九大约自出娘胎没吃过这种苦头，嘴咧得瓢似的嚎叫："大令啊……邑尊老父台！……哎哟，轻点……实在受不了……我的好令尹，好大尹，好明府……饶了吧……"胤祥在旁听得"噗嗤"一笑：亏了这畜生，急切之间竟能把知县的尊称叫了个遍！

"住了吧！"施世纶也听得好笑，摆了摆手说道，"这还像是有点规矩。"遂命人拖上堂，偏着脸问道，"外头树底下那几个，就是你告的私盐贩子吗？"魏老九回头看了看树下的四个人。魏仁已被打得魂不附体，一脸的苦相，忙叩头道："共是六……七个，都是贩私盐的。"施世纶笑问道："你怎么晓得他们贩私盐？"

魏老九道："小人在南街开着一家干店。这几个贩子隔半月光景都要住店。因此认得，只叫不出名字来。每次每人贩盐都在五十斤上下。"说罢指着张五哥道，"他是个头儿！"施世纶听了略一沉吟，便向张五哥问道："你们到底是六个人，还是七个人？"

"回老爷话！"张五哥觉得，第一件事是应该把胤祥撕掳开，遂磕头道，"我们贩私盐是实。只不过那个叫尹祥的，不是我们一伙，也不是贩私盐的。他是买主，衙里爷们误捉了来。大老爷青天明镜，我们甘愿受罚，请老爷开释尹祥……"施世纶听了，不禁笑道："你倒仗义！"遂命胤祥站到一旁，又传了另两个人上来，问道："这个张五哥说的可是实话？"两个人忙答道："我们共是六个人，这位大哥从没见过面。"

施世纶身子向前俯视一下，拿起镜片又看了看，问道："既是六个，那三个人呢？"

"今日晌午魏仁带着衙役到店里拿人，当时只有五个人在，大家夺路逃了。"张五哥答道，"因还有一个人不知道，我怕他回来跑不脱，特在西门外等着，不想就被拿了……"

施世纶一笑，问三个人道："你们三个人腿有毛病么？"一句话问得众人都是一怔，审案子问这个做什么？略一迟疑，忙叩头答道："没有毛病。"

"能跑么？"

"……能跑！"

施世纶摇着扇子说道:"既然被捉,那就是不能跑!要真的能跑,你们就背着盐试试,我看看能跑不能!"

三个人被问得蒙头蒙脑对望一眼,稀里糊涂磕了个头,起来到堂角各背起一袋盐来,跑了几步。到堂口,却又迟疑地站住了脚,回头望着这个古怪的县太爷。

"跑呀,跑呀!"施世纶挥着扇子道,"别停呀,快跑!"

这下子再明白不过,施世纶是要巧放人,三个人感激地看了看施世纶,再不迟疑,背着盐袋子拥出仪门,一溜烟儿跑得无影无踪。胤祥看得开心,点头一笑正要走,却见魏老九脸紫涨得猪肝似的,向施世纶勉强叩了个头,咬着牙笑道:"施老爷,今儿您断案,小人大开眼界!回去禀明我们任三公子,必定给老爷在上头说说好话!老爷您加官晋爵,有日子呢!"

"你说的是任伯安在桐城那个侄儿?"施世纶格格冷笑道,"多承关照了!只怕这里不是北京,任伯安的手没那么长!桐城贩私盐的是有,不过不是像张五哥这样背几十斤盐换几升救命粮的。我自有我的道理!"说罢轻咳一声道"退堂!"一拂袖,便径自去了。

衙役们哄笑着散了开去。见魏老九吸溜着嘴儿一瘸一拐地下来,胤祥上前拍拍他肩头,嬉笑道:"老魏,你这一状告得没彩头!赔了夫人又折兵!"魏老九恶狠狠地瞪了胤祥一眼,狞笑道:"还不一定谁没彩头呢!周太尊现今就在桐城抄查方苞家,今晚他姓施的就要见着颜色了!"

胤祥没再理会他,径自回驿馆去了。其时已是酉末时分,炎炎红日西坠,翩翩倦鸟归林,只是溽暑难当。因见四阿哥胤禛不在,便问驿丞:"四爷呢?一大早出去,这早晚还没回来?"

"回十三爷话!"驿丞忙不迭命人备汤盆,打热水,赔着笑打千儿道,"四爷午间回来过,发了脾气,把何藩台骂了个狗血淋头。因曹毓文河帅来拜,这驿里太热。四爷说索性到河工大堤上看看,顺便听曹河帅回事儿。今晚还要听何藩台说河工银子的事,何藩台已经在东厢房恭候着了……四爷临走时说了,十三爷回来,别再出去。天气太热,热出毛病儿,回去跟皇上没法交代。您先洗洗,四爷还给您留着冰镇西瓜哩……"

"你去吧!我用不着你来奉承!"胤祥笑道,"叫人一会儿把瓜拿来,我得略歇歇。四哥回来,你叫我一声,我有事跟他商量!"

第二回　理河工贝勒榨藩台
　　　探世情阿哥淋澡汤

胤祥吃了两块冰镇西瓜，便在凉榻上躺了一会。正昏昏欲睡，忽然，迷迷糊糊听见院里有人说话。接着，帘子一响，胤祥便坐起身，揉揉眼问道："是四爷回来了么？——哦！是四哥呀！我还说等你回来叫他们喊我呢，你才从河上回来么？"说着把西瓜盘子一推。

"我不吃。"四阿哥胤禛一边说一边在对面坐了，看着胤祥身着粗布短衣，笑道，"入夏以来没有这么热过，你是皇子，又不理民政，何苦找这个罪受？"说罢倒了两杯凉茶，递给胤祥一杯，自用碗盖拨了拨上头的浮叶，慢慢地啜饮了一口。

胤禛二十七八岁，留着两绺八字须，衣着十分整洁，黑得深不见底的瞳仁配着银盘似白皙的面孔，看去给人一种沉稳持重的感觉。胤祥比他小九岁，因自幼失恃，全凭着这个四哥照拂。在胤禛面前，胤祥多少还有些孩子气。因见胤禛大热天儿还穿着四团龙褂，戴着东珠帽，胤祥不禁一笑，说道："我就从没见过四哥打过赤膊，你脱脱怕什么，又不是娘们儿！"

"谢嬷嬷也这么说，可我习惯了，自个儿在屋里打赤膊，也觉得不自在。这都是顾八代老师自幼调教的，我也没法子。"胤禛说着便起身，笑道，"我看你未必有什么要紧事。我还要见何亦非。"胤祥笑道："要紧事是没有的，今儿见了个可笑的事儿想说给四哥开开心，等你问过河工的事再说吧。"

胤禛笑着点点头回了上房。不一时胤祥便听传唤"贝勒爷请何亦非藩台过去说话"，隔门瞧见一个从二品官员双手捧着手本走进了上房。胤祥掇了一把竹躺椅到天井院，在堂房西门口躺下，摇着个芭蕉扇，光着个脚丫子在院里乘凉，驿丞早命人端了茶几，又放了一碟子冰块叫他用。

上房里回事回得很杂。何藩台管着通省民财两政，光就河工漕运用多少民工、花多少银子、做何开销，说了足有一顿饭光景。胤禛只是听，偶尔起身踱两步，一声不吭。胤祥正听得没兴头，却听胤禛冷不丁问道："就这些？你琢磨半天，就用这些空话搪塞我么？"何藩台道："四爷明鉴，这段河工单凭一省之力，断不能修复！收了今年通省火耗，下头已经叫苦连天，一下子再拿一百万两，实在办不下来。四爷您就管着户部，从户部拔根汗毛，就可调来个七八十万两。"

"你死了这条心吧！"胤禛冷笑道，"我叫你找盐商，你倒叫我找户部，你要的那把戏能瞒得过我？——还不是想从盐商那里再把火耗扣回来？最后还是坑朝廷！我和十三爷已经来半个月了，对你们的家底，我很清楚，你何亦非瞒我们不过！纵然短缺一点，尽管向这些盐商们去要！叫他们出点血，我看是天公地道的！"

何亦非赔笑道："四爷的令旨学生哪敢不遵呢？这不，挤脓包似的，一百名盐商，才捐了三万两！"胤禛气呼呼地把那张捐银帖子一摔，扔在地下，一声不吭地皱着眉头想心事。

"四爷别生气！"何亦非见他脸色不善，忙解劝道，"他们历来就是这个样儿，对四爷还算有面子的呢！指望盐商，那是从铁公鸡身上拔毛！今儿文凤鸣知府还说了一桩公案。施世纶来桐城接印，头天传叫二十几个盐商，叫他们兑银子修书院，结果只捐了一百四十几两银子。这施世纶也怪，今儿拿了几个贩私盐的，问也不问当堂就放了。任明玉等十五家盐商，到文知府那里告状。盐商们在省里、北京，都有根子，惹不起啊！"胤祥听了不禁一怔，却听胤禛说道："这些盐商这么不识抬举，好！你从藩司衙门出牌子，堵截漕运。过路要路钱，过桥要桥钱！非叫这些王八蛋把一百四十万两银子凑出来不可！下余的你写个折子，我向皇上禀奏！"

"这……"

"这有什么为难的？"胤禛晒道，"黄河一决溃，桥也没了，路也没了，漕运也断了。他们怎么去运盐！"

何亦非忙道："不是藩里为难，怕要惹乱子的。求四爷……赐个字儿，给奴才壮壮胆儿……""成！"胤禛说着，毫不犹豫写了几行字递给何亦非，"你听着，这事我做主了。我可不是眼里揉沙的人！今年秋汛再决口，你也不用请旨，学学前头治河总督于成龙，自己戴上枷到北京来见我。听见了么？"

"喳!"何亦非忙叩头道，"记住了!"

"下去办差吧!"

胤祥眼见何亦非躬身却步出来，站在檐下揩汗，便坐直了身子，用芭蕉扇招呼着，叫道："老何，你过来!"

"十三爷啊!"何亦非已经见过胤祥几次，知道来安徽的这两个皇子虽然性格不同，却都十分得康熙皇上的钟爱，急忙过来向胤祥打千儿问安，笑道，"十三爷，您纳凉啊？这地方不比北京，夏天赛火笼似的，我才从陕西调来……"胤祥一摆扇子笑道："拉倒吧! 我又没叫你来给我扇风取凉! 我问你，施世纶的事你们怎么处置?"何亦非没想到胤祥会问这桩小事，因不摸头脑，便笑道："怎么，十三爷倒关心起盐政了? 施世纶放了几个私盐贩子，又被任家拿住了，送到文凤鸣那里，我还没问，问过了再发落。"

胤祥不禁吃了一惊，显然，他没想到这干子盐商在地方上有这么大的势力，官府断过的案，居然还敢私自拿人，到上头告刁状! 想了想，冷笑一声道："老何，你回去就告诉那个姓文的! ——叫他放人! 施世纶断过的案，叫他不要管。施世纶是你十三爷门下的人，也是四爷的学生! 你掂量掂量，嗯?"

"施世纶是出了名儿的清官，我压根没打算难为他。"何亦非赔笑道，"十三爷没听方才四爷说，河工银子还没着落呢! 这些银子得从这些盐狗们腰包里掏，也不能一点面子不给……"说着，因见胤禛踱出来，便又道，"您说是不，四爷?"

胤禛原听胤祥说施世纶是他的"门下"，又是自己的"学生"，觉得好笑，踱出来听热闹。因见何亦非问自己，便冷冷道："我看你昏聩，十三爷也是钦差! 连这点子事都做不了主?"

"你听着，老何。"胤祥却不似胤禛那样严肃，用扇子拍着大腿，嬉笑道，"施世纶既是清官，又是我门下，他放了人，你再捉起来，不是扫我的脸么? 那几个人，你一个也不能押。盐狗子要是捣乱，不肯出银子，那你的水火棍子是做什么用的? 你回去，把你这身狗皮剥了，洗洗澡，醒醒神儿，照我吩咐的去办。盐商们不依，就往北京四牌楼找四爷，找我也成! 你滚吧!"何亦非听了再不敢驳回，连声诺诺，答应着退了出去。

胤禛这才笑问："施世纶是靖海侯施琅的儿子，你从哪弄来这个门下？再说，为何好端端地又把我拉扯进去，硬要我收这个学生？"胤祥蹬着靴子站了起来，嬉皮着脸儿笑道："收这个学生管保四哥不后悔。四哥你有煞气，说是我自个儿的门下，怕他们下头轻慢，才攀上你这棵大树。"遂把今日在桐城县衙的所见所闻一一说了。

"怪不得你叫住何亦非唠叨了这么一通！"胤禛开心大笑，说道，"施世纶可谓有其父必有其子了！当日施琅征台湾，连大学士李光地的账都不买，还差点杀了福建将军赖塔，养出儿子来又是这么个怪脾性！"他叹了一口气，又道，"是啊！盐政之弊并不在于这些肩挑背负的小贩子，盐道、盐商才是盐政的蠹虫。豺狼当道，安问狐狸？"他说着，若有所思地望着远处，没再言声。胤禛这人就这么个脾性，说他是个冷人儿，有时说起话谈笑风生，伶牙俐齿滔滔不绝；说他开朗爽快，有时一整天端然默坐一语不发。因此朝中文武大员既不敢得罪这个皇太子的心腹兄弟，也不敢轻易讨好儿，竟是敬鬼神而远之。

出了半日神，胤祥才又问道："四哥，你今儿一天都在河工上么？"胤禛向胤祥刚才躺的椅子上端然坐了，慢慢摇了摇扇子，说道："下午查河工，上午去方苞家看了看。方苞是海内知名的学者，跟着戴名世吃这么大的亏，实在可惜得很。好在奉旨来拿人的年羹尧，倒真是我门下的奴才。我见他命文凤鸣把方家老小一百多口都圈在四间房子里，被热死了好几个。佛以慈悲为怀，这太过分了。我训了年羹尧几句，除了正犯方苞，眷属一个不许伤害！"胤祥知道胤禛皈依释教，不禁一笑，问道："方苞犯了什么罪？"

胤禛看了胤祥一眼，冷冷说道："戴名世所著的《南山集》中有诋毁大清、怀念前明的妄语，《咏黑牡丹》中居然敢狂妄地嘲讽我朝：'夺朱非正色，异种也称王。'前阅邸报，此人已在北京西市正法了。方苞给他这本书写了一篇序。看来，这个写序的方苞也是水多面少——难活啊！"胤禛停了一会儿又缓慢说道，"这个案子戏中有戏啊！方苞只能算有一些牵连，无大罪。其实是因他上帖子给藩台衙门，整倒了前任钱县令，得罪了这里的盐枭，这一下子被捅到老八那儿，才出了大事。这个地方不能久留，我们这几天把事情料理一下，得赶紧回京！""老八"指的是皇八子胤禩，在康熙的二十四个儿子里头，只有这个"八爷"最得人望，学问品貌不必说，是头一等的，那一份风流儒雅，宽厚仁爱，稳沉大度，朝里朝外连属国外臣，无人不景仰折服。太子胤礽为人仁懦疲软，康熙已经几次透出对他的不满。若真的因这事折腾垮台了，不但四阿哥胤禛，连三阿哥胤祉、十三阿哥胤祥这几个被称为"太子党"的人也必定踩在这位"八爷"的脚下，这辈子别想有安生日子过了。

胤祥一向泼辣胆大，豪爽不羁，听了胤禛这番话，也禁不住脸色苍白。

"你也不用犯愁。"胤禛一笑说道，"车到山边自有路，船到桥头自然直！只是咱们这个太子爷，也太不争气，他要真的是一味柔弱，也还是可医之病。偏有时还躁急得不循规矩！比如上回，皇上为他调度军粮太慢，说了他几句，他就拿着平郡王纳尔苏出气，堂堂王爷，吃了他十鞭子，弄得皇上心里更不高兴。唉……"他吁了一口气，不胜感慨地说，"不想这些事了。反正天塌了，有个子高的顶着，一切回京再说吧。"

过了几天，胤禛和胤祥就起身北行。因要趁凉赶路，两个人都不想招摇，便各自骑了一匹马，扮成进京应试举子的模样，身边只带了四贝勒府的管家高福儿，其余的人带着车马仪仗，遥随于后。行至第三日傍晚，远远看见一座庄子乌沉沉地横着。高福儿在马上用手指道："前头就是江夏镇！"

胤祥原想着江夏是个大镇，必定人烟辐辏、店肆商埠俱全的。不想到了一看，却满不是那回事。好大一片的镇子，青堂瓦舍间绿树婆娑，蔚蔚茵茵十分壮观。高福儿进镇转了半日，出来拍手叹道："二位爷！当初小人在这里跑过单帮，想不到十几年工夫，这镇子就变得认不得了。如今竟没有一家店铺，都成了刘八女家的住宅！连个住处也寻不来！请二位爷示下，咱们是不是到东边十里庙去歇息？"

"刘八女！"胤祥陡地想起在桐城瓜棚底下张五哥说的，不禁一怔。他竟有这么大的家产，占了这么大个镇子做宅院！光是迁走原来的店铺，这得多少银子？见胤禛沉吟不语，胤祥便道："四哥，既是殷实人家，必定乐善好施。我看咱们今晚就求借一宿也不打紧！"胤禛在马上颠了一日，早觉浑身困乏，也不想再跑，便吩咐高福儿道："咱们这一大群人求宿岂不招人厌烦。你到后头，寻着咱们的人，你就随他们一道儿去十里庙打尖。我和你十三爷进镇子投宿，明天你来接，别的人在李家寨会齐一块走。我是骑不得马了，你叫他们买一乘竹椅凉轿。我到李家寨换乘凉轿。就这样，你去吧！"

高福儿听了，觉得有点不妥。但他知道胤禛从来说一不二，从没人敢驳回，便应了一声自去了。

兄弟二人下马过了寨河，进庄看时，果然里头还留有镇子的痕迹。只是西边打了围墙，以原来的大街为界，东边一带的民房拆了一半，其余的像是新盖的库房，一排一排煞是齐整，"街上"不远一处点着"气死风"灯，上更的仆人有几十号，有的守库，有的看门，十分整肃井然。胤祥不禁叹道："四哥，你在通州的庄院恐怕也没有这样的势派吧？"正说着，前边过来三个庄丁，打头的看了他们二人一眼，问道："两位是从哪里来的？这早晚来刘宅有什么事？"胤祥笑道："我们是进京的举子，误了宿头，想借宿一夜，明早就赶路。"

"这里头都是刘八爷的宅子，没有店铺。"那长随不软不硬地说道，"向东十五里，有个十里庙，你们投那里去。"胤祥笑道："行个方便嘛。你要做不了主，带我们去见你们刘八爷。怎么样？房钱、饭钱我们一文不欠！"

"他们想见八爷！"那长随不禁一笑，回头对那两个人道。那两个人也是一笑。一个说道："我们和八爷还隔着五六层呢！我们只能向八爷的管家的奴才的奴才回话。你当见八爷就那么容易！"

胤禛不禁看了胤祥一眼，显然，他也没有想到这家财主有这么大的派头。正没奈何处，一个年长一点的长随对打头的笑道："眼见这两位都是读书人，又不是贼，何必那么认真呢？"打头的说道："要说空房子有的是，两院再住一百人也住下了。只是你没听吴头儿说，八爷今晚有贵客。任老太爷在江南采办的教坊女子也住在西院，怎么好留男客？"他沉吟着，看了看天已黑定了，觉得这时候硬把投宿的人赶到荒郊野外有点过分，便道，"这样吧，老王头，你带着他两个，穿过西院，到北边张家老坟旁的院子里去住——你们两个要是不怕鬼，就住在那里——张家老坟往北，又临官道，明天就从那边上路，也方便些。"

"我们怕什么鬼！"胤祥不禁呵呵一笑，"要是男鬼，捉了来让他给我们扇扇取凉儿；要是女鬼嘛……我们客中寂寞，正好陪着玩玩儿！"打头的笑道："那好，菩萨保佑今晚去两个女鬼缠你们——老王头，你带他们去吧！"说罢，笑着带人巡逻去了。

胤祥跟在老王头身后走着，经过一个院落又一个院落，有的灯火通明，有的漆黑一团，隐隐约约还有几座昔日的酒楼、茶店、药铺，依稀能见到昔日江夏镇的繁华。胤祥不禁问道："你家主子叫什么名字，就这么有钱？买下这个镇子和买下一座城池差不多！"

"我们家主是京里头任伯安老爷的亲家，叫刘八女。"老王头喟然说道，"这钱都是姑太太过门时下的聘礼，总计有二百万两银子！我，原来是这里的庄户人家，没法子，地卖给了人家，人只好给人家当奴才。"胤祥笑道："你们家主倒也有趣，怎么取了这么一个好名字，好端端一个男人，偏叫刘八女！"老王头道："家主祖上是开洋货店的，也做绸缎、瓷器生意，捐了一个道台，做过一任实缺知府。他前头七个都是姐姐，就他一根独苗儿，怕保不住，就起了这么个怪名字。"

胤禛走在前边一边听一边想，问道："方才你们打头的说任老爷，是什么人？他采办这么多乐坊女子，干什么？家父就在北京做买卖，我怎么没听说过有这个任老爷呢！"老王头惊讶道："任老爷在北京蛮吃得开，兜得转呀，二位只要留心，准能打听到。听说采办乐坊女子是送给九阿哥的。上回工部尚书金大老爷，还有什么三阿哥府的孟光祖，都是拿着任老爷的信，在这里住过。那时候这镇子还没废，那个排场，气势……啧啧……"他只是咂嘴儿，却形容不出来。

其实胤禛心中很清楚，九阿哥胤禟是八阿哥最贴心的，工部尚书金成玉是大阿哥的人，孟光祖是三阿哥胤祉的门客。只是这几股子人冰炭不同炉，怎么会都和任伯安勾联在一起？正想得没头绪，听老王头道："到西院了，这里住着任老爷采办的乐坊女子，咱们别说话，悄悄儿过去，就是张家老坟。"

三个人牵着两匹马进了西院，果见房房都是烛光闪烁，院中却阒无人声。偶尔能听到房中洗涮声，并没有人说话。穿过东夹道，再从北小门出去就是张家老坟院了，老王头吁了一口气，笑道："总算到了！"

一语未终，便听夹道东屋门"咣"地一响，豁然洞开，接着一盆子洗澡水"哗"地猛泼过来，胤祥惊得向后一跳，猝不及防间哪里闪得开？从头到脚淋得落汤鸡似的。一个女子的声音骂道："姓胡的！你忒欺侮人！一路上三番五次来缠！我们乐籍有乐籍的规矩，卖唱不卖身，这是有言在先的！一个女人洗澡，你左一趟右一趟在这转悠个啥？"说着，从东屋门跳出一个十七八岁的女子，散着湿淋淋的头发，穿一件撒花长裤，上穿月白坎儿，瓜子脸上略有几粒雀斑，清秀的眉目间带着怒气，配着雪白的膀子，煞是鲜灵。女子来到胤祥面前，正要再骂，才看见是弄错了人，一时怔住，竟没说出话来。

第三回　十三郎仗义救风尘
　　　　八阿哥串连说人情

　　胤祥被兜头浇了一盆子洗澡水，心中十分恼火，待及听了这女孩子的话，方知是另有缘故，误打误撞让自己碰上了。见这女子提着盆子，讪讪地低着头，脸红到脖子根儿，越发显得楚楚动人，便道："这是怎么说？亏得是夏天，要是十冬腊月，你给我来这么一下子，不就要了我的小命儿？"那女子见他取笑，越发不好意思，蹲着身子福了福，讷讷道："我实在不是有心，这……这怎么办呢？你打我两下出出气吧？"

　　"不敢！"胤祥噗嗤一笑，"这么热的天，你穿得跑解马似的，娇滴滴的一个美人儿，我打你身上哪个地方呢？"女孩子听着这话带着邪味儿，但又确是自己冒失做错了事，低垂着头，半晌才道："那你看该怎么办——要不我赔你一件衣裳？"胤祥正要说话，听门外胤禵喊道："哪来这么多啰嗦？衣服湿了换一身就是了，只管唠叨什么？"

　　"我就来！"胤祥做了个怪脸，答应一声。对那女子挤挤眼儿，嘻嘻笑道："我也不打你骂你，赔衣裳也不必，你这么可人意儿，我想讨了你做老婆，可行？"说罢一径去了。那女孩子啐了一口，说道："你也不是个正经人！"砰的一声关了门。

　　胤祥来到北院，果见黑森森一片柏林旁有六七间房，周围都是合抱粗的青枫白杨，这两样东西俗称"鬼拍手"，微风过来，"哗啦啦"一片山响。老王头已经把胤禵安置好了。见胤祥进来，胤禵说道："你带钱没有？这位老人家家境贫寒得很，又这么热肠，拿点出来给他！"胤祥摸了摸自己的马褂子，里头有两个元宝，还有一包金瓜子，是和五阿哥吃酒猜枚赢的，——俱不是世面上通用之物。思忖了一下，取出四五枚金瓜子道："元宝太大，你拿了怕出事儿。这个给你——拿去换了慢慢度穷吧！"

　　"这使不得！"老王头从来没见过这物件，连连摇手道，"别折了我的阳寿！就我这个模样儿，到哪里去换钱，还不叫人当贼办了！"胤祥见他如此老实，抓起他的手塞了过去，笑道："你大约想着我是黑道儿上的绿林好汉吧？拿住，明天一早送点干粮给我们，天不明我们就要走的！这算是给你的饭钱。真出了事，就说是北京十三爷府里的人给的。没有失主，他们就敢治你的罪？"老王头千恩万谢地接了。出去一会儿，又给他们带来几张煎饼、一大块老咸菜，说："不怕二位爷笑话，我在这只是个下三等奴才，拿不出什么好东西。就这点东西，厨房里还不肯给，我说，'谁能背着房子走路？得方便时且方便嘛！他们吃了，还不是拉到八爷地里？'这才取了点来，不是待客的礼数。"

胤祥听了不禁大笑，说道："看你不出，老实巴交的还会捣鬼取笑儿，怎么见得吃了这几张煎饼，就还得拉到你们刘八女的地里？"老王头听了只一笑，说道："那龛顶上还有一包蜡，你们要害怕，就点着灯睡——我得赶紧去巡夜。"说罢一径去了。胤祥自去外头塘边擦洗，换了一身干衣服，进来，见胤禛双手合十，垂睑默坐，已经入定。他们自幼相处，知道这是胤禛每日必做的功课，只一笑，便仰身在草席上睡下。

胤祥在康熙皇帝的二十多个儿子中是与众不同的一个。俗话说，没娘的孩子最可怜，胤祥比之死了娘的七阿哥胤祐、十八阿哥胤祄还差着老大的一截。按清代祖制，皇子无论嫡出庶出，一坠地就有八个保姆、八个乳母、针线六人、浆洗六人、灯火六人、锅灶六人，共是四十人服侍。其余皇子无论大小都配备得齐齐整整，惟独他只有十七八个人。皇子六岁入学堂，别人每天有八两学费，他却只有五两。那些个学堂总办教习，在其余阿哥跟前形同奴婢，呼往喝来，从不敢违拗，却都敢在胤祥身上使威风。有一次十阿哥在学堂听课玩飞盘子砸了他，柯总办反而罚他站日头地，种种欺侮不胜枚举。他起初也是不明白，一般儿都是帝室龙种，为什么自个当受气包儿？到康熙三十二年胤祥七岁上撤销皇子学堂，都随太子进毓庆宫读书，境遇才略好些。太子和胤禛都很喜爱这个活泼聪敏，又带着点野性的幼弟，胤禛更是爱护备至。胤祥曾悄悄询问，为什么九哥十哥都骂他是"野种"？胤禛慢慢解说了，胤祥才明白，自己的母亲还活着，而且是蒙古土谢图汗的独生女儿。土谢图部落遭战乱，母亲流落中原，与一个叫陈潢的汉人书生曾有过一段缠绵恩爱。后来婚姻不遂，选入宫中成为贵妃，那书生瘐死狱中。母亲看破红尘，竟遁入空门。胤祥生性要强，自图奋发，弃文学武，读兵书练武功，想着有朝一日能像圣文神武的父皇一样在人世立一番赫赫功业，好堵一堵那起子作践自己的阿哥的嘴。

今夜，一向倒头便能入梦的胤祥却睡不着了。外边不知几时起了风，黑魆魆的柏林微啸着，房边的枫杨活似暗夜中一群人在欢笑鼓掌。他一时想到太子胤礽，虽然待自己宽厚，却并不交心，八阿哥胤禩待人亲切，言笑中总带一丝冷意，九阿哥胤禟十阿哥胤䄉，一个阴沉沉，一个粗鄙不堪，虽然如今不敢明着欺侮自己，但他明白，如果没有这个闭目坐禅、严峻难犯的四哥护着，还不知道怎么样呢！但他不能明白，和四哥一母同胞的十四弟胤禵，一般儿儒雅风流，爽朗豁达，为什么见了自己就板起脸来？忽地又想到方才那个女孩子，更觉思绪纷乱，双眸炯炯竟连一点睡意也没有了。遂翻身坐了起来，双手抱膝，舒了一口气道："四哥，夜深了，明早还要赶道儿呢！你这份虔诚，佛祖早就心领神受了，何必一定要坐半个时辰呢？"

"习惯成自然了。"胤禛徐徐开目道，"你瞧着我是坐禅，其实不知怎的，总意马心猿难以入定。在芜湖看邸报，皇上已经命马齐入上书房，要清理户部亏空。我看这差事没准就落到我头上。这么大的事，人连着人，网结着网，牵一发动全局，我实是心里没个底啊！"

胤祥不禁一笑，说道："原来你在忧国忧民！杀人偿命，欠债还钱。只要官员们借国库的钱还了，户部亏空不就填起来了？"胤禛听了默然良久，说道："谈何容易呀！你不在事中不知其难！"胤祥说道："车到山前自有路——你还拿这话开导我呢！没听人家说：不怕欠债的精穷，就怕讨债的英雄！"胤禛刚要答话，便听南边角门里头"嘎吱"一声脆响，仿佛是一根木头折断了似的。半夜三更，两人听了毛骨悚然。稍一停便听西院里一个男人粗喉咙大嗓子吼道：

"拖出她来！贱妮子，给脸不要脸！在我跟前装正经，却和那个小白脸眉来眼去调情儿。"

兄弟二人听了不觉一怔，胤祥也不言声，"噌"地跳起身来，到马褡子里摸了一把，才知道并没有带刀，胤禛忙喝道："老十三，不许惹祸！"胤祥素来天不怕地不怕，却只胤禛说话从不违拗，煞白着脸坐在胤禛对面。

又听院里一阵折腾，那男人嘿嘿笑道："这石条子上倒凉快，就坐这儿！阿兰，刚才有人说你嚷着'卖唱不卖身'，我老胡当时正陪着任爷，没工夫过来料理你。既如此，好得很，你就唱个曲儿，给你胡老爹醒醒酒儿！"胤祥看看胤禛，想说话，只见胤禛端然趺坐，脸上毫无表情，便又咽了回去。院里的阿兰哽咽着唱了起来，正是方才泼水那女子的声音：

> 问人间，何事最伤情？风雨抛故园，天涯任飘零。千里万里迢迢，水长山亦高，无处觅，桃源胜境。更何堪无情生离，把老亲幼弟，都付于皇天苍穹……

胤祥听着词意凄苦，不觉痴了。没想到这么一个泼辣女子，竟唱出如此凄苦的调子。正俯仰叹息间，却听老胡醉醺醺地叫道："不好不好！哭丧似的，你将来进北京，在九爷府要唱这个调儿，不扒了你的皮！重来！唱一个，嗯……十八摸吧！"

"十八摸"是《李天保吊孝》里的一段，词句极是淫秽不堪。胤祥听这姓胡的如此做派，早已气得浑身打战。但胤禛不发话，他始终不敢有所动作。半晌，听得西院中响起皮鞭声，胤禛起身，叹道："把马褡子放到鞍上！"

胤祥一语不发，双手挽起两个沉重的马褡子，憋着一口闷气走出来，往马背上一搭，回头看时，胤禛已经出来，一边解缰绳，一边说："你去，教训教训这个姓胡的！"胤祥巴不得他这一声儿，答应着脱了布衫，露出雪白一身练肉，把马鞭子往腰里一掖，蹚着草到小门边，相了相，用脚猛地一踹。那门本就不结实，早轰然一声崩倒在地！

里头那个老胡正发酒疯，又听曲儿，又打人。几个牙婆子围在身边，调情取乐儿，看着昏倒在地的阿兰说风凉话儿，猛地见胤祥踹倒角门，盘着辫子赤着膊大踏步进来，都吓得身上一颤。那胤祥看了看阿兰，双手叉腰，眼中冒着怒火，向老胡道："是这个老王八蛋在这打人么？"

"你是哪个庙里的神呀！"老胡半日才回过神来，双手一撑立起身来，一把扯开布衫，露出满胸的黑毛，冷笑一声问道，"我调理我的人，与你什么相干？唉？你大概就是那个小白脸？谁他娘裤裆烂了，把你露出来——"

言犹未毕，只听"啪"的一记耳光，老胡左颊早被扇了一下。

胤祥勃然大怒："你爷爷名叫天不管地不收！今儿这事，老子管定了！她多少身价银子？我买了！"

"你有一万两银子，胡爷不卖！"老胡跳脚骂道，"夜入民宅，非奸即盗！——李二、钱大麻子！把他捆起来，先叫他看我消遣这个贱妮子，明早送他进县！"话没说完，当胸又挨了胤祥一掌，踉跄着退了几步，依旧收不住脚，坐倒在地，"哇"地吐出一口血来。胤祥还待进击时，躲在角落的几个奴仆也扑了过来，胤祥背后好像长了眼，身子一偏，顺手提起，一手扳着膀子，一手提了辫子，因见此人满脸麻子，胤祥不禁笑道："想必你就是钱大麻子了？"脚下一个扫堂腿，上来的两三个人已谷个子似的倒在地上……胤祥顺势猛地将手中的钱大麻子一摔，那五六个像人肉堆似的倒在一处。康熙皇帝遵从祖训，不忘祖宗武备起家。他有规定，凡皇子每日必须习武。连胤禛那样喜读书的也不能例外。这些皇子们的师傅都是大内有名的侍卫，天下出尖儿的武林高手，自然个个身手不凡。何况十三阿哥、十四阿哥又在阿哥中最爱习武，既读兵书，亦精武术，区区几个野鸡把式的豪奴何足挂齿！胤祥咬牙笑着抽出鞭子，就着院中灯光，也不分是脸是屁股就是一阵狂抽猛打，打得几个人鬼哭狼嚎到处乱钻。

院里顿时大乱，院外几十个人拥进来，见胤祥纵跳横跃，身手了得，只是干着急。西房中几个女孩子吓得尖声大叫。那老胡见来了援手，壮了胆子，高声叫："把角门封了，这是江洋大盗，不要放走他！"阿兰早已惊醒过来，见老胡一只脚正好立在自己身边，一翻身便猛咬了一口。

"妈呀！"老胡大叫一声，双手捂住腿肚子又是打滚又是嚎叫。不防胤祥几步跨过来，用皮条鞭绳向他脖子上一勒，拧转胳膊，厉声喝道："叫角门上的人闪开，闪远点！不然——"他紧了紧绳子，老胡立时张嘴吐舌，两手乱摆。那角门上的人见头儿被擒，对望一眼，只好无可奈何地闪出一条道。

"听着！"胤祥一手提着吊得半死的老胡，走到角门口，立定了身子，炸雷般地喊了一声，"爷爷不是什么江洋大盗，乃是当今朝廷十三阿哥，路见不平，进来教训教训这个畜生！"他抽出马鞭子指着披头散发的阿兰，说道，"这个阿兰，十三爷买定了！你们好生送到北京，伤了一根汗毛，九哥也救不了你们！哼！"说罢顺手一推，将老胡掼出一丈开外。胤祥拍拍手，从容出了角门。胤禛早已等在那里，见他出来，笑道："我没有功夫，见他们封门，真替你捏一把汗。要真到县衙里告皇阿哥，满天下就无人不知了。我可怎么回皇上的话呢？""这几个杀才何足道哉！"胤祥哈哈大笑，加一鞭，说道，"我抑暴安良，仗义行侠，真闹出事来，父皇也未必就降罪！"说罢，二骑一阵疾驰，向十里庙方向奔去……

路上遭了这档子事，胤禛兄弟俩不敢再耽误。原打算登泰山观日出，只好作罢。每日只避开巳午未三个最热的时辰，马不停蹄地趱行回京。走了两天，才到了刘八女的地边儿，二人不禁咋舌：这刘八女势豪财雄，真个不含糊！回到北京时，正交立秋。听说南方已经下了大雨，但京师仍是干旱无雨，焦热滚烫，好在北京天天刮风，不似桐城闷罐蒸笼似的。

兄弟二人在朝阳门下马，天色已晚，康熙皇帝又住在西郊畅春园，不便觐见。但按规矩是钦差回京要向皇帝述职，不能回府。只好屏退了前来迎接的礼部官员，就歇在运河码头旁的接官厅，吃过晚饭，两个人便漫步出来，在波光粼粼的运河旁观景消食儿。没说几句话，高福儿从后头赶上来，单膝跪地打着千儿禀道："四爷，十三爷！八爷已到接官厅来看二位爷了。四爷府里的大爷弘时，二爷弘历带着一干子家人，也来请安。请二位爷回步！"

"唔？"胤禛目光一闪，看了一眼胤祥。两个人同时止了步。八贝勒胤禩府，就在码头附近，对面灯火一片辉煌。胤禩这人礼数周到，来看望不足为奇，只是听说他到甘陕察看旱情，赈济去了，怎么也回来了？两个人都觉有点意外，不约而同转步回来。早见接官厅旁一个二十四五岁的年轻人，穿着四爪蟒袍，石青补服，二层金龙朝冠上，颤巍巍缀着一枝金花，腰间佩绦上饰着两颗东珠。他长得很像胤禛，面白如月，目如点漆，只右颊下有一笑晕，不像胤禛那样嘴角微翘，总带着一丝冷意——看去十分雍容华贵，精明老练中带着深沉大度。

"四哥！"见胤禛、胤祥相跟回来，立在阶前的胤禩跨前一步，躬身一揖说道，"四哥鞍马劳顿，实在辛苦了。按理，我该早来的，因这几日天热，皇上略感头晕，下午去畅春园给皇上请安，刚刚儿回来，听说四哥和十三弟回来，我就赶着来了。"胤禛见说康熙有病，惊问道："老八，你说细点，父皇到底怎样？要不要我即刻去畅春园请安？"

胤禩不禁一笑："四哥向来不是这样婆婆妈妈的嘛！我今日下午去时，皇上还说不相干，用不着每日两次进园。瞧他的气色还好，明儿你一见就知道了。唉，皇上到底老了，身子骨儿不比从前了。"说罢，看着胤祥含笑问道："跟着四哥，既不能吃酒，又不能看歌舞，闷坏了吧？"胤祥大咧咧地抱手一揖，笑道："叫八哥猜着了。有道是戏台小世界，世界大戏台，也没少看热闹儿！"

胤禛的两个儿子，大的弘时，刚满九岁，小的弘历，不过六岁。见他们小大人儿似的垂手站在一旁，胤禛便板着脸道："见过八叔了？怎么见了十三叔连个安也不请？""罢罢罢！"胤祥一摆手，呵呵笑道，"不用了，过几日见了再补这个礼。"蹲身上前一手搂了一个，问长问短，十分亲热。胤禛却道："放开你十三叔，我们还要说话呢！"胤禩知道胤禛家教一向如此，只一笑便跟着进来。

"四哥！"见礼过后，胤禩略显得随便了点，脱去了外头袍褂，散穿一身石青府绸衫，一条乌青油亮的发辫甩在椅后，啜着茶问道："听说你到桐城去了？见着方苞了么？"胤禛微一欠身，答道："见着了，极平常的一个人。他文名那么高，我原想定是个倜傥风流的才子！一见之下，大失所望啊！他已解来北京，你想见他还不容易？"胤禩含蓄地一笑，说道："四哥笑话了！他是大逆不道之人，我怎么好到牢里去看他？只是我想，首恶戴名世写的那本《南山集》，实在是罪无可逭，但方苞这人只是写序。如今的名士有一种风气，不看本书就提笔为之吹嘘。无论如何，桐城古文大家，一派宗师，就这样办他为逆案，实在太过。四哥，我很想救他，又有点瞻前顾后，怕父皇震怒。你是阿哥里头最聪明的，特地来向你请教。"

胤禛听他侃侃而言，词令十分中肯，一笑说道："你这个老八也真是的，我算什么聪明人？据我看来，还是听其自然好。这些人心中念念不忘的是他那个大明天下，皇上为招揽这些文士，生了多少办法，又是恩科，又是特简，还专一办了个博学鸿儒科，他照旧不服，不给点苦头让他们尝尝成了什么体统？"胤禛一向以刻薄寡恩著称，碰壁是意料中的事。胤禩不过图个"有言在先"，遂一笑而罢。对坐沉默良久，胤禩笑道："四哥不救，我可要试试看了！"于是，转脸对胤祥道，"这回出去听说干了件痛快事？"

胤禛、胤祥心头都是一惊：江夏的事怎么这么快就传到他耳中了！胤祥满不在乎地说道："是啊！我正要找九哥赔罪呢！""你给九哥赔什么罪？"胤禛愕然说道，"这事与老九还有瓜葛？"胤祥一愣，说道："你问的什么事，把我也弄糊涂了！"

"施世纶的事嘛！安徽布政使已经有保本递上来了！"胤禛爽朗地笑着，"你这个十三阿哥，装成私盐贩子，这白龙鱼服，要真叫施世纶瘟头瘟脑地敲一顿板子，这戏就有得唱的了。"

原来为这个！胤祥松了一口气，说道："我还当九哥的耳报神告诉了八哥呢！"遂把夜宿江夏镇、揍了一顿老胡的事一一说了。

"有趣！"胤禛听得开怀大笑，"为一风尘女子，皇阿哥仗义行侠，不但古风可佩，而且说不定这中间还有一段天凑奇缘呢！只怕是有人借用阿哥的名义拐卖人口。要真的是老九的人，一切你放心，都包在八哥身上！"遂起身向胤禛一躬，说道，"四哥、十三弟劳乏了。等见过了皇上，我为你们洗尘！"说罢，笑容满面地辞了出去。

第四回　查库银康熙倒噎气
　　　　整吏治胤禛上条陈

　　满洲人祖居凉爽之地，最怕中原盛夏炎热，因此在安定西北之后，国库稍有盈余，康熙便在承德建造避暑山庄，每年总有三四个月前往度暑。今年入夏，康熙到了一趟河南，巡视开封汛防，回到北京便觉头晕，怕再受热，便移居了畅春园。畅春园地处北京西郊南海淀，因在圆明园之南，所以又叫"前园"，原系前明武清侯李伟的别墅。康熙四十二年，在修建避暑山庄的同时，拨内帑七十万两重加修葺，赐名"畅春"。此园外环长溪，内罗碧波，园内曲径通幽，亭榭错落。虽盛夏烈焰腾空，一入园内，便顿觉水气沁凉，苔滑石寒，确是消夏胜地。

　　第二日早晨，胤禛、胤祥起得绝早，也不坐轿，一径打马赶来。过了清梵寺，便见微曦中溪水双闸对过，左右各有一座彩坊，吊着几盏硕大的黄纱宫灯。守门的侍卫闪出身来，大声喝道："前头是圣驾驻跸关防禁地，除赐紫禁城骑马者，一律步行入内！"胤禛和胤祥赶忙下马，待那人近前，胤祥才看见原来是二等侍卫刘铁成，便笑道："黑牛儿，是你，你咋呼什么？"

　　"哟，是四爷、十三爷！"刘铁成原是水匪，后被招安，因西征从驾有功，进为二等虾，小名叫黑牛，与胤祥极相稔熟的。听胤祥一说，忙近前向二人请安，说道："太子爷昨晚就住在园里，有话吩咐出来，说四爷、十三爷今天必定进来。请二位爷稍候，我这就进去递牌子。"说罢一躬身便进了彩坊。这会儿闲着没事，胤禛仔细打量那坊时，只见五色锦缯彩墙顶上，葛藤虬根盘龙交错，结成"万寿无疆"四字，藻须长垂，下接于地。旁边金漆红柱上写着隶书楹联：

　　两地参天　日月冈峦开寿域

锡畴敛福　凤麟河岳献贞符

灯影中金灿夺目。

　　胤禛觉得"峦"字似与"岳"字有点重复，方俯首沉思，却见侍卫德楞泰从里头出来，便问道："你也在这当值么？"

　　"万岁叫胤禛、胤祥进去，在澹宁居见！"德楞泰大声宣道。待两个皇子叩头领旨了，方笑道："回四爷的话，这里是刘铁成，再进去是鄂伦岱，我跟着万岁爷。二十个头等侍卫，谁也不许错乱、顶班，这是万岁爷定的死规矩。"

　　胤禛笑着点点头，和胤祥跟着德楞泰迤逦进来。此时天色微明，但见长长的甬道上全是用玫瑰月季交枝儿搭成的花洞。出花洞往西一带，一边九个油布黄棚，外头各竖铁牌，写着各省的地名儿，便知康熙想要在此长住，各省要员述职觐见自在本省棚内候旨。行至佩文斋，德楞泰笑道："前头就是澹宁居，二位爷只管进去。我不奉旨不能过去。"胤禛二人向前走了二十几步，果见前头一所五楹高房，黄瓦墁顶，是帝王规制。不知什么缘故，这些房屋却丹腾不施，素纱幔棂，而周围环绕着的纯约堂、露华楼、韵松轩俱是金碧辉煌，惟此居独横其间，显得特别。松映竹掩，不但不见半点寒碜，反而流露出稳沉实在，落落大方。数十名太监守在廊下，鸦雀没声。胤禛看了看正整衣冠的胤祥，等他收拾停当，"啪"地打了马蹄袖，高声报道：

　　"儿臣胤禛、胤祥，恭请皇上圣安！"

　　"进来！"良久，才听里头康熙吩咐出来，辞气却是不善。兄弟二人对视一眼，忙趋步而入，刚要行大礼，康熙一摆手道，"你们跪一边去，这会子大臣议事，待会儿朕有话问你们！"

　　两个人知道父亲脾气，默默跪在了一旁。胤祥偷眼打量时，只见康熙比离京前略瘦了点，精神却颇为健旺；八字寿眉下一双眸子晶亮有神，颏下数寸长髯梳理得齐齐整整；只穿一件波罗葛袍，腰间束着白檀马尾纽带；盘膝端坐炕上，脸色铁青，毫无笑容。几个上书房大臣比皇子受到优遇。以张廷玉为首，马齐和佟国维依次坐在木杌子上奏事。

　　"施世纶这人还是要保下来。"康熙将一份奏折页子合起，放在茶几上，沉吟道，"这个人倒是个能员，只是急功近利，也招人讨厌！一是太好事，在宁波府弄什么火耗归公，克扣得下属县衙连师爷都请不起——贬了官，仍禀性难移！再一条，他和于成龙犯一样的毛病，打官司护穷，护读书人。须知天下事并不尽是穷人、读书人总有理，抱着这样宗旨断案，哪有不出差错的？"

胤祥听到这里，忍不住膝行一步说道："阿玛圣鉴，洞悉万里之外！儿臣看他是个理财的材料儿，户部还有个主事的缺，何不补他进来？"

"你忙什么？这就要说到你了！"康熙偏过脸来，冷笑道，"朕竟不知道你们这对难兄难弟做的什么好事！你们人还没回到北京，告状的折子却先递了进来——朕不说你们，你们自个看看吧！"说着将一叠折子"啪"地摔在地上。胤禛、胤祥都吃了一惊，忙双手捧起来翻看，头一篇便是安徽巡抚甘茂林的折子，题头赫然写着："为题参安徽布政使何亦非倚仗阿哥敲诈民财，紊乱盐课事。"下头几本却是按察使的，说因盐课处置不当，通省盐民罢市，盐枭沟通水盗抢劫运盐船，安庆、庐州、颍州、徽州、宁国、池州、太平等府治安不绥，请旨弹压。连篇累牍，把个安徽说得贼窝子似的，竟是通省不宁。明是弹劾何亦非，具实本本奏章含沙射影，指着"阿哥钦差"不谙民情，举措失当，招来民怨。胤祥顿时气得脸色通红，正要说话，胤禛却将稿本一合双手捧着递了回来，说道："阿玛，既是盐枭作乱，请阿玛准了安徽臬司衙门的奏，出兵弹压！盐枭紊乱国政，早该痛加整饬，如今趁势一举查办，正是时机——儿臣担保半月之内就可平息！"康熙一哂，说道："你能担保？"

"儿臣担保！"胤禛静静地说道，"这不关何亦非的事，都是儿臣的主意——官绅盐商狼狈为奸，已成尾大不掉之势，不管管实在不行了！"

康熙忽地从炕上跃起，逼视着胤禛道："你好宽的肩头！居然在朕跟前说这样的大话！好好一个安徽，叫你们搅得七颠八倒，还要吹牛！朕叫你们去看河工，谁叫你过问盐政来？连吏治上的事你也管？十八行省独独整顿一个安徽，逼着要人出钱，能不出事？别的省怎么办？你就是不安分！都怪太子太纵容了你！"众人见康熙勃然大怒，顿时吓得脸色煞白。胤祥忙连连叩头道："事情是儿子惹出来的，请阿玛下旨，儿子愿同四哥再赴安徽，用兵弹压！""没你的事！你不过是老四的影子！"康熙怒喝道，"朕叫你们看河工，你们看河工就是了，谁叫你们惹是生非来？一二百万两银子，户部拿不出来么？"

"回皇阿玛话。"胤禛叩头道，"其实儿臣一片好心，也没有越权行事。秋汛将到，河防不牢，不就地筹银，再从户部调银，怕误了事。再说户部的情形儿臣也略知一二，要拿出这么多银子恐怕一时也很难凑手……"

康熙怒极反笑，转脸对张廷玉等人道："你们听听，他倒比朕还'略知一二'！户部昨日递上的册子，库里还有五千多万两银子呢！"

"万岁……"张廷玉身边的马齐苦笑了一下，说道，"四阿哥说的是真情。奴才虽不知底细，但户部的账目与库存不符，由来已久了。"佟国维却道："论起这事，四爷、十三爷嫌孟浪了些，却是一片为国忠心，像这样的事，该当请旨之后再办的。"

康熙这才知道，上书房大臣中意见也不一致，遂缓过颜色说道："你们自然是好心，但须知天下事兴一利必有一弊，叫人防不胜防。天下太平之日，多一事不如少一事。老四，朕要说你一句，办事认真是好的，但要宽厚待人，下头的人有他们的难处，你凡事要设身处地替人家想想：你不但克扣了一省的生耗，还要从盐商身上打主意，怎么不招人怨？你们去吧，先去见见太子，随后朕还有旨意。"待二人默默饮泣叩头出去，康熙叹道："胤祥是个傻大胆儿，胤禛做事精细，只天性中带着刻薄。长此以往，这一对搭档可怎么得了？"佟国维听了只一笑。马齐却道："若论待人，还是太子爷、三爷和八爷；若论办事，奴才倒以为少不了四爷这样的认真劲呢！"康熙低头思忖了一下，笑问张廷玉："你怎么不言声？"

"奴才一直在想，"张廷玉皱着眉头说道，"是不是安徽三司有点夸大其词。一连六府盐枭作乱，居然没有惊动兵部！安徽好几个密折专奏的臣子，也不见递来奏事匣子——他们都是做什么的？"

一语提醒了康熙，不禁一怔：真的，要照该省三司衙门的奏折看，已是一团乱麻，怎么几个知府不见有折子进来？他拍了拍有点发胀的脑门，要了一杯茶吃了两口，只是沉吟不语。张廷玉想了想，已经明白，这是胤禛、胤祥兄弟俩在安徽敲剥了官员的火耗银，火气没处发作，借着盐商的事，让胤禛、胤祥吃吃苍蝇。但他不想把这一层内幕说破。因为他知道佟国维和太子不和，遂笑道："依着我的见识，安徽的事万岁只管撒开手，听听下头消息再说，倒是马齐说的，户部银账不符，库中存银究竟有多少谁也摸不清，这确是一件大事！得马上清理！万岁，盐政不是最要之务，您得心中有数！"康熙身子一倾，问道："据你看来，什么是最要之务？"张廷玉咬着嘴唇，半晌才道："吏治！"

"对！"马齐欣然说道，"何尝不是如此！奴才这会子也想清爽了，怕是四爷在安徽，又让官员捐火耗、又要清理盐课，叫他们捐款治河，如何不得罪这干子不要脸的墨吏？他们借事儿起哄，也是有的！"佟国维忙叹道："如今的贪风真真是了不得！原先顺治爷年间，一任知府下来，不过三五万两的出息，如今十五万两还打不住！不贪，这些银子哪里来？纳捐授官，原是平三藩、西征时，为开辟财源，采取的应急措置，可倒好，竟成了惯例——有了钱买官缺，有了权再捞钱买大官，将本求利，滚雪球儿似的……这个吏治，奴才一想起来就痛心疾首，该到整治的时候儿了！"马齐被他说得来了兴致，连声附和道："国维说的是，法由人执，吏治不清，什么也说不上！别的不讲，科场作弊这一条，秀才是六百两，举人一千二百两，进士出多少我不知道，大约也有定价，居然公买公卖童叟无欺……这样下去可怎么得了？"

张廷玉却不吭声，在旁以写起居注作掩饰。吏治拆烂污，贪贿成风，他比谁都清楚，但他认为根子正在康熙身上，诸如明珠、高士奇、余国柱、徐乾学，都是明摆着的贪官，即使垮台致休，也不治贪罪，大官不管，下头的吏治怎么整饬？佟国维说整吏治，其实根子还是冲着太子。吏治不好，是太子无能；整顿好了，是他佟国维有先见之明；整不好炭篓子依旧扣到太子和胤禛、胤祥头上……这份居心便叫人胆寒！正想着，却听康熙问道："整顿吏治，朕赞成，只是从何着手呢？"

"四阿哥有个条陈，"马齐说道，"奴才见了已经呈交太子，大约这几日就能递上来——治贪治乱，应立严刑峻法！如像明珠的儿子揆叙，在籍的贪吏徐乾学、余国柱至今逍遥法外，为什么不可以办几个，斩几个？要整就得像个整的样子，贿案一千两以上者，一经查清，该抄的抄，该杀的杀，该剐的剐，使贪官无立锥之地，便有贪心者知国法不可违——四爷说如此做法，数年之内如无起色，请万岁治臣妄言之罪。奴才寻思，倒不妨按四爷的条陈试一试！"

佟国维一听，胤禛要处置的都是八爷胤禩的人，由不得心头起火：人说胤禛残忍成性，薄恩寡义，真是半点不假！他厌恶地看了一眼说得满口白沫的马齐，正要说话，却听康熙道："四阿哥有治事之才，但似乎不识大体。治乱用重典，这话不错。但眼下既无外患，又无内乱，何妨从容行之！朕以为官吏操守是最要紧的，应下诏奖励廉吏，如于成龙、彭鹏、张玉书、张伯年、陈瑸等人，没死的要优抚，死了的要厚恤，使人知道廉吏不但当为，也可为！刷新吏治是一篇极难做的真文章，平地一声雷地闹腾起来，是要出乱子的！所以得缓缓来，从易处着手，平平安安地把事情办下来。"佟国维接口道："万岁圣虑深远，奴才愚不能及！倘若为清吏治，引起朝野骚乱，烧香引鬼，拒狼入虎，反倒更难善后！那年于成龙在山东，试行官绅一体纳粮，弄得读书人罢考，差点激出民变！殷鉴不远，岂可忘怀！治标不如治本，据奴才想来，不妨先从读书人做起。读书人没有廉耻，做了官能够清廉？所以应下诏切责各省督学，直到训导、教谕，逢十宣讲圣训，激发天良，挽回颓风。吏部考功司，纠察一个贪官，办一个，两头夹着，庶几可以慢慢澄清。"

"这是老生常谈。"马齐听佟国维漫天撒网，说得不痛不痒，冷冷顶了一句，"恐怕于事无补！"

"我说宣讲圣谕，马齐也以为错了？"佟国维自恃国舅，原本就没有把这个才进上书房不久的汉人放在眼里。听马齐当面讥讽，佟国维顿时涨红了脸，冷笑道，"不宣讲圣谕，不读先哲之书，拿住就抄、就杀！这叫不教而诛！"马齐也红了脸，说道："佟中堂！贪官墨吏有一个纠察一个，办一个，这能叫不教而诛么？皇上的圣训十六条已经颁布几十年了，四书五经也不是去年写出来的，我说老生常谈，是客气。虎狼屯于阶陛，尚谈因果，那是迂腐无能！"

康熙原本还在静静地听，见他们动了意气，"啪"地把手中扇子一扔站了起来，沉着脸道："像什么样子？凭你们这躁性，还做宰相，协理阴阳，主持大政！回去都好生拣几本修心养德的书读读！"见两个人都低头住口，康熙踱了两步，突然转脸笑问张廷玉："你是什么主意？"

"佟马二位说的都有道理。"张廷玉忙跪下说道，"目下吏治确到了非严肃整饬不可的地步，但诚如皇上所说，操之过急亦似不必。据奴才所知，户部账目存银五千万两，其实库存没有这许多，都快叫官员借空了——所以四爷就地筹银，也真是不得已。这一条他虽不便明说，但万岁您……您得心中有数！""听你的口气，像是已经查过，实存银两到底有多少？"康熙狐疑地看着张廷玉，又道，"你起来回话！"张廷玉咽了一口气，并没有起身，重重叩头道："奴才是听四爷没出京时说的，原来还不敢信，四爷走后，到底不放心，又去查了查——真是骇人听闻！"

"你啰嗦什么！到底是多少？"

"奴才没敢细查，不知确实的细数，大约——不足一千万两……"

"一千万！"

康熙突然觉得头一阵眩晕，两腿一软，跌坐在炕上，倒抽了一口冷气，脸色苍白。官员们借债他是知道的，但将国库借空，闻之能不惊心！良久，康熙方拈须长叹道："好一个太子……理的什么家，都到了这地步，还瞒着朕！"

"四爷的条陈就是冲这个来的。"张廷玉道，"说是借债，其实还是吏风不正，不可掉以轻心！奴才想，吏治千头万绪，从何清理？查处亏空似乎是一条门径。这件事不但比狱讼、纳贿容易办，而且也是当务之急。否则国家一旦有事，库中无银可支，那是不得了的！"

康熙愈听愈觉心惊，脸一仰叫道："李德全呢？"

"喳！奴才在！"副总管太监李德全就站在自鸣钟旁侍候，忙答应着过来，躬身道，"万岁有什么旨意？""你去韵松轩，传旨给胤礽、胤禛和胤祥，即刻着手预备清理户部亏空积欠，先计议一下，明儿递牌子过来见朕！"

"喳！"

"传旨：现任户部尚书梁清标年老体弱，着恩准致休！"

"喳！"

"去吧！"

"喳！"

康熙这才回过神来，呷了一口茶，默谋良久，笑道："讲圣谕也好，读四书五经也好，无非为调理好这个天下。太子胤礽过于懦弱，你们几个也不能事事顺着他，像这样的大事，今儿不翻腾出来，朕仍旧被蒙着，这怎么成？"

这话词色虽然缓和，三个大臣都掂出了分量，佟国维和马齐忙也跪下，叩头道："是，奴才们奉职不谨，请赐处分！"张廷玉道："虽说清理亏空，凭借条收欠款，但年深月久，办起来也很不容易，奴才请旨，愿随太子爷往户部办差！"

"你们几个都不用去，谁酿的酒谁喝。"康熙沉吟道，"让阿哥们历练点实事不无好处。恐怕有些人你们未必惹得起，叫他们去碰碰吧。要是人手不够，像施世纶这样的，调几个帮忙也就是了。"正说着，李德全已经回来，禀道："太子爷出去了，奴才没见着。四爷、十三爷还等在韵松轩，他们明儿过来回主子的话。"康熙听了无话，半晌，说道："跪安吧，朕有点乏了。明儿再递牌子。"

众人纷纷起身辞了出来。到了院中仰脸看天色时，已过巳牌时分，一大块乌云从西边正慢慢压过来。张廷玉叹息一声，心里暗忖道："就是清理债务，又谈何容易！两个阿哥又要给太子招怨了，唉……"

第五回　畅春园太子破好梦
韵松轩阿哥乱萧墙

太子胤礽此刻正和朝鲜国使臣李中玉共进早膳。早膳后，又说了一会儿话，已近辰时。胤礽回到韵松轩，坐下批了一会儿奏章，觉得又闷又热又寂寞，便带了管事太监何柱儿拿了钓竿到海子边垂杨柳下垂钓。他今年三十三岁，出生那年，正逢吴三桂造反。按清朝祖宗家法，本不立太子，但是为了定人心、固国本，康熙断然决策，封他为太子。他的母亲赫舍里皇后，和年幼的康熙皇帝有青梅竹马之好，加上她又是勋贵大臣索额图的侄女，主持六宫井井有条。后来朱三太子乱宫，赫舍里氏护驾受惊难产而死。有这几条前因，康熙一向视胤礽为掌上明珠。太子生来仁善可亲，读书练武也十分用功，一直是很得康熙钟爱的。但到他三十岁时，索额图出了事。这位曾帮助康熙清除权奸鳌拜的大臣，居然伙同兵部尚书耿额图谋不轨，想乘康熙不在京的机会，途中囚禁康熙，然后再来一次"灵武即位"、扶胤礽登极，被精明的康熙觉察了，立即下诏处死耿额、圈禁索额图。虽说没有因此处分胤礽，甚至连一句重话都没说。素来与胤礽心存芥蒂的皇长子胤禔，还有自成一体的皇八子胤禩、皇九子胤禟、皇十子胤䄉，一个个都是人中之龙，最精细不过，已经瞧出康熙和胤礽之间存有戒备之心，都各自打着算盘，想谋这太子的位子。胤礽也不笨，早已知觉，但既处此位，也不好明目张胆地对付这些兄弟们。

胤礽漫不经心地看着水面上的鱼漂子。水里放养的鱼，十分好钓，一会儿便钓了十多条，但他不杀生，每钓一条，便让何柱儿换饵，赏玩后，仍放进水中。正自出神间，听何柱儿叫道："太子爷！天阴过来了，立时就有大雨，咱们回去罢！"

"是么？"胤礽抬头看时，果然天空飘来一大片乌云，遂笑道，"还没遮住太阳呢，就有雨了！你这婆子嘴絮叨些什么！"何柱儿却道："这夏天的雨说来就来，淋病了又是奴才的干系……"

话犹未了，一阵风带着腥味吹来，雨声已经临近，不一会儿水面上便泛起一片片的雨泡儿。胤礽慌得丢下钓竿，抱头就跑，边跑边叫："何柱儿，钓竿上有鱼，你放了它，再回韵松轩给我拿油衣，我到那边躲躲雨，雨小点你再来！"

胤礽看看左右，并没有可避雨的房屋亭榭，便一头钻进湖岸边一座假山石洞里。不料一进洞便踩在一个人的脚上。只听"哎哟"一声娇呼，那人笑骂道：

"春红你个小浪蹄子！死也不拣好地方儿！忙什么，外头下刀子丢石头了么？看把我这脚踩得好疼——啊！是太子爷！"

"嗯，"胤礽笑道，"是我，'死'也不拣好地方儿，是么？"那姑娘臊得满脸绯红，窝着身子叩头道："奴婢郑春华，错骂了主子，请主子责罚！"胤礽素性平和，只一笑，说道："不知者不为罪嘛！你骂的是春红，与我什么相干？起来吧！"一边说，一边打量。这才见郑春华不过十八九岁，颀长的身材，穿着家常浅绿裙，上头罩一件水红比甲，葱黄汗巾，配着满颊娇羞，眼波流盼，真是艳若桃李，颤巍巍似一株临风芍药。胤礽不禁呆了。

郑春华直起身来。见太子这样瞧自己，越发局促不安，蹲了个万福就要出去，却被胤礽一把拉住道："别去，外头雨大！"郑春华走不是，留不是；蹲不是，站不是，忸怩着紧靠在狭窄的石壁上，浑身拿捏得酸疼。

"我想起来了，你在畅音阁上演过《凤仪亭》，当过貂蝉！"胤礽突然想起去年元宵节和父亲一道看戏的事，问道，"如今你分到哪个宫里了！我怎么再没见过你？"

郑春华轻轻拭汗道："回主子话，去年三月我就被分在孔四格格跟前侍候，就住这园里。太子爷住在毓庆宫，不常来……我们算哪牌名儿上的……主子哪会……记得了？"不知是激动还是害臊，她微微气喘，说话有点打战儿。

"你的琴弹得好。"胤礽向她身边靠近了一步，一股处女的幽香淡淡地袭了过来，他有点心猿意马，"会下棋么？书画必定也是好的了？"郑春华忙向后退，但里边实在一点空隙也没有了。她偷眼看了看太子，嗫嚅道："琴是在家跟着父亲学过。棋是看四格格和皇上下，略学会一点——我们做奴婢的，哪有工夫学写字画画儿……"说着，挪动了一下身子，半裸的膀臂在胤礽腰间一触，立刻触电般闪了开去。

胤礽此刻已经欲火蒸腾，看了看外头，一片茫茫白雨，并没有人，遂嬉笑道："你又躲我，又偷看我，是为什么？"

"……"

"你看我这腰间做什么？这里有什么好看的？你知道是什么吗？"

"……"

"哎？"胤礽色眯眯地笑着，问道，"你……你怎么不回话？入宫前你家里人没教过你，主子问话得回答么？"

郑春华背转脸，抠着衣带，半晌才蚊子似的嘤咛道："主子……不说正经话么……"

"你不会写字画画儿，这怎么行！"胤礽此刻动情到十二分，一把将郑春华揽在怀中，口对口，把舌头伸进郑春华口中吮吸着，搅动着，含糊不清地道，"这会子外头有云有雨，我就教你云雨是怎么个画法……赶明儿，我向四姑讨了你来……全教给你……"一边说，一边就伸手解郑春华的裙子，在她软绵柔润的腹皮上轻轻向下滑动。

郑春华闭着眼，全身紧贴在胤礽身上，由着胤礽抚摸，腰间隔着衣衫被那硬邦邦的顶着，她浑身酥软，迷迷糊糊的，醉了一样。身不由己和胤礽在石洞中厮搂着滚倒在地……

"太子爷！太子爷！"

二人尚未入港，便听外头何柱儿在雨地里大呼小叫，不禁都是一怔。胤礽尚自不放，郑春华双手推开了他，娇羞满面地嗔道："快去吧！叫人撞见了……成什么体统呢？八月十五吃月饼——只要你……真能把我要去——还少了你的不成！"说话间何柱儿越走越近，口里咕哝着："怪事儿！方才那丫头还说看见太子爷跑到这边来了……"胤礽只得起来，略整整衣衫走到洞口用身子挡住洞口，没好气地问道："你嚎叫什么？没说等雨小点再来么？"因见何柱儿鬼头鬼脑地探视，便出来在雨地里披了油衣，蹬上泥履，扶着何柱儿肩头往回走。

"看看主子爷这身泥！"何柱儿一边走一边赔笑道，"晓得的说是主子不小心自己滑倒了，不晓得的……还以为奴才不会侍候呢！四爷和十三爷刚从万岁爷那边过来，说李德全传了旨意，催着奴才出来给主子送油衣。"

胤礽这才细看自己身上，前襟倒还干净，只稍零乱些，后摆上、袖子上、发辫上尽是泥浆青苔，好似在洞里打滚了似的，也难怪这奴才满眼的狐疑，遂掩饰道："洞里漏雨，只得紧靠墙躲闪着，倒没想弄得这么脏。"接着，又回到了韵松轩。见胤禛、胤祥都在廊下站着，胤礽定住了神，说道："我去更衣出来再说。"

好半日，胤礽才从东书房换了衣服出来。胤禛二人南面站定，将康熙方才的旨意说了。胤礽一跪三叩，口称"遵旨"。待站起身来，这才兄弟见礼，由着胤禛、胤祥请安，赐座奉茶自不必细述。

"清理亏空积欠，是很不容易的。"胤礽啜了一口茶，望着院外雨渐渐停了，良久才道，"十三弟，这个差使是要得罪人的。其实前年皇上就有意叫老十四去户部清查，老八和老九都到皇上跟前游说，说古北口八旗旗营急需整顿，得有个皇子坐镇，撺弄着换了这个差使。——怎么样？要不要我再奏一本，让你们到西宁出一趟远差逃一逃？"胤禛笑道："这家当不是老八的，他当然乐得做好人！太子，我们不给你争口气，将来这烂摊子可不好收拾呀！"

胤祥忽闪着眼看了看太子，说道："太子体恤我，我有什么不晓得的？四哥说得对，我们都是一棵树底下的人，不能看着树心被虫蛀了也不管。皮之不存，毛将焉附？我先做起来，有您和四哥坐纛儿，心里踏实着呢！"说罢手扶盖碗，莞尔一笑。

"其志可嘉！"胤礽想想他二人的话，都是忠贞不渝保扶自己的意思，不由鼓起兴来，赞叹一声，又道，"既如此，明日你们就到户部。我叫兵部下八百里加急，调施世纶进来。老四，你推荐到毓庆宫办事的朱天保和陈嘉猷，虽然年轻却都极有肝胆，王掞师傅曾向我夸奖过你很有眼力！我看不妨叫他们两个跟着老十三去，一来有个帮手，二来也便于和我们兄弟联络，你看呢？"他和颜悦色，十分温存体贴，胤祥听得心里热乎乎的。但胤禛却知道，太子和几个侍卫、朝廷内大臣、部里几个亲信几次在一块聚会吃酒，朱天保和陈嘉猷曾痛言切谏，君臣之间已不无芥蒂，不禁皱了一下眉头，说道："我听说朱天保很倔，十三弟的性子也暴，能合得来么？"胤礽一笑，说道："其实我是很器重天保的，我想抬举他做长史，不历练一下难在万岁跟前说话!"

胤祥笑道:"四哥也忒多心了!朱天保、陈嘉猷我又不是不认识,还有那个施世纶,必定也和我合得来。三人同心,其利断金,何况还有太子爷和你在后头撑腰!"

"就是这个话!"胤礽也道,"兄弟里头,我看就十三、十四两弟是真男子、大丈夫!老四,你深沉练达,气概上终逊一筹啊!"胤礽说着抿嘴儿一笑。兄弟里头,觊觎这个太子位的大有人在。他深知大阿哥、九阿哥、十阿哥、十四阿哥虽说他们都各有雄心,大抵上都是八阿哥胤禩的羽翼。三阿哥不哼不哈,却胸有成竹,一门心思投父皇所好,带着一干宿学大儒修史编书。只这四阿哥和十三阿哥,他自信绝无野心,父皇向来也只把他俩看成辅相之才。所以胤礽对他二人的忠心是从不怀疑的。他打发朱、陈二人跟胤祥从差,本心也还是想让胤祥立好这一功,自己脸上光鲜,也可堵住老八总嘀咕太子"无魄力"的口风儿。

胤祥哪里知道一霎儿工夫,两个哥哥转了这么多的心思。胤礽因见何柱儿从西屋里抱出一叠文书折本,便道:"放这儿,我和四爷、十三爷说完话再看。"看着何柱儿退出去,用手抚着稿本,含笑问胤禛道:"听说老八昨晚去看你们了?"

"太子爷好灵通的耳目!"胤禛笑道,"我们一回到北京就碰上了老八,真是个伶俐人啊!"遂一长一短地把见到胤禩的情形报了太子。胤礽听得很专注,待胤禛说完,便问道:"你看方苞这人到底保得保不得呢?"

"当时人多,我没有想好,只好那样回答。"胤禛欠身说道,"京里的情形不摸底儿,不晓得这案子万岁爷是个什么章程,这得视情形而定。""你这话有理!"胤礽嘘了一口气,瞥了一眼文书。见最上头一本,便是内务府遵旨遴选女宫进封的禀本,上头第一名,便是"郑春华",不由心里突突直跳。半晌才语无伦次地说道:"嗯……这个这个……皇上那边……看来有点后悔戴名世案子办得重了。老八是听说老三要保方苞,如果要保呢,你就得抢先。如果不保呢……嗯,也好。保还是不保,就按你说的,这个这个……想好了再办。"

胤禛、胤祥听了不禁面面相觑。这都说的是什么?胤礽虽说懦弱,可从来温文尔雅,从没有过这样语无伦次的。正自纳罕,胤礽说话又连贯了:

"老四，这人情不要叫老八捞了去，既然老二来找过我，你不妨和他联折去保，老八的折子要是先到，我可以压一天，先呈送你们的！"

"老八这人是太精明了！"胤禛冷冷说道，"这几年他保了多少人！康熙四十二年为索中堂的事，受株连京官一百四十一员，他保下九十多员。顺天府试贿案，他又保三十多员！心里打的什么主意，谁还不知道！他之所以如此妄为，是看准了皇上不愿多生事这个心思！但将国家社稷又置于何处呢？"胤祥一笑道："八哥这人的'主意'，那是再清楚不过。说是不树党，不结派，结的党比谁都大！可笑有些人以为只有请吃酒、说知心话、套近乎是营私结党，不晓得这么一保，被保的人衔恩铭骨，比什么都厉害呢！这一回我去户部挑刺儿，你们看着吧，他准要保人，他要再弄这一套，我和他这点兄弟情分也就够了。太子放心，我一准儿拿出个样儿给您瞧！"

胤礽听得有些心烦意乱，站起身来踱步转悠了半晌，才说道："给你们说了多少次了，也不要尽把老八往坏处想。兄弟们这么多，一个人一个脾气，不能强求一律。从胸怀度量上，我看老四和你还得学着老八点。既然人家能邀结人心，我为什么不能？"胤禛默然点头，叹道："太子说的虽是，但我这人江山易改，秉性难移。明珠被抄后，书房门口曾贴有一副对联，说'勘透人情惊破胆，阅尽世事寒彻心'，其为人虽不足取，但这话是一荣一枯之后的真言偈语。我是个不信直中直，谨防仁不仁的人。八阿哥如果没有私意儿，他就不该请什么张德明给他看相，已经贵为皇子，还有何求？老八人称'八佛爷'，别的不敢说，于佛家精义，我大约比他略强些儿，佛以众生为念，老八以众官为念，已经入了邪道！难道不分良莠是非，一味包揽恶人，只念两声阿弥陀佛便能超生了？"

"什么张德明？"胤祥和胤禛一道儿出巡数月，从没听他提起过此事，遂诧异地问道，"张德明是做什么的？"

胤礽也是一怔，胤禛的消息灵通也使他吃了一惊。自己坐在北京，居然比不上胤禛在外信息灵便，使他有点不安。

"你们当然不晓得。"胤禛说道，"太子爷这样身份，打听这种事也很不相宜。但若连我也不知道，或知道了却不说，那就是失了臣道。"

原来这位张德明是个云游道士，三年前来京时自称是元代张三丰的师弟，蛰居峨嵋修行三百余年，已得通幽知微之理。胤禛笑道："户部员外郎阿灵阿曾向我举荐过，说这张德明道术精湛，不但能隔板猜枚，还能断人生死祸福。"胤祥笑道："你这么一说，连我也想试一试！阿灵阿原是八哥的人。大约是想拜你的门子，没成功，又改换了门庭的吧？"

"是这样的。"胤禛说道，"阿灵阿的才识品行都不算下流，我瞧着是过于热衷宦途，所以没理会。我是天潢贵胄，干什么要问命？何况皇上屡次降旨，不许阿哥们私结外臣，这违旨的事我也不敢。"

胤礽两眼出神地望着院外，良久，吁了一口气，说道："吾弟见识不凡，但也不无偏激。国家不以一格取才，岂可因事废人？今后要有这样的人投见，不可拒之门外，可以荐来试用，不要让小人之辈借以用来作乱生变。"说罢，起身道，"天已近午时了，你们在这里用过膳再走吧？"两个人哪肯在这里吃饭，起身一揖便辞了出去。

第六回　振颓风户部清库银
　　　　使心机大臣攀国储

清理亏空积欠严诏一下，第二日胤祥便带着朱天保、陈嘉猷进驻户部。先宣谕旨，后给原尚书梁清标摆酒送行。因新任户部侍郎施世纶尚在途中，胤祥便宣布，由自己暂行主持部务，并规定官员每日到衙定在卯时正刻，不得迟误。午间一律在衙就餐，夜间值宿人员一概在签押房守候；所有外省来的公事文案、代转奏折、条陈，要随即呈送胤祥本人阅处，不许过夜。胤祥本人也移住原梁清标的书房。凡有军国大事，随到随禀，不但方便，而且迅速。几条章程一下，拖沓惯了的户部各司，气氛立时紧张起来。

忙了八九天，胤祥对户部部务心里已有了个头绪，遂奏明太子，请太子、胤禛和上书房大臣莅部训诲。

胤礽和胤禛欣然来到户部，吩咐门上不必传禀，二人一前一后沿仪门石甬道款步而入。却见户部大堂内外依班按序，或坐或立，黑鸦鸦挤满了人。乍见太子和四贝勒款步而入，众人都立起身来，齐刷刷地跪了下去，叩头道："太子爷千岁！"胤祥也忙起身出迎，给二人请安，笑道："我正在给他们安置些事，不防你们就进来了。门上是怎么弄的，也不知会一声儿！"

"罢了，大家起来吧！"胤礽笑容满面，摆了摆手，说道，"十三弟，在你旁边给我和四阿哥设个座儿，你说你的！"胤祥推让了一下，也就不再谦逊。待安置好了，他又接着讲道："在座衮衮诸公都是读书人。我讲的那些道理似乎是有些班门弄斧了。但我老十三想，杀人偿命，欠债还钱，此乃千古通理。有人说我霸道、重利。实话实说，这是逼出来的。既然王道不遵，就得实行霸道；既然道义不行，利害随之亦未尝不可！"

胤祥目光炯炯，说到这里将手一拱："我皇昼夜宵旰，经过数十年草创，大清得有今日昌盛局面，就好似一株参天大树。今有国蠹民贼，以为皇上仁慈可欺，遂肆无忌惮，或为社鼠，或为城狐，齐来挖我树根，蛀我树心。试问，这参天大树倒了，诸公去何处乘凉？覆巢之下无完卵！每念及此，胤祥中夜推枕，绕室彷徨，真是不寒而栗……"

看得出来，为了准备这个讲词，胤祥是动了不少脑筋。虽是不文不白，侃侃而谈，却句句掷地有声，胤禛听得十分感动。

"要先从我们户部清！"胤祥激动地站了起来摆了一下手，朗声说道，"户部衙门素称'水部'，主管天下财粮，应该是一潭清水！但我来这几日，已经查明，除王鸿绪员外郎一人之外，全部借有库银——这潭水已经污浊不堪，铜臭逼人！"他呷了一口茶，吩咐朱天保，"你把欠债名单，所欠银两当场读给他们听！"

身后侍立的陈嘉猷和朱天保是同年进士，二人又同时被荐进毓庆宫侍奉皇太子，最是要好不过，见胤祥吩咐，从案上一叠文书中抽出一件递给朱天保。朱天保和方面阔口的陈嘉猷迥然不同，温文尔雅，弱不胜衣，白皙的面孔上微泛潮红，只嘴角微微上翘，透着几分刚气。他默默接过名册，轻咳一声，便抑扬顿挫朗声宣读："吴佳谟，侍郎，欠银一万四千零五十两；苟祖范，员外郎，欠银四千二百两；尤明堂，员外郎，欠银一万八千两；尹水中，主事，欠银八千五百两……合计，户部官员亏欠国库银两七十二万九千四百五十八两三钱……"

开始，大约谁也没想到胤祥会有这一手，都苍白了脸，听得目瞪口呆，但没多久便交头接耳窃窃私议，大厅里一片嗡嗡嘤嘤声，却一句也听不清说的什么。

"怎么样？"胤祥觉得燥热，顺手扒开衣扣，挑衅地望着众人，"数目有误的可以当堂提出，银子一定要还！老吴，新任户部侍郎施某还没到，你是最大的官，说说看，你的一万多两银子几时还清？"

吴佳谟是户部资格最老的，梁清标撤差，按惯例该由他任尚书，早已窝了一肚子火，见胤祥问他，起身一揖，说道："银子自然是要还的！请十三爷容我盘盘家底，找个破庵子安置了妻儿老小，发散了几百口子家人！"

"吴佳谟，你发的什么牢骚？"坐在太子身旁的胤禛知道：镇不住这个老官僚，户部清理立时就要泡汤，遂冷笑道，"十三爷叫你带头，是成全你的体面！何至于就倾家荡产了？仅你红果园一处宅院，两万两银子卖不卖？"吴佳谟朝上一拱手，说道："四爷，这个样子逼债，学生读书两车半，没见前朝有过。这还叫做'成全体面'，我实不能解！"

胤禛阴冷地盯着吴佳谟，说道："无债一身轻，十三阿哥叫你做轻松之人，不是成全你？上梁不正下梁歪，户部自己不清，怎么去清下头？"

"道理讲过了，四哥不必再和他多说！"胤祥早已想定了主意，也不生气，嘻嘻一笑对吴佳谟道，"你卖房卖地我不管，现在要你还钱，这是开宗明义第一条——你几时还？"

"回十三爷，我没钱！"

"好！"胤祥面不改色，喝道，"来人！"

"在！"守候在柱后的几个王府侍卫都是胤禛精选来侍候胤祥的，听了这声招呼，立时闪出四个，上前叉手听命。

胤祥笑着看了看吴佳谟，说道："老吴说他家没钱，不能还。我这人一向刁钻刻薄，有点信不过。由陈嘉猷带着你们四个，出门再叫上顺天府的人，到吴家查看，给老吴留一处宅子，其余的造册呈上交官发卖——不许无礼，不许莽撞——可听见了？"

"喳——听见了！"

五个人答应一声却身退出，大厅里变得一片死寂，人人面如纸白！胤祥用碗盖拨着茶叶，瞟了一眼众人，安详地问道："还有哪位还不起，请说。"众人看了看木然痴坐的吴佳谟，谁还敢再触这二杆子皇阿哥的霉头，一时相对无语，竟像一群哑巴，什么样儿的全有。胤祥潇洒地挥着扇子踱了几步，说道，"跟着我办事，贪贿是不用想的了。但我也不至于弄得你们精穷，失了官体。这也不是朝廷的本意——该拿的例银，我一文也不克扣大家的。本来京官就不富裕，外头督抚大臣送冰敬、炭敬，聊补炊灶，保洁养廉，都是该当的。除此之外，仗权谋利，十三爷就容不得他！"

"我欠的四千两银子，今年秋天粮食上场就还。"终于，有人开口说话了。

坐在吴佳谟下头的苟祖范搔了搔稀疏的头发，叹息一声道："还就还吧……明天我叫家人把天津的当铺盘了，大约半个月就可还清了。"接着下边七嘴八舌，有的说回去典花园，有的说卖宅子，虽说叫苦连天，挤脓儿似的，毕竟都咬了牙印儿要还债。只有尤明堂低头不语，铁青着脸看砖头缝儿。胤祥因问道:"老尤,你呢?"

"要咬牙过日子,谁还不起?当初不借,也都穷不死!"尤明堂恶狠狠地说道,"只要事情办得公道,我没什么说的。"胤祥格格一笑,说道:"这倒奇了!我凭借据索国债,有什么不公道?既然当初不借也可,你何不学王鸿绪?"

众人都把目光投向坐在尤明堂下首,一直沉吟不语的王鸿绪身上。尤明堂鄙夷地一哂,说道:"我拿什么和鹤鸣兄比?王鹤鸣一次学差,门生贡的芹献就是几万两!我真奇怪,贪污受贿的没事,坐在一旁隔岸观火,专拿我们这些借钱的开刀!"

"是嘛!"远处也有人大声道,"我要出学差,我也不借银子!"

王鸿绪身子一仰,冷笑一声道:"我收赃纳贿,谁有证据,拿出来!空口无凭,血口喷人,以为我王鸿绪好欺侮么?要不要我把咱们户部贪贿的一个一个都点出来?我倒要做好人,只大家不叫,有什么法子?"此人相貌堂堂,五官端正,只是那副鹰钩鼻子有点破相。对众人的攻讦毫不在意——天上的九头鸟,地下的湖广佬,真是一点不假,一开口便连酸带辣一齐端,抑扬顿挫口风逼人,镇得大家哑口无声。

"哦嗬?"胤祥万不料表彰王鸿绪弄出这个结果,身子一颤刚要发作,见胤礽和胤禛目光如电地扫过来,陡地一惊,如果改换题目,再清贪贿,今日这个会议就彻底砸了,口气一转说道,"大家记住一条,多行不义必自毙!谁受贿,容我慢慢料理,自然逃不掉一个。小心着点,天网恢恢疏而不漏。贪贿之人,总有一日噬脐难悔——我奉旨来部,是清理天下官员亏欠库银,这件事办下来,再说别的!我也只说王某未欠公银,并没说谁贪贿无罪!"

"十三爷此言差矣!"王鸿绪是点过翰林的人,说话间总带点文气,却毫不客气,举手一揖说道,"尤明堂当场挑起事端,诬我为匪类,陷我于绝地,岂能置之不理?即使天子驾前,我也要说个明白。学差一案,昔年郭琇为倒明珠,大肆株连、混淆是非、颠倒黑白,必欲置我于死地而后快。案子已经查清。我王鸿绪在江南闱中并未受一人贿赂!至于入闱门生拜谒房师,献芹,那是修师生之礼,孔子著述,不以为讳,总计不过一百余两,何谓之贪污受贿?我在户部三年,掌漕运税银,涓滴不沾,清贫守道,洁身自好，来往账目十三爷已经看过。请问，难道他尤明堂可以这样作践人吗？——我也曾借过库银，朝廷下旨当日亦已清还，只怕他们是糊涂，再不然就别有祸心，才有这番混账言语！"

尤明堂听了，把木杌子拉得离王鸿绪远了一点，咬着牙笑道："离你这篾片相公远点，只怕还少闻一点臭气！要是我也有个皇阿哥撑腰，只怕比你还硬气！你那点子道学气，还是到东厕里去放——别以为你是翰林出身，我还点过探花呢！要不是犯了明珠的讳，我得用哪只眼瞧你这二甲第四名呢？"他说的这档子事已有二十多年了，当日确乎有人是定了一甲第三名，主考官因他"明"字犯了明珠的讳，一下子黜落在三十名。这事众人都听说过，却不晓得就是这位倔强的尤明堂！胤祥原本恼恨尤明堂无端搅局，正自心里盘算，要不要抄了这个糟老头子的家，听到这个口风儿，倒犯了嘀咕。皇阿哥代人垫钱还亏空，定是胤禩无疑。他只诧异，胤禩从哪里弄这么多钱，难道他有聚宝盆不成？想着，胤祥冷笑一声道："尤明堂，我也是个皇阿哥，并没有听说哪个爷代人垫钱的！各人账各人清，攀扯旁人做什么？皇阿哥每年的俸禄我心中有数，只有短的，哪有富余？你倒说说，是哪个阿哥代王鸿绪填还了债务？"尤明堂向王鸿绪龇牙儿一笑，说道："鹤鸣老兄，这事是天知地知你知我知，是你自己说，还是我来代劳？"

"我不说，我不知道，我没有请人代垫！"王鸿绪被尤明堂咬扯得没法，终于光火了。按朝廷律令，皇阿哥不得交结外官，外官有奉迎阿哥的要夺职拿问。王鸿绪一向以道学宿儒藐视同僚，惹得尤明堂在这种场合兜出来，真像当众剥了裤子。遂涨红了脸，"呸"地一啐，恶狠狠说道，"太子爷、四爷和十三爷都在这儿，我王鸿绪有没有走你们的门子？下余阿哥们自己还借钱，从哪里来钱替我垫付？你尤明堂倒是说呀！"

尤明堂格格一笑，双膝一盘打火点着烟浓浓吐了一口，说道："少安毋躁！皇阿哥里头也有没借钱的！看来这世道，借了钱说话就不硬气。这么着，我这会子就还，如何？"说着，从靴页子里抽出一张银票，抖开了呈给胤祥，说道，"十三爷，这是一万八千两的票子。我借的钱一文没花，都在这里！"胤禛原先见他有点胡搅蛮缠，一直用冷冰冰的目光盯视着他，想寻隙发作，至此倒也被弄得一愣，正想发话，太子胤礽问道："我有点不明白，既然使不着钱，你何必当初要借？"尤明堂笑道："回太子爷的话，借了白借，不借白不借，白借谁不借？如今既要清，我得奏明一句儿，十爷自己还借着二十万两库银，还要代人还钱，这清理亏欠，到底是真清还是假清？明堂愚鲁，求太子爷开导我这个倒霉的探花！"

众官听了一阵骚动不安，有人便"叹"道："唉！谁叫咱后头没个阿哥呢？"还有的说："这边逼我们还钱，那边阿哥借钱代人还钱，这亏欠清到几时才能账银相符？"这个说："我也还钱！明儿找三爷拜拜门子！"那个说："三爷要你这账花子做什么？还是找九爷！"一时间七嘴八舌，什么风凉话全有。

"不要讲了！"胤祥听得心烦意乱，手指敲着桌子大声喝道，"我十三爷一不做二不休！皇阿哥欠债和户部官员一体清理！"

王鸿绪本来是无债一身轻的人，蛮想着钦差一本保上，稳稳当当一个侍郎到手，没料到被个刺头儿尤明堂连垫钱的十阿哥也咬得头破血流，一肚皮的不自在，扬起苍白的脸起身一揖，问胤礽道："臣要谏太子一本，不知是这里说好呢？还是下来背后说的好？"

"你说吧！"胤礽一听是十阿哥胤䄄代付欠金，心中陡起警觉，一笑说道，"我并没有要背着人讲的事。""那好！"王鸿绪又是一躬，赔笑道，"太子爷您借的四十二万两银子何时归还？"

乱哄哄说七道八的人都住了声儿。犹如湍急的河水突然被一道闸门堵了，上游的水无声地愈涨愈高，憋得人人透不过气来。胤礽在众目睽睽下不安地动了一下，喃喃道："我借过库银？是几时借的……陈嘉猷，有这事儿么？"

"这事不是陈大人的事。"王鸿绪一脸奸笑，步步逼上来，说道，"是何柱儿带着毓庆宫的手谕来借的，太子爷好生想想，有没有买过庄园、宅邸、花园儿什么的？"

一语提醒了胤礽，买通州周园可不是花了四十二万两银子买的！但到手经营三年，又填进去五六万两银子，已修得行宫一样了，如何割舍得？胤礽万没想到绕来绕去，头一炮竟打在自己头上，不禁大怒。但他素有涵养，红着脸，竟自站起身来，说道："好……好嘛！我……我起头儿，先还这四十二万两！老四，老十三，你们接着议。我还得进园子给阿玛请安呢！"说罢一径拂袖而去。

看着皇太子离去，官员们面面相觑，愕然不知所措，那王鸿绪却没事人似的款款坐下，"噗"地吹去了邻座尤明堂弹过来的烟灰。胤祥看了看不动声色的胤禛，闪着眼波道："四哥，今儿就议到这里吧？大家回去打点打点。皇上的圣谕说得明白，库银一日不清，本钦差断无罢手之理！无论太子、阿哥，还是诸位，都应体念天心！"

"四哥！"人们出去了，空荡荡的大厅里只留下这一对患难兄弟，胤祥略带孩子气的脸庞显得忧心忡忡，"你都瞧见了，这干子大爷们是好对付的？这下连太子也咬了进来，我真……"

胤禛点点头，起身抚了一把汗湿重衣的胤祥，缓缓说道："先不想这些事，你浑身滚热的，别要中暑，把这杯茶吃了，我们出去走走……"

兄弟二人各吃了一杯凉茶，移步出了户部仪门，看天色时，已近申时。因天热，街上很少行人，一街两行合抱粗的槐树，浓绿欲滴，知了长鸣，给人一种幽静深远的感觉。两个人在街头瓜摊上吃了两块瓜，散步来至西河沿，但见阳光下波光粼粼，水气沁凉，一阵风扑过来，二人都是精神一爽。

"太子那里我去说。"胤禛沉思着，半晌又道，"办成一件事本来就难，你不可灰心。昔日永乐皇帝起兵，进攻南京船行无风，有畏难之心。周颠子说，'只管走只管有风，若不走，一世也没有风！'这是哲言啊！永乐若不是听从了这话，明史只怕从头到尾都得改写！"胤祥抬起头，默默注视着胤禛，半晌才道："你掌舵，我打桨！这是替太子挣体面的事，我寻思他只要静心一想，四十二万两就拿出来了！"胤禛没有说话，只意味深长地一点头。

隔岸一座画楼伴着筝声，传来一段歌词：

> 说一句话儿你心记：就便把人扔进火坑里，任他天打五雷劈，抽了我筋儿削了我皮。只要知音还在云岭曹溪，心头儿兀自地不孤凄……

胤祥陡地想起了阿兰，至今一点消息也没有。他吁了一口气，咂嘴了一下，舔了舔嘴唇，却什么也没说。

第七回 康熙帝忧民用能臣
皇太子思春配淫药

因毓庆宫地处大内，外臣不便夜中奏事。因此，胤禛与胤祥分手后，便连忙着人送请帖给胤礽，邀太子至四贝勒府，二人促膝谈心，直至深夜三更，方安置太子歇宿在万福堂正房，其实说服胤礽卖园子还债，胤禛并没有费多少唇舌。事情明摆着：太子不还钱，十几个欠债的阿哥谁也不肯出血还债。差使也砸了，康熙仍旧是要拿太子是问，胤礽恼怒的是王鸿绪仗着八阿哥的势，在自己面前不留余地，毫无人臣之礼，而自己夹在皇帝和群臣之间，既是臣，又是君，既不像臣，又不像君。稍有不是，就要遭到父皇申斥；略有一个不当，"八爷党"就群起而攻之——这个太子当得徒有虚名，实在没有兴头。

在床上翻来覆去，折腾了一夜没有入睡，耳听自鸣钟响过四下，胤礽揉着惺忪的眼睛勉强爬起身来，胡乱梳理了，见胤禛已过来请安，便叹道："我得进园子请安了。你今儿去户部，把昨晚议的告诉老十三，从我起头儿，阿哥们一个也不要饶，七月底一体清完！看户部那些个杂种还有什么话说！"说罢，带了毓庆宫随行侍卫、太监打马一径往畅春园来，在自己书房里略歇了一会儿，便来至澹宁居。

此时天色刚明，李德全、邢年带着几个太监，在清扫院落。有的擦窗玻璃，有的在熄灭屋檐下的宫灯。胤礽躬身走进澹宁居，见康熙盘膝端坐在暖炕上。下边马齐、张廷玉、佟国维依次立着，下边还跪着一个官员正回奏事情，便默默打了个千儿请罢安，侍立在旁。

"据施世纶所言，听来令人心寒！"康熙没有理会胤礽，只转脸对着三个上书房大臣说道，"拨了十万石粮赈济凤阳灾民，仅有两万石粮能入饥民之口，这还成什么体统！贪风横行竟至如此，百姓何以聊生！"佟国维一笑，说道："施某所奏，只是一时一地所见所闻，皇上也不必过于焦虑。奴才回去就发文，叫安徽巡抚查处！"马齐却道："要真这个样儿，不但皇上，就是奴才，心里也觉得下头太没有王法了！依着奴才见识，暂停赈济为好，不然，得多少粮食才填得满这个坑？"

张廷玉素来恪守"万言万当，不如一默"的箴言，极少多口的。听了马齐这话，忍不住说道："要按马齐说的办，将要激起民变，万万使不得！"

"奴才愿请命而往！"跪在下面的施世纶叩头道，"三年之内，如不能将凤阳府治得夜不闭户，请万岁治奴才欺君之罪！"

康熙"嗯"了一声，挪动一下身子，说道："粮食还得赈。凤阳这地方民风刁悍，万一出事，国家兴军，用粮岂不更多？施世纶仍旧掌管户部，跟着十三阿哥在户部清理亏欠，这件差使，比凤阳的事要紧得多。太子和四阿哥坐纛儿，朕就瞧你们的了。"

"万岁！"施世纶连连叩头，说道，"奴才只是一郡之才，恐难当其任，有伤主子知人之明。"康熙点头叹道："朕知道，你有你的难处。有朕在，无论怎样，朕都替你做主——你不必害怕，小人们害不了你！"施世纶苦笑道："奴才倒不怕小人陷害，皇上如此知遇，就是死了，奴才也心甘情愿！"

康熙诧异地问道："你怎么一味地推辞？"

"不是推辞！"施世纶忙道，"实在力不从心！"

"你是怕欠债的官员太多，清不过来？"

"回万岁的话，不是太多，"施世纶昂首答道，"是太大！比如不少皇阿哥，还有太子爷，都欠有国债。奴才哪有这样胆量？"

胤礽听得头"嗡"的一声涨得老大，昨日是在户部，今日是当着康熙，众人都拿自己作践，毫不顾及情面，莫非都瞧着父皇不待见自己，要墙倒众人推了？想着，头上已是热汗淋漓，袍子一提便跪了下去，说道："儿臣三年前因买通州周园，一时手紧，借了户部四十二万两银子是实，求阿玛处分！"那施世纶一来近视，二来并不认识胤礽，听得太子就在自己身边，也是一怔，忙道："奴才出言不逊，求万岁、太子治罪！"

"都起来吧！"康熙见二人尴尬，不觉大笑，将手一摆说道，"君臣父子间，正该这样直言不讳嘛！——胤礽你听朕说，昨天户部的事朕已知道了。虽是一样的话，为善为恶，却不一样。你也是个伶俐的，不至于连这都想不透。别说是你，就是朕躬，有不是之处，人家说出来没有坏心，也不能怪罪！"胤礽听着想着，施世纶和胤禛确是一片苦心，与王鸿绪蓄意攻击不同。叩头道："儿臣记下了。施世纶公忠之心，岂敢怪罪？"康熙笑着摆摆手，说道："别的话都不必多说了。这几日朕越想越觉得清理库银这事非同小可。这件容易事都做不下来，吏治更难收拾。刑狱案件积弊更多，也是了不得。从这里撕破个口儿，慢慢地就都能挽回了，库中有账无银，一旦西部噶尔丹残部蠢动，拿什么去打仗？你们好生去做，万事有朕呢！"众人当下又议了一阵子刑部秋决人犯的事；说了足有一个时辰，康熙才命施世纶去户部报到，众人各自辞出来。胤礽心里乱哄哄的，跟着众人出来，行至花篱旁，邢年追了出来，说道："太子爷留步，万岁叫进来，还有话说。"

胤礽再进来，见康熙已是变了脸色，吓得连忙跪下，问道："皇阿玛，叫儿臣有何——"

"有什么事还要再问么？"康熙站在当地，盯着胤礽道，"求田问舍，庸人一个，活活羞死了朕！你想想，这些年朕为你操了多少心！明珠害你，朕抄了他的家；索额图置你于不义之地，朕圈禁了他！你真不争气！你廷杖纳尔苏郡王，朕为顾全你的脸面，又是怎样的苦口婆心地安抚臣工，听说你背地里还有怨言！说什么'当四十年皇太子千古绝少'，这都是什么意思？如今清查账目，头一个欠债的又是你！你也是三十多岁的人了，难道要朕扶着你走一辈子么？"

这一阵霹雳火闪的发作，胤礽躲无可躲，闪无可闪，急切间又难一一辩白，只是叩头乞恩。

"你听着！"康熙看看无人偷听，低声说道，"隋文帝英明，一代而亡，就因为炀帝不足以乘天下！朕就指望你能继承祖业，你得仔细思量！"听到这里，胤礽全身伏地，叩着头颤声说道："父皇徇劳恩养，谆谆教诲，儿臣永铭在心。若说儿臣生性懦弱，办事糊涂都是有的，若说儿臣有炀帝之心，埋怨父皇，甚或口出不臣之言，儿臣万死不敢稍存此念，求父皇圣鉴烛照……"说着一阵鼻酸，呜咽一声又强抑住了，只是哽咽饮泣。半晌，方听康熙缓了口气叹道："你不要害怕，朕急不择言，说的未必都准。——朕保你这点骨血是多么不容易！须知创业难，守业更不易，你这样不争气，可怎么了得？"说罢颓然落座，思及往事，康熙两行老泪顺颊而下。胤礽惊定思痛，只觉五内俱沸，泪如泉涌，哽咽着说道："父皇息怒，您老人家保重，儿臣一定改过。”

康熙发作过一阵，心里好过了一点，拭泪起身道：“二十多个皇子里头，朕最疼爱的是你。并不为你是太子，为的是你母亲有功于社稷，有恩于朕！如若你不为非，哪个皇子、大臣要危害你，朕或诛或黜决不手软；但你若自己为非，天不容你，朕又如何保全你？去吧，你好自为之！”

胤礽晕头晕脑地离开了澹宁居，也不回韵松轩，竟乘大轿赶回紫禁城。若在夏日选择居住地，自然还是畅春园好。但韵松轩与澹宁居只一箭之地，抬头可见，他有点压抑感，也受不了康熙皇帝招之即来、挥之即去的颐指气使。宁为鸡口，不为牛后，他还是选择了毓庆宫，一切都是自己说了算，不像在园里，惴惴然如临深渊，如履薄冰，仍免不了挨康熙的训斥。

“太子爷回来了！”何柱儿就守在毓庆宫前殿檐下，见胤礽悠悠荡荡失魂落魄地过来，忙迎上去请安，赔笑道，“主子，瞧着您气色不好，莫不成是受热了吧？”胤礽接过他递来的毛巾擦了一把脸，觉得精神好了些，便笑道：“没有的事，今儿叫万岁爷排揎了一顿，又议了好一阵子事，心里有点闷。王掞师傅在后头么？有没有人进来回事儿？”何柱儿道：“王大人早起就进来了，就守在爷的书房里。今日只有公普奇和陶异两个人来，因知爷在园子里，没说什么事就走了。哦——还有太医院的贺孟頫进来给福晋号脉，爷上回要的药也配好了。这是方子，请爷过目！”说着把一包药和药方子呈了上来。

公普奇是胤礽的乳兄，现在承德带兵，进京自然要给自己请安，陶异是顺天府同知，公普奇引荐的人，胤礽已答应选他为直隶省监察御史，二人同来，目的不问可知。胤礽不置可否地一笑，接过药看了看，是一色儿黑的桐子丸儿，大约有几百粒，那药方上写着：

白莲蕊四两　川续断（酒炒）四两　韭籽二两　枸杞子四两　黄实四两（乳汁伴蒸）　沙苑蒺藜四两　菟丝饼二两　覆盆子二两　莲肉三两　怀山药二两　赤何首乌四两　破故纸三两　核桃肉二两　龙骨三两（水飞）　金樱子三两（去毛）　白茯苓二两　黄花鱼鳔三两　人参二钱　炼蜜成丸。

胤礽因笑道："几斤药才配这么点儿？他没说效用如何？"

"回爷的话！"何柱儿忙道，"余下的交侧福晋收着呢！贺太医说这方子返老还少，滋阴补肾，什么不燥不缓的，奴才也听不懂……"说着从药丸里拈了两粒，填进嘴里略一嚼，一伸脖子咽了，"甜丝丝的，好用着呢！"

二人正说话，却见后边工字殿书房王掞咳嗽着出来，便住了口。胤礽忙把药塞进袖子里，进前一步，微一躬身，轻声叫道："师傅大安！"王掞五十多岁，头发全白了，显得很苍老，满脸核桃皱纹一动不动，带着一丝冷峻气色，大热的天，袍褂礼服官靴朝珠齐齐整整，毫不马虎。大约才从屋里出来，外头日头亮得晃眼，半晌才看见胤礽，忙请安道："虽说天热，到底是紫垣禁地，爷脖子上的扣儿也松了，朝珠朝冠都没有戴正。知道的说下人没侍候到，不晓得的又要说爷失礼！奴才昨晚见着了尤明堂，今儿整整等了爷大半日，想着爷要在园子里过夜了。爷回来得正好，请回书房，昨日的纲鉴正讲到隋，接着给爷讲完。"

"罢了吧，明日再讲如何？"胤礽一听他见过尤明堂，便知今日讲课没好话。康熙的气刚受了，还要再听这老夫子唠叨？但王掞是康熙御定以师礼相待的臣子，他不能像对朱天保他们那样发作于他，遂含笑道："我得进去给钮祜禄贵妃和德贵妃请安，回来要是天不黑，还得召见施世纶。明儿我和老四都不去户部，专听你老人家讲纲鉴，如何？"

王掞虽老，目光却极有神，注目看了看胤礽，方低头答道："是！奴才明儿一早就上来！只主子今晚不要再出去，公普奇他们一见你，又要摆酒，让人家说出半个不字儿，都是奴才的干系……"又絮絮叨叨叮咛了好些话方才去了。胤礽如释重负地吁了一口气，对何柱儿道："走，到御花园里走走！"何柱儿抿嘴一笑，极好听地答应一声：

"喳——奴才侍候着！"

二人从斋宫向西，由日精门北折，在宫墙荫行了半顿饭的光景，便到了坤宁门后的御花园。胤礽只为躲开王掞，托词来这里，但这里景致连畅春园一半也不及，哪有兴致玩赏？略一留连，便移步向东，要从东六宫绕道儿回毓庆宫。路过寿堂北的一处小偏殿时，胤礽觉得有点内憋，寻一处幽静地小便了出来，却见两个宫装女子在垂花门下对弈，一人一几，放着果品茗点，十分雅致，胤礽不禁停步观看，那两个女孩子全神贯注在棋盘上，也没瞧见背后有人。

"下这里，下这里！"胤礽看得忘情，指着西北一隅推了推背朝自己的女子，"在这个二二位能做个劫，这盘棋——"

他的话还没说完便怔住了，那女子回头看时，与胤礽四目相对，天缘凑巧，她正是畅春园假山黑洞邂逅相逢的郑春华！

"太子爷……"郑春华的脸苍白如雪，半晌才回神站了起来，蹲身一福，说道，"爷吉祥！——宁婴儿，给爷磕头！"

胤礽这才晓得对面坐的原是个宫娥，略定定神，笑道："免礼吧！你就分在这宫里么？"郑春华道："我住景仁宫。今日上午晋见纳兰贵妃，她把这座偏殿指给了我。进过晚膳我带宁婴儿来看房子，明儿就搬过来……"说罢，便收拾棋子儿。胤礽一脸茫然之色，半晌才道："我是路过这里，因要吃药，寻一口茶，想不到就遇见了你！"一边掩饰地说着，从药包儿里取出五粒丸子，就着几上的茶便吞了下去。

哪里料到壮春之药，最是烈性不过！贺孟频从一名普通小太医被胤礽提为副医正，无可报效，拿出祖传手段，精工配出这味药来，端的疲能使健、弱能使强，什么见花萎谢、举而不坚、坚而不久的统统一粒见效。那胤礽本是盛年之人，正是干柴烈火，哪里抵挡得了？当下立时便觉腹下热烘烘、麻酥酥欲火蒸腾，眼见郑春华云鬓半挽，皓腕如雪，如亭亭玉树，更兼夏日时分衣裳单薄，淡纱束胸，酥胸微露，脸上似幽怨似娇嗔，似惋惜的神情。胤礽早已半边酥倒，向对面一坐，红着脸盯视春华移步时，笑道："看样子我一来你就要走了，我教导你一局如何？"

"这……"春华早已瞧见，不禁心头突突乱跳，但她位分只是个贵人，下等嫔妃，太子是君，不能违拗，乜了一眼何柱儿和宁婴儿，忐忑着坐下，颤声说道，"奴婢遵命……只是我的棋太劣……"说着便着子儿，手只是打抖。

何柱儿素来精明伶俐，早已看出其中蹊跷，便过来对宁婴儿道："太子爷和郑主儿下棋，这殿里又没人侍候，咱们两个去提点水来，行么？"一头说，一头拉着宁婴儿回避了。

"春华……"胤礽此刻已是性如火燃，六神不安，心思全然不在棋上，一边胡乱下子，一边说道，"还记得那日么？……"

郑春华手里棋子儿撒了一地，低头弄着衣带，半晌才蚊子般嘤嘤似的说道："彼此名分有碍，往事……不要再说了……留待来生……"

"什么今生来生！"胤礽早已耐不住，腾地跳起身来，扑过去一把搂住郑春华，口里乖乖肉地乱叫着，接着又把郑春华拦腰一抱，一边向里头炕边走去，一边说，"来世一百年，谁能等得及！这会子春宵一度黄金万两……"遂将软得一摊泥似的郑春华按在床上，折腾了一阵……

几度云雨胤礽方心满意足，整了衣衫出来，方见何柱儿和宁婴儿抬了一大壶热水过来。两个人做张做智乔模乔样地还要张罗着沏茶，胤礽一摆手止住了，说道："我要回毓庆宫，不用茶水了。何柱儿明儿拿一百两黄金送到宁婴儿家去。你自己也有一份赏，都从我账上支销。但有一条，如若捕风捉影，在外人跟前说些不相干的话，仔细有一日我剥了你全家的皮！"

"是……喳！"两个奴婢心领意会，一齐叩下头去。

第八回　老玄烨拜月致祷词　众皇子大闹御花园

七月节过后，京师洒了两场透雨，秋风渐起，金谷登场，天已是凉爽下来。年年这时候有两件大事必须要办：一是督促各省收纳粮赋，二是要勾决在狱人犯。第一件也还罢了。这第二件事关国典大政，在园子里处置就显得欠庄重。康熙遂命回驾紫禁城，仍住在养心殿。赶着节气拜了明殿、祭了天坛，白日接见官员，晚间秉烛仔细披阅刑狱奏折，还要不时与太子、上书房臣子参酌，忙得不亦乐乎，到八月上旬，总算将暑热时积压的文案料理完毕。胤祥在户部清理亏欠也颇见成效。由于皇太子带头，以下各位阿哥也都纷纷还钱。只十阿哥胤祯挤脓儿似的还了一点，下余的说还不起，等发卖了物品再还债。尽管小有梗阻，已是无碍大局。

看看中秋佳节将到，还是年年都有成例可循的。礼部遵旨令大赦天下，凡五十岁以上老人，皆有月饼、加饭酒赏赐。宫里宫外结彩张灯，扎兔儿爷，蒸出一笼一笼栲栳大的馒头、寿桃，六宫两千余名太监、宫女穿梭儿般出出进进，喜气盈盈地着实折腾了几天。至期，康熙一大早就起来，带了德楞泰、梅秉正、鄂伦岱、刘铁成一干侍卫依次至天穹殿、钟粹宫、钦安殿、斗坛拈香。进了早膳，便到乾清宫接受百官朝贺。这都是官样文章。康熙耐着性子听臣子们歌功颂德，念完了《万寿无疆赋》，又是什么"河清海晏"，还有什么"黄童白叟永享盛世承平之福"，又赐了宴，足足弄了两个半时辰总算了当。

进了晚膳，略歇片刻，便见李德全带着养心殿七十多名苏拉太监、宫女进来，唿嗵唿嗵就跪了一大片。李德全笑嘻嘻说道："今个儿好日子，晴得一丝云没得。月爷儿刚起来，溜溜儿的圆，真叫人越看越爱！太子爷、阿哥们和宫里贵主儿们都在御花园侍候着了。万岁爷略歇歇，就该更衣进去了。"这李德全自在三河县挨了郭琇的板子，变得异常地谨慎小心。其时六宫老总管太监张万强已经谢世，李德全便补了个副都总管，虽是有权，却是一朝遭蛇咬，十年怕井绳，再不敢风毛乍翅儿了。他一边侍候康熙换衣裳，口中笑道，"方才鄂伦岱叫奴才请旨，有的阿哥想把皇孙也带进来，不知万岁爷……"

"不用了。"康熙想了想，说道，"一百多个皇孙，大的十七八岁，小的才几个月，加上公主、郡主、格格、乳母、丫头、老婆子也跟进来，少说也得一千多人，朕是赏月呢，还是听他们吵叫？"李德全一笑没言语。皇家规矩不同庶民，若在民间殷实人家，人再多，老爷子也要把家人叫齐了——和合团圆度中秋嘛！但他却不知康熙心思，有几个皇孙正在出痘儿，都叫来怕染上了麻疹；有的叫有的不叫，又怕厚此薄彼要生出闲话，所以索性都不叫。李德全为康熙穿戴齐整，便高声叫道："乘舆侍候，万岁爷——起驾了！"

西末时牌，康熙的乘舆抬进了御花园。因系大会六宫，除了当值守宫留下三分之一，所有太监早就跟着各自主子赶来迎驾侍候。各宫有头脸的头目在园内照应，余下的都按班次在园外跪接。听得圣驾莅临，静鞭三声，乐止鼓歇，康熙皇帝笑容满面款步而入。但见园中彩绸结棚，五色迷乱，宫灯装点，火树银花，说不尽的华贵风流。东面一带以贵妃钮祜禄氏为首，挨次是蕙妃纳兰氏、荣妃马佳氏、德妃乌雅氏、宜妃郭络罗氏、成妃戴佳氏、定妃万琉哈氏、密妃王氏、勤妃陈氏、襄妃高氏，还有几十个尚未生育过皇子的，如陈氏、郑氏、色赫图氏、石氏，以及答应、常在……各依品级服色垂手而立。未嫁的二十一个公主则都站在钮祜禄氏身后。西边一溜以胤礽为首，阿哥们按长幼分序站着胤禔、胤祉、胤禛、胤祺、胤祚、胤祐、胤禩、胤禟、胤䄉、胤裪、胤祥、胤禵、胤禑、胤禄、胤礼……大的已三十五六，小的尚在总角幼龄，后头站着二百余名有职分的执事太监，济济一堂。女的人人花枝招展，男的个个潇洒倜傥，煞是雍穆和谐。见康熙进来，太子胤礽向前一步下跪行礼，叩头道："儿臣胤礽率诸皇兄皇弟，及后宫各位母妃，谨拜皇上万岁！"

"罢了吧！"康熙笑着用手虚扶一下，说道，"今儿是家宴，合家团圆取乐儿，不用这些虚套了。往年这时分，朕赐筵群臣，他们虽说享了君恩，却难与家人欢聚。今年都叫他们回去，大家各得其乐，岂不甚好？"众人都躬身领命无话，只宜妃郭络罗氏生男孩最多，一向比别人爱出尖儿，一边随班起身，一边笑道："主子这就叫体天格物，善知人心！不但我们，就连外头大臣们一家老小，也都同沾雨露之恩了！"

此时风清气爽，碧澄澄的天空高悬一轮皎洁的明月。摆在拜月台上的法器、供果，琳琅满目，香烟飘渺。

康熙步上月台，脸色变得严肃而庄重，在银盆里盥了手，良久，举手一揖，静静望着昊天海月，虔诚致祷："夫人生一世，事功易，成功难；成功易，终功难；善于始者必慎于终，此乃玄烨心中事。自古无完人，朕愿减寿填缺，玉成无瑕之璧，惟上苍默察朕心，庇之佑之，伏惟尚飨！"众人鸦雀无声，正体味着康熙的祷词。康熙退后一步又是恭肃三揖，回过身来，笑道："拜月已了，大家入席随便赏月吧！七岁以下阿哥都随各自母亲入座——照料好了，不要进得太多！"

膳食早摆好了，共是三十桌，错错落落散处园子里。康熙的首席就摆在月台下，入席瞧时，中间一个五福盘，摆着鸭子火熏白菜、燕窝鸭丝如意、五香内烧狍肉攒盘、丹桂汤、羊肚片四周夹着珐琅碟子小菜，旁边摆满了桂花糖馅月饼、小馒头、饽饽、面桃，还有西瓜、哈密瓜、葡萄、荔枝等干鲜果品。

"今年夏天，难为你差使办得好。"康熙回头笑着对胤礽道，"虽说户部是由老十三办理，也亏了你督责老四他们全力去做，不像往年那样儿疲软，朕心里很是欣慰。"胤礽忙谦逊谢道："儿臣有何德能？全仗父皇维持！"康熙回头叫过德楞泰，吩咐道："侍卫们也不必拘礼，挨着朕下首坐——传旨御膳房，抬一桌席面到毓庆宫，赏皇太子妃石氏！"

当下众人见康熙举箸，也才跟着进膳。满园清辉，只听杯盘微微作响，一声语笑不闻。康熙知道因自己在场，大家受拘束，遂笑道："早知你们这样拘泥，朕还不如和大臣们一起呢！谁有笑话，讲给朕听，能逗得朕乐了，有赏！"

胤礽虽不长于此，少不得率先承欢！思量半日方笑道："前儿听人家说了个故事儿，却是本朝实事。去年罢官的夏器通，在任上判案。姓王的杀了姓尹的，人犯捉拿归案。夏器通看完案由，拍案大骂姓王的说：'夫者乾道，妇者坤道，合于天理，载于纲常！人家好好夫妻，你凭什么杀了人家丈夫，拆散了，叫人家守寡？现在我把姓尹的妻子判给你，偏叫你的妻子也尝尝守寡的滋味！'"康熙怔着，听了半日，回过味来，不禁失声大笑道："这人是明珠引见的。朕当时就瞧着不地道，谁想他还能想出如此妙判，还是个进士底子——讲得好！把朕题过字的湘妃竹扇取一把赏给太子！"

"儿臣也讲一个！"挨在康熙下一桌的皇长子胤禔，是明珠的外甥儿。明珠秉政二十余年，权倾朝野，早已罢官去世，见太子仍记着前隙，揪住不放，胤禔不禁一阵光火，起身笑道，"人都说鸡有五德。前日王鸿绪到我那，因说起皇上那只雪狮子猫，说这猫也有五德——见鼠不捕，仁也；能与鼠共分盘中之鱼，义也；但见筵宴馈食，便闻风而来，礼也；好吃的藏得再秘，都能寻着，智也；一入冬，必先到熏笼上昼寝取暖，信也……"

言犹未毕，众人已是笑倒了。康熙笑得不住咳嗽，几桌嫔妃们都拿绢帕子捂了嘴，格儿格儿笑得前仰后合。太监邢年、李德全忙上前，忍笑替康熙捶背。康熙因见德楞泰进来回旨，后头跟着十阿哥胤䄉，便笑道："你怎么这早晚才来？也忒懒散得不成模样了！罚你说两个笑话儿！"

"儿臣理当承欢！"胤䄉因生性鲁直，不藏心事，平素颇受康熙喜爱，因此格外放荡不羁，一边答应着，坐了第三桌，说道，"只是儿子没肚才，说得不好，扫了父皇和哥哥们的兴头儿。"康熙笑道："不妨，你只管说就是了！"胤䄉看了看上首的太子，咧嘴儿一笑，说道："儿子前年奉旨到山西，那里却是《西厢记》里崔莺莺住过的普济寺还在，儿子看了看，那地方儿有一宗儿风俗不好。你道是什么？他们拉屎擦屁股，用的是一种竹签子，美其名曰'厕筹'。儿子心想，莺莺和红娘都是绝代佳人，用这玩意揩屁股，啧！"他摇了摇头，"——那擦得干净么？"

大家起先还怔怔地听。至此，无人不大蹙眉头，这样下流的"笑话"，亏他说得出来！康熙攒眉看着满桌佳肴，摇头道："不好不好！怪扫兴的！换一个故事儿！"

"是！"胤䄉翻着眼皮想了想，又道，"有一起子水盗，打劫了商船。不料扒开货舱一看，却是满满一船香烛！这东西卖着很贱，存又不值得存，扔了又可惜了的。于是大家商议：'我们做没本钱买卖儿、白刀子进去红刀子出来的勾当，合指望老天保佑。不如都烧了，也算功德。'于是烈焰腾腾地燃起，顿时香透九重。玉帝闻着，说'谁家做这么大的功德？'便叫天丁查看。天丁回来说：'没见别的，就见几个可怜人在那儿哭，一群老强盗在那儿向火巴结您呢！'"

他怪声怪气地说了，却谁也没笑。大家都听出来，这根本不是"笑话"，一齐把目光扫向十三阿哥的桌子上。胤禛和三阿哥胤祉、大阿哥胤禔同坐一桌，早已闻出气味不对，见胤䄚无礼，怕胤祥受不了，当场发作，便想起身找个话题岔开了去。但见康熙脸上神色微变，便没敢说，只给两个哥哥各斟了一杯酒，泰然自若地又坐了。

十三皇子胤祥旁若无人地据案大嚼。啃着一只狍子腿，坦然吃完了，揩揩手起身执壶斟酒，踱至胤䄚身边，笑道："十哥！"

"唔？"

"你方才的笑话，主子没笑，我们没笑，并连你自家也没笑。该罚一杯，兄弟给你斟上了！"

"好，我吃了这一杯。"胤䄚满不在乎地接过，一仰脖子"咽"地咽了，也不回敬，自坐了夹菜。胤祥却不退回，又替他满了杯，说道："既然大家都不笑，可见本就不是笑话。十哥你是爽快人，从不藏头露尾，兄弟是一向敬佩的。今有一事不明，想请教十哥。"胤䄚一听便知，这个弟弟要找茬儿，倒正合私意，大咧咧地架起二郎腿，用折扇打着手背，说道："不敢！兄弟你只管说！"

气氛立时紧张起来。胤禛见胤祥要惹事，惶恐地左右看看，见康熙目光幽幽地闪烁着，一手按杯，一手扶着椅背静观事态。他心知不妙，却不敢说话，只偷偷向胤祥递眼色。胤祥正在火头上，哪里看得见？

"我也是箭在弦上不得不发。"胤祥笑嘻嘻说道，"或者说骨鲠在喉，不吐不快！十哥你说说，谁家的香火船被劫了，被强盗拿来巴结玉帝？强盗又是谁？官府是否将他们捉拿归案了！""你问这个？"胤䄚冷笑道，"这本来是个故事，并没有实指。谁心里发虚，谁就是强盗。——万岁爷方才问我为什么来迟，我没敢回。生怕大节下扫了我们皇家体面。宣武门、正阳门、关帝庙十几家当铺、估衣店、古董店满满摆的都是你十哥的家当，在那儿发卖！你嫂子，你侄儿都在家，守着四堵墙在哭——说出来不怕你这财神笑，我这身衣裳，还是从三哥府里借来的呢！"胤祥静静听完了，恍然说道:"哦!怪不得十哥来迟了,原来借衣服去了!你心里揣着一把野火,——你就讲崔莺莺拉屎,煞一煞风景,是吧!"

胤祺见康熙听得专注,越发放肆,遂哂道:"你是聪明人,响鼓不用重槌,如若非问不可,我就说——你就是强盗,劫了我的家产,所以我一家都在哭!"

康熙此刻才听明白:清理亏空积欠,居然弄到皇子典卖家产的地步。坐在第二桌的胤禛发话道:

"十三弟,到我这里来。他是一个二五眼,别和他计较!"

"你是三五眼!"胤祺大怒,冲着胤禛吼道,"你不信,去我家看看嘛!"

话音未落,胤禛已冷冰冰地顶了回来:"皇上没给你俸禄么?谁叫你借钱来着!如今别人都还了,偏你就还不起?还用脏话气皇上——谁知道是真哭还是假哭?即便真哭,前人有话,'一家哭何如一路哭'。"胤祥接口便道:"就是四哥这话!"话还没说完,只听"啪"的一声,左颊上早被胤祺着了一掌!胤祺破口大骂道:"你是哪路神仙?淫贱婆娘产的下流种子!就知道狗仗人势,跟在太子爷后头拍马屁、溜沟子、舔屁股!"胤祥最厌恶的就是这个话,早已勃然大怒,乘他说得口吐白沫,猝不及防,抡圆了一个漏风巴掌回击了过去,兄弟二人顿时在席前扭打成一团。

阿哥们桌前立时大哗!李德全、邢年、何柱儿几个太监一拥而上,要去拉架,看了看康熙脸色,都讪讪退了回来。胤礽急忙起身前去排解——哪里劝得住!大阿哥胤禔假惺惺跺脚连声喝止;三阿哥胤祉弹衣挥扇,劝了这个说那个;五阿哥老实,哆嗦着嘴唇站在一旁不知该怎么办才好;八阿哥胤禩温文尔雅,立在旁边皱眉不语;九阿哥胤禟和十四阿哥胤禵两人看得称心快意,在一旁含笑把酒,视有若无。其余皇子,有的吓得瞪目结舌,有的假作劝架起哄儿凑热闹。胤祄几个童子,早被乳母护到一边,吓得咧着嘴大哭大叫。杯盏声,桌椅撞击声,叫哭声一片山响,搅得席面杯盘狼藉。一时间,御苑里人声鼎沸。

"都住手!"康熙突然咆哮一声,"让两个小畜生打。好好打,往死里打!"

他终于憋不住了。二十多个儿子,一百多皇孙,各人秉性不一。康熙原也知道他们之间有些不和气。心想不过为着有的受信用,有的没分差事,相互不服罢了。不料各门各派间的争斗，竟是如此激烈，界限鲜明，势如冰炭！

这一声怒吼使所有的人都安静了下来。康熙素来待人，勋戚严于大臣，皇子严于勋戚。用胤禩的话说是"里头尖，外头圆"。阿哥们无论长幼，莫不惧怕这个严父，见康熙震怒，早就无声地退了回去。胤禩、胤祥两个也爬了起来，满身灰土，脸上都是青一片紫一片。胤禩仰着脸，一副死猪不怕开水烫的样子，清理着衣带。那胤祥举目一望，除了胤禛，皆是外人，扭曲着脸抽搐几下"呜"的一声号啕大哭，伏地叩头，断断续续说道："儿子在君前失礼，任凭万岁发落……只求万岁今日明降诏谕，说明儿子亲娘出家缘故……到底是不是淫贱村妇……"说着已是哭倒了。

这件事的底细就是一车子话也说不清。但今晚明摆着是胤禩发难寻事。康熙略一沉吟，说道："你起来——你母亲是土谢图汗的公主，身份贵重。只因命犯华盖，多灾多病，情愿舍身从佛，不要听小人放屁造谣！——胤禩，朕先不问你荒废学业终日游荡，你挪借库银的事也改日再论。只你今夜言谈举动，如此放肆，存心叫朕不快活，是为什么？你活够了么？"

"不是儿子活够了，"胤禩在下头与胤禵已好生计议过，揣透了康熙的脾性，越硬挺越赏识，"是人家要逼死儿子！万岁没见邸报，清理欠款，各省已经上吊十三名府县官员，儿子不想当这第十四个！十三阿哥和施世纶把个户部弄得翻了个儿，变成天下大债主！万岁您别瞪我，杀了我，我也得把话说完。像这样儿拿着亲兄弟开刀问斩，弄得贝子、贝勒家家鸡飞狗跳、鬼哭狼嚎，哪一朝有过？三哥欠的银子万岁爷替垫了，其余兄弟拆了东墙补西墙。人坐在这里吃酒，心里惦着债主，又不敢说，怕主子知道心里难过，哪里还有兴致拜月吃酒，陪着您老人家说笑话儿呢？"说到此，自己也伤情，两串泪珠儿夺眶而出。

康熙的心也不禁猛地一沉。邸报和奏章节略是确实曾提到"某员自杀"的，他原也不在意，只批下去命查明回奏。想不到是因退赔而起。但他很快就警觉，此刻只要稍稍同情胤禩，不出三日就满朝皆知。太子、胤禛、胤祥费尽心思创出的局面顷刻之间就完了。遂冷笑一声道："国家清理积欠，乃是朕之决策，你这畜生竟比作'强盗打劫'！死几个墨吏打什么紧？明儿朕还要勾决几个贪官哩！据朕看来，太子、四阿哥和十三阿哥实心任事不避怨恨，正是国家祥瑞——尔胤祯素日轻狂骄横不学无术，今日居然大闹御花园。——来人啊！"

"奴才在！"李德全见康熙阴沉着脸，早吓得脸色焦黄，心头噗噗跳着。

"带胤祯去宗人府，"康熙说道，"重责十杖，囚禁三天！"

第九回　追往事天子抚老臣
　　　蓄异谋阿哥会相士

康熙一夜没睡好，待醒来时，听得自鸣钟连敲八响，翻身起来，见李德全打外头进来，便问道："有人请见么？"李德全忙笑道："奴才去宗人府瞧十爷刚刚回来，见魏东亭大人在西华门递牌子。因惦着主子，没顾上说话就赶着进来了。"康熙听了，一边吩咐人传叫，一边洗漱穿戴，漫不经心地问道："你见胤䄉，他都说了些什么？"

"奴才去时，太医正给他敷棒疮药。"李德全道，"十爷哭得伤心，懊悔不迭，说昨夜不该气着老爷子，万一气病了，岂不是因他不孝而起？叫奴才瞧着主子高兴时劝劝，别见怪他这浑虫——别的也没说什么。"

说话间魏东亭已经进来。他是本朝资格最老的一等侍卫，康熙的乳兄。匆匆四十五载过去，他早已成了皓首老翁。再也看不出当年拔山扛鼎、慷慨悲歌的豪迈气概。魏东亭进来，伏身叩头，说道："老奴才魏东亭恭叩主子圣安！"

"起来说话罢。"康熙坐在大炕上，接过喝了一口杯中奶子，笑道，"老货，怎么这早晚才来？去年你患疟疾，朕赐你的金鸡纳霜用完了没有，如今可大安了？"魏东亭忙道："奴才在路上冒了风寒，耽误了几日，又叫主子惦记着了！金鸡纳霜没舍得用完，余下的全收藏着呢，万一再犯病时好用。奴才这辈子或许就死在这病上头。这药贡自海外，得之不易，所以不敢糟蹋了。奴才快活到七十了，这是托了主子的洪福，还指望再活多少年呢！"说罢便笑。康熙叹道："这话糊涂。朕即位四十多年，先头四个辅政，有两个不是好死的；后头伍次友先生，还有明珠、索额图，出家的出家，死的死，黜的黜，结局好的少，坏的多——如今就剩你、穆子煦、武丹几个老侍卫还平安，得自珍自重！不光为你，也多少可以保全朕的名声！"

魏东亭也叹息道："是啊！熊赐履也作古了，主子跟前的老人是越来越少了。江山代有才人出，各领风骚数百年。该是下一代出力的时候儿了。刚才在西华门候旨，正碰上赵逢春，也都老得不成样子了。说起勾决人犯的事，奴才倒想起来，想替方苞讨个情儿。这是个有名的才子，可惜的是卷到戴名世案子里。他再一死，桐城派的文气便会一蹶不振，未免有点可惜。"

"这件事你不晓得，四贝勒、八贝勒都讨情儿，已经赦了方苞。"康熙笑道，"太平时节要懂得将养人才。外臣里头就你还知道朕的心！像这样的事，本应上书房拿出条陈，偏都一声不吭，事事要朕操心，朕又精力不济。别的好说，人头掉了接不起来，后世人不知底细，罪过又要归结到朕身上。"说罢，略一沉吟，命左右从人都退出去，方道："朕叫你进京，是听说了一件事。当日朕南巡，杨起隆在南京毗卢院架红衣大炮想炸死朕。是穆子煦和你查访破案。当时太子和胤禛为什么中途赏你们物件？赏的什么？有没有这件事？"

仿佛一个惊雷凭空而起，轰得魏东亭面如土色，张皇间一时竟说不出话来！

这是一件二十多年的积案。当日，魏东亭和穆子煦拿住逆首杨起隆，顺藤摸瓜，头一个便查封了两江总督、国舅葛礼的书房，发现不少书信是上书房大臣索额图寄来的，很有些暧昧词句。正犹豫时，太子和胤禛竟委专人驰驿南京，赏赐他们如意、卧龙袋等物。老兄弟俩料是戏中有戏，反复计议，焚毁了书信、释放了葛礼，只将首恶杨起隆明正典刑，遮掩了这件泼天官司。二十年了，魏东亭不但不敢居这个保驾之功，连提也怕提这件事，反复叮咛穆子煦不要去提这件事。后来，葛礼被胤禛门人年羹尧斩后，索额图也锒铛圈禁。魏东亭满以为这事成了永久的秘密，不料康熙今日亲口询问，辞气犀利得无可躲闪，怎能不叫他心胆俱碎？

"你不用怕，事情早已过去了。"见魏东亭噤若寒蝉，康熙已完全明白传闻是真，说道，"这事朕早已知道。只是想知道太子到底当时插手有多深。你魏东亭大约没细想，这事捂到最后，倒霉的还是你自己！"魏东亭心里略踏实一点，他是太熟悉康熙了。此刻再说半句假话，兴许立时就会招来泼天大祸，他颤巍巍地叩头道："这事万岁若不问，奴才就是粉身碎骨也不敢讲！太子和四爷当时赐奴才的是一柄如意，穆子煦的是卧龙袋。因为案子涉及索额图，连着太子爷，奴才们当时吓昏了头，又猜不出其中真实缘故，所以匆匆结案。二十多年来，一想起这事，奴才就背若芒刺如坐针毡！不过据奴才的小见识，太子当时才十一岁，四爷才七岁，岂能谋划大事？大约是索额图一手操办的。万岁圣明烛照，有什么不明白的？奴才今儿说出来，心里也畅快了许多，请主上降旨赐死，治奴才欺君之罪！"说罢，连连叩头不止。

康熙听了，起身趿鞋，背手踱了几步，站在窗前，望着院中红墙黄瓦，出了一阵子神，喃喃说道："若说胤礽全然不知，恐怕也不见得。只怕他未必知道索额图的用意就是了……这就对了，这就对了……怪不得朕第三次亲征准噶尔病在途中，召太子到军前问安，他有点魂不守舍——当时大理寺正审问索额图，他是怕索额图攀咬啊！"说着，又笑道，"这件事还是太子先禀明了，朕不过叫你来对证一下。事过二十多年，还治什么罪？这种事别说你们，落到朕身上，只怕也得这么办。朕告诉你一句话，天家骨肉最难成全，李世民没处置好，赵匡胤烛影斧声，也是死得不明不白，朕焉能漫不经心，太子和你们这些人只要不是心怀叵测来害朕，万事都可包容，你们不可自疑。"

魏东亭品味康熙这番话，仍是若明若暗，但有一层十分清楚，皇帝不准备追究这事，但对胤礽仍不很放心，怔了半日才道："奴才明白!"

其实胤禛的耳目有时并不十分灵动，那个神乎其神的张德明，是胤禊和王鸿绪荐进八贝勒府的。八贝勒胤禩素来持重沉稳，并不相信这些邪魔外道，更兼事涉诡秘，有干物议；因此只将张德明安置在刘家湾一处宅子里，一直没有见面，直到胤禊受罚出来，将养好了，才决定见一见张德明，并命门人王鸿绪用一乘小轿傍晚时分悄悄接来府中，又下帖子邀了心腹兄弟胤禟、胤禊，还有一等侍卫鄂伦岱、都察院御史揆叙、阿灵阿等，这些人都是可以无话不谈的。

鄂伦岱来得早，兴冲冲下了轿直入府门，因见胤禟和胤禊站在廊下说话，笑呵呵举手一揖，问道："张神仙在哪里？叫咱见识见识！"胤禟看着鄂伦岱笑道："着什么急？他是神仙，是骗子，还要考较考较！八爷已有安置，你不要冒失!"

"耍子罢了，我考较他做什么？老九也过于认真了。"胤禩看着落日的余晖，浑身上下都沐在一片金红的晚霞里，款款说道，"若要问前程，早晚各得一个王位是跑不了的；若要问吉凶，我不做非礼无法的事，有什么可担心的？岂不闻种瓜得瓜，种豆得豆？"

"种蒺藜者得刺，八哥你为什么不说全了？"

几个人回头看时，是胤祯带着揆叙、阿灵阿几个人进来，还有一个五十多岁的微胖老人一脸谦恭地跟在后头。那胤祯穿一件熟罗绛红袍，腰里束一根黄带子，足蹬凉里皂靴，越发显得浓眉虎额方面阔口，大咧咧地毫不在乎。胤禟便道："越打越精神，你究竟花了多少钱买通慎刑司的？"

"慎刑司里都是八哥的门下，还用着花钱？"胤祯笑着拍了拍那胖老头，"有这位任伯安，鬼点子层出不穷，板子打在鸡毛垫上，还真像那么回事！我只学杀猪似的嚎声儿就罢了！"

胤禩看了任伯安一眼，脸上闪过一丝阴冷的笑意，不紧不慢地说："老任，你也太过分了些儿。你是九爷的人，论理我不该管教，你不要再掺和阿哥们的事。""八爷教训的是！奴才下次再不敢了。"

正说话间，门上人飞跑进来报说："张神仙来了！"胤禩说了声："在逸闲堂安置。"便挥扇踱步而去。胤禟、胤祯两个人便带着众人进了逸闲堂。

"也是我多事！"张德明走进逸闲堂，并不谦逊，一个长揖，在靠窗一张凉椅上坐下，喟然叹道，"没来由动了凡心，下武当步入红尘，惹出这许多魔障。各位贵人，请放我一马！"胤禟笑说起身道："老道不必怨天尤人，八爷一会儿就来。这屋里几位先生都是久慕大名，何妨小坐，为他们推一推穷通休咎！"张德明悠然挥动了一下芭蕉扇，良久才道："好吧，我做拆字游戏，谁有话，请问。"

正说话间，堂外响起一阵脚步杂沓声。王鸿绪精神一振，笑道："必是八爷来了！"大家正要起身迎接，一群家仆，鱼贯而入，身着一色青衣小帽，一样的布袜布鞋，年纪俱在二十六七岁，齐整整地站在大炕沿前灯光之下，阿灵阿兴致勃勃进来，对张德明一躬到地，冷冰冰地说："仙长，八爷就在这些人里头，请仙长过来见礼！"

刹那间，书房沉寂下来。人们瞪大了眼，诧异的、好奇的、若无其事的、等着看笑话儿的，什么样的神情全有。静等这位道貌岸然的活神仙能一下子认出胤禩来。

张德明先是一怔，旋又冷笑一声，说道："八爷原来有慢客之意！贫道乃云中之鹤，何求于王公贵族？告辞了！"说罢起身便去。鄂伦岱看看胤禩神色，抢前一步拦住了，说道："八爷不送客，你怎好走？岂不闻侯门深似海！是不是仙长认不出八爷，心里有点发虚？"

"噢！"张德明纵声大笑，说道，"老道幼犯岁星，弃千金之家，披发入山，访明师于武当，窥道藏精妙，通人神之理，天下何事能欺我？贵人与凡人灵气有别，莫说是穿了长随衣服，就是换了叫花子烂衫，也有紫光白气护顶！"说罢袍袖一拂上前几步，一把将排在倒数第四的胤禩扯了出来，问道："这位可是八爷？倘若认错了，请九爷、十爷剜去老朽眸子！"说罢放开手，向胤禩一揖到地："冒犯！请八爷恕罪，贫道告退了！"

"仙长！"胤禩心下不禁骇然，忙改容笑道，"胤禩孟浪了，特地告罪，请留步叙茶！"拉着张德明坐了，又道，"昔年大阿哥上过江湖术士的当。我出此下策也是不得已的事。"张德明浩叹一声道："从八爷星位占之，我怎敢生你的气？我是自悔泄露天机，违了天条。恐怕有一日难逃天怒啊！"说罢黯然垂首。众人心里也不由得凛然起栗。

王鸿绪虽然结识张德明稍早，到底是翰林，觉得张德明的精明超出常情，便审慎地笑道："孔夫子乃万世师表，天降圣人教化斯民。但天人之理，鬼神之事向来避而不言，子曰'六合之外存而不论'！董仲舒倒是试着以人事推天变，差点惹出杀身之祸！可见生死富贵，圣贤谁知。我学生素遵朱子之训，读书万卷，格物致知，也算通人。实在想不出，仙长何以就能看见这堂中白光紫气？白光系指何人，紫气又从何而来呢？"

"三教不同流，自然所见不同。"张德明古井一样深邃的目光盯着王鸿绪，"山中老猿长啼，一呼百应；河中蛟龙愤怒，鱼鳖惊慌；肉身凡胎之人，谁能懂得它们言语？山人自永乐年间受业张三丰，于龙虎口斩关夺隘精参玄妙，精化为气，气化为神，神化为虚。居士富贵中人，怎知其中三昧？——八爷府中的家奴，顶上黑雾盘旋；九贝勒、十贝勒天潢贵胄，紫气流光；惟独八爷和你先生，命门中带着白气！"王鸿绪大吃一惊，忙问："什么！我居然和八爷是一样的？""差得远了！"张德明扫了一眼听得目瞪口呆的众人，一哂说道，"你不过文星当空，乃太白之气。只八爷这气，流光溢彩，郁郁勃勃不绝如缕，与九爷、十爷从帝垣带来的天然紫光迥然不同，实在是奇哉怪哉！"

胤禩挥手斥退家人，略一沉思，微笑道："倒是请教，我和老九、老十都是龙种，何以有此区别？"

"龙生九种，种种有别。"张德明冷然说道，"既然有别，命气自然不同！你若有份封王，我就敢断言，你顶上乃天子之气！"

一阵寒风袭进来，众人都打了个冷战。沉默良久，揆叙颤声说道："仙长，此事岂可轻言？一语不慎，九族罹祸！你……"

"贫道没有九族。观色望气，这房中都是八爷心腹，所以直言不讳。"张德明嘿然一笑，"王上有白，请问揆叙先生，是个什么字？"言犹未毕，只听"啪"的一声，胤禩已是拍案而起，厉声断喝："你住口！我不过闲坐消遣，聊作解闷罢了，你竟敢如此口吐狂言！如今圣明天子在位，皇太子辅佐朝政，贤德仁厚，天下皆知。哼！我府中三尺龙泉，割不掉你这牛鼻子的头么？"张德明霍地起身，目光咄咄逼人，许久又黯淡下来，颓然而坐，苦笑道："我不是神仙，只不过一炼气术士而已，头自然是割得掉的。但我与八爷既有缘分，就不免有些干碍——"他说着，将芭蕉扇递给鄂伦岱，"你带着剑，把这把扇子柄儿斩断了，看是什么结果？"

鄂伦岱茫然接过扇子，看了看众人，抽出腰剑，轻轻一搪，已被断为两截，并无异样。众人正疑惑时，张德明一笑，说道："八爷的折扇就在袖中，请取出来验看一下。"胤禩也吃了一惊，忙从袖中取出扇子，顿时大惊失色——那把湘妃竹扇居然也一断两截！众人都被这一手吓得脸如死灰，面面相觑！张德明身子向椅后一仰，傲慢地说道："八爷，看来我这人头一时还割不得哟！"

"倒看不出你这老道，倔性子竟对了咱的脾气！"胤禩愣了半日，回过神来，呵呵笑着和解道，"八爷说过是游戏，哪里就真动刀子要你的命？八哥能有福当皇上，我最欢喜，岂不比那撕不烂的胤礽强一百倍？"胤禟也道："想不到今晚能听此佳音，我心中也是美不胜言！"

胤禩像是做梦一样，迷迷糊糊地坐了下来，讷讷说道："佳？美？兄弟呀！慎思慎言——一步蹉跌，千古遗恨哪！"

"这两个字说得好！"张德明莫测高深地一笑，说道，"'佳'是八笔字体，一人执圭之象；'美'字拆开，可为'八王大'！八爷你何必忧心忡忡，张德明并没有叫你造逆夺宫，也没有挑唆你夺嫡自立，只是叫你随遇而安，恪守天命而已。可惜你自信不足，以非礼试我，恐怕要多一重磨难了。"言下不胜叹息。

胤祯却兴致极高，笼着袖子说道："好事多磨，毕竟成功，真是可喜可贺，大快人心！"便一连声地要讨喜酒吃。胤禛心中却多少有点遗憾，他曾单独请张德明看过相，也说是"大贵"之相。原想已是皇子，还怎么个"大贵"法？定是储位无疑，不料自己还是逊了胤禩一筹！他为人城府深沉，不像老十那样口无遮拦，只莞尔一笑，看着乱哄哄的人敬奉胤禩和张德明，说道："白云观缺一道长，明儿我向皇上保本，封你真人，主持这天下第一观去！"

第十回　讨债英雄遇到抗债豪杰
多情汉子央求寡情阿哥

　　十阿哥因抗债不还，挨了板子，囚禁三日，最后还是由八阿哥垫付了他亏欠的十七万两银子。打也好、囚也罢，虽然使了障眼法儿，总算应过了景儿。天威一怒，连皇阿哥们也不放过，这邸报一发到各地，天下震惊。至此，阿哥们拖欠的银两已经全部还清。胤禛、胤祥虽然欢喜，但他们心里有本账，大阿哥胤禔欠的债是门下官员凑份子孝敬办齐的；三阿哥欠的银子，因是作养松鹤山房一干文人用的，由康熙本人从内帑里拨出代还。欠得最多的九阿哥、十阿哥都由八阿哥胤禩一手包揽，总计有一百七十万两。账还清了，胤禛、胤祥倒加重了心事；胤禩既然能垫出来，为什么还要叫十阿哥大张旗鼓地发卖家产，惹出八月十五那场丑剧？胤禩又从哪里弄来这么多钱，替兄弟垫，替官员垫，他家的钱财，为何如此之多！刚进户部的施世纶却没有这么多的心思，见皇上如此雷厉风行，倒胆大起来，除了从桐城带来的人，又聘了十几个师爷，都是账房老手，索性放开手脚做去，大至成千累万，小至几两几钱，毫不放过，一清到底。把六部官员催得谈"户"色变，叫苦连天，有人编出口号，调侃讥讽：

　　　　庙里一尊泥胎神（胤礽），请来两个护法尊（胤禛、胤祥）。更有讨债无常鬼（施世纶），任是铁鸡也惊心。

　　叫苦归叫苦，库银仍旧得还，至康熙四十八年春，总共有三千八百万两银子渐次归还了国库。康熙高兴之余，下诏着施世纶实补户部尚书缺。命其一追到底，务于年底之前把这件差使办完。

　　施世纶谢恩拜印完，便命人打轿往十三贝子府。

　　"施大人来了！"十三贝子府门人见他下轿，一边打千儿请安，一边乱哄哄地讨喜钱，"施爷如今是大司徒了，一品当朝，总不能连壶酒钱都舍不得赏小人吧？"施世纶微笑着说："请你们去庆禄斋吃酒，吃过了叫他们寻我会账就是了——十三爷在里头么？"正说话间，里头一个丫头出来，对门上人道："你们不要闹了，四爷和十三爷请施大人进去呢！"说罢向施世纶蹲身一福，默默在前头带路。

因来的次数多了，府里的人，施世纶都比较熟悉。这丫头是前年胤祥生病时三阿哥胤祉送给胤祥的。当时胤祥刚开府赐第，就留了下来。这丫头高高的身材，容长脸儿，一头青丝，寡言少语，侍候十三阿哥十分殷勤周到。是胤祥的通房大丫头。因眉心长着一颗紫痣，胤祥为她起名紫姑。施世纶跟随紫姑漫步进来，老远便听胤祥笑着招呼：

"新任户部尚书来了！我和四爷正要去给你贺喜哩！"

"不用贺喜了，"施世纶熟不拘礼，向二人一揖坐下，笑道，"我施某正准备着棺材叫小人们咬死哩！商鞅是被五马分尸而死的，王安石穷愁半山堂；刻薄尚书哪一个有好下场？"

胤禛一直微笑不语，从桌上取过一个纱布包递给施世纶，说道："小人们咬归咬，升官毕竟可喜。无物可赠，这是一副水晶眼镜，我叫待诏按你的镜片子打磨了，权以为贺，省得你擎着那么大的镜子看字、瞧人。"施世纶接过眼镜，戴上一试，顿觉周围景物清晰，毫发可辨。接过紫姑递来的茶水，说道："四爷，你这份心……唉……我就不说什么了！今儿我来见十三爷，可不是为了报喜，也不为谢二位爷的提携。昨日我进毓庆宫，太子说宫里事忙，既然清理已见成效，得见好就收，太子爷要把陈嘉猷、朱天保两位召回去。求二位爷进去说说，外头封疆大吏还有一千多万两银子没有索回。这些人个个都有功劳，位高名重，很得圣眷，太子还得把这事管下去才成啊！"

胤禛、胤祥都没言声。施世纶来前，他们二人已经议过这事了。胤禛沉思半晌，问道："老施，据你看来，这些欠账的总督，将军们如今打的什么算盘？"

"据我看嘛，"施世纶摇头道，"这里头的缘由各不相同。有的确实还不起，有的是想拖，有的是瞧风色想赖账，要等别人还了他才肯出血。"胤禛问道："都有谁家还不起，你说几个我听听。"施世纶笑道："广州将军武丹，欠着十万，已经还了七万，我发文催促，他说，'要命一条，要钱没有——户部难道叫我刮地皮收贿赂还债？'还有穆子煦、魏东亭欠债最多，两个人还了四十五万两，还欠一百多万两。"

胤祥猛然悟道："四哥呀！我知道这些刺头儿们想些什么了！"

"我也知道太子想的是什么了！"胤禛喟然说道。

施世纶却有点懵懵然，他不明白，何以说了几个人名儿，两个阿哥就都明白那么多的事，遂问道："四爷，十三爷，怎么了？你们都明白了些什么？只剩下三二十个人，再催催他们，还上来就是了！"

"没那么容易。"胤祥冷笑一声道，"要肯还，不早就还了！他们是在瞪着眼儿瞧魏东亭。魏东亭呢？又根本还不出来——听说，他借这些钱都是支应万岁爷南巡用的，你想想这事容易不容易！"

施世纶倒抽了一口冷气：没想到清来清去，清到了皇上那里，这几个刺儿头可怎么剃？正沉思间，见胤礽从外头进来，几个人忙都垂手立起。

"老施啊！"胤礽摆手示意免礼，沉着脸坐下说道，"听陈嘉猷说，你不叫他和朱天保回来？这是为什么？"施世纶忙道："臣岂敢违命？不过太子当初有话，亏空要一清到底。如今还有一大笔款子未清回来。太子若要抽走了人，恐怕动摇了人心。臣的意思是再请示一下太子和四爷、十三爷，果真是宫里急需，二位大人自然是要回去的。"胤礽见他先来与胤禛、胤祥商议，心中已是不快，却不便发作，勉强笑道："账该要只管要着，他们在部里快二年，也该回宫了。要依我说，五千万两银子的亏空，已经讨回了三四千万两。下余的人确有难处，也不能逼得太急了，稳住如今的库存也就罢了。"

胤禛知道，单凭胤祥和施世纶无论如何拗不过太子，遂欠身说道："这就好比推车上山，最后几步最难，一停下来，只怕车子还要滑到山底下。太子，这时候不能抽柴呀！"

"老四，"胤礽忧心忡忡地说道，"我是刚刚儿从养心殿过来。魏东亭递了折子，他家已经清得只有一百多两银子了！清理亏空以来，官员死了三十六人，你说怕人不怕？要是真的把穆子煦、魏东亭这些人也逼死一个两个，那……"他打了个寒噤，没往下说。

胤祥的心陡地向下一落，问胤礽道："皇上没说什么？"胤礽道："没说什么，只脸色阴沉得难看。我也没敢问。还是按我原先说的办，见好就收！"

"你想过没有，太子爷？"胤禛皱着眉头，深沉地说道，"就这样糊涂了账，不出三年，国库仍会被借空了，而且再清起来就更难！"

"下令封库，"胤礽咬牙沉思着道，"一文也不借了！"

胤祥噗嗤一笑，说道："早就有旨封库了，再下令封库，那是什么章法？"施世纶不安地挪动一下身子，说道："那些还了钱的定要觉得吃亏，定要拼命刮地皮捞回来，这岂不是前门拒狼，后门入虎？"

"你说的又是一码事。"胤礽见几个人都不同意他的主张，有点上火，不耐烦地说道，"他刮地皮，我清吏治，拿他开刀问斩！"胤祥冷冷顶了回来："要账尚且半途而废，刷新吏治就更难了！"胤礽强按着火气笑道："你有什么高见？"说罢站起身来，来回踱步。

胤祥见他如此无能，无可奈何地摇了摇头，说道："太子，不是我们不遵钧旨。你得仔细思量。我们已经落了个刻薄虫名声，如果不把事情办利索，一垮下来就会变成可怜虫！依我愚见，还按万岁的原旨办，一清到底。最后确有困难的，万岁自然也要恩开一面。"

"既然你们要干到底，我也不拦你们。"胤礽强忍着没有暴跳，红着脸，对胤禛说道，"朱天保和陈嘉猷两个也可暂不回宫，有了成效，我不抢功劳；出了大事，我也不担待责任——如何？"

三个人听着这话，都觉承受不起，忙都伏身叩头不语。胤礽长叹一声，说道："唉……原来就不该接这差使啊！——你们——好自为之吧！"竟自匆匆而去。

胤祥一边起身，一边向胤禛说道："怎么能撂下这么两句话，就撒手儿走了！"

胤禛太熟悉胤礽了，胸无定见，极容易动摇，且不敢为下属承担责任，但这些想法他都说不出口。良久，胤禛才道："他有他的难处。你们只管去做，出了事我一人承担。只要做出成效，太子爷也会……"他不再说下去了。

"四哥，"刹那间，胤祥涌出一个从没敢想过的念头：要是四哥是太子，那该——他没敢往深处想，却道，"从今儿起，我以为你倒该收敛些，回避着点。户部我是钦差，你也撂开手，让老施只遵我的令旨行事。这样，万一有个好歹，不至于叫人家一锅端了……"

至此，施世纶的满腔热情都化成了冷汗。他冷淡地说道："四爷，十三爷，要没有别的事，下官先告退了。"

"好，你先回去。"胤祥端起了架子，提足了精神，身子一仰说道，"用我的钦差关防，提调各省欠款未还的总督、巡抚、布政使以上的官员，务限三个月内一体到京。我要当面催债——你怔什么？去吧！"

胤禛看着施世纶远去的背影，悄悄说道："老十三，方才你叫我收敛些回避点是什么意思？施世纶在这里，我不便驳你，这么多豺狼虎豹张牙舞爪的，你一个人顶得过来么？"胤祥叩着茶杯，说道："情势不很妙，四哥！不得不留一手呀。太子大约在皇上那里闻到什么味儿，要舍车马保将帅了。你我都是他棋盘上的子儿，我看他根本没有什么兄弟情分。与其让人家一窝端，还不如能保一个是一个呢！我和十四弟情形差不多，左右是个破罐子。你要也搭进来，岂不连根儿叫人刨了！"胤祥淡淡说来，胤禛却听得五内俱沸：这个小弟弟竟如此披肝沥胆，侠义勇为！胤禛的脸色异常苍白，细米一样的牙齿紧咬着嘴唇，许久才叹了一口气。说道："但愿我们把事情想得太凶险了一点。据我想来，魏东亭他们几个，当债逼到紧处时，皇上会替他们垫出来的！怕只怕太子这么釜底抽薪，慢了自己的军心，助长那干刁吏的气焰。你这样待我，我只能情领，不能实受。"

"四哥，你听我说！"胤祥的泪水突然涌向眼眶，打着转儿，却不肯让它们淌出来，"我越想越觉得应该这样。我是光棍一条，怕怎的？大不了圈禁起来！要是连你也保不住，谁肯出来为我这没人疼的说话呢？四哥你依了我的话，就是疼你的十三弟了！"说罢泪如雨下。

胤禛舒了一口气，过来抚着胤祥的发辫儿说道："好好儿的，这是怎么了，我们兄弟俩怎么尽说丧气话，说得心里起栗儿。别要杞人无事忧天倾了。你如今还打着光棍儿。不知有没有中意的？你说出来，我替你回奏万岁。"此时，紫姑正好提着个茶壶进来，怔了半日，给两个人续了茶，又默默退了出去。

胤祥破涕为笑，抹了一下眼睛道："四哥，我相中了一个姑娘，只是太寒贱，怕惹四哥笑话儿！"胤禛仰着脸想了半日，问道："可是方才出去的那个丫头？"胤祥摇头道："你问的紫姑？那倒不是的，我已收了紫姑，过几天就开脸封她为侧室，我说的是正正经经的夫人！"

"寒贱倒没什么，"胤禛沉思着问道，"旗人汉人？"

"……汉人。"

"不行。"

"我晓得你要说不行。"胤祥忽然调皮地一笑，"不过这人你认识！"

胤禛惊讶地睁大了眼睛，回忆着摇了摇头，笑道："是谁呀？我怎么想不起来？"胤祥笑道："不和你打哑谜儿，我相中了那个泼了我一身洗澡水的阿兰，我还曾救过她，你不记得了么？半个月前我游潭柘寺，恰好八哥的戏班子也去进香，阿兰就在里头！如今因都在谪仙楼学戏，还没进八贝勒府。如若一进去，再说就难办了。"胤禛一边听着，一边笑着摇头，说道："我看你是看戏看得着了魔，一个金枝玉叶，娶一个戏子来做福晋——"

"随你怎么说。"胤祥笑道，"你帮帮这个忙吧！"

胤禛见他认了真，倒犯了踌躇，思量了半晌，安抚道："不是我不帮，这太难了。丢开身份不说，她还是个汉人，事隔两年多，她又在——那边，你晓得她现在变没变心？有祖宗家法管着，怎么敢弄个汉人做阿哥福晋！"

"我朝有过这样的事。"胤祥呆呆地望着外头明媚的春色，缓缓说道，"也是一位阿哥，康熙四十年奉旨出巡直隶河工。他中了暑，住了黑店，一个乐户女子救了他，触了族规，被绑在木头桩子上活活被烧死……"胤禛听着，脸色变得苍白如纸——这说的正是他自己！

胤祥继续说："……那女子一头乌发在红焰中飘着，她那临死前的目光，叫这位阿哥终生终世难忘！这阿哥原来性情也很柔弱，经了这事，他如大病一场，疯疯癫癫的，连皇上都说他变得喜怒无常……却不知他经此事变，变成了铁石心肠……"

"别说了！你想剐碎我么？"胤禛怒吼了，挥手打了胤祥一个清脆的耳光！

胤祥并不呼痛，扑通一声长跪了下去，泣道："四哥，我说这话剐了你的心——难道你要叫我也和你一样么？"

"我打痛你了吧？"胤禛回过神来，见他如此，也觉伤情，深沉一叹，说道，"容我设法先给她抬个旗籍，赎出身子，再办下一步。你晓得，咱们都是朝局中人，万目睽睽盯着我们。今非昔比，有人恨不得我们今日就死！不能不缜密些呀……"

第十一回　抗还债流言满天飞
　　　　　倒肠胃臭气溢部堂

　　二十天后，欠债十万两银子以上的三十二名外省武官陆续入京。这些丘八爷们在京都有公馆，先到的各自走门路，拜阿哥、会同寅；后到的观望风色，打探消息；一个个都怀着鬼胎，说什么"傻子过年看隔壁"。他们抱定了主意：瞧着三大户——魏东亭、穆子煦、武丹。直到四月二十三，胤祥接到南京巡抚衙门递进来的禀片，说魏东亭患疟疾，病情沉重，危在旦夕，实在不能奉召入京。六部官员们纷纷传言，说魏东亭是因朝廷逼债，忧急交加病倒了。接着第二日，又接江南巡抚急报，说穆子煦启程的前一日暴病而亡！

　　消息传来，京官们立刻大哗。由王鸿绪、阿灵阿、揆叙挑头儿，连章弹劾施世纶。有的说施世纶有心乱政心怀叵测；有的说施世纶逼良为娼——逼迫下头官员贪污受贿，刮地皮。接着大理寺、鸿胪院一窝蜂起，奏章雪片也似飞进大内，京城官场立时气氛紧张，虽说没敢明指钦差胤祥；其实谁都知道，轰倒了施世纶，胤祥、胤禛这两个庙主也就没了香火。

　　接到穆子煦亡讯，胤祥心下也不免着慌，但他拿定了破釜沉舟的主意，交代施世纶稳住神，预备着督抚会议，自己抽身赶往西华门入大内来见胤礽。

　　"如何！惹出麻烦了吧？"胤礽正和师傅王掞下棋，一见面就埋怨道，"我最怕的就是出人命，如今穆子煦死了！刚才万岁叫了上书房的人，还有礼部尚书，正在养心殿给穆子煦拟谥号，真是件头疼事啊！这样吧，你先回户部把人召集起来，午时过了我去户部。"

　　胤祥出了毓庆宫，觉得两条腿都是软的，在乾清门的天街，正碰上胤禛从永巷踱出来，便停住了脚步。

　　"我刚从养心殿出来。"胤禛见他脸色不好，便道，"你拿稳着，没有什么大不了的。生老病死人之常情。差事出了差错，都是我的干系，不干皇太子和你的事。你去见皇上么？武丹在里头，他已经答应还债呢！"胤祥听了，压在心里的一块石头落下了。正要进去，胤禛把他叫住了："老十三，给你这个。"说着从靴页子里抽出一张纸来。

胤祥接过看时，却是一张正黄旗旗主签了名的空白单子，下头还加盖了内务府的关防。他有点不知所措地问道："这给我做什么用？"胤禛呵呵一笑。胤祥这才想起阿兰的事，腾地红了脸，拂了拂折起来塞进袖子里，想说句感激的话，又觉无用，只深深一躬，昂然而去。胤祥来到养心殿，康熙正和武丹说话。

"你来了，且站一边。"康熙吩咐道。

"魏东亭的病不知怎样？"康熙擤了一下鼻涕，又道，"你路经南京该去看看他。若没有穆子煦这事，朕还不担心，如今倒真的也有点恐惧了……"武丹感动得浑身抖动，理了一下苍白的发辫，颤巍巍地说道："这是奴才疏忽。藩司衙门催着奴才北上，没有顾上。"康熙听了，呆呆出了一阵子神，转脸一笑，问胤祥："清理亏空大总管，你瞧着这事该怎么办！"

胤祥低头略一沉思，笑道："账，恐怕还是应该还。儿臣也晓得，魏、穆、武三位老臣，功高望重，深得圣眷。惟其如此，更应为百官表率，成全主上至公至明之心，如实在力不能及，似亦应定出还银日期，以杜绝小人之口，使清债差使得以圆满办妥。将来皇上施恩，恩出自上，也不至于就牵扯到目前大局——这是儿臣的一点小见识，请父皇圣裁！"

"哦？"康熙盯视胤祥移时，突然哈哈大笑，"恐怕这是老四的见识吧？张廷玉、马齐，方才胤禛是不是也是这个意思？"马齐道："四阿哥和十三阿哥说的都是正理。不过目下群议纷纷，连章弹劾施世纶，施世纶的日子很不好过。听说他把家小都送回家乡了：预备着谪戍。虽是说弹劾施世纶，其实也就连着太子、四阿哥和十三阿哥，这局面也就令人可虑。奴才以为似应从缓办理，稍过些时日从容去做，可以免去许多麻烦。"

胤祥浓眉一挑，说道："皇阿玛，这时候一步也不可退，退则前功尽弃——这是儿臣自己的主意。魏东亭诸人是忠良，儿臣心里十分明白，但众人都在看他们，若不清理，全盘儿就得翻转！目下不少人恨不得拿儿臣食肉寝皮，儿臣也顾不了这许多。"康熙眯着眼欣赏地看着胤祥，陡地想起太子前几日吞吞吐吐想甩手儿不管的话，心中升起一阵不快，旋又笑道："《水浒》上有个拼命三郎，朕看我家老十三算得上是个'拼命十三郎'！既然你是舍生取义，不必顾忌，只管按你的本心去做。太子有些顾虑，这不要紧，明儿朕见他自有道理。至于魏东亭几个人欠债的事，你催只管催，朕看他们不至于叫你这小子为难。"胤祥听着这话，果然有从大内为魏、穆等人垫付的意思，心中不由暗喜，便叩头要辞，康熙笑道，"朕代武丹向你讨个假，他今日就不必去户部听你教训了。朕要出宫走动走动——如今这几个侍卫，就刘铁成、德楞泰还算有个样子——一个粗鲁一个憨，像鄂伦岱那起子人，只晓得狐假虎威，令人望而生厌。武丹进京不容易，让我们主仆在一起畅谈畅谈，你去吧！"

胤祥兴冲冲来到户部，还差一刻不到午时，便命众官都到大堂集会，几十个官员一齐躬身叩头，齐呼："恭请十三爷金安！"

"众位好！"胤祥似笑不笑答应一声，命众人两侧坐了，自己居中坐了，将方才在养心殿讲的那番道理又详述了一遍，又鼓励道，"诸公在外带兵，都是国家柱石，人中之杰，响鼓不用重槌。方才在万岁跟前武丹老将军一口承诺，所欠银两今秋一体交清。他还给魏东亭打了包票，也在今秋交还完毕。——你们怎么办？大家说说看。"

他尽自讲得口干舌燥，无奈这些人深知魏、武等人的家底，根本不相信。胤祥又问了两遍，福建提督左振邦干咳一声，说道："欠债自然是要还的。十三爷明鉴，下官每年只一百六十两俸银，又比不得文官，能从赋税里头抽火耗。喝兵血的事我不敢做，不瞒十三爷，如果不吃几个空额，连师爷、书办都请不起。还银子的事，是否多限些日子——比如说五年如何？"

他这一开口，众人便七嘴八舌地接了上来。有的说："谁愿意背债谁是龟儿子养的！有什么办法？"有的说："我这次进京盘缠，还是向人家借的哩。"有的还说："不瞒十三爷，我京里没公馆，是饿着肚皮来户部的！"在京有公馆的立刻反驳："有公馆又怎样？我也是饿着肚子来的，家人都被我撵走了，少一张口就少一项支出……"这干子翎顶辉煌的将军，也是欺胤祥年少，料他不敢把自己怎么样，愈说愈把自己说成一群叫花子。

"真的到这份儿上了?"胤祥灵机一动,叫来施世纶,悄悄吩咐了几句。

施世纶脸色陡变,轻声问道:"使得么?"

胤祥沉着脸道:"出了事都是我的。"施世纶离去。胤祥又转向众人,脸上毫无表情,冷冷说道:"我们吃茶说话。凡有揭不开锅的,今日就搬进我的府里住,我先养起来!来人,献茶。"

没有人答话。

衙役将茶端上来了。众人唏嘘啜茶,饶有兴致地听着胤祥说话。"——何至于就到这般境地?"胤祥说道,"我虽年轻,下头的事也略知一二。年俸固然不多,可有谁是指望年俸过日子的?一是地方官有规例银子,春夏秋冬四时不断;二是军饷空额;三是遇有盗案劫案,朝廷有额外补贴,下头军官孝敬的也不在少数……"他历历数来,如说家常。众人听了无不目瞪口呆。

听着听着,众人一个个都坐不住了,人人都觉得肚里倒胃——却不知是茶中用了药,——先时还撑着忍着,都憋得脸色发青。左振邦挑头儿"哇……"地呕吐出来。早晨在六合居吃的黄焖鸭、羊乳炖鸽蛋……一股脑儿吐个罄尽,还夹着酒气酸液。

"哇……"

"哇……"

左振邦一开头,众人哪里还忍得?一个个弯腰躬背,吐呕不止。把个户部大堂,弄得臭气四溢。站在一旁的户部吏员、衙役人人掩鼻,个个攒眉。

"哼!"胤祥款款起身,绕室走了一遭,虎视眈眈望着众人,问道,"哪位大人吐的是萝卜白菜,出来说话!我胤祥立刻奏明圣上,免还国债!"

众人此时才回过神来,知是中了这小子的计,心中无不大怒,恰巧,这时胤礽提着袍角拾级进来,一进门就被熏得一怔,掩着鼻子问道:"这是怎么了,哪来这么大的味儿?"

"太子!"左振邦却认为这出戏是太子一手安排的,见他装模作样,由不得光火,一步离席叩下头去,恶狠狠说道:"左某是个带兵丘八,不懂什么礼数。爷要是瞧着我们不地道,一刀宰了就是了,用不着这么糟蹋人!"

胤礽愕然看着众人,说道:"我确实不知道是怎么回事。你们都是出生入死为国家效力的人，谁会糟蹋你们？"

"您问十三爷！"左振邦说道，"您问问在座的人，我们造了什么孽？为什么被逼得如此走投无路……在这里受训吃苦……"说罢放声大哭！众官员此刻才回过神来，黑鸦鸦地跪了一片。听左振邦放泼号啕，哭得十分凄恻，其余的人都低头啜泣不语。

胤祥一笑下座，说道："太子爷，是我在茶里放了点药，大家都装穷，其实吃得脑满肠肥，泻泻火也好——"

"昏聩！"胤礽眼一瞪止住了胤祥。他今天到这里，为的就是替胤祥解困，贯彻他"缓讨债"的宗旨。停了半晌才道："众位起来吧！十三爷年少气盛，得罪了你们。他有他的难处。——此事做得孟浪了些儿，瞧着我的脸，不要计较了。"众人这才知道，今日出丑，不干太子的事，全是这个荒唐十三爷耍的把戏，一时俱都无话。胤礽又道，"各位所欠的亏空是一定要还的，这是圣谕，我与你们相约，以十年为期，清完这笔国债，如何？"

"太子千岁圣明！"

"太子如此体贴，奴才在外头卖命流血，肝脑涂地也情愿！"众人面露喜色，啧啧颂圣，到头来，只胤祥做了头号恶人，坐不是，立不是，脸上一青一红，头嗡嗡乱叫。待众人纷纷辞出去，胤祥一跺脚便要离开。

"回来！"

胤礽叫住了胤祥。他原想发作，见胤祥气得浑身发抖，愣怔了一会儿才温声说道："你看看你办的这事儿，瞧着吧，不出明日，便轰动京华！那干子御史们鸡蛋里头还要挑骨头呢！这岂不是授人以柄？"

"我不怕！"胤祥项间青筋突突直跳，"只可惜我辜负了皇上一片心意，将这个差使弄砸了！太子您也瞧着吧，不出半年，国库又要大大掏空，到那时看怎么填这个饥荒！"

胤礽知道胤祥脾性，倒不在乎他直率粗鲁，最使他心中不快的是，老四说一句，胤祥行一句，遂近前一步，安慰道："这都是老四把你纵容坏了？"

"我不管什么老四不老四！"胤祥梗着脖子回道，"所言是，盗跖之语不能为非；所言非，尧舜之语不能为是！"胤礽冷笑道："我不和你怄气。告诉你，治国如烹小鲜，细嫩的小鱼，你放在锅里乱翻，没有不坏事的。父皇春秋已高，有些事他老人家精神不济，我们得多想想！这朝廷、这江山，早晚有一日由我来管，这会儿子弄乱了，将来怎样收拾！孔子以仁为治国之本，忘了这根本，就要坏事。"

胤礽说罢，看了一眼满脸不高兴的胤祥，不再说什么，径自去了。

第十二回　弱女子翻脸拒旧情
　　　　　老年汉变成青年娃

胤祥仿佛被人重重击了一闷棍，呆呆地站在空落落的户部大堂上，思绪乱得像一团麻似的。他脸色惨白，踱出大堂，一阵清风吹来，胤祥觉得发烫的脑门好受了一点，见院里的衙役官吏都愣怔着瞧自己。施世纶、尤明堂都站在东廊下，见他过来，上来要说话时，胤祥摆摆手止住了，说道："什么话都不用说，库、账都封好造册，呈圣上御览。有什么事，还可到我府去问。我说过的话，决无反悔，你们相信十三爷这颗心就是。"说罢，也不知哪来的精神，腾腾几个快步出了户部仪门，厉声叫道："马——我的马呢！"

胤祥打马扬鞭一阵狂奔，赶至西华门，立刻请见康熙。小太监王狗出来回道："万岁爷用过早膳就出宫了，武大人陪着。十三爷明儿再请见罢。"胤祥听了回头就走，却又止步问道："你是在养心殿里侍候的？太子爷今儿可请见万岁了？"

"没见太子爷请见呀！"王狗见胤祥神色不对，诧异地说道，"听说万岁爷见了爷，就随武大人出去了。"

胤祥已经明白，胤礽压根就没有请旨，独断专行处置了户部的事。寻思良久，胤祥长叹一声，一口气松下来，索性连康熙也不想再见了。他赶走了随从，独自来到逢春阁，左一杯，右一杯，直吃得申末时牌醺醺然出来，连马也忘了骑，高一脚低一脚地往回走。方过宣武门，胤祥听到从内城墙根一带传来一阵丝竹之声。闪着醉眼看时，沿街一带粉墙耀眼，红漆大门上黑匾金字，大书"太白风节"四字，门旁两侧的楹联有一笔工整的楷书：

豪饮鲸吞　原是燕赵慷慨遗风
浅斟低唱　亦多吴越倜傥雅调

胤祥打了个酒嗝，不禁自失地一笑："真是走顺了腿儿，跑到八哥教习歌伎的谪仙楼来了！"正自徘徊，却听有人叫：

"那不是十三爷么？"

胤祥扭头看时，却是原先谪仙楼妓院的王八头儿，老远堆着笑脸过来，一边请安，一边说道："你老人家好一阵子不来了，兰姐儿都快急疯了……哎呀呀，茶也不思，饭也不想，只是锁着眉头出神儿，敢怕不是念叨着爷呢！"一边说着，一边引胤祥上楼，口中高喊道："吴家的！十三爷来了，告诉大茶壶，备点醒酒汤，叫兰姐儿预备着给爷唱曲儿？"

"怎么——呃！八爷的戏班子还接客？"胤祥猛地想起那张空白抬籍文书。忽听楼上琵琶铮铮，歌声悠扬，阿兰正在弹唱，遂冷笑一声说道："你们背着八爷，拿他的戏班子招揽生意，是活够了么？""放心！"王八忙赔笑道，"小人哪敢呢！是咱们总头儿任老板来了。任老板上回还说，既然十三爷瞧中了兰姑娘，得便儿回明八爷，干脆送了十三爷，另找一个姐儿顶上。你放心，兰姐儿是童身，没人敢招惹！"胤祥人咧咧坐下，酒劲儿涌着，脱掉了靴子，双脚跷在桌撑上，笑骂道："偏你娘的话多！快滚进去告诉姓任的，叫阿兰过来，我有要紧事！"

那王八诺诺连声去了。偌大雅座间只胤祥一人，酒冲得心头突突乱跳，因嫌燥热，又起身一把推开窗户。见窗外竹树摇曳，凤尾森森，碧绿一片，不禁深深叹惜一番。正没奈何处，隔壁乐声又起，是阿兰仍在弹唱：

> ……盼不到皎月同步踏苍苔，听不见软语温存解闷怀。焦桐儿不成调，玉镜儿落尘埃，柔肠儿百折千转结难开！问一声老天爷，甚时候日头出来？也只索罗绡披身耐着性儿挨……

隐隐便听有人击节鼓掌大说大笑。胤祥心里焦躁，�了靴子就要闯过去，却没了声息。又过了一阵子，只听到脚步声，帘栊一动，阿兰怀抱琵琶，已经挪身进屋，遥遥向胤祥深深蹲了个万福，说道：

"……爷吉安……"①

---

① "安"避"祥"讳。

胤祥上下打量时，阿兰出挑得越发水灵，穿一件石青罗坎儿，下头藕荷色百褶裙掩着小脚，刀裁鬓角，蓬松刘海下眉目如画，只脸色看去有些苍白。

"你就说个吉祥也没什么。该吉祥自然吉祥，该不吉祥仍旧倒霉。"胤祥不知怎的，每见阿兰，总觉心胸舒畅，一腔心事早就撂开，拉她挨身坐下，笑道，"脸色这么不好，累了么？——今儿我可不是听曲子来的。我费了多少精神，总算能讨了个如愿。你看——"

"爷！"阿兰一口截断了胤祥的话，微睨了一下门口，轻声说道，"您甭怕累着我，我兴致好着呢——您就是不想听，我今儿也得给您唱个……最好的——您可得留心，您这会子醉眼迷离的，我真怕您听不进心里……"

胤祥哈哈大笑，说道："天生的冤孽，我就爱吃你这风流甘蔗棒，就再浇我一头水也没干系，何况是听曲儿？你要唱就唱，我听着呢！"

"是。"阿兰轻声应道，俯首垂目，调了调琴弦，削葱似的五指一抹，清冷幽悒的琵琶声铮然而起，口中唱道：

> 王孙归去，山中不可以久留！莫说那毁身的色，伐性的酒，红粉髑髅，梦酣青楼——只这夕阳山枫，野藤境幽，伏几多吮血豺虎！张罗捕雀，牙机暗隐，专待硕鼠！……归去耶，归去耶！明春三阳开泰时，再请重拂广陵柳，烟波湖上载莫愁……

唱罢，俯身埋首几上，竟自浑身发抖！

胤祥听不出这弦外之音，只觉得阿兰声气颤抖，容颜有异，还当是真的病了，上前摸了摸她的前额，并不热，良久才沉吟道："莫不成是受惊了？明儿我叫个太医来给你看看。今儿且告诉你——抬籍文书，我给你弄来了！从今日起你就放了脚，学着做旗下大姑奶奶吧！"万万没有料到阿兰听了，一把推开胤祥，冷着脸儿说道："我没有病，您也不用这么费心！十三爷，您是有身份的人，要听个曲儿什么的，我不敢不从。要说到别的上头，叫人听了什么意思儿？"胤祥不禁一怔，忙道："你不是在开玩笑吧？"

"谁敢和爷开玩笑？"阿兰正色说道，"我已经有了人家，进八爷戏班子，只不过是为了抵债，说好了的过二年就放我南去。莫不成，凡是王子就好夺人之妻么？"

真似兜头一盆冷水浇下，胤祥从头凉到脚跟。脸上肌肉急剧抽搐了几下，正要说话，外头任伯安笑嘻嘻进来，看了阿兰一眼，伏身给胤祥磕了个头，道："小人任伯安给十三爷叩安！"

"嗯。"胤祥坐着没动，阿兰方才突然翻脸，他还有点回不过神来。他在户部两年，闲时常说起这位"老任"，早已耳熟，却还是头一回见面。上下打量时，只见任伯安五十多岁，胖圆脸，慈眉善目，只单泡眼略略浮肿。胤祥有点不明白，这么块料儿，何以有那么大的神通，六部衙门可以进出自如，办什么事说一不二！想着，问道："你就是有名儿的'掐不死'任伯安了？阿兰该多少身价银子，你说个数，这个人我要了！"

"看看爷说到哪去了？"任伯安起身笑道，"爷这样的贵人，巴结还没处巴结呢！银子是不敢要的。人，就算小人孝敬十三爷。这会子您就带她走，伯安若皱皱眉头，就不是条汉子！"胤祥身子一仰，说道："北京城谁不知道十三爷？从不沾人一分恩惠，别人也甭想沾我的光。公买公卖，你说个数儿！"任伯安忙一躬身，赔笑道："爷说到这份儿上，小人也就不敢回话了。阿兰身价是二十两，加上教习、膳食、妆束费，爷赏一百两就是了……"

两个人正说着，阿兰插进来道："姓任的！你仔细想想，我是插草标卖给你的么？文契还在我家收着呢！教习、唱戏，是我们乐户本行，我们有我们的规矩！你想卖就卖么？——十三爷，我实话实说，想听曲儿，什么时辰来，我什么时辰侍候，要买我进您府，不能！我还指着唱两年戏回家去呢！""不行也得行！"任伯安陡地阴沉了脸。在这一霎间，胤祥才看清这人的真面貌，"别说这是在京师，就是在苏州，乐户一百四十七家，谁敢不买老任的账？"阿兰一哂，说道："我敢！我就不允你卖我！姑奶奶不愿意，你怎么着？说个章法我听听！"

"罢罢！"胤祥忽地起身，一把推开椅子，恶狠狠说道，"给脸不要脸！怪不得二哥说，娼户乐籍那些妖精沾惹不得——我算瞎了眼，白认得你了！"说罢"嗯"地一掀帘子，沿楼梯咚咚咚下来。便听上头"啪"的一声清脆的耳光声，接着便听一个人倒在楼板上。胤祥暗自切齿道："贱骨头——活该！"因见管家赵福兴进来，便问："什么事？"

"好事！"赵福兴笑嘻嘻道，"七爷在春香居请客，叫奴才送帖子呢！说专从扬州叫来的厨子，爷吃了准高兴！"

"高兴个狗屁！"

胤祥一掌掴将去，把赵福兴打了个愣怔。

　　康熙并不知道儿子们在户部这场纠葛，用过早膳，便叫了武丹，主仆二人换了便衣要出宫游览。刚出西华门，便见佟国维和马齐两个跟了出来，因见二人也都身着便衣，康熙便笑道："武丹，糟了！叫这两个奴才盯上咱们了，真是一刻儿自由人也做不成。一向听说白云观新住持张德明很有点道行，咱们权作香客去游游，看他是什么门道儿，如何？"

　　"主子！"马齐一向憎佛排道，不想让皇帝沾惹这些人，再者，白云观在西便门外，人烟稀少，自己文弱，武丹老迈，出个差错怎么好？因笑道，"路老远的，步行太累，骑马坐轿又招人眼。您不过是想出来换换口味，得往热闹去处。不如到正阳门外遛遛，下午早点回来，歇了中觉，太子那边奏事匣子也就转过来了。"武丹笑道："热闹是热闹。刚才进宫时，我见那边贴有告示，今儿要杀人。怕败了主子的好兴致。"

　　"杀人怕什么！"康熙哈哈大笑，"你这个马贼头儿，没罪的还不知道杀了多少呢！如今当了广东提督，倒怕起杀人来了？杀这些恶人，倒看也不敢看了？走，去正阳门！"说罢，拔脚就走，几个人只好跟着。康熙边走边说道："太平久了，人都怕见血——还有个笑话呢，上回畅音阁演《铡国舅》。一铡下去，红水流了满台，胤礽妃子石氏当时就被吓得晕了过去。胤礽也吓得魂不附体。朕——我当时就申斥了他！我八岁就杀人，十五岁又大砍一批；西征大开杀戒，人头滚得满地都是，才有今日太平世界。像他这么小胆子，万一再出鳌中堂那样的人，他胤礽可怎么办？"

　　一行人说笑着，已到正阳门南。这里与康熙初年已大不相同。大街小巷纵横交错，到处人头攒动，一不小心就要踩着别人的鞋。大廊庙沿街都是新起的铺子。什么估衣、当铺、绸缎、瓷器、粉坊、油坊、染坊、棺材铺子、茶楼、酒店应有尽有，用竹竿挑起的幌子一直伸到当街。街旁夹道卖菜的，卖油糕、烧卖、馄饨、大饼、水饺的小吃担子排得密密麻麻。本来就不宽的街面更挤得水泄不通。远近高一声低一声的叫卖声、人们的说笑叫骂声……比起静若古寺的紫禁城，确是别有洞天。

　　几个人一步不离地紧紧护卫着康熙。康熙看了一会耍百戏，又站在关帝庙旁四福堂茶楼边听陈铁嘴说书，吃了一串冰糖葫芦，买了一幅《诗竹图》拓片，兴致勃勃地说道："这儿离琉璃厂不远，咱们去书市上走走，看能弄到董香光的字画不能。"说罢挤出人群。刚出四福堂，便见远处白汪汪一群人，手举灵幡，抬着棺材。马齐手搭凉棚瞧着，诧异道："这家子出殡，怎么连响器也没有用——又不像是小户人家！"

　　"当然不是小户！"康熙看了看灵幡，笑道，"马齐也是个书呆子。这就是今天要杀的邱运生家，预备着给他收尸的。这会子人没死。自然不响乐器——哼！六十岁个老棺材瓤子，糟蹋佃户家十六岁黄花闺女，逼得女孩用剪刀自杀——要不是他老婆吃醋骂出来，这案子至今也未必就破了呢！"佟国维这才想起，这邱运生被判为斩立决的罪，还是马齐拟的票，遂叹道："可惜这女子被糟蹋了才自杀，要不然礼部报个烈女，也是满够资格的。"

　　说话间，驮着槛笼的牛车已经过来。顺天府尹隆科多是监刑官，昂首骑马。后头刑名师爷擎着朱红令箭。两行士兵在前头推搡着围观的人群，为行刑队列开道。槛车前两名刽子手喝得满面黑红，一个斜背鬼头刀，一个手执亡命旗，随着牛车缓缓走来。人们先是一阵兴奋地鼓噪，接着又是一片窃窃私议，气氛变得紧张起来，不少人便赶着拥往西边菜市口占地方儿。康熙冷漠地看了一眼行刑队伍，正要挤出人流去琉璃厂，却被武丹扯住了说道："主子稍候，等一会人少了再走。"旁边的佟国维却惊呼一声："呀！犯人怎么这么年轻？"

　　"真的！"康熙看时，也不禁大吃一惊：这犯人哪像六十岁的"棺材瓤子"？顶多不过是个三十岁上下的汉子，头和手都夹在囚车外，一条又粗又黑的辫子拖在后头，脸上倒没有惧色，闭着眼，一副听天由命的架势。康熙犹恐有误，又看看亡命牌，千真万确，赫然写着："斩立决顺天府图奸害命人犯邱运生！"康熙没有言语，冷森森的目光扫向马齐和佟国维。

　　马齐和佟国维已吓得呆若木鸡，面如土色。因监斩的隆科多就是佟国维的远房侄子，自知干系重大，佟国维半晌才讷讷道："天，这是怎么回事？万——主子你略等一下，我去问问！"

　　"唔？"康熙脸色冷峻，像一座石峰，咬牙轻声说道，"忙什么？我们到菜市口去看看。"

菜市口早已是人山人海，里三层外三层，围得刑场铁桶似的密不透风。挨刑场的几家店铺都是楼，在这时辰要价极高，二两银子才能进门，不是豪富人家谁出这冤枉钱看热闹？四个人连挤带拥，弄出一身汗，才把康熙撮弄到店铺门口。武丹掏了十两一块大银，才得进去，都吁了一口气。康熙阴沉着脸登上楼，在一间雅座里临街窗前坐下，一声不吭。马齐和佟国维两人站在对面。一会儿看看刑场，一会儿看看铁青着面孔的康熙，也都不敢说话，心里扑通扑通乱跳。

一时犯人押到，皂隶们"咔"地开了囚车，把犯人架出来，拖到桩子旁牢牢缚定。监斩官隆科多从芦棚里踱出来，升座，朗声宣读了案犯邱运生的犯由状。康熙耐着性子听时，情节无误，只把年龄由六十岁改为二十九岁。毫无疑问，这案子有人做了大手脚！佟国维和马齐心里像热锅上的蚂蚁，见康熙不发话，嗫嚅了几次没敢出声。正没做理会处，便见隆科多命人给犯人赏辞世酒。猛听观众们呐喊起来：

"喂！你这脓包，怎么一声不吭？"

"唱一个给我们听！"

"嗜，"有人说道，"没味儿，是个哑巴！"

那犯人喝了酒，激得满脸通红，在桩子上仰着脖子大叫一声道："你爹才是哑巴呢！老子懒得说话！"

"好！"人们立时轰地一阵哗笑，喝彩道，"再来一句儿！"

"再来一句就再来一句！"犯人又叫道，"二十年一轮回，一百年也是死。早死早托生，晚死没孝子！"

人们又是一阵鼓噪，一片声儿哄然叫妙。

此时天近午时，早秋的太阳缓慢无力地爬到正南，柔和的阳光洒向杀气腾腾的刑场。隆科多掏出怀中的表看看，立起身来向御笔勾决的犯由行状，虚行一礼，取过亡命牌，毫不迟疑地用朱砂红笔一涂，大喝一声："午时已到，刽子手！"

"在！"

"行刑！"

"喳！"

第十三回　宰白鸭五哥遭奇冤
　　　　　审囚犯皇帝知吏情

两个黑大汉走向犯人身边，一个提着辫梢，一个举着鬼头刀，单等隆科多挥袖发令。

"慢着！"

马齐真的急了，票拟是自己写的，人头一落，死无对证，浑身是口也说不清，因见康熙仍兀坐不动，急忙从窗口探出身来，大叫一声："刀下留人！"

下头人群立时炸了营。护场士兵以为有人劫法场，"呼"的一声，有的卫护监斩官，有的护住犯人。几十名戈什哈"噌"地拔出刀拥进楼来。武丹一个箭步跃到楼梯口，上来一个扔下去一个，因见佟国维和马齐发愣，急得怒喝一声："日娘的，你给主子惹事了！快想办法！"还是佟国维来得灵醒，爬到窗口扯着嗓门叫道："隆科多！我是你三叔佟国维，佟中堂！马中堂也在！畜生听见了么？命你的人滚回去，你给我滚进来！"

康熙原是怀疑马齐受赃卖命，所以抱定冷眼旁观。待马齐喊出来，才放了心。此刻见两个人都发了急，佟国维又是"滚回去"，又是"滚进来"叫得语无伦次，倒忍俊不禁。早见隆科多提着袍角，一溜小跑儿登上楼来，"叭叭"打了马蹄袖，跪倒在楼板上，喘吁吁道："卑职叩见佟中堂、马中堂——三叔，您老人家……"

"你叩见我们做什么？"佟国维断喝一声，"万岁爷在这里！"

被弄得莫名其妙的隆科多此刻才看见在武丹侧旁稳坐不语的康熙。顺天府不同外省知府，系皇帝亲自遴选的要员。天子脚下的府尹，最难当，也最易升官。隆科多见康熙皇帝也在这里看行刑，不知出了什么差错，顿时惊出了一身冷汗，连连叩头道："奴才隆科多叩见圣驾，不知主子何事召臣？"

康熙阴冷的目光紧盯着隆科多。他觉得有些面熟，一时却想不起几曾见过，许久，才说道："你是由武职改任文官的吧？做到首府，不容易，这个前程，不出差错，熬个督抚也不难，是吧？"

"是……"隆科多有点不知该怎么说好，瞭了康熙一眼。第三次御驾亲征准噶尔时，他是御帐亲兵，曾救过康熙。但年深月久，贵人忘事，康熙既不说起，他如何敢提？因摸不清问话的意思，只好权且应着。忽地听见外头一阵骚动，马蹄嘚嘚，马鞭子甩得山响，百姓们乱哄哄又吵又嚷，却听不清出了什么事。靠窗站着的武丹忙笑道："主子放心，是步军统领衙门的赵逢春。这边法场有事，他自然得来——正撵那些看热闹的呢！"说着，九门提督赵逢春已经上了楼。

赵逢春是武丹的老部下。因见他佩剑来见康熙，武丹拉下了脸说道："逢春，主子在这里，你不奉召上来做什么？剑解下来，你退出去！"带他上来的顺天府亲兵张着手笑道："我说皇上在这，军门不信嘛！怎么样？"

"逢春留下，不必退出。"康熙吩咐道，对跪在前面的隆科多说，"朕的意思，朝廷并不曾亏待了你隆科多。为什么你竟敢如此胆大包天，偷梁换柱枉杀无辜？讲，你受了人家多少银子？真邱运生现在窝藏何处？"

隆科多被这话问得一怔。他和这位身居相位的"三叔"是心有芥蒂的。当日父亲去世，他在嵩阳书院就读，族中人觊觎他家一块风水地，逼得寡母几乎悬梁自尽。佟国维虽然没有插手，但作为族长，他却隔岸观火听任几个本家吵闹。直到自己做了县令，三叔才认这个侄儿。面儿虽没什么，可这点子旧事他又如何能忘？他盯了佟国维一眼，忍着气说道："万岁不要听信谗言——这话奴才领受不起！奴才也有点不明白，难道这犯人——不是邱运生？"佟国维自然一听就明白，心中不禁大怒，涨红了脸别转过去，一声也不言语。康熙也没料到隆科多这么胆大，不禁一笑，对武丹道："你听听，他倒'不明白'，还要问谁进了谗言，去叫人传这犯人上来！"

犯人很快就提上来了。两个戈什哈将捆得米粽似的"邱运生"架过来，向腿弯处猛踹一脚，犯人已长跪在地。楼上楼下几十号人，立时寂静无声。茶肆掌柜的原躲在雅座后偷听，此时一探头，被武丹一巴掌打了个趔趄。康熙喝道："武丹不得无礼！他是东家，我们是客官嘛——来来，老板，过来坐这边！"店老板抚着发烫的脸颊，小心翼翼斜签着屁股坐了。听这半响，他已经知道这个瘦老头儿就是"康熙老佛爷"。想不到有这缘分对面并坐，不禁暗道："祖上有德，这一巴掌是前世修来的！"康熙这才问犯人："你叫什么名字？"

"回大人话，"犯人并不害怕，直挺挺跪着答道："邱运生！"

"什么地方人？"

"密云县人。"

"家里都有什么人？"

"三个儿子、三个媳妇。"

"没有孙子么？"

犯人迟疑了一下，说道："有的。"邱运生的大孙子已经二十岁，他很怕康熙问这事。康熙没有纠缠这事，一哂问道："被你逼死的女孩子叫什么名字？是谁把她叫到你家的？"邱运生不安地倾了一下身躯，大声道："这都问过几百遍了，我死还不行吗？事到如今还啰嗦个什么屌？"马齐听他无礼，在旁喝道："放肆！仔细掌嘴！"

"你口音不对！"康熙止住了马齐，又道，"你是山东人，在密云冒名顶替邱运生，为什么要替别人去死？邱运生给了你什么好处？"

那犯人吃惊地张大了口，一时竟答对不来。半晌才讷讷说道："我就是邱运生，反正我是邱运生……""你不是邱运生！"康熙一口截断了，"邱运生所奸民妇黄英娥，是邱运生孙媳妇叫进府做针线的。你有孙子媳妇么？你今年多大？"

…………

"邱运生已年届花甲，你装得成么？"康熙格格一笑，说道，"年轻人，好生实话实讲！你心甘情愿替人就刑，必有根由。说出来，我才好救你呀！"但那犯人却低垂了头，一声也不吱。康熙正焦躁，店老板在右旁抚膝叹息一声，胆怯地看了看康熙，说道："万岁爷，这事一清二白，是宰白鸭！罪过呀……阿弥陀佛。"

"宰白鸭？"康熙打了个愣怔，问道，"什么叫宰白鸭？"

"小人这楼底下杀人多了，宰白鸭的事不稀奇。"老板苦笑道，"有一等大户人家犯了法，自己不受刑，出重金买个替身，从部到县一齐用钱买通。那些个刑名师爷有的很神通，若是人犯没捉到，悄悄儿叫白鸭顶个名字换进去，或自动投案。若是本主已拿到狱里，就破费得多了，一层层都喂饱了银子，乘着送饭或探监时，暗中换了，这就叫宰白鸭！有的监斩官临时发现，心里明白也不敢声张——嚷出去，就要得罪一大片人。"说罢长长叹息一声，念佛道，"这位兄弟，不定家中出了什么事，出来替人家顶罪就刑！真造孽啊，有的因遭了年馑，出一个'白鸭'，可换个一家活命；有的是父母妻儿有病，卖命救人……儿生父母养，来世上不容易，落难到这地步儿，也真是不得已哟……"

那犯人起初还硬挺，梗着脖子一动不动，听了老板这番话，触动情肠，渐渐地浑身抖动，终于忍不住"呜"地号啕大哭。因双手反剪，只用头猛撞楼板："爹爹……我的老爹爹呀……儿子不孝，对不起……对不起你……对不起你呀……我的苦命的老爹爹……"他喉头仿佛哽着什么，嘶哑凄厉的哭叫声刺得人们心头一酸一颤的。康熙原被老板那番话气得浑身发抖，眼见这个刑场上硬铮铮的汉子这样绝望地大哭，惊得跳起身来，扶着椅背，浑身起了一层鸡皮疙瘩。良久，才结结巴巴说道："你……你……不要这样。你只管说实话，天大的事有朕做主。你晓得么，我是皇帝，是当今天子？"说罢命人松绑。

这一声立时震得囚犯止住了哭声，泪眼模糊地望望康熙，抚着身上勒得深深的痕印，叩头泣道："万岁爷做主啊！我爹张九如现在被扣在密云邱家。邱家要晓得小人不死，爹爹就得叫人家勒死……求万岁……"

"知道了。"康熙拈须点头，转脸冷冷对隆科多说道，"这是顺天府的事。把邱家收尸的人，无论男女老幼全扣起来！死了张九如，朕拿你抵命！"隆科多"喳"地答应了一声，起身吩咐亲兵："分成三拨，一拨快马去密云封了邱家，捉拿正凶。一拨扣押这里人员。一拨在京师路口堵截邱家的人——听着，这差使要办砸了，万岁要我的命，我先拿你们垫背！"说着匆匆下楼去了。康熙这才笑对犯人道："这下放心了吧？你叫什么名字？为什么替人赴刑？讲讲看！"

原来这犯人就是张五哥。他原是山东新城人，父亲一辈弟兄十人都是武林高手，开着一家镖局。康熙二十年后天下渐趋太平，镖局生意萧条，遂弃武就农。自有两顷田土，也算小康人家。后来分家，张九如因不善务农，家道中落，又遭了回禄，一把火将家产烧得精光。张五哥无奈，约了几个本家兄弟出外捣腾私盐。皇阿哥们离了桐城，施世纶奉旨离任，魏老九这个盐商立时得势。迫得张五哥弟兄几个走投无路，又闻得山东大旱，寸草不生。因惦记着家，兄弟几个星夜兼程赶回新城时，张家偌大家族，已是饿死得仅剩两人。

"怎么会饿死这么多人！"康熙骇然道，"这不是真话！这事朕晓得，当时是——阿灵阿去放赈的嘛！"

"万岁爷，您最圣明：放粮的事门道多着呢！十成皇恩百姓能得两成，就算烧高香了！"张五哥道，"我们那村里只剩下孤老婆子四婶和我爹，见我们回来，抱头大哭一场，埋怨着我们'年轻、不懂事，不该回来送死'——那惨得真像做噩梦啊！"

"那时正逢三月，外头的雪还没化净。我们爷们跌跌撞撞回到家，在油灯底下正哭得凄恻，金大胖子一脚踹开门，传话说县太爷有令，凡流亡在外回来的，一概不许再出去。上年欠的赋一年之内一概还清！"

康熙沉思道："这事朝廷有旨意。你们那里逃荒的那么多，地总得有人种，所以不宜再放人出去，不过赋是免了的呀！即使不免，按'永不加赋'也使不了几个钱哪！"

"万岁！有'永不加赋'，自然就有'永不减赋'……"张五哥叩头道，"父亲兄弟十个，十份人头税，还有二百亩地的粮税，就累死我们爷俩也缴不起呀！金大胖子开生药铺，瘟疫越大他越发财！说是代我们完了地亩税，折银一百一十七两。又说我们在外头挣了大钱，要立即还清……"康熙听了不禁沉吟，金大胖子虽然不仁，却依的是国法，也真叫人无可奈何，便问："后来呢？"张五哥低垂了头，半日才道："我爹向他要凭据，他拿不出来，变了脸，就叫人抢我们的行李包裹，一棍子打得爹晕死过去，脖子鲜血直冒。我恼极了，冲上去一掌打得他……断了气。"

康熙听了默然不语，良久才粗重地喘了一口气。

"当晚我们父子逃出来，"张五哥也喘了一口气，"逃到淄川，在城门口见了捕拿我们的布告。可怜他老人家，又病、又气、又怕，说山东这地面待不下去了，远走高飞吧……依着他的意思，叫我一个人走，他去自首。我说，'爹，祸是我闯的，死活好歹不能连累你。能有个好的去处安置了你，我自己去伏法就是……'我是背着他一路奔出山东的。"

"那又怎么和邱家的事连到一起的？"康熙一边听一边沉思，问道。

"唉，这都是命！"张五哥叹道，"……离了山东，我在河南、山西卖艺糊口。听着风声松了，想着直隶有钱人多，就又背着爹一路来到了密云，想不到被邱善人认了出来。指着金大胖子的事，勒索着把半年的积蓄都给了人家。后来才晓得，邱运生和金大胖子是姑表亲！万岁您说，这不是我们爷们时运不济么？从此日子越发难打发，每日卖艺的钱，当天就全叫他拿了去，真似钻了狼窝一般，有什么活头！"说着，两行泪水扑簌簌夺眶而出，忙拭了又道，"……也是凑巧，姓邱的也遭了事。强奸佃户家的女儿，逼得人家自杀，被他大老婆当街吵骂出来，掩不住了，拿进了大狱。邱运生却熬不得刑，一问就招，定了死罪。后来不知怎么又翻供，女家接了银子，也一口咬定女儿是和家里老人拌嘴，想不开自尽的。本来事情已经完了，听说刑部王中堂查出案中有疑，一股脑儿把人全调了北京，审明问实，把邱运生打进顺天府死牢。

"他那个恶婆娘这时候也慌了手脚。不知花多少钱打通了关节，最后找着我说，'反正你犯了罪，是该死的人。依着我，进大狱把我老头子换出来。我放一千两银子在这里，你爹养老送终，都是我的事。你要不依，老娘花钱另找替身。我得首先把你们出首了，赏银差不离儿也就够使了。'万岁爷，到了这一步儿，我还能选别的路么？"

至此，替身来由已经大明。康熙注视着满脸泪痕的张五哥，心一个劲儿地往下沉。张五哥的话若不是当面所说，无论如何他也不会相信。他一向得意自慰的"熙朝盛世"竟然如此，一股寒意从心底袭来。康熙不禁战栗了一下，仔细寻思时，却又犯了踌躇：张五哥原是个犯法该死的人，他想回护，却又难以措词，因问马齐："张五哥有无可恕之情？"

"回万岁的话，"马齐早已看出康熙的心思，忙笑道，"张五哥的事是大案里的小案。现今最要紧的是查明邱氏是怎样做的手脚，打通了谁的关节，居然蒙蔽圣聪，用调包计换出囚犯。事关国典，非同小可！"佟国维也道："张五哥打死金某的起因，是金某勒索，殴伤其父，愤而失手，律无死罪。其后又为父代人入狱，分明是至诚至孝之人。我朝一向以孝治天下，岂可杀这样的人？"

康熙听了不禁一笑，张五哥打死催科吏员，逃逃在外，又代人受刑，两罪一叠，也满够处死资格，但却不愿说破这一层，因回头问赵逢春："如今善扑营归你九门提督管么？"

"明面上属皇上管，这差使一向是侍卫的。"赵逢春听得发呆，见康熙问，忙笑道，"其实自索额图败坏之后，善扑营已经指归步军统领衙门，因为是口谕，如今善扑营既归鄂伦岱辖制，也归奴才管，应卯儿到奴才那里，其实营务奴才并管不了。""不用说了，谁考较你这些呢？"康熙笑道，"将张五哥先送狱神庙看押，待审明大案，叫他到善扑营效力。听他讲的，似乎有些武艺，朕只取他一个'孝'字。但有罪不罚也不行。按自首的例，到营枷责三日，然后听用。"待押了张五哥出去，康熙倏地敛了笑容，对佟国维和马齐道："邱运生的死活原也是小事。他的案子既经审定御览，勾决了的人，还能做出这么大的手脚，可见吏治坏到何等地步！这才真正令人吃惊呢！传旨刑部，自明日起封印，今年秋决全国停勾，所有死囚一律重审。对刑部从侍郎到各司官，和各省按察使，要逐个查一查！王士祯这个尚书看来还是有良心的，可惜上月告病回乡了……唉，说不定也是叫人挤对走的。法制败坏到如此地步，令人可叹可畏啊！"

马齐忙道："是！不过，这么大的事，总得有人主持，请万岁降旨！"

"嗯。"康熙想了想。他对马、佟二人不尽放心，张廷玉又不可须臾离开，沉吟道："太子忙着清理亏空，四阿哥、十三阿哥都不宜动。人都说胤禩精明能干，叫他来办吧。"说着便起身下楼。佟国维等人跟在后头。马齐上前说道："奴才今儿鲁莽，惊了万岁，请万岁降罪惩处！"

"咹？"正下楼的康熙停住了脚步，似笑非笑地说道，"若不叫停刑，这会子你们的顶子已经被朕摘了。协理朝政，处置机务，本是宰相的职责嘛。"康熙又转脸问佟国维，"这个隆科多好面熟，是你佟家的人吧？"

佟国维一怔，忙道："是奴才的远房侄子。当年西征时，曾随主子在科布多打过仗。"

"唔。"康熙眼睛一亮，他已经想了起来，却没有说什么。当下乘轿回宫。

第十四回　留后路胤祥埋伏兵
卜前程太子问吉凶

从谪仙楼出来，胤祥好像得了一场大病，浑身软乎乎的。天到了申时，才回到府中。要了酒，一个劲儿地猛灌。紫姑不知出了什么事，叫过赵福兴问时，赵福兴也是懵懵懂懂。紫姑赶紧叫人烧醒酒汤侍候，前来劝道："论理，奴才不该劝爷。爷也得自己多保重些儿！酒这种东西和女人一样，不是好东西。爷还要做出幌子来，得防着有人在后头挑着爷的不是。上回爷回来说，十爷吃酒误事，让万岁爷见了，不是罚跪了半日？若真要叫爷也撞了这晦气，奴婢们脸上也没意思。"

"女人？你不也是女……呃……人么？"胤祥打着酒呃说道，"莫不成，上谪仙楼，你吃醋么？放心，爷不会亏待你！只你说女人不是好东西，这话今儿算说到爷心上了……来来！喝……喝一杯！"说着就递酒，见紫姑躲闪，又笑道，"其实，也不只是女人坏，我晓得，男人他娘的更不是好……好东西！什么天地君亲师、仁义礼智信？那是圣人编了诳世人。世人呢？对着编谎儿，对着骗！告……告诉你！骗了人发昏，他就是王侯；被人骗昏了，他就是贼！我已看破了！"

紫姑见他要吐酒的样子，忙绕到身后给他轻轻捶背。捶了一会儿，声音有些发哽："爷，既然看破了，就守在家里，别再出去管事了！什么三爷、四爷、八爷、九爷、太子、皇帝，他们的事自己料理去，爷这么热肠，到头有什么益处？""好好！"胤祥拍手笑道，"这话说得好，我倒小瞧了你！"因见赵福兴伸了伸头，又缩了回去，便叫住道："兴儿！你竟敢偷听爷的话！"

"奴才哪敢呢？"赵福兴忙出来笑道，"施大人、尤大人带了一群人来拜，叫我进来瞧瞧。爷这会子有酒了，奴才叫他们明日再来。"

"明日有明日的事，"胤祥蓦地冒出一句康熙的口头禅，"叫、叫进来！"

紫姑忙递给胤祥醒酒汤，说道："爷呀，你醒着点神儿，方才那些话，别在外人跟前说。"说着又拿湿毛巾，又给胤祥含了醒酒石。施世纶、尤明堂一前一后走了进来。后头跟着一群人，足有四五十个，这些人原是胤祥奉旨进户部时，从他练兵的绿营里精选出来的军士，带进部里帮着跑跑腿儿。霎时间，把大厅塞了个严严实实，一个个都沮丧着脸儿如丧考妣似的。

"不用请什么安了！"胤祥架起二郎腿仰在椅子上说道，"坐！坐！紫姑，叫他们再搬些凳子来！"待这些人都入了座，胤祥方问道："部里又出什么事了？"

施世纶和尤明堂两个人对视一眼，半晌，尤明堂方道："部里倒没有什么事。我们两个刚刚见过皇上、太子，特来向十三爷辞行的……""辞行！"胤祥一下子坐直了身子，"辞什么行？哪里去？"施世纶舒了一口气，笑道："十三爷，方才皇上召见时，已叫上书房拟旨。我出任山东巡抚，明堂出任云南布政使，旨意很急，明日准备一下，后日一早就得离京……"言下神色黯然。

"是不是因为我用药茶的事，牵连的？"胤祥突然火冒三丈地站起身来，"赵福兴！备轿，我要递牌子请见！"尤明堂一边止住赵福兴，一边按着胤祥坐下，说道："十三爷！我们这是平调职务啊！"说罢欲言又止。胤祥一回头道："紫姑，你们都出去！"

施世纶见他醉中尚如此细心，不禁赞赏地点点头，说道："这是主子保全我们的意思，十三爷您得体谅。四爷也这么说，也劝我们走。他说：'走了、走了，一走就了——'十三爷，您想是不是保全呢？若留在户部，不用说您也明白，不久依然会弄个大亏空，那时，我们能担待得起了？"胤祥拍了拍头，说道："黄汤灌得想不成事儿，不说这事了——谁来当这个户部尚书，没有透个风么？再说，我怎么办？"

"这个还没有旨意。听皇上的口气，似乎想让阿灵阿来当尚书。"尤明堂说道，"至于十三爷，您就更不必担心了，皇上连我们还曲意保全呢，何况您呢？"

胤祥这才听出，这群人见自己难过，是特意来安慰自己的，心下不禁感动，默默吃了两口茶，向众人道："你们不要这么难过，断了这路走那路，后头的事还说不准呢！别看我愣头青似的，我早也防着这一日呢！"说罢径自起身进了里屋。众人正发呆，胤祥复又出来，向左首坐着的一个官员道："包尔赫，你看看，这是什么？"说着递过一叠子盖有兵部关防的文书。

"委任札子！"包尔赫有点不明，欠了一下身子说道，"十三爷，您这是——"

胤祥红光满面，得意地笑道："对了，委任札子！你，毕里塔、张雨、段富贵……还有萧英、伦尔津，你们这几十个都是爷在木兰练兵时使出来的亲兵。原想叫你们跟着我光耀光耀，得点彩头，换个文官做做。现在看来不行了，不过我已经让兵部预备好委任札子。——今儿来了几个？一二三四五……四十六——还有八个没来，人人有份，都升为千总！明儿我就见赵逢春，就近在北京补缺。"说罢哈哈大笑，泪水却从眼中迸了出来。几十个人见他如此，无不感伤。张雨等人一齐都跪了下去。伦尔津道："十三爷，您这心地……叫奴才们说什么好？当初调奴才来，奴才心里还有点害怕。如今已经想明白，十三爷您要怎样，我们跟着！"

"十三爷这么重义气，我许远志跟着您走到日头黑！"

"请十三爷进宫请旨，留下施大人，我们接着干！"

"别犯傻了！"胤祥笑着叹道，"三十六计走为上，皇上晓得你老施、老尤，我就不晓得你们几个儿？何必被弄得一锅烩？"

施世纶深恐他再说些别的疯话，忙站起身来，辞道："十三爷，我们明儿就走，还得回去预备一下。您还有什么吩咐？"

"不留你们了。"胤祥一手拉了施世纶，一手拉了尤明堂，环顾众人笑道，"后日启程，我亲自去送——你们切记一条，我只要不倒，还要东山再起！可话说回来，我自己完蛋不完蛋，眼下也说不准。所以你们也不必给我写什么信……明白么？"说罢摆了摆手。众人自辞了出去，心下都十分感念胤祥的仗义。

胤祥香甜地睡了一夜，直到辰时才醒来。因见紫姑进来，便道："叫人到上书房告个病儿，我想好好歇一天。叫老赵去见见步军统领赵逢春，说我晚间要见他。"紫姑一边服侍他穿衣，一边说道："爷心里不爽，该出去走走的。方才四爷府的戴铎来了，说有重要的事，请爷过四爷府里去。依着我说，爷去走动走动也合情理，只别忘了你自个昨日的话。这耳朵听了，那耳朵出来就是了。"胤祥漱着口，噗地喷了水，笑道："大事小事，关你屁事！我自己还料理不清自己的事呢！"

话虽这样说，既是四哥传来的话，胤祥不能不关心，匆匆喝了一两口奶子，见戴铎还站门口候着，便问："出了什么事！"

"八爷今早奉旨，带人封了刑部衙门。"戴铎是个矮个子，一双眼睛炯炯有神。他已在外头做了知府，因是胤禛门下的包衣奴才，所以进京仍住在贝勒府，还依例当差。听胤祥询问，忙回道："八贝勒府的侍卫、亲兵、太监都出空了，还有顺天府的人。连太子爷也摸不清底细。此刻太子爷、三爷都聚在四爷府里呢！爷要支撑得住，过去瞧瞧吧……"胤祥心头不禁一震：刑部乃朝廷操生杀大权的机枢，能无缘无故说封就封了？又为什么连胤礽都蒙在鼓里？心下掂量着。

戴铎和胤祥带着赵福兴打马飞驰。在雍和宫角门蹬着下马石下来。胤祥将马鞭、缰绳扔给赵福兴，径自直奔后花园，往枫晚亭而来。胤禛的头号清客邬思道的书房就在此地。他知道胤禛的习惯，稍有要紧的事都来这里商议。折过假山，穿过一带青枫林子，果见太子胤礽、三阿哥胤祉、四阿哥胤禛几个人都在暖亭上。几个人都不言声看着一个身架拐扷的清瘦书生摆著草布卦。戴铎道："十三爷请，奴才只能到这儿，不听招呼不便过去。"胤祥知道胤禛治家极严，井井有条。

邬思道，有三十五六岁。此人于康熙二十三年曾带领南京五百名举人，联名弹奏贪污主考左玉兴、赵泰明二人，大闹贡院，把财神都抬了进去。后来朝廷下旨缉拿，逃脱在外。出外巡视的胤禛收留了他。名义上只是个门客，胤禛却以师礼相待。除了外面专门为他置了宅子，府里花园里还专为他建了书房。胤禛有一管家因见这位邬先生拐着腿走路，取笑他是"风摆杨柳"，被胤禛听见。这位管家被打发到酒泉去领略塞外"怨杨柳"的滋味。从此以后无论是阿哥还是王公贵族，从不敢轻视这邬思道半句。胤祥知道此人能耐，踱过来没敢惊动他。只见半瘫的邬思道一声不语席地而坐，审视良久，沉吟着缓缓道："太子问吉凶，恕我直言，此卦不吉。按此卦象，乃是'泰'卦……"

"泰卦？"三贝勒胤祉不禁失笑，摇着扇子笑道，"阴上阳下，反复变

通，泰卦为六十四卦最吉之卦！所以总辞里说，'泰，小往大来，吉亨。'
请教先生，怎么个'不吉'法？"邬思道沉静地看一眼胤祉，说道："三爷
说的是。照常人问休咎，这'泰'字确是无上之吉，殊不知此乃太子问命
数，就要从国家社稷这个题目去想。太子，您的本命乃是火命。夏日之火
旺极而生衰相，难烁秋日之金，易为冬水之侵，岂可掉以轻心？您看这異
位，蓍草多至十八根，罡风猛吹，如何了得？人都以为'否极泰来'，盼这
个'泰'；谁能想到泰极即是否来！祸兮福所倚，福兮祸所伏，凶极化吉，
吉极化凶，这才是《易经》本旨之所在。"

邬思道侃侃而言，有理有据，堂堂正正。皇子们全然跟着师傅从小读
《易经》，却没听过这样诠释，一时连博学多识的胤祉也怔了。太子原是灵
慧人，想到胤禩是水命、胤禟金命，与胤禩三人同恶相济，觊觎太子之位，
不禁脸色发白，喟然一叹没有吱声。

"三哥，"胤祥来得虽迟，见此情景，料是他们已经议过了胤禩的事，
因笑道，"兄弟反正是个破罐子，早就由他们摔了。我去阿玛那儿问问，为
什么封刑部衙门连太子也不知会？我吃了钉子，你和四哥再慢慢儿进言，
如何？"说罢抽身便走。胤禩急得叫道："回来！你没事要自找麻烦？谁不
晓得太子和你是一回事？"

邬思道微微一笑，说道："十三爷少安毋躁。《易经》本旨与儒学一脉
相通。我这几句危言，不过劝太子遇事谨慎而已。太子身居国储之重已有
三十余年，休命在天，君臣分定，谁敢轻易危害？但自内修省，正义明德，
自然泰而不否。所以孔子曰'其所厚者薄，其所薄者厚，未之有也'。换成
俗话，就是但行好事莫问前程，那前程自然就好的。"

胤礽经这一抚慰，略觉安心，遂笑道："这是至理名言。邱运生一案叫
老八去查罢！我又没心病，怕它什么？"说罢向胤祉道："走，看看你新编
的《佩文韵府》去！"二人一揖便告辞出去。

"太子危矣！"邬思道望着胤礽和胤祉的背影，叹道，"危如悬丝，势如
累卵！"

他这样冷森森一句，听得胤禩目光霍然一跳，胤祥竟不禁打了个寒战。
胤禩眺望一下窗外景致，笑道："邬先生未免危言耸听了吧？昨晚我问了武
丹。万岁派老八这差使，是因太子忙着清理亏空，顾不过来，临时决定的。

何必弄得大家丧魂落魄?"

"问得好——既是临时决定的,太子和几位阿哥何必张皇?"邬思道撑起拐杖走了几步,"其实四爷心如明镜,当今天子乃是千古难遇的雄杰之主,岂肯为无益之举?先前皇上已经对太子有许多不满之处,指望他此番清理亏空能抖擞精神,有所作为,不料太子措置失当,功败垂成,其失望可想而知。施世纶、尤明堂调任,显然是为国家保全精英,叫他们避祸出京。而清理刑部狱案,意在——试探八爷才具,当然不便征询太子意见。只查封刑部如此大事,连个招呼也不打,实出乎常情,君臣父子相疑乃至于此!请恕学生直言,无论四爷、八爷,皇子干政,不是国家之福——皇上天赐聪明,为什么就不敢动一动祖宗成法呢?"说罢长叹一声。

见胤禛、胤祥四目相对又闪开了去。他们都是"太子党"中人,太子危险,他们也安全不了。半晌,胤禛咬着牙道:"要是这样,或者按老十三的办法,向皇上把刑部差使要过来?"

"国家之弊积重难返,"邬思道道,"厦之将倾,独木能支?"

胤祥笑道:"惹不起,躲得起。四哥,我们也讨清闲,来个姜维避祸如何?"

"恐怕迟了。"邬思道冷冷说道,"覆巢之下,安有完卵?"

胤禛沉吟良久,向邬思道一躬,说道:"我与先生忧患相处数十年,知心知音。愿先生有以教我!"

"静观局变。"邬思道安详地说道,"子曰知止而后有定,定而后能静,静而后能安,安而后能虑,虑而后能得——四爷,我是有残疾的人,一生只能在四爷庇护下苟延残喘,惟有心智略有可用。您给我几天时间,容我好好筹措一下这应变之策吧。"说罢,笃笃地架着拐杖去了。

邬思道临去这话说得很淡,但却使兄弟俩掂量到了事态的严重。两个人都噤住了,许久,胤禛才笑道:"看来眼下还不至于树倒猢狲散。何必愁得天要塌似的!兄弟你宽心,保住太子无事,我们大家都好。万一有什么,别再说那破罐子的话,我是断不叫你吃亏的!"

"四哥,"胤祥眼中突然涌上了泪水,强笑道,"记得七岁那年我发热,大哥说是吃饭撑着了,得败败火,把我关在空屋子里哭。是你传了孝懿皇后旨意叫即刻放人。当时你还教了我一首长短句儿,还记得么?"见胤禛摇头，胤祥遂曼声吟道：

> 鹡鸰原上秋草枯，碧云天哀鸿影儿孤。九曲回肠，只向篱下人儿诉：怕人间亦是黄茅凄寒、白水荻芦！自吐丝儿把自己缚，难学那多财的贾，没的长袖舞——只应萧索大地觅伴儿，共分这一掬粟。

胤禛笑道："早忘了。你这一念，倒想起来，是《永乐大典》里载的。"胤祥拭泪道："可就是这个话儿。若是觅伴儿，太子素来也没把我瞧眼里；八哥那里，我磕烂了头，缘法不对也是枉然。所以只能是你。你保住了，我这孤雁还可分一点粟；你保不住，咱们都得饿死！"

胤禛的心像浸在滚水里，烫得紧缩成一团。半晌自失地一笑，说道："后头的事再说吧，谁晓得是什么结局呢——把你在谪仙楼艳遇的事讲给哥哥听听，也算件欢喜事儿。"胤祥听了，脸色越发苍白，颓然坐下，沉默半晌，才将去谪仙楼的情形一长一短说了。

"物反常即为妖，这事确乎有点邪。"胤禛听得很仔细，说道，"白云观那个牛鼻子听说也是由姓任的引见到阿哥和王公贵族里头的。我的管家高福儿说他在吏部、户部都见过任伯安，任伯安还想让高福儿带张德明来给我看相。我说我生在天家，本就不是贱命！况且我皈依佛教，素以四空为戒法，不求人间富贵，看相做么子？回绝了他。老三府里有一个张德明的徒弟，也是这姓任的介绍去的。这姓任的，一个胥吏出身，居然掺进皇族里，这点手段不能小看了！"

胤祥没有留心胤禛这些话，他的思绪又回到阿兰身上。为什么阿兰突然与自己翻脸变卦，而任伯安倒像是在促着阿兰跟自己，真是笑话。难道他任伯安想用一个女人，左右我不成？想着，自失地一笑："既然她不愿意倒也干净。瞧如今这势头儿，我自己还不知怎么样呢？倒省了这层挂碍……"

"捣麝成尘香不灭，拗莲作寸丝难绝。"胤禛见他痴痴的，引了一句温庭筠的诗取笑道，"温八叉可谓我弟之知己！看来阿兰似乎别有隐衷，眼下却难细查。我只劝你一句话，'十步之内必有芳草'。她若真的负心，佛自然要料理她，何能伤害于你？凭着兄弟你这人品才貌，找一个比她强的女人有何难呢！"当下兄弟二人又说了许许多多体己话方才散了。

几天之后，胤祥接到诏书，户部差使停办，着由阿灵阿暂署户部尚书，仍归胤礽和胤禛节制。胤祥则被派往刑部，会同八阿哥胤禩清查冤狱。胤祥陡地想到邬思道说过思量几天对策的话，赶来四贝勒府时，邬思道已经乘舟南下。请教胤禛，胤禛笑而不答，只说："皇上既然叫你去，自然有皇上的道理。你这人什么都好，只锋芒太露，须得改掉。去吧！这一道诏书，阿玛将你也保了。刑部是你八哥坐纛儿，你不要使气，不要去争功劳。看看老八是什么章程？"

第十五回　奉圣谕胤禩查刑狱
掩劣迹老九使奸计

　　张五哥的"宰白鸭"一案轰动朝野，八阿哥胤禩奉旨带领一班人进驻刑部。在诸多阿哥中，完全独立办差的仅此一例，胤禩自然晓得这件事非同寻常。匆忙进宫请见，皇帝面授机宜。回到刑部后胤禩命人将天牢封了，并将刑部档案一体锁锢。举朝文武见胤禩行事如此果断干练，有的钦服，有的害怕，有的诧异。第七天一早，胤禩乘轿往绳匠胡同刑部正堂而来。步军统领衙门派的御林军已接管了刑部关防，沿墙三步一岗五步一哨，甚是肃杀严整。待稳稳落轿，胤禩一哈腰出来，便见隆科多前来打千儿道："八爷，遵您的令，司官以上的官员齐集二堂办差，不得私相往来。这里的关防虽说都是九门提督的，赵军门都指派给奴才节制。外头的事，八爷有什么吩咐，只管跟奴才说。"

　　"难为你办差用心。就是武职官员，也只能这个样儿了，瞧不出你竟是文武全才！你就守这外面，有事可直接通报我。"说罢便踏上台阶。守在门口的戈什哈高呼一声："八贝勒爷驾临了！"

　　堂上的气氛顿时紧张起来。胤禩身着团龙江牙海水袍，头戴东珠冠走在中间，十六名带刀侍卫，三十二名太监跟在身后。木然呆坐的刑部官员"噌"地起身，马蹄袖"啪啪"打得一片山响，满人尚书桑泰尔、汉人侍郎唐赉成领头儿趋前一步，叩头说道："罪臣等叩迎钦差大人，恭请圣安，请八爷安！"

　　"圣躬安！"胤禩仰着脸答应一声。换过笑脸，"二位大人请起，大家都起来！"说罢居中案坐了，方款款说道："此次本贝勒奉旨清查刑狱，受命已经七日，大家忙坏了吧！"他扫了一眼众人，一个个熬夜熬得脸色苍白，"国家设刑教民，以律法绳不轨之民，原为惩恶扬善，安抚百姓。使良善之民生业有所托、奸邪盗匪无所施其暴。实在是顺天应民，养生教化之本旨。

然而京师重地，居然有'宰白鸭'这样惨绝人寰之事，堪为刑部之大耻！经本贝勒连日纠查，现有待决人犯四十八名，其中有四人验明不是正身——骇人听闻啊！所以本贝勒不能不据实奏劾！诸公食朝廷俸禄，受皇上托付，扪心自问对得起大清深仁厚泽么？对得起我皇上爱民之德意么?!"说罢翻转脸来，据案而起，将堂木"砰"地一拍，厉声喝道："隆科多进来！"

隆科多就守在刑部签押房门口，督着亲兵搬运刑狱文稿箱子。胤禩在里头说话，听得清清楚楚。没想到"八佛爷"一旦变脸，风骨如此硬挺！听见叫进，隆科多忙几步跨进来，垂手答道："下官在！八爷有何宪令？"

"革去桑泰尔、唐赍成顶戴！"

"喳！"

隆科多答应着，便向脸色煞白的桑泰尔走去。那唐赍成却满不在乎，冷笑着自摘了顶子递与隆科多。胤禩敲山震虎，见这个下马威震得众官噤若寒蝉，心下暗自满意，发令道："其余各官自今日起，不必回宅邸，去掉补服，暂行在衙办差。但请放心，我是很宽容的，不会虐待诸位，待事体明白，自有道理。"

胤禩说罢，径自来到签押房审阅文件。刚刚坐定，便见九贝子胤禟红光满面大踏步进来。胤禩笑道："原想着你病得很重，想把事情料理得略有头绪就过去瞧你，不想你竟来了。看气色倒不相干的，只是自己得多多保重！"胤禟只一笑，挥手令众人都退下，撩起衣摆坐下，说道："你哥子惦记着我，我更惦记你呢！看起来，八哥你是沉疴在身啊，要不要我寻个郎中来给你看看？"胤禟素来城府深，不苟言笑。这几句话说得胤禩惊愕不已，如坠五里雾中，遂笑道："你这是什么话？我一点也听不明白！"

"不识庐山真面目，只缘身在此山中啊！"胤禟阴沉沉一笑，说道，"八哥，你是咱们哥儿二十多个里头最得人望的。晓不晓得人们为啥子都拥戴你？"胤禩挥着扇子微笑道："说到'人望'，哪里谈得到？只不过我一向与人为善，仁义待人，从不轻易作践人，因此人们乐于亲近我。"胤禟盯着胤禩，说道："但观今日情景，八哥似乎准备自毁长城了？"

胤禩听了一怔，仰脸略一沉思，笑问："我奉旨办差，怎么叫'自毁长城'？谁是我的长城？我又怎么'自毁'？愿闻其详！"胤禟没有理会胤禩的问话，起身向门口张望一下，喊道："十四弟，你进来！八哥等着呢！"说完便径自去了。

十四阿哥胤禵系着黄带子，穿着竹青袍，大步进来。身后还跟着一个五十多岁的伴当。胤禟一眼便认出是任伯安，不禁吃了一惊，却装作不留心，只向胤禵欠了欠身，笑道："你回京了？甘陕那边旱得如何？"

"久违久违！"胤禵拱手说道。他今年刚满二十，和他的同母兄长胤禛长得很像，只个头秉性却酷似胤祥，为人十分豪爽。打过千儿请了安，便摇着扇子，嬉笑着道，"八哥，三日不见，便当刮目相看了！竟把这刑部衙门弄得个鸡飞狗跳墙！方才兄弟进来，见着刑部这干子人，平日恶煞神似的，这会子全都像死了老子娘似的。官袍补子都扒掉了，破烂流丢、丧魂落魄的，都成了丧家犬！"说罢呵呵大笑。胤禵看了一眼默不作声的任伯安，笑道："你和四哥一母同胞，怎么这个秉性？这个疯劲也好收敛些儿，没的叫下头人见了笑话！"这才转脸说道："任伯安，你来刑部做什么？本来，我不该管你的事，你是九爷的人。只是听说六爷、七爷还有十五爷欠的饥荒，都是你代垫的，你哪来这么多银子？如今你又来刑部撞木钟？须知我在刑部，你不免要吃亏的！"说罢便呆着脸吃茶。任伯安一躬身回道："承爷问话，小的在云南贩药略积了几个钱，不敢称富，全仗九爷扶持。小人虽糊涂，也还知道大树底下好乘凉，主子们得意，奴才自然好过。钱是身外之物，生不带来，死不带去。我的就是主子的，并没有两样儿。不瞒八爷，不但六爷、七爷、十五爷，就是十爷亏欠的十来万两，小的原也要卖掉景德镇的一个瓷庄抵债来着，只是……"胤禵本想问他跟着胤禵到刑部的来意，听他王顾左右而言他，遂冷笑道："倒真难为了你这片心。我真是代哥哥、弟弟们谢谢你了！"

任伯安抿嘴一笑，说道："八爷错怪了小人。我的意思是，光凭做生意，哪能挣这么多钱？我说过，这全凭八爷和各位爷的扶持才有今日！比如说，那年八爷请张德明看相，赏了他一万两银子；他主持白云观，要这么多银子做什么使？就全转送给了小人——这和八爷赏小人，还不是一样儿？各位阿哥，有的在云南开铜矿，有的在兴安岭收金矿关税，有的在柳条边外挖人参。说句难听话，若没有小人下头的人在那里维持，也是要出娄子的。几位爷借欠国债，那不过是前人撒灰，迷后人眼睛。阿哥爷们，拔根汗毛就粗过小人的腰！没有爷们的照拂，就折尽了小的草料，也还是牛马一条。"

胤禩听了任伯安这一席话，头脑一阵阵发晕。这里头举的开铜矿、收金税、挖人参以及让张德明看相的事都是自己的隐私，既违国法，又违祖宗家法。每一件都是绝不能让康熙知道的。太子居上，私自看相做什么？更何况当时还说过"王上加白"的话，一旦泄漏出去就有谋逆的罪名！胤禩眼中波光一闪：他已明白了老九称病的真意。

"八爷，"任伯安仿佛看透了胤禩的心思，谦恭地哈了哈腰又道，"小的极明白，法不传六耳！别说天家，就是寻常人家，没来由怎么敢进去胡搅？八爷，我是来给刑部的人讨个情儿，说是'撞木钟'也没亏了奴才。您何必计较他们呢？自古以来，像于成龙、施世纶这样的官儿有几个？哪个不为钱？您素来有佛爷度量，最能容人的。所以满朝文武里头，十有九盼着您百尺竿头再进一步。但如今这样大杀大砍，寒了众人的心，再暖过来恐怕就很难的了！"

他的话说得极平和，不时翻眼觑看胤禩神气。这些话既带着要挟味儿，又似乎在安慰；既像是在警告，又仿佛在劝说。胤禩越听，越觉得此人可畏，陡地一个念头涌上来：趁此时权柄在手，何不将他立斩阶前，万事一了百了？

正转着念头，杀机勃勃地要发作，外头胤禵风风火火进来，却没留意穿着长随衣服的任伯安，因见胤禟也在，只抱着胤禟肩头笑着说了句："老十四回来了？"转脸兴奋地对胤禩道："八哥呀！我去顺天府，一股脑都查出来了，并没有隆科多的事，顺天府死囚八人，竟有三人不是正身！我一恼，照这儿的样子，将府尹以下的官儿全他娘的扣了！他奶奶的，任伯安那个鳖孙看着多老实，其实那三个死囚都是经他手调换的——得想个法儿不要把九哥牵连进去。任伯安这畜生是不能留了！"正说得兴头上，站在一旁的任伯安笑道："十爷，任伯安就在此地，十四爷已带我来投案了，专听八爷、十爷的发落！"

胤禩先是一怔，勃然大怒道："我还以为你是个好人，原来你在下头尽干这样的'好事'！怪不得你有那么多的钱！汉朝有个任安，是个贤良的名臣。你却敢起名叫任伯安。可见你本就不是个正经东西！王八蛋，跪下！"

说着，不管三七二十一，劈脸一掌掴去，打得任伯安打了一个趔趄，左颊上五个指印顿时隆起。

“十爷，头落地不过碗大疤，你何必如此?”任伯安猝不及防挨了一下，后退一步，脸色十分狰狞，但刹那间又恢复了安详，不紧不慢地说道，“好歹我也是为十爷效过力、卖过命的人，你就让我把话说完，不但我，就是我一家，何柱儿一家，都会感你恩德的!”

胤䄉眉眼一瞪，冷笑一声说道：“老子有什么把柄在你手里！——你将何柱儿也牵扯进来，是何用意！我看你是活腻歪了!”任伯安阴笑道：“十爷怎么忘了……前年贵管家拿着你的信找我，叫我弄雪莲，说是贺孟頫给太子配药用。我想这雪莲一药最是燥性，除了配春药，有什么用处？从何柱儿处我弄来方子一看，里头并没有这味药！尽管我心里疑惑惧怕，奴才还是竭尽全力照办不误，——听说太子爷用了这药，效果很好！这还不是为十爷你效力卖命？这事要是万岁爷知道了，灭我的九族不灭呢?”胤䄉虽然粗鲁，却并不蠢，一愣之下，已和胤禩交换了眼色，手按着腰刀逼近任伯安，狞笑道：“你既这么有孝心，好得很嘛！我素来患有肺病，人血馒头能治，你就帮着我再配一副如何?”

“慢点。”胤禵伸手拦了一下，笑吟吟说道，“十哥，他是九哥交代给我的，就怕有人杀他。明儿若他手下的人捅娄子，八哥补都补不及!”

任伯安见本主出来说话，刚泛起的怯色又消失了，闷声笑道：“十爷，你杀我，只当踩死蚂蚁似的，有什么打紧？别说我下头的那干子亡命之徒，只十爷你思量，春药是何柱儿下的，你杀得了他么？鄂伦岱也知道收金税的事，恐怕你也难下手！你杀了我，他们只怕就不肯替十爷、八爷瞒着什么了!”

胤禩对九弟、十四弟在背后来这一手，十分吃惊。至此他已经明白，对这个任伯安暂时是不能动的。便格格一笑起身排解道：“老任，你虽然出身卑微，倒有国士风度，处变不惊，真不容易！老十只不过想试试你的胆量而已，哪有在刑部签押房就仗剑杀人的？这个地方也不宜久待，道乏罢。至于案子的事，我们兄弟再议一下，自然有曲处。你回去告诉老九，吃罢晚饭我去拜访他。”

任伯安一出去，胤䄉便瞪着眼说道：“老十四，这里锣鼓才敲响，你就来拆台，这是个什么意思嘛？我一向敬重你和九哥，你怎么也学得鬼鬼祟祟的？如今老二、老四、老十三在户部办砸了差使，正好是你我兄弟大显身手的机会！你们要有外心，早说明白，桥归桥，路归路，就此分道扬镳也是稀松的事！难道今儿你们拦住了，我就宰不了任伯安这个走狗？"胤䄉却没有说话，只忧心忡忡地皱眉不语。

胤禟嘻嘻笑道："十哥你不要冤屈了我和九哥的心，老十三为什么办砸了差使？就因为他不自量力，硬要逆水行舟。我和九哥议了一下，要像八哥这种办法，败得比十三哥还要惨——这事比要账难得多！而且许多事涉及我们兄弟，惹翻了这些人，乱蜂蜇头，怕躲都没处躲呢！所以九哥才让我带着任伯安来报报警！"

胤禩舒了一口气，想想胤禟的话，确实有理，因叹道："老九智术可谓深沉。但刑部的事真让人看不下去。这样草菅人命可怎么得了？再说我奉旨办差，毫无作为，又怎么向皇上交代呢？无论你们怎样说，我总要办他几个不可！"

"要是八哥这样想，我就多余来这一趟了。"胤禵笑道，"你要真是刨根儿，非刨到了自己堂屋不可。"胤禩抿嘴一笑，说道："我有什么不明白的，替那么多人还的钱，里头就有'宰白鸭'的收项。但这么大的事，朝野瞩目，中外关心，我若办得像温吞水似的，毫无声势、影响，十四弟，你说成么？"胤禵不禁咧着嘴笑道："对了！这会子我也想明白了。雷响得大大的，地皮淋得湿湿的，把这些彰明昭著的恶棍严办几个示众，粉饰——"

"你闭嘴，胡诌些什么！"胤禩低声喝道，他的脸色冷得像挂了霜，"你懂什么？这只是权宜之计！国家吏治坏到这种地步，身为皇阿哥，我痛心疾首！但是积重难返，穷究苦追引起朝局动乱，自身尚不能保，谈何拨乱反正？所以不能多办，但一定要严办几个，能对赃官污吏有所震慑，我们的差使就算成功！"胤禵听着不禁点头微笑道："只是太便宜了任伯安，他方才那些屁话，哪里还有一点规矩？六部里头，十停人有四停人受他挟制，如今上头上脸的，索性连我们也威胁起来！这种没王法没上下的龟孙，我——我看一刀杀了他，也是该当的！"

胤禩"嗯"了一声，站起身潇洒地踱了几步，笑问胤禟："我方才倒真的起了杀心。不过这会儿好像悟出点什么。十四弟，老九弄的那个'百官行述'档案，是不是此人掌管的?"胤禵钦佩地看了一眼胤禛，笑道:"我也是才知道。这件事已经差不多了，九哥说还差着几个朝官在外任时的情形弄不清楚，待誊清了就装箱密封。地方儿都选好了——任伯安，有办法!"

"所以不能动任伯安。但任某以后不宜再出头办事了。叫老九传话给他，明儿晚间叫他去我府，我有话说!"说着对站着发愣的胤禩道，"你放心，任伯安飞不到天上去!"

正说着，却见几个侍卫簇拥着两个人进来。胤禛细看时，却是大阿哥胤禔和十三阿哥胤祥。胤禛几个人都忙起身迎接。胤禔不待他们请安问候，便道:

"有旨意!"

胤禛等人不知来头，跪下叩头道:"儿臣等恭聆圣谕!"

胤禔又白又胖，天生出一副国字脸，脸上长着一片片骚疙瘩。他眯了一眼胤禛，不紧不慢宣道:"着皇十三子胤祥，会同胤禛、胤禩前往刑部钦差大臣胤禛处帮办刑部事宜，钦此!"

"臣领旨!"胤禛、胤禩一齐叩头答道。胤禛等人又复向胤禔行礼请安。胤禵嬉笑道:"久不见大哥了。你这身膘，越发地叫人艳羡，啧啧，怎么见了咱连句热乎话也没得?我从陕西回来，可是给你带着一方澄泥秦砖砚呐!色如铜，坚如铁，声如磬!把你的陈年雨水送一坛谢我吧?"

说罢，几个兄弟相视大笑。胤祥因笑道:"八哥你又是我的顶头上司了!放心，老十三自然要给你争脸面的!"胤禛忙道:"十三弟莫说这样外道话，我最爱你和十四弟这样性情，敢说敢为敢怒敢笑——你小时不是这样的呀!"胤禩也笑道:"男大也会十八变，越变越好看么!"

"八哥!"笑了一阵，胤祥道，"方才我在刑部门口等大哥，瞧见一个人出去，像是贵府里的任伯安!我叫了他几声都没答应，是耳朵不好使么?"

一句话问得几个人面白如纸。胤禛格格一笑，说道:"我府里没有叫任伯安的，老九府里倒有一个。听说很不安分，老九已经打发他出京了。只怕是你认错了人吧——天下相貌相近的多的是!"说罢一笑，众人又闲话一阵才各自散了。

第十六回　怒冲冲康熙理政务
　　　　坦诚诚天保陈忠言

　　清理亏空的差使轰轰烈烈地干了两年半，胤祥一调离，就名存实亡了。入秋以后，各省都已停止催债。施世纶和尤明堂由于康熙的保护，总算落了个平安。只苦了各省原先奉差办事的小官，形势一转，竟如过街老鼠一般，人人喊打。当然，罢免这批催债鬼时，明面上并不说是由于"苛刻逼债"。但官场上的学问大极，什么"老弱""疲软""刚愎自用""政绩劣等""人品猥琐"，都可作为罪名。不数月间，这些讨债英雄们便都纷纷落马。阿灵阿上任不满半月，便又下令开库"周济""穷困"京官，发银十万两，名为"养廉"银。数目虽不大，传到下头立即成了法规，各省藩库也是库门大开，纷纷效仿。风头一变，先是一批退籍致仕的部院大臣，异口同声上折子陈情，求朝廷宽免纳还国债。这些人有的立过战功，有的从驾多年，一字血一字泪，写得万分可怜；接着，外省督抚请求停止催缴亏欠的奏折、条陈，也雪片般飞进紫禁城。还有一些奏折称颂阿灵阿到任如何为朝廷尽力办差，使得百姓乐业，感激皇恩浩荡。虽然没人敢说胤礽什么坏话，胤礽自觉理亏，索性不再插手户部的事，胤禛、胤祥心中暗自生气。

　　康熙心知这件事的首尾，也不动声色。过了中秋节派李德伦到户部去问，国库已经重新亏空一千四百万两银子。但是阿灵阿的官声大振，到处一片叫好声，康熙虽然心中恨极，却怕一下子拿掉他，再起轩然大波。按他原来的想法：先保持户部清欠成果，再在吏治上借张五哥事件开一开杀戒，惩办一批贪官，就可为刷新弊政开一个好头。不料中秋节后的第三日，胤禛、胤褆联名奏折就递了进来，说刑部历届尚书、侍郎都是朝野瞩目的清官，直隶、顺天府及各省臬司衙门，"只有一两个小人作祟""遂使国家法司衙门蒙不洁之名"，参奏了三十余名公然纳贿草菅人命、误判错案的道、府、县官。至于"宰白鸭"一案，"经查证只有张五哥一人"。原犯邱运生"因系五门单出，其妾怀孕在身，尚不知是男是女，计出无奈，遂倾家破产贿通刑部司书何闵，擅改年龄""顺天府提刑官和胥吏通同作弊将张五哥换入"。至于邱运生所污女子也不是什么烈女，是佃户抵债进邱府为奴的。按律，对邱运生只能惩罚他脊杖流配——邱运生的原案几乎全都推倒了，算来只屈了"犯有贩盐前科"的张五哥一人！

"屁话连篇！"康熙看完奏折，气得手脚冰凉，"刷"地扔在一边，一拳击在案上，长叹一声。踱至养心殿口，康熙手抚剃得发亮的脑门，呆呆地望着大院，向站在身后的张廷玉问道："这个折子你们看了没有？皇太子怎么说的？还有马齐、佟国维，你们意见如何？"

张廷玉的神色很忧郁，半晌才躬身答道："奴才们都看过了。皇太子看了没说什么，只叫转呈御览。因为委派胤禩办差是圣躬独断，太子自然是不便插言的。只叫奴才请旨，刑部的事圣上有什么吩咐，太子即刻遵谕承办。至于奴才等人，以为八阿哥办差尚属努力，这三十几个人的处置也十分恰当。只是'宰白鸭'这件事，也太凑巧，而且几乎全案皆翻，似乎有些……这只是奴才自己想的。马齐和佟国维并没说什么，请万岁圣断！"

"没什么未必就没想法。"康熙冷笑一声道，"哪有这样的事，朕查出一件冤狱，果然就只有这一件冤狱？朕倒不怕下头事情大，可畏的是连自己的儿子也不肯说实话！胤礽、胤禩天聋地哑站在一旁冷眼观望，胤祥是心里闹别扭不理事，刑部几个阿哥抱着一团儿欺君欺父，你以为朕心里不明白么？这才真叫人心寒胆战啊！"张廷玉忙解释道："万岁爷言重了，阿哥们怕承受不起……"康熙阴冷地一笑，说道："朕正在想，他们这些人自幼儿生长在皇宫，都是一知事就读圣贤书的人，看去又不笨。只能说是别有用心！"

"那怎么会呢？"张廷玉忙道，"皇上万不可多疑……"

"怎么不会？"康熙咬牙笑着，舒了一口气，"这些事，你比朕心里更明白——哼！猫老了就要避鼠——他们是鼠欺老猫！想着朕不中用了，盼着朕早早儿归天，早早让位！"

八月的风带着凉意裹来，张廷玉打了一个寒战，浑身猛地一缩。一时，君臣两个都没说话。西风劲吹，躺在墙角的枯草败叶，也在瑟缩地抖动着，大块的灰云在高大的殿宇上空疾驰而过，一群鸿雁传来一声声悲鸣，越发显得不胜凄凉。

"万岁爷……"副总管太监邢年从东厢出来，见康熙和张廷玉怔怔站在殿口，衣摆被西北风撩起老高，忙取出一领玄狐镶边的夹斗篷过来，赔笑道，"外头风大，当心着了凉，可怎么好？万岁爷近来常这样，奴才实在担心……披上斗篷走动走动也比站着好。若是乏了，还该略歪着才是——要不要传一碗参汤来？"康熙笑着点点头，接过斗篷，又给张廷玉披上，说道："这件斗篷赐你——在养心殿当值时也可披一披。朕虽上了年岁，身子骨儿比你张廷玉还略好些！邢年，去毓庆宫传旨，叫王掞、朱天保、陈嘉猷他们，带着太子的窗课本子过来，朕要查考胤礽的学业！"

正说话间，鄂伦岱进来禀道："王掞和朱天保两个人递牌子请见，主子见他们不见？"康熙笑道："你来得好，倒省了邢年跑这趟腿，让他们进来。"康熙折回殿中喝了一碗参汤，便听外头有人报说："臣——王掞、朱天保请见万岁！"康熙略一沉吟说："王掞先进来。朱天保且候着。"

王掞进来了。这些日子他越发显得瘦了，一进门便朝着御座行三跪九叩大礼。

"到暖阁里头来吧，朕在这边坐呢！"康熙见他近视到这样，不禁失笑道，"明儿叫李德全带你到眼镜库，挑一副合适的戴上——其实你这么大岁数，不必行这样的礼。有这片心，什么全有了。"

王掞也不禁失笑，叹道："奴才是老不中用了。原来在部里，还能常常瞻仰天颜。如今进了宫，倒成了咫尺天涯。"康熙见他如此恋恩，自己也动情，命他坐在杌子上，笑道："朕近年来也常觉孤独，总想找几个老人说说话儿。偏是这几年七事八事，心里再不得清静——你腰间的痌疽好了吧？这个病得用玉泉山水煎药洗着才好，所以朕叫他们每日赐你两担，若不够使，再加些儿也不妨，只内服不可用人参。这病忌热——看来你只瘦些，像是已经痊愈了？"老王掞欠身一躬，觉得胸膈间又酸又热，哽着嗓子说道："老奴才没别的报答主子，只有这片心。早晚咽了气，也就罢了。"张廷玉披着康熙赐的大氅，心里也是暖烘烘的，想说什么，又不便插言，只站在一旁不言语。

"按你的年纪身子，是该致休的时候儿了，"康熙微笑道，"朕原想，按李光地的例，叫你留京荣养。太子说人手少，其实，也得有你这样的师傅在跟前，朕才能放心。所以误了你天年，这是太子的意思，你可不能怪朕。"

王掞听了一怔，正容说道："皇上乃天下圣君，太子为国储，本是一体，岂有分开说的？皇上、太子如此知遇之恩，奴才也顾不得什么颐养天年了。"康熙点头道："话虽如此，你到底是有了年纪的人，凡事匀称着做去，不必勉强。见太子有什么不是处，可直言告诉朕，由朕处置，总能圆满周全的。"王掞连着两次听康熙把太子分开来说，心中顿起疑窦，坐直了身子一揖道："奴才方才说过，皇上、太子乃是一体！太子有不是处，奴才一定犯颜直谏！皇上的话，奴才不敢奉诏！"

康熙听了哈哈大笑，点着王掞说道："你这个老王呀！和你祖父一个秉性！你说的当然是正理，也忒古板了些儿么！朕的意思是你也不必得罪他，君臣和谐些儿不好么！朕叫你进来，正要告诉你，今年秋狩去承德，太子要从驾，你就不必跟着了，留在京师，把病养好了。就是忠心侍主，也不在乎这一时一事。"王掞沉吟道："奴才请见主子，倒为的另一件事。昨儿进毓庆宫，见侍卫全换了班儿。按例三年一换，至明春才到期。现在尚未到期不知是何缘故提前换防？至于去热河，皇上体念奴才老病，奴才十分感激。不知何时启程？奴才身体若能支撑，还是该当从驾的。"康熙诧异道："全换了么？这件事是内务府办的，朕回头查查。领侍卫的内大臣是佟国维，他有权调度。"康熙召见王掞，其实本意就是为了问这件事。因太子胤礽与几个贴身侍卫几次夜间在毓庆宫聚饮，不知说些什么话，内务府怕出事，禀知佟国维，因此提前调防。从亲贵子弟中新选了一批，在毓庆宫当值。原想问一问太子结党的事，但王掞一口一个"皇上太子一体"，竟难以深谈，只好说道："道乏吧。朕八月十九离京去承德，看你身体，断难从行。索性你到玉泉山住些日子，养养身体，你去见见马齐、佟国维，由他们给你安置。现在刑部王士禛出缺，满尚书桑泰尔也要出缺。朕想，你的太子太傅不动，加一个刑部尚书实缺如何——现在先给你这个名义，上任的事待朕从热河回来再视情形而定。"说着，命张廷玉："把八阿哥递的折本拿来朕批。"

"是！"张廷玉答应一声，忙到正殿取过稿本。康熙略一伸欠，提笔抹了朱砂，写道：

览奏心慰之至。但愿所奏是实。惟处分似觉轻缓，尔素性如此，朕不以为怪。提刑官麻进吾得赃卖命，原拟绞决，应改斩立决。司官如周德民、刘方、黄敬舟等十七人应革职永不叙用。桑泰尔、唐赍成失察之罪仅拟革职留任，亦属失当，着二人革职，发往西宁军前效力。所遗刑部尚书一差，着由太子太傅、大学士王掞实补，满员另拟。钦此！另——邱运生一案实出朕之意外，奇哉巧哉；可告畅音阁编出戏来给朕看！

轻轻吹干了笔迹，小心合起递与王掞，说道："朕心里十分明白，户部的事没有办得尽如人意。但钱财总比不了人命贵重，刑杀失当，上干天怒下致人怨，所以要借重你这副老骨头——你主持刑部，即便不能尽查，至少不要再出'宰白鸭'的惨剧——先养病吧，略好些就到任，有什么难处告诉朕。"

王掞心中品评不出康熙话中的味道。看来，康熙好像不要他再管东宫的事，但又说他仍是太子师傅。他接过诏书，迟疑良久方道："《春秋》云，'小大之狱，虽不能察，必以情'，奴才当尽全力办差——不去玉泉山了。"

王掞退出，朱天保进来。他今年满打满算才二十岁，却已经跟随太子在东宫三年了。朱天保很文静，先向御座一揖，再快步趋入东暖阁，一边行礼，一边说道："臣，朱天保叩见圣驾！"说罢，黑晶晶的瞳仁盯着康熙，静待问话。张廷玉不禁暗赞：这人英气勃勃！

"朕听说了一些事，想问问你。"康熙板着面孔，冷冷地问道，"听说五月端午和七月节，太子在毓庆宫宴请了侍卫。有这事没有？"

"有！"朱天保一怔，说道，"与筵的有兵部尚书耿额、侍卫鄂善、齐世武、托合齐，并没有外臣。耿额，也是皇上指定的太子侍卫。"

"那王掞、陈嘉猷和你为什么没有与筵？"

朱天保一怔，说道："王掞有病在身。臣与陈嘉猷在户部办差，未能回宫。"康熙笑问："你们知道他为什么要这样？筵宴上都说了些什么？"话语虽不重，里面却含着骨头。张廷玉前后想想康熙今日的话，不安地动了一下，心里突突直跳。朱天保忙叩头道："太子设宴款待近臣，是情理中之事，求皇上明鉴！臣职在东宫，为太子僚臣，从未想过太子设宴有别的意思，至于在筵上议了什么，臣并未打听。皇上既想知道，臣去传他们，皇上一问便知。"

"朱天保，"张廷玉不禁插话道，"这是当今万岁问话，你仔细失仪！"康熙摆手笑道："没什么。太子虽不肖，他的这几个臣子，朕看还是正人君子。朱天保，胤礽是朕的儿子，问你这些话并没有相疑的意思。不过，今年时势略有不同，户部的事经胤礽插手，差使已经办不下来了；胤禩去刑部，听说耿额他们在下头也时有怨言。耿额是索额图的家奴，太子总和这些人混在一起，朕岂能不问？"朱天保连连顿首："皇上天聪英明，自古人君罕有能及，岂不知父子相疑其家不祥，君臣相疑，其国多难。但臣以为，我朝皇太子与前朝确有不同，望皇上深察！"

康熙笑谓张廷玉道："今日这是怎么了！都在绕着胤礽兜圈子！胤礽这人，柔弱有余，坚刚不足，但立皇太子数十年间，仁孝这两条，朕从无怀疑。朱天保，你说说看，朕待皇太子与前朝到底有什么两样？"

"皇上！"朱天保道，"您待太子恩义深重，三十六年如一日，太子每向我们言及，情感于心，唏嘘不已。近年来不知从何处飞出流言，说太子曾出怨言：'古来天下，岂有四十年之太子？'臣闻之，惊骇莫名！其实太子原话是'为太子近四十年，于天下军国大事毫无建树，愧对父皇朝夕训诲'——此二语相去何等之远！"他仰身一揖又道，"事情既然过去，但既有此流言，臣就很疑心有小人从中挑拨！"

康熙目光炯炯盯着朱天保，说道："也许是讹传吧。言者无罪，也不见得传话的就是小人，你说下去。"朱天保道："皇太子深受圣眷，服饰仪仗，尊容崇贵，比之前朝并不逊色。然而阿哥干政，历朝不曾有。阿哥们动辄以钦差身份，或视察部务，或出巡外任，位高权重，皇太子处于参赞之位，对其并无节制之权。皇上，此乃政出多门。臣工中一旦有小人乱政，依附门墙，与太子抗衡，岂不令人忧虑！阿哥们居权日久，万一为匪类所惑，起觊觎之心，试问如何善其后呢？"

这些话确实是一语中的！张廷玉早就想说的话，却被这年轻人明明白白地说了出来。康熙惊愕地看了看朱天保，说道："你说这一条朕也想过。但朕以为，若是学前明，诸阿哥分封采邑，结果如何？试看前明皇子们除了声色狗马，什么也不会！李自成破洛阳，福王家中金银盈库，对守城将士却一毛不拔！——从长远说，依我大清祖制，让阿哥们任差办事，还是利多弊少啊！——前明用的是落水出石的法子，朕用的是水涨船高的办法，试问哪个办法好些?"

这个答复确实出乎意料，不但朱天保，连张廷玉也听得目瞪口呆！

"这样的办法有没有弊端呢?"康熙自设反问道，"有的！最怕的就是阿哥结党，各自为政，所以朕一面要太子用心习学古之圣君驾驭之术；一面又要阿哥们为国家办事，不忘忠君——有了这两条，则朕之身后，大清江山能日臻兴旺。假若太子无能，也不怕——反正继承大统的仍是爱新觉罗氏人，也没便宜了别人。永乐皇帝比建文皇帝强，难道永乐继了位，就不是朱元璋的儿子了?"

"皇上！"朱天保听了，浑身冒汗，叩头道，"您这话听来使人毛骨悚然，虽然自古成者王侯败者贼，但君为臣纲，不可紊乱，不以规矩不成方圆。靴子再新，不能顶在头上；帽子再破，不可穿在脚上。此系国之大维，皇上应当慎言！"

康熙呵呵一笑："后头这话是朕气头上说的，还不是为了你们？你在东宫，要好好辅佐太子，不要见事有疑。朕是盼着太子做个后来居上的皇帝，做得比朕还强。至于阿哥们，当然得叫他们守臣道。有结党营私的，朕必用祖宗家法、朝廷国法治他！凡事都要有个规矩。乱了朕的章法，朕就不能容他！但照你说的也不成，阿哥们都去养尊处优，岂不造出一群窝囊废来。只留一个太子，国家一旦有事，连个好帮手都没有，乱臣贼子捣乱怎么办？你下去吧。"

朱天保退了下去，偌大养心殿，只有康熙和张廷玉两人仍在沉思默想。许久，张廷玉才问道："万岁，起驾热河的事由奴才安排吧?"

"不，叫马齐安排，佟国维留守北京。"康熙吁了口气说道，"你在朕左右处置奏折。廷玉，也许你会觉得朕今日这些话太无骨肉之情，其实，天家本就无骨肉情可言。你不在其中，不知其味。朕亲政近五十年，走过来可真不易呀！但愿后世昌荣，晚年平安！若要如此，还得再做一番努力呢，眼前的这些事实真让人可畏、可叹呀！"

第十七回　蛮侍卫放刁讥天颜　奸阿哥射猎动心术

张五哥被选为新入值的护卫。按常理是轮不到他的。他一不是满人，二不是勋戚子弟。善扑营总管赵逢春亲眼见他在刑场上蒙赦，受了康熙的特殊恩遇，老上司武丹又极口夸赞张五哥忠诚孝顺。有偌大人情在，做好做歹将他补了进去。只是因不在旗籍，一时却也难得靠近皇上。

乍入紫禁城，张五哥真有点像傻子赶集，被皇宫里金碧辉煌弄得眼花缭乱，呆头呆脑地在隆宗门站了两天岗。那班子公子哥儿出身的侍卫哪里瞧得起这乡巴佬，都叫他"憨五"，苦差累差都派遣到他身上，动不动还拿他取笑开心。张五哥慢慢悟过来，既然大家都是护卫身份，为何自己要受人欺侮，心下也不免不服，只还没有破脸闹别扭。

康熙北巡狩猎，八月十九日启程。过了密云，天气变了，先是下小雨，后来变成了雷暴雨。冈峦山色一片苍茫。地下泥泞，道儿难走，人人弄得泥猴儿似的。侍卫鄂伦岱在前面开路，本来这差使自在，比在康熙身边寸步不离活泛得多。因此他讨了这差，由德楞泰和刘铁成跟从康熙。不想遇上这天气，他反倒倍加辛苦，心中有点不快，便拿这干子新选进的护卫们出气。这就更苦了张五哥。前头路上雨水冲下石头，他去搬；遇有雨水冲断了道儿，他带着人去修；一时后头路滑，又叫他回去推车，竟要比别人多走两倍的路。这日行到十五里坡，几百辆车上到坡子上。张五哥推车推得精疲力竭，刚坐在路边石头上脱靴刮泥，不防被守在御辇跟前的鄂伦岱一眼瞧见，纵马过来，照背就是一鞭子骂道："日你奶奶，我看就你最懒！起来！爷还顾不着歇息，你怎么就敢躲清闲？没见万岁的车厢板松了么？去砍个楔子安上！"

张五哥横着眼盯视鄂伦岱许久，扭头便走。至松树林子里，他狠狠劈下一大枝松枝，拖到御辇跟前，相了相，用刀削出一个木楔子，在榫子前比量比量。鄂伦岱见他不服气，越发连声催骂道："丧门神！你磨蹭啥？快寻个石头砸呀！"

"你咋呼个啥？"张五哥再也耐不住了，"闭住你那臭嘴，有威风回炕头冲你婆娘使去！木楔子不比量就硬塞，车子弄坏了算你的算我的？主子就在里头坐着，轮着你大呼小叫？我是你的奴才么？"说着，将楔子用手指夹着塞进缝里，稍一使劲，那厢板"嘎"的一声，越发裂宽了许多。

鄂伦岱知道因御辇漏风，康熙早已移到郑春华车中，因此才敢在这里抖威风。见一个小小护卫竟敢如此顶撞，顿时勃然大怒，咬着牙骂道："反了你了！爷在这里当差这些年，几时见过你这样的野杂种？谁给你撑腰的？不过就是赵逢春吧？连他妈武丹算上，又该有几斤几两？没王法的王八羔子！"说着又狠狠抽了两鞭！

张五哥气得浑身直抖，拧着脸飞身一跃，已将鞭子夺在手中。看了看，是牛皮缠钢丝制成的。可用来赶马，也可用作武器，因冷笑一声道："家什倒是好家什，只可惜你本事没有架子大！老子位份低就该白挨你鞭子？再敢放屁炮蹶子，老子也就不客气！"说罢连扯带拽，咯咯几响，那钢鞭早纷纷断了几截……一甩手扔进路边的潦水沟里。旁边站了几十号人，此刻个个吓得呆若木鸡。鄂伦岱见他如此功夫，倒吃了一惊，但当着众人，脸面又下不来。他飞身下骑，向张五哥拦腰就是一脚，接着又抬腿举足向张五哥脸上踢去。张五哥一闪眼见他靴子上钉着狼牙钉，竟似要取自己的性命，急忙向后跃了一步，提起鄂伦岱的脚尖只一翻，顺手一送，鄂伦岱悬空一个筋斗摔进一丈开外的官道沟里，驴粪马尿溅得满身满头皆是。鄂伦岱一骨碌跳起，抽出腰刀便逼上来，命在一旁围观的几个小侍卫："愣什么！把这个畜生捆起来，按君前无礼处置！"

"你是哪门子'君'？"

身后忽然传来康熙的声音，原来不知什么时候，他带着德楞泰、刘铁成，扶着太监赶来了。康熙站在蒙蒙雨雾中，铁青着脸道："朕听你多时了！原以为你不过恃着是亲贵子弟，骄纵些儿，如今看来，你竟是特意地作践人！"

"奴才不敢！"鄂伦岱只好跪下，却是一脸不服气的神色，叩了头，别转脸说道，"总是奴才轻狂浮躁，侍候得不好，惹主子生气。"

虽然脸色不善，话总算说得没出大格。康熙气得咽了一口气，道："朕知道你心里不服。是不是因为八阿哥荐你当甘肃将军，没有如你的意，你这副德性样儿，想和飞扬古比？你只配给他提鞋！武丹虽是汉员，做了四十多年的侍卫了，连他也不放在你眼里，你懂得王法么？是朕亏待了你了么？""奴才没说皇上亏待了奴才！"鄂伦岱拧着脸说道，"奴才虽没战功，只是几次南巡护驾也尽了力，可从没敢想往高枝儿上攀。皇上只管放心，奴才有一分心使一分力，总要粉身碎骨报您的恩遇！"康熙品品这话，越发地出邪，但也无可挑剔，遂冷笑道："朕也叫你放心，你有一分心就得一分报应。朕从不负人，人若负朕，也不会有好下场。滚起来！这么冷的天，车驾都停在雨地里，难道就在这树林子里头过夜？"

"是！"鄂伦岱狠狠瞪了张五哥一眼，向康熙又叩了个头，口中说道，"奴才知罪了，这里是难过夜的。"便起身径去。

康熙阴沉着脸看着他去远，也不理会张五哥，径自登上御辇，催车赶行。他怔怔望着窗外肃杀的秋色，想起方才鄂伦岱那副无赖相，越想越气，掀起窗帘，命刘铁成："你去后头传旨，叫张廷玉过来！"

张廷玉和马齐都随在诸阿哥的轿车后边，披着油衣，骑马从行。方才前头车队停了许久，不知出了什么事。听见康熙传呼，张廷玉给马齐打了个招呼，便纵骑飞驰到康熙辇前，下马攀辕，抹了一把头上的雨珠儿，问道："万岁召臣何事？"

"你上来！"

"这……"

"上来。"康熙口气沉闷，低声又吩咐一句，便放下了窗帷。张廷玉忙后退一步，望御辇恭肃一揖，小心翼翼地上车，侧身站在康熙身旁。

车子一晃，又轧轧行进了。两个人一时谁也没说话，只听前头八匹健骡踏着泥水发出单调的嚓嚓声。

"皇上脸色有点苍白。"良久，张廷玉方嗫嚅道，"莫不是身上不爽？再不然就是生了谁的气。要不要传太医来？"康熙摆了摆手，没言声，只粗重地喘了一口气。张廷玉从后窗望见几个太监靠得很近，伸出头去吩咐道："邢年，叫他们靠后些。你在这里听招呼就成。"

康熙见他如此细心，不禁点了点头，脸上平静了些，遂将鄂伦岱惹是生非的情形说了一遍，又道："一连多日，朕心绪不宁。总觉得这次狩猎像要出点什么事似的。侍卫近在肘腋，不是马虎的事。马齐人虽实诚，只是过于厚道了。你说说，鄂伦岱今日此举，是无心还是有意？要不要即刻打发他到外任上去？"张廷玉两眼望着窗外，久久没有言语，移时才沉吟道："鄂伦岱这个人心粗气浮，不过仗着前几次南巡护驾有功，又是八爷的表兄，论起来还是皇亲，做事就少了礼数。侍卫里头，德楞泰是个老实蒙古汉子，刘铁成是皇上一手从泥涂中拔上来的。他们都不至于对皇上有二心。所以您得宽心。鄂伦岱如此作为，奴才以为断不可再留在皇上身边。容奴才和马齐商议一下，到承德就把他调到外任去。"康熙听了，阴沉沉一笑道："你的话说得很委婉，朕知道你对这些人也不放心。你有你的难言之处。阿哥里头的事朕心里雪亮，鄂伦岱就是看着太子这些时不得意，存了别的念头，竟在朕身边耍威风了。鄂伦岱去后，你看由谁来补缺呢？叫赵逢春上来如何？"

"赵逢春……"张廷玉想了想，摇头道，"善扑营那边没有可靠的人恐怕不行。他还管着步军统领衙门，一时也离不开。要依着奴才，德楞泰可提为领班侍卫，加上刘铁成。这两个人的忠心都是靠得住的。如不敷用，再从下头简拔几个上来，就怕德楞泰威望不足，弹压不住。""成！"康熙坐端了身子道，"弹压不住的事不必虑，还有马齐嘛！你也兼任领侍卫内大臣！再补几个年轻的进来，朕看那个张五哥就好。你们拟个名单朕来圈定。朕早就想过，善扑营和九门提督不宜一人兼任。这不是信得过信不过谁的事，这是规矩。善扑营再增一千兵额，仍由赵逢春管。步军统领衙门嘛……你看隆科多这人如何？"

张廷玉不禁呆了。撤换鄂伦岱，明显是信不过八阿哥胤禩，但升任隆科多，加重了佟国维的势力，又似乎对胤禩很有利——本来他觉得已经摸到了康熙的心思，一下子又觉得糊涂了。怔了半晌，才答道："主上圣明！"

因道路不好走，车驾足足走了九天才到了承德。天气渐渐晴朗。内外蒙古各部王爷，十天前已经赶到，都住在自己的宅邸中等候天子车驾。这座避暑山庄于康熙二十二年踏勘，至四十三年才算粗具规模，已是气度宏伟，内设行宫十二处，西北以金山、东北以黑山为山庄屏障，正南设中丽、德汇、峰门三门，内中即是禁苑。每年夏日皇帝来此避暑，秋日来此狩猎，漠南北蒙古王公、台吉、青藏红黄喇嘛、教主及朝鲜使节，各自带人前来迎驾、朝觐。一些精明的行商瞧准了这是块风水宝地，便在山庄四周蜘蛛网似的营建起店铺房舍。十数年光景，昔日满是荒烟野草的热河之滨，俨然已成为都会之市。车驾当晚抵达，各王公俱在芦棚前侍候跪接，满街张灯结彩，香花盈巷，爆竹充耳，热闹得异常。康熙却显得很疲倦，命人去了辇上黄盖，坐在车上微笑招手示意。车驾直趋烟波致爽斋，免去朝会典仪，着太子代为接见众臣工。

热河围场设在甫田，紧邻万树园，地处山庄东北，在黑山之南，塞湖之北。其地林密草茂，山峻水阔，放养了不计其数的鹿、麋、獐、狍、熊、虎、豺、豹之类。不知是哪位雅人为其取名"丛樾"。康熙四十四年，皇帝第一次来此围猎，张廷玉为之定名"甫田"，意即天子猎狩之田。从此一般小民就无缘到此了。

隔了一宿，康熙已养足了精神，一大早起来，喝了一碗参汤，略用了点点心、山葡萄酒，便叫人去清舒山馆传了太子过来。钟敲七点，巳初时分，康熙背挎雕弓，腰悬宝刀，足蹬青缎凉里皂靴，戴一顶天鹅绒缎台冠，身穿巴图鲁背心，套石青开气夹袍，满面红光大踏步出来。胤礽率先，紧跟着马齐、张廷玉。十四个满二十岁的皇子一律戎装佩刀，黑鸦鸦跪了一地，叩头山呼：

"万岁！"

"伊立！"康熙伸手一挥，用满语叫起，神采奕奕扫了众人一眼，笑道，"今年人来得齐全！得玩个痛快。这苑里都是未驯之兽。儿子们，你们一是要小心，二是要争先！"说罢指了指李德全捧的一柄宝石雕花黄玉如意，道，"阿哥们无分高下长幼，谁猎得最多，这柄如意就赏他！"

众人立时一阵兴奋，阿哥们个个面露喜色，跃跃欲试。这柄如意因颜色近于明黄，一向是乾清宫的镇案珍宝——大行皇帝赏给康熙，如今康熙又要赏人了！胤礽不禁身子一颤，脸色有点苍白。胤祥用肘碰了一下胤禛，悄声道："你瞧大哥，叫这东西勾得眼都直了！三哥假惺惺，两只手捏着，表面上似没事人，可心里也在叫劲儿呢！这回咱两人得帮太子挣回这个脸面。"正窃窃私议，却见胤禛跪前一步，叩头道："皇阿玛！此物恐非人臣能当得起的。求万岁另选一物，儿臣们好奋力争取！"

康熙似乎没有想到这一层，迟疑一下笑道："你们都是黄带子阿哥，那不也是明黄色？赌金子、银子有失皇家身份，也太俗气——这样，朕和太子不与你们争。君臣一分明，也就无甚妨碍了。"鄂伦岱因见张五哥新着三等侍卫服色跟在德楞泰身后，居然气宇轩昂地带刀紧贴康熙，心中便气不打一处来，笑道："可惜侍卫们没这幸运，要不然奴才也来争一争，心里才美哩！"胤禩陡地想起张德明拆字，"美"字是"八王大"，不禁心中一动，目不转睛看着那柄晶莹玲珑的黄如意。

"传旨！"见阿哥们个个的猴急相，康熙心中雪亮，闪过一丝不易觉察的冷笑，大声说道，"蒙古王公在万树园瓮城上观战！"

在临时筑起的瓮城上，康熙召见了前来朝贺的一百余名蒙古汗、亲王、郡王。挨席劝酒，间或与漠北西蒙古几个王爷说笑几句，时已午牌。早布在禁苑四周的一万余名御林军四面八方鸣起号角。分青、红、皂、白四旗，从四方擂鼓摇旗，齐声发喊。此刻，碧澄澄的天空，不时飘来一块白云。苑里的猛兽弱禽一齐被惊得乱作一团，四处奔逐、翱翔。

康熙端着酒杯，冷冰冰地瞥一眼满脸不忍之色的胤禛，轻轻叹息一声，对身旁的科尔沁王笑道："君子不近庖厨，是怕闻哀号之声，这就是仁义。孔老夫子也真有趣，待吃肉时又讲究割不正不食！人，真乃世间第一无情之物！"

说话间，便见东边数十骑，北边一百余骑冲过来，马蹄在秋草间践踏着，掀起的枯草败叶，在半空中飞舞。康熙认出来了，东边是胤祥，北边是胤禵，胤禵带着皇孙弘昉、弘晌和门人亲兵，一个个都挽弓搭箭，挥刀挺枪杀得浑身是血。草间的走兽有的血肉模糊，有的躺在草间挣扎、哀鸣，草地上汪了一摊摊血泊。东北边是胤禟、胤祯二人，胤祯疯魔了似的在前头赶杀；胤禟在后堵截，收拾猎物，将野兽耳朵割了，挂在马屁股上。其中有胤禵、胤祥砍倒在地的，自然不少也成了他们囊中之物。康熙不禁暗赞，这两个办得有章法！只是西边胤禩、胤祉毫无动静，野兽们乱过一阵灵醒过来，都发狂地向西逃窜。四阿哥胤禛信佛，守定了不杀生。只带着儿子弘时、弘历和家将牢守西北，闯入圈子的，一概生擒；逃掉的各听天命，绝不射猎。

一场围猎好似风卷残云，未末时牌便见分晓。通算下来，胤禩第一，胤禟次之。胤禵、胤祥杀得精疲力竭，平分秋色各得第三。胤祉、胤禛得的最少，却都是些活物，缚成串儿献上。惟独胤禩一无所得。

"朕说过，猎物最多者可得此赏。"康熙抚着如意，略一沉吟说道，"胤禩上来，如意赏你！"又转脸问胤禛，"你为什么毫无所得？"

"皇上！"胤禛苦笑一下，说道，"尧帝捕猎，网开一面，为生灵开一线生路。儿臣愿父皇为尧舜之君，不为竭泽而渔之举。为一柄如意，与手足们争高低，儿臣于心不安！"康熙听了点头含笑。胤禩却道："我没这份善心，只晓得谁的多，如意就归谁！承蒙九哥送我十只，不合占了头名，阿玛赏我，恭谢不辞了！"说着就要接如意。

胤祥突然上前一把拦住了胤禩，说道："十哥少安毋躁！这是良心账，你敢大声说一句：'我第一！'兄弟我让你！"

"我第一！"胤禩挑着眉头大声叫道。又冷笑道，"怎么，你又想欺侮我？如今我不欠债了，你还摆什么总管架势？"说罢，"呸"地啐了一口。胤禟忙排解道："都是亲兄弟，何必为这伤了和气？十弟既有凭据，老十三，你就别争了吧！"

康熙笑道："亏你胤祥说嘴。读了几年兵书，这行猎和打仗相似，得用心！"胤祥也不顾胤祉杀鸡抹脖子递眼色，梗着脖子说道："早晓得谁偷得多谁得赏，儿子宁可学八哥，歇着！可叹是，连打猎也取巧儿，使奸的竟受赏！"

康熙心里一动，略一思索，冷笑道："你这是和朕说话？掌嘴！""阿玛！"胤祥面白如雪，气得手脚冰凉，扑通跪下，泪水夺眶而出，"儿子反正是多余的人，人家都厌憎我，活着也没意思，就此辞了，阿玛保重！"说着抽刀猛地横向颈间。吓得刘铁成、德楞泰一干侍卫一拥而上，跪着夺去胤祥手中刀。张五哥膝行一步向康熙哀求道："主子开恩，免了掌嘴吧！奴才原没身份说这话，但随着主子看了半日，确是十三爷……"下头的话他没敢说出口。

"皇上！"胤禛跨前一步，说道，"十三弟幼年失恃，未免略骄纵些，口没遮拦。皇上别生他的气，这么多外藩瞧着，他脸面下不来，其实心里没什么。"康熙这才回过颜色，粗重地喘了一口气，起身便走。慌得众人忙都跟着，胤禛因赔笑道："今儿全怪我和八弟，没有尽力，害得皇上没玩痛快。皇上若生气，请责罚儿臣。明日若还有兴致，我在狮子园北猎狼，请父皇观赏解闷儿。"

康熙站住了脚，问道："为什么专一猎狼？"胤禛笑道："打猎杀生太多，所以儿臣守株待兔。狼是害人之兽。去年昭乌达王爷进京，说了个打狼的法子。儿子在狮子园北修了一座土城，引狼入室，大约也有几百头，已经饿了它们几天。明日儿子陪阿玛看看如何？"说罢抿嘴一笑。

第十八回 察奸邪太子乱宫闱
防事变康熙急调兵

本来好好的一场围猎，弄得不欢而散。康熙迈着沉重的步履回到烟波致爽斋，屏退众人，他想把白天的事好生理出一个头绪。不想错过了困头，他再也睡不着觉。起更时，外头刮起西北风来，檐下铁马叮当作响，越发没有睡意，遂披衣起身，要了一杯温茶坐着出神。邢年进来道："太子爷进来请安，奴才以为万岁爷睡着了，就自作主张请爷回去了。早知主子醒着，还该来禀一声的。"康熙点头一叹道："你是遵旨行事，没有错儿。这安请不请，朕也并不在乎，他能把朕交的差使办好，朕自然也就安心了。一个人若不能自立，靠着老人，终究能靠多久呢？"

邢年一声不吭，忙将各房宫嫔的签盘端了来，笑道："皇上一个人也太闷，要不要哪家贵主儿过来说说话？翻了牌子，奴才好去传话。"康熙翻了绿头牌，上面写有郑贵人的名字。自言自语地说道："索性到冷香亭和郑春华对弈一局，说不定岔开了思绪，还能安稳睡一觉。"

"喳！"邢年忙答应一声，"奴才这就备轿！"

"不用了。"康熙一摆手，披了一件玄狐斗篷出来，见刘铁成、德楞泰和张五哥三个人雄赳赳地站在楹柱旁，便问道，"鄂伦岱呢？"

德楞泰忙打千儿回道："张大人和马大人今儿叫他过去，说要调他去广西当副将。因此夜班不值了。大约在十爷那里吃酒呢！"康熙温存地看了张五哥一眼，说道："德楞泰和张五哥随朕去冷香亭，刘铁成就留这里，你们不要学鄂伦岱纨袴习气，要学魏东亭那样！鄂伦岱这样子撒野，不挫磨一下如何得了？"说罢便走。德楞泰和张五哥忙赶紧跟上来。

"张五哥，"康熙一边走着，问道，"没问你斩刑时，你在刑部衙门住了多少时候？"

"八个月。"

康熙"嗯"了一声，声音平和地问道："怎么昨儿有人奏劾你，说你在狱中坐班房，还买了个女孩子？——你不要害怕，做官受弹劾是常事——说说看，有这事么？"

"有这事。"张五哥补入侍卫才几天就有人做他的文章，"不过那女孩子不是买的。奴才父子在德州做生活，当地有个张从礼，因把地契明账转到本家一个贡生名下，希图逃个捐赋。谁想这张贡生不是人，黑吞他家养命的三十石田。地保催丁银，张从礼自然拿不出，一气就服毒自杀了。没银子埋葬，他女儿张小莺只好插标自卖自身。我爹瞧她怪可怜，怜她是个孝女，就拿出几两银子葬了她爹。后来，我们到了密云，谁想这小莺也跟了来，硬要认我爹作义父。邱家的事发，我代人住进死牢。小莺带了邱家的银子到北京，探监时上下都买通了，见我就哭，说：'你们这样人家不该绝后。我没本事救你，把这干净身子给了你，假如老天爷有眼，送我们一个男孩，也算接了你家香烟，报了你家的恩……'"说至此，张五哥泪水夺眶而出，擤了一下鼻涕，下头的话没再说。

康熙听了不禁生气，王鸿绪为什么拿这件事，做大文章？压这个小侍卫！不由叹道："你的身世令人心酸。人都说善心有好报，想不到天下的冤事，全落到你一人头上！"张五哥破涕为笑道："皇上身在紫禁城，哪里晓得外头这些黑天没日头的事？光是我那个狱房隔壁，就关着两个'白鸭'呢！要真的只冤我一个，皇上还用得着叫几位千岁爷兴师动众地去刑部？"康熙不禁大吃一惊，一下子停住了脚。

张五哥见康熙目不转睛地审视自己，以为说错了话，忙道："主子，我这人没读过书，粗得很，不懂得规矩。说错了，请主子责罚教训！"

"没什么，你说的不错。事君嘛，就得诚实无欺。"康熙按捺着心头愤怒，尽量使自己声音平和些。又向前走了一段路，远远见冷香亭灯火闪烁。康熙站住笑道，"前头宫嫔居处，你们过去不便，就在这儿守着吧。"

德楞泰突然一把抓住康熙手臂，目光直愣愣地看着冷香亭的窗纸，紧张得连说话声都在颤抖："皇上……您……您看！"康熙被他这突如其来的举动吓得一愣，顺着他的目光看时，并无异样，不禁笑道："你是见鬼了么？倒吓得朕毛发直竖！你——"

话没说完便停住了，心里的吃惊比德楞泰和张五哥更厉害！——灯影下，居然有一男一女偎靠在一起！……不知过了多长时间，康熙方镇静下来，阴森森问道："那个男的是谁？"

"奴……奴才眼拙……看不出来……"张五哥和德楞泰已经知道是谁，冷汗立刻沁了出来。

"好啊！"康熙从齿缝里迸出两个字来，"宫禁如此森严，竟有这种丑事！"——转身打了德楞泰一记耳光，低声怒喝道，"你们当的好侍卫！你们过去，把望风的太监捉来。他们做这种事，不会没有人望风。"德楞泰无端挨了康熙一掌，清醒了许多，暗自懊悔自己不该"先瞧见"。但事已至此，也只好走一步说一步，和张五哥打个手势，寂然摸了过去。

果然不出康熙所料，守在冷香亭大院门口的有一个四十多岁的太监。一点没费事，被德楞泰从身后往脖子上一勒，张五哥抬了脚，一径拖到康熙面前。放下看时，软得一摊泥似的一动不动了。德楞泰摸摸鼻息，皱着眉头说道："万岁，奴才怕他喊出声，劲使得大了点，他死了！" "死了更好！"康熙狞笑一声，一声不吭进了园子，站在廊下静听里头声气儿。张五哥和德楞泰守住东边廊门口，防着有人来。

很快就弄清了，屋里一个是郑春华，一个是胤礽，正搂抱一处说得亲热。

"天快二更尽了，"这是郑贵人的声音，"消停一下，你该回去了。你那里福晋、奶妈子、丫头一大群，叫她们瞧出可怎么好？" "你说我那石氏？她瞧出来也稀松平常！"胤礽嬉笑着道，"她除了宫里的事，啥事也不管，这上头是极淡的——"郑春华吃吃笑道："冤家！这么脏的，你一个劲儿掏摸个啥？你家福晋没有么？皇上这会子要翻我的牌子，我看你往哪里钻？"

康熙的脸涨得猪肝似的，气得双手发颤。正要发作，却听胤礽笑着，说道："钻哪里？你说钻哪里？就钻这里头，虽说女人都有，到底家花不抵野花香——你叫她脱了就脱了，叫她伸展就伸展，有什么趣儿呢？你放心，老头子来不了。我刚去请安，探了信儿，才来你这里，他已经睡了。人老怕死，财迷不瞌睡，我防着哩！"

"话虽如此，你早些回去安稳。"郑春华笑着推胤礽道，"走了风声不是玩的！"胤礽抚摩着郑春华光滑滑软绵绵的身子说道："你这么狠心！就撵了我去？唉……我这太子，也快当到头了，难得聚一处，给我唱个曲儿听听吧……"

康熙此刻早已气得浑身冰凉,正思量如何处置,听见"太子快当到头"的话,不禁又是一怔。郑春华连声发问:"你这是什么意思?怎么叫快到头了?皇上要逊位给你,做太上皇么?"

…………

胤礽无声叹息,松开了郑贵人:"哪有那么好的事!你表妹不是在八爷府么?你问问她就明白了。来热河前我的侍卫就全换了,皇上还告诉我,要封老大、老三、老四、老八都当王爷。这里头文章多着呢!除了老四、老十三,你看看老大、老三、老八、老九,他们那个劲儿,昨天那一场围猎,各人动了多少心思,还不知后头有多少戏呢!实不相瞒,我自己心里有数,皇上早就不拿我当太子看待了……"

屋里没了声息。一阵沉默之后,方听郑春华笑道:"哪有的事!看你还这么多疑——说这些没影的事多不吉利哪!你想听曲儿,我给你唱个《南吕一枝花》,好么?"说罢低声唱道:

> 你个冤家,为什么这会子才知道怕?不记得那日宫中来吃茶。两个人情景儿难描画!欲待背转脸儿不理他,耐不住声声忘忧草,又是甚的解语花,好容易俏哥哥来寻女娇娃!——谁叫俺怨女春情锁深宫,又叫你旷男生在帝王家?

"曲儿唱得蛮有情致的嘛!"康熙隔着窗户说道,"朕给你续上一句——'偏偏是好梦不到头,鸡鸣狗盗有才华!'"说罢狂笑,回头喝道,"德楞泰,张五哥,随朕回去!"刚趱过东廊,一个宫娥端着茶盘,上头托着两碗参汤走了过来,正与康熙撞了满怀。康熙一个窝心拳,打得那宫女满地乱滚,厉声喝道:"张五哥愣什么?杀了这淫贱货!"

"喳……"张五哥略一迟疑,上前向那女子腰间猛踹一脚。那宫女嘤地呻吟一声,顿时气绝伸腿,一缕香魂,渺然归冥。

康熙脸色铁青,扶着两个侍卫肩头,驾云似的轻飘飘、摇晃晃地回到烟波致爽斋。刘铁成等人见他兴致勃勃出去,这副模样回来,各自惊疑,又不敢问，只张罗着安置康熙歇息。邢年以为康熙中了邪，在园中撞上了什么，一边叫人出去烧纸送邪，又取安神定魂丸和朱砂来，康熙已是渐次清醒过来，只命李德全冲了一杯雨前茶吃了，方觉眩晕得好些。

"吓死奴才了！"邢年拭汗道，"来承德前，奴才去过白云观。张天师说今年太岁居青龙之地，天狼星冲犯帝座，东行恐有不利——奴才还以为真叫他说着了呢！这会子好了，不相干了，万岁爷已经回过来了！"康熙默然良久，冷笑一声道："小人见识！朕命系于天，吉凶祸福岂是张德明之流能预料的？谁叫你问卜的？既有这些话，为什么不早奏朕知道？"邢年见康熙生怒，吓得忙叩头道："奴才因母亲有病去白云观求符，并不敢说国家大事，是张某说闲话时说的。因主子素来厌听佛道，奴才回来没敢奏知。方才因见主子气色不好，吓蒙了头，不防就顺口放屁，奴才再不敢了！"说罢，只嘭嘭地碰头。

康熙粗重地喘息一声，身子仰在椅上闭目调息半晌。正要说话，听见西配殿前一阵哗哗作响，接着便听刘铁成大声吆喝："鄂伦岱！你要死了！没看看这是什么地方！"康熙便命德楞泰："你去瞧瞧，是怎么了，刘铁成大呼小叫的，不能叫朕安生一刻儿么？"

德楞泰还没来得及动，鄂伦岱在外头笑道："刘铁成，主……主子不在，就轮……轮到你来教……教训我……我么？别说是……在这里，就是在乾清……清宫，阿爷有尿照……照样撒！你咬……咬我的鸡……鸡巴！"鄂伦岱醉醺醺的，正满口胡言。康熙从屋里踱出来，鄂伦岱惊得身子一晃，咧着嘴呵呵了半日，方颓然跪倒，说道："奴才……噇了……醉了——呃，黄汤……"

"醉了？"康熙冷笑道，"铁成，将他捆起来！"

"皇、皇上！"鄂伦岱涎着脸笑道，"何……何必认真呢？就是真要绑，也轮不到他刘铁成！那年南巡过骆马湖，刘铁成是杀人的主儿，奴才是护驾的侍卫……要不是——"

"放屁！"康熙暴怒地一跺脚，喝道，"捆结实些！拉他到后头马厩里，抽他四十鞭子！刘铁成，你不要心软，这种人不识抬举！"刘铁成和张五哥见鄂伦岱瞪着通红的眼盯视康熙，生怕他再说出更难听的，呼地扑上去，反剪了他的胳膊，连拖带拥地就拖了下去。康熙还待要说什么，忽然觉得心膈间一紧，冷汗浸了出来，脸色变得惨白，一个趔趄，几乎栽倒在地，吓得德楞泰、李德全、邢年等人一拥而上扶住了康熙，搀进斋内。李德全便一迭声地命人掌灯去叫太医。

"不用，不要折腾得都知道了。"康熙的神志倒十分清醒，歪着半躺在大炕迎枕上，说道，"你们也不用慌，朕不过一时心悸，明儿还要去看老四猎狼呢！把朕亲制的苏合香酒倒一杯来……"近年来康熙偶尔有头晕心悸的毛病儿，每次都是吃一杯苏合香酒也就罢了。邢年忙答应着去取了来，自尝了一口，给康熙倒上，慢慢吃了，果然一时就回过颜色来。康熙似睡不睡地躺了一会儿，一睁眼，见张五哥和刘铁成一前一后进来，便道："铁成，你去传胤禵、胤祉两个阿哥，嗯……叫马齐和张廷玉也进来，不要惊动别人，一个一个地叫，明白么？"待刘铁成出去，康熙屏退了众人，单留下德楞泰和张五哥在身侧侍候，只是闭目养神。

良久，康熙瞿然开目，说道："你两个跪近榻前，听朕说……"

"喳！"两个侍卫躬身一礼，解了腰刀，趋步跪到康熙面前。康熙目不转瞬地望着殿顶上的云龙藻井，半响，不胜感慨地说道："张五哥是不必说的了。德楞泰，记得你是康熙三十五年选进来的？"德楞泰忙叩头道："是！"

康熙点头叹道，"也有十三年了……蒙古人好汉多啊！那年会盟，蒙古诸王勇士比武，记得你还是个奴隶，连败十三个武士……得了蒙古第一英雄称号——朕怕你出身微贱，得罪的人多，回去遭人毒手，赏了十二颗东珠给你们王爷，选你到朕身边来当侍卫……这些内情，你知道么？"德楞泰怔怔听着，眼中汪满泪水，哽着嗓子说道："皇上，奴才知道……皇上您说这些往事做什么？您得好好歇息……"康熙嗯了一声，转脸看着两个人道："不说也罢。今晚的事只有你们两个知道端底，你们怎么看？"

德楞泰一愣，说道："这事是太子不对，他应当向皇上请罪！"张五哥却道："皇上，太子这事做得是不地道，我也想不出个好话替他圆。据奴才的小见识，这种事大家子都有，皇上你气得犯病，倒金贵了。家丑不可外扬，皇上就是处置，也只可另寻题目，保全天家体面。太子在主子跟前是臣，在别人眼里仍旧是君，题外的话，就是杀了我，在外人跟前也说不出来，连德大哥我都能作保的！"

"所以，朕决意起用德楞泰为领班侍卫。"康熙苦笑道，"朕看张五哥很仁义也很通情理。你多帮着点德楞泰。小德子虽好，是直性人，对中原的事到底没有你熟。"说罢跶鞋下炕，踱了两步，说道，"今晚你们不能睡了，德楞泰持朕的宝剑，星夜赶往喀喇沁左镇，命狼瞫带三万骑兵兼程至承德驻防。张五哥，你带内务府的总管太监，悄悄去封了冷香亭。朕估计郑春华这小贱人此刻已经自裁，要是没有死，连她及所有宫人全部送回北京，一律发辛者库严加看管——事机不密，朕就按军法处置你二人，明白？"

"嗻！"两个人听了都不自禁打了个寒噤。

德楞泰和张五哥刚刚离去，外头天井里太监大声报话进来："皇子胤禩、胤祉，上书房大臣马齐、张廷玉奉旨叩见万岁！"康熙一摆手，说道："进来吧！"

此时已是丑正时分，四个人见烟波致爽斋满院灯火通明，太监宫女匆匆往来，都不知出了什么事。马齐便问："夜半召见臣等，主子有什么大事？"

"大事是没有，却也不小。"康熙端坐在炕上，捧着茶杯说道，"侍卫们调整的事要立刻办。将鄂伦岱发往京师，在赵逢春善扑营授参将衔，隶赵逢春统辖。"

半夜三更把人叫来，就为这个？四个人都怔了。康熙目视张廷玉和马齐，款款又道："领侍卫内大臣，除了你两个，再加上胤禩和胤祉，以胤禩为主。"因见四个人八目相对，愕然不知所云，康熙放缓了口气笑道，"你们不要疑心。并没有什么事。鄂伦岱这奴才吃醉了酒，顶撞了朕，弄得今夜失眠，睡不着了，想着索性办些事。就是聊聊天也好嘛！"马齐因此松了一口气，笑道："没事最好！奴才还当有人谋逆行刺呢。"张廷玉却转着眼珠子沉吟不语——他是太了解康熙了。

胤禩却完全是另一种心思，领侍卫内大臣向来不过是虚衔儿，黑更半夜召见，巴巴儿委自己带侍卫，这本身就说明有大变在前！大变在前，父皇居然头一个就想起自己，而撇开了四阿哥、八阿哥，这里头的蹊跷太耐人寻味！他想笑又不敢，压着兴奋的情绪，低头答应："遵旨！"胤祉却笑道："父皇心绪不宁，请只歪着，儿臣和张中堂读唐诗给父皇听。天还早呢，不定还能安眠几个时辰呢！"

第十九回　心计穷夜奔狮子园
　　　　　　头脑灵应对动天听

　　听见康熙在窗外的笑声，沉醉在温柔乡中的胤礽和郑春华，如同晴天霹雳在头顶炸响，几乎吓得晕厥过去。两个人面如死灰，对烛呆坐。忽然又听到"哐啷"一声，杯盏落地，接着传来令人毛骨悚然的尖叫，一个宫女连滚带爬地撞开门，瑟缩成一团，语不成声地报说："主子……小翠她……她不知被谁……踢死在廊下！我的妈……七窍淌血……"

　　"阿彩，不用怕。"郑春华身子一颤惊悟过来，勉强支撑着颤声道，"只怕是得了什么急病……找几个粗使太监抬掇一下……这事千万不要张扬！"阿彩听了，这才跌跌撞撞出去。但要太监们"不张扬"谈何容易！霎时间外头开锅粥般翻腾起来，一片大呼小叫："大门口的夏国翰也叫人勒死了！"胤礽又急又怕，只是干转圈子，讷讷说道："这……这怎么办？这怎么办呢……"

　　郑春华的神气倒镇定下来，起身至里间，取出一个琉璃瓶儿放在桌上，沉思不语。胤礽知道她要自杀，手足无措心乱如麻，只是低头叹息。郑春华倒出几粒殷红的药丸，放在手心里略一沉吟，又装了回去，深情地看了胤礽一眼，说道："这些鹤顶红，自打……那日我就预备下了。这种事日子久了，没有不漏风的。心想，若能挨到你登位时再用……想不到竟来得这么早……"

　　"娘姨！"

　　郑春华惨笑道："如今，我想明白了，是我勾引你，我一死，你就洗不干净了。"说着，已是满脸泪光，"我虽不懂外头的事，只是这几年你在万岁跟前不得意，有什么看不出来？要不你会做了三十多年的太子？要不是怕牵动许多人，早就……现今又加上这件事，我一死了之，你可怎么得了？"这几句话说得胤礽刺心揪肝，五内如焚，抽泣道："我也是看破了，才胡打海摔的——既是这样，不如我们死在一处，路上有伴儿！"说罢就拧瓶塞儿。"听着！"郑春华一把夺过，说道，"趁着皇上还没下手，你赶紧去找你的心腹，商议如何挽回——多找几个有胆量的出来保你，预备着应付大变！"她咬牙笑着摔破了毒药瓶子，"你金尊玉贵之体，倒学我？……我们女人值什么？左右是个死，自尽还是挨剐，我看其滋味差不多！"

胤礽惊讶地看了看郑春华。他和她做爱，不过喜她灵巧，悦她容貌。却不料她对自己如此一往情深。

"你还不快走，愣什么？"郑春华突然怒道，"这里已经是是非之地！说不定烟波致爽斋这会子已经派人来拿我了！你想滚汤泼老鼠，一窝儿端么？"

胤礽如梦初醒，拔脚便走，至门口倏然回身，咬牙道："你要挺着些儿，我尽力救你！翻过这道坎儿，总有出头之日！"

他昏昏沉沉，梦游人似的出了冷香亭，骑上马走不多远，果见一队火把，张五哥领人往冷香亭而来。胤礽低头一想，师傅王掞不在，朱天保、陈嘉猷难近康熙，这事又不可告人。找胤禛帮忙不啻与虎谋皮。找老大，他素来与自己不睦；老三又从不出头露面。想来想去，只好调转头，奔向狮子园，来寻四阿哥胤禛。

"四哥下晚在六哥那里吃酒，酒沉了。这会子醉得泥似的。我代四哥给太子爷谢罪！"胤祥听说胤礽深夜来访，笑吟吟迎出狮子园叠翠轩，将胤礽让至大棚房炕上坐下，赔笑道，"——瞧着太子神色不好呀！这黑的天，怎的连个侍卫也不跟？这班苏拉太监，越来越没王法，就这么让主子独个儿走动？"

胤礽略定了定心神，他明白，胤祥是胤禛的影子，什么事都是这个"拼命十三郎"打头阵。明知胤禛起疑不肯见，却无法说破，只得勉强笑道："寂寞台馆，夜凉霜重，不知怎的走了困困，想同你和老四聊聊。"胤祥见他神情恍惚，情知出什么事，心下暗自佩服胤禛用心工细，遂笑道："太子自然晓得，我虽和四哥要好，性格却不同，素来是竹筒倒豆子！我观太子气色，一定有事，你只管说，万事无碍！"胤礽沉默良久，深长一叹说道："兄弟你直人快语令人可敬——你觉得我待你如何？"

"这，众人都知道——恩重如山！"胤祥越发认定出了大事，便十分诚挚地答道，"当日九哥、十哥是怎样作践我来着？虽说是四哥挡着护着，后头要没有太子体恤我这没娘孩，有十个也死了五双！"

胤礽见他目光咄咄逼人，似乎仍在询问自己来意，又沉默良久，突然扑通一声双膝跪下，掩面哽咽，嘶哑着嗓子说道："兄弟，你得救我！"胤祥被他惊得身子一晃，扶着椅背愕然起身，连忙跪下，说道："太子，你要折死我么？"胤礽泣道："兄弟，我遭人暗算，恐怕大祸难逃！你素来仗义，不能袖手旁观！"

"怎敢坐视不救！太子，有话起来说，这断然当不起。再说，外人瞧见也不好——"胤祥心里打着主意，故作惊慌地问道，"你现今居太子之位，这'救'字——是从何说起。"胤礽慢慢起身来，脸色愈加苍白，含泪道："皇阿玛那边传出信儿，恐怕要……废黜我了！"他的手抖得很厉害，浑身仿佛被一种巨大的力量压得缩成一团。他的话，使胤祥也打了个激灵，半晌才摇头笑道："没有的事！昨日上午，皇上还颁旨，赏你《古今图书集成》——阿哥们谁也没蒙这个恩，可见圣眷还是很好的嘛……"

这是旁敲侧击问缘由，但冷香亭的事又很难启齿。胤礽嗫嚅了半日，叹道："什么缘故如今连我也不知道。总之有人对我下了毒手：好兄弟……若是虚惊一场，那再好不过；若是有事——""君臣之分已定。"胤祥慨然说道，"真要有什么，臣自然以死相保，连四哥我都可替他打保票！"

"你，还有老三、老四，我都信得过。别的人就难说了。"胤礽说道，"总请你们全力维持，胤礽虽然无能，也还不是忘恩之人！"胤祥直到此刻才真正掂量出事体重大，心下踌躇着说道："臣尽臣职，弟尽弟道，说不上'恩'字。太子爷，你只管放心，四哥酒一醒，我就把你这话告诉他。还有三哥，也由我去说，你府里的朱天保、陈嘉猷，你回去自己说——多联络些人，万一有事一齐来保。可惜王掞师傅没有跟来，万岁爷是极器重他的人品、才学的……"当下又说了许多话，耳听钟敲两点，已至丑正时牌，胤礽方辞了出去。

胤祥呆呆地看着他去了，方欲回内就寝，遥见远处九曲石桥上两溜黄绢灯笼迤逦而来，灯笼上写着"烟波致爽"四字，晓得是有旨意到了，想到太子方才的话，胤祥心中一紧，刚要进内去请胤禛，一转身，却见胤禛带着戴铎，早已站在栅栅门口，遂道："四哥……你……"

"我已来一会了。"胤禛平静得如一泓池水，背手儿站在石阶上凝望着，"且听听什么旨意再商量——那个骑马的似乎是李德全?"胤祥见他镇定自若，心里安定了许多，抬眼看了看，说道："是李德全。看样子今夜是分头宣旨，连总管都出来了。"

来人果是李德全，稳稳重重在狮子园门前下马，对门上人说道："请叫醒四爷、十三爷，有旨意。"胤祥忙迎出来，说道："我和四爷练功夫，还没睡呢——请稍候，容我们开中门放炮接旨。"

"皇上有旨，不必了。"李德全说道，"就请在栅棚接旨。"遂南面立定，待胤禛、胤祥二人前后跪定，方开读道：

> 奉旨：胤礽自即日起非奉诏不得见驾。着由上书房张廷玉代呈奏折。晋封皇长子胤禔为直郡王，皇三子胤祉为诚郡王，皇四子胤禛为雍郡王，皇八子胤禩为廉郡王，开府办差。皇九子胤禟、皇十子胤䄉、皇十三子胤祥、皇十四子胤禵着晋贝勒。钦此!

读完了，望着愕然相顾的胤禛、胤祥笑道："恭喜四爷、十三爷高升，奴才要请安领赏了!""拿一百两银子来给德全——我和十三爷都是穷阿哥，你甭嫌弃。"胤禛站起身来，微笑着吩咐道，"看茶!"

李德全谢了赏，却不肯领茶，匆匆就要辞去，操着一口保定话道："奴才不敢耽误，还得回去缴旨呢! 改日再领吧!"他看了看胤禛似笑不笑的神色，忙又赔笑道，"奴才晓得，四爷定是想问太子爷的事。这里头的端底，奴才委实不晓得，也不敢打听。"

"你猜错了，"胤禛冷笑道，"他是太子，我拿他当主子侍奉; 不是太子，我拿他当二哥看待——这是万岁的事，我不能过问。我只想知道，万岁说明日来狮子园北看猎狼，不知还来不来?"

李德全笑道："听张大人说，皇上兴致很好，明日要猎狼，敢情是来四爷这里呀? 这只是听说，万岁没给奴才这个旨意。"

"唔。"胤禛点了点头，半晌才道，"你去吧。"

李德全去了。正是破晓前最黑最冷之时，寒星寥落、霜叶萧森，一阵风裹来，附近松林发出微啸，夹着夜猫子凄厉的叫声，越发给人一种不祥之感。

"四哥，"胤祥随胤禛回到园中清虚斋，一落座便问，"你看这事是什么来头？"

胤禛望着跳动的灯烛，良久才摇头叹道："想不到耗尽心力，他仍是个扶不起的阿斗！可惜邬先生、文觉和尚他们都不在，不能听他们的高见。"

"扶起扶不起都得扶！"胤祥想到太子方才那一跪，激动地说道，"他做了三十多年太子，就是刮黑风下黄雪，也是主子！这正是见骨气的时候！他究竟犯了什么罪，就这么轻飘飘一张纸，被废了！""胤祥！"胤禛断然喝道，"不要口没遮拦，这里不比在府里！"

胤祥住了口，抬头望望院外，没再言声。

"你说得很对，扶起扶不起都得扶。"胤禛的目光仿佛要穿透墙壁，"太子一倒，首当其冲于你我不利。别看老三，每日满口子曰诗云，心里未必靠得住。也别看老大、老八靠得近，一块肥肉扔出去，怕也要你争我夺！废了太子，越发有好戏瞧！我心里不愿太子倒，一是倒了未免牵连我们；二是来得太仓猝，我们连个预备也没有……"说至此，他打住了，太见底的话，即使对胤祥也难出口。胤祥却没理会，只觉胤禛分析得很透彻，只可惜了别人尚有肥肉可抢，惟独没有他和胤禛的份！想了半晌，方问道："四哥，咱们怎么办？"胤禛的脸色阴沉得可怕，沉思了一会儿，叫过戴铎问道："听说你在朝阳门置了一座庄子，这事外人晓得不？"

戴铎心里七上八下，也不知他问这个做什么，忙答道："是托亲戚名下代买的，因为还没成交，一直没敢禀主子知道——"

"公买公卖，我不盘问你这个。"胤禛温和地说道，"我写张条子，你带着回京，让高福儿支银子，需用多少支多少——这宅子算我赏你的。"

"主子！"

"别忙，尚有一事托你。"胤禛不紧不慢地说道，"你今夜就得走！回京只办一件事，把邬思道、文觉和尚和所有清客幕僚都迁移到你这处庄上——如今热河情势不明，不能不防着意外！至于钱财，暂时可以不动。"说着便起身，至几旁提笔蘸墨，略一沉思，疾书几行字交给了戴铎。

戴铎呆呆接过一看，见上头除了银钱的事，还有"戴铎已削去门籍"的话，不禁大吃一惊，愕然盯着胤禛，脱口惊讶地道："脱籍？"

"对，脱籍！"胤禛冷冷说道。

戴铎突然翻身扑倒在地，嘴一咧，嘶哑着声儿泣道："求主子免写这一条！主子……我十岁上头插草标卖身葬父，是你救了我全家……如今你不要我了？我……要什么脱籍文书！主子……你好狠的心哪……"胤祥见他哭得凄恻，也自黯然失色。胤禛却很平静，微微叹息道："岂但是你，我府里哪个人不是我从苦海里拉出来的？不然的话，早叫别人用钱掏买走了！千里搭长棚，无不散的筵席，何必儿女情长呢？这不过是防个万一，要没事，自然给你恢复门籍，你打起精神，照我说的去做！"

待戴铎出去，胤禛方转脸对胤祥道："父皇做事高深莫测，但他并不轻易杀人，何况太子、你我都是他的骨肉？但事情宁可往坏处去想，我府里的这几个幕僚都是人中之杰，万一不虞，再想搜罗，比登天还难，先护了他们，我们在这里就好放心，为太子以死力争！"

"以死力争是我的事！"胤祥大声说道，"还是从前商议的，由我出头！"

"不成。"胤禛绷着脸，半晌才道，"这正是我的失策之处——我们过去做得太假。其实无人不知。我们是一回事，你在台前，我在幕后——可见此计拙劣不堪！"胤祥想想这话确有道理，便道："那咱们这回就撕破脸，一齐为太子争位！"

胤禛没言语，半晌才透了一口气，说道："天寒上来了，这么大的西北风，说不定要下雪了！"

第二日早晨，果然变了天，先是冰冷的蒙蒙细雨，搅得狮子园一片凄凉，慢慢转了霰雪，打得残枝败叶瑟瑟发抖，发出一片沙沙声响。胤禛原以为这样天气，康熙未必来了，用过早点刚要过去谢恩请安，便见太监王保过来传旨："着雍郡王毋庸请安，朕巳时前往狮子园观猎。"说罢茶也不吃打马径去。胤禛待王保一走，当即命人把儿子弘时、弘历并几十名家丁护卫都叫到前庭，大声说道："今个皇上赏脸，看我一家子猎狼。大冷的天儿，皇上不惜万乘之躯，我们还有什么说的？你们天天说孝敬我，我看给我争脸就是最好的孝敬！一切按原定的办法，都要奋勇杀狼，还得留几十张好狼皮献皇上——事完了我自然赏你们，明白了么？"

众人雷鸣般"喳"地答应一声，接着便给胤禛请安，致贺！胤禛只一笑，也不理会。

巳正时牌，康熙的御辇果然到了。胤禛一家早就结束齐整，巴巴儿等在狮子园门口，齐刷刷跪地接驾，听李德全甩了静鞭，一齐叩头高呼万岁。

康熙精神十分是好，穿一件酱色箭袍，外头披着石青玄狐斗篷，脸上泛着红光，在车上摆手道："罢了。老四，这里离你的围狼土城有多远？"

"回皇上的话！"胤禛躬身说道，"约有五里。但恐山路坎坷，难行车驾。儿臣的坐骑黄骠儿还是皇上赐的，十分稳当，请皇上移驾！"

康熙"嗯"了一声，扶着邢年肩头跳下车来，搓搓手笑道："我们满人祖居北方，朕就喜欢在这雪天打猎！"见弘时、弘历兄弟二人方在总角之年，都是眉清目秀，面白如月，佩着小腰刀昂首挺胸侍立在胤禛身侧，遂问："这是朕的皇孙？叫什么名字来着？"胤禛刚说了句："大的叫弘时——"弘历却挺胸向前一步朗声说道："不敢劳父王代奏，孙的名字叫弘历！"

康熙惊讶地看了看弘历，七八岁的孩子，稚气未脱，文静中带着勃勃英气，浑身上下利利落落，不觉大起好感，因叹道："若是小家子，说爷爷不认得孙子，媳妇没见过公公，那还成什么话？可惜了国事太忙，这'天伦'二字也真难顾全！"

"皇恩雨露泽被宇宙，"弘历应口答道，"此即是'天伦'，龙驭天道，不在区区舐犊之情！"

"哦，哦？"康熙一夜的焦思，被这几句带着清亮童音的"大人话"驱得干干净净，不禁开怀大笑，上前拍拍弘历肩头，"这么大个人儿就有这么大的道理？泽被宇宙而不及自己儿孙，只可算好皇帝，算不得好祖父，晓得么？"

"夫宇者，上下四方也，宙者，往古来今也！"弘历睁着大眼睛朗声答道，"孙子身在六合之中，处圣道治化之时，仰照皇恩，俯受荣宠，一身一发受之于君，公义和私情尽在其中！"

康熙目光陡地一亮，若有所思地看了看远处渐渐发白的山峦，说道："朕不想骑马了，左右不过四五里地，走着疏散疏散。看雪景不宜走马观花。"说着一把拉了弘历，命众人跟着，一路走，一路考较这个小皇孙，盘其学问，察其志趣，心中暗自诧异。

第二十回　巧谏诤四阿哥猎狼
　　　　　　落陷阱皇太子叹息

　　围狼的土寨就在狮子园西北五里处。这里南依临山，西接塞湖，东临避暑山庄，北边山口处是广阔无垠的大草原。因御驾要来，围子上连夜修了女墙，只不过垛子修在里头，当作栏杆，以防人从墙上跌进下头的狼群里。从驾官员们尚不知太子已被软禁，依班在寨下请了安，有的人还拿眼到处搜寻胤礽。但皇阿哥们一个个都心中雪亮，各怀心思，按着爵位长幼垂手侍立在康熙左右，都是默不作声。张廷玉一眼瞥见鄂伦岱也混在从驾官员中，心里很惊讶，便踱到马齐身边，悄悄问道："马中堂，这鄂伦岱是怎么回事，调任旨意没传到么？""传到了。"马齐一边跟着康熙拾级登城，一边回道，"他今早跑到我处，说从没见过这样猎狼，想开开眼界。我瞧他挨打受黜，怪可怜的，就应允了他。"

　　张廷玉心知不妥，若要回报康熙，就要得罪马齐，沉思片刻，摇摇头退后两步，深悔自己多此一问。此时，康熙已经登上土围，立在黄伞盖下招手儿笑道："你们都快上来！——这么多的狼！"

　　这是一座不大的土围子，依着半山修成。直径不到半里，是用茅草和泥垛起来的，高约两丈。围子里边的狼有四五百只，东一群，西一伙，一个个饿得眼红。有的卧着，有的烦躁不安地来回跑动，不时传来一阵阵嗥叫，叫得人心里发瘆。

　　狼喜爱群居，每一群自成体系。里头一共圈了五群，各占一方，由于饥饿难忍，看样子已经相互争斗过多次。中间有一后空场，半人深的白茅被踩得像打麦场似的。草上残留着一摊摊殷红的血迹。各个狼群职守分明，中间母狼护着狼崽子，狼崽子饿得嗷嗷叫；公狼则守在四周保护自己的家族，伸着血红的舌头，龇牙咧嘴地望着墙上的人群，眼中放射出鬼火一样的绿光。

"老三，"皇长子胤禔本来立在康熙身边，踌躇满志，因见胤祉过来，便笑嘻嘻地走过来拍了拍老三的肩头说道，"老三啊，你是咱兄弟里头读书最多的一个，听说过老四这样的猎狼法儿么？"胤祉却看不惯胤禔这副派头，遂笑道："书上该写的东西多着呢！即便写了，天下的书汗牛充栋，我也未必就读到了。"胤禔高兴得一夜没睡，自古立太子不是立嫡就是立长，现在"嫡"已给废了，再立会立谁呢？皇上授我护卫大权，还不明摆着，太子一位舍我其谁？满想着这个博学精明的老三会改弦更张，投到自己身边，不料他竟如此冷漠轻慢，心中不禁起火，脸色立时阴沉下来，正瞪着眼找话回敬，却听康熙向胤禛笑道："四阿哥，看你的了！"

"喳！"胤禛答应一声，回头将手一摆，府里四五个力士抬出一头缚得牢牢实实的野猪，放在女墙上，用刀割断了绳子，往下一推。那野猪也是饿了几天，壮牛似的在下头打了个滚儿，四蹄齐立，浑身一抖，尖嚎一声，就近儿扑到一群狼窝里，一口咬住一只公狼，长长的獠牙立时刺穿了狼腹，鲜血淋漓地就大口撕咬起来。

其余的狼先是惊得一退，但很快就看出这是人们喂它们的美味。几十只公狼高兴得伸长脖子长叫一声，一齐围了过来，不要命地撕咬。野猪是林间猛兽，身子涂了一层松脂砂土，坚如披甲，口中獠牙又似利剑，等闲虎豹都不是它的对手，哪里把狼放在眼里？它发疯似的吼叫着，狂奔乱拱，十几只狼立时被它咬得开肠破肚，血肉横飞！

草原上的饿狼，百无禁忌。这里有了可食之肉，五群饿狼，一齐争夺。有的红着眼围着野猪撕咬，有的扑向受伤的狼。听了狼嗥声，猪叫声，人们无不毛骨悚然。

康熙脸上毫无表情，睨视胤禛时，胤禛静静叉手而立，父子二人俱都不动声色。胤禩、胤禟、胤祥、胤禵，有的剔牙，有的说笑，有的怒目而视。只胤禔在康熙身后微叹一声道："法子怕是不好？太残忍了。"康熙也不言声。

围墙下边的野猪早已抵挡不住了。脖子上的长鬃都已被拔得精光，有几处皮已经受伤出血。那畜生疼痛不过，从狼群中钻出来，瘸着腿沿墙便逃，霎时又被咬倒在地。五群狼也乱了阵，不分你我，见尸体就拖，伤狼倒地，立时就被撕成肉片……顷刻之间，围子里的狼群挤成团，滚成蛋，嗥叫声、哀鸣声响成一片。

"射箭!"胤禛突然大喝一声,"不要让它们吃饱!瞄准狼头,狼皮留着主子赏人!"胤禛家人近百,听得主子下令,哪个不要在康熙跟前露脸?在土围上一个个弓开满月,瞄准了狼头,顿时箭如飞蝗,倾泻下来。

康熙慢慢踱至胤禛这边,见胤禛正和胤禩说话,便站在一旁观看,却听胤禩说道:"四哥,我赞赏你的用心。这些狼群不是相互咬死,就会被箭射死,何必弄头野猪?"胤禛笑道:"这不过想让皇上乐一乐,解解闷。说打猎,皇上还缺了野味?说留皮,难道皇上就缺这几张狼皮赏人?唉……我是瞧着皇上郁闷,变个法子给他开开心哪!"胤禩也叹道:"你这心自然是好的。不怕你恼——到底太残忍了。皇上一向宽厚仁慈,瞧了未必欢喜。"胤禛答道:"我只能本我的心去孝敬。这狼是什么好兽?叫它们咬一架,我看也不坏。"

在箭雨中狼群四处逃窜,有的东奔,有的西窜,真的是上天无路入地无门!由于明令只许射头,那狼素有"铁头豆腐腰"的特点,头最耐熬,因此一直射了两个时辰,直到申牌时分,才被全歼在土围里。

"好,痛快!"康熙突然鼓掌大笑。挨身站的胤禛、胤禩都吓了一跳,忙都退后几步。康熙兴奋地说,"走,下去瞧瞧!""阿玛!"胤禛忙赔笑道:"叫儿孙们去收拾,您在上面瞧着就是了……万一有的没死,惊了驾……"

狼已死尽,那景象也真够惨的。有的狼群互相扭在一处,有的已被撕得血肉模糊;有的小狼崽子还叼在母狼的口里……薄雪中到处是带肉的白骨和一汪汪紫黑的血块。天空中浓云密布,高墙下悲风呜咽,昏鸦盘旋,煞是凄凉荒漠。康熙带着胤禛一家,默默踏看了一遭,心里有一股说不出的滋味。想起方才群狼激斗的情景,陡然觉得胤禛此举似有谏诤的意味。自思百年之后,这群阿哥们若真的也像饿狼一样争夺皇位,自己亲手创立的大业将会是什么模样?难道临终前还要引起大乱,死都不得安定么?想着,泪水不由自主地滚了下来,为了不让儿孙们看见,装着揉眼,偷偷拭去。

张廷玉在围墙上看得清清楚楚。眼见康熙感伤不能自已,想到自家身处群狼之中,不知将来结果如何,不觉摇头叹息。身旁马齐却道:"皇上一向仁慈,难免感伤不已!雍王未免太残忍了些。"张廷玉听他说得不得要领，只装作没听见。

阿哥们却另是一番心思。胤禔和胤祉都装傻，指点着看热闹。胤祺却夹不住半个屁，凑过去对胤禟悄声说道："万岁哭了，瞧见没有？"

"瞧见了。"胤禟点了点头，"老四自己吃不到野猪肉，在变法子砸锅！"胤祺翻眼想了想，笑道："用这法子拍马也算独具匠心，说不定会拍到马蹄子上，踢他个仰八叉！"

胤祥瞟了一眼胤禛，心里也在翻腾，胤禛自知储位无望，不想夺太子位，未始不是件好事，但是他担心此举也许会感动皇帝，不再废胤礽。如若这样，自己立时就会转福为祸，岂不可惧？正寻思间，忽听下头护卫们惊呼一声！原来康熙一脚踩在那只野猪蹄子上，那畜生并没气绝，狂嗥一声，竟站了起来！

"啊！"站在康熙侧旁的弘时吓得一个趔趄，却被弟弟弘历一把扶住。刘铁成正要扑上去，弘历厉声喝道："站住！你的职分是护驾！"一边说，一边挺剑上前，一步步逼了过去。八岁幼童竟有如此胆识，看得众人瞠目结舌。

那野猪已是奄奄一息，方才这一站不过是蹬腿儿挣扎。站起来后，身上被狼咬破的几处，鲜血如注，霎时间便支撑不住。它瘟头瘟脑地看了看这个逼近了的少年，再没力气扑过来，哼了一声，身子一歪，倒了下去，四蹄一伸，死了。

"唔！"康熙跨前一步，仔细看了看尸体，踢了踢，真的死绝了气，不禁惊疑地盯着弘历，语意双关地说道，"这是司命造化安排。"

出了土围子，已是申末时牌，雪下得大了。众臣工在闸门口迎接康熙。康熙命大家散去，自带随从回烟波致爽斋。刚上马，便见东边官道上雪尘飞扬，一队骑兵足有三百余人狂奔过去，接着又是一队。胤禔见康熙在马上凝神眺望，因问张五哥："这是谁的兵？胆敢在禁苑中放肆！你过去，叫他们为首的过来！"

"喳！"张五哥答应一声纵马而去，不一时便和一个人并肩而来，下马禀道，"万岁，是热河都统凌普率军前来护卫皇上！"

康熙打量凌普，心里陡起疑云，凌普是胤礽的乳兄，此时称奉旨率兵进园，莫不是这孽障起了杀逆之心？康熙打了个冷战。胤禔不等凌普说话便问："凌普，谁叫你带兵进苑的？"凌普没有理会，先向康熙从容行礼，方起身道："回王爷的话，我是奉了十三爷的指令，带兵前来护卫的。"

康熙不禁大吃一惊，脸上肌肉剧烈抽搐几下，故作平静地笑道："恐怕你是听错了吧？朕身边的领侍卫皇子是胤禔。十三爷怎么会叫你带兵进园？"

"万岁！"凌普这才意识到事态严重，慌忙跪倒在地，从靴页子里抽出一张纸双手捧上，说道，"这种事奴才怎敢儿戏！是鄂伦岱派人传话，带着十三爷的手谕，说老侍卫们都调走了，万岁跟前人手少，叫奴才多带些人来……"康熙越听里头名堂越多，心里愈加不安。一边示意马齐接过手谕，一边插口问道："你带了多少人？"凌普抬起头来，脸上毫无惧色，说道："带了一千四百七十名，我的中军营全数带来了，请皇上圣鉴：十三爷是我的旗主，又有侍卫处的牌照，他命我带兵护卫，难道奴才做错了么？"

胤禔冷笑道："鄂伦岱已经调走，怎会派人传信？你快说实话，是不是太子府的人给了你什么信儿？"凌普一脸茫然之色，说道："直郡王，这种事谁敢骗您，方才奴才还见他来着！再说这事与太子爷什么相干？奴才倒越听越糊涂了！"

康熙不禁又吃一惊，鄂伦岱竟到现在还没有离开！他满腹狐疑，沉吟片刻，改容笑道："大阿哥现在掌护卫之权，随便问你一下，并没有别的意思。朕原曾打算召你来山庄的，不过是召你本人。承德的驻跸关防由喀左绿营接管，狼曋的一万二千先头骑兵再过半个时辰也就到了。你带的这些人立刻回原防地，你留下。狼曋的兵一到，统归你节制。"说罢，又对张五哥说："你陪着凌普，由张廷玉和马齐一块到凌普军前宣旨，叫军士们连夜赶回去。这里御林军绿营兵统属不一，闹出误会不是玩的。"说罢径自催马向东去了。众人知康熙心绪不好，大气儿也不敢出，只闷着头跟着。不料行至"戒得居"，康熙忽然勒住了马，说道：

"传旨，叫胤礽、胤祉、胤禛、胤禩、胤禟、胤䄉、胤祥、胤禵八个皇子并鄂伦岱立即都来侍驾！"说罢，径自下马进了戒得居。

戒得居只是一座闲宫。四邻不靠，很是空旷。看守太监们没想到康熙会突然来此歇息，忙着点了几十支蜡烛，安置康熙在正殿东暖阁炕上歇息。康熙要来热水泡脚，慢慢吃茶。马齐、张廷玉和张五哥进来，问道："凌普呢？他的人奉诏了么？"

"顺当得很。"马齐忙道，"旨意一宣，兵士们就走了。凌普么——"他看了张廷玉一眼没做声。张廷玉笑道："奴才想着主子今儿着实劳乏了，狼暄的人还没到，这会子没他的事。就叫了几个侍卫陪凌普吃几杯接风酒。主子想见他，奴才这就去传。"

康熙满意地点点头，说道："朕不见他。"说罢深深透了一口气，不再吭声。马齐却不知道康熙为什么突然在这里驻驾，见康熙不言语，只是出神，便问道："皇上今晚不回烟波致爽斋了么？这地方儿太凉，夜里当心冻着了。"

"叫人把这外头收拾一下，委屈你两个就在这里办事。"康熙冷笑着对马齐道，"你晓得朕为什么叫廷玉也来做这个领侍卫内大臣？朕看你这人是忠厚有余！论起体会朕意，办事缜密，十个马齐不抵一个张廷玉！到现在还说什么'太凉'，岂不知冻死还是个全尸！"马齐惊得一怔，正要回话，便听鄂伦岱在外头粗声粗气地说道："奴才奉旨见驾！"话音刚落，已是挑帘进来，打个千儿便退至一旁。

"你跪下！"康熙一见他便气不打一处来，回头对张五哥道，"下了他的刀！"

鄂伦岱鼻子里哼了一声，不待张五哥走近，自己摘了腰刀往身旁一丢，歪过脸不吱声。

康熙格格一笑，转脸对马齐说道："看见没有？小人难养，真是半点不假！鄂伦岱祖父、父亲都是跟着朕出兵死在外头的，看着这功劳情分，就把他骄纵得这模样！天老爷第一，他鄂伦岱是第二！你是奉旨黜降的人，为什么到如今还不走？有什么大事要办！"

"万岁！"鄂伦岱叩了头，说道，"奴才不是无礼，是想不通。奴才自小儿就是皇上的侍卫，是皇上看着奴才长大的。当日皇上怎样看顾……奴才来着？如今皇上不知生了谁的气，只拿奴才发作，究竟有什么不是处，说明白了，就是死了，也是个明白鬼。就算奴才奉旨降调，迟走一日，亲朋好友见一见面，又有何妨？这是人之常情！万岁何至于就发这么大的脾气……"说着，已是哽咽得语不成声，伏地不能仰视。康熙见他这样，想起当年他父亲阿勇，身受七八处创伤战死，自己亲自吊祭、抚孤的往事，不觉眼圈一红。正要说话，胤禵在旁断喝一声道："你在皇上跟前无人臣之礼，就是死罪！在乾清宫前撒尿，是你不是?!"鄂伦岱哪里把他放心上，盯了胤禵一眼，说道："水火无情，侍卫不得擅离岗位，乾清宫侧旁又没茅厕，王爷知道么？说这个没规矩，那个没规矩，有人心里还藏着没王法的事，说出来吓死人！"

胤禵听了，不知自己有什么把柄攥在这家伙手里，倒气怯了。张廷玉也怕这个铁头猢狲信口雌黄，把事情搅得越发不可收拾，遂问道："鄂伦岱，凌普带兵进山庄，是奉了谁的命，又是谁传的令？"

"哪个王八羔子砸我的黑砖，指出来，我碎刀子割了他！"鄂伦岱两眼瞪得铜铃似的，"万岁爷，您只管细查，要真有这事，您剐了我！"

康熙紧张地思索着，正要说话，却见邢年进来，禀道："阿哥爷们都到了，在斋外头候着，主子见他们不见？"康熙略想了想，冷冰冰说道："不见！叫他们在雪地里跪着，醒醒神儿——铁成，你带鄂伦岱出去，且在侍卫毡幕中侍候！"说着便站起身来。

一大群侍卫簇拥着康熙出来，往斋后新搭的毡幕里走去。跪在雪地里的胤礽心里百感交集。自出娘胎，他就被封了太子，寸步不离紫禁城。皇帝常常把他抱在膝头逗着玩。年稍长些，皇帝就叫他学习处置政务，三十余年哪一日不见康熙三五次？父子情深无人能比，曾几何时，竟落到这般田地！方才听说凌普带兵进庄的事，胤礽更有一种莫名的恐怖袭上心头：谁这么歹毒，制造大逆的罪名往自己头上扣！他疑惑地看了看身后的胤禛、胤祥。胤祯朝前跪了跪，小声说道："二哥，祸在不测！今晚你不去向皇上解说，往后连面也见不上，那可真完了。"

胤礽目光霍地一跳：对，为什么不大胆闯过去见见父皇？双手一撑地站起身来。身子忽被人拽了一把，回头看是胤禛，胤礽深深地叹了一口气，向康熙大帐踱去。

第二十一回　恨难消康熙骤发病
　　　　　气不平太子诉怨言

　　昨晚在冷香亭见到太子与郑春华调情，白天又在狮子园看了一场触目惊心的猎狼，接着又发觉凌普私自带兵进驻山庄，几件事搅和到一起，使康熙心神不宁。一进毡幕，康熙立即传张、马二人进帐，并命人治夜膳，说是要议政。胤禔见他精神健旺，锁着双眉烤火，心里十分纳罕，因见张廷玉和马齐踏雪而来，便笑道："二位中堂，请吧！今晚怕又得陪主子熬夜了。"张、马二人点头笑着进来跪了，张廷玉劝道："主子着实劳累了，依着奴才说，今晚什么事也不想，什么也不办，甜甜地睡一觉是正理。外头的事奴才留意着呢！"

　　"起来！"康熙笑着，说道，"朕也奇怪，从来精神没这样好过，只想做事。"

　　马齐知道这是情绪过于亢奋，并不是什么好兆头，也劝说道："主上，越是这样，越该调养龙体。"

　　"树欲静而风不止，人家不让朕安席，有什么法子？"康熙似乎平静了些，"咱们在那边看群狼厮斗，后头有人操着杀人凶器进了御苑。正是黄雀捕螂，不知弹丸将至！马齐呀，这么多的兵不宣而至，朕焉敢安枕高卧？"马齐低头想了想，说道："话虽如此，如今已经处置过了，出不了大乱子。奴才以身家性命担保！主子还该歇息。"张廷玉听马齐说得不得体，正要岔开话题，康熙冷笑道："你的身家性命值多少，能担保朕的安危？实话告诉你，若不是狼瞫的兵今夜就到，朕此刻已经起驾回京了！"说着，把一张纸甩了过来，说道，"这是李德全刚从凌普那里拿来的，你们都看看！"

　　马齐捧起纸来，张廷玉凑近了看时，上头写道：

　　　　奉皇太子谕，皇上近侍奉旨移防奉天，着热河都统凌普率亲兵护

卫进驻山庄，以资关防！怡贝勒胤祥

一笔恭楷钟王蝇头小字，颇似胤礽的手迹。马齐额上的汗立刻沁了出来，脸色雪白，说道："皇上，太子披阅多年奏章，字迹很易模仿，求皇上圣鉴！"

"你有长进。所以朕说'有人'！"康熙咬牙狞笑道，"总而言之，是外头这七八个逆子干的，叫他们好好在那边凉快凉快，省得热昏了头！"马齐忙道："阿哥们毕竟是金枝玉叶，奴才们在里头暖和，爷们跪在外头，于心到底不安。说句心里话，眼下虽没什么，将来里头总有个主子，奴才们岂不要落了个忤逆！"康熙喷地一笑，说道："这话尚在情理，朕就喜欢这样的实话——放心，哪里就冻死了？当日朕西征，日进一餐，连寒衣也没，夜间冻得和马挤在一处取暖，谁心疼过朕？——至于将来，谁接了这个宝座，他欢喜还来不及，哪里还记得今日这档子事？"笑着笑着，两滴老泪滚落出来。

张廷玉见康熙感伤不能自制，忙含泪劝道："不管怎么说，皇上今晚不要办事了。李德全，把何柱儿叫来给皇上推拿按摩。"康熙这才长长地出了一口气，仰卧在大迎枕上假寐。李德全和何柱儿一头一个轻轻按摩，过了一会，康熙呼吸才匀称些。张廷玉和马齐都不敢离开，两个人亲自点了息香，用红纱罩了灯烛，自在毡棚地上盘膝养神。

大约半顿饭光景，康熙才蒙眬睡去。马齐、张廷玉轻轻起身，蹑着脚儿要退出去，却听外头张五哥和人说话。马齐眉头一皱，小声道："李德全出去瞧瞧！"

"不用瞧。"何柱儿轻声说道，"一准是太子爷。我来时就见太子爷在帐外头绕圈子，方才和直王爷说话，这会子直王爷许是离开了，五哥自然拦不住。"张廷玉暗吃一惊，和马齐交换了一下眼色正要出去制止，康熙"腾"地从榻上坐起，也不趿鞋，几步来到门口掀起毡帘，大声问道："是谁？！""父皇……"

"啊哈？"康熙红着眼说道，"是你呀！有旨，叫张廷玉代奏嘛！半夜三更，有什么事呀？"

"儿臣……"

"你进来!"康熙说罢,反身回去,向榻上一坐,哆嗦着手蹬上靴子,恶狠狠说道,"进来呀!"

胤礽轻轻挑帘进来了,他的脸色苍白得可怕。"皇阿玛!"胤礽伏地叩头道,"儿子自知有罪。今晚来此,专请处死儿臣,以正视听。"

康熙突然仰天大笑,说道:"真是天下之大,无奇不有!你居然有罪?看你有多孝顺,朕今晚被吓得连烟波致爽斋也不敢住!你若不孝顺,敢情把朕活活送到左家庄化人场烧掉?别做你娘的春梦,大清的曹操还没出娘胎呢!——真是龙生九种,种种有别!朕万万没有料到,会生出鸱鸮来,略大一点就啄它娘的眼睛充饥!"

久闻康熙伶牙俐齿口舌如剑,愈是危险愈见颜色,张廷玉从驾近二十年,今日一见真是半点不假!马齐听着,身上竟起了一层鸡皮疙瘩!胤礽连连叩头道:"如今情势,构陷很深,儿臣辩无可辩。儿臣请见,一是领罪,二是求皇上圣鉴烛照!千罪万罪,罪在儿臣一身。求父皇慈悲,网开一面,不株连一人……"说罢伏地啜泣。康熙一听便知,指的是老四、老十三一干人,"嘻"地冷笑一声:"至今你还说是'构陷',朕竟不知怎样发落你才好了!你做的那些事,亵渎神明,辱没祖宗,难告天下臣民!朕即不料理,想那暗室亏心,神目如电,上天就容了你么?你已经是泥菩萨过河,还要顾及庙里判官小鬼?放心,种瓜得瓜,种豆得豆,你想拉垫背的,朕只怕还不许呢!谁要你来劝朕'不要株连'的?"他愈说愈激动,狂躁不安地疾步踱来踱去,脸色光润潮红。马齐见情形不对,忙上前劝他安坐,却被康熙一把推开,"快快打发这逆种走,朕看着他恶心!"

外头守着的胤禔巴不得这一声,忙带着人进来,假笑着来搀胤礽。胤礽此时已将生死置之度外,见胤禔一脸得意之色,假惺惺地还要给自己行礼,猛挺身"啪"地扇了胤禔一记耳光,又向康熙磕了个头,起身便走。

"慢!"

康熙突然叫住了胤礽:"你不必回去和阿哥们一处跪雪地,就在戒得居听候旨意。等回北京,朕告祭了天地,就好明发诏谕废黜你,省得你再发太子脾气打人——你不要寻短见,只管放心,朕不要你的命!"胤礽背着身子一动不动气愤地说:"我这太子,我这一身都是父皇给的,父皇要废就废,要怎样就怎样,何必祭告天地?"说罢拔脚走了。

"你们几个都跪下，听朕说。"康熙目光变得十分可怕，"现在有几道诏书立即得拟。胤禔，你传旨给阿哥们，不奉旨，有擅出戒得居者，格杀勿论。对胤礽虽没有明旨，朕已决意废黜，不得当他作皇太子看，连他的话也得停止代奏！"胤禔出去，康熙才转脸对张廷玉和马齐道："不能不防胤礽作怪！要即刻将凌普拿下，派妥人送京师拘押。发廷寄给各省督抚，多余的话也不必说，只说停用太子印玺。非奉特旨，无论何人不得擅调一兵一卒。着人用快马探一下，狼瞫的兵到了哪里，他来了也不必见朕，先把八大山庄护卫住再说！"说罢，也不就座，站在几旁立等。

张廷玉素来行文敏捷，办事迅速。康熙一边说，他已在打腹稿。此刻援笔濡墨文不加点，数百言谕旨顷刻即成。康熙略一过目，钤了随身印玺，立刻就交烟波致爽斋文书房誊发。

一切事毕，天已将近四鼓。乍闻远处一声鸡鸣，康熙刚笑着说了句"闻鸡起舞……"忽然脸色变得十分苍白，双手神经质地抽动了一下道："朕好头疼！"……身子一晃便沉重地倒在榻上，惊得众太监"嗯"地围了上去。

"皇上！皇上！"马齐和张廷玉扑上去，一边一迭声呼唤："来人！快传太医！"

帐外守着的张五哥三步两步跨了进来，至榻前看了看昏倒不语的康熙，突然大叫一声，扑到康熙身上号啕大哭："万岁爷……您醒一醒儿！我是张五哥……就是您在杀场上救下来的张五哥……您睁开眼看看我！您怎么了？"张廷玉见张五哥只顾咧着嘴恸哭，急得说道："你慌什么！你的职责是守住外头！"连连催张五哥出去。自己也似热锅蚂蚁般的在帐中兜着圈子等太医，一不小心，平平的毡地，居然把这个沉稳持重的宰相绊了个仰面朝天。

胤禔至戒得居前传了旨，因见大家都垂头不语，又抚慰道："皇上说了，不株连不牵累，弟弟们不要慌张。就是胤礽，只要恪守臣道、静养思过，也没大不了的事——一切都由大哥维持，千万不要为无益之举。"胤禩见他得意，凑到胤禟耳边笑道："大哥今儿吃了蜜蜂屎，你瞧他那轻狂劲儿！"胤禟微微一笑，胤祺在旁只装没听见。那胤䄉生就惹事的秉性，歪着头一哂，上前对胤禔作了一揖，嬉笑道："瞧这阵势，我得恭喜大哥了？如今你这么得脸，自必是另有机密，何妨漏个底儿，叫兄弟们也欢喜喜——喂，是不是储君有份了？"

"十弟，你尽爱取笑！"胤禩假晒道，"这不是人臣论议的事，我可当不起！"胤䄉毫不在乎，挤眉弄眼笑道："尿！我又不想谋逆，也不指望那个太子位子，问一问打什么鸡巴紧！只大阿哥你如今是台面儿上的，守着父皇暖烘烘的大帐，忍心叫弟弟们在这里喝西北风？好歹体恤我们点儿嘛！我晓得你不敢做主让我们进屋里去，叫他们点堆火来烤烤，也算仁政！说心里话，我巴不得你早占鳌头呢！"胤禩本不是笨人，无奈今晚太高兴，竟没听出胤䄉话中挖苦的意思，连声答道："这事我做得主！传话叫苏拉太监给各位爷点火取暖——你们小心点，万岁今晚大发雷霆，连胤礽的话都不叫传了。方才我去看他，他对我说：'父皇说我百样不是，我都可承受，但说我谋逆弑君，我连想也没想过。'叫我代他转奏。我只好说：'这话你方才当面讲多好，此刻我爱莫能助了！'"

跪在一旁的胤禛思量了半晌，已想定了主意：与其让这干人折磨死自己，还不如咬定牙根继续保太子，左右不过是个死罢了。见胤禩如此绝情，遂冷冷说道："都是自家手足，何必落井下石？别的话一千句也可免了，这话关系重大，你就代奏一下何妨呢？"胤祥也梗着脖子道："大哥，天上这么多的云，还不一定是哪一块下雨呢！二哥是个落难的人，咱们得有点香火情分！"

胤禩此刻才觉出众人的心思和自己全然不同，很后悔方才自己失口。扬着脸干笑一声道："你们何必冲我来？不许代奏是父皇的旨意，谁敢抗旨？"

"罢了罢，大哥！"胤䄉怪声怪气笑道，"大人得有大量嘛！父皇只不过气头上一句话，你也忒认真了！谁没有个旦夕祸福？子曰'嫂溺援之以手'，你何妨从权处置呢？"胤禩见众口一辞反对自己，知道自己得意招忌，心里暗自叫劲儿，口中却道："不是我不愿，是不敢。如今案子不清，连你们都顶着罪名儿，何必大家都搅进去呢？"

"你不奏，我奏！"胤禛见胤䄉也帮着说话，更加胆壮，双手一撑地站了起来，"大哥，我如今是郡王，也有直奏之权，你到底奏不奏？"胤禨、胤禟也都纷纷起身，说："我们大家一起去！"

胤禔原想太子倒台，至少胤禩等人趁愿，不会再和自己为难。见此情景，心里犯了嘀咕，沉思良久，慨然叹道："你们何必这么瞪着我？老二倒霉，打量我心里好过？——既然兄弟们都说当奏，我少不得再担待一次了……"说罢掉头便去了。阿哥们谁肯把偌大人情让给这个胤禔，互相递个眼色便都跟了上来。倒是首先倡议的胤禩悄悄拉住了胤祥。

人都去了，戒得居旁四堆篝火燃得劈啪作响，虽则漫天飘雪，一点儿也不冷。

胤禩和胤祥两个人正在搜索枯肠想办法，却见胤祉、胤禵走了过来。胤祉正色说道："你们且不要动，有旨意。"胤禵向前一步，说道："皇上方才听了阿哥们奏陈，降旨说：'奏的是，胤礽生死分际，在此一言之中。着胤禩与胤禔二人监理胤礽饮食行动。不可宽纵，亦不得虐待，致陷朕于不仁。钦此！'"

"儿臣领旨！"胤禩心中略觉宽慰，忙叩头答道。胤祥却抬头问道："八哥，你宣谕'生死分际'的话，究竟是皇上说的，还是你说的？兄弟没听明白。""自然是皇上的话！"胤禵见这个不安分的老十三挑刺儿，心中不快，冷冷说道，"你跪稳些，皇上还有话问你！胤祥手谕调兵凌普进苑，经查证，所谓'奉皇太子谕'显系伪造。经皇子胤禔、胤祉、胤禵、胤禟、胤䄉、胤禄共同辨认，手谕原件系胤祥亲笔。有旨问胤祥：朕看你素日尚属诚信，为何丧心病狂，擅自调兵进苑？尔此举意欲何为？着胤祥据实回奏！"

仿佛晴空一声焦雷，胤禩、胤祥两个人的头"嗡"地一响，脸色都变得惨白如纸。

第二十二回　回龙驾忠臣保太子
　　　　　　说天变王掞犯龙颜

伪造胤祥手谕的，正是胤禩本人。他密地里和十四阿哥胤禵商议，仿了胤祥的笔意要凌普带兵开进山庄。胤禩却假惺惺地叹道："十三弟，唉！我怎么说你呢！你试过分了！这种事岂是儿戏的？你想活，赶紧供状认罪，我们自然不会袖手旁观。若一味支吾，也只好听天由命了。"

"你——"胤祥气得浑身颤抖，猛地昂起头咬牙惨笑道，"好！八哥，你这么悲天悯人，我真的要好好谢你！不过对不起，这个账我不买！你照我的原话回万岁：要杀要剐都由他老人家，调兵文书，不是我写的，我压根儿就不晓得！告诉你，人死无知，万事俱休；若死而有知，我必为厉鬼，谁干这件事，栽赃陷害我，我叫他全家鸡犬不留！"胤禩微微一笑，回头对侍卫们说道："搀起怡贝勒，暂时到配殿歇息——十三弟，你静静心，别发威。或许你是喝醉了酒，听哪个小人挑唆写了那件东西，你的那笔字，众人一眼都认了出来，叫我们说什么好？——四哥，请！你先去见见大阿哥，胤礽和胤祥两个人都交给你了。"

胤禛心里急速翻腾一阵子：胤祥胆大是不假，却从不胡来。如此大事，他不会不和自己商议就贸然行事。敢做这事的，非胤禵莫属。胤禩是鬼迷心窍，只是胤祉为什么也跟着他们整治胤祥？但变起仓促，事体不明，自己也无从说话。他沉思着慢慢起来，揉着发酸的膝盖盯了胤祉一眼，恰胤祉也将目光扫过来，目光一对火花迸射，忙都闪了开去。

废太子的明诏虽未颁布，北京城里已是谣言四起。王掞起初只一笑置之，后来接到停用太子印玺的诏书，方才慌了神，连忙赶至上书房请见上书房大臣佟国维。

"皓翁，"佟国维极客气，连忙命人，"把我的那碗参汤端来——你气色不错么！这阵子太忙，本想到府上……""佟中堂！"王掞清癯的脸上毫无表情，"我这病不能用参汤，你自己喝吧。我来见你，不为这个。我想知道，太子在承德究竟出了什么事？"

佟国维略一迟疑，亲自倒了一杯茶递过来，说道："皓翁，其实我知道的和你一样多，这几天老同年、老朋友常来问这件事，我都不知该怎么说好了。你要是问'佟中堂'，我只能说这些。要是问'佟国维'，我们私下交心，我看太子肯定出事了。"王掞见佟国维笃定的神色，半晌才叹道："你这是知心之言，我谢……谢你了。"说罢低垂了头。佟国维不言声，也在沉思默想，他知道的远不止这些。胤禛身边的书办差不多三天就有一封厚厚的信，评述承德事变的情形。胤禛还特别关照他要抚慰王掞。这里头的意思不言自明，王掞门生极多，虽没有权，却有人望，拉住一个，就等于拖住了一群。

"皓翁，"半晌，佟国维才道，"我并非瞎猜，这事你得早打主意。太子的事不小。半月前好端端地废了郑贵人，送回京里，我已经动了疑。后来从兵部知道，皇上密调狼瞳喀喇沁左旗的兵护卫承德——承德现有兵，是凌普统率。为什么会有此举？接着又命停调兵员，停用太子印玺。这些事连起来一想，或者出了宫闱之变也未可知！"他侃侃而言，只字不提密信里的消息，说罢一叹，问道，"王公，你是太子师傅，我很为你担忧，你有什么打算？或者我能帮你点什么忙？"

王掞干咳一声，说道："这件事，我没什么打算，我尽我职，我尽忠心罢了。"说着，从靴页子里抽出一份纸递给佟国维。佟国维展开看时，是三张薛涛笺，密密麻麻，写着人名，上至尚书，大理寺光禄寺卿，下至科道司官。有的认得有的不认得。佟国维不禁一怔，问道："这没有题头也没有落款，正文是什么？"王掞啜了一口茶说道："里头一大半是我的门生。他们都是保太子的人，正文没有拟出来，是因为消息真假不定，还没有明诏，一旦朝廷颁旨废黜胤礽，我即刻拜发！"

"你是想让我也签个名？"佟国维一笑，极干脆地答应道，"成！"说罢至案前提起笔，不假思索就在头一张王掞的名字旁边签了字，把纸还给王掞，笑道，"昔日高祖欲废太子，张良出主意请出商山四皓。我如今也跟着皓翁沾个便宜！等马齐、廷玉回来，我料他们也会签名保本的。"说着，口气一转道，"不过，这个本章不能上得太早。太早，皇上会说，我还没废胤礽，你们上什么保本？弄得不好，我们先就灰头土脸，有什么意思呢？"王掞原没指望他签名，见佟国维如此爽快，高兴地说道："佟中堂，没想到你有这样的豪气肝胆！我原想佟氏一门，与八爷素来交厚，你能持中不发，就算不负皇上栽培之心——世上的人，可真难看透！你放心，尽管你签了字，这事领头的还是我！我这么一把子年纪了，有什么怕的？死前办好这一件事，就可见地下先人了！"说着，几乎坠下泪来。

王掞刚辞出去，隆科多就进来了，佟国维笑道："你来了！我这就要下朝回府呢！又有什么事情？"隆科多打了个千儿请安，说："三叔，刚才接到马齐的廷寄，皇上已经起驾回銮，十一月初三巳时入京。我来请三叔示下，迎驾的事如何安排——我刚才去了三叔府上，人多得很，大约都是打听承德消息的。依着我说，三叔竟不必回去。不然，你连饭也吃不安生。"

"唔？"佟国维皱了皱眉头，又慢慢坐下，叹道，"这些个人真难打发！他们也没想想，圣上没旨意，这么大的事。我就是心里有数，能告诉他们么？"说着便不言声。其实佟国维心里还有一层不快：皇帝廷寄谕旨给大臣，原没什么说的，但如此军国大事，自己身为宰辅坐镇北京，为什么常常隔了自己向下头部署？想着，透了一口气，道："我这个上书房大臣，当得窝囊啊……"隆科多在他对面坐着，沉思半晌，说道："三叔，承德有信没有？"佟国维一笑，说道："方才老王掞也来问这事。昨天何柱儿递来有信。张廷玉起草了祭天文告。皇上一到京，立即明发天下。事情已经定局了。"

隆科多冷冷说道："事情既已定局，但谁是新太子？三叔，你想过没有？"佟国维笑道："不想这事，我还算什么宰相？我想，我们佟家受压几十年，这次或者要翻翻身了。这个——"他竖起了拇指，"——在承德已经封王，掌握了宿卫大权。可笑三爷八爷心里还像热炭儿似的！"隆科多稳重地摇摇头道："掌握宿卫大权，也不见得就能立为太子！三叔，京里的风声不大对，百官里头，十有六成都传言八爷要入继国储，这种危疑之时，我们宁可把路想得多一点。"

"你不要瞎想，"佟国维道，"自古立太子，有立嫡立长两种办法。如今嫡子被废，立长就是顺理成章的事。在这关头，我们无论如何得把持定。

如今再想奔八爷门路，弄不好扁担没扎，两头打塌。"隆科多叹道："因为咱们向着明珠，大阿哥素来和我们交往较密。我和三叔一样，巴着他当太子最好。只你漏说了一条，除了立嫡立长，还有个'立贤'呢！咱不能孤注一掷，宝都押在胤禔身上。一着不慎，永无翻身之日！"佟国维目光一跳，说道："唔！士别三日当刮目相看。你真不含糊！王掞方才拿了个保太子名单，我签了。就是要看看风色再说。据我看太子只在三爷和八爷之间。要不立胤禔，八爷就是头一个。四爷为人太苛刻，五爷一味老实，又没名望，九爷太阴沉，未必能中万岁的意。你既心中有数，倒免了我再费唇舌了。"说罢莞尔一笑。

隆科多含蓄地点点头："可谓英雄所见略同。不过九爷也该打进去，九爷稳沉有智，十四爷精明豁达，待人也都不错。我们都算到了，通盘去想，就不至于棋错一步满盘皆输了。"

"就这样。"佟国维立起身来，"我这就去礼部，叫他们拟接驾方案。你好自为之，这样做去，将来熬个中堂不是难事，也给你的寡母争一口气！"

十一月初三，康熙车驾返回北京。

康熙坐在三十六人抬的乘舆里，隔着玻璃窗格子，半闭着眼，望着外头整肃的仪仗，神情多少有点痴呆。去的时候，车驾后一百多个皇子皇孙，乘兴而去；如今回来，后头却囚着皇太子和十三阿哥！废黜太子会引起什么后果，他不知已经想了多少遍，仍觉难以预测。连着多少天的颠簸，加上冒了风寒，康熙眩晕得只是想合眼休息——他委实觉得太疲累了。

"皇上……"侍立身旁的邢年眼见圣驾快到午门口，黑鸦鸦一大片臣子跪下请安，见康熙似睡不睡地毫不理会，忙凑前一步才说道，"皇上，佟国维带着百官请安呢！皇上要是不见，奴才是否出去传个话？"

"唔！"康熙瞿然开目，突然意识到，这会子如不露面，立即就会引起百官更大的猜疑。他忙挺身起来，将大氅向后一退，探身出了乘舆。寒风袭来，康熙打了个寒噤，他打起精神，摆手微笑道："起来吧！朕安！这次巡幸承德凡事顺利！京师各衙门的要紧奏议朕都看了，差事办得都甚好，朕心甚慰！这么冷的天，难为大家在这里侍候了……"

乘舆后的马齐和张廷玉听着康熙嗓音，有点发颤，对视一眼没吱声。

佟国维却觉得和何柱儿密信里说"龙体甚弱"的话相去太远,因进前一步笑道:"皇上一路劳顿,看上去有点清减,气色精神似乎比离京时还好些,真乃社稷之福!"

"有钱难买老来瘦嘛。"康熙笑道,"朕是有点乏,歇息几日自然就好了。诸臣跪安吧,回去好生办事!"说罢便要起驾入宫,却见王掞跨前一步欲言又止,便笑着问道:"老王掞,朕不在京。赐你的玉泉山水可都照数给了?"

王掞没想到康熙会先开口问自己,一怔之下,忙回道:"照数给的。万岁在车驾风尘之中,还惦记着奴才,圣上如此隆恩,臣虽粉身碎骨不足以报万一!"康熙笑着点点头,未及说话,王掞却道:"万岁,何以不见太子爷?"

"太子?"康熙早知王掞决不会对这件事沉默,却不料这偏老头子这么早就发难,呆着脸笑道,"你问他做什么?"王掞盯着康熙,说道:"奴才忝为太子师傅,太子于百官有君臣之义,理应请安!"

这件事风风雨雨,多少天来牵动满朝文武的心。王掞直言相陈,众人的心一下子提起老高,一个个竖着耳朵,目不转睛地看着康熙。康熙睨了众人一眼,一时倒真的犯了难。太子被废尚无明诏,王掞请见当然理直气壮。若让胤礽露面,又恐招惹无尽的麻烦——明知王掞是出难题给自己,却拿他没办法!半日,康熙才慢慢说道:"你且跪安。太子的事不日就有旨意。皓翁,你是学富五车的人,说话做事要慎独,要讲大局。朕在这里,胤礽不宜接受百官朝贺!"

"奴才不曾说请太子受朝贺。"王掞寸步不让,也不理会康熙凶狠的眼神,只顾说道,"日前京师谣言纷起,说太子在承德出事。出了什么事奴才不晓得,只求见一面,以释群疑!"

王掞这样穷追苦问,挤对得康熙毫无退路,不由一阵光火,遂冷冰冰说道:"明说了也不妨。胤礽不仁不孝,已经拘禁。此刻不能见!"

"万岁!"王掞扑身跪下,泣声恳求道,"原来竟是真的!奴才冒死陈言:太子在位已三十六年,敦厚仁孝,天下共知!……一旦为小人所诬,仓猝废弃,必招人怨而致天变!"说罢连连叩头。

他说话语气极重,刚回京的康熙本就不高兴,一时气得发怔,盯着王挨竟说不出话来。佟国维以下百官，个个吓得脸色苍白。

"看来你是一刻也不想叫朕安宁了！"康熙涨红着脸，格格笑道，"你知道他犯了什么事，就敢张口胡言？'人怨'，能怨朕什么？上天又有何变？"

"昔日高祖平天下，诸功臣坐沙滩窃窃私语，张良奏高祖谓之'众人谋反'，"王掞从容说道，"今北京流言四起，一日数惊，百官纷纷聚议，为太子鸣不平，即是'人怨'！"

"嗬！——天变呢？"

"万岁起驾北巡，天清气和，今日回銮，却霾云四起，悲风如泣，黄沙蔽天，日月晦光，此即是天变！"

康熙仰头看天，果真阴得越发沉重了。灰褐色的云块低低地压下来，在大风中飘荡不定，和黄沙尘障几乎搅为一体。康熙心中不禁一动，旋即定住了神，冷冷说道："这算什么天变！当日吴三桂造反，地震几乎毁了太和殿！王掞，你回去好生再读几本书吧！"说罢大喝一声："起驾！"径自入内。

上书房大臣都跟了进去。由于没下旨意，百官不敢散去。官员们在风地里一直等了两个时辰，偏又下起了雪，真个苦不堪言。一群群人跺着脚取暖，有的装作漫不经心地踱至王掞跟前，却不言声；有的抚慰"天威难测，皓翁留意"；还有的说"皇上圣明，未必加罪。我辈臣子皆当自爱"。更有的装迷糊，说："老师，这是怎么了，皇上真要废太子？"王掞心里雪亮，从袖中抽出那几张薛涛笺，大声说道："你们不用担心，这几张纸干系多少人身家性命，我这就毁掉它！"说罢掀髯大笑，把具保名单嚼得稀烂，一伸脖子咽了。众人才松一口气。

直到未末时牌，正门大开，一群太监簇拥着李德全出来。众官眼巴巴儿望着，只见李德全脸上似喜似悲，走至正中南面立定，口宣："有旨！"官员们齐呼一声万岁，听他宣道：

奉天承运皇帝诏曰：胤礽不法祖德，不遵朕训，肆恶虐众，暴戾淫乱，奢辱廷臣，专擅威权，鸠聚党羽，窥伺朕躬起居动作。似此不孝不仁，太祖太宗世祖所缔造、朕所治平之天下，断不可付予此人！着废去胤礽太子之位，以副天下臣民之望。钦此！

众人听了，先是一阵死寂，接着一片声叩头称是，默然起身。只有王掞俯伏不动，浑身抖着，先是一阵呜咽，接着竟号啕大哭起来。他这一哭，大家更是心乱如麻，手足无措。有哭丧着脸来劝的，有心里暗骂的，也有的假惺惺呆着脸，心里叫劲儿称愿的。王掞边哭边道："奴才老了，对不起太子爷，对不起啊……要是奴才也跟着去了承德，宗庙社稷何至于就遭此大变……"那边跪的赵申乔、朱天保、陈嘉猷一干人听着越发难过。朱天保哭得噎住了气，竟一头栽倒，昏厥在冰冷的午门前。

"王大人，"李德全怔着看了半日，合起诏书，上前含泪轻轻劝道，"您甭哭了，叫人心里怪凄恻的！万岁爷有话，叫您回府歇着。还说'让王掞别听旁人闲话，言者无罪嘛'！"说罢便叫，"王大人的轿子呢？搀老爷子上去，你们好生侍候着！"

第二十三回　恨不肖洒泪废太子
　　　　　　惧宫变面谕留武丹

　　李德全转回养心殿复旨时，马齐和佟国维几个长跪在丹墀之上，殿内殿外鸦雀没声，却见何柱儿闪身出来，小声道："主子正养神呢，等会再进去吧。"

　　"李德全么？"里头康熙早已听见，大声道，"进来。"李德全忙进去，见胤禩、胤祉、胤禛都在御榻旁，将方才午门传旨的情形禀报了。康熙怔了半日，长叹一声道："也须得有王掞这样的！纵观史籍，太子一旦被废，墙倒众人推，常常不得好死。朕何尝愿意废他？也是不得已啊！"说罢两行老泪夺眶而出。

　　张廷玉已经写好制诰，听康熙这样说，目光一跳，将稿子双手呈上。康熙颤着手接过来，拭泪看时，上面写道：

> 总理河山臣爱新觉罗玄烨谨奏昊天上帝、太庙、社稷：臣祗承丕绪，四十七年矣。于国计民生，夙夜兢业，无事不可诉诸天地。稽古史册，兴亡虽非一辙，而得众心者未有不兴，失众心者未有不亡。臣以是为鉴，深惧祖宗垂贻之大业自臣而堕，故身虽不德，而亲握朝纲，一切政务，不徇偏私，不谋群小；事无久稽，悉由独断。亦惟鞠躬尽瘁，死而后已，在位一日，勤求治理，断不敢少懈。不知臣有何辜，生子如胤礽者，不孝不义，暴虐惝淫。若非鬼物凭附，狂易成疾，有血气者岂忍为之？胤礽口不道忠信之言，身不履德义之行，咎戾多端，难以承祀。用是昭告昊天上帝，特行废黜，勿致贻忧邦国，痛毒苍生！

看罢低头沉吟，索了纸笔要写，手却抖得厉害，仍交给张廷玉，说道："写得也罢了。朕还有几句心里话，你来拟文。"张廷玉答应一声"是"，接过稿文退至殿角，援笔在手。康熙沉痛地说道："朕八岁丧父，十一岁丧母，一片诚心只可告之上天。唉……朕的这二十多个儿子，说来是不少，竟都远远比不上朕！若是大清国祚还长，请上天延朕寿命，朕必定更加勤勉，善始善终；如我国家无福，上天要降祸，那就早早死了算了，也算成全朕一生令名……你写吧。"说至此，心中一阵酸热，垂了头哽咽不能成语。

胤禛陡地想起那年八月十五拜月，康熙愿意减寿，以成千古完人的祈祷。才两年过去，大变骤至，又请延寿，使天下有济。景虽各异，情则如一。胤禛虽是冷心人，不禁潸然泪下。胤禔和胤祉都是一腔心事，木着脸垂头不语，张廷玉心中一热，忙含泪写道：

> ……臣自幼而孤，未得亲承父母之训，惟此心此念，对越上帝，不敢少懈。臣虽有众子，远不及臣。如大清历数绵长，延臣寿命，臣当益加勤勉，谨保终始；如我国家无福，即殃及臣躬，以全臣令名。臣不胜痛切，谨告！

至此，祭天文告已成。康熙展阅了，默然良久才道："朕一直奇怪。胤礽这孩子平日温文尔雅，怎么会变得这样？据朕想，莫不是中了邪祟！废是废了，朕心里一直放不下。把他暂关咸安宫，好生看顾。陈嘉猷和朱天保还留他身边侍候。太子妃自然也要废了，但也不要难为她——朕头疼得很，你们下去吧！"

胤禔和胤祉对视一眼便辞了出来。胤禛不安地动了一下，轻声道："阿玛，您这样子，儿子心里怪难过的，回去也难安生。可否允儿子在这侍候着。您老安睡了儿子再走？"康熙看看胤禛，点头道："难为你这片孝心，就这样吧——廷玉，你也乏了，回去吧……"

"臣请旨，"张廷玉小心翼翼地说道，"这祭天诰制……"

"后天，"康熙昏昏沉沉地说道，"你……代朕去天坛……"说罢一摆手，大殿又恢复了寂静。

废黜太子祭天文告颁布半个月，两广总督武丹奉旨回京。因此时京师情形极为复杂，武丹没有拜会一个人，在自己私宅里歇息一夜，第二天一早就起轿直趋西华门递牌子请见。

刚递过牌子，便见里头出来一位将军，官袍翎顶，腰佩宝剑，也有六十多岁，却大步带风，踩得积雪咯吱咯吱作响。那人一出来，见武丹站着，先是一怔，忙跨前一步，双手一拱道："这不是武老将军！久违了！"

"你是……狼瞫！"武丹一定睛便认了出来，拍着那人肩头哈哈笑道，"狼瞫弟嘛！你拍我的马屁做什么？什么'武老将军'？我这武丹名字，还是先头娘娘赐的。我们几十年老兄弟了，你高兴，仍叫我犟驴子吧！"狼瞫是个精细干练的人，不似武丹豪爽，遂笑道："在承德听万岁说你要来。我算着你三天前就该到了，上次你进京，我就想着也进京来看你，后来听说你又回去了。怎就走了这么多日子？莫不成走了水路？"

说走水路，自然要过南京。武丹过南京，必见魏东亭，狼瞫问的其实就是这个意思。武丹笑道："我是走的水路，如今时局如此，我不能不请教一下这些老兄弟。唉，虎臣这人什么都好，只是心细如发这一条害了他，身子是越发不济了……我瞧他瘦得怪可怜的，心里真难受——不谈这事了。邸报说，你不是护驾来京的么？二十多天了，还没旨意叫你回去么？"狼瞫左右顾盼，见没人，方道："我得回承德守避暑山庄，恐怕你老兄未必能回广东了。"武丹原抱定了快去快回的宗旨，听他这样说，心里一沉，想问，又知狼瞫一向谨慎，只好打个干哈哈，说道："那……那是再好不过——你如今在哪住，回头我去看你。"

狼瞫笑道："我带着一万多兵，不在城里住，回头我来看你。你见着万岁就知道了。"正说着，见邢年出来，便笑道，"主子传你了，快些进去吧！"

邢年过来见了礼，带着这位鹤发童颜的老侍卫一直进了养心殿的垂花门，方赔笑道："武制台，万岁有旨，您不必报名。奴才就不进去禀知了。您请……"武丹点点头便一步跨了进去。

乍见康熙，武丹几乎不敢相信自己的眼睛。半年不见，康熙仿佛老了十岁。在东暖阁里，康熙兀自穿着酱色江绸面中毛羊皮袍，略带浮肿的脸上满是刀刻似的皱纹，佝偻着身子歪在大迎枕上，望着殿顶的藻井出神。看着康熙老态龙钟、疲惫不堪的面容，武丹鼻子一酸，伏地哽咽道："老奴才武丹谨叩……万岁金安……刚刚儿半年多光景，主子身子骨儿怎么就瘦得……"

"是武丹呀……"康熙转过脸，惨淡一笑，"快起来坐着——何柱儿，赐茶!"又问，"朕看你神采奕奕，令人羡煞呀! 记得你比朕还大着六岁……"武丹强忍了泪，赔笑道:"主子龙体一向康泰。眼下不过一时调养不周，瞧着清减些。静养几日自然就会好起来的。老奴才还要陪主子到木兰围场，看主子再射几只猛虎呢!"说着勉强笑一笑就拭泪，康熙笑道:"你这老货，是来安慰朕，还是勾朕伤心呢?"

武丹忙笑道:"奴才着实惦记主子，不知怎的就止不住流泪! 奴才越老越变得婆婆妈妈的了。"

"这次召你来京，朕不放你回广东了。往后就能常常见面了。"康熙坐起来，正容说道。见武丹睁大了眼注目自己，又缓缓说道，"你来任直隶总督。北京的拱卫交给你。狼曈在承德驻军，想见面，也很容易。人老念旧，最怕寂寞，你在这里，朕心里安帖……"说罢垂头叹了一口气。武丹情知康熙是对政局不放心，所以调了自己来，这自然是绝大的信任，但想到魏东亭说的"京师如今好似龙潭虎穴"，不禁袭上一阵寒意。正寻思如何回话，康熙又道，"先前在承德，侍卫们都交了大阿哥。他是皇子，于身份不合；还有胤祉，又做王爷又是侍卫，于体例上也不妥。本来想叫魏东亭来，他身子骨儿又太差，想来想去，只好这样，你不可推辞。"

武丹心念一动，觉得康熙对胤褆似也不放心。忙道:"只是奴才也老朽了，这差使要紧。侍卫得侍候站班，外头直隶总督衙门事情也多，奴才又是个使力不使心的，恐怕顾不来。有个闪失，奴才获罪事小，只怎么对得起主子几十年的洪恩呢?"

"放心吧!"康熙笑道，"京畿防务你不过挂个名儿。朕听说直隶衙门的山向，于总督不利，已命钦天监去看，说衙门口正南正北，不利主官，朕叫他们赶着改造。收拾好了，你就放心住进去。朕心里并不糊涂，你武丹必是见了魏东亭。怕沾惹上阿哥们的事，朕方才已经训诫过阿哥们，不许任何人擅自到你那里去搅和。你是有旨免死两次的人，怎么生出这个怕事的念头? 朕并不要你进来站规矩，只借重你的名声，替朕弹压好这个北京城。"武丹听康熙这番推心置腹的话，万般滋味齐涌心头，想说什么，嗓子哽着说不出来。半晌才道："主子这么信任奴才，奴才就是死了，磨成粉也是报不了恩。奴才出身绿林，不过一个马贼，能有今日，还不都是万岁给的？主子既这样说，奴才在京，总不叫万岁为紫禁城防务操半点心！""就是这个话。"康熙点头笑道，"你是出了名的魔王，就在这养心殿院里，你杀了多少人！就取你这份狠心，这里的太监们听见你名儿都怕，京畿多少武官都是你的老部属，只怕还镇得住。"说罢，又叮咛了许多保重的话，才命武丹跪安。

武丹满心凄楚退出殿外，见李德全手里捧着个热气腾腾的大药罐子从垂花门那边过来，胤禛走在前面，便迎上前，正要请安，胤禛一把扶住了，笑道："我可不敢受你的礼！见过皇上了？"

"见过了，"武丹说道，"四爷是侍候皇上用药的吧？奴才代尝一口如何？"胤禛笑着点点头，看着武丹喝了一口，问道："你现在去哪里？"武丹抹了一把嘴，满不在乎地说道："去大阿哥那里。他领侍卫的差使交给我了！"胤禛收了笑容，说道："他刚刚回去。皇上今个发落怡贝勒，他掌的刑。唉……老十三这四十杖可怎么受啊！"武丹想了半日，不知该怎么回这个话，只好说道："十三爷是金枝玉叶，要是奴才这粗皮糙肉，就一百杖也稀松。奴才那里倒有好棒疮药，回头给十三爷送一点。"

胤禛叹道："他拘押在养蜂夹道，怕送不进去。这样吧，你叫人送到我府里，我代你转送就是了。"武丹实在怕沿着这种话题谈下去，趁着话缝儿，便告辞道："四爷没别的事，奴才就去了。"胤禛却叫住了："别忙嘛！我又没叫你结交我，你怕个什么？"一句话说得两人都笑了。胤禛问道，"听说三爷府的孟光祖在南京，你见着没有？"

武丹诧异地看了胤禛一眼：诚郡王胤祉的门人孟光祖，何止到过南京！由四川而云贵，还到过两广。武丹在南京，早听魏东亭说了。只是胤禛消息这样快，实在叫人纳闷。思量半晌，武丹方道："四爷，这事我委实不知端底。我在南京燕子矶只逗留了不到两个时辰。根本没下船。只会了会魏东亭，恍惚听说三爷府有人在南京。是不是孟光祖，我没问。虎臣这人四爷知道，事不关己，一句多余的话也不说——只听说那人到南京才三天，我一路不停，就来了北京。"

"你回去吧！"胤禛淡淡一笑，"我们改日再谈，别忘了药。"说罢弹了弹袍角，一点头便进殿去了。

武丹如释重负，出了西华门，已是午牌时分，倒犹豫起来：这时候拜会直郡王胤禔，正赶上午餐，必定留自己吃饭，吃是不吃呢？迟疑了好一阵，决定还是先去直隶总督衙门接印，安置好了，再从容去和胤禔办交接。刚要上轿，远远见诚郡王胤祉出来。武丹绝不想再见这位阿哥，便慌忙上轿，吩咐道："起轿，去总督衙门！"

诚郡王不同于平日温文尔雅的风度，脸绷得铁青，手中紧握着一柄湘妃竹折扇，踩着积雪一路带风出来，站在西华门口，一脚踹着台阶，大声喝道："我的轿呢？"

"千岁爷，奴才们在这儿候着呢！"管家就守在门北的大石狮子旁，他从没见过他主子这般气势，忙不迭连声答应着跑过来，赔笑道，"爷进去这半日，定必饿了，快给爷看轿！"胤祉冷笑一声，说道："别看这半日，长了多少见识！万岁爷差点没把我的心扒了！"他顿了一下，发觉自己有些失态，便放缓了口气又道，"叫人回去传话给陈梦雷、魏廷珍、蔡升元、法海四位先生，原打算请他们吃饭，现在有事回不去。叫皇孙们都去陪着，代我谢个罪儿！"管家听一句答应一声，又道："请爷示下，如今打轿去哪儿？"胤祉一哈腰进了轿，大声道："直郡王府！"

直郡王府坐落槐树斜街。原是前明福王京邸，最是轩昂壮丽，明珠未坏事前就住这里。康熙二十九年明珠被抄家，举族搬了出去，渐渐冷落。大阿哥被封贝勒之后，便占了这块宝地。胤祉到府前，气嘟嘟地下轿，也不叫人通报，竟自直趋后堂。胤禔正和福晋吃饭，几个侍妾立在旁边侍候，不防胤祉一头撞进来，吓得众女人一个个避闪不及。

"老三，是你来了？"胤禔脸上闪过一丝不快，但很快又变得和颜悦色，叫住了妻妾们，"是三叔来了嘛，你们躲什么？老三，坐嘛——添一副杯匙来！"

胤祉潇洒地将辫子向脑后一甩，一撩袍子坐了，说道："我饱得很，不用饭了。叫嫂子这边吃饭，我有话和大哥说，那边书房里谈，如何？"胤禔将眼风一扫，福晋章佳氏忙起身笑道："我早就饱了。你们哥俩边吃边唠吧！"说罢领着家人都退了出去。胤禔放下筷子问道："老三，你这么风风火火的，不像平日气色，出了什么事？"

"我来向大哥领罪！"胤祉别转脸晒道，"出了什么事，大哥不比我更清楚？"

胤禔一怔，打量胤祉移时方笑道："你这么葫芦不是葫芦，瓢不是瓢的，叫人怎么说话？""好说！"胤祉冷冷一笑，说道，"今儿皇上批下来个条儿，叫我明白回话，我背给你听听——据江南巡抚马军奏，有孟光祖者，自称诚邸门人，游说于陕川广鄂之间，传播内廷新闻，语多隐晦，称道诚郡王。近日来宁，曾赴总督佟某府，将军年某府，提督薛某府，代王赐送绸缎、马匹等物，且至臣府馈赠如意。臣思我朝国法，凡过往官员均须有关防勘合，各官方可接待。该员系诚邸门人，通行数省而无执照，甚属可疑。臣惊骇之余，思及诸阿哥差人赐外官物件，依律合应具奏圣躬，遂冒不韪具此密折，六百里加急请旨应如何处置孟某。谨奏，不胜悚惶！——如何，我背得可全么？"

"久闻三弟有过目不忘之才，果不其然！"胤禔听着，心里已是了然，遂温语说道，"不要听马军放屁！他虽是从我府里出去的，历来撒野不成体统。三弟你这样的君子，我断不信有这样的事！要真的是孟光祖冒充你的差遣在外招摇，三弟，你得把这事在万岁跟前撕掳开了，我自然要替你说话！"

"说的比唱的还好听！"胤祉眼中冒火，"你的门人柳凤鸣在外头不在？还有薛占魁，你以为我不晓得？要不是你指使，马军他有几个胆子，拿我来作伐？"

胤禔忽地拉长了脸，"砰"地拍案而起："老三，你还有点规矩没有？什么柳凤鸣、薛占魁？我不知道！你的人在外头捣鬼，被人举发，你缠我干什么？可见你自己就不正派！真没想到，你这么不要脸！"胤祉勃然大怒，扇子一摔也霍地起身："别以为太子废了，你就是主子！事情还不一定呢！实话告你，我也不是省油灯！""你省油不省油关我屁事！"胤禔吼道，"两个山字叠起，你给我出去！"

"好……"胤祉气得无话可说，半晌才当胸一揖，恶狠狠笑道，"勿悔勿悔！"一跺脚去了。

第二十四回　虎视眈眈手足相残
　　　　　　趁火浇油心怀叵测

　　胤祉刚出去，十四阿哥胤禵后脚便进来。见胤褆站在窗前发愣，胤禵笑道："大哥吉祥！方才眼一晃，像是三哥上轿走了？"

　　"嗯。"胤褆答应一声，问道，"你是从老八那里来的吧？有什么事么？"胤禵道："要紧事是没有的。二哥和十三哥的事发落下来，总算清静了。二哥不说，他拘在宫里，除了不得出来，什么也不缺。十三哥挨了四十板，听说着实打重了，又拘在养蜂夹道。那不是人待的地方。所以我和八哥合计：无论怎样，总是自己兄弟。八哥想送几个粗使丫头，去服侍他，我也想送点行头过去。这是个担嫌疑的事——显着只有我们知道照应兄弟。大哥面子大，再找上三哥、四哥、五哥给他送去。大伙儿把十三哥安顿好——皇上见咱们兄弟情分好，也不会降罪。"胤褆听他说得头头是道，想了想，说道："与其这样，我这会子就递牌子进去。光明正大地奏了，皇上也未必就驳回——你去不去？"

　　胤禵忙笑道："那是！我当然陪着大哥去。有您在，胆子也壮些。"胤褆被他捧得高兴，一边叫人传轿，口中说道："你是极伶俐的，只是太胆大，也有叫我壮胆的？老十四，你精明外露，这一宗儿不好，其实有些事别人瞧破了，不言语就是了。那年太子打纳尔苏王爷，纳尔苏哭着找我，说是十四爷挑唆的，叫我按住了，才没有捣登出来，不然可怎么了得？"这一打一拉，胤禵很为感动，抿嘴儿笑道："大哥教训的是！其实那回平郡王是太没规矩，该敲他几板——大哥您眼见要做太子了，得有度量。有您这话，我就知恩感愧了。"胤褆笑道："这话是你说的，我可不敢想，你也甭哄弄我！我是任凭风浪起，稳坐钓鱼舟。能当好这个长兄，一生也就足了。"

　　康熙正在养心殿召见三位上书房大臣，忙了一天，他已乏得满脸倦容。

太子一旦废去，三个上书房大臣不得不照康熙三十五年之前的例，把各地奏折写成节略呈送御览。康熙由于重新料理政务，精神体力便觉难以支撑，几天下来，方知太子原是少不得的。

胤禔和胤禵进了垂花门，见胤祺和胤祉都已先来了。胤祺便赶着过来给胤禔请安，胤禵也忙上前与胤祺、胤祉见礼。胤禔和胤祉二人只冷冷对视一眼，谁也没说话。胤祺素来话少，不阴不阳站直了身子，只说了句"万岁这会子不让进。咱们先等着吧"。

等了一会，见上书房三位大臣鱼贯退出，胤禔便道："我先进去，问问皇上见不见，兄弟们且候着。"说罢自踏上丹墀。李德全忙挑帘报说："皇阿哥胤禔请见。"

"进来。"康熙半躺着闭目养神，听着胤禔请了安，方道，"见着武丹了么？"胤禔且不提外头还有三个阿哥等着求见的事，因见康熙困顿劳倦，赔笑说道："武丹还没去见儿子。直隶衙门的事大约也得两日才料理得开。——有句话儿子想了许久，本想早就奏知皇上的，但不知当讲不当讲？"

康熙原本以为他不过请安，见他郑重其事，奇怪地看了看胤禔，道："有什么不当讲的？你说吧。"胤禔轻咳一声，说道："皇上这次乾纲独断，毅然废去胤礽，天下臣民无不举手加额相庆。但太子毕竟在位三十余年，平日又颇有仁慈虚名，百官里头有些人要图谋东宫复位，为日后得一个拥戴大功……"说至此，却嗫嚅了。康熙瞿然开目，听他顿住了，便笑道："你奏得好。这事朕知道，王掞就是个头儿。别的还有些什么人？"

"如今外头谣言很多。"胤禔受到鼓励，索性放胆说道，"胤礽因在咸安宫，仍在大内里头；十三阿哥是胤礽死党，仅处刑四十杖，暂时拘禁。知道的，说皇上宽厚仁慈；一起子小人，以为圣心尚在犹豫。各位阿哥中也有人怕太子复位，争先恐后给胤祥送人送东西，给自己留后路——连朝鲜使臣金中玉也说，太子虽废，圣上还留恋他，将来还要复位的——人心越发不安定。"

"你以为如何？"

"圣上，俗话说：'一兔脱网，万人空巷。'"他不往下再说。

康熙当然知道这话的用意。一只兔子逃逸，满街的人都会兴奋得齐声大叫"捉兔子";待有一个捉到手,其他的人也就不理会了。康熙坐了起来,似笑非笑地说道:"你比方得是。只是胤礽到底是朕的骨肉啊!能把他怎么样呢?先头你太祖母最钟爱的就是他,他母亲赫舍里氏是在宫变中因护驾受惊而去世的。所以朕不能不多担待他些——人,最怕的是宠坏了啊!"

"儿臣明白皇上慈悲之心。"胤禔顿首道,"但孟子云'社稷为重'——儿臣斗胆冒死陈言,胤礽在一日,其党羽断无根绝之理。庆父不死,鲁难未已。为国家计,求皇上当机立断,忍痛割爱。赐帛,令其自尽,以绝太子党羽非分之想……"康熙此刻恨不得一脚踢死胤禔,听他兀自说得振振有词,反笑道:"你的办法好呀!只是,这样做千年之后,朕将会落个什么名声呢?"胤禔哪知康熙心思,见说得投机,索性大着胆子道:"儿臣也常念手足之情,但为朝廷安宁,儿臣不怕担恶名,愿为皇上去此隐忧。"

康熙听了格格一笑,浊气涌了上来,突然觉得一阵头晕,身子不由一晃。胤禔忙起身来扶时,却被康熙轻轻一推,说道:"朕没什么,外头都有谁在?叫他们进来。"胤禔的密奏还没有完,见康熙又要叫人,不禁一怔。守在门口的张五哥早答应一声出去了。

胤祉等三人进来,见康熙面色潮红,不住咳嗽,大口大口喘气,不由都慌了。胤祉原是专为寻事而来,便黑沉了脸大声问胤禔:"皇上方才还好好地接见大臣,你进来说了什么话,把皇上气得这样?"胤禔莫名其妙地瞪着眼道:"这方才皇上还笑呵呵的——我何曾说什么话气皇上来着?"

"你……你两个畜生!"康熙半日才透过气来,指着胤禔、胤祉怒喝一声,"都跪下!"

自废太子以来康熙虽心情不好,但从没发这么大火,一时众人都吓愣了。连胤禛、胤禵都站不住,直挺挺跪了,含泪劝道:"父皇,天大的事,身骨儿是要紧的……求父皇息……怒……"暖阁外面的侍卫、太监、宫女见阿哥们受责,扑扑腾腾都一齐跪下。

"你们都看看这两个皇子!"康熙指着胤禔、胤祉骂道,"秦失其鹿天下共逐,那是祖龙死后才有的事!如今朕还健在,天下太平鼎盛,只不过废了个太子,他们就都红了眼!这个胤祉,读的书倒不少,可学问都吃进狗肚子里,竟然派门人出京,四处联络外官。那个胤禔,更是无耻之尤,居然要加害胤礽！不谙君臣大义，不顾父子之情，不念兄弟之谊，三纲五常竟统统不要！你今天要害太子，到明天不就要加害朕了！原来你们是打定了主意，自己要当'万万岁'！……"他双眼发直，手剧烈地抖动着，声音越发不连贯，侍候在养心殿配殿的太医院医正贺孟頫闻讯赶来，还没站定就被康熙轰了出去："你给我滚出去！朕有什么病？只要这些孽障们不来气朕，朕寿限长着呢？"

所有的人都吓得呆若木鸡。四个皇子伏在地上大气也不敢出，只一味听康熙咆哮："……朕自登极，历尽人间沧桑，功名勋业将要载在史册！有什么事瞒得过朕？朕为什么要调武丹来代你，你想过没有？为什么要胤禛监护胤礽，你想过没有？你胤禔自承德领侍卫内值，就有了非分之想！你照镜子看看，一身贱骨，愚顽浮躁，轻狂自大，朕这江山能交给你么……"他训斥了足有半顿饭工夫，才渐渐发泄尽了，颓然坐在大炕上，长叹一声，"罢了罢了！天作孽，犹可活；多行不义必自毙！你们都出去，好自为之吧！"

四兄弟对视一眼，想起身又都不敢。胤禔面如死灰，叩头道："儿臣原是愚不可及。有各位弟弟作证，儿虽不肖，断不敢觊觎皇位，自干罪戾。儿臣方才的话虽错了，望父皇谅儿苦心，只为安定朝廷，并非对胤礽有私仇……父皇洞鉴万里，明察秋毫……儿臣也就知足……"胤禔越说越痛，肩膀抽搐着，竟呜呜咽咽哭了起来。胤祉却要落井下石，在旁冷冷道："大哥要我作证，我是不敢的。不怕你怪我，你这人一向办事是太绝——岂不闻过犹不及？——怎怨得父皇如此生气，连我也里外不是人：你将二阿哥整治得太子做不成，如今又要杀他，真应了一首古谣'一尺布，尚可缝；一斗粟，尚可舂；兄弟二人不相容'！你的心肠也太狠了！"胤禩、胤禵原也想在火上多浇点油，又怕胤祉装好人，听他竟先发难，都把眼瞪得老大。

康熙听胤祉话中有话，撑着劲儿颤巍巍坐起来："胤祉，你在朕面前讲话，不要躲躲藏藏的！"

"儿臣闭门读书不问外事，下人们希图荣贵，不知天高地厚，出去给儿臣招祸，父皇生我的气是该当的。"胤祉从容说道，"大阿哥图谋东宫，早就有了这个心！儿子那里存着好些珍版秘书。大前年，大阿哥曾去我那里查阅过《烧饼歌》《乾坤万年歌》《黄蘗师诗集》这些星命书，还抄录了刘伯温对朱洪武的奏辞，以及魔魅之术——儿子原以为他不过是好奇，后来听何柱儿说，大阿哥查了胤礽的玉牒，写了什么东西藏在毓庆宫……""老三！"胤褆脸色陡地变得又青又白，形同鬼魅，"你……你血口喷人！"

"放肆！"康熙断喝一声，身子一倾问道，"胤祉，你只管讲！"胤祉睨了一眼胤禛，一时竟有点犯踌躇：帮胤褆行妖法的张陵，是白云观张德明的弟子，扯连这条线，立时就牵到胤禩一伙，这就很要掂掂分量，因叩头道："父皇，详情儿子实在不知。要不是父皇旨意里疑到胤礽有'鬼物凭附'，儿子就一千年也想不到这里。这事何柱儿最知端底，把他叫来一问便知！"康熙没听完已是气得面白如纸，急忙叫传何柱儿。

何柱儿在外头听得清清楚楚，早吓得走了真魂，连滚带爬地进来，捣蒜似的磕头，结结巴巴道："……奴才也知道的不多……三爷说的是实……前几年常见大阿哥往毓庆宫走动，奴才有点疑心，就叫小苏拉们留神着。后来果然在太——二爷的褥缝里找出一张《乾坤十八地狱图》……上头写着二爷的生辰八字——险些儿没把奴才吓死！"

"你真反了！"康熙勃然大怒，"这么大的事，你居然不回奏！"

"奴……奴才不、不敢……奴才真的是吓晕了头。"何柱儿浑身发抖，语不成声地道，"……奴才当时想，这事告发出来，万岁准得要了大阿哥的命；要不告，一旦捣腾出来，奴才也活不成。想来想去没法子，只好去见大阿哥，劝他别老往内宫跑，奴才说，'您虽是阿哥，到底有君臣名分，宫里女眷多，也得避个嫌疑……'大阿哥当时发了脾气，说奴才离间他们兄弟关系，还要掌奴才的嘴。没奈何奴才又说，'自古邪不胜正，暗室亏心神目如电，爷做得出了格，万岁在上头，您老可怎么得了？'……总之，是奴才说怕了他，他才没敢处置奴才……"他说得声泪俱下，满殿的人听得毛骨悚然，"……自打那日，凡大阿哥的东西，奴才连水都不敢喝一口，为的就怕他要了奴才的小命儿……"

其实，这些话只一半是真的。后头"劝"胤褆的全系伪造。胤褆脸上全无血色，昂着头听完了，竟一句也分辩不来！

"这张图还在么？"康熙已经相信何柱儿说的话，何柱儿头皮碰得乌青，抖着手撕开袍襟，取出一张黄表纸，胆怯地看了胤褆一眼，膝行几步捧给康熙，说道："这是奴才的性命，怎么敢丢了？"

这张纸只有绢帕大小，上头用水墨绘着日月星辰，中间画着山河大地，站着一个人，面目不甚清晰，下头便是十八地狱，魑魅魍魉七拐八扭挤在一处，伸手要拉那人，画面很是阴森可怕。中间有一小块空白，写着"甲寅、庚午、丙寅、甲戌"正是胤礽的年庚八字。日月之间还题着《推背图》里的一首诗：

> 天长白瀑来，胡人气不衰。
> 藩篱多撤去，稚子半可哀。

甚是细微难辨，戴上老花镜检视时，一目了然，正是大阿哥一手漂亮的精瘦小楷。

康熙痴痴凝视半日，突然仰天狂笑："……好，妙！……君臣……父子……兄弟……哈哈哈哈……"将那纸轻飘飘扔在地上，撇下众人，踉踉跄跄出殿，径自向乾清门上书房奔来。

乾清门已经掌灯，马齐等三人还没有退去。因在养心殿议政没得结果，几个人都没头。恰武丹进来递送直隶军需清单，一边说些没要紧话，审阅着加盖关防。见康熙摇摇晃晃闯进来，后头跟的刘铁成、张五哥也都神色慌张，连忙上前扶着康熙坐下。佟国维赔笑道："五哥，你怎么这么粗心，主子穿得这么单薄，——有事叫奴才们过去不是一样的？"

大约经冷风一吹，康熙似乎清醒过来，长吁一口气说道："你们都没走，很好。朕想了想，有几件事立即要办！"四个人听他口气严峻，忙都跪下静聆旨意。

"第一，"康熙说道，"朕明晨移驾，在畅春园过冬，武丹调三营绿营兵防护，原来的御林军调喜峰口驻扎。"

"喳！"

"第二，即刻囚禁大阿哥胤禔。令善扑营抄捡胤禔府邸——不必惊动家属——有违碍物品，一概进呈御览。"

"第三，"康熙目视张廷玉，"明日召集文武大臣，你三个宣明旨意，由百官推荐皇子入东宫。众意是谁，谁就是太子！"说至此，冷笑一声道，"都自作多情，以为能当太子！胤禔整日自吹有老八的风度，如今看来，猪狗不如之小人！"说着猛地击案，桌上的茶具叮当作响！

第二十五回　受刑杖佳人侍汤药
　　　　　　猜酒枚策士说朝局

　　内务府打板子是极有讲究的。这里的人都是前明东西厂锦衣卫和十三衙门老吏的子孙，家传手艺，人人有一套绝活。有的打得皮开肉绽，看上去血淋淋，煞是吓人，其实只要三包外敷金疮膏，管你没事；有的打完了连皮也不肿，如不用药，五毒攻心，连命也保不住——练板子的用绵纸包了稻草，里头的草打得稀碎，外头的纸都不破——因监刑太监都是胤禟的包衣旗奴，所以打胤祥便都使足了阴劲，四十小板本是寻常的廷杖，却把个筋强力壮的胤祥打得七魄不全三魂飘渺，昏厥不省人事。不晓得的还以为这个皇子养尊处优惯了，皮肉娇嫩不经打。有的太监还放出风声，说胤祥装可怜相儿叫人看。

　　胤祥昏昏沉沉似梦似醒地躺了一天一夜，醒过来时，紫姑正给他用白药水搽洗臀部。见他醒来，紫姑忙又倒了一杯温水，喂他服下白药保命籽儿。其时已是申牌，一抹斜阳从养蜂夹道洒落下来，透过天窗照在胤祥脸上。胤祥哼了一声睁开眼，见紫姑眼睛肿得像桃子似的，便问："这是……养蜂夹道吧……"

　　"嗯……"紫姑的喉头有点哽咽。

　　"就你一个人在这？"胤祥无力地晃了一下脑袋，"……倒难为你了……"

　　紫姑用小匙调着水喂胤祥喝着，抽泣了一下说道："十三爷别想那么多。小人们就这个样儿。赶明儿您回府，他们依旧又回来了。府里的蔡管家，还算有良心没有走，在府里维持着。三爷、八爷、九爷、十四爷瞧着主子……可怜，又送了几个丫头来……您放心，虎毒还不食子呢！万岁爷早晚还要放您出去……"她好像隐忧很重，一边说一边想，抽泣着欲言又止。胤祥闪眼看时，果见在房角还立着一个丫头，便道："你过来替替紫姑，看她累得什么模样了！紫姑，这里有你们歇息的房子么？""啊，有的。""那就好，你去睡睡吧……"紫姑"嗯"了一声敛衽默默退下。胤祥闭了眼，但觉两股像火灼似的热辣辣的疼痛。

"十三爷，十三爷……"一个女子的声音哽咽着叫道，"……您醒醒儿，醒一醒……"

胤祥听着声音好生熟悉，迷惘地睁开眼，盯了那丫头一眼，不禁浑身一颤，原来是阿兰！犹恐是幻景，揉了眼看时，鹅蛋脸儿柳叶眉，颏下一颗朱砂美人痣，不是那个阿兰是谁！阿兰看去也是几夜没睡，眼圈儿熬得发青，见胤祥醒过来，忙不迭将桌上一个碗端过来，轻声道："这是三爷送的玫瑰薄荷露，已经调好了。十三爷，您用一点吧……"说罢长跪下去就要喂胤祥，胤祥却抖着手接了碗，仿佛不认识似的审视阿兰。移时，尽力一泼，将那碗露汁全泼在阿兰脸上身上！

"我知道爷恨我……"阿兰抹一把脸，泪水夺眶而出，"我不识抬举，怨不得爷恼。可这里头的事三言两语又说不清，天地日头都在，早晚有一日，爷总能知道我的心……"

胤祥静静听着，他就是为了这个女人负心，才自暴自弃，事事出头。经历了这几翻几覆，他才领悟到胤禛为什么心冷如铁。小时他怕鬼，胤禛告诉他，鬼没什么可怕的，人才最可怕。这番遭际，才知道竟是真的！胤祥听紫姑说，阿哥们送了不少丫头来，知道自己一行一动都在人家掌握之中。他嘴唇嚅动了一下，听天由命地说道："反正我是穷途末路的人了，八哥想怎么样，你阿兰安什么心，都随便……"

话刚说完，外头一个年纪稍长的艳色女郎挑着帘子一步跨进来，见阿兰跪在床前，怔了一下，清脆地格格笑道："哟！十三爷！你们这是唱的哪一出呀？一个跪着，一个躺着，就这么四目相望——是梁祝楼台会呢，还是梁鸿砸了孟光案呢？"

"乔姐！"阿兰见她进来，站起身勉强笑道，"十三爷刚刚醒过来。你回八爷府取衣裳，这里几个小丫头没人管。钻沙的钻沙，挺尸的挺尸。只一个紫姑姐姐，熬得受不住，十三爷叫我替她服侍一会儿，不想就失手撒了玫瑰露，正在这替十三爷收拾呢！"乔姐抿嘴儿甜甜一笑，从壶中又斟出一碗，过来身子一歪，偎在胤祥身边，手脚麻利地替胤祥掖了掖被角，啧啧叹道："一碗露值什么，我瞧着十三爷倒像恼了！十三爷，您这几日可是从鬼门关挺过来了——几乎没把人吓死！这班没天理的杀才，怎么就把人打成这样儿！别说紫姑，就是我们，也瞧不过眼去……"说着，又笑又抹眼泪儿。

"你们？"胤祥被她柔软的身子偎得暖烘烘的；她那甜蜜蜜的话儿，黑漆漆的瞳仁儿，都给他一种亲切的快感，心中不由一动，问道，"你们都叫什么名字？谁叫你们来侍候我？"乔姐笑道："我们么——哪里来的都有，她叫阿兰，是九爷府里的；我是乔姐，是八爷府里的；那叫翠香，是三爷府里的，阿宝她们三个是十四爷送的，乌豆她们三个是五爷府里的。我们都是奉旨来服侍您的！您放心，别想着我们都是歹人。阿紫姐姐像防贼似的看着我们。要是害您，这会子有十个爷也早……"说到这里，眼圈儿红红的，又爽气地一笑，道，"等您星灾退了，要留要打发，都是您一句话，您也别以为我们是到您跟前卧底来的！"阿兰在旁听着，只是垂头不语。

正说这些没要紧话，狱神庙执事笔帖式匆匆进来，刚说了句"乔姐——"因见胤祥醒着，便请安，禀道："十三爷，四爷瞧您来了！"见胤祥面带诧异之色，那笔帖式又道，"十三爷别犯疑，奴才是四爷门下的。奴才不能连这点子事都不通融。"说着便见胤禛背着手神静气闲地踱进来，那笔帖式忙躬身退了出去。

"十三弟，"胤禛踱至床前，注目良久方道，"身上好些了？""好多了……"胤祥答应一声，不知怎的心里酸酸的，眼圈已经红了，待要挣扎着坐起，胤禛忙上前双手按住了，轻声道："我刚从潭柘寺回来，特意儿瞧瞧你。看来竟不相干了。只现在身上热毒没有散，好好疏散疏散，过几日再用补药，也就好了。"说着扶他躺下。胤祥觉得身上似乎塞进了什么物件，硬硬地硌着腰，不禁一怔，忙点头微笑："叫四哥惦记着了。"胤禛吁了一口气坐下，端起阿兰递过的茶呷了一口，说道："你的案子一时还明白不了。不过你也知道，八爷平日最有涵养的，而且素日敬重你为人爽直仗义，断不会叫你吃亏的。"

"八哥！八哥怎么了？"

胤禛稳重地点点头，说道："你自然不知道，举朝文武上表推荐，要立他为东宫太子——所以，这对你是个喜讯儿。"胤祥的心像从百丈崖头猛地跌落下来。他有一种直觉，这次被诬下狱，幕后的主使就是这位八皇兄！胤祥毕竟机警，略一沉吟，笑道："这自然是喜讯——万岁爷的意思呢？"

胤禛笑道："还没旨意。不过这几日就会下旨的。思想起来，我们竟都是痴人，为什么要跟着胤礽，效什么愚忠呢？唉，蠢哪……"

"哦……"胤祥弛然而卧，心里紧张地琢磨着胤禛的话意，却道，"你痴，我不痴！万岁这会子降诏杀我，我也要说，保胤礽是堂堂正正的事。"他用手触了一下那个硬包，长长的，约有五六寸，仿佛裹着一柄匕首，不由打了个寒战。乔姐忙问："冷么？"便要替他整被子，胤祥忙道："不要紧。晚间再加一床被子就够了。"

"你们谁是头？"胤禛站起身来，冷冰冰看着乔姐窈窕的身材，问道，"是你么？叫什么名字？"乔姐忙叩头道："这里的八个奴婢是几位阿哥爷送来侍候十三爷的，还有个紫姑，原就是十三爷的人。十三爷今儿才清醒些，还没指派谁是头。里头是紫姑，外头是我们几个……奴婢叫乔小情，原是十四爷的人，后来跟了八爷……因为略年长些，她们都叫我乔姐儿。"胤禛一时没说话，只把目光扫来扫去，半晌才道："你是十四爷的人。知道我和十四爷是什么情分吗？"

乔姐尽自泼辣伶俐，也被胤禛的目光慑得不敢正视，只低头答道："奴婢听说过，四爷和十四爷是一母同胞，和别的阿哥情分不同。"

"知道就好。"胤禛面若冰霜，睒了阿兰一眼，道，"紫姑我是知道的。我这十三弟，要担待在你们身上。色乃伐性之斧，我兄弟身子骨儿不好，我看你们几个都十分娇艳，若是狐媚他……哼！我是阿哥里出了名的冷面人，十三弟出了事，我一定活殉了你们几个！"说罢也不告辞，竟抬脚去了。把阿兰、乔姐臊得满脸通红，讪讪地侍候胤祥吃过晚饭，悄然退去。

胤祥待更深人静，才从身子底下取出那个包儿，在被窝里就灯影儿看时，是一方丝绢裹着一张纸，还有一柄银匙。纸上只有寥寥几个字，却不是胤禛的手迹，写着：

世上有一人爱你，你就不该去。

胤祥揣摩着这话的意思，把字条放在口中嚼咽了。他已完全明白，外头情势严重，四哥怕他寻短见，特来安抚。这把银匙，自然是怕有人在饮食上做手脚，赠他试毒用的。胤祥心下感念，听着风吹得窗纸簌簌作响，不禁凄然泪下。

胤禛走出养蜂夹道上马，天色已经黑定，天空飘起零星柔软的雪花，打在脸上凉丝丝的，很适意。走到胡同口，他迟疑了，袖子里还掖着一张胤祯在五福堂请客的柬帖，去不去，他拿不定主意。

大阿哥一夜之间被圈禁在高墙里边。他的惨败，胤禛并不像别人那样感到意外。此人的人缘素来平常，办事没章法，即使没有魇昧的事，想当太子也是一厢情愿。自从在承德他受命监护太子，他已经看出了康熙的意思，只是没想到，满朝文武，连同李光地等在京致休的元老重臣，竟一边倒地推荐胤祯——这么大的势力实在令人心惊！佟国维和马齐以上书房大臣之尊，竟也为之奔走于六部九卿中。胤禛觉得自己处境最难：投靠胤祯，只能做个三等角色，还得对胤礽反戈一击；再保胤礽，眼看是毫无指望。在安慰胤祥时，别看他似乎胸有成竹，该轮到自己抉择时，也犹豫不决。正思量着，身后的戴铎将鞭子一扬，说道："四爷，到家了。"

"是啊，到家了……"胤禛喃喃自语着下马来，因见弘时、弘历都躬身站在门口，温和地点点头，问道："有客人来过没有？"弘时忙道："没有客，只邬先生、文觉禅师、性音和尚后晌结伴来了。听说父亲去了潭柘寺，就要走，被儿子们留住了，在后头枫晚书房吃酒，哦，方才十叔府里来人，说请王爷去五福堂，问帖子送到王爷手没有。"胤禛将缰绳丢给戴铎，一边进门一边问："你们怎么回话的？"

弘历笑道："帖子是交给戴铎的，儿子们不知道这事，只好含糊说，父亲一早就出去，不知到哪个庙去了。这黑的天，又下了雪，怕不能赴十叔的宴。要是父亲回来得早，必定是要去的。"胤禛无声一笑，这孩子回话还算得体，因道："也罢了。你们回你娘那里去，告诉一声我回来了。"说罢便向花园走去。远远听到从书房里传来大呼小叫，热闹非凡，还夹杂着性音破锣似的歌声：

> 讨不来柳中调莺、松下邀友；讨不来画里磨诗、壶中酌酒！拼着折断了腰，才换得米五斗。东篱采菊梦正好，醒来此身在黄州。倒不如来也一扁舟，去也一扁舟，清风明月拂照燕子楼……

胤禛放轻脚步，隔着玻璃窗悄悄向里看时，果见是文觉、性音两个和尚和邬思道猜枚吃酒，正在兴头上。性音淋淋漓漓双手握着一只狗腿，啃得满嘴流油，转脸对邬思道说道："瘸子，只管靠着你的拐棍儿出什么神？王爷今晚不回来，明日必定一早就回来了，你急个啥？"邬思道素来是个冷人，极少笑语，此刻大约吃得半酣了，脸上泛着红光，一哂道："偷嘴和尚，你以为我不会唱么？"遂似吟似哦，敲着菜盂唱道：

> 惜乎哉！千金卖赋司马相如！空怀了贾生雄心做宰辅！纶巾羽扇今何在，风流一去能回否？——换得了一斛珠，浑家把了去当垆；挨近了君前席，问的是渺冥路；五丈原前秋草黄，白教后人嗟魏吴。吃进的酒，泛上来是醋。论些个痴人事，常叫人笑破肚——这的确是天老爷懵懂，安排错了造化数！

唱罢笑道："拇战我战你们不得，只好赔个曲儿。若是射覆，你们必定输我！"

"我不信！"性音将酒葫芦一推，顺手在盒子里抓一大把围棋子儿问道："你猜是多少？猜！"

"三八之数！"

性音将子儿"哗"地向案上一撒，一五一十数了，竟真的是二十四个，不禁鼓掌大笑。连几个扇炉烫酒的僮儿也看呆了，性音便饮了一杯。却见文觉伸手又抓了几个，伸过臂来问道："你说是多少？"

"三八之数！"

众人不觉诧异，文觉撒开看时，却是五个，问道："老邬，你输了。"邬思道抿嘴笑道："八去三难道不是五？你喝了罚酒罢！"一个总角童子笑着过来道："邬先生，您是神仙么？这真奇了！这回您猜中了，我吃三大杯！"不料刚抓起一把，邬思道又笑道："还是三八之数！"那童子把棋子摊在桌上一数，居然又是十一枚！众人不禁哄然喝彩。

"诸位好自在！"胤禛暗自骇异，笑着推门而入，手伸向棋盒子里悄悄取了四个子攥住，伸出手去道，"请教邬先生！"几个童子见他突然进来，忙都垂手儿退至壁角。两个和尚却只起身一揖为礼，胤禛安详坐了，只笑着看邬思道。不料邬思道略一沉思，改口猜道："四爷是九五之数！"

胤禛的手一抖，四个子儿滑落出来。他倒不在乎被猜中罚酒。因《易经》"乾"卦系辞有云"九五飞龙在天"，"九五"历为帝数，贵不可言。邬思道信手拈来，似庄似谐，难道有什么深意？

胤禛端起杯来，那酒碧澄澄的是上好的长白山葡萄酒。不知怎的，却难以举杯，叹息一声，放了杯子沉吟不语。

"这酒四爷须得吃了。"邬思道早已洞悉胤禛心思，朗声笑道，"不闻'天与弗取，反受其咎'乎？"胤禛心事重重地一饮而尽，掩饰着心里的不安，说道："太子被废，大阿哥被黜，三阿哥遭斥，十三弟幽禁，手足相残，骨肉分离，我没有心情吃酒啊！"文觉笑道："四爷，你怎么一味是想别人，难道你自己就不愿位登九五么！"性音也道："世人生在烦恼丛中，好为无益之忧。我们局外人却看见，他们废的废、黜的黜、囚的囚。正是天授大位与你的大好时机！"

胤禛还从未认真想过这事，乍闻这些话，竟从心底里泛上一阵寒意，他的脸苍白了。

"看看外边有人没有！"邬思道挪动一下身子说道。性音冷笑道："有狗肉头陀在此，二十丈之内有人，我必知之！"因见胤禛诧异，又道，"四爷你来时走的是偏门，在门外屏退了小厮，绕过小花篱，穿过竹林到这檐下，隔玻璃看我们猜枚儿唱歌，可是的么？"几个人只知他素来武艺高强，不知耳目竟如此灵动，众皆骇然。邬思道这才身子舒适地向椅背一仰，说道："苦待多年，蓄而不敢发，今日可以直言。四爷你天子有分！"

胤禛的头嗡地一响，屋里的人霎时都变得十分陌生，半晌才吃力地说道："你……你们醉了吧？"

"醉？"邬思道的脸白中泛青，"真正醉的是八爷！四爷，据你看，这次令诸臣推荐太子，万岁自己心里属意谁人？"

这件事胤禛还真没想过。思索了一阵，说道："三阿哥揭露大阿哥魇镇的事，接着皇上就下了这个旨意，或许是想为太子昭雪……"

"着啊！"文觉一拍大腿说道，"皇上想的是太子，找这么个台阶，竟无一人举荐，皇上能不失望？而八爷这次锋芒毕露，百僚共举，如此声势，又全出圣上意料之外，岂不危哉！"戴铎起先也十分惊愕，听到这里，喜得拍手笑道："大阿哥、二阿哥、三阿哥都垮了，八阿哥夺嫡势头这么大，皇上自然要疑心他早有预谋的！"

邬思道道："八爷势力如此之大，太是骇人听闻。放在当今主子跟前，太过分了。皇上常讲，天下大权，惟在一人，不许旁落。八爷若为太子，旁落不旁落？这是八爷致命失策之处！所以，目下是个群龙无首的局面。据我看来，圣上为了不乱局，或者要推出一个皇子为太子。但只要不是八爷，朝中再不会有一日之宁。我也不是劝你学八爷，你心中无数，一味地只想别的阿哥才配当太子，总有一时悔之不及。"

显然他早已仔细推敲过了局势，说得十分严密。但胤禛听来，句句心惊肉跳，他一时还接受不了，遂蹙额叹道："先生们若是玩笑，就此而止，若是认真的，胤禛实难承受！"

"王爷！"邬思道架起拐杖，漆黑的瞳仁闪烁着幽幽目光，"你错了！"他笃笃走到窗边，望着暗夜中纷飞的大雪，缓缓说道，"……天下者天下人之天下，皇帝只是代天行命。几位阿哥的争斗，为的是自己一党之私。四爷有志改革弊政，刷新吏治，这就是天心之所在。皇天无亲，惟德是辅，你贵为皇子，为什么不敢自立，出来一试牛刀！四王爷，他们两个是和尚，我是残躯不堪进用之人，我们都没有做官的野心，你待我们恩重如山，如无希望，我们岂忍置你于不测之地？"他说得深沉激昂，句句掷地有声，屋里的人无不动容。

胤禛慢慢起身，细白的牙齿咬着下嘴唇沉吟着。只轻声说了句："我……明白了。"便自开门，独自踏雪而去。远远听到四人酣歌之声，却唱的是黄蘖师的四句谜诗：

有一真人出雍州，鹋鸽原上使人愁。
须知深刻非常法，白虎嗟逢岁一周。

"雍州"！胤禛听着这首流传百年的预言诗，不禁呆了："我不是雍郡王么？'鹋鸽原'说的是兄弟相残，我又素有'刻薄'之名，莫非天意……"想到此，脚下似乎有力了些，大踏步向东院正房走去。

第二十六回　荐东宫胤禩反遭斥
　　　　　　护皇父胤禛蒙窨辱

在拥戴胤禩的狂潮席卷宦海的日子里，确乎只有雍王邸里这几个方外人见事透彻。按照康熙的设想，胤礽再不济，是做过三十多年太子的人。他的失德被黜即是因大阿哥行妖术魇镇所致。现在事体查明，臣工们理应举荐胤礽复位。但是除了王掞、朱天保等十多名太子党仍持旧见，一窝蜂儿全是保奏胤禩入继东宫——一个排行第八的皇子，平素没有单独办过要差，又没有野战功勋，凭什么邀买了这么多的人？他先是惊愕，怔怔了几天才定下神来。康熙以身子不爽为托词，所有奏折一概留中不发，命诸皇子都入内侍疾。

张廷玉在上书房听张五哥传了圣谕，叫人知会各位王爷和贝勒、贝子，跟着张五哥去养心殿给康熙请安。

康熙毫无病容，坐在暖阁里吃茶，待张廷玉叩过头，含笑道："朕要给你晋两级。论起来你在上书房办差已有十多年了。如今马齐和佟国维都是正一品，你得和他们并肩才是。"张廷玉没有言声，他觉得这两级品位来得蹊跷——无论如何，先辞为佳，遂笑道："虽说主子恩典，奴才却实不敢当。奴才小吏出身，并没有寸功建树，升官已经极快。留着这两级，以为进步余地，如何？"康熙道："你为朕处置机务，多年如一日，从不懈怠，这就是功！你看看佟、马两位，这几日竟像疯了似的，请过安就走了。也不知在下头做了些什么！你不要辞，这是该当的！"

张廷玉吃了一惊，这才明白康熙是不满佟、马二人，遂连连叩头，说道："皇上若如此说，奴才越发不敢当。总求皇上成全奴才！"

"你是怕得罪姓佟的吧？"康熙笑道，"佟家一门都是八阿哥的人。马齐是因朕偶然夸了胤禩，就跟着人家瞎张罗。如今胤禩是等着要做太子的，你没有跟着众人起哄巴结，再受晋封，越发招怨，是么？"

这是洞穿肺腑的诛心之言，把张廷玉说得出了一头汗，嗫嚅半响，只好如实说道："臣这点私心，难逃圣鉴，总求万岁体谅。奴才没举荐八爷，也不是以为八爷不好。只因前太子刚刚废黜，君臣分际久了，不忍骤然再举新人……"康熙感慨地抚着前额叹道："好！这是坦诚相见嘛……"因见何柱儿端茶进来，便道，"给张廷玉搬个座儿来。"

"嗻！"何柱儿忙答应一声，把一个天鹅绒绣金凤墩搬过来，拂了一下说道，"张相，您坐！"康熙问道："何柱儿，据你看，八爷当太子，好不好呢？""敢情是好！"何柱儿挑着眉头说道，"打灯笼难寻这么贤惠的王爷！又仁德，又大方，又和气，爱读书，也体恤下人。难怪大人们都举荐八爷——主子这二年没微服私访，您要换件衣裳到市面上走走听听，几乎人人都夸奖咱们八爷从不寒碜！"康熙笑道："既这么着，自今儿起，你就去廉郡王府为差，昨儿胤禩要你，朕已赏他了。"

何柱儿早就私下求过胤禩，巴不得康熙这句话，心里欢喜，口中却道："侍候谁，都是皇上的奴才。奴才先侍候三爷，后来回万岁爷跟前，又侍候太子，才上来，又要侍候八爷了。乍一听说，奴才还有点舍不得主子啊！"康熙笑道："八阿哥那里缺个太监头儿，你去吧。"何柱儿连声诺诺退下。康熙转脸问听得发愣的张廷玉："你看朕的这些孩子，哪个是最好的？"

"都是好的。"张廷玉毫不犹豫地说道，"人各有所长，难言哪个最好。"

"油滑！"

"臣焉敢！"张廷玉欠身答道，"昔人有论三国者，以为孙刘曹三家俱有开国气象，惜乎同生一时。三班人马之一若移于六朝或五代，皆能一统天下。虽不同事而同理，今皇上诸子个个龙骧虎步，英姿勃勃，学术才具出类拔萃！所以，选太子乃是精中选精，英中选英！"

康熙点了点头，正要说话，外头李德全进来禀道："各位阿哥，还有上书房马齐、佟国维都在西华门递牌子请见。"康熙"嗯"了一声，见李德全要退出，便叫住了，说道："让皇子们一律在乾清门跪着，待会儿朕命张廷玉草诏给他们——马齐、佟国维不必入见，令他们回府，也有旨意。"李德全惊讶地看了看康熙，半响才答道："啊——奴才明白！"张廷玉顿觉气氛不对，忙起身道："万岁有何旨意，请宣明，奴才这就起草。"

"别忙。"康熙冷笑一声，"他们结实着呢，多跪一时何妨？累不死他们！——你且说说，八阿哥这人到底如何？"

张廷玉的心狂跳几下。他摸不清康熙的底细，字斟句酌地回道："八阿哥聪敏好学，宽厚仁德，礼贤下士，诸臣工有难处，肯予帮忙，因此人缘极好。但似乎柔过于刚，精于处人而疏于理事。臣所以不敢随众推举，也是见其稍有缺憾——"

"什么稍有缺憾？"康熙一晒说道，"他联络的都是些大人物，于他攀龙附凤有益，这不叫结党营私么？朕已暗访，宰白鸭的绝非张五哥一人，你都看见他是怎样的糊弄朕——倒是保住了几个当道者的衣食，那些'白鸭'们呢？他就撂开手了——这可以叫'仁德'么？胤礽、胤禛和胤祥清理亏空，他替亏空皇子、官员还账，这是什么意思？阿哥们年俸都一般多，他从哪里捣腾来这么多钱？你先写对他的旨意！"

尽管张廷玉已经预感到了，还是被康熙咄咄逼人的问话吓得一头冷汗，疾步趋至案边提起笔来。

"你照这个意思润色，"康熙铁青着脸说道，"胤禩生母良妃是辛者库中贱奴，胤禩与诸皇子相较，出身卑微，毫无功劳。惟知追逐虚名，邀结人心，且与大阿哥胤禔过从甚密。这样的人，断难入选东宫！"张廷玉手腕抖了抖，觉得这些话实在难于形诸文字。康熙见他为难，便问："怎么了？"

"回皇上的话，"张廷玉乍着胆子说道，"记得当初皇上曾有明谕，'由诸臣工荐举皇子中堪为太子者，朕惟众意是从'，言犹在耳，今胤禩罪未昭彰，这样下旨恐难服众心，也无法记档。"

康熙不禁一怔，他素日并不讨厌胤禩，只是见胤禩崛起太过突兀，料必是在下边做了手脚，所以想明旨降罪，杜绝胤禩妄想，其中也不无保全之意。听张廷玉说得理直气壮，康熙一时倒无言可对。半晌才道："你没有推举胤禩，有资格说这个话。但胤禩朋党势力如此浩大，不绝了他的念头，将来祸不可测啊！这样，把方才的意思口谕廉郡王，申明朕有保护之意，叫他安守王位，别再尖牙利爪地来抢太子之位，朕也就不再难为他了。"

"喳！"张廷玉忙答应一声，"如此，天家骨肉幸甚，臣亦幸甚！"说着便要退下。

"慢，"康熙思索着说道，"这差使要得罪人，你不宜出头，回头叫简亲王去传旨。朕最寒心的是佟国维和马齐，这两个奴才朕是怎样待他们的！

身为上书房大臣，竟甘违国法，与阿灵阿、王鸿绪、揆叙一干子王八蛋四处串连，为八阿哥说项。传旨：即刻交部议处，应得什么罪，议过之后再定。"

张廷玉见康熙连给胤禩传话这样的小事，都体贴到自己的难处，感动得几乎坠泪，遂勉强笑道："八爷尚且不加罪了，何在乎这几个奴才？万岁最是仁慈大度的，依着我说，竟不必交部，严加申饬也就是了。"康熙道："不是这一说，这里头有个区分。马齐是糊涂得不识大体；佟国维是蓄谋已久。你看看他的奏折，朕病得七死八活，他不来抚慰，反而危言耸听，威逼要挟。这样的东西还能留在上书房吗？"说罢将一封黄绸包面的请安折子向张廷玉眼前一推。请安折子照例只是外省疆吏恭请圣安的例行公文，内廷机枢大臣天天见面，还递折子，这就有点出奇。张廷玉没想到佟国维还有这一手，忙展读时，折子密密麻麻足有数千字，中间有几句康熙用指甲掐了印痕：

> 皇上办事精明，天下人无不知晓，断无错误之处。此事于圣躬关系甚大，若日后易于措置，祈速赐睿断；或日后难以措置，亦祈赐睿断。熟虑后施行为善。

张廷玉急看折后日期，心里推算，这折子正是康熙在上书房大骂胤禩的第二日，心中不由佩服康熙心细如发，看朱批时，却是一笔狂草：

> 尔之肆出大言激烈陈奏者，系何心也？诸大臣之情状，朕已知之，不过碌碌素餐，全无知识。一闻尔言，皆欲立胤禩为太子而列名保奏矣……此事关系甚重，乱臣贼子，自古有之。尔闻外边匪类妄言，理应禁止，尔今倡造大言，惊骇众心，有是理乎？

张廷玉边读边想，心里愈来愈吃惊：这"难于措置、易于措置"的话，简直就是暗示应除掉胤礽！想不到平素稳稳重重的一个人，在康熙气得发狂时，还要趁热打铁！但若交部议处，这折子也理应一并立案，那肯定要兴大狱，株连许多人！发了一阵子呆，张廷玉道："国维不知体统，其罪甚大。念其为国戚，求皇上免交部议。和气致祥，此时不宜兴大狱，求万岁宽容究治，是为国家之福。"

康熙听着，只是吃茶出神，半晌才淡然笑道："着佟国维致休。马齐——黜一级，罚俸三年，仍在上书房行走。唉……"

张廷玉心里七上八下地跪安出来，刚出大门便和一个人撞了个满怀，抬头看时，更是大吃一惊：原来竟是前太子胤礽在丹墀下候旨！张廷玉脸色雪白，嘴唇抖了半日，迟钝地打了个千儿，说道："二爷……您吉祥！"

胤礽是奉旨从咸安宫过来的，乍从冷宫出来，听着熟悉而遥远的请安声，看着一张张既熟稔而又极陌生的面孔，真有恍若隔世之感。他早已听小苏拉太监递话儿，知道外头只有张廷玉、王掞等十几个人一直顶着不保奏胤禩。回思往日：真是十二分感慨，默默看了张廷玉半晌才道："起来，该办什么事就去吧。"正沉吟间，张五哥迎出来，躬身一让，说道："二爷，皇上叫进呢！"胤礽点点头，正了正衣冠，跟着邢年走了进去，伏地叩头道："罪臣久违慈颜，不孝通天，儿胤礽叩见皇阿玛！"

父子二人咫尺山河，已有数月不见。一个形容枯槁、苍老疲惫，一个是满心凄凉、憔悴落魄。二人凝视片刻，胤礽已是满脸泪光，康熙也是暗暗垂泪不能自已。

"起来吧，"良久，康熙才拭泪说道，"身子骨儿还好?"

"儿子还好。"胤礽颤巍巍起身，哽咽着道，"只是阿玛，数月不见，看去是苍老多了……"

又一阵沉默过后，康熙方款款说道："过去的事已经过去了，见你身子还好，朕也觉安心。你受了人家魇昧，行事昏迷，按说朕不愿再说你什么。但朕实有话，你得记在心里。"胤礽原就压根不信什么魇昧的鬼话，他满心都是仇恨。胤禩的狠毒心肠、胤祉的狼子野心、胤禵的绝情负义都刻在了心里，但现在不是发作的时候，只好说道："阿玛只管教训，儿子句句铭心。"

"你该想想，你自幼在宫中毫无依靠。朕于千难万难之中将你拉扯大，扶持着你，保护着你，是多么不容易！为的是你母亲有功于社稷。你年幼失恃，所以无论明珠当年怎样难为你，或有小人在后头说你的坏话，朕从没有想过动你的太子之位。"康熙悲戚地说道，"虽说有人用妖法治你，那都是些鬼蜮伎俩。当日太祖、太宗、世祖朝里都出过这种事。为什么旁人都不昏乱，偏你就克制不了？妖由人兴，厚德载福，你承受不了人家魔镇，其因只在你自己不立本，德量不足，也不能全怪老大。"

胤礽只好垂下眼睑说道："父皇圣训极明，儿子的病根就是德不胜妖。"

"所以，"康熙说道，"你现在还不能复位。什么时候复位，复位不复位，要视情形再定。克己复礼为仁，不能克己也就无所谓仁。你若总想着别人的不是，甚或有报复之心，仍旧要走进魔道里去。放你出来，不是要惩戒旁人，是要你能安生悔过。子曰'仁远乎哉，我欲仁斯仁至矣'，全在于你一己之念了。"

胤礽虽觉康熙这些话有些文不对题，但细思起来，句句都为自己着想。遂答道："是。儿子一定细参前哲之言，养性修心，努力明德。""明德，只是做个好人。"康熙又道，"致治之道仅有这还不够。朕观你从前行事，软弱处柔若烂泥，暴戾时又似顽石。昏乱迷惘，进退都没有章法。这都是不学无术之过。既出来了，好生读点书，不要结交外臣，受人挑唆，自作罪孽，就无可挽救了。"说罢，厉声说道："去吧！"

诸阿哥清晨奉旨入宫，说是侍疾，又不许入内，巴巴地候在乾清门外，一个个跪得腰酸腿疼。末了才见御史阿灵阿陪着简亲王勒阿布从乾清门内的批本处出来。阿灵阿涨红着脸在月台上站了，口中说道："诸皇子听简亲王宣谕！"

"万岁！"

八阿哥胤禩情知有变，心头打着鼓随众人叩了头，听着须发皆白的叔爷，口不关风地宣道："奉上谕：胤礽前受胤禔魔镇，行事不端，前在热河已行废黜。今胤禔阴谋败露，罪恶昭彰。胤礽着即释放，赐第读书。乃有皇八子胤禩，乘主危国疑之时，广结党羽，妄蓄大志，侵欺皇权。朕受命于天，抚有华夏于兹四十余年，天下大权，惟一人操之，岂可姑息养奸，因爱废法？着革去胤禩郡王爵，锁拿宗人府，查明结党情事，尔后处置。钦此！"

众人先是听得呆若木鸡，到后提及胤禩，如同听了雷惊的孩子，竟一个个面如土色。胤禩的脸苍白得没一丝血色，许久才把持住。待老王爷读完，方伏地颤声说道："臣……胤禩，领旨……"阿灵阿陪在勒阿布旁，手心里全是冷汗，他恨不得一头撞死在门前的汉白玉石栏上。但他知道，自己作为副宣诏使，一不小心，等于给胤禩加罪名儿，只含悲饮恨，茫然地看着远处，熬到勒阿布念完，机械地将手一招，张五哥便带两个校尉上前，搀起胤禩，把一根裹了黄绫的锁链轻轻套在胤禩项上。

"慢着！"跪在胤禩身后的胤禵再也忍不住了，大喝一声，"等我见了父皇，连我一齐锁拿！"说罢双手一撑起身便走，胤禟不言声地也站了起来。胤䄉瞪着眼大叫："这是哪个尿攮的在皇上跟前下的蛆？我们大清如今成了混账世界！阿哥们犯了什么罪，一个个都没好下场？我要请见父皇，看明个儿轮着谁了！"一时，胤祺、胤祐、胤礼、胤祹等也都站起身，立在乾清门前议论纷纷。

胤禛见邬思道等人的分析立地兑现，先是精神一振，见诸兄弟无论真心假意，一概都要去为八阿哥鸣不平，心中不禁失惊：我怎么了？连这份机灵都没有！打着主意，装作悲痛不堪的样子勉强起身，沉痛地说道："大哥、二哥、三哥都不在，这里我是最年长的，我劝兄弟们这会子不要闹。父皇是上了年纪的人，又在病中，这会子又在气头上，我们成群结伙进去折腾，如何使得？"

"哟嗬！"胤䄉嘻地一笑，"这里还剩一个孝顺儿子啊！你是美得疯迷了吧？打量着八哥败了，就该轮到你了？"胤禟忙在旁喝道："老十，你胡说些什么？你要累死我么？"

"你打算定个什么年号呢？嗯？"胤䄉气得五官不正，盯着胤禛继续讥笑，"胤禛——允真？拥正？哈哈哈哈……天子一'允'，你就'真'了，大家一'拥'你不就'正'了？"胤禟、胤禵，还有十七阿哥胤礼听了，都是一笑，却假意来劝胤䄉。

"你过分了。这会子你失心疯，我不计较。我等着你自个后悔。"胤禛话中带着骨头，却说得十分诚挚，"此刻是我居长，有话还得说。回头到我府，哪怕拆了我的万福堂呢！这阵子闹，不行！"他目光闪烁着，寒凛凛的，众人都安静下来，胤禛方又道，"由我和五弟、九弟同去见驾，保八阿哥，咱们走吧。"

第二十七回　停摘瓜挥泪放阿哥
　　　　　　怀忌心借琴诉衷情

康熙处置完释放太子、囚禁胤禵的事，心里略觉平稳，歪着身子看了一会儿书，忽见张万强进来说道："万岁，总这么歪着，好人也得闷病了，还是走动走动罢？"

"好，"康熙微笑道，"朕也想透了，事不烦人人自烦，其实都是自寻不快活。前儿还和张廷玉说，明年要去江南走走。这里的家务闹得朕焦心死了！"说着便同张万强一齐出来，也不叫从人，径向慈宁宫踱去。

天色很昏暗，宫中的地面似乎也不平。远近的灯烛鬼火儿似闪烁。不时传来太监的吆呼声："下钱粮——小心灯火了！"康熙正寻思，倒没想过宫中锁钥为什么叫"钱粮"，回头看时，不见了张万强。正自徘徊，那边过来一队宫灯，导引着一乘肩舆迤逦过来。康熙定睛一看：呀！上头居然坐着皇后赫舍里氏！

"哎呀！"康熙惊喜地扑上去，扶着轿杠喊道，"怎么是你？你这一向到哪儿去了？"赫舍里氏呆笑着不言语，康熙似悲似喜地说道："皇后，你怎么不理我？我们自幼一处，在你府听伍先生讲课，看蚂蚁拖苍蝇、编蝈蝈笼、斗蛐蛐儿、捉萤火虫……你说话呀！"

赫舍里氏垂着眼皮，半晌才道："你是皇帝，没听说母以子贵？胤礽不是太子，我也就不是皇后了。皇上，咱两个没缘分了！"康熙也不知怎的，悲从中来，流泪叹道："你别说这种话。胤礽不孝，辜负了朕的心。你都看见了的，为这事朕六天六夜没合眼……这不是已经释放了他么？你下来，咱们下棋去，斗牌也成！"说着去扯赫舍里氏的手，却见孔四贞和苏麻喇姑两个携着手过来，后头还跟着太监小毛子，众人看都不看康熙一眼，径自进了慈宁宫。

康熙心中迷惘，跟着他们进去，宫中人或坐或站，都不理他，远处似雾似幔，中间坐着祖母孝庄太皇太后，也是阴沉着脸一声不吱。正迟疑间，又见伍次友和苏麻喇姑扯着手走过来。见到康熙，伍次友打一稽首，笑道："龙儿别来无恙？记得昔年山沽居讲学，曾论及古之贤帝王。臣以为一代令主，立国易，治平难；治平易，理乱难；理乱易，择储难——今竟如何？"说罢扬长而去。

正悚然间，康熙突然想到，今儿见的怎么都是死去的人！急挥手道："张万强，带朕回去！回去！"那群太监宫女霎时间化作牛鬼蛇神，有的狂跳乱舞，有的嘻嘻偷笑，有的张牙舞爪扑过来，又见鳌拜满脸横肉，眼中滴血一步步逼了过来，急得康熙大叫："魏东亭，你这杀才在哪里，怎么不来护驾？快快！"

"……万岁，万岁！"守在御榻旁的邢年见康熙在梦魇中，慌忙上前轻声说道，"奴才邢年在这侍候着！四爷、五爷和九爷请见呢！"

康熙一下子睁开眼，但见窗明几净，日影斜照，依旧身在绮罗丛中，繁华世上。想起梦中情景，兀自心头突突乱跳。半日才定住了神，问道："他们有什么事？叫进来吧！"

胤祯弟兄三人在丹墀下对望一眼，鱼贯而入，行了礼，一齐躬身侍立在旁，一时谁也没吭声。康熙看他三人时，胤祯面带愁容，胤祺一脸窘色，胤禟沉思不语，请安不像请安，奏事不像奏事，不觉好笑："你们这是怎么了？"

"回阿玛。"胤祯说道，"阿玛身子欠安，儿子们原来不该来奏事。但此刻内务府已拿了八弟……"康熙不禁怔住：怎么，你老四也出头说情？遂冷笑道："朕还道是你们动了孝心，来看你们的病阿玛呢！原来是怕老八委屈着了！自朕身子不适，算来也半月有余，除了你老四给朕尝过两碗汤药，二十四个儿子都似没事人一般！老八一出事，就一窝蜂儿都来了！"

三个儿子"扑通"长跪下去，大气也不敢出。胤祯只默默垂泪。五阿哥胤祺结结巴巴地说道："父皇责的是，儿子不孝！不过儿子们都看胤禩怪可怜的，特推我们三人来向老爷子讨个情儿……"胤禟也道："总求父皇大展慈怀，网开一面，饶了八哥……"

康熙眼见三人伏首垂涕，十分诚恳，不觉动容。正待说话，听外头一片吵嚷声，似乎有什么人要进，被张五哥挡住了，只听"啪"的一声清脆的耳光声，接着便是胤禵的声音："你是什么东西？竟敢和我拉拉扯扯？混蛋，这是我的家，里头住的是我父亲，你懂么？"又听张五哥说道："我只知道里头住的是天子，这是有规矩的地方儿！十四爷，您就杀了我，不奉旨我也不能放您进去！"康熙前后一想，顿时明白：儿子们又要闹事了，浑身的血涌上，脸涨得紫红，大吼道："武丹，武丹！"

"奴才在！"武丹因皇子打了侍卫，正不知如何处置，忙进来说道，"十四阿哥……"

"你叫那畜生进来，"康熙哑着嗓子说道，"听听他放什么屁！"

十四阿哥胤禵气宇轩昂，雄赳赳拧着脸进来，气咻咻跪了，指着外头道："请父皇治张五哥擅阻皇子进见之罪！"

"他阻了你的大驾么？"康熙气得浑身直抖，"……好，就算是吧！你强行闯宫见驾，有什么贵干呐？"胤禵看也不看康熙，梗着脖子道："儿臣想请问父皇一件事。"

"唉？"

"八阿哥胤禩身犯何罪，铁锁加身？"

"诏谕你没有听么？"

"都是些莫须有的罪名，何以服天下臣民？"

"何以……见得是'莫须有'？"

"回皇上话。"胤禵从容说道，"父皇在热河亲口赞许八阿哥'识大体，得人心'，在上书房还当众说八阿哥气度宽宏，贬斥大阿哥时又说了八阿哥好。举荐一事，上有父皇明谕，下有群臣举荐，奏牍在案。难道满朝文武都是奸佞？八阿哥因受荐而得祸，儿子实难明白！"

康熙被他凌厉的言词噎得愣住了，半晌才怒喝一声："你狂妄！"

"夫物不平则鸣，父皇平日如此教训皇儿。"胤禵叩头道，"虽狂，但不妄！"

康熙脸色变得青红不定，狞笑一声道："好一个狂而不妄——"不言声回身向壁上摘下宝剑，手一挺，向胤禵逼去。满殿人顿时吓得面无人色。胤祺老实巴交，却灵醒得快，哭喊一声"皇阿玛"，扑身上去，双手搂定康熙双膝，仰面泣道，"……儿等不敢指望您老赏脸，只望看在太皇太后的面上……十四弟是在老佛爷宫里养……大的……"

胤禵在旁被他逗起隐疼，索性放声大哭："叫皇上杀了我吧……人活着真没意思……"

"罢了罢了……"康熙面色蜡黄，撇下长剑，颓然倒在榻上，泪水走珠般滚落下来。一时养心殿暖阁里父子君臣俱都失声痛哭。宫人们也垂泪凄恻。

良久，胤祯方泣涕奏陈："万岁，八弟真的是无辜的。若要治罪，须得罪名昭彰。昔日天后杀子，百年遗恨，当时曾有一首歌，'种瓜黄台下，瓜熟子离离。一摘使瓜好，再摘令瓜稀。三摘尚云可，四摘抱蔓归。'……万岁，您已经'摘'了太子，又'摘'了大阿哥、十三阿哥，还要再'摘'八阿哥和十四阿哥么？"

胤祯此语，康熙竟从未听说过，细细品味，真个百味俱全，一腔躁怒都化作冰水。他心灰意懒地摆了摆手道："……朕一个瓜也不摘……除大阿哥改为囚禁读书，其余的……都放了吧……"言毕，泪如雨下。

不管阿哥们各自意愿如何，太子复位的消息日盛一日。他在朝阳门内新赐宅邸里"读书"一个月，康熙便连连召见了七次。每见一面，父子间的感情便加深一层，康熙身体精神也迅速好转。到康熙四十八年二月底，康熙索性下诏命胤礽入宫养疾。所有的人都感受到，复太子之位已是早晚的事了。

胤礽奉命重入毓庆宫，望着那只重逾万斤的大铜鼎呆呆出神。据说，四十年前康熙擒住鳌拜，就是把他缚在鼎足上等候九门提督吴六一入宫接应的。悠悠岁月如梭，这段史实愈传愈神，已经很难再弄清当日的真正情景了，小太监们甚至传言，是这铜鼎显灵护驾，在鳌拜行刺康熙时突然倒下，砸昏了鳌拜。看着鼎耳上那块疤痕，胤礽不禁一笑，舒了一口气喃喃道："久违了，毓庆宫！托祖宗在天之灵，神器又将归我了！"

"二爷，您说什么来着？"

背后忽然传来一个熟悉的声音。胤礽回头看时，却是朱天保和陈嘉猷两个伴读陪着王掞来见他。五个多月不见王掞了，乍见这位危难之时独持正义，拼死力保自己的师傅，胤礽心头一热，竟一个千儿打下去，哽咽道："师傅……您看去老多了！"王掞也是十分感伤，忙双膝跪下，两双手紧紧握着，只说了声："可见着二爷了……"老泪已是无声而出。二人相扶着起身，胤礽说道："我最惦记着您。天保和嘉猷都告诉我了，主子没难为您，这就好！过几日我再给施世纶写封信，来京时顺便一叙……共事有日，一旦离我而去，着实叫人惦记……"

"二爷，"朱天保不同陈嘉猷，陈嘉猷是一味忠诚，朱天保却肚里藏不住话，"爷目下还不宜给外臣写信。万岁叫爷读书，不如还请皓翁回宫，安生读书为好。"

朱天保虽未明说，其实是在劝谏他不要轻举妄动邀结人心。胤礽听了脸上闪过一丝不快，只淡然一笑进了书房，向榻上坐了。因见王掞在腰间掏摸，知道他要抽烟，忙将火折子晃着了，替他按烟点火，说道："老夫子只管坐。您是被赐为紫禁城骑马的，往后见我一切礼数全免——天保的话我也明白。但我这回吃亏是太老实胆小。过去我办过多少好事，老八出去都说是他办的，白手买人心；办错了的，把屎盆子扣到我头上，我竟毫不分辩！我一片血诚，辛辛苦苦，却都是为他人作嫁。如今九死余生、虎口逃出的人，我是什么也不怕了。再说，就是老四的话——怕有什么用场？"

"天保说的还是对的。"王掞喷了一口浓烟。胤礽这番话他还没有细细咀嚼，但似乎有点破罐子破摔的味道，遂缓缓道，"君子养德，求之于己。所以格物治平，最要紧的是慎独二字。能慎独则百邪不侵。二爷，今非昔比，你万不可存恩怨心，外间情势已全然不同于半年之前。你不能再出事，再有祸起萧墙，恐怕难挽狂澜。"

陈嘉猷这些日子一直觉得胤礽身上滋生出一种乖戾之气，遂忧心忡忡说道："二爷，王师傅说的是。虽说吃一堑长一智，我总觉和气能致祥。不知您想过没有，这次出事，并不全因为万岁不满您懦弱。我看倒是万岁看出您仁厚，无故受屈，才又释放出来。"

"我明白。"胤礽冷森森一笑，"要是我毫无作为，不定活活儿叫这些弟弟吞吃了。想做隐士，想当个富家翁，都是不能够的！"说至此心里一灰，早又落下泪来。

"——当初清理亏空，我若振作起来，少些儿优柔寡断，连老八在柳条边外偷挖人参、私收金税一股脑儿查处，哪里会有后来的事？"

这两件事三个人都不晓得，乍闻之下不禁骇然。私收金税固然犯罪，就是人参，顺治年间律令明载，人参为国家积银禁物，无论何人偷挖者死！朱天保抽了一口冷气，说道："怪不得八爷那么多的钱！"

又说了一会儿话，天近午时，胤礽猛地想起约好了去见胤祥，只怕已经等急了，便说自己出宫有事，要三人自留宫中赐膳。三个人谁肯在这里拿捏着吃饭，当下便一齐辞了出去。

十三贝勒府离四牌楼不远。胤礽还是头一回来。这里的人色很杂，原先贝勒府的人因胤祥出事，如鸟兽散。胤祥回来一个也不收录复用，全是新招的。领头的老文见胤礽腰间系着黄带子，知道是宗室亲贵，忙过来弯腰请安道："文七十四叩爷金安，爷吉祥！"

"老十三在么？"

一句话问得众人面面相觑，越发不知来头。文七十四忙赔笑道："请教爷台甫，在哪个府里恭禧？"胤礽一笑，道："我么？哪个衙门也不是。你进去通禀一声，说胤礽来访就是了。""哎哟！是太——二爷您呐！"文七十四吓了一跳，忙磕头说道："我们十三爷一大早就去四爷府了。听说四爷奉旨有什么差使，叫他帮着料理，只怕就在那吃饭了——二爷，您请先进去，坐着吃杯茶，奴才这就叫人请去。"

"我来原想扰他一顿饭的，"胤礽笑道，"不想他倒去老四那吃饭了。既这么着，我就回去了。"文七十四一听他还没吃饭，哪肯放他就走，一迭连声吩咐："给二爷做去，不要多，清淡干净些儿——进去禀了紫姑娘，带二爷去十三爷书房歇息！"一边说，满面堆笑地向里让胤礽："您老一向没工夫来，今个空着肚子回去，十三爷回来，怎么交代？好歹赏奴才个脸儿，十三爷就回来的！"说着便引导着往里走，让进书房，拂椅抹桌，沏茶端点心，紫姑已带着乔姐和阿兰进来侍候。

胤礽拈着盘中荔枝品着，便盘问府中情形："七十四！你怎么起了这么个怪名字？"文七十四笑道："奴才宝德人，随了蒙古俗儿，爷爷七十四上头有我，胡乱起名儿叫七十四。嘿嘿！""宝德？"胤礽皱眉想了半日，"是河套宝德吧？靠着河曲县，也难为你大老远地进京来谋营生。"文七十四一边帮着阿兰等人布菜斟酒，赔笑说道："说出来辱没先人。年景不好，打康熙三十年就把地划名给牛老爷，希图人家那块进士牌子，想免了丁亩银子。谁想牛爷去世，大少爷没良心，黑了这块地。告没告处，活没个活路，这就进京谋营生……在十三爷府快十年了，前阵子爷受屈，人都走了，只小人没去，十三爷见小人还有良心，回来就抬举做个管家……"胤礽却无心听他唠叨，端起杯呷了一口，说道："好，地道的三河老醪！"因见紫姑三个，一个端丽庄重，一个恬静俏丽，一个体态妖娆，便笑道："想不到老十三倒会享福，才放出来几日，就置买得醇酒美人俱全！"

"二爷真能取笑，我们都是村姑出身，是哪门子的美人？"乔姐儿斟酒笑道，"就是紫姑姐姐原是十三爷跟前的，我和阿兰是九爷、八爷送给十三爷的粗使丫头……"

胤礽一听，顿时意识到胤祥这里人色很杂，面上嬉笑自若，却不肯再随便说话。一时便见胤祥提着袍角快步进来。胤礽未及说话，胤祥便道："嗜！我早惦记着二哥要来，偏是四哥那里来客，缠着要留。我说二哥说好今儿要来，他们还以为我诓他们逃酒。亏得家里去人，要不还不得脱身呢！"胤礽一边让座，一边问道："是谁来了？"

"年羹尧嘛，四哥的门人，又是他大舅子。"胤祥满不在乎地坐了对面，端酒"吱儿"一饮，笑道，"四哥也是的，见他来，先发作了一顿，说年某带的礼不成敬意，又说不该先去吏部才去见他四王爷，都是鸡毛蒜皮小事。把个杀人不眨眼的年魔王骂得顺头流汗。后来又摆酒相待，说家常话，弄得我站不住，走不开。"胤祥说笑着，夹着菜送到胤礽碗里，笑着吩咐道："难得二哥来，说句难听话，趁着你暂时没复位，我先巴结巴结——阿兰，乔姐！你们怎么叫二爷和我吃寡酒？来个拿手的曲儿！"胤礽笑道："你仍是素性不改，我就喜爱你这爽气！这三个女孩子是难中服侍你的，你如今已经脱了灾，何不索性给她们开了脸？"紫姑听了只不言声，阿兰、乔姐羞得满脸飞红。乔姐儿调筝，阿兰摘下壁上琵琶调弦。

须臾，那阿兰手挥五弦，目送秋波，款步起舞，唱道：

> 妾薄命！烟花关山几万重，残妆零落为谁容？叹是杨花浑无力，无语脉脉随东风！阮郎不解天台意，任是明月也伤情。

歌未毕，那乔姐按弦接口唱道：

妾薄命！武陵即是紫台宫，马上琵琶曲未终。奈何梁园景致好，
不如采菊卧篱东！一曲侑歌一断肠，敢怨王孙不痴情？

琴歇歌止，余音犹自袅袅，两个人俱已眼含泪花，胤祥陡地想起那年夜宿
江夏的往事，急闪了阿兰一眼，见阿兰和乔姐正互相审视，忙收摄了心神。
却听胤礽叹道："歌能穿石，舞似天仙——久不闻此雅音了。"

"二哥，今世岂有高山流水？"胤祥冷冷笑道，"唱得虽好，逢场作戏而
已，你又何必多情如此？"抿嘴儿又一笑，吩咐道，"我和二爷要说事情，
你们都退出去吧！"

第二十八回　谋灭口胤礽丧天良
　　　　　图储位老八藏祸心

胤礽挪了一下椅子，靠近了胤祥，体贴地说道："这几个女子都不错，又与你患难相处，可你待她们未免有点薄情了吧？"

"薄情？我就是要拿她们开心儿，明儿就册正了紫姑，叫她们再喊'姜薄命'！"胤祥咬牙笑道，"吴王夫差倒是痴情人，一个西施，一个郑旦就断送了他！二爷，你我蒙此奇耻大辱，岂能在这些婆娘手里再栽筋斗？"

胤礽上下审量胤祥，良久才郑重说道："吾弟真乃大丈夫！这一番囹圄之灾得大于失！你能如此我真欢喜！有你和你四哥这样的人，真是朝廷之大幸，胤礽之福！"胤祥道："大家心里亮堂，您请放心，四哥还是过去的四贝勒，我还是昔日的十三弟——您有什么事，尽情吩咐就是了！"

"那好！"胤礽敛了笑容，目中闪着寒光，凑近了胤祥，"知道郑贵人么？"胤祥点点头，用询问的目光盯着胤礽没吱声。胤礽额头肌肉迅速抽搐了两下，又道，"知道她为什么被打到浣衣局么！"

胤祥从没见过胤礽这样鬼火一样的目光，诧异地摇了摇头。

"实不相瞒！"胤礽阴狠地咬着牙，说道，"要不是她，我这次废不了！"

胤祥愕然立起身来，细细回想在热河狩猎那惊心动魄的几日，他何等伶俐，立时便明白了"就是因为她"的意思。胤祥烦躁不安地踱了两步，问道："二哥，您明白说，要怎样？"

"要她——"胤礽拖长了声音，从齿缝里又迸出一个字，"死！"

胤祥目光霍地一跳：胤禛方才说，胤礽释放后变了性儿，他还不信，一霎儿工夫就得到了验证！胤祥额上青筋暴起，绕室一周，倏然问道："灭口？"

"是！"胤礽眼中满是杀气，"这事只能天知地知、你知我知！若是胤禛他们知道，终究祸患无穷——连老四也不必叫他知道！"

"我也不想知道。"胤祥冷冷说道,"您何必告诉我?"胤礽默想一阵,格格笑道:"我信得过你嘛!送佛还盼你送到西天!这事我苦思数日,若有半丝妇人之仁,非坏事不可。要有半点觊觎东宫之位的人,我也断不肯托他!"

胤祥被他咄咄逼人的目光扫得打了个寒噤。原本温柔敦厚的一个人,竟变得如此残忍绝情——刚刚儿还满口怜花惜草,说自己"薄情"!胤祥紧皱眉头盘算许久,突然一笑,说道:"想不到二哥经一番劫难,变得如此英睿果决!"

"形势逼人,不得不如此。"胤礽却听不出话中揶揄的意味,"她如今在浣衣局为奴,生不如死。与其活着两人一齐完蛋,不如让她保全体面,我保全身份?十三弟,你须知我连苍蝇也不肯轻易打死的,这是事出无奈!"

一旦发现自己崇拜尊敬的人原来是个卑污不堪的小丑,庄严的身份也就化作粪土。胤祥睨了一眼胤礽,见他兀自跷足而坐,一脸的悲天悯人相,不由泛起一阵憎恶。许久才拿定了主意,胤祥叹道:"既然二哥挑明了,我也实话实说。这事有伤阴骘啊!浣衣局领事的是我门下,只要舍得用工夫,杀她不难。但眼见您是太子了,将来圣上龙归大海,焉知您不会再杀我灭口?"

"这——"胤礽被这直透骨髓的话顶得怔住了,突然哈哈大笑,"……说你心直,原来心里头也是千门万户,别犯傻了,我真能有那一日,要杀的也只是奸臣。连老大、老八,我也视为手足,岂肯为一个浣衣女奴难为你?"胤祥咧着嘴跟着干笑,说道:"只要您不叫我作七步诗,这点子小事包在兄弟身上了。只是您性急不得,眼下皇上要稳定朝局,调了施世纶回京任户部尚书,派我和四哥清理刑部,连带户部,露头的大案全都要重新处置,有什么案查什么案,这自然也冲着老八——我不能老往畅春园浣衣局跑。皇上今秋要南巡,大约那时您的太子位也复了,必定是您留守北京,我就好便宜行事了,您看怎么样?"

胤礽点点头,呷了一口茶起身道:"那就拜托了。须防老八,他耳目极广,就连你在家中也得一步一小心。宁可不做,决不能让他们再抓住把柄。"说罢便走。胤祥笑着送他出了二门,望着胤礽潇洒的背影,"呸"地啐一口回身便走。

耳房里隔窗望着的阿兰不禁一怔，回头看时，乔姐也正在眺望，正好四目相对，都避闪开了。

康熙四十八年三月初九，胤礽复位东宫的诏谕重颁天下。一废一立，恰恰一百七十天。这半年间，大阿哥胤禔翻身落马一蹶不振，三阿哥如惊弓之鸟，十三阿哥险遭不测，四阿哥胤禛待人处事格外小心，落了个孝悌名声。受刺激最大的还属八阿哥胤禩，乍喜乍惊、乍欢乍悲，像打摆子似的，热时好似坐在蒸笼里，冷时又像卧在冰凌上，每天与胤禟、胤䄉、胤䄉并王鸿绪、阿灵阿、揆叙一干人日卜鹊噪、夜参星斗，苦苦折腾半年，赔进去一个佟国维，捎带了一个马齐，依旧是镜花水月。朝命一下，大学士温达、李光地为特简正使，左都御史穆和伦为副使，率着手持黄钺节的仪仗队浩浩荡荡来到毓庆宫宣旨，加冠授册，祭天地、告太庙、拜社稷，热闹得如鼎沸之油。八爷府却像死绝了人一样冷冷清清，凄凉阴惨。也亏了胤禩和胤禟、胤䄉，尚能咬牙忍疼，强打精神，随班朝贺，在众人面前挺直腰板儿装得若无其事。那胤䄉却生性装不来假笑，告了病，在家摔杯打盏，寻太监家仆不是，整日毛板子噼啪山响，打得鸡飞狗跳，人人都怕见他。

这日胤䄉把家中长随统统叫了来，指着院里一株老桧，说"碍眼"，命人锯掉。自绰了一把椅子，坐在一旁瞧着。何柱儿从外头进来，胤䄉没好气地问道："你不在八爷府挺尸，来我这里有什么屌事？"

"回十爷话，"何柱儿原瞧准了胤禩稳当太子，自愿跳槽去了廉王府，没想到竟跳进火坑里，这些日子也似滚油煎心，因见胤䄉拧眉斜眼，赔笑道，"九爷请爷过去呢！八爷、十四爷都在那等着，说请爷过去赏牡丹。"胤䄉一愣，将杯子一掼，拔脚便走。

胤禟府确实在赏牡丹。新从洛阳运来的一色十二个大瓷瓮，什么重楼、叠翠、魏紫、姚黄、二乔、金钗……齐整摆在院里大合欢树阴下，有的含苞未放，有的蕊瓣半开，也有的怒放如盘，刚淋了水，鲜灵灵、颤巍巍十分精神。胤禩、胤禟、胤䄉、王鸿绪都穿着便服，摇着扇子细细玩赏。阿灵阿脸色苍白，坐在廊下石阶上发呆。旁边还有个五十多岁的老头。胤䄉想了半天才想起是任伯安。胤䄉远远见他过来，招手儿笑道："十哥，老闷在屋里有什么趣儿？这是九哥从洛阳弄来的，要分送我们，你也来挑几盆！"

"我要这黄子做屎用？"胤䄉哪有这种闲情逸致？看着任伯安说道："又是你这老王八，拿牡丹花溜须拍马？"任伯安忙打千儿请安，笑道："倒叫十爷猜准了，奴才到洛阳进货，顺便捎回来孝敬爷的。"胤䄉扑扇了一下扇子，说道："你八成是见四爷、十三爷又到刑部清理案件，施世纶这老杂毛又回来了，沉不住气，捣腾这些花草来撞木钟的吧？这马屁在我这里拍不响，这些花我一样也看不中。"

胤禟转脸笑谓任伯安："你回去吧，用不着怕。四爷最谨慎，没有把柄不会抓人。倒是你那个杂货铺，该盘就盘了吧！"

任伯安在京师蹚得开，一是靠了胤禩、胤禟两座山，更要紧的是，处心积虑二十多年，密建了百官的官箴册，几乎一人一个档案，藏在公主坟北的杂货铺里。被胤禟一语点破，任伯安吃了一惊。抬头看胤禩时，胤禩毫无表情，只胤禟微微颔首，便知他们兄弟已经通了气，一颗心放下来，躬身说道："爷说的是，这就回去处置，迁到齐化门外老当铺，和八爷对门儿。"说罢见众人无话，匆匆去了。

"老十，"兄弟四个走进书房，隔窗赏花，胤禩落座，说道，"我听说你这些天发疯，在府里天天打人，这可不成啊！打死奴才固然不叫你偿命，也有干例禁！"胤䄉端起酒，叹道："八哥说的倒好，这口气那么容易咽的？人家往死里掐我，我不掐把自己的奴才，难道憋死不成？"说着从后摆里掏摸出一个小包，打开了，说道，"你们认得这物件么？"阿灵阿浑身一颤："水莽草！十爷您……"

"对了，又名断肠草！"胤䄉收起包儿，阴森森一笑，"别看我粗，心里明白着呢！什么时候善扑营来拿我，我就嚼吃了它！"连这个"二百五"也动了真情，说出的话动人心扉，众人无不黯然叹息。

胤禩满脸戚容，半晌才道："其志可悲，其心可悯哪！谁料是这种结局来着！我原也想死，后来想，未免太便宜了胤礽、老四和老十三！如今看来，我们还没到那一步。我得瞪眼看着胤礽是怎样登极，怎样做皇上！人心在我这边，有这一条就有指望！"

"咱们这回是挨了一闷棍。"胤禟道，"可回头冷静想想：咱们吃什么亏了？"

究竟吃了什么亏？几个人都没想过。掂量起来，太子原本就是胤礽，不能算吃亏；胤禵两面三刀，本不是自己一伙，拿掉了等于去一政敌；经过这一折腾吓退了胤祉的觊觎之心，岂不是好事。说受惩处，除了胤禵，就是胤祥，余下的连根汗毛也没掉，只好似到口的肥肉又掉了，有点遗憾罢了。

"九爷这话有醍醐灌顶之效！"王鸿绪是今日"赏牡丹会"的倡议人，听胤禟一语反诘，知道火候已到，将辫子向椅后一甩，朗声说道，"我们根本没吃亏，只是欲速不达，没讨大便宜，自己觉得吃亏罢了。这次朝野倾动，都知八爷人心所向，万岁虽然没有采纳众议，总不会看不见！听说又要晋八爷亲王，这就是好兆头！"

阿灵阿突然抖起精神，眉头一挑道："上书房马齐是我们的人；张廷玉手无实权，模棱两可；九门提督隆科多是佟家人，八爷一个条子，叫他胤礽三更死，他就活不到五更！"

胤禩目光一闪，良久才说道："谈得太深了吧？我可无意做永乐皇帝！诸臣工都推荐我，原出我的意料，更没想到自己会上了火炉子，烤得如此难受！现在皇上既然指了胤礽仍当太子，等着瞧罢。他有德，我就辅佐，他无德，那天也不容他久居尸位——我束发受教，魇镇的事我不干，也不信。更不信一个有道的君子会魇得与母妃通奸！现放着一个郑春华还在，将来好便好，不好时，这就是人证！一股脑儿翻出来，有热闹看呢！"众人品着胤禩话意，不由莞尔而笑。胤禵起身笑道："看来这淫妇倒成了宝贝！得防着胤礽杀人灭口。可惜浣衣局掌权的不是我们的人，得想个法子买通了，把这婆娘弄出来养着才好！"当下众人又说了些没要紧的风话，方才各自散了。

太子废而复立，遍天下人人皆知，只是对浣衣局的贱奴和幽闭的宫人照例从不宣旨，她们依旧蒙在鼓里。郑春华被贬在此，已近十个月，这地方处在畅春园东北，环境却也幽静，每日由苏拉太监督着，浣洗衣物帐幔，干不完的粗活，饮食既不好，动辄又得挨训受罚。她一个弱质蒲柳，倒硬挺了过来。郑春华当日发落下来，口传谕旨也只一句话："着郑春华至浣衣局当差"，太监们既不知她身犯何罪，也不知她能否起复回宫。过了七月七，康熙皇帝南巡，浣衣局领事太监文润木召集宫人传话，命众人将宫中所用褥、被、枕、帐、纱幕、毡毯清洗洁净，回銮时要一切齐备。"又指着一大堆衣物道，"这是毓庆宫的物件，趁着天热好洗，不要混了，这是太子爷的东西。"

"太子！"郑春华仿佛被电击了一下，脸"刷"地白了，半晌才问道，"文公公，哪个阿哥是太子？"文润木已得着胤禵的话，叫好生照料郑春华，扯着公鸭嗓一笑，说道："就是二爷呗！二爷已经复位了——这些活计不用你干，你依旧在西配房只管收叠洗干了的东西。你身子单弱，缺什么东西找我，黑心厨子做的饭不中吃，你以后就搭在我的伙上去。"

后头的话郑春华都没听见，她脚步虚软，驾云似的回到西配间。看着十几个忙着叠衣服的宫女，说了句："我有点头晕，先歇息了。"便趔回下房，把草褥子理理，窸窸窣窣取出一个小纸包。打开了看时，是雪白如粉的药，约有一小匙——那是早就预备好的上好砒霜——抚弄着药包，心里翻腾了许久，将砒霜倒进碗里，兑了茶水，用调羹慢慢搅动。

这是一只美丽的手，皓腕如玉，削葱一样的指尖细腻得柔黄一般。此刻却在毫不迟疑地调制死亡……眼看着那些雾状的白粉渐渐融化了，郑春华理了一下头发，将身上衣裳扯平整，将碗放在床头小桌下，半躺了下去。又从怀中取出一只金纽扣——那是胤礽和她做爱时遗落在她房里的，自囚禁以来，她一直贴身藏着——把玩着，脸上忽然露出一丝古怪的笑容，讷讷道："总算到时候儿了。"

"什么到时候了？"文润木一脚跨了进来，呵呵笑道，"郑家的，听说您身子不好，要不要寻个郎中来？前日十四爷亲口对我说，您没大罪，叫我好生照应。这不，十三爷也看您来了。我瞧呀，您灾星退了！"说着便见胤祥挥着扇子，一晃一晃地走了进来。文润木忙道："爷，郑主儿在这屋。请进！"一边忙着倒茶，一边口中笑道，"万岁爷出巡。老大的排场，我想着您得一程子才得来呢……这里什么好的也没有，怎么侍候爷呢？"

胤祥"嗯"了一声，注视着发呆的郑春华，笑道："都是些虚热闹，送主子出了正阳门，我就退了下来，不失礼就算尽了孝道。我赏了文七十四一处宅子，你回去看了没有？"

"见了！三进三出，卧砖到顶的宅院。这是在北京，要到外州外府，人家看着就是乡宦了！"文润木忙道，"我要过去磕头谢赏，我爹挡住了，要给爷立个长生牌。爹也不叫。老头子说了，报恩不在这上头。我们文家能有今日，是由祖上的庇荫才遇上了十三爷。不出死力给十三爷卖命，下辈子也还不清爷这个恩债！"胤祥点头暗忖，怪不得四哥从不受别人荐的人，一律自己物色，若早就这样办，我府里也会针插不进水泼不入！遂笑道："我能指望你们报个什么恩？只要你有了这片心，天不辜负你，我也不亏待你——我是奉了太子爷的命过来给郑主儿传句话。你有事只管忙，待会儿过来，我还有话说。"文润木忙打千儿答应着退了出去。

第二十九回　探冷宫胤祥用真情
　　　　　慰县令天子谈官经

郑春华起先想趁着人们不留意时，喝下那碗砒霜，瞥眼间，见桌上放着两碗茶，一模一样，竟忘了哪一碗是自己的，不由得一阵慌神。后来听胤祥说太子有话，反沉住了气，起身蹲了个万福，说道："请十三爷训示。"

"没什么'训示'，我是哄文润木的。"胤祥盯着郑春华缓缓说道，"二爷已经复位，你晓得么？"郑春华脸上没点血色，小声道："奴婢是今儿才知道的……"胤祥端起茶，又顺手放在桌上，背着手踱了两步，倏然回身问道："听说十四爷来过了？"

郑春华见他端茶，吓得心中狂跳，好半日才语无伦次地说道："十四爷没来——不，我没见着十四爷，文公公说十四爷叫奴婢好生调养，不定哪一日……万岁还要传奴婢回宫……"胤祥不禁一笑："不要吓得失魂落魄的！太子有话叫我转告，你得活下去！"

"十三爷！"

"你听我说，"胤祥摆手道，"此地不是善地，你得防着有人加害于你！"

郑春华猛地抬头，惊愕道："我？！"

"你！"胤祥冷冰冰说道，"你应当明白，你一身系太子之安危，社稷之祸福！"

"太子他……他不是已经……"

胤祥低头一叹，道："不错，是复位了。但如今封了一堆王。你娴熟史籍，明代诸王都封在外郡采邑，无事不得擅离藩国。如今的王爷都在京师，个个手握重权，人人一套班底。二爷有多大的势力、能耐，大约你比我还清楚。"郑春华默默点头，沉默良久，退至床边，腿一软坐了下来，沉吟着问道："十三爷的意思我该怎么办？"胤祥左右一看，笑道："三十六计走为上计！"

"十三爷真能取笑！"郑春华突然失态地格格笑道，"你是鼓儿词听得入迷了吧？别忘了这里是禁苑，里头有太监监视，外头有御林军看守，一层一层困得铁桶似的，就是真的插翅飞出去，又投奔哪里？"胤祥出了一阵子神，端起茶碗正要往嘴边送，郑春华却失声惊呼：

"别！"

"什么？"

"我说……茶凉了。"郑春华支吾着过来，"给您换一杯热的……""失惊打怪的吓我一跳！"胤祥笑道，"凉了正好，我不耐烦喝热的——"郑春华慌乱得不知怎样好，忙上前双手捧住碗，眼中满是惊恐和悲哀，颤声道："这茶……吃不得！"

胤祥诧异地松开手，怔怔看着她泼了茶，又重新换了一只碗冲茶端过来，良久，突然恍然大悟，惊呼一声："你——你要……"

"是的，我要下阿鼻地狱去了……"郑春华喃喃道，"该走的时候就得走……"她突然有些哽咽，"造孽这么多，我也晓得死了得上刀山下油锅。但在这世上活着，不也是零刀子割肉地慢慢熬煎？不如就此撒开手——刀山油锅算什么？一霎儿工夫就赎了罪。"

天，不知什么时候阴了。愁云漠漠，凉风飒飒，院中一株白杨哗哗作响，活似一群人在拊手哗笑。胤祥但觉阴惨惨的。毛发森竖，止不住打了个寒噤。郑春华却仍在忏悔："……我出身书香门第，蒙皇恩选在宫掖，不能守身如玉，反而贻害太子……祖父从我知事就讲红颜祸水，毁人社稷。当时听也切齿扼腕，没想到我自己就是这样的人！天爷天爷！你为什么叫我是个女人！"她浑身痉挛着，强抑着不肯放声，已是满面泪珠滚流……

"你……你不要！"胤祥被她的神气惊呆了，怔在当地，但觉心燥如火烤。这事他和胤禛商议再三，既然胤礽是这种德性，不可得罪，也犯不着替他害人。原想把郑春华弄出去交给胤礽发落。即便杀了她，自己没沾血，至少良心过得去。现在看来，这样做似乎更残忍！胤祥木头一样站着，思量了足有一袋烟光景方拿定了主意，说了句："你记住我的话，千万别死！一切由十三爷办！"说罢大踏步出来，站在树下，兀自心跳不止。

文润木知道，阿哥看望被黜宫嫔，有干例禁。虽说太子传话，但并无凭据。正心里打鼓，见胤祥出来，忙迎上去笑道："十三爷，完事了？赏脸到奴才房里吃杯茶罢？"

"你跟我来！"胤祥铁青着脸说了一句，便背手儿往闸口旁一座凉亭走去。文润木呆了一下忙跟了过来。七拐八弯地直到凉亭西假山旁，胤祥方站住了，望着一潭碧波，说道："文润木，方才我听你说，你们爷们都是有天良的。我如今倒真的有事想叫你办，不知你有没有这个胆量？"

"爷说哪里话？"文润木傲然挺胸，说道，"我只是净了身，心却是全的，也是七尺丈夫！"

"那好，"胤祥从怀中取出个包儿，递给文润木，"这包药，你悄悄儿给郑宫人吃了。"

文润木额上沁出了汗，抖着手接过来问道："这是……"胤祥冷冰冰说道："这是鸡鸣五鼓返魂散。她一用下去，你就报她个暴病而亡。验尸太监由你打点。左家庄化人场那边由我打点。要多少银子，一总儿叫你父亲在我府账上支出。你明白么？"文润木好似在梦里，半晌才嗫嚅道："奴才……奴才……"

"唉？"

"奴才是叫爷弄蒙了……"文润木说道，"这到底是为什么？再说，十四爷那头怎么交代？"

胤祥冷笑道："你别问缘故，知道得多了对你没好处。十四爷胆大，我是'拼命十三郎'！我只叫你知道，你办这事是义举！十四爷能把你怎么样？大不了走门路撵你出来！那更好，我给你一家出了奴籍，你父亲、母亲、哥哥、妹子，一大家回宝德。十顷地、五千两银子——这辈子够用了吧？"这话带着极大的诱惑，但更多的是压力，他一家生死予夺，全在十三阿哥手里！

"十三爷既然指了明路，"文润木咬着牙，横了心说道，"奴才办！人吃五谷杂粮，得病、暴死，我文润木有什么法子？办了！"

"你很聪明。"胤祥点了点头，一挥手拔腿去了。

康熙南巡车驾七月十六离京。照老规矩，先到五台山，然后东行登泰山，沿运河乘龙舟南下。刚出京时，康熙心情不快，一直寡言罕语。

看看将至骆马湖镇，康熙兴起，索性将后边官舰上的张廷玉叫到御舟上弈棋作耍，说说往事。当年第一次南巡，在皇商韩春和家遇盗，能婆子韩刘氏大展才智，收服了水盗刘铁成。康熙神采焕发，回头问刘铁成："朕一直想问你，当时你是怎么想的，韩刘氏那么几滴泪，就哭得你认了姐姐？"

"奴才当时也是迷迷糊糊。"刘铁成想起往事，也不胜感慨。因见康熙欢喜，忙道："起初我也蒙了——怎么这么巧，作案作到姐姐家了？但韩氏说得有板有眼；又一想，就算是假的。有这个'老姐姐'也不错，如今想起来像做了一场梦——这都是主子的洪福啊！"张廷玉乘便谏道："圣天子百神相助，这是自然之理。不过万乘之君轻涉险地总归不宜。奴才后生小辈，没赶上万岁当年艰难历程，只听高士奇说过这事。万岁当年闯鳌拜府、访吴应熊家、山西沙河堡遇刺、骆马湖逢险化夷，至危至险，那是不得已儿。愿皇上此番出巡，垂拱九重严加宿卫，似不宜再为此举。"

康熙一边着子儿，说道："廷玉此言差矣！微服私访有什么不好？没有沙河堡微服夜访，朕难知人间难；没有牛街寺之变，何以安定天下回民？朕以百姓为干城，从不作践子民，哪有那么多的人害朕？怕就怕——"他突然打住了，原想说"祸起萧墙之内"，但他不想谈这些烦恼事，遂咽了回去。张廷玉的棋比康熙高出几着，一边煞费苦心投着黑子要弈成和局，口中说道："万岁说的是。陆陇其原也喜欢微服，因吃过微服的亏，后来绝少私访。奴才半月前见了陆陇其，他因纵囚脱逃，部议革职。"听说陆陇其，康熙心头一沉，这是有名的清官，耗羡只收到四分。纵囚的事他也明白，是犯人王秋生欠了生员褚新荣的债还不起被告入狱，陆陇其将王放走。本来极小的事，胤礽听了山东臬司殷诚的话，执意要革职拿问——还不是因为殷诚跟着王掞保过太子！想着，康熙的脸阴沉下来，冷冷说道："前面就要到济源了，叫人下船骑马传旨，着陆陇其一体接驾！"

龙舟当晚西末时分进入济源境。康熙从舱中踱出来。见蒙蒙细雨中，岸边芦棚一溜儿点起十二盏红纱宫灯，在粼粼波光中闪烁。秋风卷来，将康熙苍白发辫撩起老高。岸上一大群文武官员，缙绅耆老望船叩下头，一齐山呼万岁。康熙拈须含笑，命龙舟抛锚暂停，向岸上问道："谁是济源县令？"

"万岁！"那县令杂在府道官员中，原说御舟过境并不停留，磕头送行完事儿的，没想到康熙竟停船指名问话，不禁受宠若惊，头重重磕了三下，大声回道："奴才万炳辉，山西太原人氏，现年四十一岁。康熙三十九年三甲赐进士出身，现任济源县令，叩请万岁金安，万岁万万岁！"

"好生做官，"康熙见他啰嗦，一笑说道，"你的前任陆陇其虽说犯事革职，你要学他清廉。陆陇其来了没有？"

岸上灯影里人群一阵交头接耳，正左右顾盼，一个六十多岁的老者膝行数步，叩头答道："罪臣陆陇其在。"

"你上来。"康熙吩咐了一声便自进舱来。

陆陇其上船，有点不知所措地看了看张廷玉，刘铁成挑起帘子道："请进吧。"张廷玉随着也进了舱房。陆陇其是个十分清癯的老者，棉布袍子青布马褂洗得泛白，脚蹬一双"气死牛"布鞋，像个乡村老学究。康熙遂含笑道："起来回话吧——几时离京的？"

"罪臣七月初八回县。"陆陇其谢恩起来，躬身答道，"部议着臣往西宁军前效力，因本地士绅百姓罢市，恐生意外，着臣回县安抚之后再行启程。"

康熙沉吟了一阵，济源百姓因陆陇其去职攀辕罢市强留，他已从奏折上知道，遂笑道："部议是部议，朕还没说话嘛。西宁苦寒，你这身子骨儿不宜去了。可笑你这个人，竟不会做官！人家是越做越大；你倒好，越做越小。朕没记误的话，你是二甲传胪进士，由翰林院外任分湖盐道，后降为凤阳知府，再黜济源县令，如今索性什么也不是了！"陆陇其略一沉思，答道："万岁觉着可笑，臣却觉得可悲。得罪了盐枭，道台做不成；没钱送藩台，知府做不成；放走孝子，知县做不成。岂不可悲？"

"唔！"康熙目光灼然，踱至陆陇其身边拍拍他的肩头道，"朕明白，你清廉公正是个好官，只是过于清高，犯了读书人的通病。有些事，得变通处置嘛。"陆陇其听着，眼中已满是泪水，却抗声道："请皇上明训！"康熙呵呵笑道："瞧不出，你倒是个绵里藏针的人物！朕所谓变通，不是要你贪赃枉法。比如王秋生一案，你何必私放他出狱？天下县令要学你，不就乱了？于成龙也为这种事受过处分。部议并不冤枉你。王秋生欠债不还，依律流配一千里，你想照顾他，拿到县衙，枷号三个月，不也完事儿？再看，你是父母官，找着原告说一下，免告也可。或者交代衙役们，索拿不到案，也可完事？犯得着你自己也跟着犯法？"

陆陇其听了，觉得虽然有些匪夷所思，细细想来，流配一千里与枷号三个月确是可以代换之刑，自己本是老官熟牍，怎么就想不起这个聪明办法？不由钦佩地看了康熙一眼，肃然说道："罪臣不熟律令，自投法网，万岁所责极是！然而万岁说的第三个办法，臣亦不敢苟同。"

"你这个人呐！"康熙一笑，"要朕怎样说你才明白？楚辞中所谓'沧浪之水清，可以濯吾缨；沧浪之水浊，可以濯吾足'并非完全没有道理。真的贤良之臣，得有明哲自全之道！你有报国之志，却没有虑事之智。身命尚且不保，怎样效忠朝廷？论起来这都是汉人积习，喜邀忠烈之名，其实无补于社稷。李泌处唐室将圮之际，处身危疑之中，匡扶庸主致天下于衽席之上，这叫忠而且智。逢龙、比干一味愚忠，自己千古留名，置君父于不义，哪个好些？你看看这个张廷玉，就明白这个道理。"

一席话说得陆陇其低头沉吟，心下暗服，只低声回道："是。"张廷玉心里却是五味俱全，自己也曾模模糊糊想过这些话，却不料康熙说的比自己想的，更其深刻，更其清晰！听康熙话中"庸主"的意思，一下子联想到胤礽，又是吃惊，又是感动。康熙在失望之时，竟用这种办法保全一批臣子，不禁又泛起一丝淡淡的怅惘。

"你跪安吧。"康熙叹息一声，"趁着罢官无事，将息些日子也好。朕随后还有旨意。"

船起锚开动了，随着船下潺潺的水声，张廷玉心潮起伏痴痴地站着沉思，忽听康熙问道："你觉得此人如何？"

"是个能员。"张廷玉忙道，"似乎古板了些。"康熙却摇头道："朕多少有点失望，他身子太弱了，也太老了点，朕不明白，何以这样一个人，胤礽就放他不过！太子——历事识人，差得太远了。"他目光炯炯，望着一跃一跃的烛光，久久没再说话。

……第二日，天蒙蒙亮康熙就起来了，趿了鞋踱出舱外看时，雨已经停了，瞭见前头乌沉沉一大片房舍，隐隐传来河啸之声，遂问道："前头就是骆马湖镇了吧？"身后的刘铁成对这一带极熟，不假思索地说道："是！前头就是骆马湖。万岁爷听见黄河啸声了吧，这时候秋汛下来了，响得五里外都能听见。要不是靳中丞活着时开了中河，咱们恐怕又得在这儿耽搁了。"康熙没有理会他的话，沉吟片刻吩咐道："停舟，朕要沿堤走走。你传旨张廷玉，还有你，都换了便衣跟着。"说着自回舱里更衣，换了一身竹青夹袍系着腰带出来，顺着桥板走上岸来。张廷玉身着宝蓝长袍，刘铁成扮着长随，在后跟随。康熙拊掌笑道："说你是赶考举人，你往南走；说你是做生意的，又一脸书卷气。哪里来这么一对主仆？"

"咱们是赶南闱的。"张廷玉微笑道，"主子还是不听人劝！昨儿还说不可微行的事哩！"刘铁成道："怕什么鸟？如今不比当年，盗匪是没的了。就有个把地棍，不用抬主子招牌，说我是当年刘大疤，就吓酥了他！"康熙笑道："这会子说嘴！要不是朕，你这阵子不知在哪个乱葬坟里埋呢！"

一边说一边走，镇子已近。此刻朝阳刚刚升起，四面八方路上肩挑车推，满载着鹅鸭肉蛋鱼菜，络绎不绝。有两口子赶着牲畜的，有村姑们结伴而行的，喊喊喳喳、叽叽格格打着趣，笑语不绝。久处禁宫，为儿子们争权夺利弄得头昏脑涨的康熙，一踏上这湿漉漉的黄土堤，看着这欢笑的人群，真觉耳目一新。因见一个推米的老汉上了坡，坐在独轮小车帮上歇脚，康熙便踱过去搭讪道："老哥！粜米去呀？好大的一车，亏你推得动！儿子呢？"

"啊？啊……"老汉耳朵多少有点重听。眯缝着眼看看康熙，用破草帽儿扇着凉道："你买米呀？不成啊！这米我们少东家已卖到河工上了。我这把老骨头还结实呐！"康熙听了一笑，原来是佃户给田主粜米的，又大声问道："这米卖多少钱一斗？"老汉伸出个巴掌比了比，说道："陈米三钱，这是新米，五钱一斗！不瞒你说，这一场秋下来，我们东家可发了。那制钱哪，成车子往家推呀！"

康熙听了便看了看张廷玉。张廷玉心里也一沉：河督上报户部，米价都在八钱一两之间。不问可知，多出的银子都被私吞了。但现任河督丰昇运是胤禵门下，自己又怎么敢招惹？遂抓了一把米在手中看成色，一声不敢言语。康熙也抓一把米在手心里搓着看，赞道："黄灿灿金子似的，真是好米！你们东家有多少地？怎么就成车往家推钱？"

"有名的张阁老嘛！"老汉自豪地说道，"那地还少得了？这个数。"说着，把大拇指和小指比了出来。康熙一边寻思一边道："哦，六百亩地。"
"你真是个外乡人！"老汉呵呵一笑，"六百顷！加上我们佃户的地，合下来一千多顷呢！"

康熙懵懂了："佃户有地还当什么佃户？佃户的地为什么要加在阁老的地里？"正要问，张廷玉却问道："老人家，你自家有地，怎么又给人家当佃户，出这把子冤枉气力？"

"按万岁爷的规矩，'举人阁老，秀才尚书'，都可免税。"老汉认真地说道，"我弟兄三个，就一个独根苗苗。我们三兄弟一归天，三个人的丁亩税，将来都得砸到我那独苗苗身上。你合计合计，是当佃户好，还是自家种合算？人哪，得认命，得知足。没有人家这棵大树，咱爷们就得在毒日头底下流油儿了！"说罢叹息一声，用粗糙的手打火镰儿抽着了旱烟，品味着没再说话。

第三十回　坐茶肆天子逢寒士　住驿馆康熙惩督帅

康熙默默地离开老人。一种说不出的滋味泛上心头，他已不再像方才那样愉悦欢喜。张廷玉深知他的心思，却不敢说破，只道："爷，进镇子了，人多，留点神，车挤马碰的。"康熙会意地点点头，街上景致，与二十五年前并无多大变化。不过房子多了些。人头攒动，摩肩擦背，嘈杂的叫卖声此伏彼起，热闹异常。过了一会儿，听见镇北咚咚咚三声炮响，接着隐隐传来乐声。人流呼地向北拥去，挤得大人叫孩子哭，都说："皇上的御船已进镇北码头了，快去看哪！"康熙只一笑，回头对刘铁成道："那边茶馆里还略清净些，过去坐坐吧。"

"三位老客！里头坐——"因人们都去看御舟，茶馆里剩下没几个人，只南边桌上一个中年汉子，衣着齐整，喝着茶，漫不经心地吃着芝麻饼子；临河西窗下还有三个老头摆龙门阵，说得十分热闹。伙计笑嘻嘻地迎他们进来，拖着长声说道："这三位——靠河那边景致好——老客放心，皇上龙舟早晚得从这里过，少不了您瞧的！要点什么茶？雨前？龙井？毛尖、普洱都有！点心来点？"

康熙心不在焉地说道："随便来点吧，什么都成——我坐这里，廷玉你这边坐。"刘铁成站在一旁侍候着。康熙起先只看景致，后来听隔座一个老者说得有趣，竟听得入了神。

"你知道吧？官员顶子，讲究多啦！"那老者戴着一顶旧西瓜帽，尖嘴猴腮，长着几撇老鼠须，眼睛灼灼有神，说道，"单是红顶子，就有血红的、银红的、笺红的、老红的、喜红的，各色名目不一。"旁边一个胖子摇头道："只要有两万两银子，我能弄一顶戴戴，没有什么稀罕的。"

老鼠胡子龇着板牙一笑，说道："你说的那是银红顶子，拿银子换的嘛！"旁边一个白净脸的中年人捋着八字须笑道："老欧阳，那血红的顶子自然是有战功的了；这笺红的，不才揣摩出来了，定必是撞了当道大老的木钟，拿了荐书弄来的，所以叫'笺红'；只不知'老红''喜红'的由来，愿闻其详。"欧阳老头子"嗞儿"呷了一口茶，晒道："立了战功有什么说的？那叫'正红'！这血红嘛，给你打个比喻吧，像吴天钧军门剿乔仲甫这股子海匪，其实正经水匪不过三十来个，可他在烟台一下子杀了八百多！割掉人头就是功，这就叫血红！——喜红是个巧宗儿，瞅准了哪位王爷办喜事，如孩子过生日，在汤饼会上做文章；王爷要讨小儿，在彩礼上做文章。做得好，自然要给你一个红顶子。这就叫'喜红'顶子。至于老红——"他叹息一声，抚着又尖又秃的脑门子道，"不管京官外官，少操心办事、多保养身子，可劲儿熬资格，头发白时顶子也能红。"

"你到底见过世面，我们比不得。"胖子不胜感慨地说道，"像我，从十二岁头次进场，如今斑了头，还是个童生，可谓'老童'了！"康熙不禁抿嘴一笑，却听那位苍白脸老人道："欧阳宏说这些，据学生看，似乎还没说全。更有一种，就拿咱们丰督帅说吧，谋这河督一差，先求了十四爷，后求吏部邱尚书。邱尚书，是福建人，好男宠，丰帅便送了八个娈童过去；夫人何氏还拜了沈英大学士为干爹；他的小妾叫袖翠儿，也送了十爷。你老兄有捷才，说说这叫什么红？"

欧阳宏垂了眉毛，眼中闪着狡黠的光，半晌，将桌子一拍，叫道："有了！此可谓之'肉红'也！"

众人不禁哄堂大笑。刘铁成笑得弯着腰道："这糟老头子好口损！"张廷玉一阵笑过，却又皱起眉头。康熙正要说话，却见独坐一旁的中年汉子走过去，阴沉沉地站到三个人跟前，半晌，说道："你们三位，跟我走一遭吧。"

众人听了都不禁一怔，苍白了脸。那个叫欧阳宏的却颇沉得住气，三角眼一翻，问道："你先生贵干？素不相识，要我们跟你到哪里去？"

"我是河督府的戈什哈。"中年人说道，"你们方才说丰督帅是什么'肉红顶子'，我想请你们去见见我们大人。"欧阳宏笑道："阁下弄错了吧，河督府在清江，离这里几百里，这盘缠谁出？就是该吃官司，没有府县牌票，恐怕你也难拿人。"戈什哈冷笑道："我早看出你是个挑头的，瞧你那副尊容，就知道不是好东西！丰帅就在此地接驾，不用去清江——识相点，免得善请不动，只好恶请了！"

康熙听得正有趣味，冷不丁插出个败兴物，不禁勃然作色。张廷玉怕他发作，待要起身过来解说，却被康熙扯了一把袖子，只好坐了回去。那个胖子却慌了神，忙起身来，从腰里掏摸半日，掏出二钱一个小银角子，赔笑道："别见笑，都怪我今个儿嚏了几盅黄汤，说话没深浅……些须小意思，您吃口茶，平平气……"

"不要给他！"

那戈什哈嫌银子少，板着脸还要讹诈，欧阳宏却大声说道："二钱银子能买两只鸡，黄鸡下老酒，够我们再打一顿牙祭了！"他翘着老鼠胡子对戈什哈又道："没有县里的牌票，我们哪儿也不去！丰昇运是肉红顶子，肉红顶子！"那戈什哈气呆了，口吃半日方骂道："一世发不了迹的老穷酸！丰大帅一开口，别说你这骆马湖，说是安徽巡抚也得买账！爷爷今儿奉着宪命，就为访查你这号大胆放肆的狂徒——你说老子治不了你？"说着来到店门口，手一摆，对面就有五六个汉子凑了过来。戈什哈见老板的脸吓得煞白，过来要劝，一把将他推了个踉跄，又冲张廷玉喝道："没你们的事，你们出去！"

张廷玉怔了半晌，才想到是说自己，忙转脸看康熙。康熙倒平静下来，跷起二郎腿啜茶不语。那戈什哈便叫道："聋啦？说你们呢，快滚！"

"你才聋了呢！"欧阳宏扣着茶碗，神定气闲地说道，"——你听听那边的鼓乐声！皇上的御舟就要过来了，你敢动粗？"众人一愣，果然听见阵阵细乐声，看热闹的人也渐渐拥了过来。不少人埋怨着今儿没福，那么多的大官在镇北接驾，皇上也没露面……欧阳宏嘿嘿笑道："听见了吧！你有种就来。御舟一到，我放嗓子喊冤！咱们当着万岁爷辩辩，姓丰的顶子是什么颜色！"

康熙没想到这个丑八怪老头能如此急中生智，反仗自己的势力压河督府，不觉暗笑。心想：只可惜老了一点。

这一招果然管用，戈什哈不禁一愣：此刻动手倒也来得及，只是若被这糟老头子一嗓子喊出去，势必惊动御驾，这个麻烦就大了！思量着，冷笑一声道："算你是个角色，我服你了！店家，这店我包了，我付账！外头人不准进，里头人不许出！"说罢坐了，端起一碗凉茶咕噜噜灌下，阴笑着道："我们一道看御舟，好么？"

"如此更佳！"欧阳宏嬉笑道，"一会儿这里水泄不通，到处是人，趁着人多我们走路。你敢拦，咱照样儿喊。只怕皇上的侍卫不认识你仁兄，拿住当强盗办了也未可知——老板！我们的茶账由他付了！"

戈什哈想想，竟拿此人毫无办法！起身一跺脚便走。康熙一努嘴，刘铁成早扑了上去，一把扳住他的肩头："日你奶奶！说过你付账，怎么不言声就走？"说着一掌掴将去，那戈什哈左颊顿时紫涨起来。外边人一看这里打架，顿时将店门围了个密不透风。戈什哈真的慌了神。此刻若被御前侍卫拿了，岂不有惊驾的罪，自己如何能当得起？戈什哈白挨了一耳光，嗫嚅半晌方切齿笑道："刁老鼠今儿咬了猫！咱们走着瞧，水过石头出，放屁手儿掩，你们一个也走不脱！"丢了一块银子给掌柜的，带着几个从人挤了出去。

"几位尊兄也走吧！"欧阳宏见康熙拊掌大笑，遂道，"看你二位，似乎是赶南闱的，我也不是此地人，一走就了！现在他拿我们没法子，圣驾一过去，可就难说了。"康熙兴味益然地笑道："你的话我还没听够呢。怕什么？天下者乃康熙皇上的天下！山东刘宫保，安徽尹制台都是我的好友，十四阿哥也与我颇有渊源，丰某算什么？你客居于此，如蒙不弃，随我到驿馆一叙，如何？"张廷玉会意，默默点头，便退出去安置。

三个人听了这才恍然，欧阳宏遂笑道："足下原来是致休大臣，怪不得气度如此雍容，落落大方！这样吧——黄魏二兄，你们原说今儿北去，方才一叙就算了却了多年心愿。过桐城时，请二位给我家带个平安信儿，说我过两个月就回去——拜托了！"说罢三人举手一揖带过，康熙一行由刘铁成带着往驿馆行来，一路谈笑，十分欢快。

"大人！"欧阳宏眼见驿馆已到，驿丞已迎了出来，向康熙问道，"你我名位悬殊，却是臭味相投！说了半日尚未请教尊姓、台甫，敢问老大人原在朝内官居何职？"

康熙微笑道："我么——姓龙，名德海，字秉政，官倒也不大，因得罪明、索二相，早已无心仕途——"正说间，张廷玉从驿中出来，一揖说道："少保，里头已经收拾出来，极干净的上房，长随们也安置了，请放心住下——欧阳先生不知怎样安排？"康熙笑道："欧阳先生，我们抵足而眠，剪烛论文如何？"

"快哉！抵足而眠、剪烛论文，豪士高风也！难怪明珠、索额图猥琐之辈不能容君！"欧阳宏鼓掌大笑。笑着，心里忽地一沉，喃喃道："龙——德海！字秉政——嗯……'秉政'……"康熙知他天分高，怕他起疑，忙岔开话题道："走，咱们进去弄半斤酒，一只黄鸡——你不是想吃鸡么？"

那驿丞是纳捐新补的九品官，十分勤谨却不通仕路高低，带着他们直入中堂，因见天色渐晚，命人掌灯，又打来滚热的水给他们烫脚，口中不停说着："方才张大人带着县里的人来说，您是东宫洗马。俗话说宰相府里七品官，您在东宫洗马，那少说是六品了，皇上跟前的人嘛！今个呀，外头那么大的排场，可惜我奉了宪令不许去看——怕皇上万一要住——这可好，皇上连面都没露就走了，丰督帅和道府的老爷们慌得了不得，怕是什么事惹了皇上不高兴，说要坐轿再送一程。今晚这儿是没人再来了。您真有福气，我竟为您忙了整整七天——现在要什么有什么，您想来点什么？"他絮絮叨叨说着，听得几个人都暗暗好笑。

"要几只黄焖鸡。"康熙双脚在热水里对着搓着，说道，"再弄点好酒，比如玉壶春、口子酒、三河老醪、茅台都成。"驿丞答应一声，脚不点地去了。不一会，酒菜便端了上来。康熙坐了主席，张廷玉拿捏着右侧相陪，欧阳宏坐在客席，刘铁成掇把椅子坐守在门口。

那驿丞一头布菜斟酒，笑嘻嘻问道："龙大爷，虽说有大有小，咱们到底都是侍候人的差使。我不懂规矩，您既是'洗马'，怎么方才张大人又叫您'烧包'（少保）？这可不怎么好听呀！东宫里头的马，还要洗呀！我弄不明白，是天天洗呢，还是隔几日洗一次？一次您洗几匹马呢？"众人不禁哄堂大笑。康熙笑得眼泪都流了出来，一手抚桌，一手捂着肚子；张廷玉一口酒"噗"地喷了出来，欧阳宏笑岔了气，不住捶打胸部。驿丞瞠目问道："难道我问的不是了？"

"很是很是！"康熙大笑道，"东宫的马不同凡马，自然是洗的。总共是二十四匹马。我要高兴，一天就洗它两遍三遍，要没心绪，几天也不洗一匹。要是千里马，就洗得仔细点，其余的弄桶水浇它一下也算洗过！"说罢众人又捧腹大笑。康熙陡地想起胤礽：这个逆子，能算一匹千里马么？他的脸色阴沉下来。良久，竟轻叹了一声。驿丞呆呆地听完了，啧啧赞叹。

"到底是宫里的人，差使松活，想干就干，想歇就歇！"

欧阳宏却心中犯疑：太子师傅，本朝有限的几个他都知道，并没一个姓龙的。这个龙德海自称得罪明珠、索额图两大权相被黜，那至少也有十年了。十年前何来二十四个皇阿哥？再看一眼沉吟不语的康熙，欧阳宏忽地升起一个念头：莫非……不由一阵慌乱，举箸时竟将身边茶几上摆的一个无锡泥塑不倒翁碰落地上。那物件却做得结实，在地下东倒西歪打了几个旋儿，依旧站稳了，仰着脸神气地盯着康熙。康熙心中一动，笑谓张廷玉："玉臣，你也是两榜进士出身，就这个不倒翁，能咏几句么？"

"秉政！"张廷玉乍着胆子称了一句康熙的假字，笑道，"要是做八股，我还能将就凑合，即席咏物，我可没这个捷才。"康熙含笑看着欧阳宏道："欧阳'老童'，你怎么样？"

欧阳宏暗自拿着劲，捋着胡子说道："一时之间，恐怕难出佳句。不过吃闷酒终归没意趣，我先献个丑吧！"一仰首，吟道：

> 头锐能钻，腹空能受。
>
> 冠带尊严，面和心垢。
>
> 状似欲倒，其实不仆。

"妙！"张廷玉喝彩道，"寥寥数语，骂倒天下赃官污吏！"

"嗯，不错。"康熙满意地捋须微笑，又道，"方才欧阳兄说的，枯酒难吃。我们用四书打谜赌酒如何？"欧阳宏见康熙如此随和，放开了胆，笑道："不瞒二位，若论这些玩意儿，恐怕难不倒老欧阳。"

张廷玉道："圣道渊深，岂有止境？你不要吹，我先出一个——青宫——请猜。"欧阳宏笑着将杯一推，说道："请吃罚酒——青宫乃四书中'君子居之'一句！"张廷玉只好笑着饮了，却听康熙说道："长明灯！"

"不息则久。"欧阳宏闪着椒豆似的小眼睛答道，"我也问一个——'偏讳'是什么？"

康熙沉吟着答道："可是'名不正'？"欧阳宏笑道："是。我们各输一杯，谁也不用喝酒。"张廷玉身子一倾又问："枕流是什么？"

"其耳湿湿。"欧阳宏应口答道，"这是《诗经》里的，不在四书。"话音刚落，张廷玉又问：

"纪程新咏？"

"为此诗者其知道乎！"

"皆坐而谈！"

"妙哉！"欧阳宏豪兴大发，拍案回道，"无与立谈者！"

康熙见他应对如流，更觉欢喜，笑道："真个敏捷，我再问你——农之子又务农？"

"耕者不变。"欧阳宏一笑，"请问，'吃烟'是什么？"

康熙歪着头想了半日，笑问："可是'食在口而吐之'？"

三人斗谜吃酒，康熙和张廷玉翻箱倒柜，反复问难，欧阳宏来者不拒，信手拈来，回得恰到好处，一旁坐着观战的刘铁成却听得迷迷糊糊，如坠五里雾中。正热闹间，康熙转脸见驿丞进来，便道："天早着呢，不叫你不用进来。"

"回'洗马'的话，"驿丞不安地说道，"恐怕列位爷得挪个地方儿。"

"此地很好。"康熙仰脸想着出题目，口中道，"你去吧。"驿丞噗嗤一笑，说道："此地当然'很好'。原说就留您在中堂歇息。偏偏丰督帅来了，一脸的不自在，说没见着皇上，在河边干侍候了几天，真晦气，回来要住驿馆。"康熙听说丰某这么无礼，脸上登时变色，待要发作，又忍住了，冷笑道："他来了，我就得腾房？这是你的主意，还是他说的？"

驿丞赔笑道："是丰帅的话，我说有个六品京官住下了，叫人家腾房，怪不好意思的。就这一宿，请大帅将就一下……大帅当时脸拉得这么长，骂我尿攮的不懂事，二品六品谁大谁小都不省得……"不等他说完，康熙已站起了身，笑谓众人："那自然，六品是不及二品大，咱们挪西配房。欧阳先生，咱们走！"张廷玉暗自为丰昇运捏了一把汗，只好干笑着附和："咱们走，咱们走，给丰大人腾房子！"

四个人刚进厢屋，外边河督府的仪仗卤簿就进了院，几十盏灯笼照得院子里外通明雪亮，闹嚷嚷的呼唤声，把个驿丞支使得晕头转向。接着，几十名戈什哈簇拥着丰昇运直趋上房。佩刀碰得叮当乱响。那个日间在茶馆挨打的戈什哈一眼看见刘铁成站在西屋门口，打了个怔，铁青着脸不吱声过来，隔窗看了看屋里，突然大喊一声："丰大帅！"

丰昇运已经登上当屋石阶，被他吓了一跳，回头断喝道："你炸什么尸？"康熙望望张廷玉，张廷玉只点点头，不言声向院外走去。那戈什哈指着厢屋向丰昇运说："就是这几个人，今儿在茶馆里作践您，说您是……是肉红顶子！那个老鼠胡子丑八怪，阴损之极！这黑大汉还掌了我一个嘴巴！"

"唔。"丰昇运含意不明地一笑，踅过来，背着手思索一阵，朗声笑问道，"房里是哪位老兄？请出来相见。"

没有人应声，康熙和欧阳宏目光灼灼地对视着。半晌，欧阳宏说道："龙兄，是我惹的事，我出去见他。"康熙一把按住了他，摇头示意他不要说话。丰昇运又问了一声，见仍没人应声，便凑了近来，刚要进屋，却被刘铁成铁钳子似的手抓住了膀子，阴沉沉道："督帅，孟浪了吧？"

"孟浪？"丰昇运后退一步，哈哈大笑，"我既是你说的所谓'肉红顶子'，好歹就是封疆大吏！一个小小的部曹要挡我的驾？哼！"说着脸一沉，大声吩咐道："来啊——拖开他！"

"喳！"戈什哈们轰雷般应了一声，将袖挽臂地就要动手。忽然大门口一阵喧嚷，张廷玉头戴珊瑚顶子，身着簇新的九蟒五爪袍，外缀仙鹤补子，带着德楞泰等一干侍卫一拥而入，见里头双方僵持，剑拔弩张，张廷玉大叫一声："圣驾在此，谁敢无礼！"

这一声如同平地起炸雷，震得院里院外廊上堂下所有众人个个面如死灰，呆若木鸡，驿馆大院顿时一片死寂。

康熙弹衣起身，拍了拍怔在椅上的欧阳宏肩头，踱至门口，哼了一声问道："丰昇运，你强行见朕，有何事要奏啊？"张廷玉见丰昇运木立不语，知道他吓呆了，便喝道："丰某，你死了么？皇上问话为什么不回？！"

"皇……上。"丰昇运抖着嘴唇蹦出两个字来，仍旧一动不动，忽地，扑通一声就倒了下去。

张廷玉上去试了试鼻息，抬头看着康熙道："主上，这……"

"他是吓破了苦胆。"康熙冷冷说道，"这样的东西，朕见他也无话可说。拉出去喂狗吧。"刘铁成答应着，叫人下了河督府众人的兵器，统统赶到后院马厩里囚起来。德楞泰便叫过驿丞，问驿馆里有狗没有。康熙兀自恨恨不已，回身进屋，一边说道："不要饶他！连那个戈什哈也拖出去剁了!"

欧阳宏早已俯伏在地,连连顿首道:"万岁!您英明一世,何乃出此亡国之音?"

"唔。唔?"康熙笑问道,"朕何尝有过什么'亡国之音'?倒要请教你这老童生!"

第三十一回　收智囊康熙交名儒
　　　　　　惩墨吏胤礽伐异己

　　欧阳宏俯伏叩头，朗声奏道："恕臣死罪！前明一代君主，有法不循，常以非刑加于臣工，动辄剥皮喂狗，滥施刑罚，置六部于无用之地。此乃亡明败政，所以臣谓为亡国之音！"康熙格格一笑，说道："前明之亡，亡于东西厂匪人横行，阉官专权，与皇帝惩贪除暴有什么干系？倒是闻所未闻。"欧阳宏道："惩贪除暴国家自有法规。草莽绿林中何尝没有杀暴安良的，朝廷岂可自降身份，与他们为伍？请皇上睿断。依臣之见，将此国蠹交付部议，依律明正典刑，晓示天下臣民。如此，则贪官震慑，不敢妄生侥幸之心，亦可免史官称我主以非刑杀人，岂不善乎？"

　　"唔！"欧阳宏没有明说，康熙已经明白了他的用意：这样杀丰昇运，与绿林好汉劫富济贫并无二致。起居注上一写，自己倒落个非刑杀人的名儿。更有一宗儿，后世子孙循例仿效起来，岂不又要导致东厂之类恶徒猖獗，那可真是遗患无穷了。就凭这点远见，身边的张廷玉就不能及！康熙遂笑道："防微杜渐，尔言之成理。不过这话只可你讲，张廷玉处身其间，说出来就不免嫌疑了。"

　　张廷玉确实没想到这一层，听康熙为自己争脸，心中不由一阵感动，奏道："万岁，欧阳宏才识过人，臣不能及，应简拔出仕为国效力！"康熙满意地点点头，正要说话，欧阳宏浑身一抖，叩头道："臣躬逢盛世，际遇天子，以布衣之身袭万乘之尊，已是旷世隆恩。断不敢再作非分之想，觍颜侧身庙堂。万岁垂鉴！"

　　"人家都巴不得做官，"康熙见他推辞，不像是做作，遂笑道，"你有福见朕，错过如此机遇，岂不可惜？"欧阳宏叩下头去，浑身战栗着泣道："实不相瞒，臣不姓欧阳，也不叫宏，为了逃罪，用了假名……"

　　康熙和张廷玉都吃了一惊，对视一眼，张廷玉问道："你的真名是什么？"

"罪臣……方苞……万死！"

康熙的心猛地一沉：下头跪着的，竟是戴名世《南山集》一案的罪犯，正犯早已处决，因方苞才名冠世，几个皇阿哥和上书房大臣说情，放免回籍，不想竟在此邂逅相逢！康熙目光望着外头漆黑的夜，一时没说话。只听一阵秋风过去，满院杨柳婆娑摇曳，发出细微的沙沙声。半晌，康熙才说道："你是朕特赦出来的，又何必改名换姓，吓得像避猫鼠似的？"方苞叩头道："狱中并未传特赦之旨，当时只听说朝廷要清理刑狱，查处'宰白鸭'，狱中连夜放人换人，罪臣以为他们错放了，所以连夜逃出，万岁不说，罪臣至今仍以为朝廷尚在缉拿……"康熙也觉好笑。因想到方苞出狱时的情形，康熙又感到可怕，叹了一声，没再言语。

"我也是桐城人，拜读过你的文章。当时赦你，我还去寻你来着，你却走了。"良久，张廷玉才道，"我很奇怪，你如此学问，为什么不应试做官，反倒跟着戴名世胡说八道，谬解圣人经义？"方苞苦笑道："问及我犯罪情由，一言难尽。我倒是应试了几次来着，康熙二十六年南闱拆卷，我是解元。后来拜见主考左玉兴，他皱着眉头说：'这活钟馗模样，怎么去见圣驾？'把我黜到最后一名。一气之下，我就拂袖……"

康熙叹道："你不必说了，考官得罪了你，你也犯不着跟着旁人骂朕嘛！这件事截至今日，休要再提——你且暂退，朕和张廷玉有事要议。"眼见方苞走了出去，张廷玉踌躇着问道："万岁，您看这事……"康熙半靠在椅上，呆望了一会，良久，吁了一口气道：

"你传旨，叫他即日入上书房侍候。"

张廷玉愣住了，他怎么也弄不明白康熙此刻的心思！上书房总揽六部，乃是中央机枢之地，官无分大小，一踏进上书房，百官即视为宰相。他嗫嚅许久，张廷玉方道："主子，这……"

"有什么不合适的？"康熙坐直了身子，冷冷说道，"明珠有多少才学？在上书房秉政近二十年；高士奇也是没功名的，在上书房不挺好？你要知道，如今还有一干子文人在下头骂街，说朕不能容纳汉人，朕就是要叫他们看看朕的器量！上书房上书房，毕竟是书房嘛，养不起个文人？朕幼年没设上书房，只有一个伍次友先生朝夕相处，蛮好！他也不过是个举人。

你难道及得上伍先生？——叫他进来吧！"

这话问得很重，张廷玉没敢再回一句话，默默一躬，退出去带着方苞进来。方苞跪着听张廷玉宣了旨，似乎并不吃惊，眼眶中泪水旋转着，叩了头，叹息一声道："罪臣已是明日黄花，恐难符皇上厚望……唉！夕阳无限好，只是近黄昏啊！"

"天意怜幽草，人间重晚晴！"康熙接口吟道。他也很感慨，沉吟着道，"朕又不是叫你猎豹捕熊，何必作此司马牛之叹？朕叫你入上书房，不同于张廷玉、马齐。你还保留你的布衣本色，朕不打算封你的官！"听到这话，张廷玉不禁睁大了眼，却听康熙深沉地说道，"人为万物之灵，但谈起做人，那真是不容易。文武百官，富室巨贾，谁没个书房？谁家书房像朕这里，高居九重。臣工们到了朕这里，一见面就是'皇天圣明，臣罪当死'！"他苦笑一下，"朕老了，既无泉林可退，也没有家人天伦之乐。你们想不出朕是多么的凄凉寂寞——孤家、寡人。总而言之是独自一人罢了……"说着，竟双目含泪，泪光滢滢。

张廷玉和方苞一时都痴了，一齐低垂了头。康熙这番独白，发自内心，句句都是实话。既无言可劝，谏亦无处可谏。正发愣间，康熙问道："廷玉，你明白朕的意思么？"

"奴才……明白。"张廷玉不知怎的，喉头也有些哽咽。

康熙点点头，打起精神笑道："明白了就好——方苞，张廷玉年轻，叫他跪着。你是朕的朋友，起来坐着！这回南巡，你陪着朕多走几处，咱们痛痛快快地乐他几日！"方苞此刻领悟到康熙命自己白衣入上书房的真意，十分感动。因见康熙高兴起来，叩头起身笑道："臣虽不敢妄攀陛下为'友'，勉从圣命为皇上磨砚洗笔，做个布衣之客。"说罢与康熙相视莞尔一笑。

康熙车驾莅临南京的第二日，胤礽收到张廷玉从骆马湖发来的廷谕，才晓得新任不久的河督丰昇运已被革拿。看着诏谕，胤礽心里也有点犯嘀咕：丰昇运的官位是纳捐保举上来的，虽说是经十四阿哥的手，但胤礽本人也得一千两黄金的好处，因此心里颇不自在。踌躇良久，胤礽命人将诰制发送马齐，交批本处用玺明发，将张廷玉参劾丰昇运贪贿、克扣工银、媚上求荣的细目发至刑部。

王掞和朱天保、陈嘉猷三个人都在毓庆宫写节略，看折本。听到胤礽要出宫去四爷府，王掞起身问道："太子，施世纶户部那边一大堆事情没办清爽，原约他今日进来见你。这辰光去四爷府有什么事？"胤礽脸一沉：怎么这老头子事事都要管？但王掞是他"复位"的第一功臣，又不好怎样，遂道："施世纶和老四、老十三他们，还不是一回事？没准儿这会子都在雍王府议事呢！这一去就可以都见着了？"

"太子爷，"陈嘉猷也起身道，"您传四爷，我去叫他进来。"胤礽笑道："就这么几步路，我也想走动走动。我去、他来还不是一样的？"

朱天保挺直了身子道："那当然是不一样的！三爷、四爷、八爷如今都晋了亲王，太子总往四爷府走动，别的阿哥们会怎么想？君臣分际大礼所在，太子得详虑。"胤礽听他们说的，也觉得不无道理，但为这点子小事几个人都煞有介事地反对，面子上却下不来，遂冷笑道："你说这话便该掌嘴！八爷府我没去过？我和八爷有什么过不去的？和四爷也没有格外的亲近。我们兄弟连句私房话都说不得么？"

"什么私房话？"朱天保硬硬地顶了回来，"储君乃天下公器，与臣下有什么私房话？"

朱天保语气似近无礼，却有成典可依。当初汉文帝继位，未入宫前陈平夜间私谒，文帝近臣挡驾说，天子无私事，有公事到朝廷上说。胤礽当然熟知这段故事，但他的自尊心却承受不了，正搜肠刮肚地寻理由批驳这三个人，却见胤祥提着袍角，急匆匆地向毓庆宫走来，几个太监忙不迭地请安迎接。胤礽咽了一口气，换了笑脸道："老十三，你这么急脚猫似的，有什么要紧事？"

"回太子话，"胤祥进来，打千儿请安道，"四王爷方才在吏部签押房接了旨意。原想是头几日拟的革职人名单批下来了，看过才晓得是丰昇运坏了事。我特来请示，问一下名单的事。"

胤礽笑问道："这是四爷的主意呢，还是你的？保不定是施世纶撺掇着你来问的吧？"胤祥揣摩着他的话意道："是我们三个合计的。这次查出贪贿坏法的革员有四十一名，虽说查得扎实，十停倒有九停是道员以下的，总觉有些不足以震慑视听。皇上既要查办丰某，这就有了个二品大员，加上户部两个员外郎、礼部的黄庚申、罗思洁凑成一批，一齐锁拿大理寺，声势也就可观了。"

"先不忙，我好好想想。"胤礽摆了摆手坐下，转脸对王掞三个人笑道，"你们坐了大半日，也好松泛一下了。到上书房去见马齐，把各省的折子清理一下。凡有准噶尔部阿拉布坦的军情，六百里加急的发往南京请皇上处置。有关河务、漕运的也一并送呈，余下的分门别类带过来，咱们好参酌着办。"

见胤礽摆谱儿叫回避，王掞三人不约而同对视一眼，想不到胤礽如此不光明正大，王掞坦然离座，对脸色铁青的朱天保和陈嘉猷道："走吧。"于是三人一躬怏怏而去。胤祥诧异地问道："我说的都是正经差使，正好一处集思广益，你怎么反倒支开他们？"

"不要管他们。驭下之道在于恩威并用。我们商量了再和他们参酌。"胤礽示意胤祥坐下，屏退太监，方问道，"我上次托你的事办得怎么样了？"胤祥心里一阵光火：巴巴儿把几个办事的人都撵了去，一大堆的棘手公务不说，只问自己的私事！想了想，淡然说道："办了，挺干净的。我在左家庄给她找了块坟地，把骨灰埋了。提起这事，我就心里难受……太子，有道是钢刀虽快，不杀无罪之人呐……"

胤礽目光兴奋地一闪，又黯淡下来，低头沉思许久才道："你以为我愿意这样？都是让人逼的……李隆基何尝愿意杨玉环——"他忽然想到唐玄宗是亡国之君，觉得不吉利，便改口道，"她为我死，也算殉社稷，死得其所。至于她的身后名声，得到我能做主的时候再说了——老八，我饶不了他！"胤祥想起乔姐、阿兰，这两个碍眼物，自己不也想寻机会除掉么？听胤礽痛心疾首，哽咽不能自制，也觉其情不无可悯，叹了一声出神不语。胤礽走至案边拿起厚厚一叠卷宗，掂了掂，笑道："不说这事了。这是你要的名单和罪由节略，我批了，有增的有减的，都是我精心裁定的，你先看看。"

胤祥扫了一眼卷宗，头一页上便写道："着将范修同等五十名贪墨犯官革职，锁拿进京。由刑部、大理寺会同谳审，取实供后报圣上批处。"细看时胤祥不禁倒抽一口冷气：原来案中涉及亲太子派官员的名字一概删去，新增进去的都是胤礽平日说起的"八爷党"！胤祥心下踌躇，问道："这个名单马齐和王师傅他们看了么？"

"马齐那里不过是走过场。"胤礽不凉不热地说道，阴冷的目光竟使胤祥无端打了个冷战儿，"王掞他们毕竟不是廷臣，参与政务不可过深。我想先给你和老四看看，有什么不妥，我们商量了再说。"

既是有商量余地，胤祥略觉放心，他很清楚：不要说批出去，就是露点风出去，这个名单立时要引起反过太子的官员极大的惶恐，胤祥怔了片刻，忽然福至心灵，说道："太子爷，既是还要商量，我不必忙着带出去。我还得到后头德主儿那儿代四哥请安。回头我传谕，叫四哥、施世纶进来，您当面吩咐，可成？"

"也好。"胤礽笑了笑，抬手道，"道乏吧。"

胤禛和施世纶还在吏部等信儿，胤祥慌忙赶回来，一长一短说了名单的事，施世纶头上立时沁出冷汗，说道："十三爷，亏了您没带那个名单！您要抱了这个红炭团子来部里，咱们几个可要烤一场好火了。"胤祥道："我是多了个心眼儿——其实你老施也犯不着害怕，冤有头债有主，哪里就轮到你顶缸了呢？"

胤禛在旁边烤着火一直没言语，用火筷子把一盆焚了百合香的炭拨得起旺焰儿，红光照着他沉思不语的面孔，看去十分安详，只额角上的肌肉偶尔抽动一下。许久，胤禛把铁箸一扔，说道："这么不醒事，我看不是事儿。办砸了清理亏空的差使，已经跟着他吃了挂落，这是瓜青水白的事，不能再像上回——查实了，无论与他与八爷有恩有仇，都得一律处置！要是胡来，只好各自干各自的，横竖上头还有皇上呢！"

"四爷，"施世纶嗫嚅道，"您别忘了，太子是在北京坐纛儿的呀！"胤禛冷冰冰说道："他没坐纛时我已经是钦差，我向皇上负责，他毕竟不是皇上。"说罢，站起身来，朝外喊了一声："来！"

戴铎就守在门口，听见招呼一步跨进来，说道："四爷！"

"传吏部侍郎温瑶珍进来！"

戴铎答应一声去了。胤祥笑问道："四哥还想盘出任伯安？我说，竟别费这个心，温某死也不会攀他的。你何必替旁人砍这榆木根呢？"

"我有利器，不怕它盘根错节。"胤禛脸上毫无表情，"这件事你两个都不要管！"施世纶皱眉道："四爷，您要动刑么？温瑶珍是大臣，有干例禁，四爷得三思而行。"话音刚落，吏部侍郎温瑶珍已跟着戴铎进来，施世纶便住了口。

"瑶珍，"胤禛和气地说道，"本藩奉旨来查吏部，您是头一个被革掉顶戴的。记得革你顶戴那日，我们曾促膝交谈，有言在先，只要你说出来，你为什么给任伯安三万两银子，天大的事，都是四爷维持。——你如今想好了没有？"

温瑶珍答道："有四爷维护，犯官自然十分感激。三万两银子是任伯安在吏部借用的。犯官实难推辞。"

"哼！"胤禛阴森森一笑，"你是朝廷二品大员，为何'实难推辞'！如今又愿意垫付出来，岂不是咄咄怪事？你和他是什么交情？抑或你有什么把柄在他手里？"温瑶珍被这充满威压的问话问得一怔，忙叩头答道："任某虽然久已黜退，因他是京师人，常回部里走动。他做生意有时挪借不开，向部里借贷是常有的。四爷明鉴，京官们清苦，一年只一百多两的俸，犯官也是希图他的三分利银，不合借了。总是犯官糊涂，求王爷明察！"胤禛听了，点着温瑶珍笑道："十三弟，你听听这奴才利口！"

胤祥一笑，道："他前头供词我也看了，像是临时编的，驴唇不对马嘴，倒是这次'想'了多日，编出来像煞有介事。"

"求十三爷明断！"温瑶珍叩头道，"奴才不敢编假话。"施世纶审案老手，抓住话柄问道："老温，借给任伯安银子前半个月，你还新开了一座当铺，底银十万。既说清苦，此银又从何而来？"温瑶珍被问得一愣，只装聋不言语。

胤禛起身踱了两步，含笑问道："你是汉军正白旗的吧？"温瑶珍诧异地看了胤禛一眼，不知是什么意思。只好答道："奴才是正红旗的。"胤禛嗯了一声，说道："我来告诉你，你已经不是正红旗的人了！我日前在内务府办了票拟，把你的旗籍转到我管辖的正白旗下。自今而起，你就是我的旗奴。跟着我这个主子，如何？"说罢竟将一张转籍文书从靴页中取出递了过去。

"这……"温瑶珍只瞥了一眼，脸色立时变得煞白，慌乱地叩了个头，语无伦次地说道，"有四爷照应，奴才……感激不尽……不知我本主九爷认可没有？奴才知道……四爷是最体恤下人的……"

胤禛得意地扫了一眼胤祥和施世纶，说道："这是内务府的事，与九爷什么相干？你知道我素性，恩怨分明，你要真有这点虔敬之心，就得敬重我这癖性。不是有旨不得刑讯大臣么？好！我行正白旗家法办你，如何？"

谁也没料到胤禛不哼不哈，暗度陈仓，使出这一杀手铜，一时都是目瞪口呆！

第三十二回　侦机密胤禛使权威
　　　　　　布网罗胤祥设计谋

温瑶珍面如死灰，浑身都在颤抖，强抑着极度的惊恐，叩头道："奴、奴、奴才有……罪，求四爷超生……"

"我说过，我维持照应你。"胤禛不动声色，"人都说我刻薄，其实我并不寡恩。年羹尧投我门下才几年，如今是四川巡抚！李卫顶撞过我，如今是知府；黄克敬做到云贵布政使；戴铎眼见也要放道台！别的阿哥都是赏门人钱，我不，有点出息我就叫他做官为朝廷办事儿。只是有一宗，门下奴才若有对我不忠的，我也会狠狠惩办。我曾保过梁皓之做河南臬台，可这没人伦的东西，竟把我说的闲话传出去，如今他在哪里？在乌里雅苏台！你给四爷挣体面，我就有本事放你出任巡抚；若故意惹我心烦，我也会叫你一家子去给披甲人为奴；或把你装进铁笼子里饿死——我也知道，这毛病儿不好。但我改不了！"款款言罢，啜茶不语，冷冷盯着温瑶珍又是一哼，哼得胤祥几个人心里起栗。

温瑶珍被胤禛这番话吓呆了，趴在地上大汗淋漓，颤声问道："四爷，您到底想问什么？"

"我想知道，"胤禛悠然跷足，喝了一口茶，"任某住在哪里，为什么这么多的大员怕他？"

"老任——任伯安住在左翼宗学胡同。"温瑶珍咽了一口唾沫，"不过一年里头通共在家住不上一个月。他外头铺子极多，不但在京师，就是南京、汉口也开着二十几处大店。如今风声一紧，难说他住在哪里。至于大家都怕——"他抬头看一眼众人，嗫嚅了一下。胤禛笑道："十三爷是我的换命兄弟；施大人是有名的正臣，我的好朋友；戴铎是我的奴才。你只管说，全由四爷担待呢。"温瑶珍方道："任某是康熙十五年副榜贡生，进吏部当差二十年，管着考功司档案。百官的大小过错，他都另备了一册，自己保存起来……"

胤祥不禁笑道："他抄了这些有什么用场？"

"好十三爷哩！"温瑶珍苦笑道，"您金枝玉叶，哪里知道！考功司档案是密件，不奉旨是不能调阅的。二十多年前的州县官，只要熬过来，如今都是朝廷和各省的台宪大吏，升官的心正盛，如今的官各有门路，又各有对头，谁愿意将把柄与人？所以先就怯了他。他就以此要挟着当事人提供新闻，详加记载，分门别类往里头填——光他雇的抄手书吏就有二十多个！他库里存的档，比吏部的档还详细！"

三个人不约而同对视一眼，心头又是一震！胤禛心下顿时大怒，想了想，问道："难道举朝都是贪官，人人都怕任伯安？那么多御史竟无一人举奏朝廷！难以置信！"温瑶珍连连叩头，泣道："到这份儿上，我还敢欺主？任伯安在几个阿哥府里都蹿得开，如今皇子爷们又像是闹家务，京官们谁敢蹚这浑水？外头大员们只是述职偶尔进京，有的不知底细，有的知道了惟恐避之不及。连刚直廉正的，没有实据谁敢妄奏？其实前些年于成龙、郭琇这些名臣在时，任伯安做事还小心，这几年才越来越胆大。加上他是八爷的文——"他突然惊恐地捂住了嘴，改口道："……奴才再不敢欺瞒四爷一个字！"胤祥听他说得蹊跷，眼一瞪问道："你怎么说半截话？他是八爷文什么？"温瑶珍汗下如雨，捣蒜似的磕头："奴才昏了头，胡说走了嘴——没八爷的事……"胤祥还要问时，见胤禛扫过一个眼风，便住了口。

胤禛脸色冷峻得像结了一层冰，细牙咬着，看去十分狰狞可怖。半晌，忽然噗嗤一笑，说道："听见了吧？北京城藏龙卧虎，暗中还有一个朝廷！我们居然都蒙在鼓里！"

"你有什么把柄在他手里？"胤祥问道。他两次见任伯安，只晓得他和胤禩等人过从甚密，没料到这个面目和善的老头子竟是手眼通天的人物儿！前后一联想：莫非温某是想说'他是八爷的文班底'？那就是还有一个武班底！这事体真叫人惊心动魄！正胡思乱想间，温瑶珍叩头道："奴才在康熙三十九年中的进士，因想补个好缺，送了两千两银子，索中堂坏事，抄出这份贿单，任伯安叫吏部扣下来，买了去……从此越陷越深——天地良心，奴才真是切齿恨他，却又拿他没法子：他一翻手，奴才就得被当作索额图的党羽！"

胤禛默不作声，站起身来，凑近了温瑶珍，声音变得嘶哑低沉："他的档案库设在何处？说说看——唉?！"温瑶珍如遭蛇蝎，惊恐地摇头道："动不得，四爷！要是能动，大阿哥早就动手了！"

"为什么！"胤祥兴奋地一跃而起，逼近温瑶珍道，"是龙潭虎穴？"施世纶蹙额沉吟道："莫非在哪位阿哥爷府里？"

"那倒没有。"温瑶珍慌乱地说道，"不过也差不多——就在……八爷府错对门儿，靠着朝阳门码头的万永号当铺。字号是任伯安的，真正的铺东是八爷，由九爷的管家经管——奴才也是才听说。原来不在这里，前年大阿哥就撺掇着顺天府试着去了一趟，门口一站上兵卒，八爷府里的太监侍卫们就过来护持。"

胤禛沉思良久，换了笑脸道："爷今儿只想知道这些，你说出来，这就好。还有更大的事你且存在心中，用得着时我再问你，用不着就叫它烂在你心里。记住一条，我的奴才只要有忠心，虽有大过，我必定保全；跟我使小聪明，即是小错，我也难容他。你再想想，今儿这些供词有没有出入？改口还来得及！"

"四爷如此体念，奴才不敢使假。"温瑶珍这次十分干脆，说道，"奴才虽笨，素来知道四爷秉性，言必信，行必果，泾渭分明、恩怨不爽，最是圣明仁德……"接着又说了一车颂圣的话。胤禛却不理会，摆手道："你去吧，装成没事人回你书房'闭门思过'。这里几个人我敢打保票。若走漏一点风声，都是你自己招祸——我用铁笼子活活烤熟了你！"

温瑶珍诺诺连声退了出去。房里一时谁也没说话，互相交换着眼神。移时，施世纶道："既如此，四爷，由您来定夺，世纶跟着您顶到底了！"

胤禛咬着嘴唇沉吟道："……这事大得出人意料，你的身份办不了。我来设法。办成了你和十三爷审；办不成，你两个只推不知道就是了。老施你整一份笔录，后半夜送我府，誊清后原稿当面销毁。对这个温某，要想法子保护住，你明日依旧审他，只装没有今日这事！"说罢便与胤祥联袂而出。

天已经很晚了，黑魆魆的街上店铺里早已上板关门，远近星星点点的"气死风"灯一晃一晃，传来夜市小贩们高一声低一声唱歌似的叫卖声：

"酥油——桂花糖，炒虾仁五香瓜子儿！"

"谁买——饸饹、馄饨啦!"

"芝麻烧饼!豆沙馅汤圆儿!"

兄弟二人并辔而行,胤祥凑近胤禛,小声道:"四哥,你为什么不叫我问那事?"

"眼下力量达不到。"胤禛半晌才回答,"其实就他说出来的,办起来也是很难的。"说罢深长地舒了一口气。

胤祥想着,一笑道:"四哥心事何其重也!其实用不着犯愁,实在办不下,咱们就掩了这事。若你一心要办,这差使就交给我,保管马蹄刀在葫芦里切菜,汤水不漏!"

"一定要办。"胤禛说道,"我回去思量一下分寸,咱们再计议。"胤祥勒住了马,说道:"这会子反正没事,请四哥到我府,再不然我就去你府,商议了,还是我出头干,如何?"胤禛拍拍他肩头,笑道:"不要性急。说不定这会儿子后头就有别人跟着!你府里现放着两个狐狸精,我那里也难说没有人家的人。所以这事你暂时忘了最好。等哥子的话吧。"说罢一松缰绳径自带着从人走了。胤祥知道事关重大,四哥是怕再连累自己,心中感念不已,驻马怅望良久,方郁郁回府。

万永号当铺就设在朝阳门运河码头边,后门临水,前门靠街,所有进京的船只满河皆是。一条大街上不断头的是车马人流,是京师最热闹的所在。当铺隔街斜对门就是壮丽宏伟的八王府,一个招呼那边都听得见。

半个月后,戴铎奉了主命,和性音两个人出齐化门前来查看,见迎街口不远,一个高高的布幌子挑着斗大的一个"当"字,下缀"万永"两个小字。戴铎便道:"性音,咱们进去。你只查看,我和他们周旋。"说罢两人挑了棉帘进来。

当铺里人很少,前头几个人有的拿着古玩,有的带着衣物来当,都因成色不好,给价太低没有成交。几个伙计穿着皮袄,高高坐在柜上吃茶说笑。戴铎叫了几声,才有个朝俸剔着牙问道:

"当什么?"

"不当什么。"戴铎说道,"我是雍亲王府里的,到这有事要见掌柜的。"

朝俸听说是四爷府里的人,倒也不敢怠慢,在柜上探身一躬,笑道:

"掌柜的四月间就回南去了。我叫柳仁增，是这里打头的，您有什么吩咐，告诉小的就成。"

"四爷府前日晚遭了贼。"戴铎扬着脸道，"你知道他老人家的脾气，差点没把一家人的魂都吓掉！已经报了顺天府，一定要我们把贼拿了，他亲自问罪。没说的，帮个忙——这是丢失清单，撂给你这一份，要有人来当这些东西，你把他稳住，悄悄通知四爷府的戴总管——就是我——老兄，办成了，我送你一千两银子！"

柳仁增接过清单看了一眼，满脸堆下笑来，"来历不明的物件我们从来不当。您老放心！这当然得效劳，就怕他不来，来了就走不了！"

"那就拜托了。"戴铎说罢，对站在角门旁的性音摆摆手，说道，"胡家的，咱们到别家当铺再走走。"

柳仁增看着他们出了门，说声："慢着点，走好！"拿起那份清单看了看，撮着牙花子沉吟，犹豫着不知该不该拿进去给任伯安看。几个伙计在旁听说这事有着落，就能私分一千两银子，巴巴儿望着他。一个伙计笑道："我说打头的！嫌银子扎手么？多一个人知道，就得多一个人分那一千两呐！"柳仁增笑骂道："尿攘的，就你自个儿聪明！这是什么地方儿，出了事了得？你不生孩子不知道疼，万一砸了锅，看你们上哪找这么好的营生？"一句话说得众人瞪眼，柳仁增自拿着清单进去讨主意。

任伯安就在店后仓房边的一间精致书房住着。自从胤禛二返吏户二部。照胤禩指示，他一直没敢出这个大门。整日守在屋里看《金瓶梅》《肉蒲团》。听柳仁增说了门面上的事，任伯安接过单子仔细看了，足足有几百件金玉古玩，价值约在十万金上下，沉默许久，轻咳一声道："你禀得好。这事应该叫我知道。要真有一千两赏银，我也不要一个子儿。"说罢长吁了一口气，扬着又青又白的脸幽幽地望着窗格儿。柳仁增赔笑讨好儿道："任爷，您老这么闷着也不是事。不如出京走走。您又没犯王法，怕他们什么？"任伯安叹道："好孩子，你哪里知道：这地方是八爷、九爷的盘底，一旦有失，就有塌天大祸呀——八爷今儿去了九爷府，你走一趟，把这档子事禀了他们，看是什么主意。"说罢摆了摆手，弛然卧倒。

胤禩府在西直门内，柳仁增直到未末时牌才赶到。偏胤禩和胤禟、王鸿绪、阿灵阿、揆叙请李光地在书房吃茶下棋。他这人物儿上不得台盘，直等到日头落，才见王鸿绪和揆叙一左一右搀着李光地出去，这才进来回话。

"你先出去，一会儿叫你。"胤禩瞥了一眼清单，吩咐柳仁增道。又问胤禟："这些日子老四在吏部闹得鸡犬不宁，也没听说问出个什么名堂。莫非嗅出了什么味儿，要在这间当铺上打主意了？"胤禟把玩着汉白玉扇坠儿，闭目沉思许久，方笑道："隆科多昨日早晨就到我府去了。老四家中失盗是真的。那贼看来是高手，也不止一人，偷的都是御赐物件。老四气得脸色铁青，还骂了顺天府是废物——知会当铺防着销赃，也是常情，看不出是做什么文章。再说，老任那里紧挨着我，只小心点，不会有事的。"饶是胤禩城府深，思量半日，看不出蹊跷来，遂笑道："这就是报应！要不他一门心思出风头整人，好好守在家里，怎么会出这种事？"

胤禟也是一笑，说道："说虽如此，还是小心为上，不信直中直，须防仁不仁嘛！老四心地瓷实，老十三精明过人，我们也不能掉以轻心。"胤禩嘴角掠过一丝阴笑，说道："胸无大志，光是瓷实精明有什么用？八哥虑得是，过了这阵子，那东西得换个严谨去处。小心没过逾的。真的露了底，就叫任伯安一把火全烧了它！"胤禟沉吟道："还没有败退八公山，不要风声鹤唳。只叫任伯安把你我写的手迹烧掉再说——来啊，叫万永号那个人进来。"

一连又是半个月，并没有什么动静，任伯安提在半空的心渐渐放下。康熙的车驾从南京巡幸扬州，即将取道水路回京。消息传来，从胤礽到胤禛、胤祥几个管事的皇子越发忙得乱麻一般，一直捣腾了三四天，才算把接驾事情料理停当。胤礽便下令各省按名单锁拿犯官入京；叫胤禛休息三天，专心预备这次大会审。胤禛好容易忙中偷出闲来，便下帖子请胤祉、胤祺、胤祐、胤禩、胤禟、胤䄉、胤祥、胤禵一干兄弟过府小坐消寒。众人难得他这一请，却不过情面，只好如约前来。恰这日纷纷扬扬下了入冬头场雪。冰妆玉雕，琼瑶遍地，坐在轩敞暖和的万福堂吃酒赏雪，倒也别有一番情趣。

此刻，七八个壮汉用驮轿载着五六个大箱笼，冒着一天大雪迤逦赶到万永号当铺"吁——"的一声站住了，七手八脚将货卸下来就抬了进去。

打头的五大三粗，山东口音，一进门便喊："喂，铺上的谁在？"

下雪天人稀少，没什么生意。柳仁增和几个伙计都在柜后向火。听见有人咋呼，一个伙计伸头出来，问道："当什么？"

"你下来瞧瞧吧，一车硬货！"大汉笑道，"是集宁黄泉铺的货。原想进京捐官使的，如今四爷在吏部，暂停捐纳。存在店里又怕出个闪失，叫寻个当铺先放着，用时再赎——你愣什么？下来看看呀。"

那伙计向柳仁增挤了挤眼。柳仁增便起身开了侧门下来，见一溜排儿五个大箱子都打开了。什么金自鸣钟、貂皮、玄狐皮、珠、贝、圭、璧、元宝、金银瓶……分类摆着，雪光里明亮耀眼，正是胤禛丢失清单上那些物件。柳仁增不禁陡地一阵慌乱，心里打着鼓，好久才按捺住了，一边装着看货，一边问道："当多少？"

"值十二万。"大汉笑着敲了敲一柄玉壶，"掌柜的说，一般当铺一下子怕拿不出，当个八万也就行了。横竖个把月就赎的。"

柳仁增仰着脸想了想，叹道："好大一个财神，只是我们没福啊！实话说吧，账目昨个才盘点过，银子已送到浙江钱庄去，要进一批瓷器预备宫里差使，一时哪里弄这么多钱？三万吧！"大汉笑道："我也实说了吧，我指望着这钱进点京货哩，一个月正好来回，也不耽误我们主子的事。三万够做什么？你也忒贪心，七万五！"

两下里都是假意讨价还价，一时哪里能成交。柜上伙计，足足争了一顿饭光景，才定下来五万两银子。柳仁增又进去请示了任伯安，才出来向伙计们道："这是大顾主，先请诸位稳坐，吃杯茶，大张子去西店取银子，快着点，听见了？"

"你亲自去。"任伯安突然挑帘进来说道。他一直在隔板后听着，料定是盗贼来销赃的，忙命五十多个伙计严加戒备，防着走了贼，雍王府来了人不好交代。柳仁增自然会意，出店来一溜烟直奔廉王府。不一时就传出话来，说："八爷、九爷都在四爷府吃酒，你去那儿寻他吧。"柳仁增一想，这倒也好，遂从府里借了一匹马飞也似的去了。

胤禛一干兄弟此刻正吃得酒酣耳热，赌唱曲儿。胤禵笑道："我也有个曲儿唱给你们听听！"遂捏着女人腔唱道：

才夸了声东邻翠儿容颜好，不防婆子醋坛儿倒。吊梢眉儿挑，皱皮嘴儿瘪得似个破荷包——骂一声老不死的，你吃了什么药，恁地骚？抓起牛笼嘴儿硬往脸上套——我叫你孬，我叫你孬！这一阵胭脂虎啸，吓得俺魂灵儿出了窍：乖娘娘，你是活观音，老嫦娥，西王母，生就的老来俏！看你饶不饶？看你饶不饶？

曲儿没唱完，众人已是笑倒了。胤禛劝酒道："老十，真不含糊。想不到你还有这个才情！八成是在春柳巷胡大姐那学来的吧？"那胤䄉乜着眼，声音已是发涩："你也听着好？可见你素日也是假道学——我还有好的呢！"说着又要唱。这时戴铎匆匆上来，向胤禛耳语了几句。

"居然真的露头了，也真够胆大的！"胤禛眼睛一亮，笑谓胤禩，"老八，有一干子贼，销赃销到你门口了，真是忒煞地大胆！十三弟，我这会子陪客，你带几个人把贼拿了送顺天府，去吧，不耽误你回来吃酒！"

胤禩等人不禁愕然相顾。眼见胤祥和戴铎出去，胤禩忙道："……就从我府带人——我跟你一起去拿贼！"说着便要起身，胤祺、胤祐一干人不知就里，以为他逃酒，一齐来拖住道："几个毛贼，十三弟都办不了？放心吧，十三弟必定办成了！"

"就是这个话！"胤禛兴致勃勃起身道，"难得我们兄弟一聚，谁也不许逃酒——高福儿，将各位爷的轿马都给我锁起来！——我这酒令大于军令，今日要一醉方休！"

第三十三回　捉社鼠平地掀巨澜　破大案宴中赠火粟

但这酒胤禩和胤禟已经吃不下了。两个人满腹狐疑地坐着，只是出神。胤䄉兀自在旁发酒疯，嚷道："我唱得略好一些，你们就要说我剽窃！我还有好的呢！"遂又扯直了嗓门五音不正地唱道：

> 传言郎至，特娇痴。耐笑欲头低，听得娘呼，还理针线，托故出来迟。瞥见旋转整罗衣，默默坐多时。待得无人，偷来槛外，私语定归期。

胤祯哈哈大笑，一边斟酒，一边说道："这首《小阑干》何其雅也！只怕是老八的手笔吧？"

"啊？啊！"胤禩正呆望着雪景想心事，不防提及自己，吓得一哆嗦。十四阿哥胤禵料是他酒沉了，便过来插科，一声不言语，将一把削苹果小刀递给胤䄉。

胤䄉莫名其妙地接过来，问道："你这是……""你把我杀了吧！"胤禵笑道："我宁死不敢听你唱曲儿——哪里是唱，竟活似宰猪！还自得其乐地现眼呢！"一语说罢，众人已是笑得前合后仰。胤䄉笑骂道："你那嗓门好不到哪里去！老鸹落到猪身上，只见人家黑！"胤禵笑道："十哥，许是我真的小看你了。既然有才情，我出对子你可对得来？"胤䄉摇头晃脑地说道："不干不干！那些个风花雪月，都是旧套子，你们自以为雅，其实是臭美，附庸风雅，有什么趣儿？"

"不说风花雪月。"胤禵笑道，"就是京师的实事实物。比如说'单牌楼'对'双塔寺'。如何？"胤祺、胤祐一干人也来劝，撺掇道："怕什么？和他对！我们帮衬你！"胤䄉清清嗓子道："谁要你们帮！保你们输不了！"

便听胤禵道："香山寺！"

胤祄一拍手笑道："这个不难——臭水塘！"

"珍珠酒？"

"琥珀糖！"

"对得好！"胤禵赞道，"再说一个'六科郎'，六科郎对什么？"

胤祄一时语塞，胤祐笑道："六科郎对'四夷馆'！"胤禵道："七哥代对的不算。我且问十哥，我们去年在四牌楼吃香椿饺儿。这'香椿饺儿'对什么好？"众人一时都难住了，胤祺从旁代对道："似乎对个'桃花烧麦'就行。"胤祄急道："不行！光是你出题难为我。我也出一个——细皮薄脆！"

"多肉馄饨。"胤禵用扇背打手笑道，"你难不住我。"胤祄瞪着眼，大声道："别吹！京城里外巡捕营？"胤禵一时倒被问了个怔，胤祺却笑道："十四弟，应对'礼部南北会同馆'嘛。"胤祄笑着起身道："我再出个'奶子府'，嗯？"

一直没言声的胤祉冷冷笑道："我对个'勇士营'！"众人不禁鼓掌大笑，胤祄也笑道："不见得我就吃了亏，阴阳阴阳，阴在上阳在下么！"

大家开怀吃酒说话。胤禛有心思，向外看，一时发愣，一眼瞥见西廊下站着柳仁增，混在雍王府的下人们中间杀鸡抹脖子地比划，说声方便就退了下去。刚趱过西山走廊，柳仁增已追了过来，也不及行礼，跺着脚儿说道："我的好爷！我已来一袋烟工夫了。巴巴儿瞧着爷们快乐，禀没法禀，回没法回……""你啰嗦什么？！"胤禛低吼道："快说事吧！"柳仁增忙道："店，叫十三爷抄了！"

"那些当东西的贼呢？"胤禛身子一晃荡，几乎滑倒，"十三爷去拿贼，为什么连店都抄了？"柳仁增又急又叹，说道："哪里是什么'贼'！这是早串通了的计，咱们着了人家的道儿！我跟着十三爷，一进铺子就动了手。东西，全拉走了；人，全拿了！十三爷说事体重大，骇人听闻，一股脑儿都送了顺天府！"

胤禛像被雷击了似的，僵立在雪地里。良久，才吃力地问道："任伯安呢？他没有躲出去？"柳仁增道："里头外头围得水桶似的，哪里去逃？任爷听风声不好，从后窗翻出去，跳到船上。谁知船上人家也早就埋伏有人，一下子被捆得像粽子似的——我跟着出来，见他们乱哄哄的，一边喊着'拿任伯安'！悄悄儿从人堆里混出来……"胤禩听出一身冷汗来，已断定中了胤禛的调虎离山计。但此刻仓猝变起，一时也无计可施，思量一阵，狞笑道："好一个老四！王八吃秤砣铁心要保老二了！——你赶紧从后门走！躲到我府里，回头还有话问。过几日风声松了，我再设法送你出京！"说罢也不"方便"了，径自快步踅回万福堂。

就这么一会儿工夫，万福堂气氛已经大变。十三阿哥胤祥满头满身的白雪，站在廊下，端一大碗热黄酒喝着取暖。众人目瞪口呆，都木雕泥塑似的一动不动盯着胤祥。天井院里跪着任伯安，却是一脸狞笑，梗着脖子问道："我犯了什么罪？"恶狠狠注视着胤禛。胤禩心中已经有数，也不慌乱，只住了脚，诧异地问道："你们这是演的哪一出？"

"你还敢问我'犯了什么罪'？"胤禛眯着眼，摘下廊柱上挂的鹦鹉笼子架在手上，调弄着，慢条斯理说道，"不说你纳赃行贿、残害良民，也不讲你要挟大臣，擅挪库银。仅私建朝廷大臣机密档案一条，达于天听，你难逃一剐！"

任伯安并不畏惧，冷笑一声别转了脸，说道："那些东西是写着玩的。游戏笔墨！《大清律》并没说不叫民间写字儿！我在吏部多年，目睹耳闻下头官员卑污行径，随手记下来，想着得闲了写一本书，其名就叫《官场百丑图》！既然没犯法，四爷就把我拿了，岂不是不教而诛？即便该拿，四爷、十三爷又何必设圈套儿？不经顺天府，私自抄搜民宅，与匪盗有什么两样？"

"你放肆？"胤禛忽然大怒，将案"砰"地一拍，戟指骂道，"四爷奉旨佐理政务，以钦差身份清查六部，凡有奸宄，均可查拿！怎么是'私自抄搜'？你素日装得十二分本分，往来于王府，本王还以为你是个地道商人，原来竟如此无法无天！讲，你受谁的指使，擅录百官档案的？"任伯安看着盛怒的胤禛，突然噗嗤一笑，说道："八爷还有这副嘴脸？你少安毋躁，听我说——蜂虿入怀各自去解，毒蛇缠臂壮士断腕！我任伯安从不受人指使！——八爷的意思，是不是要我胡咬乱攀？"

胤禩仿佛此时才听出眉目，阴着脸哼了一声，说道："人是苦虫，不动刑谅你难招。来！"

"喳!"九贝勒府的长随都在东廊下侍候着,听主子招呼,齐声答应道。胤禟从齿缝里迸出一个字来,"打!"

胤禛呵呵笑着摆摆手,说道:"九弟,和死人生什么气?祥弟就是怕因在顺天府折腾死了这宝贝,才自行监押的。火到猪头烂,忙什么?——带下去!"看着人带走了任伯安,胤禛又是一笑:"想不到请兄弟们赏雪吃酒,倒演了一出五堂会审,太扫兴了!如今这事尚未禀知太子。我倒想听听兄弟们的高见。"

"没有什么'高见'。"胤禩的脸白里透青,已全然没有酒意,斜靠在椅背上道,"就按四哥的话,着实拷问他。不信就寻不出后台来!"

胤禛皱眉说道:"八弟,你想过没有?任某在京惨淡经营二十余年,威严足以挟制紫府台臣,这后台能是小可之辈?我仔细思量,任伯安乃城狐社鼠,为朝廷一大害,那是非除掉不可!但又恐打老鼠伤了花瓶儿,不能不心存疑忌……"说着便是一声深长叹息,言下颇觉为难。胤禟不觉心中一动,欠身笑道:"四哥,你虑得极是!挑明了说,这'花瓶儿'不定是我兄弟里的哪一位,确有投鼠之忌。我也以为不宜像八哥说的那样硬追穷寇。主事儿的是你,你素来刚健稳重,主意拿得定,还是四哥斟酌,我们是悉听尊便!"胤禛想了想,说道:"九弟聪明,这话说到我心里头了。实不相瞒,这案子审得太马虎,父皇那里交代不了;审得太扎实,恐怕就闹出大清开国第一丑闻来!书之史册、传之后世都不好听,就眼下说也不好办。九弟,你既虑到这里,很好。我想禀明太子,审任伯安的案就交给你,如何?"

"什么?"胤禟几乎不相信自己的耳朵,情不自禁地睋了胤禛一眼,因见胤禛微微颔首,忙道,"只怕我不能胜任吧!四哥难道不怕我就是'花瓶儿'?"众人听了不禁都是破颜一笑。胤祉、胤祺、胤祐不想搅和,自在一边说笑;胤䄉、胤䄉原来蒙在鼓里,此刻也听出了一些弦外之音,遂都撺掇着胤禟接这差使。胤祥原是一门心思要大出风头,听胤禛改口叫胤禟管,有些不快。此刻已经明白,这案子是热汤圆儿,弄不好就要得罪一大批人,便也道:"九哥素来有成算,工心计,接这个差使最好!"

当下众人略觉放心,接着又吃酒行令。胤禛、胤祥破了这个巨案,又把火中栗夹给别人,自然心中熨帖,频频举杯劝酒。其余的人各怀鬼胎,心中七上八下，不知是个什么滋味。直到天黑，众人方都冒雪辞去。

胤祥却留下来，把抄店的情形备细告诉了胤禛，又问："四哥既把差使交了九哥，那些箱笼是咱们留着，还是一并连人交过去？"

"东西封起来，连你我也不要看。禀明太子，看他是什么章程！"胤禛拊掌微笑，说道，"祥弟，亏你这计！干得漂亮！我们这一炮把他们所有人都轰蒙了！叫他们坐蜡吧，咱们吃亏也吃到头了！"

任伯安案，丰昇运案，加上清理贪贿案一齐发作。大理寺、刑部、顺天府犹如热油加水，炸锅般热闹起来。司官以上的昼夜不停地办理票拟。京师缇骑四处发文各地提拿人犯，真个倾动京华，震撼朝野。太子党大臣们见胤礽一改昔日柔弱，大奋雄威，竟有要将八王党一网打尽的气势，真个人人志得气扬，个个精神抖擞，今日一个条陈，明日一个弹章，雪片似的飞向毓庆宫。但昔日保奏过胤禛的人毕竟更多，俱都惊慌不安，纷纷到上书房寻马齐，有的请病假，有的要告老。都说："皇上既然不要我们了，求中堂好事做到底，恩准还乡，以全残生……"还有一等两不相干的，趁热闹起哄儿，走宫串衙，察言观色，打听信息，或在朝房内说风凉话，打太平拳。马齐深悔当日不老成，弄得如今代人受过，皇帝、太子都得罪了，又应付不了门生故吏一哄而起日夜搅扰。自谅去和太子说不中用，遂在上书房拜折，陈明老年昏聩，不堪任事，求康熙恩准退归泉林。横了心，也不禀太子，径在上书房用六百里加急直奏扬州康熙处。

康熙是十月初七自南京东下的。由魏东亭和江宁织造司曹寅陪同，携着方苞玩了个痛快。什么梅花岭、瘦西湖、香雪居、古渡桥……凡有好景致的无不巡幸。魏东亭在金山、焦山、高旻寺、天宁寺为康熙修起四座行宫。在名山古刹、清丽园亭中遍植奇卉异草，极为奢华。

这日康熙游过高桥，已是申末时牌。一行人在马上放辔而行，但见村树渐老，堤草一碧，楼影入湖，斜阳残照，渔船往来于烟波之中，雁行翱翔于青霄之上。采菱女隔湖而歌，放鸭人泛舟击柝。康熙不禁慨然说道："此处野趣甚浓，朕看比行宫还好些。这左近有没有驿馆？宿在这里多好！"

"回老主子话。"魏东亭似乎心思很重，在马上欠身说道，"天宁寺那边御膳已预备好了，这里并没有驿馆。"曹寅在旁笑道："主子一定想在这里过夜，奴才的茶库就在附近，只是事前没有准备，怕委屈了主子。"康熙兴致勃勃地说道："何不早说？咱们就住这儿了！"

于是一干人又跟着曹寅向东。紧挨瘦西湖畔有一座木桥，过了桥有乌沉沉一大片房舍。门前头立一块虎头牌，上头写着"内务府江宁织造司库署，闲杂人等不得擅入"。库司一见本主儿到了，屁滚尿流地撺起全库执事人丁，又是收拾房子，又是打扫庭院，张罗着茶饭。一大群人昏天黑地只围着曹寅巴结。方苞笑道："老曹，看来是不怕官，只怕管呐！今晚你倒成了正经主子了。"

"方先生这笑话我可当不起。"曹寅见康熙并不介意，遂笑道，"这些杀才狗眼窝儿浅，哪里瞧得见主子的主子呢？"说罢叫过库司来，吩咐道："这几位是北京内务府的长官。他们住上房，我住东厢。饭菜不必多，收拾洁净点。好生侍候，完了我自然赏你们。"那库司才明白，来的这群人，竟是曹寅的官最小。一迭连声答应着去了。

吃过晚饭已是酉时，眼见金乌西坠，落日照在湖面上，散金碎银般荡漾。康熙散穿一件银灰宁绸袍，带着方苞出来，见湖边三个老汉在大槐树下吃茶下棋。一个丫头在棚下扇炉子烧水。槐树上挂着个布幌子，写着"乔婆子茶"四个大字。康熙招呼方苞，踱过来听老汉们摆龙门阵。

"喂，康老二，回车吧！"一个老头子神气地挪了一步马，说道，"铁门栓，高吊马，嘿！还有救儿么？乔妮儿，叫你康二爷开茶钱，他输了！"

"忙什么？"康二爷皱着眉头想招儿。这老人有点输不起。旁边观局的老头子见他为难，急忙插言："退马，退马！你退马呀！他将个狗屁！"说着提起康二爷的马就挪到相眼上："叫你吹——宋老大，你将呀！"

"你是哪路神仙？"宋老大的棋也很危急，缓一步就要挨闷宫。无可奈何地回车挡炮，口里不干不净骂道："丧门星！有种，你罗锅子下场来！"罗锅子却不理会宋老大，依旧直着脖子叫："康老二，上马踩炮，你踩呀！吃了他当头，非叫宋老大掏茶钱不可！"说着又要伸手捉棋，谁知刚落子儿，早被宋老大"啪"的一炮吃了，死死捏住子儿不放。

这一来康二爷也不满意了，仰起脸道："罗锅子，是你下还是我下！鸡巴毛炒韭菜——乱七八糟！你这走的是什么臭棋？"说着便要悔子儿，宋老大哪里肯？罗锅子看了看棋盘，不言声又提起康二爷的黑马，一个卧槽，红帅竟被憋死在宫里出不来。几个老汉立时又是一阵大吵大嚷，把康熙笑得前合后仰。方苞也笑道："观棋的家儿忠心保国，吃没趣也面不改色。有意思！"

"不下了，不下了！"

几个老汉原是朋友，争了半日也觉好笑。罗锅子一边乱了局，一边笑问宋老大："你是皇帝么？只许赢，不许输？"宋老大拈着山羊胡子笑道："我要是皇帝，还会和你下棋？这会子正叫孙女儿给爷爷端一盘子芝麻糕吃哩，爷不耐烦顿顿吃糙米白薯！"

康二爷笑道："你好没见过世面！皇帝天天都吃油货！我要是皇帝，床头上支起油锅来，炸汤圆儿、炸鸡蛋饼、炸油条、炸馅饼儿、炸年糕！吃腻了就炸莲藕、菱角！"康熙忍俊不禁，"喷"地一笑。罗锅子揶揄道："二位真有学问，皇帝就你们这副馋相！"那扇炉子的乔妮儿银铃铛儿似的格格一笑，说道："爷爷们别吵了！好好积德，下辈子也当个皇帝！咱们康熙爷也吃茶，稳稳重重，哪有你们这德性样？"

"这小丫头。"康熙原本要走，听见这丫头夸自己"吃茶稳重"不禁一笑，"你倒伶俐，你见过皇帝么？"

罗锅子笑道："你可别轻看乔家。先头势派着啦！乔妮的奶奶见过康熙爷，还讨了一张诏书回来呢！"

"是么？"康熙见他说得郑重，仰起脸来，却再想不起有这档子事。宋老大起身，伸了个懒腰笑道："康熙爷还说要来吃乔婆子的茶来着——可等到今天也没见过皇帝来喝茶——今儿散了，明日再战三百回合！"说罢，下棋的、观战的纷纷离去。康熙正冥思苦索间，听乔妮儿甜甜叫了一声："奶奶，我收了幌子就回去，您又来做什么？"

第三十四回　　遇故旧喜吃乔婆茶
　　　　　　　讲陈典方苞评古人

康熙转脸看时，一个约五十岁上下的老妇挎着个空篮子，拧着小脚走过来，身上的月白大褂儿打着补丁，却浆洗得十分干净。因见康熙和方苞站在树下发怔，乔婆子一边放篮子，一边笑道："妮儿，还有两位客，怎么就收摊子？还不赶紧沏茶来！"康熙向方苞一点头，二人便在小茶桌前坐了。

"老人家，"方苞心下疑惑着，笑道，"我们可是慕名来访啊！乔婆子的茶在这一带名气很大咧！听说你——见过皇上？"乔妮子手脚麻利地布碗儿倒茶，说道："见过皇上又怎么？可是该受穷的富不了！"乔婆子嗔道："死蹄子瞎说什么？菩萨在上头，不要胡说！皇上待咱家恩重如山，没有皇上哪来的你？受穷是自己的命，碍皇上什么事？"

康熙死死盯了乔婆子一眼，细眉大眼，颧骨微微高出，除了颏下一粒美人痣略觉眼熟，再想不起何时见过面，又如何"恩重如山"！遂笑道："你敢怕是茶肆生意不好做，编出个故事儿招徕顾主儿的吧？你什么时候见过皇上，他长的什么样儿？"

"也难怪你不信。"乔婆子舀水向壶中续着，叹息一声道，"这是三十多年的老话了。我娘家住杭州，种着几亩茶园。吴三桂起反头一年，他女婿王永宁就住在西湖边。三月三踏青，郡主郡马带着家丁横冲直闯，把我娘家爹爹、哥哥都挤进湖里淹死了，弟弟也叫人家撞死在桥石上。我到州里、府里、省里都告遍了，一听是吴家郡马王永宁的案子，没一个人敢管！我实在咽不下这口气，撇下老祖母，一个人讨饭卖唱到北京，告御状。那年，我才十二岁……"

"哦！"康熙眼睛一亮，他想起来了：这个半老妇人，居然就是当年告状不准，被顺天府以"秽言惑众"罪名查拿的卖唱小姑娘！遂问道："你是不是叫小红?"乔婆子惊讶地问道:"你老人家怎么知道的? 我在娘家的小名儿叫小红。"康熙笑道:"你一说我就知道了。那年你在江浙会馆唱曲儿,我听过你的唱,你弹得一手好琵琶呀!"

乔婆子闪了康熙一眼,似乎也在追忆什么,但岁月毕竟已过三十六年,眼前这个须发苍白的老人,和她当年见到的潇洒倜傥、翩翩少年康熙爷相去太远了。良久,她才叹息一声道:"万岁当时说了,几时南来要到我家吃茶。这几十年过去了。皇上南巡五六次,苏州、扬州都走遍,也没见来。我怕皇上早就忘了,我也没再存那个妄想,可心里一直放不下,年年预备好茶叶……"乔婆子滔滔不绝地说着,康熙心里深受感动,端茶啜着只是出神,方苞笑道:"你太痴心了,贵人随便说说,你就认了真!"乔婆子拍手叹道:"这不过讲的是心;如今说不得了,家也败了,茶山也卖了,只留了一株君山'吓杀人'的种,没舍得丢了。一旦万岁真的来吃茶,就送给他。"

"乔婆子,"康熙眼眶中涌满了泪水,装作眼酸揉了揉,问道,"我听说皇上有旨意叫地方官照应你,怎么会败了家呢?"乔婆子苦笑道:"照应归照应,也得自己命强!康熙十六年我嫁到乔家,他们兄弟七个,日子过得倒红火!没料到一场水灾淹死家里四十多口,如今只留下我们祖孙三个,得多完六个人的丁银。我再有本事,也只将就糊口。"

康熙听完,无声透了一口气站起身来。方苞忙也起身道:"天黑了,不能多坐了。这一两银子你收着,明儿添置点茶具——"说着便跟着紧走几步,追上了康熙。默默走了一程,方苞问道:"主子,怎么瞧着你不欢喜?"

"不是不欢喜,是在想事情。"康熙说道,"这次南巡所见所闻,有点出乎意外。在北京紫禁城听不见这些话,看不见这些事呀。苛政猛于虎,朕焉得不惊?"

方苞正寻思如何安慰康熙。康熙又道:"回去叫东亭再来一趟,向乔婆子说明,朕已经吃了她的茶,资助些银两吧!"

张廷玉在门口西瓜灯下躬身迎候康熙,说道:"太子爷送来了请安折子,还有京师邸报,来人等着主子的旨意呢!"康熙没有留意张廷玉紧张严峻的神色,"唔"了一声跨进大门。

康熙刚坐下来要看张廷玉送来的折子,魏东亭进来。康熙猛地想起,扯过一张纸来，端正写了"乔婆子茶"四个字递给魏东亭，说道："待会儿你去乔婆子那，把这几个字赏她。"魏东亭笑道："奴才已经去过了。送了三百两银子给她。再加上这御赐的招牌，乔婆子的生计是没事的了。"说着一招手，两个侍卫抬着一口雕花瓷缸，里面栽着一株碧青油绿的茶树——轻轻放在当地——这就是乔婆子送给康熙的"吓杀人"茶。康熙沉吟道："这茶树长得如美人发鬓，朕看就起名叫'碧螺春'吧！"

康熙看了一会折子，突然变了脸色，"啪"地将手中奏议节略向桌上一甩，站起身，背抄着手不停地来回踱步。方苞也不安地站了起来，众人都屏了气，目不转睛地望着康熙。

"不像话！"半晌，康熙方道，"朕之所以不在骆马湖杀掉丰昇运，是要昭示天下，明正典刑！丰昇运在北京不知做了什么手脚，部议只定了流配三千里？还说什么'恩自上出'，意思还要朕从宽！这不是放屁么？还有流放锁拿贪贿的名单，怎么瞧怎么不地道！当太子的，怎么能如此偏私，不光明正大！大清天下——"他本想说"非坏在此人手中不可"，话到唇边又咽了回去。

张廷玉见康熙尚未看到任伯安一案，虽知道一说出来不啻火上浇油，但这事，责在宰相，断不能缄口，见康熙气略平了点，方趁机道："四爷、十三爷很是谨慎，档案全封了。这件事牵涉很广，下头臣子很是慌乱，有人说——"话未说完，看看康熙脸色，又咽了回去。

"说什么？"

"——奴才该死！"张廷玉自知失口，嗳嘛一下扑通跪倒在地。康熙冷笑道："说朕宽纵胤礽？"魏东亭吓得脸煞白，忙也跪下道："这话是奴才听来告诉张廷玉的。太子惩处贪官原没有错，只是……只是……审量不当，人心浮动。如今主子春秋已高，下头私议皇上身后的事，说如今跟着主子，将来难免一死；如今跟着太子，眼下难免一死，两处总是一死，想来令人胆寒……"

康熙气得身上发颤，说道："怕死就别当官！这话只怕是你魏东亭参禅悟道悟出来的吧？""奴才焉敢捏词妄言？"魏东亭连连叩头，"皇上一看邸报就明白了。两个多月有七十多名部院大臣和封疆大吏上折告病请假！奴才身为皇上包衣家奴，为皇上而死乃是本分……"他下头的谢罪话康熙已无心听了，呆了半晌，忽然长叹一声道："胤礽已经把生米做成熟饭，不能不保全他的体面。任伯安不必说，断无可恕之理，只刑部议丰昇运一案，要严加驳斥！"

"这件事奴才想了很久，"张廷玉道，"丰某冲犯御驾，按律只能流徙三千里。刑部引张释之判冲犯御驾例，认为皇上若当时执而杀之亦可，既发有司议处，当然应律之以法……"康熙道："张释之不足为训。"张廷玉忙道："张释之前汉名臣，执法如山。既有成例，即使要驳，也得寻个恰当的名义才能服人心啊！"

方苞听了冷笑道："看来倒是我高看了刑部诸公！丰昇运献媚当权者，侵吞国帑达数十万两，为什么避开主罪，只讲他无礼于君？诸公自许为大清之张释之，孰不知张释之本人就是沽名钓誉之辈。皇上说他'不足为训'，真正是一矢中的！"张廷玉一听，这话连自己也扫了进去，腾地红了脸，却不便当面回驳。康熙笑道："朕说张释之不足为训，是指臣工不得妄引成例，你说他沽名钓誉，倒是闻所未闻。"方苞见张廷玉难堪，忙解说道："张释之为廷尉，对周勃的冤狱，他未有一言达于帝听。周勃在狱，连辩冤的奏折都递不出去！张却在'冲犯御驾，盗高庙玉环'琐碎小案上饶舌陈言，这还不是沽名钓誉？《汉书》用的正是春秋笔法，可惜竟瞒了世人一千多年！"

一席话说得众人心下暗服。张廷玉遂笑道："周勃冤狱确是张释之手里的事，方苞奏的是。诸大臣避重就轻，为丰某说项，邀直臣之名，应该痛加驳斥！"康熙笑谓方苞："请君入瓮！"方苞忙道："廷玉从政几十年，勤慎恭谨，日理万机中偶有不留心处。皇上因此改由我加批，非待国士之道。况我是布衣之臣，身在帝侧，不过陪伴圣躬调侃翰墨，悠游山水而已。大事还得由廷玉去做！"方苞其貌不扬，用心却工。这番话既表明自己无心从政争权，又替张廷玉遮了丑，娓娓动听又堂皇正大，说得张廷玉心里折服。康熙笑道："如此很好，还是张廷玉办吧。"

"皇上，"魏东亭见康熙颜色渐渐霁和，乘便劝道，"快交子时了，明儿还要巡幸平山呢！"康熙叹道："不惟朕，恐怕你也累了！唉，老了……原想高兴几天的。谁知就不能如愿！你看看，才出来几天，北京就闹得一塌糊涂，还有什么兴致观景？明日哪儿也不去了，登舟北上回京！"

第三十五回　官海炎凉群臣告病
世情险恶紫姑殒命

　　康熙回到北京，第二天，便召见胤礽、胤禛等人询问丰昇运和任伯安的事。这两件事康熙在扬州批过，不但刑部被驳得魂飞魄散，连太子也是灰头土脸，早已遵旨办理过了。这会子丰昇运和任伯安人头都臭了，怎么还没完？众人摸不到康熙的真意，一时都不敢回话。半晌，胤禛跪前一步，说道："丰昇运一案是刑部一时糊涂，施世纶因跟着儿臣查账，也有失察之过，都是儿臣的不是。圣旨一到，当日就腰斩于市，已是结案了……"

　　"结案了？"康熙端茶一啜，又道，"你奏下去！"胤禛怔了一下，沉着地叩了头，又道："任伯安一案前奏已经说明。人犯是儿臣拿的，因忙不过来，儿臣自作主张请九阿哥胤禟审结，也已遵旨凌迟处死，于十月二十九日行刑。"康熙点点头，问胤礽："刑部量刑失当，应自请处分，何以不见奏章？听说任伯安凌迟处死，是一刀剜心毙命，是什么缘故？那任伯安盘踞北京，制约官场达二十年之久，到底私下陷害了多少人性命？又是谁在保护他？难道朝中无人撑腰，他一个蕞尔小吏就能如此张狂？你说说，你和马齐怎样商议的？朕想听个明白！"

　　胤礽口中嗫嚅道："儿子前一阵有病，办事有些着三不着两的。只顾了清理贪贿几十个案子，想着四弟、十三弟和九弟精明强干，必能料理妥当。至于刑部请罪折子，因皇上不日就要回京，是儿臣留下来没有发。阿玛既要审阅，明日就恭呈御览。"康熙呆着脸道："马齐，太子身体不适，有些事你这上书房大臣就该料理。怎么不见你有本章？反倒递了一份告病折子，这是什么道理？"

　　"皇上！"马齐一肚子的委屈，只是没地方诉说，见康熙严词质问，忙连连顿首道，"奴才确实患有心疼病，有太医院脉案为证，焉敢诈言欺君！虽然如此，朝政失缺，大臣之过，奴才难辞其咎。总求皇上重重治罪……"

说着，泪水夺眶而出，衰弱不堪地伏在地下。张廷玉不住摇头，只是暗自嗟吁：想不到留在北京的几个人竟是群龙无首，各行其是！

胤禛心一横，又道："任伯安所抄档案即有三千余斤，实在骇人听闻！据儿臣拙见，若一一查实，必定株连数百名大臣。圣上不在京都，岂可草率？因此没敢拆封细查。儿臣若处置失当，求万岁训诲，档案俱在，铁证如山，尚可挽回……"

"你也病，他也病，朕在江南，就知道如今是告病成风。"康熙淡淡说道，"真有病的自然也有，朕若认起真来，下旨着太医院一一密陈，只怕有些人难当其罪！据朕看来，有的是害了情思不振的病，有的是忧谗畏讥的病，有的是畏难避祸的病。感极而悲，悲极生疾，害的都是心病，可见范仲淹的所谓'先天下之忧而忧，后天下之乐而乐'说说容易，做起来何其难也！"众人听着，不禁羞惧交加，却又无言可对，只都伏身连连顿首。方苞见满殿只有自己一个人站着，自觉不妥，袍子一撩长跪在地道："据臣看来，四阿哥处置任伯安一案很是妥当，锁拿贪贿官员已经震惊朝野，任伯安一案若再仔细审理，定会引发百官忧惧之心，甚属可虑，臣以为任氏所立之伪档，应一火焚之，或可安定人心。"

这就是说，康熙离京期间，处置得最好的案子是胤禛办理的。胤禛不禁大起知己之感，刹那间，他觉得这老人有点丑得可爱。康熙笑道："方苞你不知底细。朕心里生气，不在这上头，吏治如此败坏，却还要掩饰，太不成体统了。"方苞心知康熙为贪贿名单一事不满，便含糊劝道："此类事，治世也常有。大抵太平日久，吏治就要生事。应先安定人心，再徐图更张。求之过急，反而易生不测。"

"朕是不中用了！"康熙怔怔盯着殿外，浩叹一声道，"东亭是晓得的，朕在当年，早就把这些事办了！阿拉布坦屡次东侵几次派兵竟无功而返，要依朕年轻时的性情，何至于如此呢？偏这几个犬子，连京师这点子细务都七颠八倒，岂不令人可畏可叹？"

魏东亭一生最是精细，生怕自己也卷进这令人胆寒的漩涡，思量着说道："此一时彼一时，主子说不得当年的话。依着奴才见识，几位爷差使办得也罢了，还查出一件巨案。既要理事，难免小有失误，得罪人也是少不了的事。"康熙无可奈何地一笑，起身伸欠一下，说道："胤礽，朕不是一回来就寻你的晦气，实在为你担忧！朕已是半截子入土的人了，这祖宗基业，得放心看着你能够拿得起来呀！你自个看看，你定的这个锁拿名单，是出于公心，还是发泄私愤儿？姜宸英一个老名士，状元出身，为二十两银账，你革他的职；何怀顺是出了名的清官，仅有一个告刁状，你也锁拿他进京——真正成千累万行贿受贿的，你偏偏不拿！——你是怎么了？是不是还在算老账，凡推举胤禩的，都要一网打尽？你不够精明呀，胤礽！这样行事，叫臣工们怎么不怕，怎么不告病？"他微微喘了一下，又道："事情既然办出来了，要好好善后。你拟的那些锁拿名单上的官员，人既来了，要好好甄别。案子不清的，不许随便处置。朕尽力成全你的体面，但冤枉了人，不行。"说着又叫过马齐，指着方苞道："你带他去各部看看，还有侍卫们，都见见。他初来乍到，人不熟。任伯安抄家清单上有几处宅子，由着方苞挑一处合意的。要是因为是布衣，你们轻慢了他，朕是不依的。"

胤祥退出乾清宫回到府邸，已是申末时分。文七十四带着二管家贾平正督率着长随们出来扫雪。一群人拿着扫帚、木锨推板出来，见胤祥兴致勃勃地下轿，忙都躬身行礼。胤祥笑道："老文，这些事你管它做什么？雪一概不要扫！你进去告诉紫姑，弄点好酒，正好赏雪嘛！"贾平忙道："门前的雪还该扫一下的，溜滑儿的一不当心就会摔倒。"胤祥道："你才从庄子上来，不懂爷的脾性，瞧着这雪，我心里安逸。你一扫，就败了爷的兴。这天还要下，等再下雪时你们再扫，懂么？"

贾平道："奴才懂了！这是主子体恤我们！这雪白乎乎的有什么看头？"胤祥啐一口，笑骂道："你懂个狗屁！爷就爱着雪，你扫得黑洞洞的，还有什么趣儿？还不快滚蛋！"说完，背着手儿径直来到上房屋里。

"十三爷回来了！"

"嗯，回来了。"胤祥随口答应一声，抬头看时，却是廊下架上鹦鹉在招呼，不禁失笑。上前逗了逗，见阿兰、乔姐过来，头也不回地问道："怎么不见紫姑？"乔姐盯着阿兰说道："紫姑回家去了。说她娘发热厉害，人恐怕不中用了，大概再过一时就回来了。酒已经预备下了，爷是在廊下吃，还是在屋里呢？"胤祥笑道："就在这堂屋吃，你们两个下围棋，我吃酒观战！"

阿兰听了便命人收拾炭火，乔姐抱着云子盒儿和棋盘过来，笑道："爷今儿真好兴致！"胤祥擎壶倾酒，饮了一口，似笑非笑道："是么？我今儿确实高兴！"为什么高兴，其实他自己也说不清，反正自乾清宫回来，心头极为轻松。

阿兰的棋力很弱，饶四子的棋，走了三十余着，已经渐落下风。乔姐毫不容让，一边着子儿，一边笑道："你只顾杀我，没见自己尽是漏着儿。角上这'大猪嘴'你不补，我一个子儿就点死了你！"阿兰笑道："要杀你就杀。我是个拼死吃河豚的，输光了，这块大棋我也得保住！"说罢向乔姐阵中落下一子，两个人又归沉默，皱着眉头想招儿。胤祥在安乐椅上端杯沉吟，两个姬侍对弈。这两人一个是黛眉弱质，一个灵秀妖娆，都是秀色可餐。胤祥不禁暗想，可惜了两个美人胚子，竟受人指使，甘心潜在自己身边给人家当坐探，还以为自己不知道！正想着，见紫姑带着两个小丫头揣着手炉进来，便坐直了身子问道："回来了？你娘身子骨儿怎么样？要不要我去请太医？"

"十三爷回来了。"紫姑的脸色很苍白，像是刚哭过。因见胤祥看棋，在旁蹲了个万福，勉强笑道："我娘的病是不中用了，只一时还咽不了气。我是哪牌名上的人，敢劳动御医！"胤祥见她头上有雪，便替她拂了，道："外头又下了么？你脸色很不好，回房歇息着吧。要用什么药，明儿告诉贾家的，到万生堂去抓，那里药全。"紫姑"嗯"了一声，似乎有点哽咽，噙着眼泪去了。胤祥因见两个人的棋越发下得七颠八倒毫无章法，便乱了局道："你们回去吧，都是臭棋！明儿我来指教你们一盘。"

阿兰带几个小丫头在隔壁暖房里歪着听招呼。空旷的上房里几盏烛灯似明似灭地默默燃着。胤祥倚着大红引枕，半躺在炕上闭目养神。一时想到康熙对自己和四哥办差满意，甚感欣慰；又想这次自己办差得罪了八哥他们，不禁惕然；转思胤礽如此小人心性，将来不知如何？对胤禛甩开太子独自为政，又觉不可思议。忽而又想起一生坎坷的母亲，这大雪天里在塞外皇姑屯独对青灯古佛，是何等凄凉，不禁又滴下泪来。耳听着大自鸣钟沙沙作响，连撞了十一下，方蒙眬睡去。

不知过了多久，突然房中"砰"的一声，仿佛摔碎了茶杯，胤祥陡地一惊。靠丫头坐值那边帷幕旁一丈红上的花盆竟也无缘无故掉了下来，摔得稀碎！

"怎么了？"胤祥双手一撑坐起身来，迷迷糊糊说道，"地震了么？"定睛看时，并无异样，只见紫姑呆若木鸡，端着个茶盘发愣地立在当地。胤祥笑道："原来是你！"他陡地收敛了笑容，想起那花盆，怎么会无故就摔下来？当下不及细想，回身拽了件大氅披上，趿了鞋下地来，睨一眼面白如纸的紫姑，没言声。

帷幕后的丫头们早就惊动了，阿兰带着出来，见主子披衣趿鞋，紫姑捧茶侍立，都羞得红了脸，却不敢取笑。紫姑这会儿才回过神来。讷讷说道："敢怕是猫蹭翻了花盆儿？吓死人了……请……爷用茶……"

"嗯。"胤祥竭力保持镇静，端过茶，看了看，并无异样，目光闪了一下，吩咐道，"猫就在我炕上，捉过来！这茶虽好，只是我不渴！"说罢，将茶杯放在桌上，迅疾反手一把拧翻了紫姑，紫姑被甩出五六尺远，额角登时碰出殷红的血来！胤祥大喝一声："搜她！"

几个丫头先是惊呆了，略一迟疑，便上来围住紫姑，扯腕掀衣，一阵混搜。忽然一声惊叫，一柄雪亮的匕首"当"地落在地上！丫头们如见蛇蝎，"妈"的一声四散逃开。

"是你喝呢，还是灌猫？"胤祥凶狠地盯着瑟缩成一团的紫姑，把正呼呼"念经"的猫抱在怀里抚着，口气却十分冷静，"只是这只波斯猫，怀着崽儿呢！"

紫姑慢慢抬起头来，盯了胤祥移时，突然一阵哈哈大笑，伸手就抓地上那把匕首！胤祥一个箭步上前，一脚踏下，那只细白如凝脂的手立时血肉模糊……顺手提起又是一掼，狞笑道："好一个红颜荆轲，巾帼聂政！若不是上苍佑我，我此刻已在鬼门关了！说，谁指使你的？"

"没有人指使。"紫姑咽了一口血唾沫，惨笑道，"我和你前生有缘，想共赴黄泉……"

此刻连乔姐等睡在厢房的人都惊动了，拥进来侍候胤祥。胤祥睥一眼乔姐、阿兰，阴沉沉笑道："你并没有古押衙、红线女的手段，却想杀我。恐怕没有同谋不成吧？"他的满腔愤怒突然爆发出来，"杀人可恕，情理难容！众人都在这里，你当众说说，我十三爷什么地方对你不住？你居然对我下这样毒手？你只说一件我的不好处，我立刻放你走，胤祥若有半句虚言，就不是大丈夫！"

"你知道，桀犬吠尧各为其主吗？"紫姑抚了一把蓬乱的头发，"我爹爹犯了死罪，任爷替我救了出来；我娘病死，是任爷帮着发送的；……他叫我跳舍身崖，我也决不迟疑片刻！你能杀任爷，我自然也能杀你！"她凄厉地笑着，平日那种温柔、恬静的神态一扫而尽。胤祥听得身上汗毛森竖，脸色又灰又青，半晌才道："你母亲……早已死了?! 你一向说归宁，都去了哪里？今日又在何处？任伯安早已死了，必定另有他人指使你！我劝你，还是说了的好，免得天明送刑部——奴才弑主，依律该凌迟处死——受三千七百刀鱼鳞剐，这可甚难消受啊！"紫姑一哂，脸一扬说道："你自作多情，谁要你可怜！我为报恩而死，忠孝两全，见了老娘，依旧团圆了——别说三千七百刀，就是三万七千刀，我要叫一声疼，死了下阿鼻地狱！"

在场的人听她慷慨陈词，人人震惊。胤祥倒抽一口冷气，盯视紫姑良久，忽地想到那年自己在狱神庙被折腾得七死八活，紫姑昼夜服侍汤药的往事，心里也上下翻腾，五味俱全。沉吟良久，胤祥方叹道："既有今日，何必当初?"他黯然伤神，低了头摆手道，"你……去吧！"

"什么？"

众人无不大吃一惊，瞠目望着这个青年主子，不知他葫芦里卖的什么药，阿兰、乔姐料定是放长线钓大鱼，不禁对视一眼。紫姑先是一愣，旋又冷笑道："你打谅我是个傻子么！你想派人盯梢我么？别做梦吧！"

"你去你去！"胤祥烦躁地摆手道，"阿兰，你带她去贾平那儿，支二百两银子，天高任鸟飞，海阔凭鱼跃！"说着跺脚道，"你走，你快走！我永远不要见你！"

阿兰呆了半晌，才醒过神来，踱至紫姑身边，轻声道："主子饶了你，快走吧！我给你收拾几件衣裳去……"紫姑不言声站了起来，茫然扫视一眼众人，梦游人似的跟了出去。廊下鹦鹉见她出来，跳了一下叫道："紫姑，给我添食水！"

紫姑惨笑了一下，一阵寒风袭来，激得她浑身一颤。突然之间，她醒悟过来，浑身热血一涌，紫涨了脸，咬牙切齿向天骂道："老天爷！你是睡着了，还是死了？你为什么发落我来这世上？既来了，为什么又安排我这样的命？你……你好狠的心！"说罢，一手挽发，扑身撞在院里的石锁上。"噗"的一声，鲜血汩汩流出，染红了一大片雪地，双腿一颤，已是香魂出窍。

胤祥赶出一步，站在廊下，好一阵子心里空落落的，似乎想得很多，又似乎什么也没想。回头向着做噩梦似的众人道："好生……埋了吧。她虽害我，却是忠孝两全的烈女，你们该学她为人。唉……"

这里刚收拾完，天已大亮，那雪越发丢絮扯绵般纷纷落下。贾平从二门外进来请安，因见胤祥和内房姬侍丫头都呆呆地站在檐下出神，扎了个千道："爷起得早！您爱看下雪时候儿扫雪，奴才这就叫他们进来扫。"

"唔。"胤祥看了看雪景，忡怔半日方缓缓说道，"备轿，去雍亲王府。"

第三十六回　　思黄袍兄弟各离心
　　　　　　　用谋略难辨术高低

　　紫姑撞石而死的这天早晨，胤禵奉旨入宫。在养心殿东暖阁里，康熙召见了他。胤禵原以为是十三阿哥在吏部寻到了他的什么毛病，怀着鬼胎，反复掂量着他以前托吏部给自己安置门人的几档子事，寻思着康熙如何问，自己怎样答，又想着从哪里下茬儿反咬胤礽、胤禛一口，既然你不叫我活得舒服，那咱们谁也别想安生！及至叩见了，才晓得康熙是要把兵部交给自己。又因去岁秋汛，黄河下游几处决溃，命胤禵出京实地调查一下，到底淹了多少田。春荒要用多少粮食赈济，从哪里调粮为宜等一应事体，写一份切实可行的札子交太子阅处，再由康熙定夺。因太子、方苞、马齐、张廷玉都在，又议了许多政务，康熙方命他："去吧，既是尽臣道，也是尽孝道。好生为之，不要学老八，事事瞻前顾后。"

　　胤禵低着头听完，恭恭谨谨退了出来，绷着脸，按捺着内心激动，稳着步子往外踱，心里真是快不可言：一手抓兵部，一手抓钱粮！皇上今儿是怎么了，会想起我老十四了？正走着，却见邢年带一群小苏拉太监抬着几篓子炭进来，因见胤禵低头攒眉的，似乎不欢喜，忙侧身站了，极熟练地打个千儿，小心地说道："奴才给爷请安了！"胤禵站住脚，舒展了眉头看看邢年，说道："这几日怎么不见你？"邢年忙道："天冷，我老娘气喘病又犯了，赶上下大雪，越发不好过，主子准我天天回去看看。十四爷是贵人，忙得脚不落地，还惦记着奴才！"

　　"看你不出，还是个孝子！"胤禵说着，从靴页子里抽出一张银票递给邢年，"这个赏你。要用什么药，你到爷府里寻张管事的。"邢年扫了一眼银票，竟是一张一千两的龙头大票，喜得忙不迭揣起，趴下磕头。

　　出了东华门，胤禵一声不吭，上马便奔廉亲王府。因见何柱儿督着府里的人在门前空场上堆雪狮子、雪象，都弄得一头一脸的雪。何柱儿见他来，忙迎上来请安，笑道："十四爷来得不巧，昨晚八爷就出门，到大觉寺给卫主儿祈福，怕是被大雪隔住了……"胤禵听了，连马也不下，掉头儿便走。何柱儿忙道："恰好府里也有点事要回，我也得去接我们爷，我陪着十四爷去吧！"便叫人进去牵了马，二人一同迤逦向西行去。

因雪下得大，城里街道上行人很少。胤禵似乎心不在焉地盯着远处，说道："只你当日喝了什么迷魂汤，放着养心殿的副总管不做，来八爷府堆雪狮子？"何柱儿心中一动，叹道："十四爷这话，想想真没法回，总归奴才是侍候八爷的命罢咧！"胤禵笑道："也难怪你，谁不爬高枝儿呢？当时就那个情势嘛。"

何柱儿心里绕着弯儿，说道："十四爷圣明，奴才有什么瞒得过您老的？奴才走这一步儿，说不上后悔，八爷待人厚道，对奴才没说的。就是您老的话，人往高处走，鸟往高处飞，也是天理人情，您老说是吧？"胤禵含糊不清地"唔"了一声，道："命好不好在天，识时务不识时务在人。你是个伶俐的，自然参得透——不是去大觉寺么？怎么要去西便门？"

"这是奴才使了个心计，得给十四爷请罪。"何柱儿忙赔笑道，"八爷实是去了白云观，方才人多耳杂，不得已儿诓了爷。所以奴才亲自领路……"胤禵点点头，道："我明白。"

二人又赶了一程，白茫茫雪地里蠢着的白云观已是到了。胤禵还是在总角少年时，常来白云观玩。听师傅说起，康熙初年宫里不安全，皇帝曾扮作索额图的弟弟在这附近读书。因为有这"圣迹"，康熙四十五年拨发巨额内帑大加修葺，早已不是旧时模样。

因雪天无游人，前院灵云殿只有一个小道士坐在蒲团上，别的人大约都回房向火去了。胤禵正要问，何柱儿道："他省得什么？我们爷准在云集山房——您跟我来！"遂带着胤禵穿玉皇殿、老君堂，绕过四御殿，果见月台高处一座小殿，黑边白地的匾上，写着"云集山房"四个大字，煞是醒目。门口檐下雄赳赳站着两个道士，一个道士跨步上前，稽首说道："这是天师参真重地，何居士，请带客人前头三清阁吃茶！"

"这是十四爷！"何柱儿笑道，"你们规矩再大，连个高低也不识？"正说着，便听里头胤禩的声气："老十四来了么？进来吧？"接着棉帘一响，正乙真人张德明神采奕奕，头戴九阳雷巾，身着天青二十八宿大袖鹤氅健步迎出，一揖手说道："无量寿佛！十四爷、何公公请！九爷也在里头呢！"

两个人跟着进来，一股热浪扑面而来，暖融融的，浑身感到说不出的松乏舒适。何柱儿便忙着替胤禵拂雪脱衣。胤禵定了定神，才见胤禩、胤禟坐在八卦雕瓷座儿上端着热茶下围棋，因道："这屋里不生炉子，又是薄纱窗，竟这么暖和！"胤禟扣着子儿道："别小看了老道，比我们龙子凤孙还会享福呢！这地下是掏空了，火从下头走，连墙都是热的。"

"这是贫道幼年在中山王府学到的法子。"张德明拈须微笑道，"那辰光徐达爷刚刚过世……""别吹牛了，小心吹塌了云集山房！"胤禵笑道："你练了铁布衫功，刀枪不入我信。有点道术也不假。要再吹是神仙，我把你架柴山上烧了，看是羽化不羽化？"胤禩笑着投子儿，道："你也精明过头儿了。岂不闻'盗亦有道'？何必揭得淋漓尽致？"

"你从哪里来？"胤禩漫不经心地问道，"倒难为你又来寻我。"胤禵便笑着将康熙接见的事备细说了，却回避了康熙"不要学老八"的话。胤禩静静听完，说道："看这意思，皇上兴许放你出去带兵也未可知。"胤禟一笑，说道："如今要用兵，自然是冲着阿拉布坦。好老十四！带十万八旗劲旅，西出嘉峪关，够演一台戏的！只是你可别学赵匡胤，来一个陈桥兵变，黄袍加身啊！"

胤禵吓了一跳，忙嬉笑道："九哥别取笑！就是有黄袍，我也只能给八哥披上，我只求挣件黄马褂，赏个铁帽子王是了！"话虽调侃，胤禩听着脸色变得异常苍白，口气却甚平静："其实，这黄袍无论是你十四爷，还是老九、老十穿，我都心甘情愿。这一条我说到做到！当日情形你们都知道，皇上有旨意，群臣有公论，太子位儿又不是我伸手要的——凭什么他一复位就一味欺压我？此人没登位就这么个心性儿；一旦得志，左有四哥，右有十三弟，你我兄弟还有什么活头！"

"禵弟，"胤禟皱眉看着棋盘，沉吟道，"皇上还有什么旨意？"胤禵笑道："别的倒也没说什么。他们在那里议政，我听着是要下旨，普天下三年一轮蠲免钱粮。胤礽从头到尾一言不发，沉着个脸，谁欠他二斗米钱似的！"

胤禟笑道："他当然不愿意，这是情理中的事。如今皇上做得到，他将来未必也做得到。偌大人情皇上做了，他将来继位，怎么再加恩？"他摇了摇头没再往下说。这是对胤礽的诛心之语，说得鞭辟入里，透彻清明，众人无不默默点头。

"真有意思。"半晌，胤禵扑哧一笑，说道，"大雪天的，我们兄弟几个聚到这里说话，倒忘了问，是什么风吹得你们都来了？"

胤禟睨了一眼胤禩，因见胤禩微微点头，便住了棋，说道："这早晚紫姑早该有消息来了，怎么连个报信儿的都没有？别是出了意外吧？""不会的。"张德明道，"她是个稳重姑娘。这么大的雪，路不好走。府里又乱着，也得避避嫌疑……"胤禵诧异道："你们打的什么哑谜，紫姑是什么人？"

"紫姑是老十三的克星，追命的阎罗！"胤禟眼中幽幽闪光，从齿缝里蹦出几个字来，"又是任伯安的养女。几经周折，数年谋虑，安置在怡贝勒府。这根炮捻儿已点着了，你懂么？"

胤禵被他的口气吓呆了，身子一抖，紧盯着胤禟道："你是说……"

"要是有人对你说，十三弟今日回归极乐世界。"胤禩慢吞吞说着，双目发出似灰似绿的光，"你不会伤心吧？"

"……你们——你们……说的是真的？"

胤禟叹道："这是没办法的事。十三弟不要我们活嘛。一个任伯安不算，刑部的人透了信儿，他带着四哥府里的一个和尚到这里来过。他对这里也有了兴味，胃口如此之大怎么得了？"

胤禵至此才明白，原来这两个人说的是真话！看何柱儿时，脸已被吓得蜡黄。胤禵讷讷道："这太……"

"太狠了，是么？"胤禩的声音有点喑哑，"你不要忘了，他是个'拼命十三郎'。任伯安这一闷棍，打得我们狠不狠？可有半点骨肉香火情分么？他眨眼工夫就挖掉了我们的财源。断了我们的耳目，又要动手砍我们的臂膀手脚了！"胤禟点头道："与其坐以待毙，不如先发制人！"

胤禵从心底里打了个寒噤：他倒不是心疼胤祥。眼前这两个人从容闲适像个没事人一样，竟是在等着亲弟弟的死讯！这心地，这手段，太令人心悸了！正发怔间，胤禩目光睃了过来，问道："怕了？还是割舍不得？"

"不是怕，也没什么割舍不得的。李世民不行玄武门之变，哪来的贞观之治？"胤禵心头狂跳，极力掩饰着慌乱和不安，说道："太突然了，迅雷不及掩耳，一时回不过神来。记得老十三蹲狱神庙，你就往他跟前塞人，敢情早有绸缪！"胤禩呵呵大笑，说道："你是说阿兰和乔姐？胤祥每日防贼似的盯着她们，怎么能成事？君不闻'防于此，必疏于彼'么？亏你熟读兵法，竟不知明修栈道，暗度陈仓之计！他把心思用在防备乔姐、阿兰身上，那就恰恰中了我的计！"胤禟抿嘴儿一笑，说道："这是兵法上有的！守如处女，出如狡兔，攻其无备，出其不意！"

正说着，便听外头道士说话："来了么？几位爷都在里头！"话音刚落，一个人满头满脸的雪闯了进来，却是胤祥府的贾平，一进门便道："爷们，完了，完了！"

"完了，完了！一完就了。"胤禟冷冷说道，"这也值得慌张？怎么这时候儿才来，府里走不开么？"贾平抹了一把流进眼里的雪水，急忙说道："好九爷，完是完了，只是完的不是十三爷。是他娘的——啊嚏！我也说不清，总而言之是紫姑死了！"

一句话说得房里人人脸色焦黄，云集山房顿时变得像荒庙一样死寂！

"紫姑……紫姑死了？"胤禩脸色惨白，双手神经质地抖着，颤声问道，"她……没有动手？"贾平顿足叹道："我就是为打听这事，到这时候才来！——动手是动手了，丫头们说十三爷福大，暗中有神灵佑护，摔了杯，又推倒了一丈红，折腾得炸了营，十三爷醒了……"遂口说手比，满嘴白沫地说了个备细，"……只紫姑不逃，自己撞死，奴才实弄不明白是什么缘故。"胤禩霍地站起身来，突然一阵眩晕，又颓然坐下，抚着脑门子沉思良久，头也不抬说道："此人与四哥一样，刁蛮恶赖，刻薄待人。神明有灵，也决然不会佑护这样的人——看来，是有人暗中保护！"

胤禵一阵心乱如麻，突然惊慌起来，蓦然说道："八哥！大事有变，白云观会不会出事？"胤禟自觉有点像局外人，木着脸说道："要是出事，这会子早已出了！紫姑如果招认了什么，就不至于自尽了。"

"老十四说的是。紫姑断然不会讲什么的。"胤禩渐渐恢复了平静，脸上也有了血色，"我待她恩情非同一般。她父亲是我救的，她母亲是我送的终，她头插草标自卖自身，我买下来交给任伯安，相待如女，照看两年有余——是孝女，就不会有卖主的事。我只奇怪，十拿九稳的事怎么就办砸了？"胤禩深深透了一口气，说道："居然有人摔杯报警！连几十斤重的一丈红都倒了！不可思议，不可思议……"他的目光陡地一亮，若有所思地住了口。

张德明在一旁一直闭目沉思，见几个人议论纷纷，瞿然开目说道："阿兰、乔姐最可疑！"胤禟恶狠狠说道："对，准是这两个狐狸精变了心！她们全家性命都不要了？——贾平，今天就叫她们来，爷下令她们动手，看是如何？"

"情势变了。"胤禩脸上毫无表情，"原想除掉十三阿哥，镇住胤禛，胤礽就丢了膀臂。这个无能太子，差使办一件砸一件，形势自然转过来倾向于我。这样一来，不但十三阿哥，连四哥都有了防备——所以眼下不能妄动！乔姐她们要变了心，拼着身家不要，你下令杀人，立刻就要倒霉。如果没有变心，还得靠她们帮衬，暗访一下究竟是谁报信儿。所以现在什么差使都不能给她们。"

胤禵笑道："清官难断家务事，这是最难查清的。依我说，左右是左右，饺子也是馄饨馅，干脆一锅烩了他们。夺了毓庆宫，再来一次玄武门政变！人死如灯灭，谁和谁讲什么鸟道理！"众人一听便知"人死如灯灭"是连康熙也在内。这个胤禵真有亡命徒的性格儿！立时之间，都觉毛发森立！胤禟的脸阴沉得可怕，阴森森问道："兵部听你的？九城兵马司听你的？大内侍卫如何对付？弑君登极，下头臣子们服你不服？就是永乐皇帝，也没敢打朱元璋的主意！"胤禩摇头说道："要这样，你十四爷来当皇帝，我是断然不敢！这身后名声就叫人吃不消！"

"名声？"胤禵一哂，说道，"秦二世堂堂正正继位，如今有什么好名声？赵匡胤陈桥兵变，犯上篡位，谁敢说他不好？自古成者王侯败者贼，你把天下治好了，自然有人捧场，自然有好名声！"他咽了一口唾沫，"我们且来算算兵力，善扑营赵逢春有四千人加上大内护卫侍卫，不足六千，都算他们的，加上直隶总督衙门的兵，满共不过一万。西山健锐营六千人是我的，加上我们三个府里和十哥府里的人，差不多八千。九门提督隆科多，手里有两万人，也不指望他帮忙，只要坐山观虎斗就成！我以勤王清君侧为名，调健锐营入城，肘腋火起，顷刻大乱。乱中只要封了养心殿，攻下毓庆宫，挟天子令诸侯，谁敢放个虚屁？你们听我说，我没说弑君，他老爷子坐了四五十年江山，让他去当当太上皇吧……"

"你昏聩，住口！"胤禩勃然变色，一拍桌子低声吼道，"万岁是何等样人，你敢打这种算盘？武丹来北京是做什么的？九门提督府还有你的那个健锐营的牙将们，哪个不是他使出来的人？"他放缓了声气，又道："没有天时、地利、人和，十四弟，你那些想法都是白日做梦！"

胤禵开头已是动了心，一改平日深沉稳重的风度，起身快步踱着，及至听了胤禩的分析，更觉有理，便站住了，一字一板地说道："八哥说的是。十四弟你太莽撞了。当务之急，只要拿掉胤礽，八哥德高望重，太子位还得归咱们！"

"你也错了！"胤禩一甩辫子，目光炯炯道，"当务之急是十四弟好好办差。拿稳了兵部，要能带兵那更好！这是一。皇上不是准了胤礽的本，按清单拿我们的人吗？只管叫他拿就是！越这样干，只能把人都推向我们这边！十四弟下去就是钦差，瞧准几个赃官，又与胤礽走得近的，查得结结实实一搞到底，胤礽不臭也得臭！到臭不可闻时，仍旧还得废了他！"

一场精心的计议结束了。大家乍惊乍喜，紧张得出了一身汗。贾平突然说："我出来没给文头儿请假，别叫那老贱骨头起疑儿。"便忙着要走。

"我们都走。这个地方暂时都不要来，谅胤祥一时也查不出什么名堂。"胤禩啜茶起身道，"何柱儿回府去。我们兄弟三个冒雪造访十三弟，给他压惊。"胤禵一边穿油衣，笑道："十哥今日没来，一大憾事。"胤禩笑道："就因为他那张嘴不主贵，没敢惊动。原说皇上见你，你来不了了。谁知你自己找了来！"说罢，三兄弟一齐出了云集山房，那雪已下得盈庭积尺了。

第三十七回　谋夺位太子暗招兵
　　　　　　起疑心康熙论五福

　　胤礽的确是个扶不起来的阿斗。虽有王掞等一干人竭尽全力扶持，无奈他性情变得十分执拗乖戾，竟是一言不纳，弄得几个人灰心丧气。惩办贪贿官员，专一严办胤禩党羽，朝臣中早已流传各种议论；加上他又明磨暗抗反对康熙轮免赋税，更是弄得物议沸腾。康熙四十九年到五十一年间，胤礽主管上书房票拟批红之权，将齐合托、耿额、罗信、詹明祐一干包衣家奴分派外任掌管军事大权，连连升官；又一口气锁拿了蔡经、万新民、冯韵春等几个封疆大吏。这些人都是马齐的门生，越发惹得朝野侧目。却不知康熙是怎么想的，奏一本准一本，竟似视有若无，全不理会。"八爷党"的胤禩却在兵部埋头整饬部务，出外巡视河务漕运，精心办差。凡在管辖之内，无分哪个阿哥门下的私人，有功必赏，有过必罚，贤明之声日噪鹊起。胤禛、胤祥明面儿上帮胤礽料理部务，一边兢兢业业办差，不知不觉地已将年羹尧晋为四川巡抚，门人李卫、岳钟麒，升了外省布政使，戴铎也放出去做了福建漳州道。胤礽、胤禛、胤禩三足鼎立，其余阿哥又自有主意，竟是八仙过海，各显神通。

　　时值重阳节，北京城风雨满城。往年这时分，家家户户携酒登高。今岁天气不好，但为了消寒辞秋，不免也有设家宴小酌的，胤禩处置完了部务，便令各官早早散去，亲手整理了文书，正要回府，却见"职方"司官任文玉抱着一叠子军报进签押房，遂笑道："你怎么没回去？这早晚还送公文，倒是实心办事，可惜十四爷没工夫赏识你。我还得进宫请安呢！"任文玉呈了文书，一躬笑道："这是藏王杜尔伯特的表章。十四爷一来兵部就吩咐过，无论何时，只要有西疆的军报，哪怕半夜也得叫醒您。司里哪敢耽误了？"胤禩正打量任文玉，听见是这事，忙拆开看，却是满、藏、汉三文合璧，译好了的一份折子，抬头写着："为策零阿拉布坦属下策零敦多布率兵袭藏事，臣藏王杜尔伯特奏请万岁，速发天兵安藏保疆……"胤禵不禁精神一振，敛了笑容说道："好！这么快，难为你连译文都译妥当了，这差使办得漂亮！"说罢挟起折子，拍了拍任文玉肩头，径打轿直趋毓庆宫来见胤礽。刚过景运门，便见几个太监撑着伞，三阿哥胤祉和十七阿哥两个人踩着泥屐，说笑着过来，胤禵站住了，待他们过来，只向胤祉打个千儿，笑道："久不见三哥了，你和十七弟这会到哪去呢？听说《古今图书集成》已经付印。我可有言在先，书出来，得送我一部！"因见胤礼给自己请安，忙扶住了笑道，"你甭弄这虚文糊弄我。人都说你好打马虎眼儿，其实我最清爽，你伶俐着呢！我们忙得沸反盈天，你却在三哥府博览群书，学棋学画，怕不几年就要才高班、马了吧？"

"你如今是炙手可热的人物儿，眼红我们什么？"胤祉多日不见，越发显得举止潇洒，只瘦弱些，脸色有点苍白，"书给你一套，成！不过你也得给我点什么。我瞧着你红果园那处别墅不坏，山亭池榭，小巧玲珑，地道的江南格调。赠了我如何？——你别笑，此书六编一万卷，六千一百零九部，集古今学问大成，载宇宙知识纲纬，拢共才印六十五部，抵不过你一个小花园？我要来打算酬谢陈梦雷先生。万岁爷三次亲临松鹤山房，一编一编的目录都看了的！"胤禵心下暗自惊讶，笑道："我又没说不肯，是叫你吓呆了！这值什么，你明儿就叫陈先生挪进去就是。"兄弟三人亲亲热热说了一会子话，胤禵便邀胤祉同去见太子。胤祉笑道："不敢。道不同不相与谋。阿玛因问起《洪范》一书里的几句话，我一时记不起来，刚刚去文华殿找书，还得去畅春园复命呢！"说罢便和胤礼去了。

胤禵望着胤祉背影，不禁升起一种羡慕之情，自己若不卷进这可怕的党争漩涡里，难道不也和胤祉一样，身居华堂心在泉林？何至于怀中早晚都揣着一包鹤顶红！三哥夺嫡，一击不中不再试，退而著书，真是聪明人啊！胡思乱想着，不知不觉已进了毓庆宫。

毓庆宫里煞是热闹。胤礽居首而坐，胤禛、胤祥打横儿，下边马齐、张廷玉、王掞、朱天保、陈嘉猷依次坐着，桌上摆着细巧宫点，正谈得海阔天空。远远便听胤禛笑说："方才十三弟唱的曲子，究竟是南曲呢，还是北曲？"胤祥笑道："我只拣词儿好的就唱，也没听说过南北曲有什么异同！但是异曲同工，即婉转妙音！"

"那是不同的。"胤禛剥开一个松子品着，说道，"南曲有四声，北曲只有三声。北曲里的入声派入了平上去三声，你晓得么？"

胤禵忙进来见面请安，在胤祥下首坐了。胤禛说道："这不过是个趣味就是了。三声四声，只要好听，就是好曲子。你没听说笑话儿，老六家一只狸猫，叫老鼠咬伤了鼻子，抱着猫去老八药铺里寻药治伤，说是这猫温柔，怪疼人的——这样的猫再好看，有什么用场？"他没说完，众人早已哄堂大笑。

胤禵笑得打跌，说道："这是实有的事，四哥并没诓人。那只猫从不捕鼠，还有个名号儿叫'佛奴'。我见过，样子爱人，斑斓如虎，终日憨卧，喃喃呐呐，如宣佛号——却被老鼠咬了！"朱天保笑着道："学生闻所未闻，杜撰一篇《讨猫檄》，太子可愿赏听？"遂轻咳一声，朗声诵道：

捕鼠将佛奴者，性成怯懦，貌托仁慈，学雪衣娘之诵经，冒君子之守矩。花盆昼懒，不管翻盆；竹簟宁慵，由它爬壁。六贼戏弥陀之座，而犹似老僧入定，不见不闻，傀儡登场，无声无臭。优柔寡断，姑息养奸，遂占灭鼻之凶，反遭磨牙之毒！阎罗怕鬼，扫尽威风；大将怯兵，丧其纪律……

未及诵完，众人已是哄然叫妙。胤礽不知怎的笑着笑着阴沉了脸，淡淡转了话题："好，我们玩得痛快，该干正事了。老十四，有什么事么？"

"那是自然。胤禵无事不登三宝殿，扰了太子爷清兴了。"胤禵却听这《讨猫檄》怎么都像是说胤禛，正想着怎么也编个玩意儿回敬，听见胤礽问，忙起身一躬，把带来的奏折双手递了过去。胤礽翻着看了半晌，皱眉说道："说起这阿拉布坦，朝廷待他何等恩厚！要不是皇阿玛三次亲征，殄灭噶尔丹，能有他的今日？早先几年他只是不安静，在喀尔喀和西蒙古王汗争草场，想着忍一忍许就好了。如今竟闹到兴兵进藏，作逆造反，真不知是吃了什么药！"胤禵笑道："这真是'六贼戏弥陀之座'，到了忍无可忍的地步儿了。说句难听话，我们这弟兄二十四个，难道都是'佛奴'不成？"

大家这才知道是西陲青藏出了大事。虽说这件事扰攘数年，并不意外，但出兵放马，国家重务，也都不敢轻慢，纷纷离座起身，恭肃站立。马齐便道："军情不可延误，得立即奏明皇上，钦定领兵统帅，商议出兵的事。"胤礽沉吟道："说声出兵容易，军备不整，粮饷不调，万里奔袭，难操胜算啊！皇上问起来，我们不能用空话敷衍。谁当将军，调哪里的兵，饷源、粮道，都要思量备细。奏明了，请旨施行才好。"张廷玉见马齐难堪，知道他的处境，在旁点头道："依臣之见，饷源自然还要从东南出。但从漕运弄到直隶，再分发甘陕，似乎慢了些。不如请旨调集山东、山西、河南、甘、陕诸省库中存粮，榆林、延安几处设的厅、卫，也有不少陈粮，一并调西宁备用。漕运来的新粮源源补入。这样，库粮也更新了，军粮也可应急，岂不周全？"

"托合齐古北口的驻军，太子原来已令调入顺义驻扎。"马齐一直对那次调营犯嘀咕，认为离京城太近。听至此，忙乘机说道："这一万五千人虽说在口外驻扎到了轮换期，但原就是为防备蒙古有事练的兵。顺义原来的驻兵按例到明年才能移防，何必如此麻烦，惹得下头骂街？照我看，不如把托合齐部直接调函谷关待命，才是正理。"胤礽"嗯"了一声，道："用兵西北的事是大局，这是按例调防嘛！如果调顺义不合适，就调丰台吧——你把人家从古北口调到函谷关，一时又打不起来，一样的塞外，一样的苦寒，那才招人骂呢！"马齐的这一番动议，未获准反而要把托合齐调到京郊，不禁一怔，心想还不如不说，因又道："丰台是近畿，这件事得奏明圣上，有旨意才成啊！"

"是么？有这个成例么？"胤礽一笑说道，"我怎么不知道啊？那年皇上西征，我调四万绿营兵进驻西山，也没有请旨。"因见张廷玉嚅动着嘴也想插话，便道："这事就这样吧，回头再议。我想，阿拉布坦作乱，若放在早年，父皇一定要亲征的。子代父志，千古一理，父皇春秋已高，西征的事我应该亲往。我年轻少历练，这正是个机会。"

谁也没想到胤礽会提出自己亲征，一时都愣了。马齐原怕将托合齐的兵调得近了惹出是非，太子既要出京，看来倒是自己多疑了，一时倒放下了心。张廷玉却越发满腹疑云，丰台乃京师门户，太子自己将兵十万，一旦乍变骤起，那真是不堪设想了！良久，舒展了眉头说道："太子，您是国储。青藏有事，毕竟不比当年噶尔丹。这差使派一上将就能办下来，何必劳您亲征？"

"张中堂说的是！"胤禵朗声说道，"由我办这差使最好！皇上委我治理兵部，兵饷的情形只怕谁也没我熟。我愿立军令状，牛刀小试，如果割不了策零敦多布的首级，就提自己人头来见！"胤祥早就听得心痒难搔，接口说道："这差使我要办！老十四，别以为就你懂军事，我也不含糊！十四弟你只要把饷供上来就成，别学——"他突然打住了，不再往下说。

但在座的都知道，"别学"的是索额图。当年康熙西征，索额图心怀叵测，梗阻粮道，延误军机，几乎把康熙饿死在戈壁滩。但索额图就是胤礽的外叔祖，胤祥自知失口，便啜茶掩饰过去。

"这件事算议而不决吧。"胤礽仿佛没听见胤祥的话，起身道，"马齐、廷玉，我们三个这会子就去畅春园，看万岁怎么定，回头听旨意就是了。"

看着他们兄弟一径出去，王掞默然良久，起身来，冷冷看了一眼陈嘉猷和朱天保，叹息一声，道："我身子不爽，得回去了。太子回来，替我禀一声吧。"说罢蹒跚而去。

方苞在畅春园陪着康熙，因天下大雨，整整闷了一日没出门。先是演练数学，下了一阵子棋，又写了会儿字，眼见天色仍不转晴，便要辞出来回城。恰这时李德全走来禀道："万岁，太子爷和张廷玉、马齐在东门递牌子请见！"

"方苞，你不要回去了。园里虽不便留宿，园子外的菩提寺，叫人去吩咐一声，你今晚就住那里。"康熙看着殿外的大雨，说道，"李德全去传旨，叫他们几个在松鹤书房候着，朕一会儿就过去。"

方苞笑道："皇上，王法无亲，臣虽布衣，既是上书房的人，也该过去侍候才是。再不然，叫他们过来岂不便当？也省得万岁冒雨过去了。"

"不要理他们。"康熙说道，"你坐下，有件事早想听你的意见，只是朕还想再看看，再想想——一说出来，就泼水难收啊！"方苞见康熙神色异常庄重，疑惑地斜签着身子坐在对面，正想问，却听康熙突兀道："方先生，设如今日有人要陈桥兵变，你看看有几分把握？"

方苞吓得一跳，胡子急速地抖了几抖，目中射出贼亮的光，惊呼道："焉有此事？焉有此理？焉有此情？"

"有的。"康熙平静地说道，"已经有人背着朕，从古北口调一万五千兵，要进驻顺义。健锐营背着兵部，铸红衣大炮十门——已经磨尖了牙齿，要咬过来了！"方苞打了个冷战，盯视康熙移时，身子微微向椅背一靠，说道："兵者，凶也！皇上疑得极是！不过据我看，别说那才一万多人，就是四十万，也是徒劳！因为形势与柴世宗时已大不相同。赵匡胤当时已经掏空了朝廷兵力。而今之世，权柄在人主之手，登城一呼，顷刻瓦解！"康熙冷笑道："是嘛！可怜有人利令智昏，硬要鸡蛋碰石头，朕有什么法子？可惜这造逆的，又是朕的骨肉，这就颇有为难之处啊！"

方苞怔了一下，一时没有吱声，事关国运，连着天家骨肉，他不能不多想想。沉默移时，方苞方苦笑道："臣已知道皇上指的是谁了。这种事，要趁着尚无实迹之时赶紧处置。一旦酿成大变，皇上虽然仁慈，恐怕也难免得依国法动用刑典！君臣大义、父子之情就不能两全。唉……天下储君，一废而再废，终非社稷之福……"

康熙的心情也很沉重，深深吁了一口气，"朕已经是仁至义尽。他要罢谁的官，朕就替他罢；他要升赏谁，朕虽不愿，朕也替他升赏。如今他又想要朕的命，难道也依着他？"方苞急急道："皇上既不愿按谋逆治罪，臣请皇上宽怀，不要总这样想。若偶露一句，便会惹出大事！再说，忧虑伤肝，于龙体也甚不利。"康熙点点头，说道："你说的是。"遂起身喊道："更衣，到松鹤书房！方苞你不要去，回避一下。"

方苞忙躬身道："臣既许身于君，不应事事回避，只求一身安全。再说，这些日子臣一直陪驾，此刻回避，反增人疑心。臣请随驾前往！"

胤礽等人在松鹤书房早等得不耐烦了。远远听雨地里邢年吆呼："万岁爷起驾了！"忙都走出廊下一字排开跪了。待康熙上了丹墀，胤礽忙顿首道："儿臣胤礽恭请皇阿玛金安！"方苞跟在康熙身后，只向马齐等人注目会意，便跟了进来。良久，方听康熙轻咳一声，吩咐道："都进来吧。"

众人鱼贯而入，见康熙头上戴着青毡缎台冠，石青缎面小羊皮褂套着酱色江绸棉袍，脚下一双青缎凉里皂靴蹬在木杌子上，端庄凝坐在大炕茶几旁。大家不免纳罕：又不是朝会，何必穿戴得这么齐整呢？

"下这么大的雨，难为你们进来。"康熙仿佛什么事也没出，和蔼地说道，"有什么要紧事？"胤礽忙把方才在毓庆宫议的事一一奏明，又道："儿臣与胤祥、胤禵都愿亲统大军西征。儿臣幼长深宫，素乏历练，愿借此机为国家立功，求父皇定夺！"康熙静静听了，一笑说道："都是有大志的人啊！但恐你们纸上谈兵、临阵未必中用。据朕素日看，对将军一道，似乎胤禵稍有成见，你说是么，马齐？"

马齐忙道："是。十四阿哥曾在奉天练过绿营兵，搜剿长白山土匪，颇有章法。这两年管兵部，亦很见成效。不过据奴才愚见，藏王虽然呈请兵奏折，似乎有未雨绸缪之意，事态并非十分险恶。我军闻惊即出，胜不足以昭示武威，偶有小挫，反为外夷所轻。所以应该慎重从事。以期全功！""你长进了！"康熙笑道，"朕原看你粗心浮躁，只取你的'忠心'，真个士别三日，当刮目相看！这件事现在不宜大动干戈。朝廷应派一上将，至甘陕一带阅军，盛陈威仪大张声势。策零敦多布若知难而退，那最好不过，要一意孤行，朝廷待准备好了，再行征讨不迟。"胤礽听了，知道自己没指望，便道："父皇圣明！既如此，请皇上降旨，着兵部尚书耿额前往西宁！"

"耿额？"康熙突然仰天大笑，"耿额贪贿的案子，你保了下来，如今又要保他去带兵，可谓用心良苦！"胤礽一听口风不对，忙叩头道："耿额一案事出有因，查无实据。他毕竟几次出兵放马，如今能领兵的将军已经不多了，儿子保他并无私情，求父皇圣鉴！"康熙哼地冷笑一声道："什么神明圣鉴？你嘴里说的赛似蜜甜！在下头做了些什么事，想来令人心寒！"

这已经不是议政了。除了方苞，众人俱都骇然变色，不知康熙何以突然震怒，而且骤然而来，事前毫无征候！胤礽被问得目瞪口呆，许久，才痴痴地说道："儿子在下头并没有做非礼越轨之举，请父皇明训！"

"若要人不知，除非己莫为，你做的事自己晓得！"康熙格格笑道，"《尚书·洪范》中有'五福'之说，朕专叫三阿哥去查看了，这五福之内的'寿'字，朕有这把子年纪，够得上了；'富'字，朕有四海，也不消说得；这'康宁'二字，虽小有遗憾，也还过得去；这'攸好德'，朕之德政也很看得过去——在这五福之内，朕为什么要把'考终命'放到最后呢？朕看这'得善终'是最难的。汉质帝聪明灵秀，难逃毒饼之劫，赵匡胤英雄一世，临死烛影斧声，竟成千古之谜！朕虽不敏，前辙俱在，岂能轻易堕入鼠辈之手！"说罢，狠狠地朝胤礽啐了一口，起身猛地推开门，竟自扬长而去！

一阵啸风裹着雨点扑进书房，胤礽等人伏在地上惊得半身麻木。

第三十八回 天威不测重废太子
皇心难度再囚胤祥

康熙这次废黜太子，行动迅速得惊人。当日晚他冒雨从畅春园返回大内，立即传旨，命令胤礽不必回宫，就在畅春园听候处置。内务府堂官带着一群太监至毓庆宫，搬走了存在这里的全部文书档案，将朱天保、陈嘉猷送交刑部暂时软禁。同时，下令锁拿兵部尚书耿额，刑部尚书齐世武，都统鄂善，副都统悟礼、托合齐。一夜之间，形势大变，刚刚新建起来的太子党几乎被一网打尽。王掞因请病假在家，连一点消息也没有得到。第二日听家人说太子出事，他还不信，但这一来，在床上躺不住了。起身出来吩咐："备轿，我要进宫！"

雨已经停了，天上的云层却没有散，浑圆的太阳毫无生气地在云缝中游动着，不时给大地掠过一片日影。王掞坐在绿呢官轿里不住地皱眉沉思。他身上有病是真的，但也多少是因为有点气恼，借题发挥。胤礽再立东宫，本来就十分勉强，王掞十分清楚。按他的想法，康熙对太子是期之过高，恨铁不成钢。太子为人并不笨，只要审时度势，小心守成，大约总不至于出大的差错。处置贪贿官员，他曾力谏太子不能以私情意气用事，无奈胤礽压根不听他的，一不请旨，二不与上书房大臣马齐商议，悍然决定锁拿一百四十三名犯官入京，引起朝野震撼。胤礽私自与耿额、托合齐、鄂善等人饮酒聚会，也背着他，不知都议了些什么事。王掞问了几次，胤礽只含糊说是"取乐儿"，弄得王掞干气没法子。待到从陈嘉猷处听说胤礽私调古北口军入京，王掞意识到要出大事。本想趁昨日重阳节，在饮酒席间，痛陈利弊，不想胤礽又请了那么多不相干的外人在旁边，大谈什么"四声三声"曲子，王掞一肚子的火无处发泄，只好告病。"这倒好！一夜之间天翻地覆！"王掞舒了一口气，微叹一声，"白日不照吾精诚——有什么法子呢？"

在西华门递牌子，一点没费事，王掞就进了大内。从隆宗门进天街，便觉气氛不同。六部九卿的官员们几乎都来了，站在乾清门前交头接耳、窃窃私议。眼见王掞面色苍白，翎顶辉煌地过来，大家无言地闪开一个胡同。王掞情知传闻不虚，心里咯噔一声，也不理会，登上丹墀向里窥望。因见十几个封了贝子、贝勒和亲王的皇子和胤礽都跪在月华门前，却不见胤禵在里边。李德全、邢年等几个太监来去匆匆，也都不交一语，里里外外紧张得透不过气来。王掞看了看，一提袍子便要进去，门前守看的侍卫张五哥过来，说道："王大人，请留步。"

"我要见皇上！"王掞的脸陡地涨得通红，"你放我进去！"张五哥一手拦住了王掞，说道："你安生一点儿，一会就有旨意。"王掞连着挣了两挣，恰如被铁钳子夹着，哪里得动？正在此刻，远远见康熙从月华门进去，身后跟着张廷玉、马齐，还有穿着黑缎棉袍的方苞。胤礽等皇子一齐叩下头去，康熙将手一甩便径往乾清门东暖阁迤逦而去。乾清门口的官员们立时停止了议论，面面相视，静得一根针落地都听得见。不一时，便见上书房大臣马齐和张廷玉从乾清门联袂而出，都是脸色铁青，至月华门前说了句什么，胤礽、胤祉、胤禛、胤祺、胤祐、胤禩、胤禨、胤祹、胤祥、胤禵、胤禑、胤禄、胤礼等皇子一齐叩头说声"领旨"，便一溜儿齐跟着两个人出了乾清门，在大金缸前垂手立定。

"有旨意，"马齐在门下朗声宣道，"各文武官员跪接！"几百名文武大员听了这一声，一阵袍靴窸窣声，黑鸦鸦跪下叩头，呼道："万岁！"一位理藩院的老先生，竟因紧张过度，叩下头当场晕厥过去！马齐也不理会，只在手中展开诏书，屏住气，干巴巴念道：

奉天承运皇帝诏曰：自古一代之兴必有令主，国祚绵长储君至重。前因胤礽行事乖戾，曾经禁锢，继而朕躬抱疾，念父子之恩从宽免宥。本期以自新改过，勉可托付大事。岂知伊自释放，乖戾之心，即行显露。数年以来，狂易之疾，仍然未除，是非莫辨，大失人心，秉性凶残，与恶劣小人结党！胤礽于朕虽无异心，若小人辈，希图拥立之功，如于朕有不测之事，则关系朕一世声名矣！前释放时朕已有言：伊善，则为皇太子，否则复行禁锢，今观其行毫无可望，祖宗弘业，断不可付予此人——故仍旧废黜禁锢。诸臣工体念朕心，各当绝念，倾心向主，共享太平。后若有奏请皇太子已改过从善，应当释放者，国法俱在，朕虽欲不诛，岂可得乎？钦此！

群臣伏地静聆，待念完时，又一叩头山呼："万岁！"早有两个太监，在众目睽睽之下向胤礽走去，默默打了个千儿。胤礽面白如纸，不言声摘下缀有十二颗东珠的大帽子双手递过，两个太监跪接了，又磕头回去缴旨。早有刘铁成带着两个侍卫过来要搀扶胤礽。胤礽一把推开了，站起身昂着头跟着侍卫去了。这里众官方各散去。王掞偏着脸不忍见这情景，已是老泪纵横，因见马齐和张廷玉也要退回去，一跃而起，大喊一声："姓马的，姓张的！请转奏万岁，王掞跪死在这里，也要见见皇上！"

"是王掞啊！"张廷玉的声气却很平和，见王掞激动得浑身乱抖，淡淡一笑，说道，"你何必这样！万岁已有旨意，宣过旨后，传王掞进来。你进去吧！"王掞哽咽着说了声："臣……领旨！"起身摘了大帽子，踉踉跄跄走进了乾清门，这边马齐和张廷玉对视一眼，走到众皇子面前，对胤祥说道："有旨问你的话！"

胤祥早已料到，自己难免池鱼之灾，将头一碰，说道："问吧，胤祥听着呢！"旁边的胤禛转脸说道："胤祥，不得无礼！"胤祥只一哂，没再言声。

"丰昇运一案是皇上亲自过问，"马齐问道，"原说交部严议，后来仅发落流配两千里，当时刑部是你主持。皇上问你，是你的主意，还是有人指使？上书房大臣马齐就在北京，为什么不向他咨询？"胤祥听了不禁一怔，显然，他没想到会问这个，遂答道："刑部尚书齐世武已经拘押行在，这件事他清楚。处置丰昇运时我在吏部查处任伯安一案，没有到部。但皇上既把刑部差使交给了我，我难辞其咎，无话可答。"马齐翻着眼想了想，也道："请张中堂代转，当时十三阿哥专在吏部查任伯安一案。"

张廷玉点了点头，又问道："任伯安私卖人命达数十条，你到刑部因何不一一清理？而转在吏部清理其贪贿。事发之后，仍以私藏档案结案，皇上问你，是何居心？"胤祥一听，顿时气得浑身乱抖，自己冒着风险，费尽千辛万苦为朝廷清除了这一隐患，想不到如今要治自己的罪，鸡蛋里挑出骨头来！伏在地下喘了半日粗气，硬邦邦答道："我与任伯安是一党，因此避重就轻，庇护他！求皇上重重治罪！"

"老九！"旁边的胤禛听胤祥任性使气，答话极不得体，遂转脸盯着胤禟厉声说道，"你是角色，该站出来替十三弟说句公道话！"胤禟却只一哂，别转了脸，说道："四哥，皇上没有问我话，叫我怎么答对呢？"胤禛见他如此无赖，也不理会，跪前一步叩了头说道："求张中堂代奏，任伯安一案，从抓人到审理，是胤禛一手指使。臣胤禛以为十三阿哥有功无罪，请皇上明鉴，要治罪，治臣胤禛的罪！"

张廷玉点了点头，又突兀问了一句："皇上问你，郑宫人是怎么死的，你要据实回话！"郑宫人与胤礽的事，众皇子中有的知道一点影子，有的并没听说过，听张廷玉问到胤祥，连胤禛也觉愕然。胤禟等人这才晓得原来是这个愣头青先下手，郑宫人才莫名其妙地死了，不由得都竖起了耳朵。

"郑宫人？"胤祥有点迟钝地抬起头来，看了看张廷玉和马齐，说道，"我不知道郑宫人，她是哪个宫里的？请万岁明训！"

但张廷玉不答话，也不再问了，只向众人一摆手道："各位爷请起——今儿万岁爷不再见你们了。十三爷，你也请先回府。我和马齐只是奉旨问话，皇上叫你停办差使，闭门思过，回头一定有恩旨的。这边的事但凡能照应的，一定照应！"胤祥却不买账，冷笑道："我有什么事能劳动你们照应？你不用可怜我，也不必自作多情——"他扬着脸还要挖苦，胤禛急得在旁大声道："你还不谢恩！"胤祥方才极不情愿地磕了个头。张廷玉和马齐也不计较，向各皇子躬身一礼便回了乾清宫。

"回来了！"康熙在东暖阁的炕上端坐着，见他两人进来，说道，"免礼，到那边和方苞一处站着。老王掞正和方苞口辩呢！"张廷玉便把方才问话情形一一奏明。

"臣不是口辩，"王掞直挺挺跪在地上，分辩道，"皇上言之凿凿，说得这样凶险！托合齐循例换防，说有不测之心，究竟太子是否参与，又语焉不详！太子自请将兵西征，也疑他要拥兵自重，奴才听着，总像是'莫须有'之罪！方苞你以布衣之身忝在帝侧，自古受恩谁像你这样重？当此国疑事危之时，不能助君明察秋毫，只用空言搪塞，难道你不是个奸邪小人？"

方苞眸子晶亮发光，一口顶了回来："皇上废黜太子，是为保大清天下万世相传，实实在在的一件事，怎么是空言？太子本来就有罪，复位之后不思改悔，变本加厉，会饮聚议，结党营私，打击异己，事实俱在，你王掞也直言不讳！就这么一个人，难道能受任于天下，拯庶民于衽席？说太子有异动，是皇上的话。我虽不敢断言，察其言，观其行，这会子也觉甚属可疑！天下之主是当今万岁，你王掞扪心自问，你一味保胤礽，是出于公心，抑或以死力争，邀取不贰臣之名？"这番话，句句落地有声，王掞先是浑身一颤，接着伏地号啕大哭："……太子并无不臣之心，求皇上不要误听他人谗言……"他不再称方苞为"小人"了，方苞见他如此凄恻，也不由动容，叹道："王掞兄，你也不用这样，太子一废再废，国家难免要伤元气，皇上也痛心呐！但为社稷，不能以私情废公啊！太子没有不臣之心，皇上的诏书里也说了，其实这样做，也是为太子好——"

"就是这个话。"康熙也凄然一叹道，"朕一生做事，毫无遗憾，只这个胤礽，自小儿看他长大，朕心里最疼怜他，可怜他的母亲还是为他难产而死的……朕到地下，难见祖母和皇后啊！"他拭了一把泪，又道："看来这个太子当不好，也不全怨胤礽，皇子们管着八旗，建牙开府，各有属官，各有所主。不同于前明各皇子只有世爵，不管实事。太子是个为头的，想保住位置，不能没有自己的人马。左右群小，希图恩荣，又防着别人来夺，结党就势在必行的事了。既然如此，立谁为太子都不好。看来只有暂时不立太子了。"

这件事马齐、张廷玉、方苞等人虽然没有议论过，来来回回，心里不知折了多少个过儿了，太子结党被废，再复位，仍是以结党被废，很是耐人寻味——天下早晚是他的，何苦要结党呢？康熙寥寥几句，就明白道出了底蕴：有八旗制度，便有太子结党，想在太子位上坐稳，没有一帮人拥护不成；要想太子不结党，除非废除诸王八旗制。但动摇八旗制度，等于解散满族主体，去掉这个"祖宗家法"谈何容易！一时众人俱哑口无言。

"所以，"康熙说道，"不能事事依着汉俗，得照此时此地此情此景确立大计：自今而始，休言立太子之事——直至朕死！"

众大臣不禁瞠目结舌，太子制度，汉唐以来沿袭数千年，虽然时有废立，却从无中断——至死不立太子，那谁来继位？马齐当先说道：“此事非同小可，望万岁慎虑而后行！恕奴才孟浪，总有一日万岁要龙驭上宾，若天下无主，何堪设想！”

“马齐所言极是！”王掞原还怔怔地听，至此觉得自己不能缄口，遂道，“国无储君，一旦有变，纷争乍起，人臣谁能收拾局面？”

康熙目光炯炯地看着殿外，慢吞吞说道：“是啊！齐桓公英雄一世，首建五霸大业，身死之后，五公子纷争百日不发丧，尸首都放出蛆来，朕焉得不惧？但立太子的又谁有好下场？你们都是饱读史书的人，不晓得玄武门之变？不知道永乐靖难？胤礽若是不立为太子，焉有今日之祸？凡事预则立，不预则废，朕已仔细想过了。太子，决不可再立！”方苞原听康熙说不再立储，也觉不妥，及至听了康熙这番话，很快就明白了康熙的意思，正要说话，却听张廷玉道：“宋仁宗三十年未立太子，大清太祖、太宗皇帝也没有预立太子，国家反而日臻隆治，奴才以为皇上想得很对！”

“很对？”王掞反唇相讥。他不能苟同张廷玉的“高见”。他的祖父王赐爵是明万历年间的首辅，曾连章奏请册立神宗长子朱常洛为太子，反对立宠妃郑贵妃的儿子朱常洵，得到成功，而声震天下。康熙为了使他好好辅导胤礽，曾赐王赐爵“懋勤贻范”匾额。康熙的话，张廷玉的话，在他听来都是对他的嘲讽，叩头说道：“张廷玉身为首辅，当面阿谀君主应该诛之，以谢天下！”康熙见张廷玉面红耳赤，要驳斥王掞，便止住了道：“王掞，你虽然言语激烈，但朕知道，你辅佐太子，并无不循规矩的事。所以朕不怪罪你。朱天保、陈嘉猷是另一回事，所以他二人已经被拘押软禁，审明之后还有旨意。你是有岁数的人了，肝火不要太旺，回去息息火，静养几日，至文华殿任大学士，有咨询你之处，朕自然召你——来人，扶王掞下去，他跪的时间太长了……”王掞被康熙这番不软不硬、似体贴又夹着恫吓的话弄得张口结舌，不知该怎么回话，半晌，方咽了一口唾沫，无可奈何地说道：“臣——领旨！”

康熙眼看着太监小心地扶着王掞出去，方叹道：“难能可贵！惜乎辅佐非人啊——像十三阿哥，是个敢作敢为的……”遂转脸问众人道，“你们还有事么？没有就散了罢。”

“万岁，”马齐说道，“十三阿哥虽有党附胤礽的事，但据部里官员说，办事很尽力，且甚清廉，是不是……"康熙脸上毫无表情，沉吟良久，说道，"照胤礽的例，筑高墙圈禁起来！"

高墙圈禁，在宗室亲贵中是极重的处罚，鳌拜、索额图谋反，也不过如此，现在太子的案子尚未审结，就把"从犯"胤祥先行圈禁，而且方才的话里还透露出赞赏之意，怎么一霎工夫就变了？众人都把目光投向康熙，觉得眼前这个皇帝越来越难侍候，越来越莫测高深。只方苞心中一动，若有所思地颔首不语。

"你们放心！"康熙笑道，"朕必定选一个坚刚不可夺志的人做你们日后的主子！"

第二次废黜皇太子后，朝局似乎比第一次要平稳些。皇子里除禁锢了胤礽和胤祥外，再没有进一步的株连，下边臣子里监禁扣押的清一色是太子党人。只有宗人府、刑部大理寺最忙，日夜审讯，夹的夹，打的打，一连半个月，才算将案子谳定了，内阁会同各官合计，着都统鄂善、副都统悟礼革职，发奉天军前效力；着托合齐腰斩；着齐世武绞刑，收监候处。兵部尚书耿额是索额图的家奴着令圈禁。下余的沈天生、伊尔赛、朱天保等人则请旨斩立决。直忙到十月中旬，才算各事就绪。各省督抚原都心惊肉跳，生怕卷进这天字第一号官司里，至此，倒都安下了心。

但此刻的京师，情势恰如冰封了的永定河，上头平静如镜，下边激流如湍。胤禛在废太子的当日就卧病在家，静观事变，等着康熙下令再行举荐。胤禟、胤祯、胤禵装作优哉游哉模样，今日访友，明日会文，出入于方苞、马齐、张廷玉，甚至告老致休的李光地、梁清标、伊桑阿的庭户之间，却绝口不谈朝务，很是安分守己。处置胤礽党羽的事，直到十月十九，才颁下朝令。胤禵立刻来见胤禛。躺在床上的胤禛一跃而起，高兴地说："如鸟兽散，真一大快事！"胤禵也道："正是如此。这一来太子党再无翻身之日了！我只奇怪，怎么推选太子的事至今连一点信儿也没？"

胤禛淡然一笑，说道："岂有不下这个诏旨的道理？皇上不过是想看看我是否在下头运动罢了。其实就是上次，也是你们冒头，话说得太露锋芒，这次我不吭声。桃李不言，下自成蹊，看看万岁是什么章程？等着看吧！"

第三十九回　识真局清客举胤禛
　　　　　　蒙迷雾忠贞赴黄泉

胤祥被禁锢，去掉了胤禛一条臂膀，一堵屏风。一连多日，这位王爷闭门不出，徘徊中庭，恍惚失神。家下人知道他性情乖僻，谁也不敢拍马屁讨好儿自寻晦气。胤禛几次想和文觉、性音深谈一次，都是欲言又止。这两个和尚也怪，明知家主有心事，也不来相劝。偏邬思道自六月就离京，带着两个小奚奴出游去了，胤禛几次派人打探他的信息，都是败兴而归。恰在这日接到处置胤礽党羽的邸报，胤禛仔细看了半日，越发不得要领：若说胤祥是太子党，至少邸报上要带一笔，若说不是太子党，就该和自己一样，根本就不应处置。要是推举太子，这阵子早该有旨意了，要是不推举，难道就让储位空着？胤禛盘膝坐在万福堂烧得暖烘烘的大炕上，心里一片茫然。想到自己年过而立，事业受挫，惨淡经营多年，毫无建树。太子无份，不禁感到一阵落寞凄凉，和外边枯枝插天的冬景一样萧索荒寒。正沉吟间，见弘历从外头进来，胤禛没好气地说道："你也一天一天长大了，竟不如小时候！君子守中不务外，你成天跑什么，要学你那个不成才的哥哥么？"

"父亲怎么忘了？"弘历笑嘻嘻打千儿道，"昨日儿子已经禀过的，和谢嬷嬷一道儿去大钟寺，她是去还愿，儿子去临碑帖。本来午间要回来，恰又遇见邬世伯，约着一同进餐……"

胤禛眼睛一亮，双腿已挪了下来，问道："邬世伯？哪个邬世伯？"弘历笑道："儿子有几个邬世伯？就是邬思道先生嘛！"胤禛腾地下炕趿了鞋。"他在大钟寺？你叫他们给我备轿！"

"儿子已经请他回来了。"弘历从未见过父亲这副猴急相，要笑又不敢，只敛眉答道，"他腿脚不便，还是坐儿子的轿子呢！"

胤禛赏识地盯着弘历点了点头，却没说什么，戴上青毡帽便迎出来，早见邬思道架着拐杖从二门进来，包了铁头的拐杖在水磨青砖的院里点地有声，"的笃的笃"直到台阶下，方站住了，深邃的目光盯视胤禛许久，方道："久违了，四爷！"

"噢！"胤禛心中一热，跨前一步，又矜持地站住了，转脸命弘历，"你还愣着做什么？快搀扶着点！"

弘历扶着邬思道在安乐椅上坐下。出京游历数月，邬思道皮肤晒得黝黑，精神好多了，坐在椅上打量胤禛移时，方道："四爷身子还好？"胤禛笑道："你有残疾，走这么远的道，着实叫人惦记着了。这话该是我来问你的。"邬思道笑道："如今天下承平，风不鸣条，雨不破块，又没有响马，怕什么？至于几个小小诈财捻秧之辈，何足道哉！"

"这么说你还是碰到匪人了！"胤禛惊问道，"性音的徒弟黄安不是跟着你么？没有吃亏吧？"邬思道莞尔一笑，道："像我这样的人，只能与人斗智，不能斗力。倒也亏了黄安帮着，不但没吃亏，还给四爷带回几个人，虽然都是鸡鸣狗盗之徒，都还略有些本领。四爷，你是非常之人，当此非常之时，应有非常之备。性音虽有本领，毕竟是个和尚，不能朝夕跟着你呀！"胤禛叹道："先生是有阅历有心智的，再受磨难依然达观，令人可敬！不晓得我在京里，似热锅蚂蚁一样！又像夜里独自走一条没有尽头的黑胡同，四周静寂得古庙一样，还有豺虎恶狼潜在暗处磨牙吮血！——你想想，我是何等况味！"胤禛说着，嗓音有些哽咽，便打住了。

他极少这样动感情。邬思道知道，不是苦闷到极处，胤禛不会这样。因见院外人来人往，便沉吟道："四爷，这里太气闷，我坐不惯，不如到园子里去吧！"

"成。"因为这个智囊回来得如此及时，胤禛一天郁闷扫尽，显得神采奕奕，起身吩咐弘历，"弄一桌席面进去，给邬先生洗尘。"又要叫人搀扶邬思道，邬思道却不肯，笑道："我需要走动走动，只一味安乐，离死也就不远了。"

于是二人离了万福堂，出月洞门径往枫晚亭而来。走至一片茂竹旁，邬思道忽然支住了拐杖，头也不回，说道："四爷，方才你说的走黑胡同，我听着有意思——叫我看，你已经走出了胡同口，只是天太黑，你什么也看不见，还以为身在胡同内。天太黑了！是么？"

"你说什么？"胤禛吃了一惊。

"我说，"邬思道转过脸来，"实言相告，我回京已经五天了！这五天里头，我也像坠进庐山雾中，万事纷绪扑朔迷离，总瞧不破皇上的心思！今儿邸报出来，我才明白，皇上变了法儿！放鹿中原，叫高才捷足者去争！"他嘿然冷笑，又道，"劈破旁门见明月，谁能堪透此中三乘妙义，这莲座就是谁的了！"

胤禛倒退一步，脸色异常苍白，惊讶地说道："你……这几日你不来见我，是在精研时局？"邬思道默默点头，笃笃踱了两步，"是啊，四爷心里闷，我也懵懵懂懂。若来见四爷，也不过对坐愁肠，有何实益？我得给你拿出应变之策啊！"胤禛呆了半晌，叹道："胤礽失位，祥弟被拘，得意的是老八，我有什么办法？"

"皇上已经决策不立太子了！"邬思道目光闪烁，"头一次废太子，第二天就下旨举荐，这次只见拿人、谳狱，国储之事讳莫如深，足证皇上已经另有图划！"胤禛眼光一闪，随即黯淡下来，说道："这个我倒想到了，或许圣躬独裁，不再征询臣工意见了呢？""断乎不是。"邬思道摇头道，"立国储乃是极大政务，前明昏君还知道征询臣工意见呢！何况康熙爷，他是何等样人！"说着嗟叹不已，"可惜我学生命数不偶，不得一睹圣上风范！"

胤禛笑道："说实话，若我是当今，就不这么办，二十四个阿哥，明摆着胤禵出尖儿，把太子位给了他，何等稳当？"邬思道点头道："症结恰在此处！四爷这是真心话，但万不可再对人说。这事我不知颠倒想了几百次了！八爷为人、秉性、才干，处处学万岁，孰不知他只是学了万岁的形，没有得其神！如今天下贪风炽盛，党结如茧，赋不均，讼不平，大治之中隐忧重重。得有个能杀伐整顿之人来接位，皇上绝不要守成之主。八爷是个守成的材料儿，所以万岁看不中他！"胤禛听得怦然心动，良久才笑道："你心思如此灵动，令人可畏！这话若叫外人听见，传播出去，恐怕你首级难保！"

"阿弥陀佛善哉斯言！"竹林外传来一声念佛声，把正说得入港的邬思道和胤禛都吓了一跳，"贫僧文觉、性音在此听了多时！"二人出了竹林，邬思道举手一揖道："二位秃驴！莫不是闻到席面的酒香，馋涎欲滴，耐不住了么？"性音笑道："狗肉和尚给你钻天入地打探消息。又和文觉穿针引线，马不停蹄忙了五天，难道吃一桌席面还不应该？"

胤禛这才晓得，这三个人几天来一直秘密地联络着替自己办事，惊讶之余又觉欣慰，只矜持地一笑，摆手道："请，有话席上说。"于是四人一同走进枫晚亭，坐下开怀畅饮。

"四爷，"邬思道惜福养身，从不暴饮暴食，只拣着清淡的略用几口，问道，"收到戴铎的信了么？"

胤禛正啜茶，手举在半空又停住了。戴铎九月下旬确曾寄来一封密函，说在武夷山遇一奇道士，能知过去未来。戴铎暗以胤禛生辰八字卜算，道士说是"万字号"的，怎么邬思道突然问起？邬思道笑道："这不是妄弄的玄虚，这些话早该明说，又恐你心里震惊；不说，又怕你失了信心。远处和尚好念经，近处和尚难为之处也正在此。记得那年猜枚吃酒说过的话么？"胤禛因戴铎说得神乎其神，如何得遇异人，又怎样演算神数，及至点破，仍是邬思道的策划，不由兴致索然，遂苦笑道："测字打卦，知命君子不为，这都不过是笑谈。休提当年的话。如今情势，皇上不治我的罪就是福，再起非分之想，我是断断不敢的。"

"是么？"邬思道神秘地一笑，"我倒觉得当年猜枚所言已经应验，到了旧话重提的时候了！"

性音和尚啃着一块骨头，油腻腻的手一摆，说道："富贵逼人，只怕四爷你推不掉！"文觉笑着一探身道："四爷听我说，你的八字乃是戊午、癸亥、丁酉、甲子——居于长生之地，土坐四位，周观景星，元武当头，御朱雀之屏，将青龙白虎之神。推之于《易》，则为'风山渐'☶，袁天罡所谓'凤凰御临西岐山，长鸣几声达九天。文王在此开基业，挣得社稷八百年'！推之于数，则为二四一二——合为九，拆为偶，贵极而不可言，这都从天意中来，和尚是编不来的！"

"天意是一回事，人事又是一回事。"邬思道沉吟道，"若不尽人事应天命，到头依旧水中捞月。刘秀的哥哥刘縯也是极贵之命，因不尽人事，反遭荼毒。当日更始在南阳设筵，要杀刘縯，席间十分凶险，但始终未能下手，刘縯就自以为天命所归，毫无防范，终于死于竖子之手，千载之下英雄扼腕叹息！四爷！你若不以此为鉴，想做富家翁也是个难！"

胤禛已是听得血脉偾张，闲来无事，他何尝没有想到这件事？也几番查阅星命性理之书，只没有他们几个见得透彻，说得玄奥详明。正要说话，性音将手中骨头一扔，摆手道："噤声！有人偷听！"说罢起身，一晃便消失在竹林之间。

众人不禁一呆，胤禛一惊之下，已是勃然变色：他这里不同胤祥府，胤祥那里开府不久，迭遭变故，杂七杂八的什么人都有。他选人极严，不曾受他重恩的绝不录用，更不能进二门里头做事。而今居然有人敢潜入园子偷听机密！胤禛什么话也没说，眉棱骨一挑一挑的，眼中陡地射出寒凛凛的杀气。移时，性音回来，一边入座，笑道："是高福儿送酒来了，一场虚惊！"

"小心点没错。处君子易，处小人难。"文觉道，"难就难在小人贪利，易为人用。对这些人一千个恩，他未必知报；一件事做得不周，就要心生怨尤。四爷以天下为家，不能不多破点财，维持好眼前服侍的奴才。事机不密，关系匪浅啊！"邬思道格格笑道："言之成理，但也不无偏颇。处小人难，处君子其实更难！当今万岁天赐之资，处起来难不难？"

性音不禁鼓掌笑道："要言妙道振聋发聩！和尚愿闻其详！"

"处庸平之父子容易，处英明之父子难；处孤寡手足易，处众多手足难——何者？"邬思道反诘一语，俯身以筹划酒，说道，"在万岁跟前，你不显才，皇上用哪只眼瞧你？你锋芒毕露，又要招疑！兄弟多了，这个吹一口好箫，那个弹一手好瑟，各擅其长，一角高低，出了尖儿有人掐，不出尖子有人压。你们想，相处起来难不难？又有哪个是得罪得起的？"文觉接口说道："岂但父子兄弟，就是皇上跟前的阿猫阿狗，你得罪一下试试！今年夏天宫里就有传言，说'二阿哥如今只是作践人，要当了皇上，这些阿哥们可怎么得了？'你说他受这些话背累没有！"

胤禛手指轻轻敲着桌面不言声。几个人你一言我一语娓娓而谈，谁也没说是在帮他出主意，但题中之意已是心照不宣，自己该怎么办呢？正沉思间，又听邬思道笑道："要依我看来，好好相处当然要紧。但刻意地去奉迎那些小人，似乎不必！四爷的本色，堂堂正正，为人刚直诚孝，这个本来面目就是立身之本！人若改常，不病即亡，二阿哥就是个例。他以为万岁瞧着他懦张。复立之后强自振作，大寒大暑不伦不类，结果如何？谁当大位，要看谁得圣心。皇上是至死不让权的，虽然放鹿中原，要看你怎么个'逐'法。有的人大喊大叫，有的人围追堵截，有的人红着眼看，其实都错了！"

"这可是人家说的，"性音笑道。看着外头高福儿叫小厮把酒送进来，反身出去，这才又道，"你不说我还明白，你越说我越糊涂了！"

"亏你还是个佛门弟子。"邬思道冷冷说道，"禅语都不懂，岂不知不逐是逐，逐是不逐！"

一句话说得胤禛如醍醐灌顶。康熙几次说过："国家惟有一主，大权所在，何得分毫假人！"却又不立太子，让儿子们争，是什么意思，太难捉摸了。"逐是不逐，不逐是逐"真是点石成金！想到康熙不惜用骨肉相残，坐观成败，如此择储的用心，即心如铁石的胤禛也觉胆寒，竟无端地打了个冷噤！胤禛盘算着，已经有了主意，遂笑道："你们的话我都明白。做皇帝是人间一大苦事，我避之惟恐不及！我要有这心思，也犯不着跟着胤礽蹚浑水了！雍亲王难道就不能自立门户？所以虽然都是金石之言，于我却没用处。你们放心我，我也放心你们。今日一坐，闲话所及，往后不再提起，好么？"

明明都听在心里，还要假撇清，但又是题中应有之义，邬思道也不禁暗服这位主子聪明伶俐，只是吃茶不语。文觉也自会意，性音到底是个武僧，只道是真，笑道："四爷没这心，就当我们闲磕牙罢了。"胤禛一笑起身道："你们吃酒吧，我得去看看朱天保和陈嘉猷。这两个人当初是我荐到胤礽那儿的，如今出了事就撒手不问，太不义气了。"说罢径自辞了出来。

刚到园门口，便见弘历、高福儿远远过来，见了胤禛，都毕恭毕敬站住。弘历说道："方才内廷老胡来，说朱天保和陈嘉猷赐自尽，今日处刑。儿子回说您不在……""我正要去石牌楼看看他们。弘历和我一同去。"胤禛说着，又向高福儿道："家里奴才要管紧些，各人守好各人职事。我说过，这边园子还有性音住的粘竿处，是我悟道、参禅清心寡欲的去处，除了我指定的人，谁也不许擅自入内——我说话从不吩咐第二回，今日对你破例儿，再若有人不守家法，你不要后悔！"高福儿尚未及答话，胤禛已是去了。

胤禛父子二人更衣出来，翻身上马，踏着细碎的残雪一溜小跑，半顿饭工夫便到了石牌楼朱天保和陈嘉猷的住处。因见门上已换了内务府慎刑司的人，胤禛心里一沉，踩着下马石下来，踱至门旁，木着脸问道："认得我么？"两个内务府的笔帖式正烤火吃茶，见是胤禛，慌得一齐起身行礼，笑道："是四爷呀！瞧朱大人和陈大人的么？请，请！"胤禛也不理会，带着弘历就进去了。

这是个只有一进的四合院，朱、陈二人都没带家眷，长随们大概早已遣散，偌大院落只有两株高大的酸石榴，叶子已经脱尽，满树挂着红玛瑙似的浆果，阒无人声，只上房偶尔传来棋子落盘的声音。胤禛轻轻移步进来，果然见是朱天保和陈嘉猷两个人正聚精会神地对弈。胤禛没有打扰他们，示意弘历站在门口，独自慢慢踱至陈嘉猷身后观战。

盘上疏疏落落只有百十个子儿，倒是朱天保的优势，只他黑方西北角生出一个至关重大的"天下劫"，收不收官子儿已经无关大局。但白方只有一个连环劫，劫材取之不尽用之不竭。陈嘉猷紧张得鼻子尖儿冒汗，冥思苦索咬牙硬挺。良久，朱天保笑道："陈兄，这边我又打出个连环劫，这盘棋恐怕永生永世下不完了！"陈嘉猷细看时，果见朱天保打劫造劫，已成不可开交之势，不禁颓然叹道："到底是你棋高一着——呀，四爷来了！"

"是我来了。"胤禛见这二人死至临头尚不自知，兀自弈棋谈笑，心中发出一声深长的叹息，脸上却笑道，"你们好安详！"朱天保和陈嘉猷也不行礼，只将手一让，请胤禛坐了。朱天保说道："四爷，你来得正好，我有一句话，正怕传不到你耳中呢！"胤禛忙道："你们如今在难中，有话尽管说，能办的我决不推辞。"

朱天保仰天长叹道："可惜我朱天保，空有满腹文章，却不识时务变通，以至有今日之难，辜负了四爷举荐之恩！——设如有一日四爷得志，好歹照顾一点你那糊涂的二阿哥……"说罢泪如雨下。陈嘉猷也道："二阿哥虽有过失，但你们毕竟有过君臣情分。四爷，天下只在你和八爷之间，但得一日遂心，莫忘二阿哥勺水之情……"说着，也是哽咽不能成语。

"你们……"胤禛原以为他们要托自己家小，不料异口同声都为胤礽讨情，不禁大吃一惊，口吃地说道，"……这个话我如何当得起？但我想，无论谁为君，再难为二阿哥怕也太过分了吧？"

朱天保起身来，对陈嘉猷庄重地说道："陈兄，该上路了，别等那起子龌龊小人来催！"遂向桌上掀起一个黄袱盖着的盘子，取出两杯酒，晃一晃，金光灿然——递给陈嘉猷一杯，方转脸说道："可惜不能让四爷了！"说罢，二人将杯一碰各自饮了。只顷刻之间，两个人身子一晃，扑倒在地，软软一翻身，再也不动了。

胤禛和弘历都惊呆了，两个人都是脸色雪白，如处噩梦之中，连一句话也说不出来。不知过了多长时间，胤禛才迸出一句："英雄！可惜我没早看出来！"点头嗟讶着出门，却见张五哥也来了，怔怔地呆看着屋里情景，手中一纸赦免诏书飘然落地。

第四十回　议蠲赋康熙勉为难
试圣意胤禩再作俑

胤禩装病在家，耐着性子静观多日，终于销假上朝了。这一阵子，他也有一种身在庐山的感觉。太子之位一直空悬，康熙如果立长，此刻叫人担心的就是立胤祉。若胤祉死灰复燃，胤禛必定改弦更张，投靠过去。若是立贤，那就非自己莫属，但也得提防野性难收的十四阿哥胤禵。因此，他一面仔细打听胤禛动向，一边密令自己的奶公雅布齐夫妻至肃州，明是采办毛皮，实则联络自己所辖镶白旗军，牢牢控制肃州大营，即便胤禵将来能带这支兵，也握不到实权。同时召来隆科多，让他"瞧着点九爷"，里里外外安排扎实了。朝臣们已经私下串连着再次推举胤禩，只等康熙一封诏书，算得上"万事俱备，只欠东风"了。

但这"东风"却一直不吹。胤禩百思不得其解，决定亲见康熙摸摸底细。因此，一用过早点便至东华门，递牌子径往乾清门。

胤禩到时，胤禛和胤祺、胤禵都侍候在东暖阁。康熙和上书房几个人正在说免征赋税的事宜。按张廷玉的意思，天下财赋三分之一出在江南一省，既然试行，得稳着点，保住这块根本之地，先从其余省份开始免起。但马齐和方苞二人异口同声："既然蠲免，当然先免江苏、浙江。这两省几十年支撑朝廷财用有功，百姓们盼免赋，如大旱之望云霓，不能让他们失望。"三个人各执一理，争得面红耳赤。

"二位先生！"张廷玉说道，"免税容易增税难，你们想过没有？别的地方早就是时免时不免，无关大局。先从江南免，一旦财用不足，你向谁去讨？老百姓尝了甜头，你再想增税，比从铁公鸡身上拔毛还难呢！"马齐冷笑道："廷玉还是没信心。这是皇上决心已定的事。据我看，如今家国用度，三年一轮免，还是游刃有余的。"

张廷玉听着，有用康熙压自己的意味，不禁脸一红，但他毕竟久居首辅，器量深闳，只一笑，淡然说道："多虑一点有什么坏处？皇上昔年三次亲征，每次都要耗两千万石粮。如今西藏的事还没有平定，也不敢断定策零阿拉布坦就不从青海东进。手中粮少，临头必定捉襟见肘。江浙虽然苦，比起山左山右，恐怕还是稍好些。江南富庶之地，民智开化，民风刁顽，免了再增，其善后将更难！"

"你的话有点自相矛盾。"方苞不紧不慢说道，"又说江南出力大，又说江南不该免。我认为正因西边要用兵，所以应该先免江南。眼下没有大举进兵，豫陕川晋的粮尽可应急，待将来用兵，恰恰轮江南缴赋，不正好源源相济？朝廷说话算数，老百姓没有不通理的——当年用兵准噶尔，于成龙在江苏加赋一倍，并没有反起来嘛！"

康熙细思，觉得还是方苞、马齐说的实在，但张廷玉老成谋国，也不无道理。一抬头，见胤禛从隆宗门直趋而入，无论朝臣太监，个个弯背躬身，如迎大宾，康熙不禁皱了皱眉头，吩咐李德全："胤禛来了，叫进来吧——你们还争嘛，朕听着呢？"

但胤禛不同胤禩等人，几个大臣已无心再争了。众人看着"病"了多时的胤禛，步履潇洒地进来，干净利落地行礼，风度翩翩，不愿再说下去。

"四阿哥，"蓦然间，康熙也觉到一种沉重的压力，只向胤禛点点头，笑谓胤禛，"你看他们谁有道理？"胤禛目不斜视，躬身平静地说道："儿臣听起来，觉得似乎都有理。不过万岁免赋乃是既定国策，应当义无反顾，示天下以信。所以应从江浙免起为更有利。但廷玉所虑也不应忽视。据儿臣之拙见，应下诏江南士民，申明朝廷爱民之至意。如此，万一急需，请百姓乐输军粮，就不至于引起震动了。"

众人听了都是心头一亮！四阿哥这法子既护了大体，又防了日后之患，眼前三个上书房的人，却一个也不得罪，亏他顷刻之间就想得如此周全！

"嗯。"康熙微笑颔首，转了话题，问胤禛道，"你病好了么？朕前几日着人看了，赐的人参，用了吗？还好吧！"

胤禛一门心思是来试探康熙对立储的主意的。前头大臣们那些话没往心里放，只觉得胤禛说的四面净八面光，心里有点好笑。因康熙问及病情，忙道："儿臣因调养不周，头略晕眩些，并没有大病。加之二哥出事，儿臣也心绪不宁。前头万岁赏的药，用过之后觉得好多了，身上也受用了，特地进来请安谢赏。"

这些话和前头议政气氛悬殊太大了。不但康熙，其余的人见他无故提起胤礽被废，也觉压抑难忍。康熙心境本来颇好，被八阿哥几句话勾得浑身不自在，笑道："你这话奇！朕不明白，你的病居然与二阿哥相通？他出了事，你'心绪不宁'是怎么了？"这话说得很重，康熙眼中冷光也使众人不寒而栗，众人不禁面面相觑。

"阿玛！"胤禩也没想到，鬼使神差地，一开口就说冒了头儿，忙跪了道，"是儿臣不好，不该说方才的话。"

康熙哼了一声，"言为心声，朕倒以为你说的是真心话！你为二阿哥出事心绪不宁，常情中的事嘛，做什么要认错儿？你必是想着，上次太子被废，你受举荐，结果讨个大没趣。这次他又废了，你大约觉得又该举荐你了，可是的么？"这些话句句诛心，康熙说得又快又响，连珠炮似的，殿上众人呆若木鸡，头震得嗡嗡作响。

"阿玛圣鉴！"胤禩心一横，索性磕了头说道，"无论是上次，还是这次，儿臣都没有暗中运动！儿身在危疑之中，自然心中不安，这都是儿臣不学无术之过。"康熙啐道："放屁！上次朕有旨意，叫百官推荐，这次并无旨意，百官也没推举什么人，你何以自感不安？"胤禩俯伏在地，哽咽道："父皇如此说，儿死无葬身之地了……扪心自问，儿光明磊落，于父皇并无一丝一毫不敬之心！不知何故，失爱于父皇，竟至疑心儿臣到这个份儿上……"说着再忍不住，呜呜咽咽，竟自失声痛哭！

康熙见他这样，设身处地为胤禩想想，不觉灰心，遂叹道："你也不用这样，一般儿是朕的骨肉，你但凡能恪尽人子孝道，人臣忠道，朕为什么叫你过不去？只你今日无端挑起来，说什么废了二阿哥你心绪不宁，借题发挥，试探朕意，岂不叫朕寒心？"胤禩此刻已冷静下来，他为试探而来，这些话听去仍是难以捉摸，遂道："父皇既疼儿臣，儿臣心想：人生一世，草木一秋，也不过如此——如今处在两难之地。想办差使，或者出去带兵，恐人说儿子揽权自重，心怀异志；想削发披缁，入山避世，又恐横招物议，有伤父皇仁慈之心；思来想去，总无十全之道。请父皇允儿臣告病静养，以表心迹！"康熙本已平缓了情绪，听胤禩绕弯儿，仍是百折不挠地试探，不禁又来了气，冷笑一声道："你可真是锲而不舍啊！看来今日打定主意，要讨个底儿？朕只能告诉你，君子坦荡荡，小人长戚戚，你心地光明正大些儿，安分做你的'八爷'，办差、带兵都无不可。要一味试探，做和尚也由不得你，装病也由不得你！"

"皇阿玛这话太过分了。"胤禵心中打定主意，要气气康熙。听到此处，扑通一声跪倒，仰脸说道，"说这话比剜心还难过！虎毒还不食儿呢！可怜八哥素来人望好，倒吃了牵累。这次胤礽出事，越发吓得一人不敢见，二门不敢出，不得已儿来向阿玛讨个全生活命之道，这不可怜么？如今既然连装病出家躲灾都惹万岁生气，那还不如一刀宰了他，何等省事……"他夹七夹八得意洋洋还要往下说，旁边的胤祺已被吓得面无血色，只叫了一声："十四弟，你少惹祸！你不叫我活了么？"说完身子一晃，已是背过气去。殿上众人早已吓得木雕泥塑一般，竟没人敢来扶一把。

康熙气得脸如金纸，身子一仄要倒，邢年、李德全忙抢上来扶掖，不料康熙腾地跃起，每人劈脸就是一掌，打翻在地！方苞刚说了句："万岁仔细龙体！"也被康熙断喝一声："你不要管！"康熙浑身剧烈地抖动着，狞笑一声，用呆滞的目光四处搜寻。良久，一跺脚跃至壁旁，摘下那柄嵌珠镂金的天子剑——素常是摆样子的，或奉有专旨钦差，出兵放马赐与大臣便宜行事时才用——抖着手看了看，"噌"的一声拔了出来，见了寒森森的剑光，众人无不吓呆！张廷玉大叫一声："万岁不可！"俯伏在地连连顿首，马齐一边跪下，一边回头对胤禵喝道："还不赶紧谢罪？"

胤禵高傲地昂起头，不屑地瞥一眼宝剑，说道："有死而已！"康熙叫骂道："好畜生！"待要过来，却被胤祺死死搂住双膝，哭着哀恳，"好万岁，好父皇！您……您……"五阿哥素日忠厚朴讷，拙于言词，此刻又急又惊，越发连话也说不囫囵了。说话间，康熙暴怒地一脚踢开胤祺，挺剑要刺。方苞情急，大喊："胤禵，小受大走为孝①！还不快跑？"喊着扑到康熙面前，扎煞着手拦着，大哭道，"皇上！您醒醒神儿，从容处置不迟……"那胤禵早叩了头，一溜烟儿走了。

康熙看看晕在地下的胤祺，又怔怔望了望殿外，忽然"当"地弃剑在

---

① 小受大走：舜接受父亲处罚，小的承受，要命时逃跑，以免陷父亲于不慈。所以称"小受大走"为孝行。

地，仰天连叫："大帝大帝！你不爱朕，为什么叫朕功成名就？你爱朕，何苦又降下这群猪狗来折磨朕？"他迷惘失神的眼睛里，泪水直往外涌，又讷讷道，"伍先生，你在哪里？你告诉龙儿，该怎么办……怎么办？……"

"伍先生"是康熙幼年启蒙师傅伍次友，康熙一生事业学问奠基于此人。康熙小名叫"龙儿"，也只有他奉了特旨有权如此称呼。此事已过三十余年，除了马齐、张廷玉影影绰绰知道一点内情，别人都不晓得康熙是什么意思。胤禛见殿中还躺着个胤禩，康熙不发话，大臣们不好处置。他忙吩咐邢年："寻个春凳儿，把八爷抬回府，再到太医院叫医正给万岁看脉；另叫个御医去廉亲王府……"众人七手八脚将气得半死的康熙扶到炕上，为康熙抚胸、捶肩、捏腿。口中轻声慰劝着。

康熙半躺在大迎枕上，闭着眼只不言语，不知过了多长时间，才深深吁了一口气。张廷玉略觉放心，上前含泪轻声说道："主子，您得保重。今儿这事，都是话赶话，急不择言，忙不择行，都怨奴才侍候不周。十四阿哥说话浮躁孟浪，也怨不得您生气。知其子莫如其父，十四阿哥直人快口。您得体恤他，更得体恤自己。皇上万金之躯，气着了，不是臣子之福。您要有个……叫奴才们怎么办呢？"

"轮免赋税的事，你们参酌着拟个诏书，明发吧。"康熙喝了一杯热酒，精神渐次恢复过来，只是身上没有气力，咳嗽了两声又道，"还有陆陇其的奏议，丁银田赋合一，允其试着办。天下这么大，各处人事不同，不可一概而论——至于胤禵，你也不用劝。朕方才气昏了，拿着他发作，其实主谋还是胤禩！朕素日其实倒欢喜十四阿哥敢作敢为的……"

胤禛不禁呆了：父亲方才震怒得痛不欲生，竟这么快就清醒过来！他捶腿的手顿了一下，又轻轻揉按着，说道："阿玛这会儿别想事，劳神太过有伤龙体。可是廷玉说的，您老人家有个长短，儿子们可靠谁去？今儿差点没吓死儿子……"说着泪水走珠儿般落下，擤了一下又道，"就是八阿哥，也未必那么坏。他有他的难处……您多多体恤，儿臣们就受用不尽了……"

"胤禩居心如此，真令人寒心！"康熙闪了胤禛一眼，"爪牙锋利，羽毛丰满，盘根错节，一呼百应，阴险到了极处，即朕亦觉心惊！"他怅望着殿顶的藻井，叹道："……一个人能把众人邀买到这地步儿，也不能说不是长处。四阿哥，你素来诚孝，只是做事过刚，不避怨嫌，这一条你得学人家！"胤禛心里一热一烘，浑身的血周流冲折，哽咽道："……儿子都记住了……"

康熙坐起来，抱膝沉吟良久，说道："京师的营兵要调一调，外头的总督、将军也要调一调。嗯……京师调兵不调官，外头调官不调兵，可以省点钱又不致招什么风声。马齐，你写个条陈，朕亲自斟酌。"

"喳！"马齐声音大得连自己也吓了一跳。

"不是朕多心。朕不防备，日后一旦身体不支，必有人称兵搆难，逼朕逊位。其所拥立之人，必是八阿哥胤禩！"他扫视一眼紧张得脸色苍白的众人，叹息一声又道："真有这种事，劝你们也不必当什么忠臣烈士。永乐靖难，死了多少直臣，几百年翻不过身来——朕垂老之人惟有仰药含笑以殁而已！"说罢潸然泪下。

众人听康熙把事态看得如此严重，细思之下，都有点不寒而栗。胤禛拭泪泣道："阿玛这样看八哥，他还有活路么？如今胤禔、胤祥都已幽闭，胤礽更不必说，只怕今生今世难得翻身！八阿哥也不过仗着人缘好，乘着二阿哥这件事，多少有点非分的想头而已。要说他能称兵造反，儿臣愿拿身家性命担保，断乎不至于的……"马齐也劝道："皇上，四爷说的是。奴才也敢担保，八阿哥不致有篡逆之心。奴才心想，空着太子位日子久了总不是事。早早定位，座次有主，旁人就不至觊觎了。"胤禛听得心里"咯噔"一声，却低头装作不理会。

"二阿哥算什么？胤礽悖乱，屡失人心，不过是个阿斗！八阿哥出身微贱，人心一结再结，牢不可破，坚不可摧，此人之险百倍于胤礽！"康熙却不理会胤禛心事，只顺着自己的思路说道："人缘好，原是好事情，如心术不正，愈是人缘好，愈乱邦祸国！王莽不就是个例？"正说得伤心无奈，却见张五哥跨进殿来，嗫嚅了一下，默默一礼便退至一旁。康熙问道："有什么事？"

张五哥忙赔笑道："太医院的贺孟頫奉命进来要给主子看脉。三阿哥、七阿哥、九阿哥、十阿哥还有十七阿哥带着十四阿哥递牌子请见，说十四阿哥今儿冲犯了圣驾，这会子后悔不迭，都在隆宗门外跪着，想进来请安谢罪，又怕主子恼着，叫奴才进来看看……""传贺孟頫进来，别的人一概不见。"康熙冷冰冰说道，"朕用不着这些假惺惺，假孝敬！"方苞笑道："父子至情，有什么怨仇！依着臣，还是叫进来的好。"康熙这才不言语。

一时，胤祉、胤祐、胤禟、胤䄉、胤礼脚步杂沓鱼贯而入，后头胤禵垂头跟着。胤祉为首向上请安行了礼，阿哥们便挨次跪了。胤禛见太医来了，将身子一让，也退至皇子序中，五阿哥也忙跟了过去，跪在胤祉下首。康熙"嗯"了一声便躺下去。贺孟頫趋前一步长跪在地，扶起康熙的臂来放在黄袱枕上，沉吟叩诊。良久，又换了右手诊过，方叩头道："主子龙脉左尺浮而滑，寸沉而滞，右关驳杂而数，主心悸头昏，晕若舟中，双腿浮肿。此皆肝瘀不畅，以至阳火上升，竟是个急痛涌痰的症候。幸而主子素日摄养有道，疾未攻心。奴才以朱砂、茯苓等安神镇邪之药，浅量服之，或可奏效——未知圣意如何？"因见康熙点头，便退至殿外行方。胤禛向康熙叩了头，也跟了出来，看着贺孟頫写医案用药。

"你们都来了？"康熙这才转脸对胤祉等人说道，"一次不够，还要再来一次？可惜胤禵没来，有他为主，加上你们几个，这个金殿可不就翻得稀烂了！"胤祉忙叩头道："如今阿哥在外头的，儿子年最长。千错万错，阿玛只管降罪儿臣。十四阿哥今儿犯浑，惹了阿玛生这么大气，到了儿臣那里痛哭流涕，十二分懊悔——他已知过了，阿玛，您就恕了他吧！别的阿哥都去奉天拜陵，儿臣方带他们几个专门去了廉王府，胤禵也是愧悔难当，只病得难以起身，在枕上望阙磕了头，叫儿臣代为请罪……"

胤禵伏在地上，浑身抽搐，待胤祉说完，方道："儿臣不学无术，气质愚鲁，已经铸成大错。也不敢求父皇饶恕，只请重重处罚，儿臣方能心安一点……"说着呼哧呼哧抽咽不止，却不敢放声儿。

"民间有句俗话，家丑不可外扬。"康熙凄然说道，"从四十七年八月十五算起，你们闹了四年有余，一天也不安生！朕有十成心，九成用在你们身上，政务都荒疏了，依旧是不中用。倒落了个不慈之名流播天下！"他自失地苦笑一下，啜一口茶又道，"昔年朕笑唐太宗不会处置家务，想起来真是愧怍无限！如此折腾为什么，还不是为了这个皇位？看来朕只求不做齐桓公第二，就是烧了高香了！你们也倒想想，真出了五公子闹朝的事，你占乾清宫，他占太和殿，彼夺畅春园，此居万寿山。不说祖宗社稷，也不说大清江山，史籍上写上一笔，天下后世哪只眼瞧我们爷们呢？'兄弟同心，其利断金'，得好好想想啊……"

康熙长篇大论又比又讲，说得唇焦口燥，无奈这些爷们心里各有一把铁算盘："你有你的千条计，我有我的老主意"——竟一个也感动不了。胤祉是不指望当太子的了，趴在地下想着晚间的会文，得请陈梦雷为新造的书屋题联；胤祯咬着舌头不言语，胤禟则寻思，老八不成，又该轮到谁呢？十四阿哥却一个劲儿地抠砖缝儿……仿佛都在专心致志地听，其实一句也灌不进去。康熙也知道，儿子们这会子好像俯首帖耳，难保过后又依然故我，遂道："你们竖起耳朵来！不是想知道朕是什么主意么？不用费心打听了，朕活着一日，是决意不立太子了！"

"什么？"皇子们听了这一句，心里一颤，不约而同一齐抬起了头。

"怎么办呢？"康熙心中又恨又笑，见胤禛进来递药方，略看了一眼，说了声"加一味黄芪"。又接着道："朕死之日必有遗诏。弥留之际宣给你们听，谁继位自然明白——如今操这份狂心毫无用场！好好读书，修身养性，将来为君的修明道德，为臣的各安天命，只有如此，我们父子才可以相安始终。"

阿哥们怔怔听完，半晌才回过神来，一齐叩头道："儿臣遵旨！"改药方回来的胤禛，心里佩服邬思道真是料事如神！口中却笑道："阿玛今儿着实累了，这会子就别说了。儿子送您回养心殿，就便儿侍候汤药吧！"

第四十一回　烽火起西疆报边警
施烟幕康熙巧出题

　　岁月荏苒，光阴如梭，弹指之间已到康熙五十七年。西疆策零阿拉布坦与西藏喇嘛之间政争教争愈演愈烈，终于酿出大变。康熙五十六年，阿拉布坦遣准噶尔部将军大策零率兵大举攻略青海，杀死大藏汗，大军入藏占领拉萨城，囚禁达赖喇嘛，事情终于到了非管不可的时候了。凶信传至北京，康熙勃然大怒，于康熙五十七年二月命传尔丹为振武将军，祁德里为协理将军，出阿尔泰山，会合富宁安军，严防从准噶尔入寇，只遣西安将军额鲁特督兵入藏平叛。

　　初时倒也顺利。五月，两路大军次第渡过乌鲁木过河，准部兵马一触即退，捷报传来，康熙的加封诏书尚未发出，六万多名清兵已经中了诱敌深入之计，被困在喀喇乌苏河岸。几次突围，竟被困得水桶似的滴水不漏。彼地水寒草薄，粮道又断，不数日间准兵四面聚集，一阵攻击，可怜六万大军上天无路入地无门，接济无望，遂不攻自乱，全军覆没。

　　这是康熙登极五十七年来空前未有的大败，急报入京，立即引起举朝震惊。兵部尚书鄂尔泰刚刚上任没几天，接到败报还摸不到头绪，骑着快马赶至畅春园报警。

　　这时的北京已经很热了，鄂尔泰心急火燎打马一路狂奔，待到畅春园东门双闸口，恰是巳时，待下马时，已是通身大汗淋漓。守门太监见他递牌子，笑道："你急什么？皇上正进御膳，等一会再说吧。"

　　"不行！"鄂尔泰说道，"我有急事，得立即面见皇上！"太监听了只笑着摇头："你再急，也得等皇上用过膳！"鄂尔泰知道他是敲竹杠，一摸身子却没带银子，不禁急了，说道："我告诉你，我是新任兵部尚书，耽误了我的事，你们吃不了兜着走！"

　　那太监见他摸不出钱来，越发扫兴，板了脸说道："大人，你是兵部尚书，我不是兵部司官，挨不着你管！这地方儿，就是亲王来了，也得按规矩办！"两个正拌嘴，却见一乘杏黄大轿从北路清梵寺过来，在双闸口落轿。胤禛躬身从轿内出来，大热的天，还穿着四团龙袍，亮纱冠上缀着十颗东珠，十分齐整。胤禛见二人你一句我一句拌嘴，便背着手踱过来，问道："什么事？在这儿大呼小叫的！"鄂尔泰一见是胤禛，忙道："四爷，您给他说说，叫奴才递牌子进去吧？"说着，将军报递过来道："您瞧，这事可耽误得么？"

"唔。"胤禛接过军报，只扫了一眼，立即神色大变，忙递还了鄂尔泰，说道，"你还呆什么？还不快进去？"太监刚才说了大话，不想就真的来了一位亲王，见胤禛径自批准鄂尔泰入内，忙打下千儿道："四爷，不是奴才驳您的面子。今春上书房定出规矩，奉旨照准，无论王子大臣，不得擅自请见。万岁这几年龙体不爽，内务府也有指令，天大的事不能扰了万岁睡觉用膳。就是四爷，奴才也得委屈您稍候片刻……"胤禛一直微笑着听，至此问道："你是新来的吧？"

"是！"

"你叫什么？"

"秦狗儿。"

"保定人？"

"是！"

"你原来就姓秦，还是入宫改的姓？"

"回四爷，原来姓胡。"

"你知道为什么改姓秦么？"

秦狗儿莫名其妙地看着胤禛，摇头道："奴才不晓得。"言犹未毕，左颊上"啪"的一声，早着了胤禛一掌！趔趄几步才站定了。

"因为秦桧姓秦！万岁爷为防内阁专权，自康熙五十二年之后入宫太监一律改姓秦、赵、高！"胤禛瞋着眼骂道，"四爷赏你一嘴巴，叫你明白明白！——连我也敢拦，你是什么东西？我不但是亲王阿哥，还是皇上的侍卫，王八蛋，你懂么？"

秦狗儿被他吓得扑通一声跪了下去，磕头道："四爷，奴才吃屎，瞎眼儿不懂事，您说个章程，奴才遵命！"

"这还算句人话。"胤禛已恢复了平静,因见里头几个太监出来,便努努嘴,吩咐道,"你们几个带鄂大人进去,看上书房谁当值,禀一声儿,鄂大人得立刻见驾!"眼见鄂尔泰进去,胤禛方笑道:"起来吧,这里当差得有眼色!没听人说,不打勤的,不打懒的,专打没长眼的?"遂从袖中抽出一张五十两的银票,扔给秦狗儿,也不吱声儿径直进了园子,把个秦狗儿搓弄得直愣神儿。

胤禛一进园,立时觉得清凉宜人,一路竹树掩映,石冷苔滑。因见十几个太监举着竹竿,四处寻找知了,有叫的,便用面筋粘了。园内越发显得幽静,胤禛不禁暗叹:"到底是皇上,这里连知了也不许叫!"因思及西部军事,不由想起胤祥,十三弟读过那么多兵书,要不因禁,兴许还能出去带兵呢!这可倒好,兵权落入十四弟手,胤禵岂不如虎添翼!胤禛胡思乱想间,已走近澹宁居,便加快了步子,到了丹墀下,李德全见他来,忙双手挑帘,报说:"四阿哥胤禛见驾!"又小声笑道:"四爷,万岁方才还夸你来着,说你识大体……"胤禛知道,这是上次打发李德全二百两银子的功效,一笑便进了去。

御膳还没有撤,看样子康熙没用完饭就被惊动了。胤禛看时,马齐、方苞、张廷玉一个不缺,都侍立在康熙身边,鄂尔泰直挺挺地跪在地下。

"没想到事情竟至于此!"康熙稳坐榻上,两只手把折子打开合起,神情甚是踌躇,"祁德里不去说他,传尔丹和额鲁特都是跟着朕西征过的,怎么把仗打得如此一塌糊涂?"

张廷玉躬身说道:"记得当日皇上下诏,曾有确保粮道,万勿轻躁冒进的话。边将贪功,忘掉主子叮嘱,以致有此败局,甚属可恨。以奴才愚见,此数名丧师辱国之将,不应赐谥号,以示惩处!"马齐蹙额道:"战败受辱回来,即使杀了也可。但他们宁死不屈,援绝而尽,虽不成功,却成仁。要不赐谥,不足以激励后人啊!"方苞叹道:"马齐说的是。谥,还是要给的。打仗的事奴才不懂,但自古无常胜将军,如今徒自懊丧是没用的,得想法子挽回。"

"你呢?"康熙盯着鄂尔泰问道,"你是兵部尚书,朕想听听你的?"

鄂尔泰叩头道:"据奴才看,此次失利,缘故很多。绿营兵多年练兵,无实战经验,这是原因之一;其二,统军将领无帅才。他们当年追随万岁打仗时都不过是营哨管带，并没有统筹全局之才。更因昔年连战连胜，有虚骄之心，不学无术，又不读书，胸无兵法，这怎么打得赢阿拉布坦？而阿拉布坦部却一直都在打仗！"

康熙默然颔首，良久才说道："说的是。但老将如图海、赵良栋、周培公辈早已死了，还有像狼瞫、武丹这些人都已年迈。若要派将西征，谁可当此重任？"众人听了不禁面面相觑。其时康熙朝一代名将已经孑遗无存。打这种仗，不同内地剿灭小股绿林土匪，西北乃广袤之地，水寒土瘠，到处是戈壁滩，沙漠瀚海，阿拉布坦游牧部落，强悍难敌。万一荐人不当，再弄出像喀喇乌苏河这样的事，不但荐举人难当其咎，即便以公心出之，朝廷这一仗也实在是输不起了。康熙见众人哑口无言，不禁神色黯然，怔怔地望着外头。想起当年自己亲统三军，三次出兵放马，长驱万里，打得噶尔丹魂不附体，计穷自尽。如今垂垂老矣，竟连个料理军务的将军都选不出来！想着，举拳狠狠捶了一下自己的腿。

主忧即是臣辱，众人扑通一声都长跪在地，方苞正要劝慰，康熙却抬起头来，眼中泪水直打转儿，讷讷说道："……第二次南巡，朕视察河工，与于成龙同乘一叶扁舟，于狂浪滔天的黄河之中悠游自在，一点也不觉得怎样。今年六十五大寿，坐龙舟泛昆明湖，竟然头晕目眩，几乎不能成礼！即便退回十年，这点子事朕自己就料理了，想不到就这么难为了你们！"他说的是实情，他在位五十七年，十五岁庙谟独运，智擒鳌拜；十九岁力排众议决意撤藩；三十二岁收复台湾，连同三次亲征，大大小小亲临七十余战，从没有吃过谁的亏。如今一个小小的阿拉布坦发难，却奈何不得了！方苞沉思良久，说道："万岁不必伤感。臣不知兵，却知道兵是带出来的，将军也是打出来的。据臣所知，靖西将军岳钟麒、四川巡抚年羹尧都是骁勇善战的悍将，只缺一个统驭全局的大统帅。既然一时想不出合适人选，何不从皇阿哥里挑出一个来，赶赴西宁节制各军。如一时没有全胜之道，且扼好甘陕门户，相机待变。阿拉布坦胸无大志，不过蕞尔跳梁小丑，无论国力、军力、后援粮饷，根本不能与我匹敌。相持日久，一定能生出机会灭此丑类！"

"儿臣愿往！"胤禛突然心头扑扑乱跳，血涌上来，脸涨得通红，膝行一步说道，"儿臣虽不知兵，按方苞所云，这个差使儿臣能办！有儿臣谨守西疆，父皇可安枕高卧！"康熙的眼神看去似乎有点疲倦，盯着胤禛只是沉吟，半晌才道："四阿哥，朕知道你。你年轻时喜怒不定，在阿哥里头并不出色。许是这些年读书养气，刚毅之性不改，却稳沉持重多了。只你这些年办理户部、吏部差使多，娴于民政，不可弃长就短。"胤禛得此奖慰，心中十分感动，叩头泣道："知子莫如父！儿臣年轻时确有此病，如今已深自反省改过。父皇若允儿请缨出征，更当惴惴小心如临深渊，如履薄冰。再有一请，儿臣既已改正，求阿玛恩免记载当日'喜怒不定'考语，儿臣不胜战栗，深感父皇高厚之恩。"

康熙笑道："这有什么？叫李德全去把起居档里这一段话抽去就是。不过朕还是不能允你去西宁。朕的这些儿子中，好武的是十三阿哥和十四阿哥。十三阿哥不去说他了，十四阿哥管着兵部，筹饷的事也是熟手，朕看就暂定胤禵去吧！"

其实康熙说着，众人心里已猜到他要定胤禵出征了，大家对望一眼，心里都松了一口气。胤禛虽不愿意，一时间也找不出话来驳回，思索良久，才道："十四弟性气高，到底没有带兵实战过，此事父皇还须深虑。"正说着，见礼部尚书尤明堂进来，康熙便问："什么事？"

"回万岁话，"尤明堂由户部几经辗转，晋为礼部尚书，都是胤禛一手扶植，此时却要避形迹，目不斜视地答道，"今年秋闱的主考都点了，南闱应天府是谭畏主持，请主上赐下考题，他就好登程南下了。"康熙笑道："刚议军政，你又叫出文题！一时竟寻思不来什么题目——朕看，就出个'放太甲于桐宫'吧！按五行说这个题目占了青龙之位，可以冲淡一点西方的兵气。"

出题目考试是小事，出"桐宫"题较为生僻，也容易量才。众人都不觉怎的，方苞却一颤，想说什么，又顿住了，只低头不语。尤明堂又道："富宁安、额鲁特府邸都在北京，如今他们战死，部里以为丧师有罪，节烈可嘉，不知该怎么好，求万岁赐旨，奴才遵命承办。"

"按殁于王事从优抚恤吧。人都死了，还计较他们什么罪！"康熙说道，"你们礼部的人先去看看他们家眷，有什么请求再来奏朕。至于谥号，上书房拟过就发给你。"尤明堂领旨，忙却步退出。

"告诉那个谭畏，好生办差，要有舞弊的，朕就叫胤禛去处置他！"康熙又高声叮咛一句尤明堂，从榻上起身伸欠了一下，说道："大热的天儿，今日就议到此吧！命将的事先不要告诉老十四，朕再想想，已经有了庞涓，别再出个赵括！胤祺，你把内务府的差使也兼起来吧。三阿哥一直忙着编书，朕身边你是最年长的，多管点琐事，不要怕麻烦。"

说罢，众人纷纷辞出去。康熙见方苞欲走又停，便道："方先生，你好像有什么心事？"

"万岁！"方苞看看左近无人，说道，"臣是在想，您为什么要出'放太甲于桐宫'这个题目。"康熙微笑道："这是四书里的话，难道有什么干碍？""是有干碍的。"方苞小眼睛椒豆一样闪烁了一下，"当初商王太甲无道，被宰相伊尹放置桐宫，三年改过，又迎立为帝——莫非皇上仍对二阿哥有所属意？""绝无此意。"康熙脱掉大衣裳，似乎轻松了许多，将案上冰湃龙眼递给方苞一盘，自己剥了一颗品着，说道，"朕已下旨，有敢言太子改过，仍应复位的，杀无赦，言犹在耳，怎么会轻易变更？朕是昨日读《书序》，里边讲到伊尹作《太甲》三篇，偶然想到的。这个题目新鲜些，想难一难这干子只知道抄袭八股的举人。"方苞眨着眼，说道："万岁，不知你想过没有，这个题目极易启动一些人别样的心思，再起觊觎之心，又要动荡不安了。"

康熙没有答话，起身闲适地踱了几步，叹道："方苞，你太书生气。没听俗语'疾风知劲草，板荡识英雄'？朕把水搅浑，这也是选能辨奸之一法！你以为朕不知道时下的弊政么？朕清楚得很！你坐下，听朕说——"他双手按着瞠目结舌的方苞坐了，"一是吏治不清，天下无官不贪，好官如陆陇其辈不得升迁，赃官如丰昇运辈不得严惩，这不是要逼良为娼么？"

"二，"康熙慨然说道，"官员结党营私，门生故吏、亲朋好友一经援引即入门户，一团团一伙伙盘根错节，一人得道鸡犬升天，一人有难八方呼应——这件事与头一件事连在一起，朕是望而生畏，焉得不惊心骇目？至于丁银田赋不均、谳狱弊端、考场纳贿、库银亏空、耗羡过重这些事，朕也是洞若观火。但朕想，天下第一要务是刷新吏治，这一关过好，百事都好办！"方苞听至此，惊诧地问道："皇上，您既然都知道，何不大振天威，乾纲独断，痛加整饬？"康熙幽幽闪着目光，半晌，垂下了头叹道："朕太累，做不动了。朕原寄厚望于胤礽，谁知他不争气，试着整顿两次，朕已明白，这些事朕不亲自办，断难办好，朕若亲自办……设如中途身体有变，将来连儿子们也难以为继，更会把朕一生功名事业付之东流，天下后世将视朕为玄宗，先明而后暗。方先生！你看朕难不难？"

这些话披肝沥胆，句句痛心疾首。方苞自己也是垂老之人，触类旁通，不禁潸然泪下，啜泣道："皇上，臣都明白，明白了……"

"所以朕想五福俱全，留下后世英名，顾不得这些如狼似虎盯着大位的逆子们了！"康熙阴狠的目光铁一样又灰又暗，"放出点'太甲'风，阿哥们就会想法子防备他，不至于全力对付朕！你想想，内有八阿哥联络朝臣，外有十四阿哥身拥重兵，一旦大变骤起，后果何堪设想？"

一阵冷彻骨髓的寒意，袭得方苞身上一颤，晕晕乎乎地辞了出来，直到园门外尚觉心头突突乱跳。

第四十二回　张五哥恋情说雍王　皇四子冒险探胤祥

　　胤禛接管内务府，忙乱了几天方才妥帖，反复思量，觉得探视胤祥的时机到了。但宗人府有祖传法规，凡经圈禁之人，除了奉特旨，绝不许入高墙寸步，他虽管着这事，事到临头，还是颇犯踌躇，便请邬思道来府密商。

　　"四爷，"邬思道谢茶落座，开门见山说道，"上次四爷接差，我们已经议过，十三爷是四爷知心换命的手足，得去看看。"胤禛皱眉沉思着，说道："我很后悔那日怯懦，没有请旨让万岁放十三弟出兵。至少也能探出点口风，万岁究竟是怎样看待这个十三阿哥的。"邬思道扑哧一笑，说道："看望十三爷，当然得担点风险。但这个风险值得冒一冒。现任工部汉尚书施世纶，其实是十三爷的生死之交，十三爷整饬户部，选拔好多人安置了要职。新调来的游击罗平，丰台参将萧英，都司葛飞熊，城门领姚林，伦尔津……都是十三爷一手提拔起来的。其余的还不知有多少。四爷不见一面十三爷，只能望军兴叹。如今虎囚笼中威在外，京官们又敬又怕，一旦这只虎出了笼，仰天一啸，百兽战栗！十三爷如今被囚禁七年。原来你没机会联络，现在有机会也不设法联络，十三爷心里会怎么想？"

　　这是十分透彻的话。胤禛深知要做大事，手中无兵，不啻白日做梦！思量半晌，胤禛眉头一舒，说道："好，我勉力为之！"正欲起身，高福儿从二门进来，笑道："王爷，张军门来拜！"

　　"张军门？"胤禛一怔，却见五哥从外头进来，便笑道，"是五哥嘛，偏这奴才'张军门张军门'把我弄糊涂了——这阵子你去了哪里，怎么总也不见你！"

　　张五哥打千儿向胤禛行了礼，笑道："因苗疆出事，烧了县衙，万岁叫奴才传旨岳钟麒，交代剿抚事宜。这一去就是半年——"他看了看兀坐不动的邬思道，笑道："四爷看去气色好多了。"胤禛一摆手请五哥坐下，笑道："我晓得你，夜猫进宅，无事不来，什么风吹得你到我这寒邸来了？"

"四爷哪里话，真的没事。"五哥又看了邬思道一眼，"奴才听说四爷如今管了内务府，我是大内侍卫，自当来见见四爷……嘿嘿……"

胤禛哈哈大笑，说道："——这位是邬思道先生，我的至交，有什么你只管说，不妨事的。"五哥忙向邬思道欠身道："失敬了。四爷这么爽快，我也就直说了。我想见见十三爷！"胤禛和邬思道目光一对，忙转脸道："五哥，这事有干例禁啊……你极受万岁宠信，又日日守护在侧，为什么不请一道旨意？十三阿哥皇上十分厌憎，就是我许你见他，不怕日后皇上知道了？"

"我原是个粗人，只知道有恩报恩，有怨报怨！"五哥说道，"我至今不明白十三爷犯了什么罪，一圈就是七八年！但我从驾侍候，从没听主子说过十三爷一句坏话，几次请旨，万岁都笑着不允，却也不恼——真奇怪！"五哥说着，捶膝一叹，嗓音中带着哽咽，"四爷知道，我是受十三爷大恩的人，偏偏十三爷出事，连一句话也插不得……那些日子像害了大病，还不敢叫人看出来！为这事我见过施大人，施大人只是抚慰我，却不肯出本保十三爷。听说您管了内务府，我想十三爷平素最和四爷交深，四爷若也不肯照应，叫奴才求谁去？"

"这件事要从长计议，眼下我不能答应你。"胤禛一边想，一边说道，"你知道，我才接内务府不久，而且宗人府那边也有人管着，如今的世道好人难当，我就答应你，你见了十三爷，不过尽尽情分，毫无实益，只怕你还得领受实祸——你自己想想，我这还不为的你好？"

五哥听了默然良久，长叹一声抱拳拱手，说道："四爷不赏这个脸，也怨不得四爷，奴才告退了！"

"慢！"邬思道忽然架着拐杖起来，直踱到五哥面前，说道，"你不可误会了四爷意思！连四爷本人如今也想见十三爷而不能——这事容四爷谋划精当，一定叫你如意！"五哥上下打量着这个残疾人，气朗神清，一脸诚挚之色，又向胤禛点点头，踽踽而去。胤禛望着他的背影，自言自语道："是个仗义汉子啊！"邬思道沉思着说道："不但有情，更是有用！由此可见，你非见十三爷不可！"

第二日黄昏，胤禛从大内退值回来，连府也没回，径直从西华门坐轿往十三贝勒府而来。

正门是早已封了。原来朱红铜钉大门也未摘掉，只门外新拦的一带粉墙，因经数年风雨剥蚀，已经斑驳陆离。仪门旁又开了一个仅能容身的小门，西边一带花园女墙的雕花孔洞都填实了，上头栽着铁蒺藜。只一树老葛仿佛不甘寂寞似的挺着芽条一个劲儿地向外伸。守门的是宗人府的人，听见街上铜锣筛了十三响，晓得来人不是王爷就是贝子、贝勒，飞也似进去报了，驻府看守的一个笔帖式忙赶出来，见胤禛正哈腰出轿，急上前叩道："四爷来了？奴才戴福宗叩安？"

"你就是戴福宗？"胤禛早已查阅过，知道是自己旗下的，遂含笑说道，"起来吧。你四叔戴铎早说起过你。后来高福儿禀我，说遵化我的那片庄子，想叫你妻弟去管。我只答应了一声，后来竟忘了问，如今去了没去？那里一年也有一万多的进项，没的别叫肥水流入了外人田！"内务府宗人府虽说是平行衙门，却多是胤禛旗下的。别说胤禛本人，就是胤禛的几个贴身长随，平素也难够得上说话。胤禛素来是个冷人儿，众人无不敬而远之，只这么稍假辞色，戴福宗已受宠若惊，忙起身来，笑得眼睛眯成一条缝儿："四爷是贵人，还记得奴才们这些个小事！高爷——高福儿说了，等明年麦季过去，才叫家里的那个讨吃鬼先到庄上帮忙呢！得，有您老这句话，奴才就更放心了。"胤禛不言声，背着手在门口兜了一圈，方道："这门，修得太窄了。叫他们翻修一下，得能过得去轿。万一里头十三爷的人有了病，怎么往外抬呢？十三阿哥不同旁人，万岁是极喜爱他的。你们既要看好他，叫他闭门读书，还得照料好了。出个什么事，你小戴担当不起。"

胤禛说一句，戴福宗答应一声，说道："爷只管放心！万岁只说叫圈禁，没说叫难为十三爷！再说，这里守着的全是爷旗下的奴才，爷说话还不跟打雷似的？包在奴才身上！"胤禛听见都是正白旗的，顿时放了一半心，笑道："这不是肥缺，责任大进项少，倒难为了你们！——开个单子出来，大家有什么事可去找我。就是你内弟，又何必明年夏天才能到差？待会儿我写个条子，你去见高福儿——这高福儿也是的，我已经答应了嘛，怎么办事这么小家子气！"一头说着就进门，又道："我想见见老十三，成么？"

"爷，您放心！"戴福宗昨日已接到堂叔戴铎的信。胤禛一来他就猜出了是想见胤祥。但这事叫上头查出来是件不得了的事。方才说着话已是打定了主意，遂笑道："爷还不怕，奴才怕什么？不过得叫奴才有个转圜的余地，塞住众人的口。不怕官，只怕管，这地方儿奴才说了就是章法！"说着引胤禛进了门房。一十二个宗人府的皂隶见是他来，一齐起身都来磕头请安。胤禛笑着点点头，至案边提起笔来替戴福宗写条子，只听戴福宗说道："爷刚刚儿从万岁那儿来。万岁有话要问十三爷，又不便降明旨。四爷方才寻着我，问能进去不能。我想，这就是奉旨嘛！四爷是咱们的正经主子，又管着内务府。要是这点子事都办不下来，还要我们这些奴才做啥子？漫说四爷有一千两的赏银，就是没有，也堂堂正正——因此，老戴就斗胆应承了！弟兄们要有二话，这会子说到前头，老戴要给你穿小鞋，我是婊子养的！要是明着不说，背地里去什么地方献殷勤儿，你们瞅！"他将裤腿向上一捋——众人看时，古铜似的大腿上黑毛森森，左右对称六个疤——戴福宗嘿嘿地笑道："吃青帮饭的都认识，这叫三刀六洞，全讲个朋友义气！你黑了我，没准就有人把你塞进麻袋扔进永定河喂王八！"胤禛没想到戴铎还有这么个远房侄子，见他如此做法，心里暗笑，忙添了一千五百两的银数，把条子递给戴福宗手中，却不言声，幽幽的目光盯着众人。

这群旗人个个都是见钱眼开的。听了戴福宗的话，眼见胤禛从容不迫、不怒自威的神气，一副龙子凤孙气质，谁敢有"二话"？遂乱哄哄说道："打不散的父子兄弟，这是天理人情！漫说是万岁差遣，就是平常要探监，也不能不叫见见……"至此，胤禛方道："你们知趣，我自然感情。我的秉性都知道，向来有来有往——戴福宗，把这里旗奴姓名开出来，明儿直接送我！"说罢，摇着步子径自进去。

前院已经挪腾空了，是门房里那干子人住着。太监早已撤走，男丁们都移在东院窝着，里边二进院里却仍是胤祥住着。贾平正百无聊赖地守在二门口，一眼瞧见胤禛进来，吓了一跳，忙上前打千儿道："奴才在这守了七年门，没见一个外人！四爷怎么就来了？"说着便觉眼圈红红的，又问道："是皇上要放十三爷吧？在里真把人闷死了！"胤禛却不理会他的心情，只一点头，笑道："闷你一下未尝不好。省了你多少腿脚，只没处诈财罢了——十三爷这会子做什么呢？"贾平向里望望，赔笑道："方才还下棋来着，这阵没了声息，不是念书就是睡觉了。"

胤禛不再说话，一直走进正室，却见胤祥披衣坐在炕边，一脚踏着木杌子，乔姐捧茶，阿兰捶背，旁边焚着百合香，正在读一本书。听见有人进来，连头也不抬。胤禛站住脚，默默打量胤祥——整整七年了，同在京师，近在咫尺，却如隔重山！乔姐、阿兰倒变化不大，只是看去老成了些，因从不见外人，都放了脚。胤祥却已苍白了发辫，眼角起了细细的鱼尾纹，只一双虎目尚自炯炯有神。胤禛听时，胤祥正饶有兴味地念：

> ……雨零金谷，缀为藉客之祸；露冷华林，去作沾泥之絮；埋香瘗玉，残妆谢而翻飞，朱榭雕栏，杂珮纷其零落。减春光于旦夕，万点正飘愁；觅残红于西东，五更非错恨……

胤禛不禁痴了，好半日才道："妙哉斯文，是何人佳作？我竟没听见过！"

"四哥！"胤祥一抬头，先打了个愣怔，脸上似哭似笑的，半日说不出话，忽然丢了书，起身一揖，左右顾盼，结结巴巴地说道，"好……好好……四哥坐，坐……你是怎么进来的？或者皇上叫你传旨来的？对，一定是传旨，我……我得跪了……"便张张皇皇跪了。胤禛见他久不见人，连话都说不麻利，心中一酸，几乎落下泪来，忙双手揽起，忍悲笑道："兄弟你起来，并没有旨意……我原想你不知憔悴成什么样儿呢！看来身子骨还……好——在此境遇之下，竟能红袖添香，对书忘忧，兄弟真是豁达之士！"胤祥略镇定了些，起身弹弹袍子，笑道："四哥也见老了，看上去城府越发的深——我又不是美人灯儿香草秆，'憔'哪门子的'翠'？阿玛恩典，乘此机会正好读点书。比方方才念的《讨风赋》，就是海内孤本，恐怕四哥书房里也寻不出来呢！"渐渐地，他说话也连贯了，只多少有点神经质，嘴唇时而抖动，看去有点可笑，"——东风虽恶，奈何我心已作沾泥之絮。管他娘的飘到哪里，得——乐一日，乐一日——给四爷泡好茶！——这地方儿关起门，我就是朝廷！这不，一个东宫，一个西宫，只差一个昭阳正院了！"

胤禛坐了，接过阿兰捧过的茶呷了一口，说道："兄弟别说这些浑话，越发叫人心里不是滋味。说点高兴的吧，我进来也不容易。"胤祥正容说道："浑话不浑话，这里百无禁忌，家人一个也走不出去，外人一个也进不来！我讲的是正经的话，'东风恶'，吹的是你。我是在避风港。你能避过这顶头石尤风，就后福不浅！"胤禛原觉他有点疯疯癫癫，至此才知道他心里清明。从如今情势看，自己确乎像个操舟于狂涛的渔夫，将来能不能比得上胤祥真是难说！

"太子是谁！"半晌，胤祥又道，"大约八爷已经册立了？"胤禛阴沉沉瞟了乔姐、阿兰一眼，说道："已经有旨意，不立东宫了。"胤祥拍手笑道："秦失其鹿，高才捷足者先得！这么看才公平，谁本事大，谁接龙位！"

胤禛惊讶地看着胤祥，这么大的见识，亏他应口就说了出来？遂叹道："我却担心，有朝一日不可开交，那可怎么好！"胤祥一哂，道："只防着八王之乱，有什么鸟事？四哥何必杞人忧天？"胤禛不敢久坐，见胤祥不肯屏人密谈，踌躇再三，只好问道："十三弟，有件事我一直不明白，万岁那日提及郑贵人的事，到底是怎样的？"

"郑春华嘛……"胤祥目光霍地一跳，半晌方道，"……这是个可怜人哪！如今还不知沦落到什么地步儿呢！""什么？！"胤禛几乎跳起来，"她……她没有……"胤祥点点头，说道："对，没死。杀这样的人太丧天良了，我没动手……这件事四哥不提，我也要说。她现在通州吴家花园，你一定给她换个安全地方儿。"

屋里一时谁也没说话，外间茶吊子已翻滚水花，咕噜噜直响。乔姐七年前就奉胤禛之命调查这事，一直推诿到胤祥圈禁，想不到胤祥此刻毫无忌讳，一口气说了出来！想着，看了一眼阿兰，二人目光一对，顿时火花一闪，忙避闪开来。胤禛原也怪他毫不戒备，仔细一想，这里封得水泄不通，什么敌我，什么狐媚子、正经人统都一样的，便也释然。思量许久，胤禛从齿缝里迸出几个字。"我知道这是胤礽作孽，你既说出来，我也直言相告，你下不了手，我代你处置好了。"

"你不可如此！"胤祥先是气馁地一缩身子，只一弹又跳了起来。刚刚压抑下去的情绪突然变得亢奋不可遏止，额上青筋凸起，脸被灼得涨红起来，"你要还想要我这个弟弟，就不能杀她！你是历过磨难的人，你晓得我此刻什么心境？我如今正在难中！我的心都要裂了！我……我凄苦难当！

这个囚笼，我蹲了两千五百八十天！每天只能看四方天，看青砖地，看蚂蚁上树，看花开花落，看天阴天晴！"他暴跳如雷，双手紧攥着不停地抖，气急败坏地在屋里转来转去，话也越说越快，"你看见过爱你护你的人被火烧死，你忘不了她临死那双眼睛，于是你的血冷了，结了冰——但我不能，不能，不能——你不用瞪我，她不爱我，我也不爱她，但她比我更惨！一个人叫人家始乱终弃，你有过么？一个贵妇人沦为洗衣奴，你家有过么？一个人吃了那么多苦，有多少罪孽也应恕过了！你杀她，不是落井下石？我和她——"他怔了一下，大叫道，"同是天涯沦落人，同病相怜，同病相怜，同病相怜！哈哈哈哈……"他狂笑着，"呜"的一声又哭了。

胤禛双手紧攥着椅背僵立着，满把俱是冷汗，目不转睛地看着疯子一样的弟弟，他已经吓呆了。乔姐惊得脸色惨白，阿兰一个失神，手中茶盘"当"地摔得稀碎！胤禛这才惊醒过来，他毕竟老于世故，已是镇静下来，叹息一声，吩咐阿兰："扶你十三爷坐下。老十三，我的痴兄弟，你要吓死四哥么？"说着，泪珠已滚落出来。

一阵歇斯底里发作过后，胤祥变得疲倦不堪，浑身无力，由乔姐、阿兰揽回椅中，竟似瘫了一样耷拉下头。许久，才抬起头，眼睛已不再亮得叫人发瘆："……四哥……你还来瞧我么？"

"别说得这么可怜。好好静养，得变着法子慰恤自己。"胤禛默然说道，"有机会，我当然还要来。你又没犯大逆的罪，我要保本，连你，还有大阿哥、二阿哥都得放出去——在这活棺材里头，好人也要急疯的。"本来他进来还要问问驻在京师的军营将官的事的，见胤祥这样，只好暂时作罢了。胤祥惨然一笑，说道："方才我是失态了，其实这里挺好，能钓鱼，能看书，能下棋，能捉鸟……四哥，梁园虽好，不是久处之地，你……回去吧。"阿兰看着胤祥颓然无力、呆滞茫然的眼神，不由得想着自家身世处境，满腹心思无处倾诉，一阵酸热，竟抽抽咽咽哭了。

胤禛起身正要走，诧异地问道："你怎么了？"阿兰忙拭泪道："十三爷的话，叫人伤心！我们女人终年不出二门，圈禁不圈禁一个样儿，像爷这样儿，生龙活虎似的，一锁就是七八年，可怎么受……"乔姐儿也泣道："四爷您在万岁跟前是说得上话的。就求您……"说着，也自哽咽难禁。胤祥眼泪几乎又要涌出来，却嗔道："这里没你们插的口。道乏罢，四哥，我的老家人文七十四，圈禁前给他出了籍，就住在西便门内，得便儿你叫人照料一下。可怜他恋主，竟不肯回山西去……"说罢，起身一揖，带着乔姐、阿兰竟自出去，取了钓鱼竿走了。胤禛茫然出来时，天已黄昏，一轮血红的太阳一半已掩在灰蒙蒙的西山之下。

第四十三回　投矾书胤礽谋兵权
追真情胤禛审太医

由"太子党"中的胤禛主持内廷事务，圣眷日隆，已成为引起朝野注目的大事。再加上秋闱出题"放太甲于桐宫"的秘闻，在一干太监朝臣中不胫而走，"太子爷命系于天，将要再起"的流言，像瘟疫一样传遍了紫禁城。困守寂城之内、面壁七年心如死灰的胤礽，一颗冰冷的心又复苏过来，燃烧起来，咸安宫地处紫禁城的东北角，西边是贞顺门，南边是养性殿，极是僻静的一个去处。听了小太监高连晚间造膝密奏，胤礽整整一夜没睡，双目眈眈注视着东北角高矗的紫禁城角楼，陷入深深的思索之中。

胤礽不同于胤祥，他一落地就是太子。从他牙牙学语，精奇嬷嬷、苏拉太监，就教给他养威自重，入学第一课讲的就是"明德养性"，举手投足进退有序，要养成九州万物之主的风范。数十年处于深宫，除了偶尔伴驾出巡，从未离开紫禁城一步，因而，七年囚禁，胤祥几乎要憋疯了，胤礽却安之若素。但这一串儿信息传进来，他无法再平静下去了。

惊蛰又来了！尺蠖之曲，以求伸也，蛟龙沉潭七年，"莫非上天再次赐机于我？"胤礽的眼在暗中闪着波光，死死盯着角楼，"只要我跨出这一箭之地，左有胤禛，右有胤祥，文有王掞、朱天保、陈嘉猷，武有耿额、凌普，百僚皆我旧臣，羽翼爪牙俱全，谁能与我抗衡？"但这"一箭之地"想轻易跨出，谈何容易！一是不知道传来的消息是真是假；二是外边的情形一无所知。他相信这消息不会是无因而起——南闱考题出自皇上，公布天下，士民皆知，太监们捏造不来，内务府的太监、司官换了镶白旗的人，也是千真万确。但既然是真的，为什么皇帝没有下一步的动作？连老四也没有个信儿？想着，他的眼神黯淡下来。叫过高连，问道："你再想想，说我'东山再起'的那个太监叫什么名字？"

"回二爷的话，"高连皱眉道，"奴才和爷一样，在这院里一步不能出去。那太监常从内务府送东西来，到门口就折回去，从不通名报姓。哦！对了，他说话的时候，八爷府的何柱儿也在。余下的奴才实在不知道。"

"何柱儿?"胤礽歪着头沉思片刻，又问，"他没说什么?""没有。"高连因胤礽已反复问了几遍，心里多少有点不耐烦，口中却道，"他只在门口溜了几圈，向院里张望张望就去了。"胤礽吁了一口气，说道："这么说，他是想进来看我，或者想说点什么了!"

高连实在无言可对，只好磕了个头沉默不语。胤礽知道，这已是难为了高连，再问也问不出什么，眼见天色已亮，叹息一声道："连儿起来吧，你我都在难中，火坑里一栽就是七年！想来人生一世，能有几个七年? 你好歹留点心。我也不想再当什么太子，只想带你们出去，做几日自由人，所以你得伶俐点，只要能探出实信儿，我们总还有指望的!"高连没想到听来一个考题，折腾得这主儿一夜没睡，心知事关重大，听他说得伤情，不觉坠泪道："奴才打十岁就跟着主子，落到这一步还有什么说的！主子既这么着急，这几日咱们仔细点瞧着，看有没有机缘，那人再来，奴才拼着责罚，也得多和他攀谈几句!"

但整整两天，那个说闲话的太监没再来，何柱儿也没在门口出现。胤礽、高连急得像缚索猴儿似的抓耳挠腮。胤礽几次忘情，竟一反常态，有时直踱到大门洞，被守门太监极客气却极坚决地挡驾："二爷，今儿怎么了? 似乎脸色也不好? 门洞里这么大风，着凉了不是玩的！主子要用什么，只管叫高连儿他们来传，当办的奴才不敢急慢。"

"着凉了不是玩的!"这句话闪电般从胤礽脑海中划过。对这个地方不奉特旨，无论何人也不得进出，但只太医可以例外。从前几次小病，都是贺孟頫来，当此紧要关头，怎么就忘了他? 胤礽抬头看了看天，估约是申牌时分，刚过七月节，白天的炎热余威尚在，西半天楼云峥嵘，极似要变天的模样。略一沉吟踱着方步不疾不慢地回到后殿，叫过高连道："你别言声，悄悄弄两桶凉水，我要洗澡。"

"爷，"高连说道，"再少待一时，热水就送过来了。您自小儿身子就弱。怎么敢用冷水——"话未说完，胤礽一摆手道："去去！越凉越好，要现从井里汲，快着点!"一边说，一边脱掉外头截衫。高连忙答应着去了。

胤礽赤脚站在殿后台阶上，只穿一件小衣，双手吃力地举起一桶，

"哗"地劈头浇了下来，紧接着又是一桶。高连发了一阵子呆，这才明白胤初的意思。因见胤礽被浇得脸色发白，连连打喷嚏，高连一边赶着帮他拾掇，扶着他到炕上换衣擦抹，一边哽咽道："爷何苦作践身子！报个头晕、肚子疼，神仙也断不出来！"胤礽的热身子连浇两桶井水，素来娇贵的身体果然承受不了，连晚饭一口没进，身子已热得火炭一般。高连忙到门口，把"二爷病了"的信儿传出去，叫人快请太医。门上的人见他白日还好好的，说病就病了，不免诧异。进来看时，胤礽躺在炕上瞑目而睡，呼吸粗重，脸烧得绯红，知道耽误不得，赶紧派人禀报内务府。不到一顿饭时候，胤禛便传了话，"请二哥稍耐，已经派人去叫太医了。"

天阴得愈来愈重，乌黑的浓云被压得低低的，在风中上下盘旋翻搅。突然闪电似金蛇走空般划过，石破天惊一声炸雷，撼得紫禁城不安地颤抖一下，那雨点已铜钱般洒落下来。霎时间，整个世界混沌一片，风呼雨啸像翻江倒海一样。胤礽被烧得昏昏沉沉，躺在炕上，只觉得自己像襁褓中的婴儿，在摇篮中晃动。他一时觉得好像坐在父亲膝头上，由着父亲调弄嬉笑，一时仿佛又见到了明珠，那张笑容可掬的白脸上，长着一双你永远看不透的眼睛。他觉得浑身燥热，口渴难当，双手抖着掀被子，口中道："阿玛，阿玛……在这沙漠瀚海里真难走！水……水……拿水来！"一反手便抓住了一个人的手腕子。

"二爷……"

胤礽睁开眼，烛影下却是贺孟頫，欠身坐在雕花瓷墩下，正在给自己看脉。胤礽一翻身，半跪在炕上，揖手说道："孟頫孟頫，救我一命！"

"不妨事的，"贺孟頫只道他烧糊涂了，跷着二郎腿笃定地说道，"我给二爷看了多少年病，几时骗过二爷？这病只饮食略清淡些儿，服一剂发表的药，保管就好了！"胤礽松弛地躺了下去，沉默良久，缓缓说道："……我是该发表一下了，郁结得太多了。孟頫，近来都见过哪几位阿哥了！"贺孟頫不禁一愣，说道："只见过五爷、七爷。昨个儿大爷也有病，进去略瞧了瞧，都没有什么相干。二爷，你安生养病，管它外头的事做甚？"

胤礽吃了一惊，这个胤禔，倒比自己还先"病"了！遂问道："大阿哥害的什么病？"贺孟頫被他的神情语气弄得有些心神不安，也觉得这样谈话不妥，赔笑道："病倒也不重，有点思虑伤脾，饮食不振……二爷，你好生躺着，我给你写方子……"说着便起身至案边，濡了墨就要写。却听胤礽格格一笑，说道："只怕也是害了忧国忧民的大症候吧？"

一个明闪，照得这个冷宫殿宇里外通明，接着便是一声令人胆寒的炸雷！

"说说看，"胤礽从容坐起身来，已变得神采奕奕毫无病容，"皇上出题'放太甲于桐宫'考较天下士子，又命四爷主持内务府，与胤禔什么相干？他要装病见你，必定有所求了？"

"没事……没有的事……"

胤礽又一笑，阴森森的声音使得贺孟頫身上起了一层鸡皮疙瘩："你看，我虽囚禁在此，却并非对外间事一无所知吧？我将'东山再起'！天公降大任于我：岂是小人辈能挡得住的？不要忘了，这个地方儿是我的四弟管着！你当年给我开的春药方子还在我手，要不要抖落抖落？""二爷——"贺孟頫万不料胤礽信息如此灵通，顿时惊出一身冷汗，目瞪口呆地望着这位废黜多年的太子，僵立在地！

"你不要害怕，我怎肯害你？"胤礽拖沓地缓步踱着，"……我想知道，胤禔都问了你些什么话，他想叫你办什么事？我又没叫你谋反，值得就吓得面无人色？"贺孟頫嗫嚅良久，终于说道："大爷问了些话，他想知道这次西征青海派谁为将，我说万岁没下旨意，只是人们风传要用十四爷。后来他又问，为什么不用十三爷。他还不晓得十三爷已被圈禁。我便说：'这种国家大事，我一个郎中怎么懂？'没敢再多说，就辞了出来。"胤礽也是头一次知道，胤祥已经圈禁，脸上却故意不露惊讶之色，只冷笑道："原来为了这个，大阿哥火性未除，还想再出去害人，只怕他难遂心愿！"

贺孟頫越听越怕，只想早点离开这个是非之地，因见胤礽沉吟不语，忙疾笔写了医案药方，呈上来道："二爷，天快起更了，雨大夜寒，您身子又欠安，按这个方子抓一剂药用了，今晚好生歇息，明日就大安了。"

"唔。"胤礽不置可否地接过药方，瞥了一眼就撂到一旁。却到里屋存放家常用药的小柜匣里取了一块明矾，放在杯子里用小匙搅化了，蘸了笔写了几行字，吹干了，方来到外屋，对着等得六神不安的贺孟頫笑道："孟頫，你好人做到底，把这张纸代我送出去，赏银嘛，自然是少不了的。"贺孟頫惊恐地站起身来，摇手道："这万万使不得！二爷，您是懂规矩的，这地方私自夹带片纸出宫，是死罪！""你还算懂规矩的人！"胤礽突然纵声狂笑，"你私开春药，蛊惑储君，陷主子于不义不孝，这是什么罪？在前明，就得剥皮揎草，在本朝，是凌迟处死！"

贺孟頫浑身都在颤抖，扑通一声跪倒在地，哀求道："二爷，二爷！好歹饶了奴才……这地方进出要搜身，带上这东西，连咸安宫都出不去！"

"你把它带出去，交给我的奶兄凌普。"胤礽脸上毫无表情，"我告诉你，你不过是在按天意行事！就是出事，这是一张白纸，谁能查出端倪？——至于咸安宫，我送你出去！"说罢进前一步，"啪"地就是一记耳光掴将去！

贺孟頫左颊登时紫涨起来，胤礽小声道："浑虫！还不快跑？"贺孟頫顿时大悟，爬起身就往外逃，胤礽在后跳脚大骂："落架凤凰不如鸡！连一味党参你都舍不得用！爷再倒霉，也是龙子凤孙！"叫骂着，已是泪流满面追出来，就雨地里又捉住了贺孟頫，劈脸又是两掌，啐道："你是什么东西！撒泡狗尿照照你那副尊容！就敢来作践我……"

这一来，宫人们都惊动得跑出来，守在门口的高连心里清爽，赶着过来劝："二爷和这种东西生什么气？他不过小人见识，墙倒众人推，赶热灶窝儿趋奉！您气着了倒值多了……"说着朝满身泥水狼狈不堪的贺孟頫屁股上又踢了两脚，高声叫道："门上的人死绝了么？还不赶紧把这不识人敬的东西撺出去！"守在门口的内务府太监早已看愣了，眼见胤礽主仆又追又骂又打，忙一窝蜂出来，有的劝胤礽，有的撺贺孟頫，"还不快走！"胤礽被人架着，兀自"气"得发疯，跳着赤脚还要追，眼见贺孟頫平安出了大门，才放下心，高声道："这叫人还能活么？先头他怎样巴结我来！如今又是这般嘴脸……我若平时一点也忍不下，早就气死了……娘啊，你怎么死得这么早，你晓得儿子受的什么罪么？"说着已是号啕大哭。众人听他如此凄恻，面面相觑无不伤情。

贺孟頫惊得三魂七魄不全，夹着那张纸在腋下，兀自心头狂跳不止。冒着大雨，淋得水鸡儿似的踉踉跄跄，高一脚、低一脚从皇极殿东侧向南，尽量避开有人的去处，因不走大路，只从南三所过文华殿，从传心殿门口出来。是时天已黑定，雷鸣电闪，雨似瓢泼，宫中黑魃魃的。倒也没遇到什么人。眼见到了东华门，刚刚舒了一口气，便听门口守护人高声叫道：

"什么人？"

"我……"贺孟頫吓得打一个哆嗦，定住神看时，却是一等侍卫德楞泰，忙笑道："是德军门呀！您不是管着西华门么？怎么又在这儿？""如今两个门都归我管。"德楞泰审视良久，才想起来，因道："是贺太医嘛！怎么连个雨具也不带？你进去给谁看病？记得你是从西华门进去的，怎么从这里出去。"贺孟頫定住了神，苦笑道："今儿进去是给二阿哥瞧病，不想触了他的霉头……"遂将药方的事一一回了，又道："党参又不是什么了不得的贵药，况且都用的宫中钱，我何苦替二爷省？他积热在心，不先疏散发表就用补药，那怎么得了……走西华门虽离家近一点，好德军门，你瞧瞧这天儿，满宫里鬼影憧憧，我胆小，差点没吓死，只抄着近点的赶快出宫……"

德楞泰一声不吭，只是上下打量贺孟頫，听他唠唠叨叨说话，言语支吾，脸色青红不定，心下暗自狐疑，便道："贺太医，你忍耐一时。如今四爷的规矩大，凡内官、太监、医士深入宫禁，夤夜出入者，一概要搜身。对不起，你到那边耳房，趁便换一身干衣服，这么大的雨，消停一下再走不迟。"贺孟頫心里只得叫苦，想说话时，德楞泰已是踅过东华门外，一副不理不睬的模样，只好跟着太监到南耳房去。

一时，胤禛的大轿在东华门外停下，扮作长随的性音打着伞。一个小厮提灯引道拾级上来。德楞泰忙上前将胤禛扶到檐下，方躬身请安，道："下这么大雨，我还以为四爷今晚不查夜了呢，不想四爷仍旧来了！"

"查夜不查夜，也不对着你。你办事认真，我没个不放心的。"胤禛微微笑道，"我是惦记着二阿哥的病，下晚时他们禀我，说贺孟頫要进去。这会子想必早已走了？"德楞泰笑道："赶早了不如赶巧了，姓贺的正要出宫，我叫他们查看一下。可怜见的，冻得不成个模样，就便儿给他换一身干衣裳。"正说着，贺孟頫同着两个太监出来，那太监笑道："都搜过了，真的一丝不挂！除了一张开处方的白纸，什么也没有带。"德楞泰笑谓贺孟頫："你说你胆小，却又放着乾清宫那边一路灯火大路不走，连个雨具也不带，脸又吓得死人似的，怎么怪我疑心？既然没夹带东西，你快回去拱热炕头去吧！"

贺孟頫巴不得这一声儿，忙不迭答应一声就要走，却被胤禛叫住了：

"你回来，怎么这么忙？这一出去不浇你个落汤鸡才怪呢！"贺孟频只好又站住，已被吓得脸色煞白。胤禛来回踱了两步，在贺孟频面前站定了，刀子一样的目光盯视移时，方道："二阿哥害的什么病？"

"回四爷，受了寒，伤风发热。"

"大阿哥昨日病，也叫的是你吧？"

"是……"

"他是怎么了？"

"大爷是中暑受热……"

胤禛不禁噗嗤一笑："好嘛，一个受寒，一个受热，如今的时气真是不得了，倒难为了你这郎中！寒热攻心，想必他们心里也有点什么病罢？"贺孟频陡地打了个寒战，急速看了胤禛一眼，低头喃喃道："心里是没病，心里是不打紧的……"

"心里没病，不怕吃凉药。"胤禛咬着细牙笑道，"只是大哥、二哥病得太蹊跷，我倒有些儿犯疑。《通鉴》有云，'吾虽不及师旷之聪，闻弦歌而知雅意'，那张纸呢？拿出来给四爷瞧瞧。"

"……"

"唉？"

胤禛的话音不高，却透着巨大的压力，连旁边的德楞泰也震得心里咯噔一跳，贺孟频头上沁出一层细密的汗珠儿，抖着手取出那张纸，交给胤禛，说道："奴才出来时因有些内急，带了这张纸……因天黑下雨，心里害怕，又怕在宫里拉屎叫人看见，因此就没用上。"

"休怪四爷刻薄。既然人都这么说我，我越发立个刻薄榜样。"胤禛接过纸来，凑到灯下细看那纸，普普通通的一张薛涛笺，并无异样之处，只好解嘲地说道，"万岁既把这个家交给我，不能不当心点儿。出一针一线的差错，都是我的干系哟！"说罢便将纸一甩扔了回去。贺孟频没接着那张纸落在胤禛脚下湿地上。

"老天爷，"德楞泰一眼看见，惊呼一声叫道，"字迹！字迹！"十几个亲兵太监听他这一叫唤，吓得一怔！

胤禛也是心中一颤，脸色变得异常苍白，缓缓蹲下身子，抬手叫人掌灯过来，细看那纸时，果见几行被水渍的字迹愈来愈显。这原是一封信：

凌普奶兄转王掞师傅并天保、嘉猷台次一阅：礽自幽禁，自此七载有余，图圄望天，泣血泪干！今如昔日之非伏地无缘相见。近悉西陲朝廷有事，盼得项斯之说，使礽有补过自新之道，重返慈躬膝下，为良臣孝子。耿耿此心，惟天鉴之！

爱新觉罗·胤礽敬启密书

一笔稍带潦草的楷书，字体极为熟悉，正是久违了的"太子"亲书！当场众人无不凛然。

第四十四回　夜巡城偶遇畸零女
　　　　　　显武功惊退劫路客

　　贺孟𬱟早已吓得面色如土，只是叩头，期期艾艾地恳求道："四爷圣明……实是二阿哥逼得无奈，做下这不是……求四爷超生……"

　　"唔。"胤禛含意不明地答应一声，接过那封信，小心地递给德楞泰，"用炭火烤干它。小心点，别揉搓坏了。"这才笑谓贺孟𬱟："你做下这种不是出来，那叫获罪于天，无所祷也！叫我怎么回护你呢？"贺孟𬱟浑身筛糠，抖成了一处，只是磕头。半晌，才把方才见胤礽，怎样看病，怎样写信，又怎样把自己打发出来的情形一五一十实说了，众人听了一个个发愣。胤禛呆想半晌，突然倒吸一口冷气，如若就这样带着姓贺的去邀功，不但太子党视自己为叛逆，就是其余的人也难免议论自己落井下石，是小人行径。但这事又明摆着难以隐瞒，硬压下去后果更不堪设想。待贺孟𬱟说完，胤禛已有了主意，长叹一声道："二哥用心何其良苦！这份心智要用在忠孝上头，何至于身陷不测之地！你说是么，德楞泰？"

　　德楞泰哪里知道这位雍亲王一霎儿工夫已动了多少念头，忙道："何尝不是！二爷若是想出来，光明正大地递个条陈不好么？偏要鬼鬼祟祟的，不成个体统！"

　　"就是这个话。"胤禛点头，仿佛不胜嗟讶，"我这个人，就是心操碎了，人也不知道。其实我佛三乘妙义，归根结底是个'善'字。论你贺孟𬱟今日行事，只要入奏，你就是凌迟处死的罪。这叫我怎么办呐？"他故作沉吟，半晌，招手叫过众人，指着贺孟𬱟道："孟𬱟为人素来小心，就是宫里大小人儿有了病灾，他看病也还经心。我的二世子弘历幼年出天花，也是他侍候过来的。如今我想保他一条活命。你们要不愿意，我也保不了他；要愿意，我有个计较，说出来大家参酌。"

　　众人听了，都是面面相觑，方才搜贺孟𬱟时胤禛何等认真，这会儿怎么又说这话？一个太监便凑趣儿道："救人一命胜造七级浮屠，没来由谁做这恶人，叫冤魂缠身呢！四爷只管吩咐！"胤禛回道："这才是明白人呢！先头老佛爷宫里的白彩，就是叫冤鬼缠死的！二哥被囚七年，想出来也是人之常情。只是不该私自叫人带信，反害得贺孟𫖯鬼不成鬼，贼不成贼，犯了重罪。我想，就算贺孟𫖯自首报状，检举胤礽，事情也就掩过了。这一来，万岁爷必定还有点赏，贺孟𫖯你再拿出千把两银子分给今夜在这里的众人，大家也得了好处，你也逃了活命——这样如何？"

一席话说得大家无不眉开眼笑：今晚差点放脱贺孟𫖯出门，查出这桩巨案，全是胤禛的功劳，赏银是不用想的了，却不知这个王爷要怎样责罚。孰料他变戏法似的出了这样的主意！顿时七嘴八舌，有的说："四爷是佛爷脱胎，这份慈悲心，啧啧！"有的说："我们怎么好无功受禄，倒是四爷该受奖的！"有的喋喋颂圣，有的合十念佛，把个禁苑门户，翻做超生道场。德楞泰见胤禛用眼瞟自己，忙也道："奴才奉旨守宫，只求不出事，全听四爷吩咐。"

"就这样吧，我皈依我佛，以拯救众生为怀。"胤禛脸上挂着悲天悯人的神色，"你还不赶紧谢谢大家！"说罢一径往外走，又回头吩咐道："我要绕紫禁城巡视一遭，明日到畅春园奏明这事。你们好生守着，不许坏了我的规矩！"

此时的雨已下小了，胤禛因嫌轿里闷气，只换了双鹿皮油靴，披着鸭绒氅，笑着对性音道："我不想坐轿，叫他们随后跟着，咱们安步当车好吗？"说罢二人并肩而行。

夜已经深了，朦朦胧胧的浓雾飘荡下来，冰冷的水气扑到胤禛有些发烫的脸上，十分清凉宜人。默默走了一段，胤禛忽然问道："性音，你既然五荤不戒，为什么要出家当和尚？"

"我练的是童子功。"性音笑道，"剃了光头是和尚，留了辫子是童身。"

胤禛沉默了一会儿，又道："那年淮北夜宿贼店，我至今不明白，你为什么救我？你当时知道我是皇阿哥么？"性音在暗中抬起头来，眼中熠熠生光，说道："我虽然不知道你是皇子，却看出你是好人，你和刘家争买那个姓吕的女孩子，我白天都见到了……我的娘也是让人卖到广东去的。我先头小时候，跟过伍次友先生，又随李云娘大侠学艺，后又从了孔四格格去广西，孙延龄反朝廷时，我就在四格格府……我是从乱葬坟里爬出来的，两世为人了……"胤禛一下子站住了脚，悚然而悟，说道："你……我小时候听四格格说过，莫非你就是……青猴儿？"

"不错，青猴儿。"性音笑道，"四爷，闻名不如见面。自小我就是顽皮猴儿，打不死的程咬金，如今是拴到你这旗杆上了！""不不！"胤禛改容说道，"是胤禛有福，与英雄豪侠共处朝夕！"性音叹道："我来投奔你，可没想这些个，我是想再见见四姑，不妨到京，正赶上她发丧……"

两个人又复沉默，沿着御河外沙土官道走着。许久，胤禛方问道："你为什么又要留在我府呢？"

"我这一生仗剑行义，杀人无数，原想纵横江湖，除暴安良的。"性音素来豪爽不羁，极少这样动感情的，声音也有点发颤，"没想到太平盛世，坏人却越杀越多！后来就想，杀一人救一命，不如保个清官，至少能护一片，左审右看，毕竟四爷是个角色。所以就不想再走了。"

胤禛此时才真正明白，文觉、邬思道这干人，原先一味帮自己办差，后来又全力拥自己夺嫡做皇帝的真意，心里又感动又欢喜，又有点恐惧，不禁痴了。正胡思乱想问，性音却问道："四爷，你吃过不少苦么？"

"吃过。"胤禛冷然说道，"不过不是饥寒之苦，不是皮肉之苦。是心里的苦。我自幼原本是懦弱不堪的，世上爱我的人或死或囚，没有一个好下场，真是寒彻骨髓般的冷！这么冷，就是生炉子也得变成冰团了，所以我早就变成了石头心——你都看见了的，我不抽烟，酒肉也极少吃，内眷没有宠幸，从不寻花问柳，虽非和尚，其实也是苦行头陀。你心冷一点，恶人就得怕你！他们怕我就怕在这里。"他说得很慢，一字一句地迸出来，铮铮然有金石之音，听得性音心里一阵阵泛起寒意。

二人边说边走，绕紫禁城一周，各处平安。胤禛从怀中取出金表看时，已在戌末亥初，因笑道："公事完了，咱们也好回去了。不出明日，贺孟頫的事就出来，我们静待消息罢。"性音正等答话，却听西便门内吴家酒肆中古筝叮当作响，隔着爽风秋雨，传来一个女子清冽的歌声，甚为凄楚：

徐娘蛾眉悲晓月，媳妇罗袜冷西风。
且将冰弦寄遗恨，赚得闲人泪点红。

性音见胤禛听得出神，遂笑道："四爷，这歌有什么鸟听头？咱们快着回去吧，不定邬先生还在府里等着呢！"胤禛犹豫了一下，喃喃道："奇怪……好像在哪见过这几句词儿……"正要走，里边又唱道：

聊将春色作生涯，阅尽园林几树花。
不愧吟香浑似我，却疑梦里度年华！

"哦！"胤禛脸上的肌肉急速抖了一下，他想起来了，这两首诗，他曾在胤礽的窗课册上看到过！他一声不言语，转身就走，倒把性音弄得莫名其妙，只好跟着。胤禛回到大轿里，脱了大衣裳，只穿一件酱色夹袍，外罩石青风毛巴图鲁背心，对性音道："叫他们先回去，邬先生还在府里，就请歇在枫晚亭，明儿再见。咱们到茶馆里瞧瞧！"

吴家茶馆是西便门内最大的一处茶肆，原先名叫"嘉兴楼"，是金陵才女吴翠姑卖艺的地方。吴翠姑吞水银自尽时，她的一个远房侄子恰好在京，偌大的产业便归了他。改字号为"吴家茶店"。胤禛二人一进来，早有伙计迎上来，笑容可掬地问道："二位爷台，楼上雅座请！是打茶围，还是请客？"

"唔。"胤禛阴沉沉答应一声，向里望了一眼，见是一个二十七八岁的少妇双手按弦，旁边一个老苍头拍着云板，正唱一阕《春梦令》。

梨花云绕锦香亭，蛱蝶春融软玉屏。花外鸟啼三四声。梦初惊，
一半儿迷糊一半儿醒……

一阕方罢，众人起哄儿喝彩："好！这曲子比方才的还好听！"还有的怪笑着打诨："乖乖儿亲的！怎的就惊了你的好梦？"乱哄哄地一片胡嘈。胤禛见如此庸俗不堪，皱了皱眉头，一边上楼，一边说道："我专点这女子上来清唱，你叫他们散了吧！"说罢便自上楼来。那伙计愣着未及回话，性音将一块二十两的银饼子向他手中一丢，问道："怎么，有难处么？"

那伙计大约从未见过这么大方的主儿，疑惑地看看银饼子，见银饼蜂

窝白细，面上银筋一根到心，地地道道的台州足纹，顿时眼睛笑得眯缝在一处，道："店里夹剪坏了，没法找，怎么办呢？"性音嬉笑道："等夹剪修好，你找给你们掌柜的就是了。"说罢便上楼，见胤禛独坐在头一间雅座中，在灯下沉吟，没敢惊动，只站在一旁侍候。一时，那伙计手托茶盘，上头摆满了细巧京点，一路吆喝着上来，一边布茶，一边说："爷，马上就得。掌柜的说今日盘账，叫早散了。"说罢就要退下，却被胤禛叫住了，问道：

"你甭忙，我想问一句话。"

"爷请问。"

"这个卖唱的是哪里人，叫什么名字？"

"回爷的话，"伙计忙笑道，"她是哪里人，小的实在不知道，只知道她是康熙五十年起的灶儿，叫文三娘，去年唱红了京城，这才知道她住在红果园。"说罢，见胤禛无话，便却身退出。

胤禛听得没头绪，呷了一口茶，正自沉吟，便听楼梯上细碎脚步声，文三娘怀抱古筝挑帘而入，蹲身低头向胤禛施了两个万福，轻声道："给爷请安！"胤禛这才仔细打量，远处看身材，十分苗条秀气，近在咫尺审量，容貌并不十分出色，额前眼角已有密细的鱼尾纹，脸黄黄的，显得有些疲惫，只一双手，象牙雕的一般，柔腻圆润可人。那妇人被胤禛打量得浑身不自在，遂又施礼道："爷台要听什么曲子？"胤禛心里打着主意，笑道："听你方才唱的两个曲子，知你不是俗手。我久在京华，居然没听说过你的芳名！我有一个朋友，填了一首《南乡子》，家里班子怎么也唱不好，借你歌喉为之一咏，可好？"

"唱是能唱，只怕未必能如爷台尊意。"文三娘向几上安了琴，一边敛容坐了，调弦勾拨，一边低声说道："请爷示下歌词。"胤禛挽首略一沉思，曼声吟道：

> 未惯云雨乡，小鹿心头忒煞忙。饶是情郎多温存，杜鹃啼血对残妆。篱间几度说愁肠，又恐欢后别绪长，软玉慵花眠不起，好梦难全枉倚象牙床！

吟罢，一边啜茶，盯着文三娘不言语。

文三娘已全然痴了，不言、不动、不弹、不唱，呆呆地抚着琴弦，全身僵了似的兀坐着发怔。性音心里奇怪，便笑道："喂，你怎么不唱？"文三娘陡地抬起头来，两眼熠熠放光，嘴唇微微颤抖几下，说道："您……您是什么人，在哪里见的这首《南乡子》？"话刚说完，门外忽然传来一声长号，那个楼下伴唱的老苍头一挑帘子闯进来；向胤祯纳头便拜，大哭道："四爷您还认得老奴才么？"

"是七十四啊！"胤祯愣了一下，半晌才想起是胤祥的管家，叹息一声站起身来用手扶了一把文七十四，道，"我在这左近找过你几次，都说你搬了家。还以为你回山西去了呢！这是怎么说的，会流落到这一步儿？我府离这里很近，有难处，怎么不找我？"文七十四老泪纵横，只哽咽着说不成话。他其实倒是去过雍亲王府的。但势败的人，胤祥又遭着官司，谁肯给他通禀！但这话却难以明说，文七十四半晌才回过神来，抽噎着说道："都是老奴才糊涂，四爷一身干净，怕给四爷招麻烦。"胤祯笑道："这个文三娘，是你的女儿，还是媳妇？"

文七十四泪眼汪汪地看了看三娘，摇头道："……都不是的，说出来折死奴才……"

"我明白了，你不必说了。"胤祯黯然说道，"我派人去通州访了两次，人都说十三爷坏事后，顺天府就抄了他这处宅子，还到处搜拿一个姓郑的女子，也真难为你逃出来，竟沦为卖唱女子……"郑春华没等胤祯说完，已是泪落如雨，哽着嗓子直要放声儿，只强抑着呜呜咽咽，哪里回得出话来？胤祯见她如此凄苦，想起胤礽对她始乱终弃，甚至下毒手置她于死地，而她仍然蒙在鼓里，倒觉今晚处置贺孟频一事心安理得。思及如何安置郑春华，一时倒踌躇不决，皱了眉头沉吟不语。

郑春华知他为难，抽泣了一会儿，说道："四爷，昔日的事不再说它了。我是活过了头的人，并没有什么指望。听说您如今管着内务府，好歹……"她话未说完，胤祯便打断了，说道："二哥的事你别惦记，我自然是要照应的。只你这个人，我瞧着过于痴心。我想知道你如今还有什么心愿，你自己又有什么打算呢？"郑春华沉默了。什么心愿？她自己也说不清。她只盼能活着再见胤礽一面，能见到胤礽自由，东山再起。但这些事能对胤禛讲么？想了半晌，无可奈何地叹了口气，说道："我人不成人，鬼不成鬼，原是最无耻的一个人。世上并没有我可走的路。大约有一日，那人出头，或者死了，也就是我的死期到了……"她说得很坦然，也很平淡，显然是思之已久的肺腑之言。

胤禛听得浑身一震，悚然抬头，盯着灯烛一跃一跃的光，良久才道："为什么只想到死？还有别的路可走！"

"别的路？"郑春华用一种难以形容的目光看着胤禛，"入宫，是当皇妃还是王妃？是做宫娥，或还是去洗衣服？再不然索性就在民间卖唱，讨饭？"话未说完，胤禛合掌急急说道："阿弥陀佛，罪过，岂不闻佛法无边？"

刹那间，胤禛已想定了主意。他倒不像胤祥，与郑春华有"同病相怜"的感觉。他一面怜恤这女人身世凄苦悲凉，更要紧的，如今胤礽是百足之虫僵而不死，摸不清皇帝"放太甲于桐宫"究竟是什么意思，留着这女人，无异于手里多了一张牌！想着，胤禛又道："就这样，今晚你们随我回府，明儿叫高福儿去净土庵给你办个度牒，先在我府带发修行，容我在玉皇庙那边给你造一座小庙。你安安生生在那修行下半世，管它世事如何纷扰——如此可好？"

四个人走出吴家茶馆，已近子时。雨已经停了，一天莲花云在藏青色的穹窿下缓缓东移，斜月时隐时现，照得大街小巷朦胧幽暗，给人一种神秘莫测的感觉。几个人各怀心思默默踏着积水走路，谁也没再说话，刚趑过金鳌玉蛛桥，性音突然扯了胤禛一把，说道："四爷！后头有人跟！"

几个人同时站住了脚，胤禛陡地醒悟，说不定早就有人跟定了文七十四和郑春华，单等自己上钩！今日同时拿到自己和郑春华，明日立时就是一件倾动京华的新闻——自己聪明一世，糊涂一时，为什么就想不到这一层？他心里一惊，额前立时沁出一层冷汗。正张皇间，桥前四个黑影已经堵住去路，俱是彪形大汉，辫子盘在脖子上，双手叉腰，一声不吱，暗中却看不见脸色！

"兄弟，"性音向胤禛摆了摆手，自向前去，当胸一揖笑道："哪个道上的？借一步光！"站在桥基台阶前的大汉将手一伸，阴沉沉说道："别管哪条道上的，给五百两银子，你们走路！"性音嘻嘻一笑，说道："五百两银子不算多。明晚兄弟亲自送来，如何？"

那大汉回头笑道："你听听他多聪明！——你太勒唓，何必明晚？把他们三个留下，你这会子就拿去！"

"要是我不肯呢？"性音刁笑一声，"我这人向来说一不二！""那就请你吃一百拳！"大汉说着，一个冲天炮打在性音肋上，打得性音一个趔趄，倒退两步，口中却道："一百拳就一百拳！我这人要钱不要命！"

四个人先是哄笑一阵，接着便围住了性音，噗噗地你一拳，我一脚猛击性音，那性音被围在垓心，被打得东倒西歪，跌跌撞撞站不稳，一边"哎哟"呼疼，一边数着，"九十七、九十八、九十九……一百！——怎么还打！你们怎么没完没了么？"胤禛先替他捏一把汗，见他如此做法，晓得性音本领高强，与几个贼人作耍，听见后边传来脚步声，不由高叫道："性音，为什么不还手？"

"不是不还手！"性音似乎无可奈何地答道，"是怕他们吃不消，我怕破了戒！"说着，猱身一纵，双手反击一拳，只见两个黑影忽地飞起五六尺高，接着"咕咚咕咚"两声响，已是栽进桥底水中，接着不知怎的身子一拧，已是一手一个捉了两个。胤禛等人早已看得目瞪口呆，眼见这和尚提着两个人上了桥头。对后边跟上来的六七个贼说道："还你们人！凭这点本事就想走黑道儿！把这两个死尸拿回去下酒吧！"说着双手一送，两个大汉弹丸似的直冲下去，砸得几个人倒在下头直叫！

性音眼见无人敢上来动手，双手一拍道："今晚晦气，手都弄脏了！爷，咱们走路！喂，谁要不服，看着这石狮子！"说罢，用手在一尊石狮子的项间轻轻一抹。众人起先不知他捣什么鬼，正愣间，却听"扑通"一阵响，那狮子头竟也滚落河中！几个贼打一声呼哨，早逃得无影无踪。胤禛不禁骇然。文七十四道："你既有这么大本事，为什么不捉个活口？"

"捉活口有何难哉？"性音冷冷说道，"怕是捉到了没法审，四爷反而为难！"

第四十五回　解四书欺猫掩鼠行
　　　　　　训皇子打骡给马看

　　康熙因住在畅春园，贺孟𫖳当夜没有回府，连夜飞骑赶到，一直等到天明，才得递牌子请见。他只是个六品供奉，官微职卑，不奉旨原是难见皇帝，但"首发"胤礽又不能让人知道，好说歹说，门上太监才进去通禀了。一时便见张五哥出来，问道："你有什么事，急着要见皇上？"

　　"回张军门话，"贺孟𫖳赔笑道，"事体实在要紧，待进去我再回禀大人！大人想，我一个小小六品官，除非活腻了，怎么敢随便打扰皇上？"张五哥想想这话有理，便道："你随我进来吧。粤闽滇浙四省海关总督魏东亭犯病，皇上正召见在京的江宁织造曹大人询问病情。等一阵子问过话，我再给你禀告。"贺孟𫖳左右看看无人，忙凑到张五哥耳边，如此这般将昨夜的事回了，道："军门，你看，这么大的事，我怎么敢怠慢？"

　　张五哥忽地站住了脚，"真的？"但他从贺孟𫖳的眼神中立即断定此事决非虚假，"你就站在澹宁居阶下候着，待曹大人出来，皇上就见你。"说罢便进殿来。

　　"五哥，你看看这是什么？"康熙正长篇大论地说话，见张五哥进来，指着殿门后十几个黄布口袋说道。张五哥愣了一下，答应着提起一袋，探手进去，摸了一把出来，却是粳米，粒儿长长的形似纺锤，微红如玉，遂笑道："皇上，这是粳米。""你说得对，是粳米。"康熙心情似乎有点激动，"不过你不知道，这米是由朕培育的稻种。康熙八年在北京试种，直到十七年才成功。如今在江苏、浙江、江西，连两淮也都种上了，一年两熟——这是头一季新米，你明白么？"

　　张五哥把米放在鼻子边嗅嗅，一股清香扑鼻而来，不禁诧异道："哪有这个话？淮北我最熟的，历来粳稻连作都是紧巴巴的。天爷！那不是一亩顶了两亩？"

"就是要它一亩顶两亩！"康熙脸上泛着红光，得意地说道，"朕当年用'一穗传'育种，在北京种出此稻，还作过一首诗呢！'紫芒半顷绿莹莹，最爱先时御稻深。若使炎方多广布，可能两次见秧针？'为什么想两次'见秧针'？朕就是想与天下群黎食此嘉禾！只皇帝一人享用，终究没什么意味！如今果然做到了，叫朕怎么能不高兴？"说罢开怀大笑。张五哥跟从康熙已有八年，极少见他这样欢喜，真不忍心把贺孟頫的事禀知他，正寻思如何进言，却听曹寅道："这稻米推广数省，魏东亭出力最多。他要知道这几石米叫主子这么欣慰，必定高兴得睡不着觉呢！"

康熙听他说起魏东亭，脸上已没了笑容，半晌，才叹道："小魏子忠孝两全，只是他太心细，忧谗畏讥积郁生悲，一半是身病，一半是心病——你带上金鸡纳霜回去，叫他千万不可轻用人参——把朕的这些话转告他，不就是亏欠国库七十多万两银子么？想法子补上就是。他的大儿子也有十七八岁了吧？在南京再设一个织造司，叫他的儿子补上，总有法子还上的。还有你，不也是这样？反正如今欠债的越来越多，法不治众，朕总不好都捉起来逼债吧？唉，猫老就要避鼠。朕是管不了这么多了！你们自己心里要明白，趁朕活着时好歹把债坑填了，将来换了主子，再刻薄一点，有些人可怎么得了？"

"主子说得高高兴兴的，又说这些话，叫奴才伤心。"曹寅赔笑道，"主子既有这心，也断不会给奴才们选个刻薄主儿的。"

康熙没有理会曹寅的话，慢慢挪下炕来，缓缓踱了两步，说道："曹寅跪安吧。"

"皇上，"张五哥眼见曹寅辞出去，想想贺孟頫还等在外头，心一横说道，"太医院的贺孟頫想见主子。"康熙闪了张五哥一眼，说道："贺孟頫？他有什么事？朕乏了，有事叫他去见马齐吧。"张五哥只好答应一声，走了两步，终觉不妥，遂又回身说道："万岁，他要回二爷的事，就见了马齐，依旧要来禀万岁的。"便将贺孟頫揭露矾书案的事一长一短说了。

康熙顿时涨红了脸，先是暴躁地在殿里兜了两圈，倏地停了脚步，已镇定下来，只是脸色铁青，阴沉沉的十分难看，冷笑一声道："你叫姓贺的进来，再去韵松轩，叫方苞、马齐和张廷玉都过来。传旨：带胤礽到畅春园，在京的皇阿哥也都来！"康熙说一句，张五哥答应一声，叩头出来，向脸色煞白的贺孟頫道:"快进去吧,皇上叫你呢!"

"嗻!"贺孟頫忙答应一声,早有李德全为他挑起帘子。贺孟頫虽常见康熙,但正规接见,还是头一回,踉跄进来,报着名双膝一软已经跪倒在地。将矾书递给侍卫。

康熙却不问话,只坐在炕沿上一口接一口吃茶。一时间澹宁居里静极了,只听殿角硕大无朋的自鸣钟不紧不慢地"咔咔"作响,和着贺孟頫粗细不匀的喘息声。不知过了多久,殿外响起一阵脚步杂沓声,帘声响过,马齐为首,后头跟着张廷玉、方苞,还有雍亲王胤禛鱼贯而入,除了方苞,各人报了名字,在御榻前一溜儿跪了下去。康熙仍旧一言不发,神情严肃地望着窗格子不语,众人都觉得屋里气氛紧张得令人发闷,压得人透不过气来。

足过了一袋烟时间,李德全方轻手轻脚进来,向康熙一躬,说道:"书房那边邢年回话,八阿哥胤禩今儿请了病假,其余阿哥都过来了,不敢擅入,在门外头跪候。"

"不敢擅入?"康熙冷笑一声,"朕居然还有这么孝顺的儿子么?快把各位'爷'都请进来!"话虽说得冷嘲热讽,但毕竟开了口,众人倒觉比方才那种带着杀气的沉闷好受一点,都无声地透了一口气。接着,便见以胤祺为首,后头跟着胤祐、胤禟、胤䄉、胤祹、胤禵、胤禤、胤禄、胤礼、胤祎、胤禧、胤祜、胤祈共是十三位阿哥,都煞白着脸,神情沮丧地进来,向康熙请过安,跪在地上。只胤禟、胤禵两个人胆大些,不时瞟康熙一眼,康熙问胤祺:"朕记得今儿是宗学里会文,如今熊赐履死了,汤斌老了,怕是谁也管不了你们这群'爷'了吧!倒想知道你们都做了些什么学问?"

胤祺原不知道康熙传见是为了什么事,一听是问功课,顿时松了一口气,说道:"阿玛,自从上回颁旨,皇阿哥无奉旨差事,一律入宗学读书,兄弟们极安分的。今儿会讲,我们请的是致休大学士李光地。讲的四书……"

"四书是好书。"康熙嗯了一声,"李光地是个有学问的人,断不至讲错了。朕倒想考查一下你们究竟根底如何。胤禟,你说说看,四书是讲什么的?"胤禟不防康熙头一个就点到自己,但题出得这么泛,怎么答呢?沉吟片刻,胤禟答道:"四书是讲立德修身的要言妙道,仰之弥高,俯之弥深,瞻之在前，忽焉在后，但能探其本源，只讲一个根本之处，乃是仁恕之道。"康熙笑道："你倒乖巧，朕问的泛，你对的更泛！什么叫仁？克己复礼谓之仁，恻隐之心出自天性。但要真正能使本性不迷不乱，就要讲礼，你可要记住了。"

胤禟忙顿首领教，道："阿玛点铁成金，儿臣心领而神受了。"康熙又问道："胤䄉，你以为四书讲的什么？"胤䄉被问得一怔，刚刚讲过的题，怎么又问出来？他寻思良久，方道："父皇圣训极明，四书讲的是克己复礼。"

"克己复礼是不错。但历来不少人就'克'不了这个'己'，这是什么缘故？"康熙转脸问张廷玉，"廷玉，你给他讲讲！"张廷玉忙向前一揖，说道："是。不能克己，是因为人为物欲所染，不认识'己'。不知己，自然就不知彼，以致本性迷乱。所以要克己，非在格物致知上下功夫不可！"康熙啜茶说道："胤䄉可听见了，你的病根就在此处，不要以为你粗喉咙大嗓子就叫豪爽，朕看那叫粗俗！"又问胤禵，"你说说四书到底讲的什么？"

胤禵至此已经明白，顺着康熙的原话答，依旧要挨碰，遂叩头道："父皇和张廷玉讲的，儿臣全然铭记于心！据儿臣愚见，无论《大学》《中庸》《论语》《孟子》，都讲的是上智之士的学问，儿臣学四书，为的辅佐圣主，立功名于天下，垂事业于后世。所以儿臣以为四书讲的是治国平天下之至理！"

"大哉斯言！"康熙笑道，"到底你还有点志气。胤祯，你是他一母同胞的哥子，他说得对么？"胤祯因是先进来的阿哥，又居长，没有随胤祺他们同跪，一直有点局促不安，见康熙点到了自己，就便儿跪倒在地，说道："父皇最知道儿臣的，儿臣不但崇儒，而且重佛。方才兄弟们各抒己见，都有独到之处。但如六祖慧能譬讲精义，谓之'好则好矣，了则未了'。儿臣以为无论何种学问，总以立心为本。以佛学论之，心即灵山，以儒学论之，治国平天下好比是果，如不施肥浇水，这果是结不出来的。所以无论修身、齐家还是治国平天下，总得先要诚意，不诚意不能正心，不正心不能格物，不格物不能致知，不致知不能修身，不修身不能齐家，更谈不上治国平天下！此乃儿臣一得之愚，未必说得是，求父皇指点！"

康熙赞叹地看了看一脸谦虚庄重的胤祯，半晌，却道："你说的也不见得如何高明。方先生，这正该你讲讲嘛，怎么不言声?"方苞站在一旁听了半日，心中什么滋味全有。康熙待人，历来是儿子严于外戚，外戚严于侍卫，侍卫严于内臣，内臣严于外臣，他对此早就感觉到了。有时他感到康熙对儿子的冷酷超乎常情，难于理解。今日康熙借讲学问，对儿子们分别痛下针砭，方苞才知，这位年过花甲的"圣君"，真正爱的还是自己的儿子。爱而知其恶，怒而愿其争，较之常人似乎更深一层! 方苞心知康熙最赏识的是胤禛的回答。但胤禛的话顺了康熙盼子成器、孝悌敦睦的心，虽不无讨好的意思，也确是无懈可击。因见康熙问及自己，方苞小眼睛灼然一闪，说道:"四阿哥说的确乎有理。其实各位阿哥所见也都有独到之处。据臣看来，做人无论立品立学立功立德，最要紧的是讲究'慎独'二字，立于物欲之中，如能不欺心，先审己而后论事，心地才能纯洁正大，观事才能周详，循道而行，无往而不吉。万岁一边问，臣在旁一边想，其实大家都已说乏了，臣只好从空处发掘这点余意罢了。"

"你们听见了么? 这才是真谛所在!"康熙隔帘瞧见邢年带着胤礽到了澹宁居阶前，登时敛了笑容，睨了一眼儿子们，说道:"今日朕叫了胤礽来，请他给你们现身说法。"说罢手一摆，冷冰冰向外吩咐道:"既然来了，就进来吧。"

胤礽穿一身灰府绸夹袍跟着邢年进了殿。他身上还在发烧，仿佛不胜其寒似的瑟瑟发抖，见了康熙，痛苦地嗫嚅了一下，颓然伏倒在地，颤声说道:"罪臣……儿胤礽叩请皇阿玛金安……"他的出现立时吸引了所有人的目光，人们以诧异的神色看着这位已被废黜了七年的太子。他曾经高踞于一切朝臣之上，如今却沦落到这种狼狈的境地，都有说不出的怅惘和感慨。

"胤礽，"康熙没想到他真的病着，眼中闪过一丝柔和怜悯的光，但很快又消失得无影无踪，冷冷问道，"晓得朕为什么传你来么?"

胤礽怔了一下，叩头道:"儿臣不知。"康熙顿了一下，说道:"你因了几年，外头的事自然不知道。如今阿拉布坦的兵攻陷青海，准噶尔部大将策零率兵占领拉萨。原来你在位时安置了传尔丹、祁德里镇守阿尔泰，额鲁特守西安，朕原以为千妥万当，不料竟是一败涂地，片甲不还! 六万多人战死戈壁滩，令人思之心惊!"胤礽听康熙口气并不严厉，似乎是追究责任又似乎是咨询方略，难道这么快就有人保荐了自己？想着，忙叩头道：
"儿臣当初调这几个将军驻守西疆，因是他们都曾随飞扬古征讨过准噶尔，
西边的情形略熟悉些。其实传尔丹为人自大浮躁，额鲁特粗疏愚鲁，都不
是将才。只一时选不出人才勉强任命。今丧师辱君，都是儿子当初调度无
方，乞父皇重重降罪。既然当初因儿臣之过酿出今日之乱，求父皇开一线
之恩，允儿臣戴罪立功将兵出征，补过于万一。"

"你毛遂自荐，勇于承当责任，这原本很好。"康熙叹道，"可惜你去不
成。就因为举荐者非其人，被举者又太少了点光明正大！"胤礽心里咯噔一
下，一时揣摩不透康熙的话意，遂试探着道："儿臣以戴罪之身，闭门读书
七年，深知昔日之非。本意只愿终生面壁思过，在父皇庇佑之下安度天年。
但如今国家有事，主忧臣辱，半朽之木良工不弃，求皇上勿以昔日之非使
儿饮恨终生……"说至此，不知哪一句触动自己情肠，胤礽已是泪流满面。

康熙冷笑一声道："你未免太聪明。又装鬼又做钟馗，一个人就想演一
台戏！你一辈子吃亏就在于又不老实又无能！"他霍地跳起身来，抓过那张
白纸一下子甩到胤礽面前，厉声道："上书房大臣和你的弟弟们都在这里，
你大声点说，这是什么东西？"胤礽一见这纸，吓得几乎昏厥过去，伏在地
上浑身颤抖，豆大的汗珠滴落下来，却一句也回不出话来！

"用矾水写字，用计策送信，这心思，这能耐，你们谁会？谁能想得
出？"康熙凶狠地扫视着皇阿哥们，"使这种小人见识就想蒙过朕去？说什
么只愿面壁思过，怎么信里又说'囹圄望天，泣血泪干'？你想当良臣孝
子，朕巴都巴不得呢，又为什么施这种鬼蜮伎俩？"

"父皇！"胤礽心里又惊又悲，"儿臣实在无由自陈，不得已出此下
策……"

"放屁！"康熙"呸"地啐了一口，"你一言一动一饮一食，没有一件朕
不知道的！有奏陈不能叫内务府代转么？就你这样的见识，朕就把兵权给
你，你能称兵构难、夺了朕的基业？"胤礽吓得脸上毫无血色，连连顿首，
语不成声地道："儿臣没有这心思，儿臣岂敢……"

"你当然敢，你已经敢了！你若不敢，焉能有今日？"康熙怒吼道，"你
虽是庸夫，胆子并不小！"

众人此时全吓傻了，大殿被震得嗡嗡作响，全是康熙震怒的咆哮："你

以为朕出了个题目，叫'太甲放于桐宫'，又轮到你出来张翅了？告诉你，无论是谁，只要存了枭獍之心，在朕手里就没有日子过！朕虽精力不济了，心里清明着呢！"说至此，康熙粗重地喘了一口气，端起茶来呷了一口。张廷玉、马齐早吓得长跪在地。方苞虽略撑得住些，心头也是突突乱跳，好容易见是话缝儿，忙近前一躬道："主上，胤礽不过是笼中一鸟，何必动这么大的肝火？教训几句，还让他回去算了。"马齐也忙道："请皇上保重龙体。"一时，胤禛等皇阿哥也忙叩头为胤礽乞恩。胤䄉一边叩头，口中胡言道："也怨不得皇上生气，其实追根儿，都是传尔丹的不是……"

当下人声鼎沸乱糟糟的，胤䄉不过胡说八道混在里头打太平拳凑热闹儿。偏是十七阿哥胤礼有意出他的丑，待人静后方问道："方才十哥说父皇生气怨传尔丹，兄弟怎么就弄不明白？"

"传尔丹嘛……"胤䄉被他揭得一愣，瞪着眼想了半日，说道，"我听说他在阿尔泰乱杀蒙古人，挑起边衅又应付不了，叫人家包了饺子馅儿，朝廷还得给他赐谥号。他要不激恼了阿拉布坦，哪有今日这事？"众人见他满口胡言要笑又不敢。胤礼却装作不懂，问道："莫不成叫蒙古人多杀几个八旗子弟，占了青藏再占中原，我朝被杀得尸横遍野，父皇就不生气了？"

此时人声渐稀，弟兄二人拌嘴大家都听得清清楚楚，想笑又不敢。康熙气得脸色铁青，大吼一声："来人！"

德楞泰、张五哥、刘铁成一干侍卫忙上前答应一声："在！"

"把这两个畜生拽出去，每人二十藤条，狠狠打！"

"喳……"

三个侍卫对视一眼，因见无人出面讨情，只好把胤䄉和胤礼架了出去。一时便听到外头噼噼啪啪的藤条声。

"方苞说得对，你不过是一只笼中鸟。"康熙见众人无不面色惨白，毛骨悚然地偷觑自己，冷酷地一笑道，"大约这笼子是金丝所编，所以你胤礽还存着些非分之想。朕本想今日杀了你，又怕人说虎毒不食子。你死罪可免，活罪难恕。你不能住在咸安宫，因为这里'安'不住你的心。所以，将你移到上驷院——邢年呢？"

"奴才在！"

"带他去吧！"

　　众人都散去了。康熙留住了方苞，问道："今日这事，朕处置得如何？"
"皇上打骡子惊马，用心极善。"方苞叹道，"至于马惊不惊，臣不敢断言。"
康熙被他一语道中心思，目光霍地一跳，沉思半晌才道："不谈这事了。明
日你进来，叫上张廷玉，朕有密谕给你们。"

　　"胤礽在病中。"方苞道，"皇上不宜处分过重。"

　　康熙略带心酸地一笑："不要紧。上驷院其实并不坏。咸安宫到底是
宫，这名字容易叫他想入非非。就是别人，朕也不要他们惊得筋软骨酥，
只要知道朕这个驭手不好惹的就成了。左右是左右，谁叫朕养出这么一群
孽障呢？"

第四十六回　悲前景穷庐抚琴弦
　　　　　　议继统深宫论遗诏

　　因惦着康熙有密谕，方苞起了个大早，坐一乘青布小轿赶往畅春园。待到园门口，却见张廷玉已经候在那里。方苞下了轿，看看满天星斗，吸了一口清冽的寒气，笑谓张廷玉："我以为我今日必定占先了，想不到你比我起得还早。"

　　两个人正有一搭没一搭嗑着闲话，见里头两盏西瓜灯晃悠悠地出来。定睛看时，却是侍卫张五哥，张廷玉忙上前问道："五哥，你巡夜么？晓得不晓得皇上召见方先生和我？"

　　"你们已经来了！"张五哥笑道："我是奉旨专候的。跟我进来吧！"

　　张方二人跟着张五哥沿着花洞过去，见澹宁居黑魆魆地矗在远处，却没有过去，顺着殿东石栏桥向北而去，两个人也不敢问，只跟着七拐八弯地往前走。

　　"到了。"张五哥舒了一口气站住脚，"就在这个小院里。这是宫中之宫，园中之园，我也只能到这里，前头是武丹大人管的御苑。"说罢便自去了。

　　方苞和张廷玉惊讶地对视一眼，张廷玉兼着领侍卫内大臣，竟也不知宫中还有这个禁地！此时天色渐明，两个人却如在梦里，抬头看时，只见这里的房舍矮小，茅屋纸窗，院中种着松柏桧竹，青幽幽碧沉沉，柏墙上结满柏籽，迎面门额上白底黑字，写着"穷庐"二字，院中上房亮着灯，隐隐传来幽冷的琴声，两个太监迎出来，打了个千儿，将手一让，示意他们进去。

　　"皇上已经驾临了么？"

　　张廷玉一边跨进，一边问。两个太监却不回话，只低头在前面带路，到阶前自躬身退下。方苞见两边超手游廊下太监来来往往，脚步轻捷，一声言语没有，只用手势互相招呼。二人正诧异间，正房里琴声又响，勾抹挑拨十分缓慢，有人低吟道：

> 茗冷烟消兮怅对讲筵，
> 台榭寂寞兮衰草陌阡。
> 羽毛凋零兮仰首问天！
> 何为流年如梭兮斯世苦短？
> 千古英豪兮陵阙黯淡，
> 西风残照兮游子留连！

正是康熙雄浑苍老的声气。方苞不禁热泪盈眶，正俯仰不能自制，却听张廷玉哽咽着轻声道："古来耄耋天子指不胜屈，皇上春秋鼎盛之年，何以自伤，作此悲凉之语？"

"是廷玉和方苞么？"康熙停了琴，微叹道，"进来吧。"

两个人答应着进来，却见康熙端坐在木榻上，一炷御烟飘散着幽香，一张古琴横在膝前，眼神中带着忧郁，却并无悲戚之感。见他们进来，康熙一边吩咐免礼，口中道："音无哀乐，随心感应而已，朕并不伤感，是你二位自己有心事罢了。"

"皇上不该起得这么早，"方苞说道，"就是睡不着，躺着养养神也是好的。"康熙淡然一笑，说道："朕倒真有点怕死，既然儿子们不孝，自己再不善养自己，怕不早早儿去见列祖列宗？"

张廷玉料是昨日的事，康熙的气还没有平，遂道："据臣所见，谋逆篡位的心思，阿哥们都是没有的。二阿哥久幽思动，亦是人之常情，皇上昨日已经警戒了他们，不必再生气了。"

"朕不是生气，是无可奈何。"康熙的声音似乎从很远的地方传来，却又十分清晰。"雍亲王劝朕，让大阿哥、二阿哥、十三阿哥都松动一下，朕原也有此意。只你们看看这情势，朕敢轻易放他们！胤禛、胤禩、胤禵，只怕还有胤禊、胤禟，都想带兵出征。放在二十年前，朕欢喜还来不及呢！如今你就看不透他们的心！告诉你们，朕一点也不怕陈桥兵变。怕的是他们糟蹋祖上传下的基业。十个阿拉布坦朕也不怕，只要有土谢图台吉策应一下，他就要完蛋。怕的是季孙之祸在萧墙之内呀！"

张廷玉道："皇上将阿拉布坦富八城地域分给土谢图台吉一半，庙算高明啊！""也没什么高明。"康熙把琴放在一旁，活动了一下身子，"当时朕就说了，这是空头人情，要看他自己的本事。土谢图台吉还是有忠心的，说起来，他还是胤祥的嫡亲表弟呢！"

"既然如此，"方苞低头想了想，说道，"皇上何不赦了胤祥，索性人情做得大一点？反正胤祥也没有大过错！""你哪里知道胤祥！"康熙说道，"他不同别人。要是五阿哥，朕早就撒开手了！胤祥有点像胤禵，倔强胆大，争胜好强，既然没福承位，就得好好磨磨性子：防着他日后捅马蜂窝。那时没了朕，谁能护得他周全？"

方苞用难以置信的目光盯着康熙，半晌才道："臣愚昧，万岁囚禁十三阿哥，原来并非惩罚，竟是护他？既说十四阿哥也是这样，皇上何不一例处置！"

"你问得好。"康熙眼中闪过一丝狡黠的笑容，"不过朕说的是'有点像'，并没说一样。也正为喀尔喀蒙古是胤祥外婆家，所以不宜用十三阿哥。倒是十四阿哥出去，只怕还稳当些！"方苞一直纳闷，为什么不放胤祥，原来竟是怕他争这个兵权！方苞心有灵犀，顿时如醍醐灌顶：阿哥争位如此激烈，设如让胤祥前往青海，与喀尔喀外婆家联兵，万一京中有变动，那可真是……想着，方苞的脸色变得苍白了：帝王心术真令人可畏呀！康熙见张廷玉发呆，遂冷冷说道，"假若不在这个地方，不是你两个这样的人，这话朕是断不肯讲的。谅你们已经知道了朕的苦心，但你们不能说破了，说破了对谁都没有好处。朕召你们到这里，不为这个。朕想问问你们对朕这些儿子有何看法。这地方极为机密，无论对与错，朕绝不降罪——朕要打一打遗诏的腹稿。"

张廷玉和方苞惊得面如土色，"扑通"一声一齐长跪在地！方苞脸颊急速抽搐几下，叩头道："主上，你说的什么话！臣期期以为不可！"张廷玉也连连叩头道："方苞奏的是！万岁方过耳顺之年，体魄强健，圣寿正绵绵无期！"

"不要持俗人之见嘛！"康熙平静地说道，"你们还坐着，听朕说。大凡帝王无论庸主英主，都忌讳这个'死'字。清醒之际不想后事，临危之时，人已经昏迷不省人事，才叫子孙寻个大臣，任意撰写遗命，语气不是本人语气，说的话也不是本人想说的，何其可悲！你们都是学穷天下的才士，想想看，这种事少吗？"

这种事当然太多了。两个人却都不敢回话，只默默不语。

"既然活着不立太子，就不能不在'死'上多盘算盘算。"康熙沉重地点点头，叹道，"都怕死，其实谁也不能长生不老。从秦皇、汉武到嘉靖、万历概莫能外。朕不能学他们！朕两废太子，心劳日拙，已经说不上什么强健了。臣工们不敢说，朕自己知道，老病已至，无常渐近。朕坐着听臣工奏事，时候略长些，就头晕手颤，观瞻不雅……"康熙神情镇静自若，但张、方二人早已听得心旌摇荡、不胜悲凄，泪水在眼眶里直转。康熙却不理会，侃侃说道："朕已经想定了，这遗诏要分成两层来写，立继位人是一层，无须多说，更要紧的一层，得趁着心明神爽的时候儿，把生平所为所思，披肝沥胆昭示子孙，为子孙治事垂训。所以要多说些话，用随笔的办法一条一条说清楚。不能等到不中用的时候写个条子、指个继位人完事儿！"

张廷玉流涕说道："皇上推心置腹待臣，臣岂敢畏惧不言？据臣素日看，皇阿哥里边才德可追踪皇上后尘的，似乎三阿哥和八阿哥最好。三阿哥欠缺的是治事之才，少了点历练；八阿哥嘛，似乎对人过于迁就了一点，人的毛病儿还真说不上来。"

"你看呢？"康熙转脸问方苞。

"学问，阿哥们都不含糊。"方苞斟酌着词句说道，"但最要紧的是察情识物，机断处事。唐之明皇，明之嘉靖，学问都极好，其实都把事情办坏了。从当今朝局看，若是八阿哥接位，事事无碍，人心易稳，决不至于出乱子。但八阿哥只是学了皇上风度、仪表，为人之道，并没有学到皇上为君之道。所以无论三阿哥，八阿哥，臣以为都不足取。"

他说得虽委婉，康熙却听出弦外之音，两个阿哥都没有学到康熙为君之道的精髓。康熙道："你们只管说，像这样毫无遮掩最好。"

"臣揣度皇上意思，"张廷玉沉吟道，"这次要起用十四阿哥。但十四阿哥是八阿哥左右的人。胤禵爽直敢为，机敏干练是个好的。这几年整兵筹饷，极见成效。但其为人处事，总透着过于胆大，不可不虑。"

"你不要揣摩朕的意思。朕没有什么'意思'，"康熙微笑道，"你只管说。"张廷玉咽了一口唾沫，躬身道："是。十四阿哥实有不足之处。与之相比，十三阿哥似更好些。但十三阿哥仿佛无自立之力，主一方，治一事，是个好臣子，再大的担子，恐难以胜任。"

方苞道："廷玉所见很透彻。臣以为四阿哥也该说说。四阿哥为人诚孝，是阿哥里头办差历事最多的。事无巨细，都极认真。自立心极强所以不轻易攀附别人。但其性格坚如铁石。由于过分认真，就落了个阴鸷刻薄的名儿，也不能说不是一病。"

接着，二人又议论了胤祹、胤祯甚至胤礼。说了足有小半个时辰。康熙因见早膳时辰已到，便传了点心来，赐二人一起进餐，舒了一口气道："说了半日，都有好处，都有不是，到底谁最好，可以把这花花江山交给他呢？"

张廷玉见康熙毫无遮掩地促膝交心，放了胆说道："臣以为十四爷和四爷最好。"

"是么？"康熙拈一块云糕，漫不经心地嚼着，笑道，"这是一母同胞，闹到一起了。朕倒以为胤禩也不无可取呢！"

方苞欠身说道："恕臣直言。方才已经说过，八爷品貌才学气度，在皇子里确是出类拔萃的，性格宽仁平缓，很像皇上。连外国使臣也说八爷是奇人。大家正是瞧准了这一点，所以众口一辞地举荐他。但如今天下承平日久，物富民殷，已二十余年不动兵戈，文恬武嬉，积弊甚多。极需整顿，八爷似乎难以胜任。"

"诚如方苞所言！"张廷玉接口说道，"因此继统之人，一定要精明强悍，能矫正时弊！一是能洞悉今日吏治民情物议；二是毅力坚强足以克难攻坚！臣冷眼旁观，皇上所不中意八阿哥者，其因正在于此！"

他话未说完，康熙已激动得站起身来，靴声橐橐来回踱步。良久，方仰天一叹道："你等所言极是，多难兴邦，朕要个守成庸主来接位做什么？什么叫肖子，什么叫不肖子，不是看他走路吃饭说话为人，最要紧的是能不能把江山治好！你们想想，朕已经过于宽仁，胤禩比朕还'宽仁'；朕已经过于放纵下头，他比朕还放纵，数十年后怎么得了？须知朕当年不是这样的！朕这个太平天子，是经过了多少磨难、一刀一枪、一滴血一行泪苦苦挣来的！各人功名自家挣，好儿不靠父母养，得之容易，弃之就不惜。朕决意不传胤禩，就是为了这！"

"万岁圣明！"方苞索性说道，"臣以为胤禛、胤禵二人之中，必有一人是朝阳鸣凤！"康熙眼中波光一闪，刹那间又变得若无其事，笑道："天无二日，民无二主，皇帝只能有一个。你们看哪个更好？"

直到此时，二人才吃惊地感到，今天的话是否说得太多了，太直了。张廷玉正寻思如何答对，却听方苞笑道："哪个更好，圣上问得太陡然，臣从来也没想过。若论臣道，今日我和廷玉讲的都越分非礼了。这是主上乾纲独断的事，承蒙圣上垂询，臣子也不该妄言。但臣以布衣之身，受到主上亘古未有的恩宠，不能照常情回避。此二皇子，若皇上已有定见，也就罢了；若心有犹疑，臣有一法为皇上决之！"

"什么法？"康熙的目光陡地变得咄咄逼人。

"看皇孙！"方苞冷然说道，"有一个好皇孙，可保大清三代盛世！"

康熙猛地想起在热河行猎时见过的弘历。康熙以手加额，刚要说："朕得之矣！"却止住了，格格一笑说道，"方苞，你这一句话值万两黄金！有道是智过圣哲者不寿，察见渊鱼者不祥，你可得小心着点！朕看，你不必在上书房办差了。每日到这里来，这里有的是珍版秘籍，无事你就读书，有事朕就寻你，专一润色朕的遗诏。只有一条得留心，结交外人要缜密。不然，朕虽爱你，也无法回护了。"

"万岁！"方苞不禁愕然，他万万没想到康熙把这么要紧的机密要务交给自己专办，慌得心头乱跳，忙道，"臣才力绵薄，恐难当此重任！"张廷玉暗暗舒了一口气，想道：这个烫死人的红炭团儿总算没塞到自己怀里。

康熙踱至窗前，推开隔扇，怔怔地望着外面，半晌方叹道："悲哉秋之为气，宋玉不是无病呻吟啊！园中眼见红瘦绿稀，来年枝头再发新芽，就又是一番风光了！"说罢，踱回身来，深沉的目光注视着惶惑不安的方苞和张廷玉。阴郁地说道："张廷玉，你的干系更大！方苞帮着写遗诏，你却要保管好，一步走错，九族受祸，你明白么？"

"奴才明白！"张廷玉脸色雪白，扑通一声伏地叩头，"奴才没有别的长处，事君惟忠惟谨，尚可自信。奴才以自家性命担保！"

康熙摆手命他起来，冷峻的脸上像挂了一层霜，说道："保全朕的令名，即是保全大清社稷江山，实在非同小可！自今日起，你们自身也处于危疑之中，朕自然也要保全你们。不得已时，恐怕还要做些非常措施。现在说也无益，你们只记住了这句话就是了。"

"喳！"张廷玉、方苞凛然一颤，躬身答道。两个人此时已经汗湿内衣。

康熙当下又交代了几句细务，说道："你们两个在此谈谈，有什么补阙之处随后密奏朕。"遂撇了二人，自出了"穷庐"随步踱回澹宁居。却见是刘铁成在殿前当值，李德全、邢年站在月洞门口迎候，旁边还站着何柱儿，康熙便问："何柱儿，你进来了？有什么事情？"

"奴才给主子请安！"何柱儿叩了头，起身又打了个千儿，小心翼翼说道，"八阿哥审了时气，身上热得滚烫，从昨晚到现在水米不进，一个劲儿说胡话……八福晋打发奴才进来，代八阿哥给主子请安，说是怕八爷有个意外，想请主子得便儿能去见见面儿。八爷昏热中直叫万岁，奴才瞧着也是怪可怜的……"康熙仰着脸想想，问道："太医看了吗，说是什么症候？"何柱儿道："说是疟疾。一会儿冷一会儿热，折腾了两天两夜。八福晋说……"

康熙晓得这个"八福晋"，是蒙古科尔沁王的独生娇女，又是太皇太后的重外孙女，为人很刁悍。料想这女人必是乘八阿哥犯病，打发何柱儿进来，明是请安，暗是试探自己态度，顺便给自己塞苍蝇吃，遂冷笑道："你回去禀告你那福晋，朕这两天身子也不爽，过几日能走动了，一定去瞧八阿哥。放心，手心手背都是肉，朕没个不疼他的理。既知是打摆子，断然不妨事，不要慌张。人吃五谷杂粮。谁不生病？叫他安心静养些日子，病不好利落，不必过来请安，其余阿哥，也不必你来我往地去看，邢年，待会儿你传旨药房，给廉亲王送些金鸡纳霜。"说罢一点头，带着众人进去了。

眼瞧着李德全、邢年一干人威威势势簇拥着康熙远去，何柱儿怔怔站着，心里真是又羡、又妒、又恨、又悔。

第四十七回　安钉子胤禩费苦心
　　　　　　说储位胤禵假推让

　　过了九九重阳节，胤禩的病终于见好，久病之下身体虚弱，脸色苍白，越发显得弱不胜衣。康熙虽然每隔几日都叫人送药送食，但却始终没有亲临廉王府看望胤禩。其实，胤禩虽病，心里清亮，阿哥们开府封王之后，就是臣，臣工患病皇帝探视那是有规矩的，只要不是病入膏肓，没有亲临视疾的例。八福晋借故给康熙出难题，他没有拦。在他想来，按父子之情，康熙该来，但只要一来，朝臣们立时就会觉得八阿哥"重邀帝宠"，这个名声极好；康熙不来，那么就更显得他这个做父亲的薄情寡义。因此，无论谁来看望，病榻上的胤禩都要说几句皇恩高厚的话，如何关爱，怎样体贴，自己怎样思念"风烛残年"的皇阿玛。谁听了谁都要感伤落泪，因此，胤禩的声望反而越发高了。

　　昨日内务府老赵传信来，说上书房马齐和张廷玉把礼部的人叫去，整整商议了一日，大约令十四爷出征青海的旨意快要下来了。胤禩在榻上再也躺不住了，趿了鞋，散穿一件玄色鼠皮夹袍踱出来。慢慢在西花园半月池旁转悠。是时已是深秋，一阵西风扫过，满园殷红的枯叶翩翩起舞，一泓秋水涟漪拍岸，水中的浮萍摇曳不定，久在病室床褥上的胤禩怅然若失，真有恍若隔世之感。

　　"八爷！"身后忽然有人轻声唤道。

　　胤禩回头看时，却是王鸿绪和阿灵阿，旁边还有一个人，却是侍卫服色，细看时竟是鄂伦岱回京来了！胤禩惊讶地说道："你是进京述职的吧？"鄂伦岱几年不见，还是老样子，只是辫子苍白了些，抢上几步深深扎了个千儿，说道："我奉旨进京，还没见着皇上，不知道是什么事。"胤禩点点头，将手一让，一边往回折，一边问道："在奉天还过得惯么？"

　　"惯个屎！"鄂伦岱啐了一口，扶着胤禩慢慢走着，说道，"跟着张玉祥为副将会有什么好？他不过在乌兰布通打了一仗，这就傲得像开国元勋似的！汉人哪，没他娘个好玩意儿！"他说走了嘴，回头一见王鸿绪抿嘴儿笑，忙加了一句，"——除了老王！"

几个人不禁失声大笑。王鸿绪也不理会，说道："八爷越发大胆了，久病初愈，就敢在风地里转！"胤祺笑道："出来看看这天地山水，真令人万虑皆空……"阿灵阿叹道："是啊！人生繁华世界，角逐名利场上，回头想想实在无味，不如悠游山水之间，做个闲人，没得辜负了这碧云天，黄叶地。"

"庄子所谓巧者劳，智者忧，无所事者无所求，蔬食而遨游，泛若不系之舟……确实令人羡煞！"胤祺漫不经心地说着，又问，"你们怎么碰到一起的，倒巧！"阿灵阿道："不但我们，九爷、十爷、十四爷都在花厅等着呢！"胤祺诧异道："有什么事么？"

阿灵阿道："十四爷已经得了实信儿，他要出征。恐怕圣旨一下，再来往就不方便了，所以约了九爷、十爷一道来看看您。"

"唔。"胤祺目光幽幽一闪，"什么位号？"

"大将军王！"阿灵阿兴奋地说道。

"大将军王，"胤祺站住了脚。望着远处的云默默沉思，突然"噗嗤"一笑，说道，"这个位号闻所未闻，太含糊了些——十四弟这几年埋头苦干，励精图治，难道比不上老四？统兵亲王出任大将军之职，何等顺理成章！"说罢又移步前行。半晌，才说道："难为圣上一片苦心——鄂伦岱，我知道圣上召你来京做什么了。"

"做什么？"鄂伦岱松开了胤祺手臂。

"叫你从军出征！"

"我不去！"

"你要去！"胤祺倏然转身，紧紧盯着鄂伦岱，"不但一定要去，而且得高高兴兴地去！"鄂伦岱道："我这次见皇上。很想诉诉苦情。我不过责罚了张五哥，小事一桩，就打我下阴曹地府一辈子？"胤祺冷笑一声，说道："诉有什么用处？要我是你，我就慷慨陈词，请缨前敌。这才是大丈夫！人挪活树挪死，张五哥、德楞泰、刘铁成如今都是一等虾，背地里还压着武丹这个老棺材瓢子，你挤到里头有什么出息？内务府又是胤禛一手抓，瞪大着眼挑人的毛病儿，这个日子好过？还是到前头一刀一枪挣个封疆大吏的好？有我们几个在北京，叙功时谁敢叫你吃亏？"

他绝口不提胤禩，精明的王鸿绪立时悟出其中玄奥，也附和道："老鄂，你别犯糊涂，我是个措大，手无缚鸡之力，我还想去呢！顶头上司是十四爷，一人之下万人之上，又是以强击弱，胜券在握，挣个一品红顶子有什么难处？"

"鄂兄，"胤禩忽然变了口气，诚挚地说道，"你虽比我大几岁，其实我们是一块长大的。阿布兰、凌普，你和我，从小一处捉蝈蝈斗蛐蛐儿，面上有名分，骨子里我从没拿你当奴才。你读书阅世不多，得听我劝。一是要好好做事立功；二是照应好十四弟。他年轻冒失，有事情商议着，我也放心了。阿布兰已经在军中，你们凑一起，也不寂寞……"

这番话说得异常恳切，鄂伦岱不能不买账了，点头道："我不是怕死，是争个公道！八爷处处替我着想：我在张玉祥那里，逢年过节派人去送东西，安慰我，我要不听八爷的，还是个人么？我去！好好儿给八爷争一口气！"

片刻之间，胤禩挥洒自如地把一个钉子埋在胤禵身边。王鸿绪不由向胤禩投去敬佩的目光，却不敢说一句露骨的话。阿灵阿也是伶俐人，却不及王鸿绪心眼多，心领神会地说道："去吧去吧！那里的兵有一多半是八爷旗下的。你再去了，也真和八爷在那差不多了。"胤禩听了皱了皱眉没言语：这人把自己的心思猜得太透了。

四个人趔过半月池，沿石板桥走着，远远便听西花厅胤禟说话："虽说是假王，到底是王。不怕你寒碜，你上头的好几个哥哥都还没封王呢，再说老四已经是亲王，你也进亲王，德主儿在宫里也不安，这都是万岁的好心思……"廊下站着调鹦鹉的胤祯一眼见他们几个过来，拍手儿笑道："八哥！前儿见你还要死不得活的，今儿却精神大振！女要俏一身孝，男要俏一身皂，真个一点不假！"屋里正说话的胤禵也忙迎出来，向胤禩一揖，笑道："久违了！一向差使忙，八哥病着只来了两三回。我这一出去，不知何时能回，又惦记着你的病，眼瞧着你大安了，也就放心了。"

"倒叫你挂心了。"胤禩一边与众人谦让入室，稳稳重重坐了主席，笑道，"有几个小人，早就盼着我死，偏偏阎王爷不收我，有什么法子？"便命人布茶安座，黑瞋瞋的瞳仁温和地注视着胤禵，问道："已经接到诏旨了么？"

胤禵低头吹了吹茶杯里的浮茶，说道："皇上在雨窗书房召见了我，明说叫我带兵出去。这是国家大事，礼部正筹办授印仪节，明日遣四哥代皇上告庙，告奉先殿，送我出天安门就算礼成。"胤禟在旁说道："方才没有问及，阿玛面授机宜，想必已经庙算无遗，都是些什么方略？"胤禵却没有答话，出了一阵子神，笑道："其实说破了毫无玄奥。皇上叫我在西宁阅兵，盛陈威仪，然后命军入藏，赶走策零军，接着下诏命阿拉布坦称臣入贡，视其反正与否再作道理。"

"这算什么方略？"胤礻我一哂说道，"策零蕞尔小丑，孤军深入，你在西宁跺跺脚，他还不吓得屁滚尿流蹿回准噶尔？打仗的事能像麦地里逮兔子，吆喝几声吓跑完事儿？"

胤礻我虽呆，这几句话说得入木三分，这一战，康熙的法子确实只是敲山镇虎的意思。胤禟因道："想不到老十也有这份伶俐心思！"

"你们哪里知道阿玛的真意！"胤禩叹道，"他要的是安邦定边！以皇上神圣文武，三次亲征，尚且不能全然歼灭，凭我们这些阿哥就想一劳永逸灭此朝食？西北不比东南，有大海相隔，你撑得紧了，他跑得远远的，甚或投靠罗刹国，你退回来，他仍回来作乱骚扰。我倒赞同皇上这个机宜，我虽不懂兵法。却知道攻心为上，攻城为下。以抚为主还是对的。所以十四弟，这件事你不可违旨，你年轻性傲，又懂兵法，不要想着将在外君命有所不受，就轻举妄动！"

胤禩侃侃而言，譬喻详明，辞意十分诚恳，众人无不心服。王鸿绪不由叹道："姜还是老的辣。我也佩服得五体投地。西北的事已不同于噶尔丹执政时的情形，噶尔丹是要裂土称国，阿拉布坦只是不安分，嫌地盘少。这是政治，当然以政治为主对之！皇上若是对阿哥们也这么圣明，我王鸿绪真是无话可说了！"

"兄弟明白了。"胤禵肃然说道。其实在雨窗书房，这些话康熙都说过，胤禩竟与康熙不谋而合。因见众人缄口不语，胤禵知道是因王鸿绪说了康熙对阿哥们的处置"不圣明"，便道："方才鸿绪讲阿哥的话，我还吃不准。文王拘而演周易，焉知皇上心里怎样想八哥？——如今八哥受挫磨，未必就真的不见爱八哥!"

胤祯身子向前一倾,说道:"老十四,你说天书么?我不明白你的意思。"

"我不是捕风捉影。"胤禵扫了一眼众人,"老大、老二坏了事儿,老三、老四封亲王,这不奇怪。偏偏隔过五阿哥、七阿哥,八哥又是亲王!这不怪么?我总看皇上发作八哥,雷声大雨点小,恨得好似一个窝心脚要踢死八哥,却只不肯踢!像十三弟,一丁点的错儿,就拘了七八年,要真恨八哥,那还不早打进十八层地狱了?如今八哥亲王照做,俸禄照领,病了又时常赐医赏药。明知我和八哥是'一党',偏叫我先熟悉兵部事务,再命我为将出征,这又是什么意思?近来我常想:也许我们压根就看错了皇上!"

这话句句入情入理,众人都听呆了,胤禟、胤祯不安地对望一眼,一齐把目光瞥向胤禩,心里暗道:莫不成八哥对十四弟太多疑了?胤禩听得脸色苍白,毫无血色,良久才道:"十四弟,不要旧话重提,我怕听这些个!昔年张德明说的什么白气紫气,这会子早就烟消云散了。你,老九、老十我们四个,知心换命,换了旁的时候,旁的人,我宁死不说这话——我看这帝王之份,非你莫属!"说罢起身一揖。

"皮之不存,毛将焉附?"胤禵惊慌地起身双手摆着却步说道,"我的见识、度量、才学,无论哪一样也比不上八哥!小时候在毓庆宫读书,我就仰慕班超,还给八哥说过,做个大将军立功万里之外,即使马革裹尸也甘之如饴!如今夙愿已足,要生出别样的心思,那天也不容我!你们万万不要这样想,不然我在前头也打不好仗!皇上若真的属意于我,岂肯叫我到阵前血战,身临不测之地?"

胤禩向前又是一揖,说道:"这些话我早就想讲了,你要远行,不能不说清楚。皮之不存毛将焉附不假,但自今而后,我心里自任是毛,你是皮,所以你得保重!"

"八爷说的是真话!"阿灵阿凛然说道,"这话八爷前年就悄悄说了,有十四爷为主,他只愿做个贤王,为国之柱石。"胤祯并不明白他们是在斗心思,一拍桌子说道:"我们早就有约,我们几个无论谁能承嗣,为君者仁,为臣者忠!这是怎么了,推来让去的?你也不做,他也不做,让给老三、老四么？"胤禵说道："十哥别混说，这不是小事，我远在万里之外，后头不能乱了阵脚！"

胤禟理了一下袍子，将发辫向后一撩，开口说道："听我说，你们都安坐！谁来继位，如今只有天知道。都是龙子凤孙，难说谁有份。我们只要一条心，还是维持我们的原议，大约这件事别人难争。……不过据我看，皇上如今措置，是有意于十四弟。"胤禟闲适地用碗盖轻轻拨着浮茶，就越显得城府在胸："如今父皇年高体弱，近些年在调处侍卫上下这么大功夫，可见他心虚无力，只求平安寿终天年。阿哥里边勾心斗角，夺嫡日烈，放眼一望人尽可疑，北京不是安闲之地！昔日刘表家事不和，其子避而出走，晋之重耳在外而安，申生在内而危。若换了我，我也会想，将承统之人授以兵权，统兵在外，一旦不讳，一纸诏书通告天下，嗯，十四弟你率兵还都，谁敢抗衡？"

这几句话如天籁之鼓，字字震撼人心，西花厅一时变得鸦雀无声！胤禵心头怦然而动，环视众人，俱都脸色庄重地看自己，正要开口"反驳"，忽然何柱儿走来，向胤禵打千儿行礼道："十四爷，贵府张斌骑着快马来，说礼部尤明堂大人在家里坐等，到南苑演礼，请十四爷火速前去。还有鄂伦岱军门，也一同去！"

"没有辰光多说了。"胤禵起身说道，"我还是那个话：我总归不负八哥！兄弟一受命为将，绝不能爱惜身家性命，定必为朝廷立功，为八哥争气争脸！此一去山高路远，相会无期，京师风云变幻，祸福不定，诸位善自保重！——若有事变或父皇不安，好歹要传个急信给我！"说罢，眼圈儿便红红的。

"拿酒来！"胤禩起身道，"为十四弟壮行，我们满饮一杯！——何柱儿，你叫库上寻出圣上赐我的金丝牛皮软甲，用快马送十四爷府！"

满屋的人"嗯"地都立起身来。

果然，第二日朝命颁下：大将军王胤禵即日受印出征。胤禩接到谕旨，忙穿礼服，刚要出去，却见胤禟笑嘻嘻进来，一身团龙袍褂，红宝石顶子盘两层金龙，饰着十颗东珠，煞是精神。胤禩问道："你怎么到我这里了？何苦叫那些小人指我们脊梁骨儿。"

"时辰还早呢！"胤禟坐了笑道，"我不来，人家就不说咱们是一事的了？你老八，我老九，一会儿排班，仍旧得站到一处。"胤禩方道："那就并辔而行吧——我瞧着你像是很高兴？"

胤禟点点头，跟着胤禩出门，前呼后拥二人上马，入东直门进城。胤禟笑道："八哥，你府里邹治平暗通四哥，去年你打发了他庄子上去。我原以为四哥府里是铁桶江山，滴水不漏，不想也有贪财卖主的！他一接内务府的差事，立即探望了胤祥，还悄悄叫张五哥去探了一回，你知道么？"

"知道。"胤禩微微一笑，这会子人多，他不愿详谈，只说了句，"种瓜得瓜，种豆得豆，种蒺藜者自然得刺！只是你我不便出面，叫老十见见他。只可赏东西，宁可厚一点，不许说四哥半个不字！你明白么？"胤禟眼睛怔怔望着远处，轻声道："这自然。我是愈来愈有信心了。不管老十四怎么想，北京绝无意外。万事俱备，静等东风传佳音了。"

这句奇怪的话两个人心里都有数。老十四这一去，他经管兵部网络的人都要归到廉亲王麾下。胤禵若忠心，那什么也不必说。若有异心，身边左有阿兰布，右有鄂伦岱，兵士有一半是正蓝旗下，家属都在关内，生死存亡操于胤禩之手，怎么会跟着反叛？待他皇帝梦做醒，北京已是生米做成熟饭了！两个人在马上扯些闲话，已过正阳门，眼见文武百官一个个结束得齐齐整整，雁翅般排在金水桥东西两侧。东长安街上是三千从征铁甲军，各自站了方队，威风凛凛精神抖擞地等候大将军王出紫禁城。八十面龙旗在风中猎猎作响，好不气派！两兄弟在正阳门内下马，早有礼部司官过来带着他们直趋金水桥东侧，依班侍候。

巳时正牌，天安门正门哗然洞开。李德全手捧黄绫袱面诏旨，几十个太监簇拥着出来，执鞭太监"啪啪啪"连甩三声静鞭，接着黄钟大吕乐声顿起。礼炮一声接一声，几百名太监擎着明黄龙旗，御林军统领隆科多指挥着仪仗，举着金瓜、钺斧、金镫、银枪……中间拥着十四阿哥胤禵骑马出城，款款下马。后头紧跟着的掌印将军却是鄂伦岱，一手怀抱大令旗，一手举着金黄耀目四寸见方的大将军王印。此时百官们已是看得目瞪口呆，须臾，鼓乐变奏中和韶乐，金水桥北站着的畅音阁供奉们口中唱道：

维文武略，勋业悠崇。钦承睿算，往征不恭。扇仁风，在师中。

月三捷，奏肤功……

吟唱声中，已见康熙金辂车驾出来，由三十六名太监推着，圆盖上垂着明黄璎珞，下头是方轸，四周衔着黄金圆板，前后各十二面大旗拥围，过了金水桥，康熙方缓缓从车上沿梯而下，天安门前立时山呼海啸般响起"万岁，万岁"的呼声。

"万岁！"守在旁边的胤禵闪出来，向康熙行了三跪九叩大礼，奏道，"再远送，非人子臣下所宜当。请万岁留步，儿臣一去，万岁可以安枕高卧，静候佳音！"

不知是激动还是不安，胤禵的声音多少有点发颤。康熙一时没有说话，风吹得他苍白的发辫时时撩起。胤禵忽然觉得，父亲已是老态龙钟了。康熙略一顿，抬手叫起，说道："该说的都说了，你要好自为之，军情大事，飞马报朕知道。不要思念朕，只要你军事顺手，朕必是高兴的。"胤禵听了叩头领命，起身时已是泪湿袍襟，向鄂伦岱怀中双手取过令旗，移步向南，轻轻地一挥，立时，军中大炮轰鸣震天价响起。三军将士齐声高唱御制凯歌：

> 偏师重进取凶残，熊蹲虎踞一当千。
> 如山军势原难撼，丑类空教倒戟旋……
> 万古冰山雪巘闲，尽教职贡附朝班。
> 落梅何处春风笛，一路筠冲接玉关！

一边唱，三千旗甲鲜明的大将军王近卫军已缓缓出动。胤禛在人群里看时，胤祉泰然自若地站着，胤禔不知在想什么，神色似乎有点怅惘。忽又瞧见年羹尧，穿着锦鸡九蟒五爪补服，站在班里朝这边看，心里一动，忙闪开眼去。

第四十八回　年羹尧二心遭严斥
　　　　　　雍亲王沽名苦奉迎

　　十万大军西出阳关，仿佛一根棍子搅动了一潭死水，北京的六部立刻忙碌起来。不兴兵不打仗，太平加粉饰，什么打紧的事都能从容去做。兵马一动，各处毛病顿时显露出来。胤禵一到陕西，立即飞羽呈报朝廷，那边已经水结薄冰，严霜遍地，要户部火速发十万件冬衣。胤禛带马齐一同去查看库房，库里的棉花、布匹堆得山一样，絮衣也有的是，但抬出来一晾风，手一拈就破。胤禛吃惊之余，赶忙到兵部武库查看兵器，也是一般情形，一箱箱的火药都受了潮，兵器因涂了油倒还锃明耀眼，但枪杆、刀把、箭镞却都糟朽不堪使用。陕西、甘肃接着又报称，发去的一百万石粮，被大将军王胤禵全数退回。一干上书房大臣和胤禛正自诧异，接到了胤禵的六百里加紧奏报，说甘陕总督史俊颟顸顽钝，玩忽职守，用霉变粮食敷衍大军，草料亦不堪使用，已将史某革去顶戴，请旨处分并请速发粮草，否则很难再向西行。正张皇间，户部存银已经告罄——不是没银子，是银子借出去讨不回来——内务府转来直隶、奉天等地的文书，也急着要银子，说出征将士家属每户增拨的五两银子至今没有着落。说得慷慨激昂，"请四爷转奏圣上，将士远征浴血疆场，生死未卜，其妻子老小倚门而望。家无续炊之米，人少御寒之衣，前方将士怎能安心杀敌？"

　　"都要紧。"胤禛一直住在兵部，马不停蹄地忙了一个多月，已累得满面倦容。接到内务府转来的卷宗，胤禛怒火中烧，愤愤向案上一甩，说道："如今的事，竟是四面漏风，八方走气，这差使真是难办！"

　　马齐、施世纶、尤明堂一干人都坐在侧旁，见他发阿哥脾气，却无可安慰：本来打仗的事，前方有功，后方作难，累死也显不出来。当初若按胤禛一清到底的办法，根本不会如此拮据。看着胤禛额前一寸多长的头发都没顾着剃，众人向他投去了怜悯的目光。尤明堂叹道："办事难啊！其实旗营每户要发五两银子，说是体念出征人家属，其实，他们哪里是真怜恤下属呢？他们图的是那十万两火耗。"

"不说这事。"马齐见胤禛脸色青白，越发气得无话可说，勉强笑道，"征衣，已经叫直隶民间制好发走了，兵器正在修，不误前头的事就是。粮食不愁，有的是，只是一时运不上去。山西、河南的粮运上去就救了急。眼下最头疼的是钱，昨日广东解来的一百二十万，单子已经到了。依我之见，竟不必解来北京，叫兵部的司官克扣，就从洛阳直接拨往十四爷处，也就了结了。"他说着，胤禛的眉头渐渐舒展，恢复了平静。他倒不会为这些烦难事着急，他是生气，自己拼命忙，胤禩拥炉品茗，坐收渔翁之利，这个亏吃得太大了。尤明堂也后悔跟着添柴，忙道："马中堂说的是。如今只欠着家属们四十多万，不如发道告示先安定人心，就说今年各地赋输尚未收齐，年关之前一定拨出。届时魏东亭的海关厘金到了，恰好补发出去……这会子空着急，没有用处。"

施世纶在旁一直没言语，他心里有些奇怪：这次十四阿哥领兵，胤禛在后头管督饷，遇到这么多的难缠事，为什么胤禛每见康熙，总说难处不大，不肯请这位老佛爷出来排忧解难？因见众人都解劝胤禛，施世纶摘下近视镜，抽了两口烟，说道："四爷，他们说的都对。不过这仗打多长时间，谁也说不准，还是你想个长远办法。依我愚见，各省钱粮都是不少的，由各省按定数每月直接调拨军前使用，有失事者按军法处置！就不为朝廷，为他们自己身家性命、功名前程着想，他们也得出这个力。若按常规办，我们累死事小，他们仍旧不关疼痒。"

"老施说的是，这件事我已经虑到，只是觉得远水不解近渴，所以才发急。"胤禛慢条斯理地说道，"但这样的事得请旨办理，只好惊动圣躬了。这自然要得罪下头。反正我是个刻薄人。名声在外，虱多不痒，债多不愁。别人怕麻烦，怕得罪人，我不怕；给家属的银子一定得兑现，我们得说一句是一句，人家才信我们！这四十多万两银子叫雍亲王邸的人收发，该直送的直送。我一个子儿也不叫那些黑心种子克扣了人家的！"

原来不肯直奏康熙是这位四爷心疼老爷子！几个人都是儒学宗臣，不由向胤禛投去敬佩的目光。尤明堂心里感动，欠欠身子说道："四爷，您这心地，唉……既然四爷说到这，学生还有一策，只关系到四爷自身，才迟疑未说。"

"这有什么，你老尤还打埋伏？"胤禛已经起身要走，又站住了，笑道，"你讲就是。"尤明堂看了施世纶一眼，道："年羹尧将军是四爷门下。他驻节西安，军中钱粮有的是！十四爷要得这么急，先从他营里拨出去些，立时就不愁了。年军门现在北京，一个手谕传去，事就办了。"胤禛目光一闪，回身取茶呷了一口，说道："他几时进京的？我怎么就不知道？上次进京接十四弟，才走了一个多月，又回来了？"

施世纶不安地看了看马齐，说道："年军门回来四天了。昨日来这里找您，您去畅春园给万岁请安。我请他等一会，后来说有事去了。回来做什么，年军门没说，我也没问。四爷派人寻着他就知道了。"

"我不寻他。"胤禛皱着眉头想了想，冷冰冰说道，"他是我的奴才，应当来见我！你们谁见着他，就把我这话原原本本给他说了！"说罢将茶杯向案上一蹾，向外喊道："给我备轿，去畅春园！"

天，有些变了。灰褐色的冬云在朔风中缓缓移动着，把高大的堞雉笼罩得一片阴沉，轿夫们踩着官道上的冻土，一悠一悠地走着，发出单调而有节奏的脚步声。尽管疲劳已极，胤禛却毫无睡意，隔着玻璃轿窗望着外头萧瑟的冬景沉思：前几天去给康熙请安，康熙说："你虽管着内务府，不要去看阿哥们。你管事多，得罪的人多，得自己留神。"——这是什么意思呢？莫非去看胤祥，竟真的有人去老八那儿献殷勤了？不然为什么把那班看门的换了呢？虽说事不大，若没有前头自己请释放大阿哥、二阿哥的话，万岁又会怎么想呢？他深知，如今明面上是十四阿哥春风得意，其实人们都知道是"八爷"掌舵，赶着去溜舔屁股也是常情。只这年羹尧，一趟又一趟往回跑，又和自己虚与周旋，是怎么了？戴铎在彰州来信，说想请调台湾，给自己预备一条后路，当时还笑他，如今看来，也不是无因而起……

"到了！"

外头轿夫们吆喝一声，惊醒了正在沉思的胤禛。他哈着腰下轿，一阵啸风裹着雪花扑面而来，激得他打了一个哆嗦。因见张五哥守在园门口，胤禛踱过去，刚要递牌子，远远见年羹尧大踏步器宇轩昂地出来，胤禛别转了脸，握了握张五哥冻得冰凉的手，笑嘻嘻道："这冷的天，难为你站在风口上——来！"

"在！"随轿扈从的亲兵忙上来叉手答道。

"我轿里有件天马皮大氅，给五哥拿来——还有那只铜手炉！"

张五哥笑道："四爷赏赐原不敢辞。只我是个武官，四爷这样打扮我就不成模样了。"

"那——手炉就算了。"胤禛笑了笑，"你也忒傻，屋里暖和一会有什么干系？"五哥道："四爷进去吧，冻不着奴才的——方才王掞大人进去请安，出来时问着四爷，意思是想见见您。奴才说四爷如今忙极，我怕也见不着呢！可可儿四爷就来了。"年羹尧站在一旁候着，好容易见是话缝儿，忙趋前一步，叩下头去，说道："奴才年羹尧给四爷恭叩金安！"

胤禛这才回头，盯着年羹尧的起花珊瑚顶子，半晌才格格一笑，说道："这不是年军门么？我怎么当得起你这礼？起来，快起来！"

"奴才已经进京五天，"年羹尧听着话音不对，哪里敢动！连连叩着道，"主子一直不在府里，衙门里又寻不见……"胤禛阴森森一笑道："倒难为了你这片虔心，我还要很忙几天呢！你暂时不能见我，先去看看别的阿哥爷。我府里太窄，也住不下你这封疆大吏。人吃马嚼的，我也养不起。过几日该见你，我登门拜访！"说罢撇下目瞪口呆的张五哥扬长而去。年羹尧半晌才爬起来，望着远去的胤禛，脸色又青又灰，长长透了一口气，悻悻骑马去了。

胤禛到了澹宁居，恰张廷玉送方苞出来。方苞腋下抱着一叠子书，见了胤禛忙站住脚，只微笑道："四爷来了？"胤禛见这个已经退出上书房的儒生兀自不断头地在康熙处周旋，心知他必有机密要事，却不敢问，但寒暄道："方先生，你是越老越精神了，走路都带风！前儿我和几个门客闲聊，他们说起你的《狱中杂记》，里头痛陈吏治时弊，揭露得淋漓尽致，一个个都敬佩得不得了，可惜我一直穷忙，竟没有读过！他们说'读其书想见其人'。我说，这有何难？赶明儿要请你拨冗赏光，你可不能把脸给我摔在地下哟！"一边说，一边向丹墀下走去，便听里头康熙的声气：

"是四阿哥来了？进来吧，外头大冷的天！"

"是，谢阿玛！"胤禛激动地答应一声，忙趋步而入，规规矩矩地请安磕头，说道，"儿臣这些日子杂务很多，好不容易有了些头绪，今儿特来请安，皇上要精神还好，儿臣就便儿回事，有的事还要请旨。"

"唔。"康熙原半躺在大迎枕上，听见要回事，便盘膝端坐了，说道，"这屋里太热，你把大衣裳脱去，坐了说话，防着一会出去着凉。朕精神还好！你说吧——廷玉，你也坐。"胤禛眼见张廷玉坐下，才斜欠着坐了榻侧一个木杌子上。他将胤禵走后所处置的军务政务情形细细奏了，又道："……所欠四十七万一千两银子，年关前必定处置了当，一切望父皇宽心。有办不下来的，比如各省按月供应军需这样大事，儿臣自当再来请皇上圣裁。"

康熙一边吃茶一边听，十分专注。待胤禛长篇大论地说完，却冷不丁问道："那年在承德猎狼，跟着朕的那个小孙孙今年多大了？"

"十五了。"胤禛被问得一怔，忙躬身答道。康熙莞尔一笑，说道："你别怪，朕看这孩子伶俐，想叫他进园来读书。朕老了，忘性大，先说一下，明儿你传旨叫他进来先见见朕。"胤禛忙赔笑道："是！"

康熙又出了一阵子神，方道："你方才说的这些事，都料理得很好。粮食的事朕已经调了四川的五十万石，早送到胤禵手了。若是如今还不到军中，十四阿哥岂肯饶你？兵器的事也叫廷玉发了文书，叫从陕西武库就地供应，西边这些年战事不停，他们武库早有预备……"他款款说着，胤禛愈听愈是惊讶：原来父亲不但没有"歇着"，而且事事料处机先，办理缜密精当！正自嗟讶，康熙笑道："至于欠人家兵士家属的恤银，朕也想过了。后年是朕即位六十年，大内原预备着七十多万两银子，拨出来先给人家。年关时有银子，再拨一点，叫他们好生过个年——子弟在前头冒险犯难为朝廷卖命，这点银子不能小气。"

"皇阿玛！"胤禛忙离席伏地，叩头道，"内帑万不可动！这四十多万两银子由儿臣向兄弟们募捐，总要办理妥善。儿臣拼着这个年过穷些，先认十万两！那笔银子还是留着父皇登极六十年庆典用。亘古未有的喜庆日子，断不可草率！"康熙笑道："什么内帑外帑，总归是朝廷的钱，使到哪里不一样？这天下，这河山，都是爱新觉罗氏的，天下大治了，朕就不庆这个六十年又有何妨？"

张廷玉在杌子上欠身一揖说道："皇上，四爷说的是。还有一层道理四爷不便讲。动用内帑，晓得实情的知道是万岁体念前方将士，圣恩浩荡。

不晓得实情的，就要造出流言蜚语，说朝廷库银空虚、钱饷枯竭，岂不枉搭了圣上的苦心！阿哥们掏一掏腰包，一来可显示天家骨肉同仇敌忾，二来叫他们知道家国一体，荣辱与共，有好处！"

"这真是老成谋国之见！"康熙呆了一呆，叹道，"就这样处置吧。只是胤禛，你此番又要得罪人了，朕心甚是不忍啊……"言毕蹙额不语，胤禛被他这句话说得几乎落下泪来，哽咽了一下，说道："儿臣本就是个孤僻性子，与人落落寡合，只要皇上知道儿臣的心，儿臣宁愿任人怨任人骂！日久见人心，就是兄弟们也不至于真的误会儿臣一辈子！"

康熙听了，默然起身，橐橐踱了几步，审视胤禛移时，方道："起来吧——着实累你了。朕带了一辈子兵，有什么不知道的？与准噶尔打仗，打的不是前方，是后方！朕原怕你有为他人作嫁的想头，不肯出实力。如今看来，你不但有器量，识大体，而且能处置的事咬牙挺着办，不肯劳乏朕，这份孝心尤其可贵！人无刚骨不立，朕就取你这一长处！你去吧，好生做，一切有朕呢！廷玉，你送送四阿哥！"

胤禛谢恩出来，与沉静不语的张廷玉联袂而行，到月洞口便再三谦辞，请张廷玉回步代奏谢恩。他心里异常兴奋，十分感恩，还略带着点隐忧，像饮酒微醺似的，脸上放着红光，一边踽踽独行，思量起邬思道：这个瘸子真神了，怎么对老皇帝的心思样样都能猜得如此透彻？虽说这一次比前几次办差都累得多，但此刻见了结果。值！

"给四哥请安！"身后忽然有人说道。

胤禛回头看时，却是十七阿哥胤礼，刚从芍药圃那边过来，笑嘻嘻给自己打千儿。胤禛平素看他，犹如五阿哥胤祺一般，只是带着孩子气，有点傻乎乎的，想起上回与胤禩一同受杖的事，胤禛不禁一笑："你也二十多岁的人了，依旧淘气，吓我一跳！仔细再挨板子！"

"只要没人半路截着要我的命，挨板子还不是小意思！"胤礼笑道，"我惹不起八爷的人，趁那工夫叫阿玛也揍十哥几鞭子，四哥倒不高兴？"胤禛倒真的吃了一惊：有人截杀自己，这事除了性音和邬思道，谁也不知道，这小鬼头如何晓得的？胤禛转着眼怔了半日，问道："你倒精灵！莫不成是你派人截杀我的？"胤礼道："河边说话，水里有鱼听见！可巧儿那晚我带着两个小厮，在金鳌玉蝀桥底下摸鱼逮王八……"

　　原来如此！胤禛松弛了一下绷得紧紧的心，一边走一边问道："你十哥又怎么得罪你了，你拖着他一块挨打？"胤礼却不言声。胤禛回头看时，只见这个弟弟满眼都是仇恨的光，不禁惊讶地问道："你怎么了？"

　　"说不得，也不是地方儿。"胤礼道，"我来见你，不为说这个。王揆师傅想见你，是叫他去你府，还是我带你去见他？或者不见？"

　　胤禛眉梢一动，他已经预感到有什么要紧事，略一沉吟，说道："你和我一同坐轿去吧！"

第四十九回　忠王摸查情换门庭
智恩道析理明大势

胤禛一腔心事，跟着胤礼上轿。他很想问一下，王掞这个散秩大臣究竟有什么急事忙着找自己？但看了看胤礼脸色，又闭住了口，他有他的章程，左右一会就知道了，何必呢？胤礼已经没了在园中那种嬉笑顽皮的神气，他的眼神冷漠，还夹带着一丝悲凄，不住在向外张望。待轿子到了东四街口，胤礼蹬轿命停，一把扯着胤禛下来，回头对轿夫们道："你们回安定门四爷府，待会儿我送四爷回去。"说罢带着胤禛穿过一个小巷，指着个毫不起眼的门洞说："四哥，这就是王师傅家。请！"

"四爷来了！"王掞早就守在堂屋门口。他已经老眼昏花，觑着眼，见胤禛进来，忙上前就要磕头，胤禛忙双手扶住，说道："你是我们的老师傅了，就是天子，也还有尊师之礼。你有岁数的人，德高望重，胤禛如何当得起？"王掞颤巍巍带着他们兄弟进来，分宾主坐了，说道："这蜗居其实屈了二位爷。不过老臣实在有要紧事，四爷若不来，我就只好再到半道上等您了。"

胤禛笑道："我倒没想到师傅这么贫寒，早该照应到的。就是我那里，您还不是想来就来，想去就去？有什么为难事，只管请讲！"王掞仿佛有点不知从何谈起，干咳一声，半晌才道："我什么为难事也没有。我吃着双俸，朝见不礼，回来有子侄们侍候，还有什么不满足的？只我听说一件事，八爷他们已经知道你府里住着一个叫郑春华的，恐怕于四爷……"他没有说完，胤禛的心陡地向下一沉，脸色立时变得异常苍白，好半日方定住神，问道："师傅，你听谁说的？"

"我。"旁边的胤礼答道，"我的一个太监和良主儿跟前的一个管事苏拉是姑表兄弟。两个出来串酒，那管事太监吃红了脸，冒出一句'别看四爷正经，王府里窝着钦命要犯！江湖草寇，还有先头郑主儿。他这不是要谋反么？'四哥你想，良妃是八爷的娘，连她手下的都知道了，八爷能不知道？既知道了，又不举发，是为什么？"

胤禛打了一个寒噤，所谓"钦命要犯"自然是邬思道，连同他带来的武夷山的几个护卫，就是"草寇"——这些事早就回明了康熙，倒没什么要紧。只是将郑春华这个私通太子的嫔妃藏在府中，给老八他们拿住把柄，那真是自己复辟太子的铁证！胤禛细长的手指握着椅把手，捏得发白，略一沉吟，说道："真人面前不说假话，没有犯人没有贼，郑春华确实活着，就住在我府！"说着便把前头情由一长一短说了，又道："……谁都知道，我笃信释教，皈依我佛，蝼蚁我也不肯轻易踩死，何况一个走投无路的弱女子？"王掞和胤礼两个人听着郑春华悲惨的身世，都怔住了。半晌王掞才发出一声深长的叹息，说道："我是个道学家。当初教太子时，我其实知道他好色而淫，几番用天理人欲之理规劝他。可他到底不听我这老朽的话，既害己，又害了人！"说着，他动了情，脸上老泪纵横……"我在他身上用了多少心血！……不置田庄，不娶妾，不续妻，一门心思想教出一个好皇帝……全都付之东流……我好痴！我好苦的命……"他双手掩面，发出似哭似笑的嚎啕声，令人撕心裂肺。胤礼、胤禛听了浑身起栗。

"师傅……"胤礼拭泪劝道，"……别这样，听得人心里越发不好过……"王掞方雪涕道："我早就不再指望这个二爷了，哭一哭心里倒受用。哪承想万岁圣明一世，竟养出这些儿子来！"

胤禛一直诧异王掞，为什么要给自己报这个信儿，从这几句话中若明若暗有了答复，叹息一声道："师傅，你得好好保重身子，我们兄弟哪个不是你教出来的，终不成个个都不成才？"王掞道："你看看，有杀兄害弟的，有逼死母妃的，有执意要气死皇上的，还有人学王莽在外头谦恭下士，骨子里想着皇位的有几个是好的？胤祥囚了，胤禵走了，操心天下实务的，又被那些处心积虑的人将要挤对得无处容身！"他说的"逼死母妃"，胤禛心里"明白"，除了胤禩，再不会有第二人！胤禛瞥了一眼胤礼，见胤礼泪水滢滢，脸涨得通红，顿时心中雪亮。

"不讲他们了。"王掞渐渐平静下来，问道："四爷，您打算怎么处置这件事呢？十七爷原不叫我说，我不放心，终归想问问您。"

胤禛的两手，又湿又粘，全是冷汗，因见二人都盯着自己，便沉吟道：

"我这人从不藏假，既然心中无病，我怕什么？就去畅春园，当面把郑春华的事给阿玛讲清楚，由着父皇处置。"

"四爷心地光明，臣心里赞佩。"王掞思索着道，"不过这种事，不知四爷为人的，谁肯全信？万岁今年六十六岁了，到底精力衰惫，不能事事像年轻时那样洞察一切。你如今深得圣眷，说了，一时也没要紧，过后就要打折扣，若有小人在旁一撺掇，又要生出轩然大波！"胤礼说道："这事我和师傅商议许久。瓜田李下之嫌不能不防。曾子何尝杀人？过门三呼，曾母疑而踰墙！"

胤禛起身不安地踱着，他一时也是计穷无策。王掞仰了仰身子说道："此人若落到八爷之手，持之有据，谣言惑众，会葬送四爷的——谣言，能杀人啊！"胤禛倏地转身问道："依着你们怎么办？"

"人死如灯灭。"王掞眼中寒波一闪，"妇人之义从一而终，饿死事极小，失节事极大。郑氏是死得着的人。""不行，"胤禛摇头道，"我不能做这样的事。"王掞盯着胤禛，说道："按四爷方才讲的，我也不忍这样。但她和四爷比起来，哪个要紧？国家社稷不能没有你！你操妇人之仁，别人巴不得你这样呢！"

胤禛幽幽的目光看着院外，鹅毛雪片已是纷纷落下，将地面薄薄盖了一层……沉思良久，方道："能不能设法移出来，由十七弟安置一下？十三弟再三至嘱，要我护她周全。我怎么能下这个手？"

"四哥！"胤礼跷足而坐，蹙着八字眉说道，"你先得想想，你府里有没有吃里扒外的杂种！你办事何等精细！消息是怎么传出来的？我不是怕安置——那能花得几两银子？——你送她出来，区区一个十七阿哥，能保住她么？"

胤禛不禁浑身一震：这话和自己去畅春园轿中想的正合到一处了！想着，他的眼神变得又绿又暗，阴沉得古井一样。许久，方自失地一笑，转脸道："师傅，我知道该怎么办了。人，我是断然不杀的。他们这么久不动手，恰恰证明他们如今还不能肯定人在我府。这两年我差使多，疏于治内，看着真是不齐家不能治国平天下！你们好生保重自己，今日你们这份情义，我胤禛永世不忘！"说罢，一摆袍摆，双手一揖，踏雪而去。

胤禛一回府，就请来了文觉、性音和邬思道，连夜商议对策。在炉火旁，几个人都久久陷入了沉思。

"四爷！"邬思道用火筷拨着炭，半晌才开口问道，"你见万岁爷的身子骨儿到底如何？每餐能进多少？走道儿方便不？起坐要人搀扶么？"胤禛听他问的走路，很是诧异，可又素知其能，不是无故发问，仰着脸想了想说道："皇上勤躯已倦，还能勉强做事，近来进膳不香，未免伤神劳体。从去秋以来，行动都要人扶。如今一天只能坐一两个时辰听事儿，久了就看着有点手颤头摇。接见我们，他老人家还随意些；见外臣，他还是老样子，宁可听不完明日再见，决不歪着躺着。有时听得心里发烦或高兴时，就不停地踱步，看上去精神还矍铄。"邬思道道："恕我直言，内廷有没有烧汞炼丹这类事？"

胤禛摇头笑道："阿玛最厌恶这个。那年南巡，江南总督葛礼献延年秘书，传旨骂葛礼无耻，掷还邪书。近年夏天揆叙不知从哪弄的什么'千年龟龄乌须药'。阿玛说，白须天子古来几人？须鬓皓然皇帝，岂不为万古美谈？叫他吃了个小小没趣。"

"哲贤无伦……"邬思道怅怅地望着窗格子，喃喃道，"非参透生死大道，学穷造化的人不能为此也！"众人正在纳罕，只听邬思道口风一转，说道："八爷如今棋步走得很缓，很稳，看似山水不露，其实比前两次废太子时来得凶险！九爷、十爷两府里昼夜接客，无论外任内任，大至封疆大臣，小到县令县丞，无不用心结纳。如今十四爷带兵出京，八爷手中多了筹码，仍是按捺不动。他既拿着您的把柄，也不发作——这都为什么呢？反常即是妖，不可不慎啊！"

这都为什么，一时谁也说不清。文觉和尚沉吟道："莫不成他在等……""那还用说，"邬思道思之极深，脸色在灯下泛着青光，"他当然是在等着皇上的'那一日'！时间一到，外挟十四爷十万天兵，内领隆科多九城禁卫，登高一呼，谁奈我何！我是想，他拉人拉到年羹尧头上，对四爷又引而不发，将这些连起来一看，真乃戏中有戏！"

"你是说……"性音在旁问道。

"你是要一个字一个字解说才懂么？"邬思道的目光似鬼火一样闪烁不定，"我是说，他如今还没有揣到圣意，在京的阿哥，他一概侦查，就是对十四爷，也防着一手！不然，为什么要冒着风险去拉年羹尧呢？"胤禛心头一动，年羹尧驻兵西安，正是胤禵回兵必经要道！一边思量，一边说道："据我看，他们几个是一体，共荣共辱，说与十四弟两路，似乎还不至于。"

邬思道盯视胤禛移时，说道："一体是一体，只世上难得刎颈之交！远的有苏秦、张仪、张耳、陈余，近的有李光地、陈梦雷。一步之遥，为君为臣，利害攸关啊！年羹尧与您，有主仆之义，有骨肉之亲，为什么和八爷套近乎？"他身子仰向椅背，微微冷笑，"也许他们咬过指头，大约说过什么，也不难猜个大概：比如申生、重耳的故事，就是绝妙的典故儿！四爷！只要胤禵带着兵安心做皇帝梦，八爷的大计就有七八成把握！到时候大权在手，城门一封，明发诏令他独身来京。事实既成，十四爷就有三头六臂，无奈下头兵众无反心，家属都操在朝廷手中！乌合之众，岂不顷刻瓦解？"他侃侃而言，有理有据，细致入微，听得众人无不暗暗佩服。

"如此说来，"胤禛被他譬讲得毛骨悚然，暗自咽了一口唾沫道，"我只有束手待毙了？"

邬思道哈哈大笑，说道："四爷不是以做皇帝为苦么？为何作杞人之忧？"

"我虽不想做皇帝，"胤禛咬着牙也是一笑，"也不想叫他们作践了我！"邬思道敛了笑容道："方才说的只是一面理。更要紧的是另一面。谁做皇帝，只有当今说了算！别的人空使劲，有什么用？八爷这番措置，看似天衣无缝，却漏算了这致命一招。他拴住十四爷手脚，四爷你少了外患，他在京只能控制隆科多，其余的也平常，内忧也没什么大紧。十三爷人虽因禁，积威尚在，到时为你所用，又有传位诏书在手，他们再厉害，也得伏地称臣！"

这些人咬牙认定了康熙必定传位给自己，胤禛只好无可奈何一笑，算是默认，因道："还有个三爷呢！如今你们说得佛点头，天花乱坠，到时候还不定是个什么结果呢！"

"要真的是三爷，我们就辅佐您做个周公，做一代贤王，不亦乐乎？"文觉笑道。邬思道也道："三爷是大爷坑害的，大爷是八爷的人，三爷真坐了朝，还得指望着您去拾掇八爷党。天不许这样，要真出这种怪事，自然还另有一番道理！——这都是笑话，郑春华久居在府，终归要出乱子。要她死，四爷不忍；送出去，等于授人以柄。所以，眼下最当紧的，要查出隐在府里的内奸，不然，连我们几个迟早也被一锅烩了！"

胤禛站起身来，冷笑一声道："我一向以为自己治家有方，阿哥们无人能比，不料我收养几个人，就有人敢说出去。我巡视紫禁城，有人通风！佛虽慈悲，还设了十八地狱——你们瞧着吧！"说罢便辞了出去。性音笑谓邬思道："我说诸葛先生，你给咱算算，谁是你说的'内奸'？"

"大约不出这些奴辈吧。"邬思道恬然说道，"这种事四爷有的是办法！他耳聪眼明，精细之处不在万岁之下！"

胤禛走出枫晚亭，已过亥时，风雪弥漫中，遥见一盏西瓜灯在园口晃动。走近了瞧时，却是书房侍候的长随蔡英，因问道："你在等我，有什么事？"蔡英冻得牙齿迭迭打战，吸溜着鼻涕说道："这么多日子爷不落屋，府里有人作耗，我们书房几个人商议了一下，再不回爷，连我们也得吃挂落了。听说爷回来，偏又进了花园，雨墨、朱印他们说叫我进去见爷。我站这里想想，还是不敢……"胤禛听他啰里啰嗦，再三解释，不禁笑道："那也分个事情大小、轻重缓急！比如这会子有人要下我的毒手，你也不进去回我不成？走，书房说话。"

"书房说不成，"蔡英道，"年羹尧今儿下晌就进来，坐在书房，一定要见主子……"胤禛愣了一下，问道："他没说什么事？"蔡英道："他说爷对他许是有些误会，不见爷一面，睡不着觉。"

"误会？"胤禛冷冷一笑，"走，见见他。然后再说你们的话。"说完拔脚便走，蔡英忙赶着上来掌灯带路。

年羹尧在万福堂西的小书房里正等得焦躁，他已来了四个时辰，既不敢去见妹子，也不敢寻文觉他们闲谈。他自幼文才武略兼备、心高气傲，且生性凶狠残忍。当年平息苗叛，寨子攻不下，他亲自督战，凡退回来的就一刀斩了。将头抛向阵前，连斩二十余名，剑都砍缺了，眼也不眨一眨，因此军中称他为"屠夫"。但他却怕胤禛。这个吃斋念佛的王爷连苍蝇也不打，只那眼中凛冽的寒气，就能逼得他退避三舍！今儿在畅春园门口，胤禛发作了他，他原想赌气不来，却是两腿不听使唤，只迟疑了一袋烟工夫，就来雍王府等候见胤禛。正急得没奈何，远远见蔡英提灯，胤禛从容过来，年羹尧忙伏在地上叩接，道："奴才年羹尧恭候主子多时！"

胤禛没有理会他，一边叫人送热奶子，慢慢喝了，又要了一盆热汤，把双脚伸进去对搓着，方道："见着八爷了？"

"没……"年羹尧颤声道，"……因在兵部衙门口遇上了九爷，硬邀奴才去坐了坐，别的实在……"

"我不计较你这些。"胤禛突然笑了，"八爷、九爷都是我的兄弟。还有十四爷，更是亲近。你起来——我是没器量的主子么？"年羹尧深知这主子，脸像帘子，说卷就卷起，说放就放下。最难捉摸，遂小心地起来，苦着脸道："奴才跟了主子多少年，主子心地最是宽宏大量的！"胤禛摇头道："你这是违心之言，我这人其实睚眦必报，心胸没有八爷宽，这我知道。"

胤禛由着蔡英几个替他擦了脚，着袜蹬靴，舒适地在地上踩了两步，皱着眉头又道："若在小家子，你是我的内兄，那就什么也不必说。但说到底，你是我门下旗奴，有些事我就要计较。所以我当着五哥的面折辱你，你明白么？"

"明白！"

"你不明白！"胤禛一口截断了他的话，"如果你明白，这次回京，应当先见阿玛，见过我，然后再去看别人！"

"实在是因四爷忙……"

"放屁！"胤禛道，"佛在哪里？在你心中！我今日不忙么？你怎么就见着了？"年羹尧咽了一口唾沫，说道："奴才已经知过。但奴才并没有自外于主子，就是见九爷，说的也都是，今日天气好这类事儿。主子这一指点，奴才已经明白。主子并不计较奴才先见谁，计较的是心里头有谁！这会子说也说不清楚，奴才在陕西任职，十四爷就在西边，总有明心迹的一天，求主子鉴谅！"

他这样的玲珑剔透，倒叫胤禛听得一怔，随即冷笑道："我还以为你真明白呢！原来你竟是装明白！你要真为我好，根本无须存这个念头！你是我门下出去最大的官，只把你的本分差使料理好，为皇上尽了忠，就是给你主子挣了体面。你打量我是削尖了头，像别人那样儿争储位，一是你错看了我，二是足证你自己压根不是纯臣！"年羹尧明知这话言不由衷，忙诺诺连声答道："是是！主子教训的是！奴才不敢胡想……"

"你已经想了，还说'不敢'？"胤禛冷笑一声！"你和戴铎吃亏就在不安分！戴铎要去台湾，说为我留后路。我给他讲，我不做亏心事，怕什么鬼敲门？留什么屁'后路'？！你呢，你前头信里也说'今日之忠于主子，即为异日之忠于皇上'！年羹尧，仅这'异日'二字，足可断送你一家性命！"

年羹尧头上蓦地冒出冷汗来，他突然觉得自己前些日冒出的想头，简直荒唐透顶！且不说自己一家性命都握在这位王爷手中，即便是自己本人和胤禛的历史渊源，也早就成了不可分割的一体了。胤禛铁青着脸，还要往下说时，却见蔡英进来，便问道："出了什么事，脸色这么难看？"蔡英嗫嚅道："四爷……北院小佛堂住的郑……大奶奶上吊死了！"胤禛"呼"地起身，阴森森对年羹尧说道："跟我去看看！"

第五十回　奖忠仆警告年羹尧
杀叛奴严惩高福儿

胤禛、年羹尧一前一后出来，才发觉雪下大了，地面上已铺了三寸多深，天空仍像丢絮扯棉般向下落鹅毛片子。高福儿带着家下几个长随已候在廊下，也不言声，掌着灯籁拥着胤禛向小佛堂走去。年羹尧经胤禛发作了一阵，这会子又叫跟着，已安下了心。他这次进京原为索饷，京师到处私下流传，万岁已经内定八爷继统，恰遇胤禩相邀，不过略坐了坐，没想到这主子就犯这么大醋劲！眼见胤禛鹿皮靴子踩得积雪吱吱作响，一副旁若无人的闲适态度。年羹尧不禁暗叹一声：怎么就摊上这么个主子，鸡蛋里也要硬挑骨头！又想自己在门下多年，并没听说"郑大奶奶"。既是内眷，又为什么叫自己跟来？正自胡思乱想，高福儿一干人已停住了脚，道："到了，主子和年军门请进。奴才们在外头候着。"

"在家里他和你们一样，不要叫军门。"胤禛由人脱着油衣，在门洞里跺跺脚，下巴一扬，说道，"羹尧跟我进来。"说罢便转身进院。

院子里廊下、堂前到处是丫头婆子，几盏瓜灯吊在檐下，照得雪地通明彻亮。几个跟前侍候的嬷嬷正在抹泪，互相诉说："头后晌还好好儿的。说走就走了！人哪，真是从何说起。"

"是嘛！文老爷子出去买宣纸那会儿，大奶奶还给我个绣花针线叫我描样子呢？"

"好人哪……"

"敢怕是撞上什么邪祟了？"

"啧啧……阿弥陀佛！"

众人正你一言我一语地说着，见胤禛和年羹尧进来，顿时都住了口，几个贴身侍候的丫头、婆子个个吓得脸色煞白，躬身缩在窗下让他们过去。

"文七十四呢？"胤禛到了门口又站住了，问道。

"奴才在!"文七十四正在堂屋哭,听见招呼忙出来叩下头去。

胤禛叹息一声,问道:"今后晌还差你出去来着?她都说些什么?"文七十四道:"大奶奶要画画儿,恰宣纸使完了,后晌叫我出去买一令。我去了一趟琉璃厂,下晚回来,她还精精神神,谁知……"胤禛问道:"你回来她都问了些什么?"

"她说闷得很,问了许多话。"文七十四道,"问外头市面热闹不,大廊庙花市上有什么好花……还问我见着熟人没有,外头有什么消息儿?说惦记着十三爷,不知如今放出来没?"

胤禛听着,也不得要领,想了想道:"你怎么说的?"文七十四道:"我说下雪天,我老天拔地地跑不动。只在大廊庙吃了碗豆腐脑儿。卖豆腐脑的说,十四爷带兵征西,豆子都成车送出去叫当兵的吃了,豆腐脑儿也涨价了……"胤禛听着,心不禁一沉:郑春华强撑着活下来,就是指着胤礽能放出来带兵,许是就这句话断送了她!

"四爷,"文七十四看了看他脸色,说道,"奴才也是进府头一遭出去,回来话多,许是说错了,触了郑姑娘的忌讳?"胤禛原以为是府中什么人作祟,至此已松了一口气,见文七十四一脸惶惑,痛不欲生的样子,便安慰道:"这些话有什么错不错的?你放心,别哭坏了身子……"文七十四捂着脸,伤心地哽咽道:"十三爷进去,就嘱托我这一件事,我就没办好……"说着几乎又放了声儿。

胤禛向他点点头,回身问道:"谁是最后见着她的?"

"我……"一个丫头怯生生闪了胤禛一眼,"吃过晚饭,奶奶叫我进去,说天冷了,明儿要换衣裳,我给她拣了几身,都嫌不好,后来挑了件红里子的,才罢了。我看她脸色不好,请她早些儿睡,我就出来了。"年羹尧道:"这事真蹊跷。你进去时她在做什么?"那丫头道:"没做什么,坐在火炉子边,我见有一堆纸灰,像是烧了什么。我还没问,她说都是旧时的鞋样子,一大堆占地方……"丫头没说完,胤禛已是进了屋,年羹尧紧跨一步也跟了进来。

郑春华头朝外静静地躺在当屋中间,头顶前点着一盏长明灯,豆大的荧光绿幽幽地微微跳动。屋里的火盆早已挪出去,门大开着,微风吹得地下的纸灰飞舞。胤禛上前揭开蒙面纸看了看,又盖上了,双手合掌默念了一阵《往生咒》又道："大千世界路无涯，你何必如此？"他带着茫然的神色环顾四周，见屋角神龛案子上镇纸压着一张薄笺，便命年羹尧："拿过来我瞧。"

"是诗呀！"年羹尧小心地揭起看了看，忙递了过来，"指名儿给四爷和二爷的！"胤禛的手微微一抖，接过看时，上头果然是两首诗：

> 致毓庆旧主：
> 夜夜梦寻醒无着，恨水东逝已蹉跎。
> 枯木萎时心已死，敢怨西风吹女萝？
>
> 又致圆明居士（胤禛号）：
> 情牵魔障原不悔，汉宫空饮貂蝉泪。
> 殷勤寄语书剑客，莫笑媳妩空凝眉。
>
> 畸零天涯人郑氏绝笔

胤禛看了仰首望天，脸色愈加苍白得可怕——此事已无须再查，郑春华千真万确，是绝望于胤礽的不能复出而自杀的，她活着原本就不指望着有什么福享，只盼胤礽这株"枯木"能有再荣之日，既已萎谢，那么她这缠树的"女萝"也就没有必要觍颜人世了。胤禛对郑春华原无爱憎，只是瞧着胤祥的心意周全她。对于她的死，他甚至有一种解脱感。但此时见到郑春华的绝命书，盼望自己怀书仗剑有所作为，不禁大起知己之感，一股又热又酸的气浪在心头陡地泛起，胤禛不禁长叹一声，将纸送到灯前燃着，看着它烧成一片白灰方轻轻丢下。年羹尧见他只是出神，怅怅地如有所失，因问道："写的什么？"

"没什么。"胤禛脸上毫无表情，径自走到门口，吩咐道，"年羹尧，你回去吧，明儿下午去户部接我一同回府。——高福儿，你叫蔡英和书房侍候的人到枫晚亭去——不要惊动了邬先生！"

第二日，年羹尧一大早就起身，冒雪赶往户部，就在施世纶的书房听招呼——随叫随到，即便这位四爷再挑剔，也找不出毛病儿来。谁知一直等到偏晌午，连胤禛的影子也没见，绕到签押房看看，尤明堂、施世纶都在忙着接见外官，也不知该问不该问。正迟疑间，见蔡英踏雪进来，只向年羹尧一点头，进了签押房道："施大人、尤大人，四爷刚从畅春园下来，奏对很乏，昨晚又走了困，说委屈二位老爷先把昨儿议定的事拟出票来，晚间四爷再过来……"说罢出来，才对年羹尧笑道："年爷，主子就在外头，您请！"

"外头的事不是高福儿跑的么？"年羹尧一边走一边问道，"怎么今儿是你跟四爷？"蔡英含意不明地一笑，说道："高福儿没良心，叛了主子，昨晚露了蹄爪，跑了……"因见有人过来，蔡英打住了没再往下说。

年羹尧也没敢再问，走出户部衙门口，早见胤禛的鹅黄顶子大官轿等在那里，便上马随行。一时到了雍王府，胤禛下轿，抬头看了看天，正自纷纷扬扬一片混沌，他长长透了一口浊气，冷冰冰说道："年亮工，今日主子给你看一出好戏！"年羹尧翻身下马，关切地问道："四爷眼圈有点发黑，夜里没睡好，出什么事了么？"胤禛没吱声，只一点头便跨步进府。

年羹尧跟进来，一见院中阵势便吃了一惊。只见大雪纷飞之中，万福堂前偌大的天井东西廊前，一排排黑鸦鸦站满了府中长随，一个个脸色苍白弓背躬身，足有两百多人，却一声咳痰不闻，见胤禛进来，弘时、弘历两兄弟忙从正房滴水檐下趋步出来，一左一右搀了胤禛，至堂房门口站定。下头众人在雪地里"嗯"地都跪下去，雷轰般齐声道："请千岁爷安！"

胤禛脸上带着一丝冷笑，也不叫起，只朝年羹尧一颔首，徐步下阶，立在雪地里，半晌才开口道："这几年我的差使多，顾不了家事。生受你们操持，总归还好。"

"咍，"胤禛顿了一下，又道，"为人无非忠孝二字。我为皇上办事认真，是忠；你们呢？是我的奴才，家务料理得好，也可谓之忠。皇上论功行赏，封我亲王。我呢，也不亏待你们——来啊！"几个贴身长随忙出来应声：

"奴才在！"

"黑山庄今年送来多少年例银子？"

"回爷话，"一个管账老先生答道，"两万四千一百十八两。"

"我要个零头过年。"胤禛无所谓地一笑，"把那两万两全都搬来！"

"喳！"

那老先生答应一声，忙趸回账房，取出一本册子夹着，一时二十几个伙计抬着十个大铁皮箱子出来，吃力地安置到堂前，"叭"地一按消息儿，都打开了，银灿灿白亮亮的银子立刻在雪光中放出刺眼的光芒。

"银子是件好东西。"胤禛瞥一眼箱子，不屑地一笑，"有了它，父母可以赡养，妻儿可以安居，子侄可得温饱。但四爷不吝惜它，你们安心领受，拿回去过个好年！"

人群中发出一阵兴奋的赞叹，有的人发愣，有的人偷笑，有的一副馋相，直着脖子瞪眼瞧，却都不敢说话。那老夫子戴上花镜，说道："这银子按上中下三等。上等一百六十两，十二名；中等一百两，一百七十名；下等四十三名，各得七十两。这个册子是书房黄永振、廖德贵、尹锁柱、马方成轮流记录，经主子过目定下的，这话得当面给众位兄弟说明了。"说罢便唱名行赏。众人依次领了，抱着沉甸甸白花花的银子眉开眼笑地归位，仍旧跪了。

"有四十三个奴才得的少了点。"胤禛坐在檐下看着发完了，弹弹袍子道，"这无须懊丧抱怨。从忠、勤、慎三个字上去想，为什么别人能得一百六十，我只得七十两？那明年你就能得一百，一百六十！你们见了，书房的人有的也只得七十两，可见公道难逃。蔡英已经暂进管家位，他的赏银是一千两——顶五个二品京官！过了年我还要荐他出去当县令！你们都看见了，这里有个年羹尧，身份和你们一样，如今是陕西的提督！"

众人都瞪大了眼，心里纳闷这主子为什么说这些话，却都提足了精神竖起耳朵听。

"或许有人问，凭什么重赏蔡英？"胤禛陡地提高了嗓子，"告诉大家，蔡英为我除了家贼！这家贼就是我素来信赖的管家高福儿！——把他带出来！"

人们心头猛地一缩，仰脸看时，四个粘竿房家丁押着高福儿从东配房，一推一搡地出来。至堂前，一个家丁朝高福儿后腿窝儿猛踹一脚，高福儿"扑通"一声跪倒在地。弘时慌乱地看了一眼弟弟，弘历却微笑着望着二门不言语，只脸色有点苍白。年羹尧站在胤禛身后，却是神定气闲，没事人似的冷眼看着脸色灰败的高福儿。

"你们听说过中山狼没有？"胤禛咬着细白的牙嬉笑道，"东郭先生救了一只被撵得走投无路的狼，这狼得救，就张牙舞爪要吃东郭先生——此狼名叫高福儿，原是山东无赖，醉酒打死了人。是我可怜他家有老母，以误伤罪开脱出来，一步一步抬举到管家。他本来能学年羹尧、戴铎，脱去奴籍为我门下，出去做官。放着光明大道儿不走，为了八千两一处宅子还有一个引他上钩的婊子，与外人勾结，密地监视我，偷听我说话！尤不可恕的，他竟敢坑陷我的旗奴戴福宗，向人密告我探视十三爷！戴福宗如今被人拿了，生死不明！——蔡英，我没错说他吧？"蔡英忙道："主子明察，他都招了的！"胤禛笑道："这样背恩忘义的混蛋，我多年不察，算不上什么'明察'。高福儿，你说，我冤你没有？"

高福儿早已吓得面无人色，顾不得满头满脸的雪，只是捣蒜似的磕头："……奴才贪图银子和金钗儿鬼混都是有的，他们逼着……"

"逼着？"胤禛格格一笑站起身来，"像我这样的金枝玉叶，八千两银子你就敢卖！你丧尽天良！来人！"

"在！"几个粘竿处的护卫跨前一步应道。

"堆起雪来！"

"喳！"

人们谁也不知道这个心狠手辣的亲王要做什么。但他的话是无可违拗的。十几个人拿着扫帚、铁锹、雪推子一齐上，须臾之间，便垛起一个大雪堆，院子里气氛顿时紧张起来，变得荒庙一样死寂，满院的人目不转睛地盯着胤禛，但闻哨风穿檐而过，一声声凄厉的嘶鸣，胤禛背着手下来，围着雪堆转了一匝，满意地点点头，方道："好干净的雪，可惜了儿的——高福儿，你还有什么要交代的话？"

高福儿早已猜出胤禛用意，吓得瘫在地上，听胤禛问，急忙膝行数步，头伏在地上，嘶哑地哀嚎道："四爷……主子……好千岁，好佛爷……只求超生……可怜我娘八十岁，还不知道我……主子！我还不老……我有气力……我还能……"他双手反剪着，头拱着地，鬼嚎似的声音尖锐沙哑，满院的人俱都吓得腿肚子直转筋。

"难得你还记得你的母亲，阿弥陀佛！"胤禛双目望天，"这个你放心！我向来不以善小而不为。你的妈由蔡英照料！"说罢一努嘴儿，翻转面孔，不容置疑地吩咐道："把这个作恶的奴才填进去！"

几个人"喳"地吼一声，四个彪形大汉过来，老鹰撮鸡似的将高福儿扔进雪堆，上半身立刻埋得无影无踪。

"填雪。"胤禛缓步回到檐下，向椅上一坐，淡淡说道："使劲砸结实了，再用水泼，冻结实点！"

家丁们毫不犹豫依命而行，没头没脸地一阵添雪，也不用家什，竟十几个人排齐站上去，一脚一脚狠命地踹，添一层雪，泼了水，再添雪再踩……可怜高福儿两条腿在外，徒劳地扭动着挣扎着……丫头们躲在东西两厢，隔玻璃看着，竟有吓晕过去的。

年羹尧以"铁石心肠将军"自许，见胤禛用这法子杀人，原只是新奇。觑着眼看胤禛时，只见胤禛泰然自若地跷足而坐，像没事人一般凝视着雪堆。滴水成冰的节气，水一泼上，顷刻之间将雪结成了团。人们踩着，发出"喳喳"声……忽然，那两条腿痛苦地抖一下，脚筋一伸，直了。年羹尧突然觉得一种从未有过的恐怖掠过心头，毛骨悚然地打了个冷战。

"你们见一见有好处。"胤禛见两个儿子脸色惨白，冷笑道，"不知死之悲，便不知生之欢。我不如此，人就如此待我，有谁可怜？"说罢，对满院的人厉声喝道："还有三个人是高福儿一伙的，你们给我站出来！"

家奴们跪得双腿发麻，怀里揣着银子，心里揣着兔子，已被这个主子折腾得做噩梦似的，猛听这一声儿，不禁面面相觑，猜疑地左右顾盼，却没人敢出来。

"我的话没听清——我向来只吩咐一遍。"胤禛阴狠的目光扫着众人，"屠儿在涅槃会上放下屠刀，立地便成佛。我数一二三，你出来，不但不伤害，还有诚勇之奖！一、二、三！"

话音刚落，人群中竟真的爬出三个人来，各报自名，叩头说道："奴才李佩孚、袁昭信、邓祺云……不合跟着高福儿……"

"好了！"胤禛一摆手，说道，"你们不必说了，这件事就此完结。回头到账房，一人支十两诚勇奖银！"他轻松地笑着，抬手叫起，又道："用心事主，安心过年。高福儿我这次是从轻发落，赏他囫囵尸首。嗯！再有胆敢暗自结党，背恩忘义的，首告的赏银三千，无分主犯从犯，我一体用油锅炸焦了他！听见了？"

"喳！"

"散了罢。"胤禛说道，"蔡英，给高福儿换上讨饭衣服，送左家庄化人场，看着烧了他。就说是你捡的冻殍。"说道，打了个哈欠，对年羹尧道："跟我到书房。"

第五十一回　贺庆典胤禵送陨石
　　　　　千叟宴康熙染沉疴

　　胤禵出师顺利，康熙五十九年进驻西宁，一切遵从皇帝谕旨办事，在青海汇集了蒙、回、藏的兵马。阿拉布坦闻讯后，连忙带领驻扎在拉萨的兵马仓皇西逃。胤禵原想堵住他的归路，切断新疆富八城通往拉萨的粮道，一鼓聚歼。他转念一想，明年一开春就是康熙登极六十年大庆，各地都要向朝廷报喜，自己万一有个闪失，岂不白白辛苦二年，落个竹篮打水？加之胤禛来信，再三叮嘱，"万不可躁动，有伤圣上知人之明"，思虑再三，息了立功念头。自将"拉萨大捷"的情形修成表章，遣鄂伦岱星夜进京，一来"给阿玛请安"，二来"瞧瞧八爷、四爷他们在做什么，在西边有什么要办的事，赶紧回来报我"。

　　鄂伦岱奉了钧令，马不停蹄驰到北京，已是康熙六十年正月初五。满京都还是过年气象。赶到畅春园见了康熙出来，鄂伦岱连家也不回，便赶往朝阳门廉亲王府来见胤禩。

　　"见着万岁了！"胤禩听完鄂伦岱的叙说，默谋良久，笑道，"这一趟可苦了你了。"他这几年一直抱病在家，养得满面红光，神采奕奕，刚刚送走一干前来"探病"的大员，又见着鄂伦岱，更是十分高兴。他问道："万岁都说了些什么话？"鄂伦岱喝着胤禩赏的参汤，说道："主子说，这个年过得累，身上乏得一点气力也没。还说奴才既回来了，前方又没什么大事，叫奴才开了春再回去。如有旨意，叫兵部发去就是。又夸了十四爷有出息，出去历练一番，写来的奏章看着也老成稳重多了。"胤禩说道："别说阿玛累，就是我这个闲人，在一旁看着也替他累！那些官员们尽说些粉饰太平的假话，他就信以为真，十四爷在前方陈威，后方各省催科，报称'乐输'军粮。这'乐输'本是心甘情愿报效的事，田文镜在山东逼得鸡飞狗跳地叫人乐输！甚或逼得人一家跳井！如今的事真假难辨，偏四哥就爱这样的，有什么法子?"

鄂伦岱乍从苦寒荒漠的沙场回到这花花世界、温柔之乡,听着胤禩清谈高论,不知怎的,竟生出一种厌恶之感,忙定了定神,说道:"那是各人造化不同,所以心境也不一样。我在外出兵放马,杀得血葫芦儿似的,回到北京,觉得到处都很别扭,连路都走不好,真他娘的怪事!方才万岁说,礼部正筹备千叟宴,这可是亘古没有过的新鲜事儿,我跟万岁说了,想瞧瞧热闹儿再走。"

"你得回去。"胤禩从安乐椅上坐直了身子,说道,"如今不是享福的时候儿,十四爷跟前不能没你,忘了我临别时的嘱咐了?"鄂伦岱笑道:"十四爷那里没事。雅布齐他们都跟着,能出什么事?十四爷明说是大将军王,其实除了兵,什么都有人掣肘,连粮草供应都是年羹尧一手包办,一手转运。十四爷就有什么别样的心思,又能如何动作呢?"

这倒是头一次听说,胤禩心中不禁一动,年羹尧这两年和自己若即若离,闪烁不定,到底是个什么意思?莫非连胤禛如今也做起皇帝梦来?但却不见胤禛结交人,也没掌兵权,康熙言谈里头,也只是夸他有治事之才。"治事之才"四字,用之于宰相辅臣则可,用之于皇帝……他摇了摇头,已经断定年羹尧是奉康熙之命提防胤禵。但也有点吃不准,因为自高福儿莫名其妙地失踪之后,相继只晓得雍王府里藏的郑春华也死了,其余的消息一点也挖不出来了。心里动着无数的念头,胤禩说道:"你不要错会了我的意。我如今沉疴在身,早没了什么雄心——我巴不得将来十四弟扬眉吐气呢?我是想,你昔年在科布多救过年的命,有这一层儿,你在十四爷营里,他安全得多。所以还是不要离十四爷的好。须知光景只在数年之间,大变在即,是什么情景,谁也说不准啊!"

"八爷说的是。"鄂伦岱听他假话连篇,兀自郑重其事,心里暗笑,口中却道,"既如此,明后日我就走。还得到别的爷府里打个花胡哨儿,回去给十四爷回话。"说罢见胤禩无话,方辞出来去寻胤禛。

雍亲王却不在家,管家蔡英告诉鄂伦岱:"四爷在大内,说要有要紧人见,请往太和殿、体仁阁那里去找。"鄂伦岱只好又到东华门。好在皇帝不在紫禁城,门禁比较松,又都是熟人,做好做歹放了鄂伦岱进去,果见胤禛带着一大群太监正指挥着用芦席搭彩棚。

"那不是老鄂回来了嘛!"胤禛一头一脸的灰,正指手画脚间,一回头见鄂伦岱过来,哈哈笑道,"怎么就晒成这样了,又黑又紫,庙里的周仓似的?一路风尘,太辛苦了,明儿晚间我们抽一会空,好好聊聊!"鄂伦岱忙请了安,说道:"我才回来,先去见了万岁,又见了八爷,临走时十四爷再三叮嘱,叫回来问德主儿安,看看四爷,说平日在京,还不觉怎的,一出远门,着实惦记着四爷呢!"胤禛替鄂伦岱拍了拍肩头上的浮尘,审视良久,叹道:"谢谢他惦记着了。我手下这几个奴才,跟着我在北京办这么点差,有的就叫苦,有的就抱病!看看你,想着弟弟也必是这模样……不知怎样吃苦来!如今天正冷,前头也没有军情,你既回来了,就住些日子罢,好生滋养一下,暖和了再走——缺什么东西,跟我说一声就是。"

鄂伦岱心中突然升起一种说不出的滋味。凡事只怕比,只这几句体恤话,怎么宽宏仁爱的八爷就没有呢?他低头沉思了一阵,说道:"万岁爷也有这个意思,只是八爷已经说了,叫我早些回去。我是他的门下,不好违拗的。"胤禛笑道:"这也用不着犯迟疑,万岁都有旨意,怕的什么?亏你还是个天不收地不管的角色!"一句话说得鄂伦岱也笑了,因见胤禛实在忙,便辞了,径自进大内去给胤禛、胤禵的母亲德妃请安。

礼部司官们忙了初一忙十五,接着便全力筹备"千叟宴",走马灯似的折腾到开春三月,终于齐楚停当。这是六十年庆典里的一件大事,却是康熙自己独出心裁。年年元旦、正月十五、八月十五,全都是祭坛、祭堂子、告太庙、祭天地,受百官朝贺,听万寿无疆赋,做柏梁体诗……他已经觉得俗不可耐。如今年逾耳顺,久享太平,何不把这些与自己年纪差不多的老人们聚到一处,痛痛快快过个生日?他原拟不过请几十个老人,随便坐坐,听听老人们叙叙家常,也是人生一大趣事。不料马齐去礼部一传旨,变成了大事,礼部立即具折奏明历来天子敬老尊贤,倡时孝道,只是说说,谁也不曾身体力行,很少与山乡野老共坐一席。康熙此举既是宣化文明,为后世垂范,就应雨露均沾。请几十个,请谁,不请谁,也难以拟定。所以礼部定下凡六十岁以上老人,在京的由皇上亲自接见,各地的由各地督抚、守牧代天子设筵款待。康熙这才知道,这种事非天子能够自专,虽觉好笑,也只好依奏照允。这一来便捣腾大了。

三月十八是正日子，康熙起了个大早，由张廷玉、马齐导引，千车万骑出了畅春园，径入紫禁城，至奉先殿、大高殿、寿皇殿行过礼，又踅到钦安殿、斗坛拈了香，便排銮舆进钟粹宫瞻仰孝庄太皇太后遗像。礼部尚书尤明堂见康熙下舆，忙上前扶着车档子躬身问道："百官们都候在天街，请旨，是在乾清宫受贺，还是在养心殿？"

"在乾清宫罢，养心殿地方太小，分着三六九等进来，说的又都是套话，不如在乾清宫，磕个头就罢。老人们都在太和殿那边等着，也少累他们些儿。"康熙说着，因见是武丹护卫，便招手笑道："老货！你跟着朕来！"说着便进钟粹宫。从驾的几十名官员便都停住了脚，只在垂花门外侍候。

康熙不再说话，满面肃容进了正殿，向供在正中的孝庄太皇太后遗像行了二跪六叩的礼，站起来，却身又是一躬，抬起头来细细看着画像不语。

"主子，"武丹因见康熙痴痴的，脸上似悲似喜，知道在这里待久了没好处，在旁勉强笑道，"老佛爷在天之灵，要见着主子如今功业，必定欢喜不尽！不过今儿不是祭祀日子，外头多少人等着，不如早些去。赶明儿老佛爷忌辰，老奴才陪着万岁来这痛哭一场，赶怕还好过些。"

康熙点点头回转身，扫视一眼空落落的大殿，慢慢踱出来，一边走，一边说道："早就传旨，叫魏东亭赶来，不知来了没有？"武丹心中一沉，他从胤禛那里知道，魏东亭也已经亡故，便道："他身子原不好，这个时候不到，那就是来不了了。"康熙也喃喃说道："生老病死在劫难逃。是啊，但凡爬得动，他就会一定来的。老人是越来越少，越来越少……"

说着二人出来，马齐和张廷玉忙上前一边一个轻轻扶着康熙上了舆。康熙一眼瞥见王掞远远站着，便叫过来问道："你不在太和殿等着，怎么来这里？"

"臣恭逢万岁大喜，欲有所奏闻。"王掞双手捧着一个折本递上来，又道，"此乃天下第一事，敬请万岁默查！"

"哦？天下第一事？"康熙一笑，接过折本，翻开一看，八分楷书工工整整写着："为请立皇四阿哥胤禛为太子事：臣王掞跪奏……"康熙怔了一下，却不说折本的事，问道："看来你身子骨儿好多了，朕赐的药用了么？"

王掞因患红痢，康熙赏的药名曰："续断。"他就是冲着这味药，大胆建言的。因见康熙问，便道："老臣已经痊愈，蒙圣上赐药，令臣感激之至！"

康熙语带双关地说道："朕赏你的药是治红痢的神方，《本草》中载得明白，你要细看。此药要火候，火候不到，效用不显，你且安心吧。"说罢便至乾清宫受贺。

参与盛筵的耆老共是九百九十七名，天不明便乘轿进了大内，安置在太和殿的月台前等候，七十岁以上的设在体仁阁和保和殿，其余的都在席棚下就餐。这都是从京华近畿请来的，因怕出事，体质弱些的都由直隶巡抚代为招呼，老人们虽说早已饿得饥肠辘辘，却都很兴奋，或坐或立，三五成群地在大月台上指点宫阙。一些做过官的乡绅，多年不见，白头相聚，叙同年，忆故旧，说得入港。还有一等士绅，头一次进这金碧辉煌的紫禁城，四处张望，要把这里的一切都记在心里，打着主意回去如何写好这篇墓志铭。正乱着，见李德全、邢年一干执事太监从三大殿北过来，畅音阁供俸们在月台西向而坐，接着龙旗宝幡，文武百官簇拥着一乘明黄软轿迤逦过来。李德全待邢年甩过静鞭，便高声呼唱："康熙万岁老佛爷驾临！"

"万岁！"老人们忙归了位次，俯伏在地高声呼道。立时鼓乐大作，六十四名满装宫女，踏着节拍，挥着流苏扇载舞载歌：

> 中天盛世喦安宁，瑞麦嘉禾表岁成。驺虞白象出效魃，共祝吾皇圣，嵩岳欣传万岁声……葱茏佳气满都城，万里皇图巩帝京，衣冠文物际时亨，海隅宁谧无边警，巷舞衢歌乐太平。喜今日，金瓯一统万年清！

歌舞声中康熙徐徐下轿，在太和殿檐下南面而立静听，因听到"一统万年清"，猛地想起高士奇，便转脸问身旁的张廷玉："澹人怎么没来？"

"万岁细看，"张廷玉低声赔笑道，"他在第三排，挨着白头发的是三爷府的陈梦雷。"

康熙看时，果然见了。他用目光搜寻着，方苞、李光地都在里头，接着又看见了党务礼、萨穆哈一对老搭档。想起当年三藩乱起他们两个从广州仓皇奔命回京报信的往事，康熙不禁慨然一叹。正自神不守舍，已是乐止歌歇。马齐见他怔怔的，忙道："万岁，赐筵罢？"

"唔！"康熙惊醒过来，忙点点头笑道，"朕已用过早膳，饱汉不知饿汉饥，快开宴吧！"

刹那间热闹起来，几百名太监从御膳房走来，摆着冷盘，水陆八珍布成奇巧花样。胤祉为首，下面胤祺等十七个皇阿哥执壶捧盏，先至太和殿下首席为康熙上寿。康熙因问胤祉："怎么不见四阿哥、八阿哥？"

"回阿玛话。"胤祉满脸笑容，躬身答道，"四阿哥在御茶房照料茶水，立时就过来。八弟嘛……他的病仍不见好，怕冲了万岁的喜气，请假了。"

康熙木着脸，心中一阵不快，因见冷盘中的二龙戏珠、两条龙活灵活现张牙舞爪夺那颗紫红鹅蛋，便道："传旨给胤祯，这些时累了，不必过来站规矩——把这个盘子赏他！"又换了笑脸，说道，"这群老人家都是朕请来的客。譬如家人，你们子侄辈还该各桌去轮番劝酒——不要恃强，有用不惯大曲酒的，用点山葡萄酒也罢了——可惜朕身边共事元老，今儿来的太少了。"

"是嘛！"胤祯一本正经地给康熙斟一杯葡萄酒，说道，"也真可惜。儿子昨儿听说魏老叔去世了。别说主子，就是我，也难过了一夜呢……"康熙只吃了半杯酒，听见这话，便放了杯，脸色甚是凄楚。胤祉随即明白了胤祯的用心，抬头看胤禵时，正目光幽幽地盯着康熙，胤祉竟不自禁打了个寒战！

康熙早抱定了主意，决不与这干包藏祸心的儿子们怄气，倒拿得稳。因见儿子们毕恭毕敬挨桌劝了酒，便起身来，慢慢在席间踱步，招呼众人吃酒。走到后排第四桌，康熙见两个老人坐在桌边吃闷酒，他细一审量，失惊道："这不是封志仁、彭学仁嘛！"两个人不防康熙点到名字，忙起身道："是！主子安康，难得还记得我们！"康熙笑道："那怎么会忘？你们两人都是治河能臣，和陈潢一起，先跟着靳辅，后跟着于成龙，黄河都治清了几次——来！朕与你们共饮此杯！"说罢，举杯一碰，饮了，拍拍二人肩头又向李光地的筵席走去。一路转过来，和二十几个故旧勋臣饮过，待转到高士奇身边时，康熙已觉步履飘忽。

高士奇也已白发苍苍，因保养得好，倒是红光满面精神矍铄，只气质中显得十分稳沉，没了昔年那种挥洒飘逸，诙谐滑稽的神气。不知道的人，谁也不会想到他曾是与明珠、索额图并称的熙朝四大机枢重臣。高士奇见康熙过来，忙站起身，笑道："万岁，奴才在史馆编书，不隔几日就见主子一面。主子劝酒奴才是不辞的，只劝主子别饮了……"

"怎么？"康熙笑道，"你说朕的酒量不如你么？"高士奇忙道："岂敢！主子知道，奴才略知医道，酒乃伤身之物，还是少饮为好！主子既这么说，奴才愿代主子一并喝了。"说罢，端起盅来，连斟两杯，一杯向康熙面前一擎，自饮了，接着又自吃了一盅。康熙叹道："你精通医道，朕也不是门外汉。朕的身子自己心中有数。既这么说，这杯酒朕就免了。"说罢便去了。

回到御座上，康熙更觉乏力，连四脚都懒得动。马齐见他脸上一阵红一阵青，便拽了拽张廷玉衣角，悄声说道："皇上气色不好，你看见了么？"张廷玉早已看见，正在想法子，遂道："原定的申时罢宴，一定得挺住。不然要惹出许多闲事的……"马齐掏出表来看看，还有小半个时辰，便道："能不能在钟上做点文章？"

"好！"张廷王双手一合，"真有你的！我这就去安排！"说罢，转身出去，叫过拱辰房太监，小声交代几句，那太监点点头，过来请旨："主子，申时已到，各宫内眷都在里头候着。请旨歇宴……"康熙便站起身来。月台上千余人见他起身，忙都离席俯伏，叩头道："谢万岁恩！"

康熙觉得心头急跳，冲得耳朵直鸣，强拿捏着定了定神，爽朗地笑道："都是有年纪的人了，相聚不易，本应多留你们一会儿，只千里搭长棚，盛筵终有期。我们一道儿努力加餐，待过七十大寿，朕再请诸位畅叙！"

"万岁！"

康熙含笑点点头，由李德全、邢年搀扶着，到中和殿略事休息：这里摆着各省贡来的贺礼，他想看看。中和殿里琳琅满目，殿内四周摆着寿礼，什么琼、瑶、棋、琳、璞、璆、琬、瑜、圭、璧、璋、瑚……应有尽有，还有的投康熙所好，献的珍版书、宋纸、宋墨、董香光字画，贴着黄签，堆得到处都是。康熙看了一会儿，至南窗前，拿起一块黑乎乎的石头，问道："这是什么物件？"

"这是十四爷献的。"邢年答道，"说是什么天上掉下来的陨石，上头还有字……"

康熙戴上花镜仔细把玩。石头是铁青色，茶碗般大小。细审时，背面果有几个篆书字顺石筋突起，却是"百年长运"四字。不知怎的，他陡地想起《烧饼歌》里朱元璋的一句话"自古胡人无百年运"不禁手一抖，喃喃说道："秦皇晏驾，有陨石落……"一句话没说完，心头猛地一悸，眼前金花四射，双腿一软，几乎栽倒在地。吓得李德全、邢年二人死劲架着，张廷玉和马齐两个人脸色雪白，惊呼一声扑上来架住瘫软无力的康熙。一边轻声呼叫，一边架到须弥座上暂息。张廷玉向慌做一团的人们喝道："不要乱！即刻传太医院医正，不许张扬！"

"叫……"康熙神智略有恢复，脸色潮红，半倚在椅上，无力地说道，"叫……传高……高士奇也进来看……看脉！"

第五十二回　知天命寝殿颁遗诏
　　　　　　护贤臣鱼眼藏珍珠

康熙头缠黄帕，侧身躺在烧得热烘烘的炕上，脸色已经如常，只左半身已经偏瘫，口角也有点歪斜。见高士奇进来，命众人都出去，方道："你原是精于岐黄之术，通生死大道的。这些年你退出上书房，越发专心医理，有人说你能断人生死，灵验如神。朕因用不着，都不大理会。朕这一病，自觉与从前大不相同，想问你个实信儿，到底朕还有多少日子？你不要怕，只管往短里说，活得长了是朕的赚头，朕决不罪你。"

"主子……"高士奇的脸白得没有一点血色，连连顿首，哽咽道，"您怎么说这个话？奴才心都要碎了！那日筵宴上奴才已见主子病发在即，果然不幸料中。又见主子病势不善，最怕的是这几日。主子已经熬了出来，慢慢调治，正是圣寿不可限量！您不要多想，与性命决无干碍的！"康熙伸出右手，命高士奇起来，微笑道："人言生死大讳，智者不为，何况于你？你这话在情理之中。但朕有许多要紧事必须处置，要安排好，不能拘于常规。事关国家社稷，你要破除俗念，最后再助朕一臂之力！"

高士奇深深低下头去，良久才抬起来，已是泪光闪闪，缓缓伸出一个指头。

"一年？"

高士奇摇头。

"一个月？"

高士奇摇头。

"那么……一旬？"康熙的脸色苍白了。

高士奇道："逢十进一。圣上安心调治，天下苍生有福，度得一年风险，还有十年圣寿。过此，臣不敢妄言……"

"哦……"康熙沉吟了一下，心中一阵宽慰，盯视着高士奇道，"你今年多少岁数？"高士奇忙道："奴才犬齿六十有二。"康熙点点头，说道："算来朕身边的老人儿，你还是个年轻的。朕有意起用你回上书房来做事。你以为如何？"

高士奇早就看透朝局，连国史馆的差使都想辞去，如何肯再蹚这汪浑水？叹息一声道："不怕皇上见笑，奴才早已是过时的人，昔年壮志都成灰烬，焉能再作冯妇，驾驭当今朝局？奴才这些年潜心典籍，已成蠹鱼之虫，万不敢腆颜尸位，误了圣上大事！请皇上龙心默查，奴才这话是肺腑之言！"

"你去吧。"康熙见高士奇诚惶诚恐，确乎没了当年的灵气，不由得叹道，"你有你的难处，先时佟国维在位就常难为你，倒是胤礽还替你说句公道话。如今国维虽不在，朕看和他在也不差什么！上书房乃随人事而转的去处。朕盛，它也盛，朕衰，它也衰，朕心里清楚着哩！回去安心做事，想见朕，随时可递牌子。"

眼巴巴瞧着高士奇迈着拖沓的步子出去，康熙打心里一阵惋惜：多才多艺风流倜傥的高士奇，竟会变得如此一蹶不振，可见党争之风令人可畏！

一天，马齐进来道："皇上，八阿哥进来请安，见不见？"

"不见！"康熙愤恨地说道，"——前几天要死不活的时候别的阿哥都在，偏他有病，这会子返过了神，他也好了！"马齐忙答应一声，待要出去，康熙却又变了主意，叹道："唉……你叫他进来吧。"

好半日，胤禩才进来，他倒不是故意迟慢，从东华门到养心殿这节子路上，碰到进来给康熙请安的官员太多了。他自己也在"病"中，人人见他仍旧要请安。这些昔年他从胤礽、胤禛手里保出来的人，如今是他的支柱，又不能慢待，因此挨延了许多时间，待进养心殿，却见张廷玉跪在一旁，邢年等一干太监扶着康熙。胤禛一条腿偏跪在炕上，正给皇帝喂药。胤禩静静跪下，待胤禛退下，方款款道："儿臣胤禩恭请圣安！"说罢从容叩头。

"起来吧……"康熙面带倦容，用深邃的目光盯着胤禩，说道，"听说你前几日身子很不好？如今怎样？"胤禩赔笑道："儿臣犬马之疾，不敢劳圣心挂念。儿臣原本已见好的，乍闻阿玛圣躬违和，惊心煎虑，竟昏厥过去，今日才见好……"康熙点头，良久才道："这是父子至性嘛——不知你如今用什么药？去年冬天朕赏了你的药，后来说不大合用。想再赏你，又怕不合你病情，因此不敢送去。"

胤禛听了不禁一怔，半晌，叩头道："父有赐，子不敢辞。何况阿玛君父兼于一身！请阿玛免去'不敢'二字。"

这真是话不投机半句多。康熙顿时默然，想想，一笑道："人说老四挑剔，朕看总不及你多心。说到九九归一，你是朕的儿子，素来伶俐宽厚，朕心里是很疼你的。既然病着，少想些杂事，如要什么东西，叫何柱儿进来奏朕就是了。"胤禛也觉无话可说，便叩头道："外头天已热了，这屋里烧炕，越发受不得，皇上一人系天下苍生之福运，得多保重。儿子身子稍壮，自当天天进来侍候。"

康熙见他叩头要辞，叫住了问道："你回去么？"胤禛忙回身一躬道："儿子要进内给母亲请安。万岁还有什么吩咐？"因见康熙点头无语，方慢慢退了出去。

"心有山川之险，胸有城府之严！"康熙看着胤禛的背影暗暗沉思，陡地想起高士奇的话：要真的还有十年之寿，一切另当别论。但高士奇"一年风险"四个字，像梦魇无声无息地追逐着他，无论怎样都驱赶不掉。康熙出了一会神，怔怔吩咐道："回……畅春园去。"

驭手轻喝一声："驾！"八匹健骡拉着病骨支离的康熙离开了紫禁城。康熙半躺在驼车里的软榻上，心中一片茫然，这一去不知还能回到大内么？随侍在侧的张廷玉和马齐面上佯装镇静，心中却是莫名的惊慌——御医们谁也不敢说什么，但这几天侍候下来，从人们闪烁不定的眼神和模棱两可的话语中，他们已是心中雪亮，大限已到，圣寿不久！皇储之位不定，思之令人胆寒，万一闹出齐桓公故事，不但此时身败，后世也要名裂！两个人怔怔地望着康熙，这位老皇帝昔日英睿的风采，明快的决断，宽厚的仁德，曾给他们多少安慰和镇定！一时之间便都化作烟云飘渺……

"停一下……"康熙说道。

"万岁！"两个人忙伏身上前。马齐道："还不到畅春园呢！"张廷玉忙用绢帕拭去康熙口角的涎水说道："万岁少安毋躁。回畅春园，春和景明，好生调养，不多日子就康复了。"

康熙淡淡一笑，说道："……到了哪里？"张廷玉道："才出西便门。"

康熙微一颔首，说道："扶朕略坐坐……"

张、马二人忙上前架起康熙的臂膀，坐了起来，康熙明亮的眸子透过玻璃窗，望了一会儿，外头秀麦吐穗，菜花正黄，翠柳如烟，黄鹂啭鸣，正是一派好景致。远处乌沉沉一片柏林，是白云观。再向南里许，便是康熙幼年读书之地，却被树遮住了，看不见，康熙凝视良久，弛然而卧，喃喃道："走吧……外头好景致，惜乎朕没福消受了……"

车身一晃，启动了。康熙仰脸想着，突然抬头道："王掞……这几日你们见着王掞么？"马齐目光霍地一跳，忙俯身道："主子，王掞哭坏了身子。奴才见他不济事，昨天叫人把他送回府了。"康熙的嘴角微微抽搐了几下，把目光转向张廷玉："他那份折子，在你身上？"

"在……"张廷玉说道，"主子要看么？"

"哦……"康熙躺回去，闭目说道，"头好晕，不能看了……你把它烧掉……"马齐诧异道："皇上，这使不得。史馆里有备案，烧掉怎么交代？"张廷玉却道："有马兄在此，就是见证，此乃皇上特旨！"说罢，从袖中取出那份折子，也不言声，晃着了火折子，就手中焚着了。

康熙眼看着那份折子化为灰烬，冷峻地一笑，说道："你做了一大善事。王掞尸位素餐，忝在国家大臣，党附胤礽至死不悟，朕意赐其自尽，你们以为如何？"

"主子！"马齐吓了一跳，以为康熙神志糊涂了。正要谏奏，张廷玉道："臣尽臣职，死是本分。念其效力多年，臣以为流配打牲乌拉也就够了。"

康熙沉吟良久，方一笑叹道："他七十多岁的人了，去打牲乌拉和赐死有什么分别？罢他的官，留京待勘，从子孙里找一个人替他流配吧！"

两个人正待答话，车一晃，停了。哭得红肿了眼的方苞隔着帘子道："主子，臣方苞接驾！——主子有特旨，不许臣过去侍候。"说罢，呜咽着伏地叩头，挑起帘子看了康熙一眼，竟止不住放声痛哭起来！

"朕才好些，你不要这样。"康熙也觉感伤不能自已，"朕移居穷庐，把那里改成寝宫，有些事得趁明白时和你们计议一下呢！"

过了澹宁居东的月洞门，里边的路不好走车了，一群人把康熙从车上架到一乘四人抬亮轿上，穿花渡柳进来。前头驻防的便是武丹统领的善扑营御林军和哑巴太监侍候的"穷庐"寝宫。马齐对这个地方一直有着一种神秘感。很想进去看看，但到了篱前，康熙便停住了，回头笑道："送君千里，终须一别。马齐和廷玉先退下去，把外头的事料理一下——万事不可轻废轻兴，一切如常才是兴旺景象。"两个人只得依命躬身而退。

"灵皋。"康熙回到这里，看上去安详了许多，因见方苞兀自面带戚容，便招手儿叫到床前，说道，"你也有俗人之见么？生死有命，富贵在天，前贤说过，写在书里，就是叫后人读、后人想的。朕的病自己心中有数，已经过了头一关。第二关闯过，就好比陀螺儿，转稳了，那就还有几年好活呢！"方苞黯然道："生死事大，其理难明。所以圣人言生不言死，何况我辈？这几天我真是又急又悲又惊！您的言谈纪要都在我手里，又没有定住哪个阿哥继位，万一出事，顷刻便是塌天大灾！"康熙道："朕今日就想和你议一下这件事……你把那些东西……取来吧。"

"东西"就放在自鸣钟旁贴金大柜里。方苞轻轻取出来，像抱着一个婴儿，不知怎的，他觉得腿脚发软，手也有些颤抖。

"这么多呀……"康熙抚着案上的文稿，随便翻看了一下，半尺厚的稿子上头还分了纲和目，政治类、天文类、地理类、河防类、靖边类……一编一编，都是平日他暇时随心而谈，方苞整理了，交他过目，每一类事例不详时，由方苞查档加注填写。各编后头都钤了康熙"体元主人"的小玺以为信凭。康熙目光炯炯地望着用龙须草编织的天棚，良久才道："遗诏文稿就从这上头去想，不妨写得长点，有两万字就够了。……比如秋狩射猎，朕一生打死多少熊虎恶兽，这些事不要列进去——太琐碎了。"

方苞点头道："这部书写了万岁一生辉煌事业，自当再精心编修，请万岁为它起个名字！"康熙凝神想了想，偏过脸问道："你看叫什么好？"方苞道："叫《圣文神武记》如何？"

"叫圣武吧。"康熙一笑，"这都是明摆着的事，不妨留点余地叫后人去评说，自己吹自己是'神'未免没味儿。"方苞答应一声，把文稿轻轻叠起，问道："还要请旨，遗诏里要不要将默定的继统人写入？"

康熙没理会这话，却转了口气问道："你离开上书房到这里来，多少日子了？"方苞想了想，说道："八年了吧。臣已经八年没出这园子了。"康熙心里默谋着，说道："是啊，十三阿哥被禁之后，你就进来了。把一代鸿儒囚在这里，不合情理啊！你要不要出去做官？""不要！"方苞浑身一震，唏嘘道："听万岁话音，您不要我了么？万岁……自从骆马湖一遇，万岁以友道待我，我已暗自心许……愿此生余力，为圣主竭尽绵薄。如今主危国疑，正是臣捐躯效命之秋，望万岁取臣这一片忠贞之心，留下臣吧……"

"主危或是，国疑则未必。"康熙静静地说道，"朕也没说这会子就放你走。多少年来，臣子们惴惴不安，生怕朕百年之后，不能见容于子孙。这不无道理——本来一朝天子一朝臣嘛！朕再三至嘱魏东亭他们，要尽早补清亏空，怕的就是朕死在他们前头，他们吃不消！如今他们先去了，倒也安生。朕不选取老八，他的党羽太多，狼一群狗一窝，其中也不乏李光地这样的正人。党羽多，爪牙利，处久要生变，朕过得不宁；一旦继位，他便想振作，无奈拥立他的人鱼龙杂处，情结恩连，怎么下得了手？"

方苞至此，已经明白，康熙已决心定胤禛为嗣，只时间不到，他决不肯揭锅而已。正想着，康熙又道："如今的吏治再不整饬，非出大乱子不可。台湾的朱一贵，几乎就平不下去！福建泉州暴民聚众数千，这起子奸徒抢掠富户，危害乡民，像兰理这样的骁将都弹压不下……山东呢？盐民暴动，竟困了兖州府，连孔府的佃户们都裹挟进去……虽说这都是些毛贼，也是官逼民反呐！平……是平下去了，纸里头毕竟包不得火，乱源不清，治世就是缘木求鱼——朕为万世子孙计，也该——斟酌出一个像样的皇帝啊……"他仿佛不胜重负般长长透了一口气。方苞呆呆地听着康熙的这些体己话，心里暗自佩服：这番思虑，真到了炉火纯青的地步儿！像这样周密的心思，何愁不能"终考命"呢？良久，方苞才拭泪道："臣都知道了，主上好生安歇，今个儿太累了。"

"来人呐。"康熙慢吞吞喊了一声。李德全和邢年等人忙从屋外进来，问道："万岁爷有什么差使？"康熙冷冷说道："自今儿起，朕的寝宫就改在这里了。规矩也要加严。你们知道，武丹虽老，却是个杀人魔王，朕无论说什么，走出去一个字儿，几十年侍候的情分就一笔勾了——唉？知道么？"

"喳！"二人齐应一声，"奴才没这胆子！"

康熙"嗯"了一声，又道："出去传旨：王掞于朕六十年大庆之日，辄敢妄言，混淆视听。是不欲朕躬愉快，其心甚不可测，着革去其文华殿大学士职衔，流配黑龙江——慢着——念其年老，着由其子代其前往。本人留京闭门思过！"

"喳！"

"还有，"康熙阴郁地说道，"泉州府永春、德化两县聚众两千，竖旗放炮一案，朕原有旨意，这些人原非贼盗，因岁歉乏食，不得已行之耳，遣部院大臣侍卫，前往招安即可。上书房大臣马齐处置乖谬，擅自批文进剿，不但首贼陈五显逸逃，且斩杀八十余名裹挟之民，着革去马齐领侍卫内大臣、太子太保、文渊阁大学士职衔，交部议处！"

"喳！"

方苞早已听得瞠目结舌，脸色焦黄，没点血色！他不明白：康熙为何突然大振天威，连黜两名朝廷大臣？王掞一事尚有可说，这马齐一向忠勤恭慎，为这点小过就革职拿问？

"传旨，"康熙脸上毫无表情，"上书房大臣张廷玉，随侍多年，并无善政建议。去岁朕下诏求言，该大臣敷衍搪塞，事主不诚！本应严议，念其除此之外尚无大过，着降两级处分，暂留上书房行走！"

"喳，喳，喳！"

邢年、李德全鼻子尖上冒汗，因见康熙不再吩咐，复述了这三道旨意出去了，邢年因走得踉跄，一出殿竟无端崴了脚脖子，一跛一跛颠着出去了。

"万岁……这？"

康熙见方苞急得容颜改变，摆手一笑，问道："譬如一粒珍珠，不想让人寻着，放在哪里？"

"放在鱼眼睛里！"

"一根木头呢？"

"放在树林里！"方苞已经恍然大悟，不禁自失地一笑。

康熙伸出右手端茶呷了一口，笑道："方才对马齐说'终须一别'就是这意思。你的事以后再说。先到各阿哥大臣府里串串，就说替朕编的《御制乐律》已经告成了。叫十七阿哥胤礼送你一处宅子，你还可随时进来见朕——朕今儿着实乏了，再会罢。"

第五十三回　邬思道雍府逞辩才
　　　　　　　隆科多穷庐受遗命

　　接连三道谕旨，流配王掞、锁拿马齐、黜降张廷玉，从康熙八年起建立的上书房至此名存实亡。这已经是震惊朝野的大事了。不料余波未息，五月端阳过后，尤明堂、施世纶亦被革职问罪，拿到绳匠胡同狱神庙囚禁待勘，人们正在懵懂中，朝旨又下，山东布政使田文镜、江苏臬司李卫，又相继入狱，连病退多年闭户读书的佟国维也未能幸免。往日，处置这些事，康熙都是反复斟酌，征询部议，驳而再复，但这些接踵而来的雷霆之怒，事前既无征兆，事后也无商量，处置的人五花八门，哪个"党"的都有，却多是平素贤声著称的能吏。所以不但阿哥们如坠庐山云雾之中，众多朝臣都是莫名惊诧，惶惶不可终日。就有人暗地里传说：万岁爷痰涌心窍，患了疯迷症。

　　过了七月节，北京城，凉风乍起，早已无事可干的胤禛接到谕旨，免去了内务府差事和兼管刑户二部的职事。勉强捺住心头的惊慌，胤禛从容进园请了安，拖着灌了铅似的两条腿回到府邸，却见戴铎已等在府里，檐下堆着一坛一坛未启封的福州老烧酒，还有十几篓子福橘，码在万福堂前。戴铎正和文觉和尚对局，旁边性音和邬思道坐着观战。见胤禛进来，除了邬思道，几个人都起身相迎。戴铎忙抢着一步跪了叩头道："奴才戴铎叩见主子！"

　　"回来了？"胤禛瞟了一眼外头的礼物，一摆手坐了，接过长随递过的茶呷了一口，淡淡问道，"几时到的？"戴铎外任这几年，吃得又黑又胖，脸上泛光，本来就不高的身材，裹着一身黑缎夹袍，透着一身精悍之气，因见胤禛一脸不快，小心说道："奴才昨个回来的，因遵主子信里的吩咐，没敢先回府拜见。先去畅春园给万岁爷请安，只问了几句话就下来，今儿一早进来，偏爷已经出去……"说着，便呈上礼单。胤禛接过略看一眼便摺到一边，略一顿，发作道："天下至无情无义的要算你戴铎兄弟二人！年年节节，就用这些个东西搪塞，每次来信不是哭穷就是叫苦，好没意思！你真是穷到这地步儿了么？酒，我素来不吃，没有长熟的橘子，捂熟了怎么用？依着我，你拉出去，到市上卖了，回去的盘缠也有了！"

戴铎听了一声也不敢言语，只低着头听他训斥，邬思道和文觉对望一眼，笑道："四爷，你这是怎么了？好好的就发脾气，是内务府和部里的差使不顺心？"胤禛长长地出了一口气，颓然向椅上坐了，说道："差使……没了。这倒正好，无事一身轻！难道我不会享福？如今的局面，真有点树倒猢狲散的样子，办事的人拿的拿，问的问，还能办什么事？早就无事可干了！外头有人说万岁疯了，我瞧着他倒不像，只这样料理朝政，还了得？"文觉和尚把手里念珠捻得飞快，口里慢慢说道："四爷别性急，戴铎还有消息，我们参详参详？"胤禛心烦意乱地看一眼戴铎，道："你主子心绪不好，发作几句你别怪。"

"奴才岂敢！"戴铎略一躬身，说道，"奴才在朝房候见，安溪李相国也在，攀谈了几句。他也是进去请安的，说起几位阿哥，奴才问他，老大人以为哪位阿哥最好？李光地说，'阿哥们都各有所长，比起来似乎还是八爷好些。'"

胤禛听得身上一震，冷笑一声道："好嘛！你没问他一声——何以见得呢？""奴才没敢那样问话，"戴铎说道，"奴才说：'不是下官回驳老大人，我在下头知道得清爽，八爷得的是官望，四爷得的是民望：福建民谣说"面糊塌，寻老八，官司清，寻胤禛"——这就是凭据！四爷刚决明断一丝不苟，待人赏罚严明，八爷是比不了的！'"胤禛道："你和他说这些做什么？李光地几时为民想过？传这样的歌谣，耳报神若告诉了皇上，不定又起疑呢！"

"四爷用不着怕，如今有这么点谣言，传到万岁耳朵里，一点坏处也没！"邬思道微笑道，"李光地一生谨慎，到底没有爬进上书房，是万岁压根看他器宇不够。行止有亏！"胤禛陡地想起，李光地卖友、纳妾、匿丧三件憾事，朝野人人皆知。康熙也确乎只取他的功劳才学，所以勉为其难让他荣宠终身。胤禛不禁点头叹道："这都是命！像他和陈梦雷，如今倒安枕高卧，偏生施世纶、彭鹏、尤明堂这样的能臣，一个个都没好下场！"

邬思道突然仰天大笑，说道："四爷真呆！你真的以为万岁是整治这些人的么？你这些天懊恼沮丧，为的就是这个？"

"你……"

"四爷！"邬思道眼中波光闪烁，"您真得好好参详一下万岁的帝王心术！"他夹起拐杖笃笃踱了几步，倏然说道："万岁龙体欠安，已经自知不起！阿哥们各怀大志，逐鹿之争愈演愈炽。这些能员若不予以保护，难免越陷越深，各辅一主，将来尾大不掉！所以要将他们黜降了。如今——最安全之地不在上书房，不在六部，而在——狱神庙！您别忙——这是一。二，将来有一日新君登极，这些人如不去掉，难免以元老自居，使新君无所措手足，如今他们一个个'犯了罪'，新君执政，一纸诏书赦出来，立即就得对新君感恩图报！既避免他们陷入党争，又可为新君预备了一批能臣，万岁的心思厉害不厉害？"

胤禛听得悚然惊悟，喃喃道："噢……这实在……这太……但有些年迈体弱的，挺不住又该如何？"

"这么大的善事，"邬思道略带忧郁地说道，"死几个人有什么关系？哪个庙里没有屈死鬼呢？"言犹未毕，外头蔡英匆匆进来，禀道："四爷，方苞方先生来访！"

胤禛精神大振，一挥手道："请诸位回避一下，我去迎一迎！"邬思道抚须笑道："他们回避吧，四爷也不用迎，这盘残棋我两个接着下！久闻方灵皋大名，今日会会，也是一大快事。"众人退出万福堂，早见一个长随似的方苞进了二门。

"扰了四爷清兴！"方苞带着一个小奚奴进来，笑道，"早就想来，偏生穷忙，一直抽不出空来……"胤禛丢下手中棋子儿站起身来，向方苞一揖，说道："灵皋先生，什么风把你吹来？快请坐！"方苞笑呵呵坐了，说道："我刚从马中堂那儿出来，又去看看老施，顺道儿来拜见一下四爷……"他接过奉来的茶，睨了一眼邬思道，又问道："这位先生是……"

邬思道将废子敛入盒中，只看了一眼这位显赫得炙手可热的"布衣"权贵，微一躬道："邬思道——敢问先生贵姓，台甫？"方苞便知这是昔年大闹南闱的主角儿，最能惹是生非的，却没想到是个残疾人，遂一欠身，说道："方苞，字灵皋。"一边说，一边递过一张名刺。邬思道无动于衷地接过看了看，因见上头写道"桐方苞熏沐谨拜"，便递了回来，敷衍地说道："久仰！"接着便指着棋盘道："这盘棋四爷输了半子。"

方苞突然有一种受辱的感觉，自康熙南巡在途中收他为布衣之后，可以说在皇帝跟前言必听计必从，大至亲王、贝勒，小至部院尚书、郎官，没有人见他不说恭维话的。怎么这个邬思道，竟似从来没听说过"方苞"这两个字？当下便觉无趣，走过来讪讪地审量棋局，半日，笑道："邬先生！棋，刚进中盘，论胜负尚早啊！"

"是么？"邬思道爽然说道，"原来方先生也精于棋道？"因见方苞笑而不答，胤禛忙道："方先生乃儒家大宗，读尽三坟五典，识穷天球河图，极受皇上赏识！思道不可造次！方先生授四子的棋，我还下不赢呢！"方苞忙逊谢不迭道："王爷过奖，方苞不敢领受！"邬思道笑道："话虽如此，跛子是不见棺材不落泪的，方先生既说此局未分胜负，请代四爷走几着何妨？"

方苞本想躲开这样的轻慢之徒的，至此心头不禁暗暗上火：你赢四阿哥半子的本事，就想赢我？遂笑着端起棋盒说道："恭敬不如从命。"说着便投下一子，绰进黑角，暗伏了杀手。邬思道不假思索，将三三一子退尖二四谨守待机。几着下来，方苞见对手防围森严，着子若即若离，似实又虚，击左应右，视后攻前，着实不是凡品。胤禛在旁已看得茫然，全然不懂双方深义。不由暗忖：邬先生素日赢我半子，原来是煞费苦心让的！

"高明！"三十余着之后，方苞始终未能挽回一先，弃子叹道："确是要赢半子了！"邬思道也轻轻放下棋盒，微笑道："今日过了棋瘾。君有自知之明，令人钦佩！"方苞听着这话，觉着狂傲，却无可反驳，想想终是难忍，便道："弈棋，小道耳，就值得自矜如此？这样见识，恐怕还算不得通人①。"邬思道立即反唇相讥：

"我读书万卷，何谓不得通人？"

"读过《狱中杂记》么？"

"书不读秦汉之下。"

至此二人已是动了意气，虽然没有怒形于色，语气都冷得结了冰似的。胤禛正左右为难，邬思道格格笑道："方先生既是通人，请问方才名刺上'桐方苞'如何讲！按可称为桐者，天下有五，浙江有桐庐、桐乡，安徽有桐梓、桐城，河南有桐柏，足下自称'桐方苞'，学生百思不得其解！"

---

① 读书千卷的人，叫做"通人"。

"后生!"方苞被他问得一怔,端茶啜了一口,冷笑道,"读书重在养气,不是用来养舌!桐城方苞虽然浪得虚名,终归文林皆知,我用'桐方苞'三字不过避名自隐而已,竟成了你的把柄!君名既称'思道',不知所思何道?"

邬思道脸上毫无表情,略一欠身,说道:"先生!你这'避名自隐'四字,学生仍旧不懂!譬如一只云中鹤,飞来飞去帝王家,还要说'自隐'——其理难明。我这'思道'二字本得之父母。既问我所思何道,也不妨直言相告:古之明哲之士,谦冲淡泊,不栖危楼颓垣之侧,心不存机械倾轧之地。我方才说'久仰'不是虚词,雍王爷几次回来说先生在御书房给阿哥们讲四书,讲得好。然大学扼要在诚意,诚意扼要在慎独。君言必称循礼,果然是为养气修己,还是稍稍有点'近名'?君引朱熹语,横批今世腐儒,听来十分痛快,但到底是为明道呢,还是有点'好胜'呢?修己明道乃是天理,近名好胜却是人欲,私欲尚不能克服,那'天理'是否就掺了水呢?"

邬思道滔滔不绝,侃侃而言,不但胤禛听得目眩神动,方苞也是目瞪口呆,惊讶地看着这个稳沉不动声色的书生。邬思道轻轻将手中折扇合起,放在案上叹道:"昔年我为诸生,即倾慕先生为人为文,但近年来久不见先生有好文章传于世间了。为什么?我亦不得明白!先生自思,处身于此地、此时,周旋于斯人、斯事,虽欲自全,亦恐难得,何来文思构成佳章?思道一介愚鲁,隐于四爷卵翼之下,以管窥之见,其言也直,其心也正,先生达人,谅不见责!"说罢,低下了头,看着那局残棋不语。

"谨受教!"方苞这才回过颜色,这番话在他来说真如当头棒喝,醍醐灌顶,竟一躬身说道:"实在多谢了——四爷,您有此畏友,日日在侧,真是您的洪福!邬先生,我邀您明岁桐城一游,与您重新把酒论道。告辞了!"说罢一揖便辞了出去。胤禛直送到仪门才踅回来,因见邬思道拊掌而笑,便道:"你无端惹他做什么?"

邬思道显得有些疲倦,深深透了一口气道:"四爷,您想过没有?此人中举,李光地乃是房师,李光地在万岁跟前木钟没有撞响,想求助于他,而此人却是言听计从!为此危急万端之时,四爷一针一线的差错也不能有啊……唉!对付方苞这样的人可真难啊!"胤禛盯了邬思道一眼,心中陡地生个念头：这位姓邬的心机未免也太厉害了……口中却笑道："你劝他归隐泉林，离开是非之地，也是菩萨心肠。"邬思道怔怔地说道："我们尽了人事，就看天命了！"

外面不知什么时候阴了天，忽然一阵风裹着星星雨雾破帘而入，袭得胤禛和邬思道身子一缩。

天命攸关，举朝瞩目，但谁也没有想到，如此重大的事务会落到小小的京师步军统领隆科多的头上。方苞赐金还山后的半个月，一乘绿呢官轿被抬进畅春园穷庐寝宫，张廷玉先从捂得严严实实的轿中下来，回身说了句："你就在里头等候宣召。"接着便命邢年，"所有御医、太监宫女侍候人等，一概退出宫外。"说罢便挑帘进来。站在榻前轻声说道："万岁，隆科多来了。"

康熙和衣半卧在大迎枕上，他的脸色又灰又暗，刀刻似的皱纹一动不动，正自闭目养神，许久，方瞿然开目，说道："叫进来吧。"须臾，便听靴声橐橐，隆科多进来免冠叩头，说道："奴才隆科多恭叩万岁金安！"康熙并不叫起，只微一领首，对张廷玉道："读给他听！"

"喳！"张廷玉一躬身，从康熙案头一个金皮小匣中取出两份诏书道，"隆科多，奉旨向尔宣读遗诏！"

隆科多大吃一惊，惊惶地盯了一眼稳重自持的张廷玉，深深叩下头去，张廷玉款款读道："查隆科多党附皇阿哥，乱政害民，着即赐死！钦此！"隆科多万没想到密召自己进宫，竟为了赐死！惊得浑身一抖，额上的冷汗立刻冒了出来。半晌方叩头道："奴才知罪……领旨！"

"你怎么想？"康熙冷冷地盯着隆科多问道，"有没有可辩之处？"隆科多强自按捺着惊怒，叩头颤声道："雷霆雨露皆是君恩。万岁既许奴才申辩，奴才当椎心泣血直言告主，佟氏一门确是多有党附八阿哥的，但奴才因自幼失怙，性情倔强，开罪本族，不能见容于族主佟国维……皇上西征，奴才身负皇上逃出科布多，皇上特简游击之职，因顶了临阵脱逃的佟科飞缺位，屡受排斥……这些，皇上您都是知道的……"说着已是伏地饮泣不能自己。康熙想起往事，一阵心酸，两行老泪无声地淌了出来，忙收摄心神，点头道："这朕都知道。但这份诏书未必就用得着，张廷玉是宣诏之人，以后由他做主，诏书上空着的日子也由他填。廷玉，你再读朕的另一份密诏！"

张廷玉默默点头，又道："隆科多听旨：隆科多着以原品进太子太保，领侍卫内大臣，上书房大臣，仍领京师步军统领之职。钦此——康熙六十年十月初三。"

"啊？"隆科多惊愕地睁大了眼，半晌方道，"万岁——这？"

"死之悲，生之欢，朕一并赐你。"康熙的声音很低，却极清晰。说着，命张廷玉扶自己坐起，干咳一声，又道："你当谅朕为难之处，朕为江山社稷不至堕于小人之手，不得已出此下策。你若忠于职守，谨领遗命，前一封诏书即作罢论。你若奉职无状，新君登极之日，就是你的死期！张廷玉也是一样，这样的遗诏，他也有两份！"

隆科多不知是因为怕，还是因为钦佩，哆嗦着嘴唇，一时竟寻不出话来应对。康熙却不理会，款款言道："若在小家子，朕该叫你一声表弟，但天家之事，关乎亿兆黎庶，循不得这些个私情。当日你背着朕从乱兵中逃出，仅有一个窝头，你让朕吃了，你嚼草根，就那么一葫芦水，尽着朕用，你喝马尿。所以你这人有割股啖君之心，朕瞧着你就是本朝的介子推。仗打完了，又忘掉了，埋没你多年，是朕之过……"他话未说完，隆科多早已泪水簌簌落下。康熙叹息道："可见君臣际遇之难！朕思来想去，无恩给你，只好下这道诏旨，你得成全朕，体谅朕，或可于后世为一代名臣，就不枉了朕一片苦心了……"

"万岁爷……"隆科多一下子伏身在地，痛哭不能成声，"奴才愿替您……"

康熙略一摆手，说道："不要这样嘛。生与死，哪有替代之理？朕做了这么多事，一辈子轰轰烈烈，没什么遗憾，就比如写完了一本书，合起来，有什么难过处？你若能助朕写好这最后一卷，就是成全了朕……"说罢弛然而卧，道，"廷玉，你们都是托孤之臣了，不妨就在这里细谈，朕乏极了，心跳难止，就歪在这里听……"

"是。隆兄请坐。"张廷玉拭泪说道，"皇上的遗诏共是两份，一份是记述一生事业功勋及治世要旨的，另一份是传位遗命。"

第五十四回　康熙帝寿终归渺冥　薄命女饮鸩殉恩情

这是一个严寒的冬季。自交十月，京师的天气几乎一直阴着，狂啸的西北风卷着雪团、雪片，没完没了地飘落下来，把这座阴沉沉的古都裹成了混沌世界。畅春园澹宁居等处行宫，挤满了六部尚书、郎官，各省总督、巡抚都住在专为他们搭起的帐篷内。他们都是进京给康熙请安的，还带着一些公事要奏。但从内廷传出来的信息，康熙的病情越来越重，时厥时醒，已经昏昏然不能理事。里里外外随时能见康熙的，只有一个张廷玉。他已经熬得眼圈发黑，失去平日谈吐从容的气度，说话又急又快，走路有点踉踉跄跄。十一月十三日，张廷玉在康熙的小书房里接见了几个外省大员，只站着交代了几句急务，说道："这么大雪，诸位老兄暂且不必回去，皇上稍安，不定还有什么旨意呢！"说罢又到韵松轩来。

胤祉、胤祐、胤禩、胤禟、胤䄉、胤祹、胤禑七个皇阿哥都坐在里头，见张廷玉进来，忙都站起身来，胤祉便问："张相，有旨意么？"

"半个时辰后，请各位爷进去请安！皇上今儿似乎略好些，想见见你们。"说罢便一径去了。

胤禩紧张得脸上有些发白。外头一切预备停当，丰台驻军统领成文运那里的三万人厉兵秣马，只待一个信息即可前来包围畅春园。隆科多那边是揆叙和阿灵阿两个联络的，虽没有应承策应，但却保证北京九城不出一兵。有这两条，可以说一声令下，畅春园即在掌握之中，单凭武丹和赵逢春那几千绿营兵，决计抗衡不了！现在园外有左右局势力量的只有一个胤禛，一旦丰台兵到，立即擒拿胤禛……一切都准备好了，只等父皇……无论遗诏传谁，都是一纸空文！

康熙已经自知"好不了"。过了十月，他已全然不能起身，举手投足便觉心悸头眩。此刻，他静静平躺着，像一盏熬干了油的灯，只一双眼还泛着一丝活气。平时虽然也说生死常事，不害怕，但倒真的要抛去这万里江山、繁华世界、富贵风流时，他仍有一种莫名的悲哀……他口中喃喃说道："到头了，到头了……玄烨，你也有今日么？……"

"万岁……"

张廷玉早就进来了，只不敢言声，听他说胡话，忙俯身说道："奴才张廷玉在此……外头的事都处置了，人也都见了，您安心歇着……"

康熙侧转了脸，温和地看着张廷玉，说道："粮食再多也不嫌多……暹罗国这几年米贱，还要买些；凡进内地的，免税……哦……永不加赋的诏谕再重复一下，有更动者，即不是朕的子孙……如今官员还不起亏空，就在火耗上打主意；年羹尧和噶什图的折子要严加驳斥，就说朕的话，火耗只可议减，岂可增加？老十四那边军需，实在腾挪不开，还是着落户部……"说至此，心猛地一疼，康熙剧烈地颤抖了一下，脸变得又灰又青，半日回过神来，却又泛上潮红。张廷玉、邢年、李德全忙上前替他轻轻捶着。便见外头小太监进来禀道："主子，三阿哥带着诸位爷进来给您老请安了……"

"叫他们进来……"

须臾，胤祉带着六个阿哥鱼贯而入，就榻前一排跪下，叩头道："给皇阿玛请安！"

"唔。"康熙用目光扫视着几个儿子，问张廷玉道，"怎么，老四没接到旨？"说话间，胤禛一头一脸的雪走进来，也不敢拍打，伏身跪在胤祉身边。康熙的脸涨得愈加通红，喉头咳咳有声。半日，咳出一口痰来，待人拭去，略平缓些，款款说道："还有几个没来……朕昨日已经见过了。朕独见你们，是心里有话：你们……要识大体……你们闹家务，汉人就会一哄而起，谁也不会有个好下场！非我类族，其心必异……我们满人……总共也没几个……所以要处处小心，辅佐新主……闹起来，不是国家之福，更不是我爱新觉罗氏的福……"

说到这里，康熙觉得气促难忍，略停了停，招手叫胤禛过来，抚着他的背说道："你……你……你都记住了没有？"

"皇阿玛！"胤禛的血一下子全涌到脸上，从康熙期待、恳求的目光中，他已完全领略到"圣意"是什么。强抑着扑扑跳动的心脏说道："臣儿焉敢忘记？阿玛……你宽心荣养……你的病，是不相干的……"说着，泪水夺眶而出。

康熙伸出骨瘦如柴的右手，拉住胤禛的手，使了使劲，但是无力："廷玉，拿出朕的金牌令箭。胤禛……你带上它，把胤祥赦出来，把胤礽、胤禔也赦出来……朕要见见……都见见……"

"是！"胤禛抚着那支半尺长的金质令箭，凉凉的，上边描龙雕凤，写着"如朕亲临"四字，辉煌耀目，显示着它至高无上的威权。此刻，他倒镇定下来，双手擎着令箭却身一步，说道："儿臣……去了！"说罢转身出去，却不就走，站在檐下慢慢换衣换靴，静听里头动静。

康熙经这一番折腾，已是气微神弱，喘息移时，方道："你们不是想知道谁来承嗣大统么？时至今日，朕不瞒你们了……"刹那间，偌大寝殿静寂得针落地下都能听见，胤禛竖起耳朵，只听康熙说了声："就是方才出去的四阿哥……胤禛！"胤禛再不迟疑，一声不言语大踏步走了出去。

"张廷玉，"康熙翻身，仰面闭目躺着，轻声吩咐道，"宣读遗诏！"

张廷玉答应一声，向柜中取出厚厚一叠旨本，回身向康熙一躬，转脸来，清了清嗓子，朗声读道："奉天承运皇帝诏曰：自古一代令主……"

七个阿哥全都傻了，连叩头领旨的话都说得参差不齐，八阿哥的头嗡嗡直叫，全然听不清张廷玉念了些什么。不知过了多久，才清醒过来。此时，至关紧要的是出去给丰台下达指令。满指望张廷玉快些读完，无奈这遗诏竟似一部《左传》，时而旁征博引，时而详述体例，竟没有个头！胤禩心知大事不好，中了老爷子的计，急得似万蚁钻心，回头看胤禟、胤䄉，也都是抓耳挠腮汗流满面……心一横，悄悄起身，踱出草殿。听屋里张廷玉兀自读得琅琅不绝，抑扬顿挫。胤禩脸上闪过一丝冷笑，蹬了鹿皮油靴便下了丹墀。早见李德全过来，赔笑问道："八爷……哪去？"

"我要……小解。"胤禩心头突突乱跳，说着便往外走。却被守在门口的武丹拦住，笑道："八爷，如厕么？就在殿东后夹道——那边请！"看着这个头发胡须都沾了雪的老侍卫，胤禩恨不能一脚踢死他，口中却笑嘻嘻地说道："老将军，这么冷的天儿，难为你挺着！"武丹也呵呵笑道："我昨儿还给万岁说，老奴才尚属有用之物，不是全废之才……"胤禩和武丹搭讪着，眼见门洞里四个侍卫钉子似的站着，刘铁成、张五哥则在外头雪地里来回踱步。心知无望，正要走，却见何柱儿跌跌撞撞过来，被挡在门外正说什么。胤䄉踱到门洞里，沉着脸道："这是什么地方？你在这里纠缠什么？"

何柱儿瞪了张五哥一眼，近前一步禀道："天都过了午时，福晋在府里发威，逼着奴才进来瞧瞧，主子的饭是送进来，还是回去用了？"胤䄉心知是阿灵阿、王鸿绪他们做法，心里一喜，怒喝一声道："滚！到这里来现世！回去说，我不一定就死在这里了，叫她预备后事吧！"说罢气咻咻"如厕"去了。

胤䄉回到殿中，遗诏已经读完，忙跟着几个人叩头，山呼："万岁……"

"你们可……听清了？"康熙在枕上问道，他的嗓子似乎堵了痰，风箱似的呼哧呼哧喘着粗气，脸憋得红中透紫。胤䄉眼见他是不中用了，乍着胆子叩头道："听清是听清了，只怎么没有说传位给谁的话？"康熙头上的青筋别别直跳，吭了半日说不出话来，半晌才咕哝了一句："可恶……畜生……"

胤禟在旁笑道："阿玛别生气，老十问的是，既是遗诏，理应说一说嗣位的大事嘛……"康熙咬着牙，一脸的狞笑，仿佛在聚集着最后的力量，半日才恶狠狠道："传！传……四……四阿哥立即进来！"

"听见了吧？"胤禟莞尔一笑，冲着满脸怒容的张廷玉道，"皇上叫传十四阿哥！皇上真圣明，十四阿哥文才武略都是出尖儿的，咱们大清兴旺的日子有着呢！"

"你……你好……"康熙牙关一咬，竟忽地坐了起来，手指着胤禟乱抖，只是说不出话，半日抓起枕边的念珠砸了过去，顿时眼前一黑，就什么也不知道了……

殿内立时大乱，几个阿哥站起身来忙成一团，有的哭，有的叫，做张做智地张罗要参汤、传御医。其实御医们听到哭声，早已一拥而入，围着康熙急救。半晌，扶脉的医正松开了康熙的手，呆滞的目光盯着张廷玉，带着哭腔说道："万岁爷……驾崩了！"顿时，殿内殿外嚎的嚎，哭的哭，越发不成章法。

张廷玉心里先是"轰"地一响，跟着哭了一阵，想起康熙前日交代的"静观泰山之崩"，旋即镇定下来，款款说道："各位阿哥且节哀。廷玉奉大行皇帝遗命善后。眼下不是哭的时候，得赶紧传在外阿哥进来料理。"说罢也不理会众人，大踏步走出殿外，板着脸吩咐道："张五哥，骑快马传四爷立即进来！"

胤禛此刻正在胤祥府。他手持金牌令箭回城，一刻不停，先回雍亲王府，忙向邬思道等人说了在畅春园奉旨的情形，便急着要走。邬思道听得眼睛陡地一亮，双拐一丢几乎摔倒在地。慌得众人忙来扶时，邬思道却道："眼下最要紧的，一是护好四爷，二是放出十三爷，叫十三爷带上令箭，先去丰台，稳住那里的绿营，叫弘时、弘历两个阿哥到西山健锐营；就说奉旨劳军，绊住他们的腿——只要稍有疏忽，一夫倡乱，万夫齐应，就是有遗命，也抗不过八爷势大！"

众人这才从欣喜中惊醒过来，经过一番紧急磋商，雍亲王府倾家出动。由性音带粘竿处护卫跟随胤禛，长随们跟两个世子前往西山，忙了好一阵，才算停当。

胤禛前呼后拥到十三贝勒府，一点没费事就遣散了看护胤祥的内务府人员，自带着性音昂然入内。

"是四哥！"胤祥正和乔姐、阿兰三个人围炉烫酒，敞着堂门赏雪，蓦地见胤禛冒雪进来，惊得一怔，忙起身道："您怎么……"

胤禛站在漫天大雪中，上下打量着胤祥，良久才道："我奉有旨意！"说着，从怀中取出那支带着体温的黄金令箭。

"万岁！"胤祥趋步而下，待胤禛南面立定，方跪了下去，叩头道，"请四哥宣旨！""万岁思念你。"胤禛说道，"特命我持此令箭赦你出去！"

胤祥猛地抬头，直愣愣地看着胤禛，半晌才道："真的？皇阿玛他……"他的嘴唇急剧地哆嗦着，憋了一阵，才嘶哑地嚎叫："万岁爷！你又想起我了！你还记得我……嗬嗬……呜……"

"老十三，别这样。"胤禛被他哭得打战，沉吟了一会才道，"如今情势……现在不是难过的时候。走！到倚云阁，我有些事和你说……"说罢，一把扯了胤祥便走。

堂屋里只留下了阿兰和乔姐两个人。这两个女子跟着胤祥被扣在这小天地里已有十年，这里，没有主妇，也不分婢妾，没有主人也没有奴才。里头的人寸步不能外出，外头的消息一点也透不进来。十年熬煎，胤祥白发上头，她们倒仍是少妇模样。阿兰和乔姐两个人痴痴地对望着，刚才的一幕来得太突然，胤祥虎啸一样的吼叫吓得她们有点发蒙。见他兄弟二人携手而去，都觉得有点茫然，若有所失。

"来，我们为十三爷的蒙赦，来干三杯！"良久，乔姐才回过神来，望着脸色愈来愈阴沉的阿兰道，"你发什么呆呀？今日我们要一醉方休！"阿兰举起杯来，脸色苍白，不知为什么，她的手抖得厉害，半日方笑道："我素来不喜饮酒，今日舍命陪君子！"说罢，二人将杯"咣"地一碰，仰着脖子各自饮下。

……一杯酒下肚，阿兰已是面红耳赤，乔姐也是酡颜如醉，起身笑道："今日太高兴了，十三爷要出去，得好好贺一下。我还藏着一瓶茅台呢！"说罢便起身去了。阿兰急忙起身向案下摸索了一阵，取出一个纸包向壶中抖了抖，将纸塞进袖中。见乔姐捧着瓶子过来，便又斟了两杯，笑道："再干第二杯，我讲过舍命陪君子嘛！"

"好嘛！"乔姐说道，"左右是吃酒，也不要分三河醪、茅台，兑上一起吃！"说罢便将茅台酒咕嘟嘟倾进阿兰的酒杯里，两个人头一仰，又对饮了一杯。

不多时，阿兰觉得心口微痛，知道药性已发。眼见乔姐脸也变了色，遂惨笑道："乔姐，我是个贱奴出身，十三爷有恩于我，我却对不起他。除了跟他在这里享了这多年福，竟没个报答。往后十三爷出去做事，不知还能想着我不能？"乔姐笑道："你这蹄子怎么了？谁是名门闺秀！我不也是被卖来卖去的？男人们——的心狠着呢——呃——谁料得住呢？"

阿兰讥笑道："你不是受别的男人指使在十三爷这里卧底的么？乔姐，你将要为风流鬼了——你害不成十三爷了！"乔姐捂着胸口，盯着阿兰骂道："你这个狐媚子！以为……我不知道？嘻嘻……你不是九爷派来的吗？——茅台里有点砒霜……你知道么？我不是君子，你也得舍命相陪……"说着乔姐软软地瘫倒在地。阿兰也晃了两下，歪倒在一旁……

胤禛和胤祥两个人在倚云阁商议完出来，便见戴铎进来，说道："四爷，有旨叫你赶紧去畅春园。"胤禛握着胤祥的手，道："好兄弟，拜托了！"又回身命戴铎，"你跟着十三爷！"说罢拔脚便走。胤祥站着沉吟半晌，咬着牙道："戴铎，把你的剑借来一用！"

他提着宝剑赶回堂前，远远看着，便觉情形不对，抢上阶前看时，阿兰手中兀自紧捏着酒杯，蜷缩在席旁一动不动。乔姐兀自挣扎，见他进来，睁着无神的眼睛道："阴差阳错……我们两个好薄命……"说着颓然仆地。

"十三爷……"戴铎抢上几步，拉起两个女人的手摸摸脉，诧异道，"怎么会……都死了？"

胤祥手中的剑"当"地落在地上。

第五十五回　　拼命郎丰台戮逆臣
　　　　　　　冷面王灵前称帝君

　　胤祥怀着一腔惆怅悲怆，恍恍惚惚进去换了搁置多年的贝勒服饰，又披了一件斗篷；出来时，只向阿兰、乔姐尸体行了一躬，便登骑冲门而出，刚至大门口，却见张五哥和几个太监候在门口。五哥未及请安，胤祥已经跳下马来。两个人火一样的目光，对视一眼，心中纵有千言万语，尽在不言之中。

　　"十三爷稍候一下。"五哥说道，"四爷有话，怕您一个人应付着难，鄂伦岱就在十七爷府，叫人去请他们来帮办差使……"胤祥诧异道："鄂伦岱？记得不是你的对头嘛？"五哥笑道："他是八旗子弟，生就的少爷脾气，这些年也历练出点人味儿了……我们如今处得倒好。"胤祥不禁点头嗟叹，道："你倒提醒了我，十年没出来，苍狗白云都在变幻；就是原来我使出来的，也难得没有变心的。这趟差使得加倍小心！"说话间，雪光中远远有一骑队飞奔而至。胤礼、鄂伦岱和一干太监滚鞍下马，胤礼一个安请下去，顿时号啕大哭。"十三哥，你让我想得好苦！"

　　胤祥忙上前双手搀起，一手拉了胤礼，一手扯了鄂伦岱，说道："你得想明白，万岁若不把我藏起来，恐怕早就变成黄土一抔了！——这会子是大丈夫建功立业之时，什么话都留到日后再说！四哥已经把丰台的详情告诉了我，下头军官一多半人我都认得，上头的须要靠你们众位……"说罢，便如此这般做了一番安置。二十几匹乘骑从宣武门疾驰而出，苍茫的雪原上扬起一片雪尘。待到丰台镇前，胤祥收缰站住，沉着脸瞭了瞭。布在镇子四周的座座兵营，冷森森、黑沉沉的毫无动静。胤祥将手中鞭子一扬，说道："太监们进去通报，说十七爷和侍卫鄂伦岱前来劳军！"

　　成文运刚刚听了何柱儿传来的口谕，命他率领全军至畅春园勤王护驾，他已经把文武将佐都传到中营，却迟迟不敢下令。文武百官一大半都在畅春园，顶头上司们见他举事，若问起勤哪家子的王，护谁的驾？该怎么对答？九门提督近在咫尺，万一抢先把阿哥们都劫持进城，三万人师出无名，困于冰天雪地的坚城之下，只消张廷玉登城一呼，自己立即就得碎尸万段！最要命的是，连何柱儿也不知道皇上是死了还是活着，万一活着，稍一露面，一指头就可把自己弹为灰烬……正躲在书房疑虑重重，听见说十七阿哥和鄂伦岱一齐来了，不由精神一振，忙带着戈什哈把胤礼迎进来，穿过正厅，直让进后堂。

正厅里几十个游击千总被主将传来，却又不发令，早等得一肚皮的怒火，东一簇、西一群地聊天骂娘。正在焦躁，忽见十三阿哥头戴薰貂金龙二层冠，身穿五爪金龙团龙褂，脚蹬青缎凉里鹿皮皂靴，大踏步昂然入内，众人不禁都是一呆。这些人差不多一半都是胤祥掌管吏部时遴选的军官，见了恩主，嗯嗯喵喵就跪了一地。请安的、问好的、庆贺的、寒暄的……什么样的全有——其实他们也不知道这个大宗主是刚从高墙里放出来的。胤祥想到十七阿哥在后头已缠住了成某，不禁微微一笑，向众人略一点头致意，从怀中取出那支"如朕亲临"的令箭来，回身拔掉正厅上的将令，端正插好，方回过身来。众将佐早已看得呆了，偌大厅中立时鸦雀无声。

"胤祥奉圣命前来丰台大营处置军务！"胤祥双目微睨着众人，"众将听宣！"

"万岁！"

胤祥没有立即发话，他的目光来回扫视着，寻找自己最熟悉的官弁，半晌才道："许远志，殷富贵，张雨——你三位游击，晋升为丰台大营汉军参将！白尔赫、阿鲁泰、毕力塔，你三位晋升为满军参将……"他一个个点着名，不到一袋烟工夫，满厅里所有军官立地都荣升一级！紧接着便分拨差事，白尔赫和许远志各带原部人马移防通州，阿鲁泰和殷富贵随自己进驻畅春园，末了，指着毕力塔道："你是死人堆里爬出来的，两世为人了！十年前我就想抬举你，有人说你十八般兵器件件稀松，今儿爷给你个好差使，好歹你给爷挣回这个脸来！"毕力塔脸涨得血红，"喳"地答应一声，向前跪了一步道："请爷的令！"

"把白云观给我剿了！"胤祥脸上泛着青光，冷冰冰说道，"走了张德明一干正犯，惟你是问！"

"喳!"

成文运听前头山呼"万岁",早已赶来了,一直在旁边看着,已是气得目瞪口呆,直到胤祥分拨完,才闪出来一挥手道:"慢!——十三爷,您这是?"胤祥格格一笑,说道:"喏!没见上头的令箭么?我此刻是代天行令!"成文运看着胤祥寒凛凛的目光,心里不禁一抖。但他与胤禩的关系实在太深,身家性命早就押上了。被胤祥三下五去二就解掉了兵权,心中又惊又怒,也明白了畅春园中大变在即,当此关头,荣枯存亡千钧一发。他不能不出面一争,遂冷笑道:"即使奉圣谕调兵遣将,我是主官,怎么能撂在一边?"

"你忙着和十七爷说话嘛!"胤祥无赖地笑笑,"如今非常之时,我奉旨勤王护驾,名正言顺,你和我扯什么淡?"

"勤哪家王?"

"雍亲王!"

"护谁的驾?"

"当今的驾!"

成文运横下了心,哈哈大笑道:"十三爷真能取笑!事体不明成某不敢奉命,得罪了——各位暂且回营,没有我的将令,一个兵都不准出营,违令者就地正法!"

"放你娘的屁!"胤祥咆哮大怒,"啪"地一拍案,说道,"——这令箭是假的?十三贝勒、十七贝子是假的?这些畅春园太监是假的?别忘了——"他咬着牙,饿狼似的盯着成文运,"老子久经沧海难为水!是出了名的!御赐封号'拼命十三郎'!别说老子奉的是皇命,保的是社稷,就单凭你冲我这疯狂劲儿,爷就敢割了你的头!你瞪什么眼?啊哈!你终于发抖了,不是?你说爷敢不敢?你说爷敢不敢?!"他的嗓音尖锐沙哑,震得大厅嗡嗡直响。

所有的人都被他吓呆了,木雕泥塑似的跪着一动不动。成文运一阵气馁,想想还是不能示弱,煞白着脸挥手道:"十三爷犯了痰气,不要听他的,回去听令!"

"鄂伦岱!"胤祥嗓门儿声震屋瓦,"你给我宰了他!"

"喳!"

　　鄂伦岱至此品出味儿来，笑道："奴才真瞎了眼，跟着十三爷做事儿真是妙极！"一边笑，一边"噌"地抽出剑来，不由分说，从成文运腰胯间一剑直刺过去……抽出来，那血汩汩如泉涌了出来。成文运大叫一声顿时气绝。十七阿哥吓得脸煞白，将佐们饶是胆大，也都看得五神迷乱。

　　"还有不奉诏的么？"胤祥恶狠狠地据案而立，问道。良久，见无答应，方渐渐气平，拔出令箭递给面前的张雨，道："明儿你去十三贝勒府，支三千两银子送成文运家属做赙仪——这个你拿着，是凭据。哼！爷是假的？——就这么着，照我方才的话即刻分头去办！"

　　胤祥、胤礼率阿鲁泰部三千人马冒雪赶到畅春园，在离园二里处命令停军待命，叫胤礼守着听招呼，自带了太监们进园。太监们带他到"穷庐"寝殿门口，各自退下。胤祥便隐隐听到里头的哭声，顿时一颗悬得老高的心放下一半。因见一个人背朝外在门洞里端坐，绕到前面端详半日，才看出是武丹。只见武丹白发如雪，双眼睁得彪圆盯着殿门，胸前湿漉漉的，泪水在胡须上都结了冰。胤祥心里一阵难过，晃了晃武丹，道："是你在这儿给主子守门？好歹歇息儿吧……"因见武丹不言不动，胤祥走了两步又踅回来，诧异地细看时，武丹瞳仁都散了，身子僵硬，一摸脉息，已停止跳动！胤祥叫过刘铁成，低声责道："你这差使怎么弄的？武军门已经成神，随主子去了。快，先把他请进房里——不许声张！"说着大踏步走进殿来。

　　屋子里暖和极了。因刚从雪地进来，殿内显得很暗。胤祥揉了揉眼，这才看清，除了胤祹、胤祄和胤禵，所有的皇阿哥都在，胤祉、胤禛二人并排跪在最前头，一个伏地号啕，一个默默盯视着康熙，脸上泪水噗嗒噗嗒往下落。张廷玉早已摘掉了大帽子上的红缨，脸色苍白得像窗纸似的，见胤祥进来，忙上前来哽着嗓子道："请十三爷去了吉服……万岁爷已经……龙驭上宾……"胤祥仿佛没听见他的话，半张着嘴盯视着已经移簧的康熙，浑身抖着走近了，轻轻揭开蒙面纸。

　　康熙皇帝仿佛睡着了似的，脸颊上还略带一点潮红，比起十年前，只显得瘦削些，颧骨高高的，下巴上的皱纹隐在修长洁白的胡须里，一点也看不出来。他静静地躺着，似乎只要轻声喊一句"阿玛"，立时就能坐起来说话。胤祥蓦地想起幼年，一次在毓庆宫临帖，自己的字写得不好，勒了红，恰康熙进来，把着手教他运笔，还说，"你母亲是个蒙古人，写的一笔颜书连熊赐履都夸奖，朕的字也很看得过去，你不要堕了志气……"而今，这个严父竟一去不回，再也不能……他心中泛起一股热浪，冲得满身都要爆裂开来，突然张开双臂，拥抱住一动不动的康熙，发出一阵撕肝裂肺的嚎声：

"阿玛！阿玛……您醒醒，啊！儿子胤祥不孝，没有侍候过您一天，还招您生气……儿子胤祥没福……临去都没见您老人家一面……您醒来吧！啊……嗬嗬……我练了十年的字，写了整整十柜子，都是叫您看的……我的字差不多撵上四哥了……你、你看看吧，我的阿玛……"

众阿哥方才住哭，哪里经得起他如此引逗，无论真心假意，遂一起大放悲声。只苦了张廷玉，一边要自哭，一边要劝阿哥，乱了半日，方渐渐止住。

"各位爷！"张廷玉从怀中取出表看了看，"且请止哀。皇上临终前还有旨意，已经晋升步军统领隆科多为上书房大臣。"

所有的人都抬起了头，盯视着张廷玉不言语。张廷玉脸色愈加苍白，轻咳一声接着说道："传位遗诏放在紫禁城乾清宫正大光明匾额后。隆科多已经去取。国不可一日无君，大位一定，就好给万岁料理丧事了。"胤祥的心陡地提起老高，忙看了胤禛一眼，胤禛却木着脸不言声，似乎哀恸已极，只两手紧攥着，看得出心里极为紧张。

"张相！"跪着的胤禩突然问道，"怎么还有遗诏？万岁驾崩前我们都在，当面说是四哥嘛！"胤禵偏着脑袋说道："是么？我怎么没听见？我只听万岁说传十四阿哥，还赏了九哥一串念珠，那不是凭据？"

胤禛一言不发，目光一睃，胤禟立即举起那串念珠，说道："我听得最清楚，万岁是叫传十四阿哥！"胤禩梗着脖子道："这是后头的话，万岁口齿已经不清。前头叫四哥去放十三哥，万岁明明白白说了，传位给刚刚出去的四阿哥！"

"既是老四在，"胤祉突然动了心念，款款说道，"万岁当面何不就说了？如今有遗诏，自应以遗诏为准！"

"是四哥！"

"是十四阿哥！"

厅里顿时乱了。这场争论在胤祥没来时已经发生了，只是双方没有像现在这样剑拔弩张，几个小一点的阿哥嗅出了哥哥们话中的火药味，都吓得缩在一边，胤禛只捂着脸，一边哭一边道："你们拉扯我做什么？……"正乱着，张廷玉眼睛一亮，说道："隆科多来了！"

隆科多在众目睽睽中健步进来。他一身戎装，带雪的马刺叽叮叽叮作响，脸板得铁青进来，只扫视一眼阿哥们，走近康熙簧床旁，默默行了三跪九叩的大礼。此刻，胤祥已经想定了主意，装作无意间向门口靠近半步。只要旨意不是胤禛承位，他立即要夺路杀出畅春园！

"各位阿哥，隆科多奉旨布达大行皇帝传位遗诏！"

隆科多脸上毫无表情，避开胤禵等人兴奋、期待的目光，徐徐展旨，朗声宣道："皇四子胤禛人品贵重，深肖朕躬，必能克承大统。着传皇位于皇四子胤禛——钦此！康熙六十一年正月谷旦。"

没有人应声，仿佛空气凝固了，板结了，连外边大雪落地的声音都听得清清楚楚！半晌，胤禟方小声咕哝了一句："这真奇了，皇上明明有意传位十四阿哥嘛！"胤禵愤怒得眼中要冒出火来，盯着隆科多，不住地咽唾沫，他一时还拿不定主意，该大闹一场，还是等下去再说。

"谢恩！"胤祥头一个磕下头去，接着胤祹还有几个小阿哥也都跟着叩头奉诏。胤祉回头看一眼惊愕了的胤禛，心知如再不吱声，后果不堪设想，忙也叩头道："臣胤祉谨遵遗命！"

隆科多因见胤禵、胤禟和胤䄉直挺挺跪着便冷冷问道："三位阿哥，你们不奉诏么？"

"不是不奉诏。"胤禵心里燃着仇恨的火焰，强自镇定地说道，"十七阿哥胤礼没来，是否把他找来一起听旨？"胤祥嘴角闪过一丝狞笑，接口说道："十七阿哥统率丰台大营的兵马，在园子外宿卫！"

胤禛一口气出来，几乎软瘫在地，随即就坡打滚，伏地悲恸道："万岁万岁！您……在位六十一年，吃尽了苦，受尽了难！为什么要叫我来承当这个重任？……阿玛呀……"

"万岁！"隆科多和张廷玉一齐上前扶起哀哀痛哭的新君胤禛。张廷玉一边挪过椅子请他坐，口中说道："此乃大行皇帝深谋远虑，授您帝位。当此，宜先定大事，方可办理一应丧仪。"因见胤禛兀自掩面哭着推辞，胤祥霍地立起身来，大喝一声："天无二日，民无二主！今日之事，上有先帝遗命，下有群臣拥戴，万岁何得再辞?!"他转过脸，冷峻地用不容置疑的口吻道："拜！即行三跪九叩大礼！"

"万岁！"

阿哥们总算叫出了口。

"兄弟们请起来！"胤禛拭去了脸上的泪，将双手一抬，说道，"没有想到万岁把这样的担子托付给朕，既然到了这一步，只好勉为其难了。"说到这里，略一顿，又道："目下百事待理，一时还想不出个头绪。朕想，上书房人手少，得增补几个。外头的人朕还不熟，只好请三哥、八弟进来帮着料理。里头有你们几个，京师防务暂由十三弟维持。咱们先把大行皇帝的庙号定下来，接着再接见园里的大臣——十三弟，你去传旨！"

"喳！"胤祥深深叩了头，说道，"臣，领旨！"说罢便大踏步出去。

张廷玉因见胤禛多少还有点不自然，阿哥们还在蒙着，便率先说道："皇上的主意很是。奴才以为先帝一生经文纬武，一统环宇，虽是守成，实同开创。所以应定为仁祖皇帝。"

"我朝已经有了两个'祖'帝，"胤祉斟酌着词句沉吟道，"太祖之后又有太宗、世祖奠定天下，称之谓祖亦可。大行皇帝仁孝性成，天赐智勇，臣以为应拟为'仁宗'。"

胤禛一肚皮的火无处发作，便挑刺儿道："'祖'乃'始'之意，大行皇帝乃第二代，似乎不妥。包揽不到不如用'武宗'二字。"

"武宗二字不妥，"隆科多道，"明武宗就是昏乱之君，主上岂可与他同号？听起来也不美。"胤禛一听他说话便气不打一处来，一哂说道："武宗不好，那就'世宗'，国祚又长远，儿孙又光鲜，岂不甚佳？"

张廷玉听着，这话暗含着对新君胤禛的讥刺，生恐皇帝听出来，忙道："世宗也不甚美，不足以概全。"

"张廷玉一派胡言！"胤禛一口顶了回来，"'世'字不美，将我朝'世祖'置于何地？'宗'字不美，何以置我朝'太宗'皇帝？"

胤禛心里雪亮，弟弟们不服自己这个皇帝。开头不打一个下马威，终究不成，遂挪动一下身躯，说道："张廷玉，把大家拟的都写出来。"张廷玉忙至案边，援笔濡墨疾书几行递过来。胤禛接过略一看，说道："张廷玉说得好，'虽是守成，实同开创'，所以称'祖'未为不可；皇上一生事业伟大，难于措词，'神化难名曰"圣"'，所以朕意定为'圣祖'！"说罢不待众人再说，从案上取过裁纸刀，向右手中指一搪，用血写出"圣祖"二字。

"至于朕的帝号，朕想可以随便些。"胤禛立起身来，踱了两步，"朕名胤禛，取个谐音吧，叫'雍正'就是了。其余兄弟们要避讳，一概将'胤'改为'允'，叫起来方便，也亲切些——"他仰起脸，轻声叹了一口气，说道："隆科多，去澹宁居传旨，朕要见见六部九卿大臣，计议大行皇帝丧事。别的兄弟随朕左右参赞朝务，朕心里悲恸迷乱，一时离不得你们。"

"喳！"隆科多答应一声，侧身退出。

阿哥们虽不服，但此时人在矮檐下，谁敢不低头？见他如此专断，心里别扭着，却都深深叩下头去，高呼，"雍正皇帝万岁！"

"发旨年羹尧：飞马传十四阿哥回京奔丧，可带十名从人。"胤禛眼中闪着寒光，"国家大变，还要严防奸佞小人乘乱作祟，着兵部下牒将九城暂时封闭，天下兵马非奉旨不得擅调一卒！"

胤禛说一句，张廷玉提笔答应一声，走笔疾书。须臾，几道紧急措置诏书便行文明发出去。一时便见隆科多进来，胤禛略一整理衣饰，冷冷说道："发驾澹宁居！"

"雍正万岁爷发驾了！"

一声声传呼立时从穹庐递送出去。

全四卷终

1988 年 11 月 14 日于宛

中国最后一个封建王朝的
鼎盛与危机

留言
读者心声

提交阅读感悟
细品文韵只言片语皆是心声

评说
是非功过

剖析三代帝王
于王朝盛世中瞥见帝国危机

之历史
小说家

论千秋评古今
共赏书中人物的权谋武功

探听
清宫秘史

透过历史迷雾
解读波谲云诡的清廷往事